山海经·瀛图纪

之河藏之战

半鱼磐 著

SPM

南方出版传媒

花城出版社

中国·广州

图书在版编目（ＣＩＰ）数据

山海经. 瀛图纪之河藏之战 / 半鱼磐著. -- 广州：
花城出版社，2018.11
ISBN 978-7-5360-8717-0

Ⅰ．①山… Ⅱ．①半… Ⅲ．①长篇小说－中国－当代
Ⅳ．①I247.5

中国版本图书馆CIP数据核字(2018)第222359号

出 版 人：詹秀敏
选题策划：程士庆
责任编辑：黎　萍　　夏显夫　　蔡　宇
特约编辑：徐晓佳　　杨洎缘
技术编辑：薛伟民　　凌春梅
封面设计：李玉玺
封面供图：陈丝雨
联合出品：米古阅读

书　　名　山海经·瀛图纪之河藏之战
SHANHAI JING·YING TUJI ZHI HEZANG ZHIZHAN
出版发行　花城出版社
（广州市环市东路水荫路11号）
经　　销　全国新华书店
印　　刷　佛山市浩文彩色印刷有限公司
（广东省佛山市南海区狮山科技工业园A区）
开　　本　787毫米×1092毫米　16开
印　　张　20.75　　1插页
字　　数　400,000 字
版　　次　2018 年 11 月第 1 版　2018 年 11 月第 1 次印刷
定　　价　49.80 元

如发现印装质量问题，请直接与印刷厂联系调换。
购书热线：020－37604658　37602954
花城出版社网站：http://www.fcph.com.cn

目　录

第一章

一

G局小李推开车门，跳下吉普车，扶着半开的车门，朝周围望了几眼。车子的前方，远远映入眼帘的是一派废弃工厂的景象。它半靠着一个巨大的山坳，沿着山坳前的平地四下展开。几根巨大的烟囱静静地矗立在天际之下，背靠着半残的山坳，彼此之间隔着高低不平的低矮厂房。

一阵风从小李的周围刮过，吹向那些低矮的厂房。好像吹动了积木吊件一样，远处的厂房似乎摇摇欲坠，还在发出哗哗的响声。小李收回了目光，紧了紧身上的衣服，钻进了车厢后座，随手带上了门。

老张坐在车厢后座里，看到小李进来，就把自己臃肿的身体朝着另外一侧移了移。

吉普车慢慢地开动了，开上一条通向厂房的道路。

"看到了吧，那个垃圾处理厂？"老张笑着问。小李点了点头，没有说话，一副若有所思的样子。

"几年以前，"老张慢慢地说，"本地的一个环保组织，曾经向市政府提交过一份抗议书，要求拆除这个垃圾处理厂。据他们说，这个垃圾处理厂经常会发出一股特殊的气味，气味浓烈，周边的居民出门都得戴上口罩。本地的环保组织还说风势强烈的时候，城市上空会出现阴霾之类的东西，连市中心的居民都能看到。

"这次抗议闹得动静很大，闹到最后，本地的媒体好像都参与了。

"有些媒体想要采访厂区，但是到了门口就被拦住了。拦住他们的还不是厂区里的人，是市政府的人。市政府的人说，要采访可以，但是要相关的申请和证明。接下来就难住了本地的媒体，市政府的人说，这个垃圾处理厂不是市政府直属的企业，而是国务院直属的企业，相关的申请只能去国务院相关部门办理。具体的流程，他们只能告知，不能代劳。事情到了这一步，本地的媒体只好放手了。"

老张说到这里，就像断了电一样，闭上了嘴，意味深长的把目光投向前面的那些厂房。

小李已经习惯了老张的说话方式，知道这个时候老张等的是什么，便赶忙问了一句："后来呢？"

　　老张满意地点点头，又开口了："后来，以市政府的名义发了一份通告。通告的要点只有一个：气味阴霾之类的说法是谣传。市政府一向关心市民的生命安全，非常重视市民的投诉，为此专门成立了一个专案组，深入垃圾处理厂进行了深入的调研。经调研，垃圾处理厂里的所有装置都是全封闭的，一般情况下，不会出现气味泄漏以及阴霾雾结之类事件，除非有重大爆破发生。但到目前为止，厂区内部及周边地区都没有发现任何可见的爆破痕迹。"

　　吉普车离那些废弃的厂房越来越近了，小李感觉自己即将进入一个二十世纪五十年代的老电影才有的场景。他等了一会儿，老张还是没有开口，只好接着问了一句："谣言就此消失了？"

　　老张不屑地笑了一声："不消失也不行。市政府那份通告的最后就成了警告：任何继续传播类似谣言的人，都有危害社会公共秩序之嫌，相关部门会进行追查，视其情节轻重，追究其应该承担的法律责任。事件就这样慢慢平息下来。"

　　说到这里，老张靠近了小李，好像要告诉对方一个秘密一样："更重要的是，通告发出的时候，市政府和周边的居民其实已经达成了一个协议，以拆迁的方式，将周边的居民迁到了本城的另一端。市政府的协议方案一出，周边的居民高兴得要死，哪有心思再去抗议。本城的另一端是高新产业密集区，寸土寸金。结果，自从城市改建以来，没有哪次拆迁像这一次这么顺利。几个月之后，垃圾处理厂周边二十多平方公里都是空地。

　　"至此，谣言彻底消失了，整个事件的真正获利者也浮出了水面。虽然表面上看，真正的获利者就是垃圾处理厂周边的居民，但事情没那么简单……"

　　小李听到这里，好像明白了什么，便问道："真正的获利者，应该就是负责承办拆迁工程的那个开发商？"

　　老张点点头："对，开发商应该是获利者之一。这人，你应该有印象，海洋工程二所的那个接盘人，后来跳了楼的。还记得吗？"

　　小李苦笑了一声："怎么不记得？我们到今天还在打转的这件悬案，就开始于这个叫海洋工程二所的地方。不过，我对这个人倒真没怎么注意。"

　　他的确没怎么注意到这个人，他注意的是死在海洋工程二所的两个邪教分子，一个叫王旭，一个叫钱小莉。只是在调查这件死亡迷案的时候，他才了解到一个事实。

　　在王和钱进入海洋工程二所之前，已经有过一次死亡事件。死者是海洋工程二所最早的接盘人，也就是老张现在提到的房地产开发商。他在接盘之后，由于投资失败，跳楼自杀，跳楼的地点就是海洋工程二所。自杀之后，他名下的资产开始转让。

海洋工程二所就转到了王旭和钱小莉的手里。

几年之后，王旭和钱小莉就神秘地死在里面，小李和老张开始接手这件悬案。随后，抓住了唯一的嫌疑人，叫陆离俞。这个人被判刑，然后在新疆罗布泊旁边的一所监狱里神秘失踪，现在还不知道下落。

现在想来，整个过程中，有一个人是不能忽略的，就是这个房地产开发商。

小李想到这里，问道："这个房地产开发商还算不上整个事件的最大获利方？"

老张叹了口气，整个案件的神秘难解，他跟小李一样，深有体会："算不上，一个接盘不久就跳楼自杀的人，怎么称得上最大的获利方？真正的获利方是一个我们一直在追查的人。整个环保抗议事件，连同此后的开发商跳楼事件，都和这个人密切相关。这个人，你应该知道是谁？"

"刘鼎铭。"小李若有所思地说，"天鼎律师事务所的那个律师，后来失踪了，现在也没踪迹。"

在调查陆离俞从监狱里失踪的神秘事件时，小李第一次知道刘鼎铭这个名字。

此人是陆离俞的辩护律师，也是陆离俞在进入监狱之前，唯一频繁接触过的人，所以，很自然地，小李主动接触了刘鼎铭。他的本意是想从刘鼎铭那里得到更多的关于陆离俞的线索。

在和刘鼎铭见面之前，他查阅过一些关于刘鼎铭的材料。当时，他就注意到了这一点，刘鼎铭好像对本地房产业涉入很深。当时，他只将把这些当作一种暗箱化的商业行为，并没有多想。现在听老张的意思，光是涉入的动机，好像就远远超出了暗箱之类的商业框架……

在和刘鼎铭接触的过程中，刘鼎铭向他引见了一个叫虚博生的人。此后不久，虚博生也死了，死亡地点也是在海洋工程二所。随后，刘鼎铭就失去了踪影。从那时起，刘鼎铭开始正式成为追查的对象。但是至今为止，还没关于这个人的任何消息。

想到这里，小李好像明白了一点，老张带他来到这里的真正意图，好像跟出发之前局长交代的不太一样："我们这次的任务，真正的目的是到这里来收集线索，追查刘鼎铭？可是，出发之前，局长说的好像是另外一回事……两者之间有什么联系吗？"

老张点了点头："这两者之间，好像是有点关系。具体是什么，我也说不清楚。只好等到了那里，看看会不会有人跟我们解释一下。"

二

一段生锈的轨道横穿过道路，里面长满了草。颠过这段铁轨之后，几百米之外，就是一道围墙，沿着山坳的两端，把这座废弃的工厂紧紧地封存起来。道路的末端就是一个打开的铁门。门边的石柱上，挂着一个长条木牌。等到吉普车开近的时候，小李看到了上面的一行竖字："三天子陵废弃垃圾处理中心"。

门边站着一个人，冲着渐行渐近的吉普车招了招手。

吉普车停在这个人的身边。小李推开车门，和老张一前一后跳下车。

那个人赶紧迎了上来，一脸笑容，伸出手来，一个一个地握了起来。

"欢迎，欢迎。"他说，"所里领导安排我来接待两位。我姓周，周志平。上次局里开大会的时候，我见过两位，可能你们不记得了，我倒记得两位。按理，接下来有些程序就不必走了。不过，我们这个单位的特殊性，你们也知道，所以该走的程序还是得走一遍，两位能理解的啊。这边请。"

周志平一边说着，一边领着两人走进铁门。铁门一侧有一间平房，周志平带着他们朝那里走去。小李他们乘坐的吉普车也开了进来。

小李回头看了一眼，在他们身后，打开的铁门不知什么时候已经紧紧关上了。小李有点诧异，因为门边一个人也没有，铁门是怎么关上的？

"这门是中央遥控的。"周志平注意到了小李的表情，马上解释说，"实际上，以这片厂区为中心，周围二十平方公里的地方都处在中央监控的范围。我就是通过监控系统看到了两位的吉普车，所以才会提前在门口等候。"

几个人已经走到平房的门口。周志平推开门，把两个人让了进去。

里面已经有一个四十多岁，门卫模样的男子。他一脸麻木地肃立在桌旁，一副一切已经准备就绪的样子。桌子上是一本摊开的登记本模样的东西。等到几个人走近桌边，他就把这个登记本一样的东西递了过来。小李和老张赶快掏出自己的工作证，还有局里领导开出的任务证明，递了过去。那人沉默地接了过去，仔细地审看着，然后递还过来，另一只手又把一支笔递了过来。

小李接过笔，在登记本上写下自己的名字"李国盛"，还有自己的证件号码，然后把笔递给老张。老张低头写了起来，他是老派人物，细节都很注意，一丝不苟，写得很慢。一边写还一边念叨："张立任……"写完之后，还招呼周志平过来看："老周，我这样写，对吗？"

登记完了之后，周志平带头，三人登上了原来的那辆吉普车。

车子开动了，开车的司机已经换成了周志平。

原来的司机就是这个地方派出来的，从 G 局上车开始，直到进入厂区，一路上都没交谈过。小李倒是想跟司机聊几句，但是还没开口，就被老张的神色止住了。等到了厂区之后，这个人连个招呼都没打，就自动消失了。消失的方式如同他开车的方式，一样无声无息。

小李心想：大概这个地方的规定就是这样，司机不仅不能随意交谈，能够进入厂区的什么地方，也是有些权限之别。接下来去的地方，能够达到开车级别的人，大概只能是周志平了。

吉普车穿过寒碜密集的厂房，小李看到的都是剥蚀痕迹明显的红砖墙面，有些还带着残剩的水泥。风吹动时，周围的建筑发出了混杂的声音。

一路上，看不到一点人的痕迹。

"这个地方为什么叫三天子陵？"老张开口问道。

"不知道。"周志平语调平静地说，"我对这个问题也有过兴趣，问过几个老同事，他们都说不清，能说出来的也像是一些猜测，这里埋过三位皇帝之类的；至于是哪三个皇帝，他们就连猜都不猜不出来了。"

周志平一拐方向盘，吉普车已经开出了废弃的厂房，眼前是一片密集的树林。车道穿过这片树林，消失在一个拐弯的地方。

"不过，这个名字倒很气派，"周志平接着说，"曾经的帝王陵墓，而且是三个帝王的陵墓，现在成了人民的垃圾处理厂，倒能体现人民当家作主的豪迈。不知道当初选址在这个地方是不是有这方面的考虑。"

"应该是巧合吧？"老张打着哈哈说。小李也沉默地一笑。

周志平也笑了："看来应该是巧合，真正吸引建厂选址的原因，其实只有一个，就是我们接下来要去的那个地方，一个开在深处的山洞。"

说到这里，周志平动了一下方向盘，避开一块横在道路中间的碎石。这条路看来很久没有修整过了。他看着前方的路面，继续说道："这个洞的来历，我倒清楚，据说是抗战时期，日本人占领本城之后修建的一座工事。抗战结束之后基本上就废掉了。'文革'时，有一段时期，中苏关系紧张。主席号召全国人民深挖洞，高筑墙，广积粮。于是，全国各地都在大修防空设备。这个废弃了很久的山洞就被看上了，经过改造之后，一直沿用到现在。"

这时，吉普车拐了一个弯，停住了。

一个庞大幽深得可以容下一列火车进出的山洞赫然出现在车前不远的地方。

三

在 G 局内部，人人都知道一个秘密。

名为"三天子陵废弃垃圾处理中心"的工厂，只是一个对外公开的伪装，它的真实身份是 G 局下属的一个实验室。之所以采用这样的伪装，主要是因为这个名字可以有效地唤起一般民众的厌弃心理，尽量减少大众不必要的好奇心。那些废弃的厂房，年代久远，破旧不堪，但是出于同样的目的，一直留在原地。

这些废弃厂房的前身是 1958 年大炼钢铁时期修建的钢铁冶炼厂。

本地并不盛产铁矿，也没煤矿，大炼钢铁的热潮一过去，这个钢铁冶炼厂也就慢慢废掉了。

为了让伪装更加有效，不时可以看到一辆辆密闭的集装箱车，从厂区开出，开向周边的绕城国道。车厢厢体上大笔刷出来的"垃圾处理"几个字，几百米之外都能被人看见。

小李进局不久，就知道这样一个机构的存在，只是部门相隔，加上一系列的保密程序，他能知道的也只是这些。这一次能得到亲身进入的机会，还跟他手上一直在追查的海洋工程二所这件案子有关。

海洋工程二所先后发生过两次神秘的凶杀案，都还处在未解的状态。

第一次凶杀案，本来已经定案了，但是随着凶案的唯一涉案人陆离俞的消失，开始重新成为疑案。

第二次凶杀案，一个叫虚博生的江湖魔术师，在海洋工程二所的一个房间里被人劈了头。对这一次凶杀案，小李有了一个近似发癫的推测：虚博生之所以会被人劈了头，是因为有人想把一把枪传送到一个平行的世界里面。

后来发生的事，似乎证明了小李的推测。但是知道这一点的，似乎只有局长和小李两人，至少局长是这样暗示小李的。

接下来的工作，只是以破案的流程进行，其中就包括一个三维建模的环节。

用三维制模技术原样复制海洋工程二所的全貌，目的是为随后进行的凶案现场清理做准备。在彻底清理现场之前，为了尽可能地保留凶杀案现场的原状，最好的办法就是三维建模。

小李后来才知道，负责建模工作的，就是这个名为垃圾处理中心的 G 局实验室。事情到了这一步，就超出了小李的职务范围，其中进展如何，他也只能道听途说。局长是直接负责这个事情的，但是他不开口，小李也不敢冒昧去问。

建模所需要的数据收集完毕之后，G 局人员对海洋工程二所进行了一次彻底的清理。

这一次，小李从一堵清空出来的墙壁上，发现了一个神秘的十字。就这个十字，他和本地三流大学的一名潦倒的讲师做过一番交流。交流结束之后，他自己倒是兴奋了一阵，因为总算明确了一点。

这个十字的含义，很有可能不是我们一向以为的数字含义。与之相关的，很有可能是记载在《山海经》上的一个神话中一个十日尽出的神话，里面所包含的真相，也有可能并不是十个太阳挂在天上的景象。

不过，这跟他正在着手的案子有什么联系呢？当冷静下来之后，他发现自己看不出来。

剩下的日子就只能等待了。

直到有一天，局长把他叫到了自己的办公室。

他进去的时候，老张已经在里面了。不知道已经跟局长谈了多久，老张看他的神情已经是一副凡事都已了然我心的沉稳。他冲老张点了点头，随手关上门，然后坐到了老张的旁边。

"海洋工程二所那件事，"局长慢慢地说，"以后，还是你跟老张一起来做吧。基本情况，我已经跟老张讲过了。老张有什么不明白的地方，你负责跟他解释。"

说到这里，局长看着小李，小李只好点头了。先冲着局长，然后回过头来，冲着老张。

局长接着说道："你们的下一步，就是去看看实验室的那个……叫什么来着……这种高科技的东西，名称都怪里怪气，我也说不准，好像是叫三维制模……"

"全息化沉浸式三维立体互动空间建模。"老张插了一嘴，一字一字地修正。

局长点点头，倒是一点都不尴尬："就是这个东西，昨天实验室来报告了，说是已经做好了。他们实验了一次，好像出了点问题，需要人协助调查。小李，你和老张都是第一次进入现场的人，这样的事，你们俩最合适了。明天，你们就去一趟，看看去那边能帮上什么。时间是明早 8 点，那边会有车来接你们。"

第二天早上 8 点，一辆吉普车果然准时出现在了 G 局门口。

小李跟着老张上了车，他想，会有什么问题，需要他去协助。

<h2 style="text-align:center">四</h2>

吉普车停在山洞前面，一截铁轨伸了出来，另一端就消失在山洞里面。

老张用脚踢了踢锈迹斑斑的铁轨，开口问道："我们刚才开车进来时看到了一截铁轨，跟这截铁轨是不是同一条？"

周志平点点头，带着两人走到铁轨旁边深入洞口的通道，走进洞中。一边走，一边讲起了这条铁轨的历史。他的声音盘回在空旷的洞里，听起来就像是催眠师反复催眠的声音。

"这截铁轨，和你们来的时候看到的那截铁轨，原来是连在一起的。据我查到的资料，修建的时间是和山洞一起，也是在抗日战争时期，日军占领这个城市的时候。"

小李看了看脚下的铁轨，问道："为什么要修这段铁轨呢？"

周志平指了指洞的深处："铁轨的那一端，也就是终端，有一个向下挖掘的大坑。估计这个坑就是日本人修建铁轨的原因。可能是从山底的地层里探测到了什么，所以，才会想到设计这么一些设备。坑是用来挖掘的，挖掘出探测到的东西之后，再沿着洞里铺设的轨道运送出来。"

"探测到了什么？"小李继续问。

周围越来越黑，洞壁上有安好的壁灯，但是好像亮度不够，只能勉强照亮脚下的道路，稍远一点就是一片黑暗。小李心想：真不知道周志平这些人平时都是怎么进出的。难道一辈子都会被封闭在这个山洞里面，即使出去，也是坐着标有垃圾处理所字样的集装车？

"什么也没有。"周志平说，"我军接手的时候，对这里的地层做过勘测，就是一座普通的砂页岩山体。没有任何隐藏的矿产。洞里、坑里的情况也做过分析，也没有什么特别的遗留。所以，当时另一个推测是，这个山洞是用来做储藏的。太平洋战争后期，日军已经显露败象，日军大概打算依托这一山地，做长期的抵抗。这个山洞，还有向下挖掘的大坑，铁轨大概都是用来运输储藏各种军用物资的。可能还没完工的时候，日本就宣布投降了，工程就停下来了，只留下一个坑、一截铁轨。"

说到这里，周志平叹了口气，然后继续说道："关于这个工程，我查找过一些资料。有些奇怪的记录……整个工程大部分环节都是由本地的民工、俘虏来进行的，但是到了快收尾的阶段，日本人却开始自己动手了，所有的民工、战俘都被清理出去。工程建设进入日本人才知道的秘密状态，一直持续到太平洋战争结束……此后，发生过什么，就没人知道了。"

小李问："没人知道，这是什么意思？"

周志平说道："国民党接手这个山洞的时候，没有遇到任何抵抗。他们一路搜查，最后，在坑洞里发现了几十具日军的尸体。坑里也有，洞里也有。这些人是怎么死的，就成为一个谜。国民党军队就此事做过调查，最后上交给当时的国民政府一份报告，结论是这些人都是武士道式的自杀。不过这一结论，很难站得住脚。"

"为什么？"小李听到这里，急忙追问了一句。

周志平说道："因为死者身上没有任何刃具的划口。武士道是剖腹的，连一道刀痕都找不到的尸体，能叫武士道吗？枪伤也没有。从现存的记录来看，这些人被发现时，面部表情狰狞、扭曲，好像是被什么给吓死的。不知道是什么东西，让穷凶极恶的日寇都会被活活吓死。"

说到这里，周志平轻声笑了起来，衬着昏黄的灯光、郁积的黑影，他的笑声倒有几分阴森的味道。

小李心里一紧，抬头看了看老张。

老张走在他的前面，低头注视着脚下，不知道他对刚才这些话会是什么反应。

周志平停住了笑声，接着说："他们的说法可真要吓人一跳……据他们的说法，这些日本人的惨死，是和一辆当时的公交车有关系，那辆公交车上坐着一个女人……等哪天有空了，我们再聊，细节太复杂了……现在，我们还是先把手头的事做了。"

这时他们已经走到了铁轨的尽头。眼前是一块壁立的山岩，一个合金门镶嵌在里面，门旁是一个方形的密码按盘。周志平按了按盘上的几个数字，合金门开了，里面是一个电梯的合金内厢，比一般的电梯内厢要大上几倍。

周志平领着两人进了电梯。

合金门合上之后，开始向下滑行，这时，他又补充了一句："我们的实验室，就是以那个向下开掘的坑道为基础，重新扩展修建的。修建的时间是上个世纪 70 年代，当时是林彪主导军委的时候。"

五

下面的情形连一点坑道的影子也没有，整肃的结构简直让小李炫目。不仅和那些寒碜的厂房形成鲜明的对比，甚至和它隐身其中的山体也大相径庭。如果不是亲眼见到，小李真是想象不出：一座看似平常的山体里面，会隐藏着这样巨量的建筑。

合金门打开之后，他看到的是一个巨大的宽敞的圆形空间。空间的顶部让他想起曾在一张照片上见到过的人民大会堂的屋顶照，像一个敞亮通明的巨大罗盘。圆形空间的正中，是一个圆形的平顶建筑。绕着这个平顶建筑的，是一条环形通道。沿着环形通道，有十几条像光线一样四周伸展的通道。通道直入已经装修完好的岩壁，在通明的灯光照耀之中，可以看到通道两旁都是紧闭的房门。

让小李感到诧异的是，整个空间静寂的氛围。

这种氛围一路上都在延续，到这里显得更加明显。偌大的空间里，只有通亮的灯光，沿着辐射状的通道分布的紧闭房间，除了他们三个人，再也没有一点儿人的迹象。

这些人都藏在这些紧闭的房间里面？

"那是中央控制室。"周志平指着那个圆形的平顶建筑说道，然后又指了指周围的十几条通道，"周围都是我们的实验室，我们要去的是其中一间。我来带路。不过，进去之前，先得换身装备。"

他按了按身后墙壁上的一个按钮，后面一扇门开了。一个换衣的房间，挂钩上有十几套白色服装。

周志平取下三套，三个人分别换上。白色的罩服几乎包住了三个人的全部，只露出了各自的面部。

等大家都整束完备，周志平带着两个人走了出来。

门上大概有自动感应装置，等到三个人都出来之后，就自动合上了。

周志平带着他们走上了其中一条通道，沿着长长的通道走到最里面一扇紧闭的门前。

门同样是合扇式的，门边的墙上同样内嵌方形的密码盘。周志平按了几下，门开了，一个空荡荡的房间，两个同样身着白色罩服的人正站在几台并排而列的电脑面前，看着他们走了进来。

按照惯例，周志平应该引见一下，但是他只介绍了一下小李和老张，对房间里的两个人，就避而不谈其详了，只是简单地说了一句："人都来了，可以开始了吧？"语气显得恭敬谨慎。

小李心想，这两人的级别应该不低。

其中一个人点了点头，说道："到这里来的目的，你们局长肯定已经跟你们讲过了，我就不重复了，大家抓紧时间，就这样开始吧？"

小李心想：到现在为止，我还真是不知道我到这里来的真正目的是什么。局长是有一套命令，但说得就很含糊，一路上，老张扯的又是另外一回事，搞得他连方向都没了。这里的人更加干脆，不等他开口提问，就彻底堵住了他的嘴。

房间中央有一张宽敞的黑色座椅，看样子好像一张皮革装备的按摩椅。

周志平引着小李走了过去，叫他坐到椅子里。

小李刚一坐进去，就觉得自己的全身好像被什么东西紧紧包围住了一样。

他有点惶急，因为不知道怎么会这样。

"我要不要告诉他，这样的实验，前几天我也做过？"老张问。

周志平笑着说，"不止你一个，凡是参与过这个事件的，都做过这个实验。别怕，放轻松。"

小李觉得他笑得很勉强。

周志平避开小李的目光，开始介绍实验相关的细节："这个椅子是一个测试装置。它现在正在记录你跟你身体有关的各种数据，接下来，会用到这些数据。现在，你活动一下，按我的指令，从头部开始，然后手、脚、眼……再来一次。"

周志平一边下着指令，一边看着电脑，大概小李做这些动作时，相关的数据都正在传送到电脑。

"好了，差不多了。"重复了几次之后，周志平点点头，"可以开始下一步了。"

周志平走到电脑中间，取出一个像是头罩的东西，然后戴到小李的头上。

小李对电脑、高科技之类的东西都是外行，一点也不明白这个头罩的用途是什么，为什么要戴到自己的头上？它的造型让他想起了从战争电影里看到的坦克手的装备。

他没有提问，现场的气氛让他觉得任何提问都是多余的。

那种气氛来自其他几个人的表情。

他们急切地想从小李身上得到一个结果，任何干扰这一过程的行为，都会让他们感到不快。

周志平从头罩上拉下一个像护目镜一样的东西。护目镜是赭色的。小李还没来得及戴着这副护目镜四下扫描一遍，就听到周志平拍了几下手，然后眼前就一片漆黑。

漆黑之中，好像所有的人都远离了他。

这种感觉真是奇怪，因为小李置身的是一个狭窄的房间，即使周边的人全数撤后，距离应该也就在几步之外。但是，小李的感觉却像自己已经置身在一片辽远的空寂之中。

他正在诧异，传来了周志平的声音，尽管只有数步之遥，听起来却像是来自一个旷野的极端："接下来，你要仔细地看着周围发生的事。不论看到了什么，你都不要作声，也不要插手。你唯一要做的事就是看着，然后尽量全部记住……所有的细节在内。"

六

片刻的黑暗之后，小李的眼前出现了一条被微弱的灯光照亮的楼梯。

这时，他好像已经习惯了头罩的重量，头罩好像变轻了，消失了，他不是隔着头罩的护目镜，而是用自己的眼睛直接看到了这条楼梯。

这条楼梯给他似曾相识的感觉。他应该在什么地方看到过，围绕着这条楼梯的灯光好像也不陌生。

接下来，他产生了爬上楼梯的念头。这个念头刚一产生，他的脚就动了起来，他听到了自己启动的脚步声。那条楼梯渐渐靠近。他感觉自己一步踏上，然后，沿着楼阶，一级一级地踏爬上去。

清晰的脚步声让他一下就想起来了，刚才那种似曾相识的感觉来自哪里。

来自海洋工程二所。

他脚下的这截楼梯，就是他走过多次的那截楼梯。沿着这截楼梯，他曾经先后两次进入过凶杀现场，还有一次，为了证实自己的一个猜测，他带着一把枪也踏上过这截楼梯。

怎么会这样呢？小李心想。

片刻之后，他好像明白了一点，他现在所处的这个环境，就是一个三维模式化的场景，他所看到的一切都是数据制模的结果。

和一般的静态的三维制模不同，这种三维制模后的场景是沉浸式的互动模式，不仅可以使人的全身感官都能置入其中的场景，同时也能让人的每一个动作的意念得到呼应。

原因在于，这一模式配置了灵敏到细如发丝的感应系统，能够捕捉到全身神经系统最细微的反应：肌肉系统的，视觉系统的，甚至神经系统的……任何一个系统的轻微变动，都会通过感应系统传递到模式的中央控制系统，整个三维就会做出相应的调整。

因此，进入到这个模式之后，一个动作意念的结果，就会和他日常生活中的一个动作的结果完全一样。如果他想向左看，整个三维场景就会展现出他左看时的场景；如果他的脚做出什么动作，整个三维系统就会被调整到适应这种动作。

所以，他只是做出了踏上楼梯的动作，其他的一切，都是来自这个灵敏的三维系统。

"全息化沉浸式三维立体互动空间建模"，他想起从老张嘴里一字一字地吐出来的长长的名字。他现在正在体验的应该就是这个。

这就是他们给自己戴上头罩的目的吗？就是为了体验一下这个系统？他想起局长的话："这个系统好像出了点问题"，难道真正的目的就是让我来找问题的？

一时间，小李以为他们找错了人，他对高科技的东西一向茫然，连个手机都只会一般操作。他能找出什么问题？就算找出了问题，他又能做些什么？

这时，在这个三维互动的场景里，他已经快爬完整截他熟悉的楼梯。

楼梯的尽头横着一条熟悉的通道。

只要再爬上几级，他就会站在通道口。

通道的两边都是房间。左侧的一个房间，就是他多次进入过的凶杀现场。

也许，这就是让他戴上头罩的真正目的，让他能够置身凶杀现场之中，回忆起他尚未留意到的某些关键细节？

他已经爬完了楼梯，站到了通道口。他把目光移向那个发生过两次凶杀案的房间。他记得每次都能从楼道口，看到房间投射出来的灯光。他习惯性地去寻找这个灯光，但是，接下来看到的却让他震惊。

门口，每次他进入前只能看到的那个空荡荡的，被灯光照射出的门口，现在站着两个人。

从他所在的位置，他看不出这两个人的具体模样，但是仍然能够判断出肃立在灯光之中的两个人的大致情况。

一个是四十岁左右的男人，一个是女孩。这两人都把目光投向灯光亮起的房间，目光专注。女孩的手紧紧握住了男人下垂的手，即使从通道的尽头看去，也能体会到两人神情中的肃杀之气。

小李忍住了自己想叫的冲动。他记得戴上头罩前周志平的嘱托，不能作声，只能看。

他屏住呼吸，虽然觉得这很多余，但是好像已经控制不住自己。

犹豫了片刻之后，他轻轻地迈开脚步，朝着两人走去。他尽量提防着，不要发出声音，但是脚步声仍然清晰可辨。他有点担心，这样会不会惊动那两个人？后来又觉得可笑。他不能肯定的一个想法是，这会不会是三维制模时，已经设定好的一个细节？

如果是，为什么要这样设计呢？又为什么要让他看到呢？

那两个人已经越来越近了，形象逐渐清晰。

最吸引小李的，是两人身上的服装，都是怪异到超出他日常接触的范围。它看上去很像以荒古时代为背景的戏剧道具，带着鸿蒙时代的启示意味。这样的服装，现在更多地出现在游戏场景之中。

片刻之间，他想会不会是一个高科技领域才有的现象，一个游戏的数据，被误植到了这个三维建模之中，所以才会出现这种现象？

但是，接下来发生的事，却容不得他多想了。

眼前出现了一个三维建模场景里绝不可能出现的情况。

先是那个女孩。她似乎注意到了小李的脚步声，慢慢地转过头来，专注的目光投向了小李。

小李的反应立刻迟钝起来，他想自己应该停下脚步，但是仍然被不可知的力量驱使着，脚步仍然朝着那里移动。女孩的脸上，开始有了一点诡异，好像无法理解她正看到的一切。像这种情况下所有的女孩都会做的一样，她用手扯了扯身边的那个男人的袍服。

男人于是也转过头来，目光投向小李。

小李看到了一张奇特的脸。最奇特的地方是被灯光清楚地照射出的额头，正中有一个微微的圆状突起。

小李停下了脚步，男人的神情让他止步，仿佛再往前走行一步，就会有一种阴厉的不测等待着他。

男人慢慢地张开了嘴，用手指了指小李，然后手指转回来，沿着自己的脖子慢慢地画了一条直线，好像模拟一把刀正在慢慢地划过自己的脖子。手指到达脖子的终端之后，他停住了片刻，目光持续停留在小李身上，好像在等待小李的反应。

然后，男人的手指离开刚才划过的脖子，慢慢地直直地伸向小李，一只手直指着小李的身后。

这一指具有魔性，小李不由自主地顺着手指的方向，朝身后望去。

他的身后，一直静静地站着一个人。

正是他一直在寻找的那个人——陆离俞。

陆离俞脸上的表情却是他非常熟悉的现代意味。他在审讯陆离俞的时候，多次看到过这副表情，一点也不陌生。使他感到陌生的是，陆离俞身着同样带有莽荒风格的服装，看上去同样多了几分启示的意味。

他的目光与陆离俞的目光相遇了，然后，他听到陆离俞带有梦幻感的声音："这是怎么回事？"

小李再也控制不住了，短促地叫了一声。

他的眼前一下就亮了起来，刚才看到的一切立刻消失了。赭黄色的光晕，还有脑袋上的头罩的重量，一下都出现了。接下来，他听到了周志平的声音，这一次，声音就在面前，显得非常急切：

"怎么样，你看到了吗，那三个人？"

第二章

一

"《山海经》里最常见的一个现象，是异文现象，即关于同一个地方，却有不同的记录，举个例子来说……"女人说到这里，抬起头，看着坐在对面的陆离俞，然后低下头来，从自己手上的资料夹里翻到一页，"《海内西经》有这样一条记录：'三天子鄣山在闽西海北，一曰在海中。'但在《海内经》里，又有这样一条记录：'南海之内有衡山。有菌山，有桂山。有山名三天子都。'"

"对这两条经文，注释家一般都认为，'三天子鄣'和'三天子都'其实是同一座山，之所以会出现两个名称，可能的原因是古代典籍在传抄过程中常常会出现错讹，一个字被抄成了另一个字形相近的字，于是同样一座山，就成了两座山。"

说到这里，那个女人温柔地一笑，静候着陆离俞的反应。

陆离俞的反应是一脸麻木。

"这样的时刻，你可以说点什么。"女人慢慢地催促着，一只手合上了资料夹。

陆离俞叹了一口气："那好啊，我就说了。鸣珂，"他叫了一声那个女人的名字，"你应该知道，我为了什么才会来到这个叫瀛图的地方。"

"我知道，"女人点点头，用手拍了拍手上的资料夹，一脸慎重，"而且，心怀感激。"

"如果你心怀感激，你应该让我看到些什么，与你有关，能够指向你，能够靠近你，能够找到你……"陆离俞看着窗外，目光无限惆怅，"但你所做的，却只是让我梦见你，而且是以这样的方式梦见你。"

"这样的方式有什么不好？"女人笑着说。

"开始很好，"陆离俞说，"但是作为一个梦来讲，结局就有点……为什么每次梦的结尾，我看到的怎么都是那么怪异，跟我此刻的心绪完全相反？……"他抬起头看着女人，女人不仅沉默着，而且形象开始模糊起来，逐渐消失在周围的黑暗里……

陆离俞从上面的梦境里，迷迷糊糊地睁开眼睛，仿佛在追随着女人消失的身影，眼前却是闭塞的黑暗。他的睡意还未退去，够不上细细回味刚才的梦境，只是含混地，略带不满地嘟哝了一句"又来了，还是老样子"，便昏昏沉沉地又睡了起来。

　　梦境于是继续，这一次就像是回忆一桩旧事，而且，一切都真切如同当时。

二

　　一个秋日的黄昏，他和郁鸣珂并肩坐在自己租来的房间里的一张桌子旁边，讨论着自己参与的课题。他们那时负责的部分，是与三代分期工程有关的一个项目。

　　三代分期这一课题的一个预订目标，就是尽可能准确地描述出夏代的地理状况。

　　方法之一，就是以《山海经》的文字记录为依据。书中所提到的国名、地名一一罗列，然后，把这些地名与历史上遗留至今的地理材料中的地名进行对比，以确认《山海经》里所提到的这些地名在今天的地理版图上大致的位置。这样就能在今天的地理版图上，大致复原夏代的地理版图。

　　"这种想法是不错的，"郁鸣珂从材料堆里抬起头来，半侧着身体，对着陆离俞皱了下眉头，"但是，执行起来，几乎是不可能的。"

　　"有这么夸张吗？不就是出去找个地方呆上一天吗？"陆离俞故作吃惊地问。

　　刚才郁鸣珂在查阅资料的时候，他一直在她旁边，轻声细语地扯着周末出游的事。他说着有个小镇不错，可以去玩玩，说得正起劲，郁鸣珂就抬起头来，来了这么一句："执行起来，几乎是不可能的。"

　　陆离俞话一说完，轮到郁鸣珂一脸吃惊："呆上一天，什么意思？"很快她就恍然大悟，轻声一笑："搞拧了！我说的不是那个，是这个。"她指了指自己身边的那堆材料，一脸冷漠地看着陆离俞："以后我工作的时候，麻烦你不要用这些无聊的娱乐项目来打扰我。"

　　陆离俞点点头："那我可不可以问你一下，你的工作到底出了什么问题？"

　　"要在今天的地理版图上，找出《山海经》曾经提到过的那些地方，几乎是不可能的。"郁鸣珂一脸丧气地说，"首先，《山海经》上的大部分地名，在后来的历史材料中都找不到记载。作为地名，它消失了。我们也就没法知道它和今天的哪个地名有承续。

　　"其次，还有一个同名异地的问题。也就是说，《山海经》上有一个地名，在今天的地理版图上也能找到，但是地理方位却相差惊人。例如，《山海经》

里有一个叫苍梧的地方，我们今天也在用这个地名。依照《山海经》的记录，这个地方出现在《海外南经》。顾名思义，这个地方应该在今天的南海之外，但实际上，我们今天的地理版图上，它的位置是在长江流域的洞庭湖畔。差别如此之大，这个叫苍梧的地方到底在哪里，就成了一个疑问。"

陆离俞打了个哈欠，说道："一般的注释家不会觉得这是个疑问，只要做出一个解释就可以了。《山海经》的成书过程，经历过长长的传抄和编撰阶段，到西汉才成为我们今天的定本。可以想象，早期的传抄和编撰的过程中，一个传抄者可能出现了一个常见的疏忽，把洞庭湖畔的苍梧编到了《海外南经》。到了编定定本的时候，由于西汉的尊古传统，这一疏忽不仅没有得到纠正，反而延续下来，成了我们今天看到的这个错讹。"

郁鸣珂不满意地摇了摇头，露出了女学者才有的知性魅惑，陆离俞看得目不转睛："如果只有少数几处的话，这个解释倒还能成立。但是如果这样的错讹比例超出了百分之五十，那就很难用错讹来解释了。还有一点也能证明这种错讹说难以成立。《山海经》最早的编撰者，是以专注和细致著称的西汉学者刘向。他编录古籍的原则，是以修订为主。如果有明显的错讹，他会参照其他的著述一一修订。这样的编录，不太可能会出现这么大面积的错讹。"

陆离俞想了一下，开口说道："如果《山海经》传到刘向手上的时候，只有一本错讹百出的本子呢？我记得，刘向编录的还有一个原则就是不改其旧。也就是说，如果《山海经》传到他的手上时，只剩下一本错讹的本子，没有其他可以参照修正的本子，那么，即使是错讹遍布，他也会照录不误。"

"这样也能勉强解释得通。不过，这可能会掩饰另一个更有可能的解释。"

"什么解释？"陆离俞问。

"《山海经》本身是没有错的，在它记录苍梧这个地名的时候，苍梧的确就在海外的南边。但是，后人却做了一件容易产生误会的事，就是把苍梧这个名字取来，用作洞庭湖边的一个地方的名字。到了我们这一代，面对着《山海经》的记录和现存的地理版图，就出现了我刚才所说的同名异地的现象。"

陆离俞点点头："这样一来，至少我们现在的中国地理版图上，就找不到《山海经》上那个叫苍梧的对应点了。"

"这个还不是最严重的。"郁鸣珂没理他，继续着自己的思路，"更为严重的是，《山海经》自身的记载里也有同名异地的现象。"她拿起一本清四库版的《山海经》影印本的复印件，念了两段，然后说："你看，这两段文字提到了两个名字，一个叫三天子都，一个叫三天子鄣。这两个名字，注释家一般都认为是同一地名的传抄错讹。但在书中，一个记录的位置是南海，另一个记录的位置却是在海内西经，也就是西海这个方向。这难道又是编撰、传抄的错误？"

"三天子都，三天子鄣……"陆离俞低声念叨起来。

"你念叨这个名字这么久，悟出了什么没？"郁鸣珂问道。

"我突然想起来了，本地有个地方，好像就叫三天子陵。三天子陵，三天子都，三天子鄣，好像都是同一个名字的异文衍生……有一天，翻看几年前的报纸的时候，一篇报道提到了这个名字。你知道我这个人最关心时事了……"

"那好啊。"郁鸣珂一脸快活地建议道，"你不是想出去玩吗？我们这个周末就去那里玩玩吧，看看能不能机缘巧合，发现点什么。"

"恐怕不行，"陆离俞摇了摇头，"我看的那篇报道说得很清楚，这个地方已经被改建为一个垃圾处理厂，周边的居民正在提交抗议。我们去干吗？不是遇到抗议人群，就是去爬垃圾堆。"

郁鸣珂一脸失望地沉思起来，陆离俞好奇地看着她，心想，这个地方对她有那么大的吸引力吗？

"我倒查过一些资料，"陆离俞赶忙安慰她，"这座山好像挺奇怪的。本地地理研究报告中，都认为本地山脉应该来自于海洋地壳隆起的时代。具体发生在寒武纪，还是侏罗纪，我记不清了，我不是学地理的。总之，在某一个叫纪的时代，这里是一片海洋，后来地壳变动，海水退去，地壳隆起，成为今天的我们看到的本地山系。"

"这座山，也是这样？"郁鸣珂听得一脸认真。

陆离俞摇了摇头："问题就在这里。地壳隆起而成的山体，它的地质结构和周边的地质结构应该是一致的，因为都是来自同一地域的地壳。但对这座叫三天子陵的山体的结构分析，却可以发现它的结构完全不同于周围。那一地带的山体大大小小，大概有十几座，基本上都是和周边的地质结构一致，唯一例外的就是这座三天子陵。所以，有人开玩笑地说：'这座山会不会是从天上掉下来的，或者是从哪里飞过来的？不然，真是没法解释这个现象。'"

"后来呢？没有深入研究过吗？"郁鸣珂追着问。

"后来嘛，那个地方就成了垃圾处理厂。这座山到底怎么来的，估计也就不了了之了。谁会去一个垃圾处理厂研究地质课题……"

陆离俞说得正起劲，郁鸣珂突然抬起头来，果断地问一句："你有兴趣吗？"

"我？"陆离俞还以为对方是在开玩笑，就随口说了一句，"当然有，可惜没机会。据说，媒体采访都要国务院办公室的批文，我哪里弄得到？"

"这倒不是问题。"郁鸣珂胸有成竹，"我现在想知道的是，如果有一个机会，让你去这个叫三天子陵的地方看看，你会不会给我们一个解释？"

"你，我们？为什么只说'你'？"陆离俞有点好奇了，"不能是我们两个人吗？还有，我们是谁？"

郁鸣珂摇了摇头，脸上的表情变得像诗一样遥远："只能是你！除了你一个人，还能有谁？……至于我们，我也不知道我们是谁，至少现在还不知道。"

陆离俞沉默起来，不知道该怎么接上这段话。他想，这是多么奇怪的对话！这样的对话，好像发生过不止一次，到底意味着什么？郁鸣珂也沉默起来。

正在这时，空寂的房间里突然响起了一种声音，声音来自门外，打破了两人之间的沉寂。两人不约而同地朝着紧闭的那扇漆门望去。陆离俞很快辨认清楚了，那是有人踏着楼梯发出的声音。

脚步声越来越近，越来越响，郁鸣珂的目光一直没有离开那扇门："刚才说的有点不对，除了你，应该还有一个人，……你听，听到了什么？"

"脚步声？"陆离俞犹豫不定地问。

"对，脚步声。那人正在走上楼梯。"郁鸣珂慢慢伸出手来，用手指着那扇门，话音听起来就像是一道命令，不容拒绝："你现在站起身来，走过去，打开那扇门，门外就站着另外一个人，一个和你一起进入三天子陵的人。"

陆离俞不由自主地站起身来，迈开步子，好像与那阵脚步声对上了点一样。当那阵脚步声停在门口的时候，他也正好走到了门边，停下脚步。他回过头，桌子旁边已经没有了郁鸣珂的身影，只有一张空荡荡的椅子。她现在藏在哪里？陆离俞把手伸向门把，似乎答案应该就在门外，连同郁鸣珂一起。

他拉开门，门外站着一个人。好像是听到了开门的声音，那个人转过脸来。

陆离俞吃了一惊，他记得他看到的这个人是谁。

陆离俞叫了起来。

三

"你看到了吗？"一个女人的声音，出现在陆离俞的身后，刚才隐身的郁鸣珂，现在好像又出现了。

和往常一样，梦到这里，又有了新的内容。

陆离俞站在打开的门前，恍恍惚惚地看着眼前的一切。

现在他的眼前，好像是一个长长的通道，通道的尽头有一扇打开的门。

两个瀛图系着装的人正站在门口，一个是中年男子，一个是女萌童。他们正朝着自己凝望，脸被门内投射的光照得发亮，照出了那个中年男子额头正中隐约可见的圆形凸起。女萌童紧靠着中年男子一侧。

中年男子一只手伸了出来，直直地指向自己。

陆离俞不知道这两人是谁，也不知道为什么会被自己梦见。

在他和这两个人之间，还站着另外一个人。这个人站在通道正中楼梯的出口，顺着男子手指的指引，也在朝着自己这里凝望。

这个人他倒认识，因为相处了很久，到后来，每当这个人出现在自己面前的时候，他都开玩笑地叫他一声"小李……"，像个老练的无赖。

小李的目光已经投向了自己这边，但他怀疑小李的目光是否看到了自己，因为小李的目光是空洞的……

"这是怎么回事？"陆离俞突然开口了，好像在问房间里的另外一个人。

"你看到了？"女人的声音又出现了，还是在陆离俞的身后。

声音并不重要，重要的是这声音里的意味，充满了奇特的诱惑。她并不在意他真正看到了什么，她真正期待的似乎只是他的一次回头。

回头吧，回头吧……梦中女人的声音暗示着：那时，你就会看到，现在的我，还在你的身后，如同刚才的我，就站在你的面前一样。

陆离俞却没有回头。他已经清醒地意识到……这是一个梦，一个反复出现在自己睡着时的梦，但是他想：不能回头，不能，坚决不能……

他很熟悉这个场景。自从进入这个瀛图之地，他反复地梦见过这样的场景。他一次次地打开过一扇门。每一次的打开，都是应许一个女人期待的眼神。一个他一直在寻找的女人。一个叫郁鸣珂的女人。

郁鸣珂带着这样的眼神，站在他的面前，轻声说道："去吧，去把那扇门打开，然后告诉我，你看到了什么？"

他应声而为，随后他站在打开的门前，看到了刚才的一切。

于是就是那种奇特的诱惑的声音，仿佛来自郁鸣珂："你看到了吗？"

他回头，一次次地，他看到的是一个空荡荡的房间。声音再也没有出现。

一次次地重复之后，即使是在梦中，他也产生了一种奇怪的念头。

如果我回头的时刻，就是你消失的时刻，那么，我为什么要回头呢？

让你永远留在我的身后，不是一样挺好？虽然这样一来，我能接触到的你，只是你的声音。

不能回头，不能，永远不能……

"唉，问你呢，看到了什么？你不回头可以，说几句话总行吧！"那声音又响起来了，透着不耐烦。

陆离俞心里一木，梦里的他开始怀疑，身后这个女人的声音是不是郁鸣珂的声音？郁鸣珂好像从来没有失去过耐心。她相信等待会解决一切，尤其是充满静默的等待。

"不说，好啊，我自己来看。"话音刚落，女性的纤柔的双手攀上了他的双肩，一颗散发着女性气息的头颅贴到了他的头边。女人用这种姿势，从陆离俞的身后，朝着打开的门里探望。

陆离俞被气息吸引，不由得朝着气息飘来的方向瞟了一眼。

他这一眼就看清楚了女人的相貌。梦里的他反应奇快，腾地跳出几步之远。

"是你？怎么会是你？"梦中的陆离俞吃惊地叫道。

"奇怪？"那个女人头也不回地说道，还是一副朝门里探望的姿势。为了看得更清楚一点，失去了依撑的她的姿势成了手撑双膝，上身前倾，脖子朝门里伸得老长。她维持着这种姿势，又补充了一句："当然是我，不是我会是谁？一直就是我。"

"我还以为是……"梦中的陆离俞说了一半就放弃了。多说无益。他想起上次见到这个女人的情景，真不是什么愉快的回忆。

来到瀛图的最初的一个清醒的时刻，他发现自己被紧紧地捆在一根石杖上面，然后，这个女人出现了，点起了他进入瀛图之后所看到的第一盏火。随着这一盏火而来的是盘踞在他体内的两条蛇……再加上此后的种种不堪……陆离俞一想到这个女人，就会忍不住地哆嗦一下。

这是啥人啊？干吗跟我玩这套？陆离俞哆嗦完了，就会这样问一句自己，哪怕是在这样的一个梦里。

"什么都没有嘛！"女人看了半天，一脸失望地直起身来，转过身来对着陆离俞："我知道你想说什么。你肯定又把我当成那个女人了，叫什么郁鸣珂。上次就是这样，人还没见到，就喊郁鸣珂，郁鸣珂……"她语调滑稽地学起了陆离俞。

"记得这么清楚，你是不是嫉妒啊？"陆离俞盯着女人说。

"有那么一点。"女人的神情居然严肃起来了，好像接下来说出来的话，是需要深思熟虑才能得出的答案。

陆离俞注意到的却是另一个事实，那扇刚才还开着的门，现在已经慢慢无声无息地合上了。他现在和这个女人所在的，是他在那个叫世界的地方租住的房间。

女人好像也是到现在才发现这一点，开始一脸天真地在房间里走来走去，见到什么有趣的东西都要翻弄一下。陆离俞倒不觉得被冒犯，反而有点意外，自己房间里的储存怎么会这么多。

"好久不见了。"女人一边到处乱翻，一边热情地说，"上次见过之后，过了多久？我算算……"女人算了一会儿，就放弃了："我还真不知道该怎么算，是按你来的那边，还是按你现在所在的这边……算了吧，这个不重要。你过得怎么样？"

陆离俞一脸警惕地说道："这是熟人之间才会问的问题，也是熟人之间才会回答的问题。"

"我们不熟吗？我还以为我们很熟呢！"女人一副扛得住的表情，一张照片从她翻弄的地方掉了出来。女子捡起来看了看，嘟哝了一句，就把照片放到了桌子上面。陆离俞很想知道是什么照片，但是出于奇怪的自尊，他没有说话。

女子转过身来，对着陆离俞："不过，看你的样子，你好像不太满意你现在的……这个词，用你们这边的话，该怎么说来着，处境？对，处境，为什么会这样？我对你的期待可是很大的哟。不过，看到你这副样子，我还是有点失望。说说吧，怎么回事？看看我能不能替你解决一下。"

女子一脸政工干部气，接下来就要开始思想工作了。

陆离俞心想：萝莉相貌，政工气韵，即使是在我出来的那个世界里，这样的女人也会是一种何等奇葩的存在。就是这样一个女人，开启了我的瀛图之旅？

"你到底是谁？"陆离俞问。

"这个不重要。"女人说，"重要的是知道你是谁，你去瀛图，目的是什么。"

"不是很清楚吗，去找一个女人！"陆离俞说，"对这个答案，你应该知道得比我还清楚。如果我的目的是来找一个女人，为什么不现在就告诉我她在哪里？大家省事。"

"我不会告诉你的。"女人说。

"为什么？"陆离俞有点火了，口气变得生硬起来。

"因为这个女人，不是你来这里的目的。我知道的，只是你来这里的目的。我能告诉你的，也只能是这个。"

"那好啊，你告诉我，如果不是来找一个女人，我来这里的目的，会是什么？"

女子于是一脸无奈，说道："你应该有所领悟。"

她摇了摇头，大有不堪教化之意。

"我一无所悟。"陆离俞冷冰冰地说。

"哦，这样啊。"女人慢慢地说道。

好像恋人绝情一样，陆离俞冷冰冰的样子有点刺伤了女子。她沉思起来，过了一会儿，她叹了口气，说道："我觉得你说的应该是实话。从你进入开始，我一直不停注视，你所为何来？你似乎真的什么都不知道。那个监狱里的替代，应该是找错了人。"

"那就赶快换吧。"陆离俞说，"给那个替代一个机会，让他找个更合适的。"

女人说道："对那个替代来说，好像没有更换的可能了。他已经将使命传承给你。机会也仅此一次，没有第二次了。他这么相信你，你却管他叫替代，这事，真有点儿……"

"我不该管他叫替代吗？"陆离俞有点好奇了，"那我该管他叫什么？"

女人充耳不闻，又沉默了一会儿，脸上的神情突然严肃起来。她看着陆离俞，说道："现在，能够做出的选择的只有你自己了。我可以给你一个选择，你只须回答一个问题：你是选择离开？还是留下？"

"明明是两个问题，问号都用了两个。你的数学是语文老师教的?"陆离俞打着哈哈说道。

"我再问你一次，"女人没理会陆离俞的冷嘲热讽，表情严肃的程度能把那副萝莉相貌远远地抛在身后，"注意，也是最后一次。你是选择留下，还是离开?"

"留下。"陆离俞脱口而出。他捕捉着女子脸上的反应，看看上面有没有什么气恼的表情，被人戏弄后的气恼，好像这才是他如此作答的唯一目的。

话音刚落，女子的身影开始模糊起来，连抓个表情包的机会都不给他。

陆离俞心想，糟糕，刚才该再拖她一会儿，叫她把我体内的两条蛇弄走……

"你的命运，你能改变，但是在此之前，你要学会顺从……"这是女子身影消失殆尽之后，隐隐传来的她的声音……

"什么玩意儿……"陆离俞心想。

第三章

一

"做什么呢？怎么一到关口，你就只会发愣！"女汩大声呵斥道，神色急躁，一头秀发已经松散，斜披在脸上。这时的她，左臂上已经有了一道被利刃劈出的伤口。她一手捂住伤口，转头又呵斥了一句："快冲上去，帮忙啊！！"

被呵斥的对象正是陆离俞。陆离俞神色恍惚地站着，目光不知飘落到了什么地方，好像根本没有听到这声呵斥。

"怎么回事？命运，改变，顺从……这声音是从哪里来的？应该是个梦……"陆离俞想，"我是不是曾经梦到什么？还是会梦到什么？"

他的身后，躺着一匹死掉的战马。女婳瘫坐在这匹死掉的马边，一脸茫然地看着前面。前面的空地上的景象，已经是到了怪异莫名的地步。

空地远处的一端，迎面站着地炼术士黔荼。他背着双手，远远地站着，身披一件怪模怪样的衣服，大到可以装下两个黔荼。

黔荼的目光直盯着自己前面。

几步路之外，也就是在黔荼和女汩这群人之间的空地上，有一个人正手挥利刃，手舞足蹈，劈刺劈杀。这人的身边什么都没有，这些凌厉连贯凶狠的动作看上去既像是在操练刃术，又像是在黔荼面前表演杂耍，但这人脸上的表情却是肃杀狠厉，好像每一个动作都是性命交关。

这个人就是季后，现在被女婳改名为启。但是女婳告诉季后，这是一个只有他们彼此才知道的改动，因为启这个名字，应该是一个只有她才知道的秘密的名字。这个想法真是女孩气十足，再加上女婳说出来的时候，一脸谋划深沉的表情，季后只剩下点头的份了。

此后，在有他人在场的场合，季后还是季后。女汩和陆离俞对此都是一无所知。

此时的季后扑杀的动作一刻都没闲过，脸上的表情却是越来越惶急。偶尔得到一个机会，也是连张口的工夫都没有，只能朝女汩这边投来绝望的一眼，好像期望女汩能领会到什么。

这一眼让女汩内心更加焦急，不由得大声呵斥陆离俞几声。

几声之后，陆离俞才算略有回神，终于看到了眼前的一幕，但他的反应还是很迟钝，只是停留在这个念头上：季后是怎么回事？一个人舞起利刃，为什么不冲过去跟黔荼交手？

二

苍梧之战结束之后，玄溟攻进了苍梧。

无支祁略感失望的是帝丹朱跑了，也没有抓住女汨。

他入城之后，第一个前去的地点，就是女汨常住的少司祠。结果女汨人没见到，那块据说镶嵌了悬灯遗迹的墙壁也空了。有遗迹的地方，现在只有一个窟窿。接着，女朴一身戎装，一脸无所谓地走了进来，告诉他，帝丹朱也找不到了，据抓到的人说，被他身边的一个叫女与的女侍带走了。那个女侍，据说是帝丹朱的知心爱将司法的妻子。

无支祁看着窟窿，心想：这可真够乱的。他想，司法已经是自己的俘虏了，接下来，是不是去审问一下，看看能不能问出什么？正在这样想着的时候，地炼术士黔荼来向他告辞了。

"干吗这么急着走？"无支祁问，"你不是想找到通往悬泽的道路吗？现在已经到了苍梧，距悬泽之路应该也就只有一步之遥。不如再等等，司法在我手上，看看我能问到什么。"

黔荼答道："谢谢帝的盛情，不过，我估计你在司法那里应该查不出什么。能够通往悬泽的路，全系在帝丹朱的身上。现在帝丹朱也没了踪影，估计从那个叫司法的口中，也问不出什么。我留在这里应该也没有什么用。帝倒是可以常驻下去。即使没有找到悬泽，也没有什么损失。雨师妾现在已经是你玄溟的属国了，只须费心整顿一下就行了。"

无支祁摇了摇头："我乃海上岛人，真正留恋的地方乃是北地海域，只是迫不得已才来到这里。现在苍梧已下，我一心想的只是回归诸海。只是还不清楚怎么回去，是走原来的海路，还是从此北上，走一条陆上的归路？"

"陆上的归路？"黔荼一笑，"那不是得经过河藏一部？帝的意思是，回归诸海的路上，顺便吃掉河藏？"

"不行吗？"无支祁淡淡地回了一句，然后又有点不放心地补问了一句，"还是觉得我不能？"

黔荼莫测高深地一笑，鼻子好像感冒了一样，突然抽了几下，然后又吸了几下。

无支祁不明究竟地看着他。

黔荼赶快说道："事在人为，黔荼不敢多言，只愿帝之所欲，能够尽数如愿。黔荼就此告辞了。如有机会，黔荼愿在河藏之地，恭候帝之大驾。"

无支祁点点头，黔茶施礼之后，匆匆告辞了。等到黔茶消失，女朴突然问了一句："那个叫司泫的，你打算怎么办？"

无支祁想了一下，叹了口气，说道："看他降不降，不降就只好杀了。"

女朴没有说话，突然打了个呼哨。无支祁不明究竟，正想开口。跟往常一样，女朴冷冷的眼神让他放弃了。过了一会儿，女朴手下的一个女刺带着一个看样子是雨师妾宫女的人进来了。

"刚才进宫搜了一遍，"女朴说，"其他的宫女都吓得到处乱跑，只有这个宫女特别，主动迎了上来，好像一直在等我一样。我一好奇，问了几句，才知道她是在等人，不过等的人不是我。"说到这里，女朴一指无支祁："这就是你要等的人，你有什么话，就跟他说吧。"

那个宫女面无畏惧，走到无支祁面前，双膝跪下，云鬟低垂，慢慢说道："我受帝后姬月派遣，等候玄溟大帝，只为帝后有事相求。"

"什么事？"无支祁问。他还没见过姬月，只知道苍梧沦陷之前，姬月随她的哥哥逃往月母国了。

那个自称宫女的人说道："帝后恳请玄溟大帝的，只有一事：留住司泫部首。"

"哦，那就是不要杀他了。你的帝后有没有告诉你，要我答应她，她会付出什么代价？"无支祁问话的时候，已经有点好奇了。

"有，就是我。"宫女说着，抬起头来，目光直逼无支祁。

三

告别无支祁之后，黔茶匆匆离开了苍梧城。

苍梧城里还是一通乱象，无支祁慰劳士兵的方式就是每攻下一地，就会纵容他们三天。三天之内，烧杀抢掠，奸淫纵欲，他们爱干什么就干什么，无支祁都不会过问，三天之后，就恢复军令，一切残杀抢掠，都要军法从事。这么一来，士兵们都很拥戴他，认为他不但号令严整，还是咱们士兵的贴心人。

黔茶经过苍梧城的时候，为免骚扰，从横尸遍布的地上，抓起一件死者的衣服，披在身上。这件衣服大概是玄溟士兵从哪个死者身上扒下来的，不知是嫌难看，还是怎么回事，就随手扔到了地上。黔茶捡起这件衣服之后，就裹到身上，然后念了几句地炼门的秘诀，结果，那件裹在身上的尸衣好像大了一倍，要么就是黔茶的身子缩小了一倍。刚才还差点就裹不上身的尸衣，现在开始随风哗哗地飘动。

黔茶又四下看了看，发现了两把沾满血迹的利刃，不知是哪一方留下来的。他也懒得细看，抓起这两把血刃，往空中一抛，血刃上天的时候，他眼神锐利地追了上去，嘴里同时默默地念叨着什么。这两把血刃上升到了极点之后，开始跌落，就在跌落开始的那一瞬间，两把血刃一下就失去了踪影。

黔荼紧了紧身上宽大得有点异常的尸衣，匆匆地走了起来。没有一个玄溟士兵敢靠近这个裹着尸衣的人，即使是杀得眼红的玄溟士兵，一见到这个裹着尸衣的身影，也马上远远避开。恐怕他们自己也不清楚是怎么回事。

黔荼当然知道是怎么回事，但他披上这件尸衣的目的不仅仅是为了避免玄溟士兵的骚扰。他有更重要的事情，就是追上那股已经远去的熏华气息。

向无支祁告别的时候，他还没有这个打算。直到走近少司祠的时候，那股熏华气息开始出现，他才意识到，要找的人曾经在这里出现过。

此后，表面上看，他是在和无支祁告别，实际上是在观察这股气息的去向，所以他才会在无支祁面前不停地抽吸着鼻子。等到已经知道熏华气息的去向，他立刻结束了和无支祁的客套，走出少司祠，开始行动了。

他记得一件事，上次循着熏华气息追上去的时候，遇到了两个杂货阻挡，结果不仅没有抓到那个有熏华气息的女子，还被虌开子趁机劫走了随身的一批尸鬼。他把尸衣披在身上的目的，就是以防这样的事情再次发生。

黔荼披着尸衣，很快就走出城外，辨别了一下之后，他开始朝着熏华远去的方向运法狂追起来。地炼门有缩地之法，黔荼最擅长这个。麻烦的是，缩地之法，只能依样才行，他得先有一个地方的大致形状，然后做成泥图，才能运诀缩地。现在的情况，要想这样来几下，根本没有可能，因为熏华远去的那个地方，他根本没有去过。

唯一的办法，就是捡过一匹落单的战马，开始狂奔。一日之后，他就远远地看到了几个人的身影，熏华气息就在其中。等到他靠近的时候，他已经大致辨清了这几个身影都是谁的。陆离俞、帝丹朱的女儿女汨、那个叫季后的鬼方门子都是他见过的，另外一个女子，他从来没有见过，熏华气息就在她的身上。毫无疑问，这就是他要找的人。他一抽胯下的战马，直冲过去。

陆离俞被马声惊动了，回头一看，大叫："不好，老树皮追上来了。"

其他几个人听到他这么一叫，也回过头来。

季后赶快催促众人："你们先跑，我留下来，截住他。能截多久……"

话还没说完，女汨扭转马头，朝着黔荼来的方向直冲过去。一边冲，一边喊："我先灭了这个毁我苍梧之人。"

她这么一来，剩下的几个人也只好跟了过去。

距离黔荼和他的马匹还有十几步距离的时候，女汨注意到了，这个叫黔荼的人手上什么都没有，身上只披了一件怪模怪样的衣服，还不知道是从哪里弄来的，明显地大了一倍，不合身，难看……女汨愤愤地想，我苍梧城就毁在一个穿衣这么难看的老榨汁的手里，是何天理？

她拔出长刃，用力拍了拍马，打算直冲过去，冲到黔荼那里，再拼尽全力，一刃劈去。没想到，她刚一使上力，胯下的那匹马立刻就地一跪，然后长嘶一声，趁势倒地。

女汨来不及离开，就被马压在地上。她一看，马匹的脖子上面是一道清晰的深深的创痕。还没搞清楚是怎么回事，一道利器就直冲她而来，她慌忙闪身。那道利器飞过她的眼前，直冲后面跟来的季后，

季后伸手赶快接住，仔细一看，竟是一根马鬃。

陆离俞这时也已经骑马冲到了女汨的身边。他赶快跳下来，伸手去把女汨从马下解救出来。与此同时，季后已经冲到了两人的前面，挡住了已经冲到眼前的地炼术士。

"又是你。"黔荼停住了马，朝季后的后面看了看，顺便拍了拍马，刚才连拔两根马鬃，胯下的这匹马真是受惊不小。

那个熏华气息的女子这时也赶到了季后和女汨的身边，正和陆离俞一道，要把女汨从马匹下扶出来。黔荼看到她抬起头来，匆匆地朝自己这边看了一眼，一副慌乱的表情。

黔荼看在眼里，心想，果然是没经过什么世面的人，只要把其他几个人收拾了就行了。

女汨被两人救着起身之后，怒气不减，抓起自己刚才掉落的兵器，又冲了上来。这一冲来得太猛，季后想拦也拦不住了。

女汨一下就冲到黔荼的马前，这时她已经改变了刚才的想法，一刃直刺黔荼胯下的那匹马。速度之快，令黔荼要扯根马鬃的时间都没有，只好扯开马缰，急着退了几步，趁势跳下马匹。

跳下马之后，他赶快伸出手去，截住了一刃劈来的女汨的手臂。

女汨真是一刻都不停，刚才劈马不成，现在就冲过来劈人。

"我知道，你想杀我。"黔荼笑道，"但是，你行吗？"说完，他轻轻地一推，把女汨推到几步之外，然后隔空空手一划。几步之外，女汨持刃的手臂上，立刻有了一道刃痕。刃痕划开了手臂上的硬甲，连同下面的护衣，直入护衣下的手臂。女汨感觉自己的手就被利刃狠剁过一样，锐痛钻心。

她一脸惊异地看着黔荼，握刃的手不由自主地松开，然后捂住喷血的伤处。

"我连空手都可以杀你。"黔荼毕恭毕敬地说，"这是客气，这一划要是对着你的要害，现在的你会是怎样，不需要我来提醒吧。只是我跟无支祁有盟，你是他想要的女人，我不想让他失望之余，迁怒于我。我只能做他想要的事，就是活生生地把你送到他的面前。"

女汨还来不及说些什么，季后和陆离俞这时也从后面赶到了女汨的旁边。

季后赶快吩咐陆离俞一声："你照看下长宫。"自己提着利刃就冲了过去。

黔荼照样是隔空空手一划，不过没有太大的把握，他和这个年轻人交过手，但只是草草而过，所以也不知道这个年轻人的功力到底多深，空手一划只

是试探一下。要是这个年轻人连这一下都对付不了，接下来的事情就好办多了。

季后见黔茶如此动作，心里也觉得好奇，难道就想这样挡住我？他还没来得及多想，只觉得一道利刃朝着自己划来，虽然他看不到周围有任何利刃，但是劈向自己的，很明显，是一把攻击猛厉的利刃才有的那种狠势。季后毕竟是鬼方门子，有异术经历，虽然不明白怎么回事，但是也不至于手忙脚乱。他迎着狠势来临的方位，横刃一截。这一截好像截到了空气一样，但是，季后的耳朵里却清清楚楚地听到了两件硬器狠厉碰撞的声音。

"梆"，这阵声音一响，季后一下就明白了这隔空的空手一划到底是怎么回事。他还来不及张口，只觉得脑后也有一阵厉势，直划自己的后背。

他赶忙向前一跃，以图避开，还没来得及落地，另外一阵厉势已经迎面刺来……结果，就成了本章开头看到的那一幕。季后看上去像是一个人挥刃独舞，实际上却是在不停地对付着看不见的攻击。他自己已经知道了这是怎么一回事，但是实在抽不出空来提醒后面的人注意。

黔茶看到这幅情景，知道自己已经得手，剩下的就看这个鬼方门子能够坚持多久了。刚刚开始的时候，他还会空手比画几下，现在连这几下都省了。他背着双手，退到后面，慢悠悠地看着。

接着，就发生了开篇的一幕。

四

经过女泪的呵斥之后，陆离俞总算清醒过来，但是又被眼前的景象搞得困惑不已，还是木在那里。

"这是怎么回事？"他想。

正在这时，他身上的衣服被人扯了一下，他以为是女泪，赶忙说："我马上去，马上就去帮季后，你别急。"边说边回头，结果看到的却是女妁。

刚才一脸茫然的女妁好像吃了什么药一样，目光清澈得让陆离俞吃惊。

"你别管季后了，他还能支撑一会儿。"女妁说。语气坚定得让陆离俞吃惊，因为他从来没有见过这样一个女妁。女妁像下命令一样，说道："你绕过季后，直接去那个地炼术士那里。到了之后，你去跟他叙叙旧，握个手。"

"明白。"陆离俞点点头，知道女妁说这话是什么意思。他迅速地绕过还在惶急独舞的季后，朝着黔茶奔去。黔茶注意到了陆离俞的动向，脸上倒是一点也没有着急的样子，只是目光离开了季后。等到陆离俞冲到眼前的时候，他还是背着双手，只是懒懒地问了一句："你还跟他们在一起？"

"对啊。"陆离俞狂吼一声，"来啊，论交情的时候到了，先握个手吧。"他倒不怕黔茶会拿出什么利刃前来搏杀，反正只要抓住他身上的一样东西就行了。只是，他提醒自己，千万不要去碰老家伙的脖子。

"握手？"黔茶一笑，"你还想玩这茬，行啊，我成全你，咱们这次握个够。"说完，刚才还背着的双手现在全都伸了出来，而且左右尽力一张，简直就是一个等待相互拥抱的造型。

陆离俞见状一愣，心想：这是怎么一回事，老杂毛怎么不吸取教训？这样想着的时候，脚下的步子已经停不住了。他也懒得管了，迎着黔茶张开的双臂，自己的双臂也在一阵猛冲中张开了。

远远望去，真像是两个老友重逢。

要去抱一个老男人，即使已经到了一个奇幻的世界，陆离俞还是觉得恶心。为了减少这种恶心之感，就在拥抱前的一瞬间，陆离俞闭上了眼睛，打算一直闭下去，等着事完以后再睁开。

几步路之后，陆离俞感到有人迎了上来，两只胳膊碰到了自己张开的胳膊。

黔茶的，他想，真他妈的恶心，还得跟这样的人抱在一起。

对方的双手已经碰到了他的双手，他顺势两手一抓，把那两只胳膊紧紧抓住，然后他全身一沉，立地如同磐石。这时，他能做的只有一件事，等待，等着体内那股神奇的力量开始发作，跟上次一样，紧紧地缠死对方。

他虽然知道有这么一出，但是他到现在还不知道这一出是怎么来的，也不知道怎样才能随心所欲地控制这一出的起落。他能做的大概只能等待。

片刻之后，他才发现情况不对，他没有等到那股神奇的力量从体内一触而发，虽然手上的感觉告诉他，他的确抓住了什么，但是那抓住的东西，好像绝缘体一样，带动不了他体内的那股神奇的电流。他的体内沉寂如同空庭，只能听到自己急切的心跳。

怎么回事？又不灵了，他睁开眼睛，看看是怎么回事。结果大吃一惊，他发现自己跟季后一样，面前空无一物。张开双臂的黔茶还在几步路之外，看样子根本就没动过脚。那他抓住的是什么？手上的感觉告诉他，他伸开的双手的确抓住了什么，因为那是紧紧抓住人的手腕才有的感觉。

黔茶还在几步路之外。

看到陆离俞睁开眼睛，黔茶挥了挥自己的双手，然后又背在了身后。"你那一招，对我有点用。"黔茶一脸不屑，"对他却没用。你抓住的是他的胳膊。"

"季后，"陆离俞大叫一声，"你跟我都是怎么回事？这个老树皮，到底玩了什么招？"

季后这个时候好像终于能够有点喘气的机会了，至少能够喊上几句。趁此机会，他大喊一声："尸鬼，老家伙用尸鬼缠住了我们。"

陆离俞这才恍然大悟，为什么季后会独自起舞，自己抓人的那一招会突然失灵。他们正在跟黔茶招来的几个看不见的尸鬼纠缠。

季后的身边大概不止一只，围在他的周围，所以他才会有这般妖娆独特偶尔三百六十度旋转的舞姿。

至于自己体内的缠术，大概只对活灵有用，现在自己抓住的这个，完全是虚无缥缈的尸鬼之身，自己的一股缠力贯注进去，就像想用结绳捆住空气一样。

但是，那种像是握住胳膊一样的感觉是从何而来？

陆离俞握住尸鬼的双手用了一点力，证实一下，接着他又恍然大悟：他体内的缠力这时不仅没有束住对方，反而像往一个空荡荡的皮囊里充气一样，不停地充实着对方。那种紧紧拽住了什么一样的感觉大概就是从此而来。

这样想着的时候，陆离俞觉得体内一阵发虚，好像自己体内有什么东西，正在源源不断地被抽走一样。他猛地一惊，心想，这样下去，我会不会失掉以前得到的那种异能，就是像蛇一样的异能？他不敢多想，打算先松开自己的双手，去掉那种体内抽空的感觉再说。他稍一动作，发现情况糟到出乎他的想象。他刚才拽住的那两只看不见的胳膊，几乎同时反手一抓，把他想要缩回的两只手紧紧抓住了。

现在是尸鬼把他抓住，不让他脱身了。

"放手，放手。"陆离俞冲着自己看不见的那个尸鬼大叫，"做鬼也这么贪，想把我抽空啊？你生前是做什么的？淘宝购物的良心店主？"

话音还没落，他的眼前，刚才什么也看不见的眼前，这时突然出现了一双眼睛。这不是活人的眼睛，分明是一对蛇的眼睛。片刻之后，一张死人的脸也出现了，脸上的那张嘴一张，冲着陆离俞伸出来的，不是人的舌头，而是分叉的蛇舌。陆离俞来不及躲闪，硬挺挺地被蛇舌舔了一下。

冰冷的感觉逼得他浑身一颤，闭上眼睛，等他的双眼猛地再次睁开的时候，他的眼前已经是一个完整的怪模怪样的形状的东西。

它有人尸的形状，但是却有蛇的特征。除了陆离俞刚才看到的那些，它露出的皮肤上，现在全都铺满了流液的蛇鳞，从脖子一直蔓延到全脸，两只蛇眼镶嵌其中，寒光闪烁，直盯着陆离俞。

陆离俞手脚一软，差点瘫倒在地上，不是吓的，而是像被人抽空的气球一样，全身干瘪，从怪模怪样的东西手里滑落下来的。现在的他，真的像一具瘪到彻底的气球一样，觉得体内空虚到了极致。

这个怪模怪样的东西立刻把他拉起，再一次紧紧抓住了他。陆离俞庆幸它没有再做出什么。他不知道这个怪物在等什么，大概在等黔茶的命令吧。

黔茶站在远处，什么都看得清清楚楚。

刚才发生的一切，好像连他也觉得有不解之处，他派出的尸鬼，怎么成了这个人蛇的模样。

反正情势已在他的掌控之中，他也不急，念了一个尸诀，把那头变成蛇形的人尸唤到身边，上上下下地看了几眼，然后恍然大悟："原来你能缠住我的，是你体内的蛇灵啊……这倒是意外，我只想用只尸鬼缠住你，没想到它把你身上的蛇灵给吸走了？……不对，不是吸走，是你把自己的蛇灵送给了它？然后炼出了这头异兽。这等炼兽之术，你是怎么学会的？"

　　"我炼出的？"陆离俞听到这里，有气无力地说，"那就得听我的了。喂，怪兽，"他用尽全身力气，摇摇晃晃地站起来，冲着痴站在黔茶身边的怪兽，一边柔情十足地挥手，一边慢声细语地吆喝着，跟吆喝自家的宠物一样，"去，听主人的话，去，去咬他，就是你旁边的那个老杂毛……"

　　怪兽的回应是一脸痴呆地望着他，跟个未经训练的宠物一样。

　　陆离俞装模作样的样子，连黔茶都觉得好笑，他大喊一声："你别吆喝了，还是我来帮你一把。你说得对，既然是你炼出来的，我会还给你的。"然后，他猛喝一声，一抖身上的那件怪衣。

　　那人蛇怪状的东西立刻应声而作，痴呆的表情立刻像攻击的蛇一样凶狠，纵身一跃，就朝着陆离俞直扑过来。

　　陆离俞只好又瘫倒在地上，倒地之前，还能看看后面的季后。

　　季后已经步履跟跄，身上好像到处都是划痕，现在独舞的样子也已到了绝境，从顺滑如风到步履跟跄。

　　陆离俞把眼睛一闭，心想："季后看来是救不了我了……那两个女的，更没指望了……"

<h1 style="text-align:center">五</h1>

　　女汩和女姁一直站在远处，刚才发生的一切看得清清楚楚。听到季后冲着陆离俞大叫"尸鬼尸鬼"，两人面面相觑，女汩捂住伤口，一脸茫然，女姁却好像明白了什么。

　　"他们在跟尸鬼斗。那个地炼术士，身上穿的那件怪模怪样的衣服，应该是尸衣，从死人身上扒下来的。它能招来尸鬼，还能将刃器隐形。"女姁说，手朝着前面相斗的地方指指点点，"现在，一个招来的尸鬼缠住了离俞末师，另外两个招来的尸鬼缠住了季后。尸鬼用的利刃，应该也是那个老家伙弄来的，施法之后，就成了常人看不见的尸器。"

　　女汩脸上还是惊奇："你怎么能知道这些？尸鬼，尸器，我可什么也看不见。"

　　"季后教我的。他是鬼方一门，这些懂得最多，平时消遣，也会教我一些。"女姁说，"现在别管这个了，看看前面吧，情况不妙啊。"

　　这时前面的情况已经非常紧急，陆离俞开始瘫倒，季后开始跟跄。女汩忍不住了，顾不上自己带着伤，提起开刃打算冲过去帮忙。刚一起动，就被旁边的女姁死死摁住了。

"别急，"女姁的声音冷静得让女汨有点吃惊，"你去也帮不上忙，再看看。"

这种冷静的样子，女汨还是第一次从女姁脸上见到。不知道为什么，看到这种表情，一向放任的女汨好像一下就没了冲动，还挺懂事地冲着女姁点点头。女姁倒没注意到这个，她的目光一直没有离开前面发生的一切。

陆离俞现在已经完全瘫倒在地，一个人状的怪物正在朝他扑来，季后那边也被看不到的东西重重一击一样，脸朝下扑倒在地，看样子再也爬不起来了。黔茶正大踏步地朝这边走来。

女汨绝望地低下头，心想：这下糟了，就剩我们两个女的，我又有伤，女姁一向娇弱，大概逃不脱这个老术士的魔爪了，现在该怎么脱身？

正在这时，身边的女姁又推了她一下。她抬头，这时看到的女姁已经是她习惯的女姁，一遇到什么就一脸慌乱样子的女姁。

"长宫，你看，那边发生了什么？"女姁一脸慌张地用手指着黔茶那边。

女汨朝女姁指着的方向一看，忍不住张开了嘴，因为眼前又是一幅她想也不会想到的怪异景象。

刚才扑向陆离俞的那头怪兽，现在正趴在离陆离俞还有几步路的地方，一动不动。季后身边，一前一后，躺了两具死尸模样的东西，手里都有一把利刃，大概就是刚才一直在和季后隐身搏杀的尸鬼，现在看不知怎么回事，又死了一遍，而且开始显形了。至于黔茶，刚才大踏步地朝着自己这里走来的黔茶，现在停在离他们十几步外的地方，正在用利刃拼命地劈砍着自己身上那件怪模怪样的衣服。

女汨惊呆了，因为只是瞬间之后，情况就完全不同了。

她还来不及开口，女姁就急忙站了起来，朝着季后躺着的地方跑去。她的动作一向轻灵，现在事情紧急，估计尽了全力，片刻之后，她就到了季后的身边。女汨还没看清怎么回事，季后就在女姁的扶持之下，站了起来。两人跌跌撞撞地来到陆离俞身边，女汨看着两个人这时已经够难的了，赶快也跑了过去，帮着扶起了陆离俞。

陆离俞睁眼的第一句话就是："咦?"大概还在奇怪自己怎么没死。几个人也懒得理他，拖着他就跑。拖到几匹马那里，赶快手忙脚乱地准备离开。

四匹马现在只剩三匹了，季后和陆离俞现在的情况是不能骑了。女汨只好叫女姁骑上一匹，带着季后。季后还有气力，上马之前，帮着女汨把陆离俞放到另外一匹马上。这匹有陆离俞的马，女汨只好自己骑了。陆离俞被扶上马之后，两手一直老老实实地放在身边。女汨也立刻上马，就坐在陆离俞的前面。

陆离俞全身的力气只够他说出一句话："要是待会儿我从马上摔下来，长宫不用管我。"

"说什么呢？"女泪呵斥一声，"我想管你啊？快，抱住我，抱紧了。不要耽误我的时间。"不等陆离俞回话，她自己双手向后，抓住陆离俞绵软无力的双手，合在自己的腰上，然后吆喝了一声女姻。两个女人带着两个精疲力尽的男人，立刻骑着马猛奔起来。

第三匹马他们管不了了，只好把它留在原地。

地炼术士黔茶还在和身上那件尸衣厮杀。

他真不知道怎么回事。片刻之前，他才朝女姻那里走了几步，突然有种奇怪的感觉，身上的那件尸衣正在慢慢地收缩，而且越来越紧。这样下去，再走几步，自己就会被这件尸衣捆成粽子。

黔茶立刻停下脚步，他想脱掉这件尸衣。但是刚才还随心如意的尸衣，现在却像穿在了另一个人身上一样，不论他想脱掉哪个部分，迎着他的动作，那个部分就会有一下猛烈的出击，就像有人躲在衣服里面，对他进行攻击一样。

黔茶长眼一横，还没来得及弄清事由，耳边就听到砰的一声，像是什么东西重重地倒在了地上。他慌里慌张地朝响声那边看，那蛇人已经倒在了陆离俞的身边，赫然在目的，还有不知什么时候出现在季后身边的两具死尸。

黔茶心想不好，有人施了法了。他来不及去想是谁，身上的这件尸衣仍在收缩，要是不尽快脱掉，估计他的性命都会丧在这件衣服里面。他的脖子上有气御，其他地方可没有……他可不想缩到最后，自己全身都直溜得跟脖子连成一根木棍……情急之下，他拔出利刃，朝着这件围着自己的身体看似翻飞，实际上不停收缩的衣服狠厉劈去。即使劈到自己的身上也无须顾虑，地炼门师是不怕这个的，砍开的伤口自己都会复原。

他现在已经确信，作法的那个人已经附灵在自己这件随手捡来的尸衣上了，虽然他还不知道这人是谁。

奋力劈砍之后，尸衣上面几根束缚的带子终于嘣的一声断裂了。那件尸衣终于离开了黔茶的身体，好像顺着风势一样，飘飞到了上空。

黔茶松了口气，浑身立刻一阵猛汗。他看着飞到自己头顶的尸衣，伸手想去抹抹头上的大汗。就在抬肘之时，从他的怀里传出一阵空空荡荡的感觉。他脑子一激灵，心想不好，赶快伸手去摸，那里现在什么也没有。

那里本来该有一件东西，一件对他来讲至关重要的东西，就是他以焚火之术收回的太子长琴的法衣。

他曾向地炼宗师保证过两件事，第一要带回这件法衣，第二要攻进苍梧，找到通往悬泽的办法。现在苍梧勉强算是攻下了，法衣却不见了。

地炼术士黔茶这下只剩呆立了。

一阵被风吹动的衣袂飘动的声音惊动了他。尸衣？对，尸衣！他好像立刻明白了法衣是怎么不见的，是被那件尸衣带走的。尸衣离身之际，附灵在尸衣中的某个人带走了法衣。

　　想到这里，黔荼怒火冲心，朝着尸衣狂追起来。

　　尸衣飞离地面数尺，急速地飞行着，看上去好像有个隐身的人披着它正在狂奔一样。黔荼不敢迟疑，一边追赶，一边拔出随身的利刃，马上嚼烂舌尖，然后含血一喷，利刃立刻冥光灼灼。

　　黔荼举起利刃，朝着尸衣奔离的方向，大喊了一声地炼门的要诀"封！"然后猛力扔出。

　　利刃迅疾如电，眼看就要刺中正在奔离的尸衣。只要刺中之后，不管尸衣里藏着的是什么样的鬼怪，都会被立刻封杀。正在这时，只听到噗的一声，一团猛火从奔离的尸衣上面突然生出。耀眼片刻之后，火焰立刻消遁，而且带着尸衣一起。

　　黔荼只听到自己利刃空荡荡地落在地上的声音。

　　"完了，"黔荼心想，"这下又完了。"他灰心丧气地瘫倒在地上，不知道下一步该如何行事。

六

　　女泪和女姁骑着马，一路狂奔。情况紧急，也来不及辨清方位，只能是有路就走。女姁的马好像比女泪的马要快一点，所以一路上看起来，都是她在领着女泪。

　　狂奔几十里之后，女姁拉住了马，说道："不能再跑了，就这里歇歇吧。再跑下去，马就要废了。"

　　女泪也吁住了马，朝左右看看，说道："这地方好像不是太隐蔽，那个地炼术士要是追过来了，怎么办？"

　　"要的就是不够隐蔽。"女姁笑着说，"他要真的还能追上咱们，估计也不会想到我们会躲在这么敞亮的地方。他肯定是哪里隐蔽，就去那里寻思。再说，长宫也看到了刚才他是什么样子，现在说不定已经被那件尸衣缠死了。"

　　女泪想起刚才看到的那幅情景，虽然也不太清楚是怎么回事，不过看女姁的样子倒是信心十足，再说她也的确是累了，后面还坐着一个她也不知道该怎么办的人，能歇一下也好。

　　"唉，"女姁叫了一声坐在后面的季后，"你该好了吧？刚才坐在我后面，你好像越抱越紧了。身体复原了？有力气了？"

　　刚才抱着女姁的季后松开双手，一脸歉意地说："马颠得太厉害了，不是我想这样做。"

　　女姁笑了笑，命令道："那你就先下去吧，顺便接我一下。"

　　这边卿卿我我的时候，女泪也停下了。陆离俞很自觉地立刻松开了手，然后从马的后面滑了下去。他一路上都有点提心吊胆，不知道自己该使多大的劲才算合适。现在到了可以歇脚的地方，赶快下马。

女汩也下了马，朝周围看了看，大概在琢磨这是什么地方。

他们现在停留的地方，正好是一片开阔地带，靠着一座看上去不甚起眼的山边。比较引人注意的是半山之间有一个山洞，体量不小，看上去应该可以容身。女汩把女婳叫过来，指着那个山洞，比画嘀咕起来。

"这座山叫什么，你知道吗？"女汩问。女婳摇了摇头。女汩叹了口气，掏出一张帛图，皱着眉头展开，想从图上找出这座山的踪影。但看她愁眉不展的样子，应该是没什么指望。

陆离俞下马之后，感觉身体复原了一样。他静静地体会了一下刚才自己经历过的事情，然后把季后叫了过来，指着自己的脸问："你看看我，跟以前相比，有没有什么不一样的地方？"

季后认真地看了看，然后说道："看不出来，怎么回事？"

"刚才发生了一件事，你没注意到……"陆离俞若有所思地说，"我觉得好像有什么东西离开了我一样，你记得吗？我们刚刚见面的时候，我吐啊吐……那时，好像有什么东西进入到了我的体内，好像是两条蛇的什么。但是，刚才，我觉得有什么东西被抽离了一样……这没什么，奇怪的是，如果这种离开我的东西到了别人身上，好像会让对方变成一条人蛇，蛇鳞，蛇液，蛇眼……一应俱全，就像这样……"

说到这里，陆离俞两手突然抓住了季后，两眼直直地盯着他，嘴里问道："有没有感受到……一股灵气通过我的手，传到了你的手里，经过你的手，流经你的全身，你正在变，在变成人蛇？……"

季后的双手被陆离俞捉住，两只眼睛迎着陆离俞期待的眼神，静静地站了一会儿，然后问道："我这样被你抓着，什么时候才算完？"

陆离俞叹了口气，放开双手，说道："好像不灵了，刚才是怎么回事？被我一抓，那个尸鬼立刻就变成了人蛇？"

"大概你抓的是尸鬼，现在抓的是个人。"季后看了看自己的双手，说道，"这手被你弄得……待会儿得找个地方洗一下，以后要想操练你的异术，麻烦先把手洗干净。"

"季后，"女婳那边叫了一声。季后赶忙答应了一下。"我们就住在那里，"女婳一指山上的那个洞，"今晚，我们就住在那里。"

季后点点头，招呼了陆离俞一声，几个人开始了爬山的路程。

山洞不大，刚好能容得下四个人歇息，两匹马还得留在山洞外面。今天担惊受怕，几个人也真累了，稍微吃了点东西，就睡下了。

夜里的山风从洞口刮过，带来山中各种异响。其中的一种异响似乎来得特别，它久久地盘旋在山洞的洞口周围，不愿意离开，似乎要把其中的某人惊动为止。果然，有一个人被惊动了。她从黑暗的洞里轻轻地坐了起来，朝着洞口听了一会儿。然后，她轻声唤了一下其他三个人的名字，没有得到回应，其他三个人都已经睡得很沉。于是，她站了起来，借着洞中些微的夜光，走了出去。

洞外的夜光清晰，照出来的是女娲的身影。她凝神细听，终于辨认出了那阵异响来临的方向。她沿着洞口的山道，急急地走下山坡，走到山底的开口地带，然后静静地等着。

过了不知多久，她的耳边传来了一阵马蹄的声音，接着，在她的眼前，一匹马慢慢地走了过来。走到离她几步路的地方，马停了下来。

女娲仔细看着那匹马。借着夜光，她也看清楚了，这匹马就是他们留在白天和黔茶厮杀的那个地方的马。

女娲一点也不吃惊，只是静静地看了好一会儿，才开口说道："我们不需要这匹马，你为什么要带来？"

周围还是一片空寂，除了一阵盘旋的异响，好像是谁在述说着什么一样。女娲皱起了眉头，好像一边聆听，一边思考。过了一会儿，女娲再次开口："那个地炼术士呢，你把他怎么样了？"

又是一阵盘旋的异响，随着夜风。

"这样也好。"女娲好像又听到了什么，点点头，"地炼术士还是交给地炼门自己去处理吧。最后一件事，我要的东西，你拿到了？在哪里？"

那匹马突然有点激动地颠了几下。

等到马匹平静下来，女娲微微一笑："我知道你为什么要带这匹马来了。我要的东西，你已经到手了，但是不在这里。你要我骑上这匹马，跟你去一个地方。我要的东西会在那里等我？好吧。"女娲说着，走到马边，骑了上去，"但是，你得快点儿，我一定要在他们醒来之前赶回来。另外，叫这匹马安静点儿。不要吵醒山洞里的人。"

等她上马之后，马一转身，开始无声无息地奔跑起来。它跑得不像一匹活马，更像是一匹马的幽灵。

女娲伸出手去，在马光滑如绸的脖子上上下摸了一回，然后笑道："原来是匹死马，全身脉搏尽数绝息，你弄死的吧？我留下它的时候，它还是活的呢。"

女娲说话的时候，偶尔会朝旁边看上一眼，好像马匹的一边，还有一个和她一起骑马奔跑的人。很快，女娲就消失在夜色之中。

不知道过了多久，那匹马驮着女娲回到了山下。

女娲手里这时已经多了一包东西。她跳下马，拍了拍马身："你走吧。"等到马的身影消失，女娲把手上的那包东西打开，然后展开在夜风之中。这是一件长衣，也就是黔茶从火中取出，然后又看着它在火中消失的那件法衣。

女娲把法衣叠好，小心地捧着，放到地上。然后，她从自己怀里掏出一面铜镜，镜面朝上放在地上，正好能够照出天上的那颗星球，看上去就像地球上能够看到的月亮。女娲把法衣抛起，抛到铜镜和月亮之间。法衣飘飞几下之后，就从空中消失，放在地面上的那面镜子里，这时已经出现了一件法衣。

女娲拿起镜子，轻轻晃了几下，法衣开始在镜里飘浮，飘浮在镜中的虚空之中，慢慢地越来越远，最后消失不见。

女娲把镜子举到自己的眼前，借着夜光，看了看镜子里自己的脸，跟个爱美的女孩一样，但她实际的用意只是想看看这面铜镜是不是已经恢复寻常。

几下之后，等到镜子里出现了自己的脸，她才停下来了。

女娲揣好镜子，赶快回了山洞。

山洞里的人看样子熟睡依旧。她有点不放心，轻声地挨个叫了几个人的名字，季后和女娲都没有反应，叫到陆离俞的时候，陆离俞突然回了一句梦话："原来这里真有一个梦……"

女娲赶快一只手伸出去，轻轻推了推陆离俞："末师，末师，你怎么了？"陆离俞哼叽了一声，翻过身，又睡了起来。

这一下洞里的一切才算安静如初。

第四章

一

三天子陵的垃圾处理中心，小李稳定心绪，把看到的一切都详详细细地讲了一遍。其余四个人认真地听着。讲到陆离俞那几个人的时候，还反反复复地问了几遍，似乎害怕漏掉了什么，态度庄重急切，让小李觉得既诧异又紧张。

等到一切都问无可问的时候，剩下四个人对看了一眼，陷入了沉默，脸上的表情很复杂。

老张动了动嘴，说了一句话："完全一样，看来，这个实验可以到此为止了。"小李不知道这句话意味着什么，他想问一句，老张用眼光止住了他。其他三个人点了点头。其中一个人，看样子是这群人当中级别最高的一位，开口说道："那就这样吧，我们先离开这里，剩下的事，回到G局再说。"

把小李和老张带到垃圾处理中心的那辆吉普车，现在装了五个人。开车的还是周志平。小李和老张还是坐在后排，那个等级高的人坐在前排。当他们脱下白色罩服的时候，小李吓了一跳，他眼前出现的是两个公安。他对公安的级别不是太清楚，依据他有限的知识，这两个人的级别，应该是在局级以上。

G局很少会和公安部门产生联系，因为分管部门不同。即使需要协作，也往往是单独行动。像这样直接出面，发生接触的行为，基本上都是发生在特别危急的情况下。小李自进局以来，还是第一次遇到。

两位高级别的公安让他愈发感到事态的严重，虽然他到现在还很茫然。

他用疑惑的眼光看着老张，不知道老张会告诉自己多少。

老张看着车窗外面，一派郊区的风景，慢慢开口了："我们刚才去的那个地方，具体是处理什么数据的，你知道吗？"

"不是太清楚。三维制模？"小李说。

"三维制模只是局里安排给他们的一个任务，因为他们有这种技术。准确地说，这个实验室的名称应该叫数据处理建模中心。但它所处理的数据的范围已经不是一般人所能想象的。"老张一边说着，一边从口袋里掏出手机，伸出手指，指尖触摸屏幕，打了一句话，按了一下发出键，发出了这个信息。

老张的目光投向窗外，好像在追逐发出的信息的身影一样："先问你一个问题，飘浮在我们身边的，都有什么？"

"空气。"小李目光追随着老张，"这是看不见的，我还要举那些看得见的吗？"

"不用了，就是这些看不见的，你也只回答对了一半。完整的答案是除了空气，还有一项被人忽略的东西，就是数据。"老张收回目光，举起手上的手机，在小李面前晃了一下，"刚才，我给局长发了一条短信，告诉他，我们正在回来的路上。这条短信，离开我的手机以后，就是一个数据组合，飘浮在我们周围。一般人都认为，它只有一个归宿，就是局长的手机，但实际上，它还有另外一个归宿，就是我们刚出来的地方。"

"三天子陵？"小李回头看了看，车后玻璃窗外已经看不到那个垃圾处理中心。

老张点点头："不只是手机，举例说，一个医生在测试一个病人身体状况的时候，会将一切结果数字化，然后传到医院的数据中心。在传输的过程中，也会出现同样的事情，数据有了另外一个归宿。不是夸张，在三天子陵，这只是一个事实，所有的电子设备，以及所有的类似的电子发射源，它们发出的信息，以数据化的形式出现的消息，在到达它的终端信宿的同时，都会被我们刚才去过的那个地方接收。"

"所有的？这个所有的范围有多大？"小李虽然问了，但是他好像隐约知道，答案应该只有一个。

"准确地说，应该是整个地球范围的。"老张不动声色地说，等待着小李来个惊异，结果小李脸上的表情比他还平静。

小李只问了一句："这些收集到的信息，是用来做什么呢？"

老张略带失望地继续讲下去："建模。这些来自地球各地的数据，基本的用途就是用来建模，一个关于我们人类生存环境的数据化的整体模型。但是，它跟一般的全球化模型不太一样。一般的模型是死的，它是活。因为它接收到的数据是动态的，所以这个模型本身也是动态的……"

老张看样子打算说得再细致一点，但他的知识储备不给力，他叹了口气，采取了一个最简的说法："说得简单一点，借助相关的设备，进入这个模型之后，你所体验到的，和实际的生活中能体验到的没有区别。就像你刚才经历到的那样。"

老张把目光从窗外移回，一脸严肃地看着小李："你应该知道这样的工程所包含的重大意义，对我们国家，甚至对整个人类……"

小李的目光却移向了窗外，好像这样就能避开什么，尽管他也不知道自己要避开的是什么："我做这个实验的目的，就是为了领会这一工程的重大意义？"

老张答非所问地继续说下去："这个工程一直就在秘密地进行。现在已经能够依据现存的数据，制造出一个基本的模型，虽然还仅仅局限在我们生存的这个地球，但也算基本达成了原定目标。直到后来出了一点问题。"

老张磕磕巴巴地说到这里，才算流利起来："问题就开始于他们接到 G 局的命令，要求制作海洋工程二所的数据模型的时候。他们把海洋工程二所的成套数据输入之后，的确产生了一个与那所建筑一样的三维模型，但是，结果不止于此，还有一个结果让他们猝不及防。

"几乎就在同时，原有的那个全球化成模也在变形。这种变形到现在还在继续，数据处理中心的工程师们正在想尽办法，要控制这种趋势。他们很担心，这样下去，原有的成模会遭到彻底破坏，最后成为一个与我们现存的地球状态完全不吻合的一种状态。"

小李听到这里，脸上终于出现了老张一直期待的表情——惊异："老张，你等一下……这个海洋工程二所的所有数据，难道都是病毒？"

"对！"老张心满意足地点点头，"这也是数据处理中心工程师的结论。他们基本可以确认，海洋工程二所的相关数据，实际上是一种病毒。"

"那么，"小李脑洞大开，他毕竟是 G 局的资深人士，从老张的话里，推断出一个相关的结论并不困难，他的脑子里想起了那个死在海洋工程二所的虚博生，"那么，是不是可以说，那个叫虚博生的人，之所以会死在里面，还有一个我们没有想到的原因，有人想通过他的死，得到一个机会，一个能将海洋工程二所的病毒数据输入整个全球成模的机会？"

"大概就是这个。"老张说道，"有人一直等待着这个时机，这些病毒数据会被全部输入到这个数字建模中心。"

"这样做的目的呢？"小李赶忙问了一句，他现在已经忘掉了自己置身整个事件中的原因是什么，现在让他激动的，是一种职业素质、职业敏感。

老张摇了摇头："至于它的目的，现在还不太清楚。有一种解释认为，通过这种病毒，可以窃取数据处理中心所有已经存储和正在收集的数据。但是，这个说法有一个问题。如果目的是这个的话，病毒隐藏起来，不是更为有效吗？因为现存的数据，不见得完备，只是大概，而且，数据的变动是每时每刻都在发生的，隐藏得越久，它能收获的也就越多。这是一般常理。现在，我们遇到的情况是，病毒迫不及待地爆发了。就像一个隐藏的凶手，提着刀在闹市杀人一样，这不是明显告诉别人，我就是你们一直要找的凶手吗？"

老张讲到这里，问了小李一句："违背一般常理的事，肯定另有目的。你觉得呢？"

"为什么问我？"小李平静地说。老张的话说到这里，小李已经明白了一件事，虽然不知道接下来会发生什么事，但他好像已经被认定，这件事非他不可："我不可能知道答案。"

"你会知道的！"老张目光坚定地看着小李，"这个世界上，唯一能够知道答案的，可能只有你！"

二

看着老张坚定的目光，小李感觉就像站到了一个深渊的前面，唯一的选择就是跳下去，唯一的疑问，就是为什么会是我？

"你怎么这么肯定？"

"因为你是第二个看到那三个人的人。"

"第二个？第一个呢？"小李问，好像找到了某种转机，尽管话一出口，他就觉得可笑。

"已经死了。"老张一脸淡然地说，"另一个参与实验的人。"

小李没有说话，放在车窗沿上的手指轻轻敲了敲，听上去像是催促老张继续讲下去。

老张继续讲下去："死者是实验室的一个数据分析员。具体的死亡过程还在分析。现有的基本的推测是这次死亡事件跟他戴上那个头罩之后看到的东西有关。三个人，其中一个男人做出了划过脖子的动作。这个动作就成了他的死因。"

老张从随身携带的公文包里，拿出一份文件递给小李："死者参与实验后，递交了一份实验记录，记录在这堆材料里面。上面很清楚，他看到的场景，和你今天看到的完全一样。这堆材料的其余部分，都是对这次死亡事件的分析。"

小李低头翻看材料，肯定没有注意到老张此时看了他一眼，眼神很复杂。

老张收回眼光，投向窗外。从垃圾处理中心回到 G 局的路程很长。来去的路上，已经有了一个区别，现在的 G 局小李正在走向一个标明为死亡的时间。老张的眼神因此才变得复杂起来。

小李似乎注意到了老张眼神的复杂性，因为他翻阅材料的速度逐渐加快，一个想尽快知道自己入学成绩的资深考生，才会带着这样近乎绝望的心情去触摸自己的结局。

分析材料的大致内容：数据处理中心一个封闭的实验室的封闭房间里，发现了死者的尸体。垃圾处理中心里几乎每一个角落，都有二十四小时的监控系统。所有监控系统的回放，都找不到外人进入的痕迹。

死者被发现的时候，是俯身躺在封闭房间的地面上，脖子上的划痕非常显眼，是被什么利器深深划过的痕迹。血从划痕那里渗了出来，已经凝结了。

死因很明显。刃器划过脖子，割断了动脉。比较奇特的是，这样死掉的人，一般手上都会有很多的血迹，因为在这种情况下，人的本能反应是会用手去捂住伤口，减少血液外流。但这位死者的双手却很干净，上面也没有任何擦拭的痕迹。

法医断定，凶手有好几个人，也许就是死者在那个场景里看到的三个人。

法医推测：凶案发生的时候，实验员是被人仰面摁在地上，其中一个人应该是骑跪在实验员的腹部，两只手紧紧地摁住实验员的双手，迫使他双手摊开伸展在地上。另一个人则蹲在地上，向后揪住了他的头发，让他的下巴抬了起来，脖子露了出来。第三个人，很有可能是那个女孩，因为接下来做的事不是太费力了。她走到实验员的身边，蹲下，用一把利刃深深地划过了实验员的脖子。

小李看到这里，老张轻轻地推了推他。小李抬起头，老张伸出一只手指，慢慢地划过自己的脖子，从一端到另外一端。

小李笑了一下，低头继续翻看着那份材料，心里在想：再阴惨的场景，也经不住人们的模仿，尤其是老张这样的人来模仿。

"没发现其他的什么？"小李问，低头继续翻看着那份材料。

老张的回答是伸出手去，拍了拍前座一个公安的肩膀。那个公安一只手伸进公文包，从中取出一张照片，从前座侧过身来，递给小李："从死者的身上，法医搜出一张纸条，上面只写了三个字，'下一位'。这是很古老的凶案连环套路。一切都很清楚，凶手用这种方式告诉我们，他正在等待下一个人，这个人肯定是能看到同样场景的那个人。"

"我们也在等待这个人，不过目的完全不一样，我们的目的是通过这个人找出凶手。"

公安说完这话，看了老张一眼，就把头转了过去。老张叹了口气，说道："这个人，你现在知道了，应该是谁？"小李没有说话，他把那张照片仔仔细细看了一遍。照片上，一张纸条，上面的字体，看上去好像出自一个小女孩的手笔，字体秀丽，没有一点杀气。他把照片还有那份材料递还给老张，还是没有说话。

吉普车这时已经沿着国道开了半个小时，前面已经出现了一个收费站的身影，路过收费站之后，再过十几分钟，就进入市区了。靠近收费站的时候，吉普车并没有减缓速度，反而是收费站那道拦截的条纹木杆慢慢升了起来……

老张看着升起的木杆，叹了一口气，说道："凶手追杀这个人的过程，就是我们找到凶手的过程。我们预计，这个过程持续的时间大概是七天。这也是连环凶杀案的一般套路，死亡事件发生的时间总是相同的，数据处理中心的那个实验员，从他看到那个场景，到他被人杀死的时间，正好是七天。"

小李听到这里，突然插了一句："我们刚才出来的那座山，叫什么？"

老张有点莫名其妙："三天子陵，干吗问这个？"

小李回头看了看，虽然知道那座山的身影已经完全消失了，但他还是没有回头："七天之后，如果我还活着的话，我是不是可以说上这么一句：七天前，离开这座山的时候，我的命运开始改变？"

<h1 style="text-align:center">三</h1>

"在虚拟场景里，出现了一个人。这个人就是海洋工程二所一案中的案犯陆离俞。这样一个人的出现，为我们破解这个案子提供了可以切入的线索。我们可以假定，数据处理中心的这起凶杀案与海洋工程二所一案有一定的联系。"

说这话的是 G 局的局长，他站的地方，是一个巨大的投幕下面的讲台，讲台面对着下面的听众。

下面的听众分为两拨。一拨是围坐着一张长圆的桌子，长圆桌子之外，临时安设了几十把座椅，把整个会议室挤得满满的，另外一拨人就坐在这些座椅上面。会议室的大门紧锁着，门外坐着 G 局的两个工作人员。长长的通道的尽头是另一个门，门口也站着两个工作人员。他们得到的命令是，会议开始之后，任何人都不能以任何理由进入。

G 局的局长说到陆离俞的名字时，投幕上立刻投射了一张陆离俞的头像，是陆离俞被搜捕的时候拍摄的嫌犯照。那时，他已经基本被确认为唯一的嫌犯，所以被要求穿上囚衣，还剃了个囚犯式的只剩下短黑发根的头。这么一来，照片上的陆离俞，面容寒碜，目光呆滞，伪学者的面目彻底暴露无遗。

局长抬头看了一眼，继续说道："目前，这个叫陆离俞的人已经从新疆的某监狱失踪了，现在还在搜捕当中。在搜捕的过程中，我们对这个人，还有他所涉及的案子的具体情况有了进一步的了解。下面，我就向在座的各位领导，还有兄弟单位的各位同志，详细介绍一下。等我汇报完了之后，公安部门的同志会就两案之间的各种关联做详细的介绍。"

局长说着，从公文包里掏出两样东西，一张打印纸，还有一副眼镜。他戴上眼镜，开始念起打印纸上的文字。

这是一次特殊的案情讨论会议。会议召开的时间是小李一行从三天子陵回来的当天晚上。小李作为案情的潜在涉案对象，被要求参与这次会议，老张也陪同出席。但在此之前，发生了一件让小李觉得意外的事情。

他们下午回来，还没到达 G 局，老张的手机就接到了 G 局的一个通知。老张原封不动地念了一遍。通知上说，到了局里之后，周志平和两个校级公安先去了局长办公室，老张和小李则先回了自己的办公室，等待局长召见。回到 G 局之后，几个人就分头行事了。

老张和小李走到自己的办公室，一推开门，里面已经有了两个陌生的身影，是两个公安。他们坐在房间里的会客椅上，默默地看着老张和小李两人走了进来。小李愣在门口了，老张好像根本就没看见一样，神态自若地走回自己的办公桌，开始整理即将汇报的材料。小李只好跟着进来，正想悄悄地问上几句，但见老张神情专注，自己也只好闭上嘴巴。他不知道到了现在自己该干什么，只好发呆地看着老张，偶尔回头看看两个公安。两个公安则回之以警惕的目光。

过了没多久，桌上的电话响了，老张接过电话，嗯啊了几声，然后挂上电话，站起身来，看样子是赶着去做汇报。小李也站了起来，打算跟着去，结果被房间里的两个公安止住了。

看到小李一脸诧异，老张赶忙解释说："你现在是潜在的涉案对象。从这一刻起，你就是公安部门负责的对象。在没有得到进一步的命令之前，他们能做的就是把你守住。不过，你放心，"老张拍了拍小李的肩膀，"我现在就去向局长请示，把你解救出来。"

老张一去就是一个下午。小李呆在自己的办公室里，身边是两个沉默的公安，感觉自己真是够衰。在一个垃圾处理中心，玩了一会儿电子游戏，就由国家单位的工作人员变成公安部门的监视对象。他试着和两个公安聊聊天，但是得到的回应却很冷淡。小李觉得乏味，就走到窗边，打发时间。

他站在窗口，朝下观望，看到的景象吓了他一跳。

曾经空旷的水泥地上，现在排满了大大小小的轿车。他看了一下车牌，发现有些车牌竟然是外地的，挡泥板上的泥土就能说明，这些车来到这里之前，经历了怎样的跋涉。

他正看着，大门口的动静引起了他的注意。大门平日都是紧闭的，只在一扇门上开了一个以供人进出的小门。现在则是门洞大开，G局负责外事接待的部门的两个负责人像门卫一样分站在两边。不时地，一辆挂着外地车牌的轿车就开了进来。每开进来一辆，外事负责人就上前引导一番。很快，空地上的车已经挤得满满的，后面来的车辆只好都被引导到了闲置已久的地下车库。

"都是冲着你来的。"小李的身后响起了老张的声音。他转过头来，不知什么时候，老张已经站到了身后。

"怎么样，我被解救了吗？"小李问。

老张摇了摇头："解救什么呀，连我也陷进去了。今天晚上，局里要开一次紧急会议，你是主角，我也得参加。局长说了，这次会议可能会延续很长的时间，大家做好通宵的准备。好消息是，今天晚上不用吃食堂了，由局里向外面的饭店预订。"

"来的都是什么人？"小李指着下面问。大开的门口，又开进了一辆。

小李心想，老张在G局工作的时间比自己长，类似场面应该见过，应该大致能够知道这些车辆的来头。

老张仔细看了一下，又摇了摇头："车没见过，人也没见过。有些车牌号的级别，只有厅级单位的负责人才有。里面坐的人，估计比局长的级别要高。

今天晚上，我们可以见识下局长大人替人做跟班的样子。你到 G 局这么久，可是一次都没见过。"

　　说到这里，老张凑近小李身边，朝坐在后面的两个公安看了一眼，然后悄悄地说："这些人都不重要。最重要的一位还没有出现，估计要等我们都进了会场之后，他才会出现。到时候，你留意一下。这个人的出现，意味着什么，你知道吗？"

　　小李摇了摇头。

　　"意味着，你所涉及的这个案子，已经到了危及国家根本安全的级别。"

<h1 style="text-align:center">四</h1>

　　最重要的那位是最后出现在会场的。

　　六十岁左右的一个老头，身上显眼的是一身廉价的西服，连领带都没有结，看上去跟一个老练的商人没什么区别。走进会场之前，他一直低头看着一份文件。他的身边跟着一个三十多岁的男子，这时，正不停地跟他低声说着什么。

　　这个三十多岁的男子似乎是老头最信任的一个人。老头身边有一堆随从，只有这个男子能走在老头身边，跟他低声交谈，而且能说得老头不停点头。其余的随从都只能跟在几步路之后，连同 G 局的局长在内。

　　老头走进会场的时候，所有已经到位的会议参加者立刻都站了起来。小李也在其中，他悄悄地问老张："这人是谁？"老张的回答是指了指天花板。

　　众人起立的声音惊动了老头，他停下脚步，从那份文件上抬起头来，目光锐利地看了一眼会场。众人心里都是一凛，却不知道惧从何来，只是紧张地站着，连呼吸都不敢放肆。跟在后面的局长紧走了几步，走到老头身边，开始了自己引导员的工作，把老头引导到了长桌中央的位置。这个位置旁边还空着一个位置，那是留给三十多岁的中年男子的。

　　"这个人又是谁？"小李受好奇心驱动，指着那个男子问老张。

　　老张低声地说："我只知道他姓方。原来是首都一个大学的学者，大学毕业后在国外游学，前几年才回国。据说刚回来的时候，是被安排在国务院政策研究办公室，不知怎么回事，后来就成了老头的秘书。其他的我就不知道了。"

　　这时，老头已经落座，落座的时候，用手做了个大家也落座的姿势。会场上响起噼噼啪啪的落座声。局长俯身低头在老头的耳边，老头吩咐了几句，局长边听边点头。等到老头说完之后，局长走到讲台上面，宣布会议开始。

　　老头从口袋里掏出一包廉价烟，取出一支，点上。整个会议期间，他抽烟的动作就没停过。在 G 系统里，老头的这个习惯几乎成了传奇。据说，这个习惯开始于他新疆军垦区的知青岁月，此后就一直没断过，连那时的口味都没变化。每年，从石河子购入大量的当地烟草制品，成了老头唯一的奢侈举动。

老张指着天花板的时候，小李已经知道老头是谁。他注视着老头不停地抽烟的举动，想起 G 系统的一个传言。据说，老头的这个习惯来自于他知青时代的一次奇特的经历。这次经历不仅养成了他手不离烟的习惯，而且改变了他的人生道路。那次事件之后不久，他就进入了 G 系统，随后，一路坚持，最终成为 G 系统最高领导人。

小李正在感叹别人的人生的时候，老头两道锐利的目光突然透过眼前的烟雾直射过来。小李赶快避开了，装作入神地听着局长的案情介绍。

五

局长已经介绍完了陆离俞的情况。接下来轮到公安部门介绍三天子陵数据处理中心的案情。介绍这一案情的是小李在三天子陵里遇到的两位中的一位。他先介绍了一下自己，省公安厅的赵天宇。

赵天宇的报告集中在以下几点：第一，死者被杀的动机；第二，死者被杀的过程；第三，下一个潜在的受害者可能是谁，他可能会被杀害的过程。光从他所讲的内容来看，几乎每一部分都有引发听众哗然的可能，因为涉及的东西都有荒诞的特色。还好，赵天宇一脸严肃的表情让一切听上去就像是一个可以破解的悬案，只是他们还没有找到破解的方法。

赵天宇讲解的过程中，小李一直是如坐针毡。他几乎不停承受着来自各处的目光。这些目光都像在打量着一个将死的人。老头锐利的目光尤其让他难受，大概老头已经得到了汇报，知道小李已经被假定为下一个受害者。

小李的感觉是，这些目光要是再持续下去，他就真的要死了。

赵天宇的报告的第一个问题是分析数据处理中心的死者被杀的动机。

他先陈述了种种推测，然后指出，现在分析的结论是，一般的动机很难成立，只能趋向于最不可能的一个假设。

"死者被杀的原因，可能是要引导下一个对象进入现场。这个对象并非是随机的，而是经过选择的，在一些连环案中能看到类似的现象。杀手进行一次凶杀的动机，只是想找到真正想杀的那个人。"

赵天宇说到这里，目光投向小李，其他人的目光开始跟着。老头这次倒很超然，他只顾低头看着桌上的一沓照片，不时地跟旁边那个姓方的聊上几句。

"但在抓住凶手之前，一切都只能是猜测。"赵天宇继续说，"要抓住凶手，我们就得明确凶案发生的过程，这也是我们要谈的第二个问题，凶杀的过程。这个问题，现在好像也有线索，但就目前的状况而言，这个线索只能让这个案子更加扑朔迷离。"

赵天宇所说的线索来自对凶手进入死者现场的方式的排查。死者被杀死在密闭的数据处理中心，负责侦查案件的公安人员进行了艰苦的排查，也难找到明显的进入痕迹。只剩下唯一一个能作为可能的证据，但这个证据如果成立的话，又让他们觉得匪夷所思。

在死者被杀的现场，公安人员发现有一台电脑是开着的，上面有一个正在运行的洞穴密室之类的游戏。

"这个游戏的名字叫作《悬灯器盟》。"赵天宇说出了游戏的名字，还加重语气重复了一遍"《悬灯器盟》"。随着他的话音。他身后的投幕上就出现了这张游戏软件的封面图片。

封面图片的画风是正在流行的玄幻风格：一个远古风韵的青铜灯盏，上面有青蓝到透明的火焰，火焰照耀之中，有一个着装暴露，日本动漫风格的萝莉少女，童稚的神情，大如窟窿的双眼，好像束腰的修长身材，一对夸张到了极致的乳房。

这个宅男心目中的梦幻少女正做着一个凌厉挥剑的动作。

"我们调查过这个游戏的背景，"赵天宇说，"这个游戏的开发商不是来自境内，也不是来自港澳地区，游戏终端中心的 IP 是在美国。色情游戏以及和我国现存法律相抵触的游戏，大部分都会选择这样的隐藏终端的方式。这样做，既可以有效地回避我国的法律管制，同时，也有利于回避美国的税收体制，起到疯狂敛财的作用。

"我们运用了一系列的技术手段，对这个游戏的终端记录的登录用户做过调查。结果，发现了一个奇特的现象，游戏登录的用户数量少得可怜，其中一个就是本案的死者。"

下面开始窃窃私语起来。赵天宇听了一会儿，等到议论声消失，才继续讲下去：

"一个游戏的开发所需要的资金，现在最起码都是以千万计算，登录用户的需求量同样至少也要达到千万级别，才能维持最基本的运转。这样少的用户数量，很难想象游戏的经营者是怎么获取游戏进一步运作的最起码的资金的。所以，我们只可能做出这样的假设：这种游戏的根本目的不是敛财，而是作为一种凶杀的工具在使用。"

接下来，赵天宇介绍了一下游戏的基本内容。游戏的场景被设置在一个构造复杂的洞穴里面。这个洞穴共分为七层，每一层都隐含了各种各样的风险，也有各种各样可以进入下一层的线索。游戏玩家被设定为一个寻宝人，他的终极目标，是去寻找隐藏在洞穴深处的某件能够拯救世界的宝物。在游戏的设定中，这件宝物的名字是一盏悬灯。

"悬灯"这个词又引发了一阵低声交谈，不少人把目光投向大屏幕上的那张图片，图片上有一盏青铜灯焰，难道，这就是悬灯？赵天宇没有停止，继续说了下去：

"在寻找悬灯的过程中，游戏玩家被要求从第一层开始，完成设定在各层的任务。完成了一次任务之后，就会有一种奖励，包括技能方面的，也有装备方面的。这些技能，还有装备，成为他们能够进入更高一层的基本条件……总之，是一个相对来讲并不复杂的通关游戏。但是……"

赵天宇停了下来，目光扫视了一下会场，整个会场立刻安静下来。

"死者被发现的时候，这个游戏还在运行，正在运行到第七关，也就是最高一级。"赵天宇说，"如果这也算证据的话，那就只能得出一个荒诞的结论：死者是被这个密室游戏里第七关出来的什么东西杀死的，人，兽，或者就是那个宝物——悬灯？

"最荒诞的假设要被排除，也只能通过证据。为了证明这一点，公安人员找了一个游戏专家，玩了一回这个游戏。事先，并没有告诉他这个游戏的真正来源，只是告诉他，这个游戏有违法的部分，需要通关搜集证据。

"游戏专家用了半天的时间就通关完毕，他得到了青铜灯盏，还得到了巨乳少女暗许的芳心。但他的反应是一脸疑惑。就他十几年的游戏经验来说，这个游戏的困难程度只相当于游戏行业最早阶段的水平。现在的任何一个游戏，无论从规模还是复杂程度上来讲，都远远超出这个游戏的水平。

"我们没有告诉他真相。等他离开的时候，我们只是暗中启动了保护计划。这个游戏专家现在还活得好好的，估计以后也不会有危险。因为我们已经认定他不是凶手要找的那个人，所以，他玩这个游戏是毫无危险的。我们正在通过国际刑警组织调查其他登录人员的情况，但是估计情况不太乐观，因为大部分登录名都是虚拟的网名。除了数据处理中心的那个死者，他用的是真名。至于这些虚拟的网名，从他们的注册地点来看，可以说来自世界各地。国际刑警已经答应我们会尽力，但我们现在还没得到来自他们那边的消息。"

说到这里，赵天宇停了一下，探询的目光朝着老头。老头没有任何表情，反倒是他身边的那个秘书摇了摇头。赵天宇略显失望地转回眼神，继续说了起来：

"我们现在能做的，就是从死者的身上看看能不能找到新的线索，但这部分的调查也让人失望。死者生前是一个高级技术工程师，不太可能会主动地去沉迷于这样一个简单的游戏，而且，数据处理中心也严禁员工私自携带软件，如果发现有未经许可的软件安装到数据处理中心的电脑上面，相关的人员是要被严肃地追究法律责任的。在这种情况下，这个电脑游戏是怎么安装到死者现场的电脑里面的，都是一个不解之谜。

"我们询问过死者的同事还有领导，一般都认为他是一个典型的技术型人格。这类人的特点是，除了与自己专业有关的东西，没有其他的爱好，社交背景也很狭窄，几乎仅限于工作上的人事关系。在他死后的调查中，这些关系也被一一排除。在进入数据处理中心之前，会对相关人员进行严格的政审。我们调阅过这些政审材料。上面也提到了，此人社会关系非常简单，几乎没有任何可以引发疑心的地方。为慎重起见，我们复核了这些关系，发现自从此人进入数据处理中心之后，这些关系几乎已经彻底中断了。"

六

赵天宇的报告很长，讲完之后，大家休息了一下，顺便解决一下晚饭。来自各自系统的工作人员的活动范围，被限定在通道以内。气氛甚是压抑，一般人都是匆匆吃完盒饭，就沉默地回到自己的座椅上，偶尔小声地交谈几句，也都是匆匆而止。

老头和他的秘书一直没有离开座位，他们把 G 局的局长叫到身边，开始交谈起来。短暂的休息时间里，他们一直谈着，连送来的盒饭都顾不上吃。从他们脸上的表情来看，事情的紧急程度已经超出了他们的预期，但是他们好像还没有妥当的解决办法。

小李也分到一份盒饭，但是他吃不下。他坐在自己的靠椅上，盒饭就放在脚边，连起身一下的兴趣都没有，就像一个等待宣判的囚犯一样，一心做好了接受任何判决的准备，唯一让他无法忍受的是，等待判决的时间竟会如此之长。

老张吃完盒饭，看到小李这个样子，也只能拍拍他的肩膀，连说句话都觉得多余。

会议又开始了。这一次做报告的是老张，他要谈的是如何去找到凶手的问题。线索来自另一个类似的神秘凶杀事件，海洋工程二所的死亡事件，一个叫虚博生的江湖魔术师，被人杀死在其中的一个房间里。

把两个事件联系在一起的主要原因是导致数据处理中心死亡事件的是一次实验，实验中出现了一个场景，这个场景被认定是海洋工程二所一桩凶杀案发生的场景。

老张直接负责过这件神秘凶杀事件的调查，所以由他来讲。

老张简单地汇报了一下两个事件之间的相似之处："数据处理中心的死者被认定是死在一个密闭的空间里。通过调阅相关的监控系统，并没有发现有可疑人员出入。死者脖子上的伤痕明显是来自一把利刃，但是经过搜寻，数据处理中心内部并没有发现类似的利刃。不过，公安部门发现死者脖子上的开痕，和海洋工程二所的那个案里的死者很相似。那个死者名叫虚博生。他也是死在一个密闭的空间里。另一个相似的情况是，只知道人是怎么死的，但是是谁杀死的，现在还一无所知。这一点，也很像海洋工程二所的那个案子。

"相似点还有其他。其中一个就是关于凶杀的时间。"

老张从口袋里掏出一个牛皮笔记本。尽管已经到了电子化时代，但是老张这样的老派人物还是喜欢笔录。他翻了一下，翻到一页，开始讲起来："对三天子陵数据处理中心的死者进行调查的时候，了解到了一个新的情况。这个情况坚定了我们的认识，凶杀的期限一定是在七天之内。

"在一次三维图像测试的实验中，死者看到了一个奇异的景象，当时只是觉得异常，并没有意识到什么危险。他简单地向上级做了报告，上级的初步判断是系统可能遭遇了什么攻击。这样的事以前也发生过。一次，系统进入的时候，看到的竟是一个日本 AV 女优的三维视频，好像是叫什么苍井空的……后来经调查，那次攻击来自一个性情乖僻的省重点中学的高中男生。这个人后来被监控起来，此后的时间里不能接触任何电子设备，否则等待他的，会是十年以上的刑罚。现在的小孩，早熟得真是可怕，一点法律意识都没有。"

老张感慨了一句。提到苍井空的时候，下面有了一阵轻松的笑声。会议进行到这个时候，才算有了一点松弛的状态。老张有点担心，朝着老头所在的位置看了一眼。烟雾遮住了老头的面孔，看不出他有什么表情。老张于是低头看着自己的笔记本，又说了起来：

"领导以为类似的事件又发生了，只是嘱咐他以后小心，并通知技术防御部门调查一下，看看这次攻击来自何方。据当时和他谈话的领导回忆，两人谈话的时候，有一个细节好像有点特别。他们谈话的地点是在办公室里。办公室里有一份挂历。谈话的时候，那个死者不停地把目光投向那份挂历，当时领导还没注意。等到他死之后，领导回忆起了这个细节，觉得这里会不会有什么问题。

"领导开始查看那份挂历。结果发现，挂历上有几个日期画了红圈。有些是领导自己画的，因为提醒自己这天要办什么事。只有一个日期例外，领导不记得自己在日期上画过红圈。这个用红色圈起的日子，就是数据处理中心那个死者死掉的日子。距离他看到那两个人的时间正好七天。领导估计，他们谈话的时候，那个人不停地看着日历，目标应该也是这个圈红的日子。

"那份挂历上的红色，后来经过化验，发现不是任何一种墨水，而是朱砂。"

"朱砂？"小李听到这里，心里一紧，好像一个犯人，终于等到了判决的时刻。

"在海洋工程二所的凶杀现场中，我们曾经发现了一个十字，化验后也发现是朱砂。就是这道朱砂，使我们与公安部门达成了一致，数据处理中心死者的死亡是在一个期限里发生的，期限从他看到那个图像开始，到他死亡为止，应该是七天。"

"为什么？"认真倾听的人群中突然有人叫了一声。所有的人都把目光投向小李，因为这话来自他。小李的表情充满了解脱，就像囚犯终于等到了判决一样，现在唯一想知道的就是为什么。

老张的目光在小李的身上停留了一会儿，感觉很复杂："不管那个朱砂十字的具体含义是什么，但是既然是基督教使用过的符号，我们就假定它是一个基督教的符号，与基督教有关的数字只能是七，因为在基督教的教义中，上帝创造世界，只用了七天。"

人群中，另外有人发言了。说这话的人是个女的，来自全国反邪教中心："那么，可不可以假设一下，这是国内某个基督教邪教组织的所为？像以前发现的一些案件一样，凡是基督教的邪教所为的，都会找到一些基督教的痕迹。"

老张点点头："海洋工程二所的凶杀案到底是什么人所为，现在还不清楚，但既然出现了朱砂十字，我们就假定，它是一个基督教或者基督教派生的邪教组织所为。任何与基督教有关的组织，都会将七视作神圣的数字。还有一个证据，数据处理中心的那个死者，他死亡的时候所玩的游戏，正进行到的就是第七关。"

小李举起了手，老张看到了，略有点吃惊，但还是开口了："我局的李国盛同志有什么补充？"

"我补充一点。"小李站起来，转身面对大家说，"海洋工程二所凶杀案的那个死者，名字叫虚博生。在被杀之前，他曾经和我有过一次会面。这次会面的蹊跷之处在于，我和他仅有一面之交，但是他却把我看作一个能吐露一切的人。当时，我并没有注意到这个，但是，现在想来，他可能是已经预感到了自己会被人杀掉，还把我当作一个必须要告知的人。我到现在都觉得奇怪，为什么会找到我，向我暗示此事……"

说到这里，小李沉默了一会儿，然后开口说："刚才，我局老张汇报情况的时候，我回忆了一下，如果从那时开始，到他被人杀为止的时间，正好是七天。"

小李此时的感觉就像面对一个奇特的判决：自己不仅被判决死刑，被判决死刑的声明还由自己宣布。

"如果有下一个类似的事件的话，我想基本可以确认，死亡的时间也应该是七天。关于第一个问题，他为什么会找到我，把他死亡的消息告诉我？我现在也有了答案。大家听到这里，应该也有了答案。"

小李讲完了之后，并没有坐下，而是在满场的沉默中站立着，直到他听到一阵掌声。掌声来自那个老头，老头好像疲乏到了连烟都抽不动的地步了，他的掌声不是为了表彰小李，而是给予一个暗示。会议进展到这个地步，可以收场了。

随着他的掌声，四周的掌声也纷纷响起。

小李低头坐下，感觉这样一来，对自己的判决就算真正结束了。

G 局的局长站在讲台上，等着这阵掌声结束，然后掏出一张纸，开始说道："刚才已经介绍了一些情况。下面，我代领导宣读一份通知。这份通知是刚刚草拟的，主要是围绕这一案件即将开展的一系列工作。因为案情复杂，需要部门之间、各个行政级别之间，高度协作，统一安排。现在，我就开始了……"

局长的宣读像课堂里的点名，每点到一个单位，会场上都会有人举起手来，然后就听到了自己应该领取的任务。这个过程进行得有条不紊，气氛庄重。小李神思恍惚地听着，偶尔会朝老头那里看上一眼。

他的目光越过老头，落到了老头身边的方秘书身上。

他已经注意这个人好一阵子了。会议进行过程中，这个人几乎一直埋头写着什么，写完之后，给老头看了一下，老头点点头，然后递给坐在另一边的局长。局长拿着这份东西出去了，大概是打印去了。

现在，局长站在讲台上，一字一句念出来的，就是出自这个方秘书的笔下。

七

会场现在只剩下小李一个人。

刚才散会的时候，局长通知他留在原地不要动，有事要找他。小李点点头，心想，把他单独留下来大概是想给他单独布置下任务。他不知道对自己现在的处境，局里能做出什么样的安排。

事情到了这一步，好像已经很明确了，他是下一个最有可能被杀死的对象。海洋工程二所的谋杀，以及三天子陵的神秘的谋杀，很可能只有一个目的：引向他们真正想要谋杀的对象。

但他还有一点疑惑：这个对象就是自己？还是说自己也会像前两个神秘案件的死者一样，自己的死亡也只是指向下一个被谋杀的对象？

"你在想什么？"

有人拍了拍小李的肩膀。他抬头，看到的却是方秘书，他正站在自己面前。

小李有点吃惊，他朝周围看了看，偌大个会场里，现在只有他和方秘书，老张，还有局长都不在。

方秘书坐到他的身边，跟个老熟人一样，拍了拍他的肩膀："你大概在想两个问题：为什么会是你？会不会到你为止？我也在想这个问题。本来，会议结束之后，我就该跟着老头离开，就是因为这两个问题，我主动要求再留一天。我有这么个毛病，不搞清楚一件事，我就会一直想着。"

"你想到什么了？"小李问。

"没什么结论，倒是有些猜想。有些东西，我还想先看看。看了之后，我才会知道这些猜想有多大的可能性。怎么样，你陪我走一趟?"

小李看了一下时间，现在是晚上十一点左右。会议从下午五点钟开始，开到现在已经有六个钟头。

"就现在?"他问。

方秘书点点头："我明天凌晨要赶一趟飞机，能空出来的时间，大概也只有现在了。"

"可是……"小李本想问问要不要告诉局长，后来想想，局长或许已经得到指示了，不然不会到现在还不出现。于是，他问了另外一个问题："我们要去哪里证实?"

"你们抓住的那个叫陆离俞的人，他现在的住处，情况如何?"

"陆离俞被抓之后，我们就对他的住处进行了查封。据他说，这个住处是他从一个中介公司租来的，所有的签约都是中介公司负责的。他的租期是三年，被捕的时候，他的租期才开始一年。我们问他处理意见，他的意思是通知房东，告诉他发生的事。然后，办理退房手续。"

"后来呢?"

"挺奇怪的，我们委托中介公司寻找那个房东，结果中介公司的答复是他们也一直联系不上这个人。能得到的答复都是手机的短信回复，房东说现在正在国外，过一段时间会主动联系中介公司。我知道的就是这些，此后，这个事情是由公安部门负责的，其他的具体情况，我们还没有交流过。"

方秘书点点头："我告诉你吧。公安部门一直在追踪这条线。他们得到的确切消息是，那个房东发来最后一条短信之后，就再也联系不上。最后查明，房东是一个假名，身份证以及相关的房产证明都是假的。顺着这条线再摸下去，终于发现了一个真实存在的人。可惜，这个人也失踪了。你应该知道这个人是谁。"

"刘鼎铭。"小李说，他对这个结论一点也不吃惊。

方秘书点点头："对，刘鼎铭。是他安排陆离俞住进了那座房子，然后发生的一系列的事，大概和他也脱不了干系。陆离俞自然不会知道他是被人选中的。至于为什么选中他，我们只有找到刘鼎铭才知道。"

小李打了个哈欠，他的身心都已疲累到极点了，还得应对精力看上去依旧旺盛的方秘书，实在有点力不从心，但见方秘书一脸期待，只好接了一句："刘鼎铭能做到这个并不奇怪，他是本城资深房产律师。"

方秘书活力十足地点点头，说道："对刘鼎铭这个人，我们也做过调查，表面上看好像看不出什么。不过，有一点很让人生疑。我们能搜集到的关于刘鼎铭的最原始的材料来自市档案馆。全部都是重新填写的。也就是说，原件已经消失了。我们问过档案馆的管理人员。他们查阅了一下记录，发现这次补填的时间是在三年以前。那一次，档案馆发生了一次意外的火灾，部分档案被毁掉，只能重新填写。"

小李的心里一紧，因为就档案而言，一旦原件消失，补填的时候，各种伪造的行为就有了可能。他赶忙问："刘鼎铭补填的档案，其中的细节，难道没有一一对证？"

方秘书笑了一下："理论上讲应该如此，但实际操作起来，艰难程度超出了人们的想象。当时被毁掉的档案大概涉及十万人左右。即使发函要求一一填写，回收，整理入库，所需要的时间已经超过了一年，要一一对证，真不知道要拖到何时。只能用一种折中处理的方式，补填的人必须携带相关的证明材料。客观地讲，这样做，只能减少，但是不能根治作伪的机会。"

"这么说来。"小李说，"要想通过最原始的材料查询刘鼎铭的来历，几乎是不可能的。"

方秘书点点头："时间有时候很重要。一旦把这个时间和陆离俞的行踪做一个对比，你就会发现，这次事故以及补填的时间，正好是陆离俞进入本市之前不到半年。陆离俞还没进入这座城市之前，有人已经伪造好了一切，在这里等着他了。"

说到这里，方秘书站起来了："现在唯一能够发现刘鼎铭痕迹的，也就只剩下陆离俞那所房子了。原因很简单，侦探学有句名言，凡经过的，必有痕迹。这所房产既然是刘鼎铭安排给陆离俞的，在那里。肯定会有一些痕迹，让我们能够查到刘鼎铭的下落。"

"可是，"小李心里的疑问是，"我们有资格进入吗？再说，时间过了这么久，里面的东西还能是原样吗？"

"哦。有个情况，可能你还不知道。在得知上述情况之后，部里命令封存了那个房产。另外，这个房产对面的那个房产也被征用，当然用的是很隐蔽的方法。征用之后，我们安排了几个打工人员住进去，他们三班倒地监视着那个房产。据他们的报告，那里再也没有人出入过，里面的一切都完好无损。"

"不需要通知局长吗？"小李问了一句，拖着疲乏的身体，站了起来。

"不需要。"方秘书也站了起来，笑着说，"我们去就是了。"

八

小李曾经去过一次陆离俞的房间，那时是为了搜集能证明郁鸣珂存在的证据，最终，他们一无所获。

这次能查出什么？小李心想。他和方秘书乘着一辆局里的车来到陆离俞的住处。这是一个看似普通的居民区。以陆离俞当时的工资水平，也不可能承担租金过高的高等公寓。

他们到达的时候，小区门口已经有一个人在等候。

两个人下了车，方秘书跟这个人简单聊了几句，那人就领着两人，沿着漆黑的小区通道走到了陆离俞所租住的那幢楼前。此时，已经快到黎明时分，四周一片沉寂。他们轻手轻脚地上了楼。

来到房间门前，引导他们的人打开了房门。

亮了灯之后，房间里的一切就出现在他们眼前。同小李上次的记忆相比，房间好像被人整理过一样，显得有条理多了。

方秘书好像看出了小李的疑虑，解释了一句："陆离俞被遣送到新疆的监狱之前，曾经在公安人员的陪同下来过这里。这应该都是他整理的。关于这件事，公安部门有他亲笔签名的一个记录。"

"我们要找什么呢？"小李问。

方秘书拿出两副手套，递了一副手套给小李，然后说道："任何你觉得可疑的东西。"

"这个倒没问题。"小李套上手套说，"问题是，我觉得这个房间里的一切都很可疑。"

"那你就尽量记住一些你该记住的东西。"方秘书走到一堆堆满了书和杂志资料的东西的地方，"我们现在做的每一件事，都是从一个假设出发，你是被选定的人。随之而来的问题就是，你会被选中去做什么？答案很多，现在我们来到这个房间里，答案就可能只有一个。对方或许要你传递什么东西？这个房间里的什么东西？"

小李听到这里，才想到这个姓方的为什么会跟自己来到这里。

上次，海洋工程二所发生谋杀案的时候，他自己提出过一个假设，虚博生之所以会被杀，是想传递什么东西给一个人。然后为了证实自己的假设，他把一把枪放到了海洋工程二所的一个抽屉里，几天之后，这把枪在严密的监视下，从自己的眼前消失了。

方秘书能够知道这些情况，大概也是局长将这些情况都做了汇报。

"你怎么能确认对方要我传送的东西就在这个房里？"小李好奇地问。

"这只是一种假设。"方秘书说，"我们现在能做的，大概只能是排除法了，从这个房间开始。如果事情的发展证明并非如此，那我们就算排除了一个假设，对方要你传送的东西，不在这里。"

"是不是还会排除另外一种东西，就是我的生命？"小李笑着说。

方秘书一脸严肃地摇了摇头："我们不会让这种事发生的。这一点你放心。从这个房间出去之后，你就会被公安部门严密保护起来。"

小李不说话了，开始在房间里四处搜看。

上一次来陆离俞的房间的时候，他的印象就是这是一个典型的大学教师的房间，里面有不少的书和各种凌乱的资料。这些书和资料只能说明一件事，房间主人的物质和精神一样贫穷，因为这些书和资料都是十分寒碜的货色，不知道从哪里淘来的便宜货。

"你过来，看看这个！"方秘书突然像捡到什么宝贝一样，叫了起来。

小李凑近去一看，上面是一张不知从哪里弄来的照片。照片上的景象，看样子是一个被焚烧的森林遗迹。在这张照片的背后，有陆离俞的一个潦草的签名，"通古斯爆炸"，还有一个日期，大概是照片到手的日期。

小李记得上次来的时候，好像看到过这样的一张照片，当时，他看了一眼之后，就把他放回原来的一个资料夹里，现在方秘书拿起这张照片的时候，照片是摆放在桌子上面。他不知道自己的记忆是否准确。如果准确的话，似乎是有人从资料夹里把这张照片又取了出来，放在桌面上。有人想让我们看到这张照片？那人是谁？

小李想起方秘书刚才讲的话，在房间封存之前，陆离俞是唯一整理过这一屋子东西的人。陆离俞？他有点恍惚了。

方秘书看了一下日期，然后问小李："据你们的了解，陆离俞和那个他一直在追寻的女人，好像叫郁鸣珂，生活在一起的时间，大概是开始在什么时候？"

小李想了一下，报了一个日期起止时间。

方秘书点点头："那就基本可以确认，这张照片到手的时候，陆离俞和那个女人还住在一起。据你们汇报，陆离俞和这个女人一直收集材料，用于研究古籍《山海经》。这张照片大概也是其中之一？"

九

从房间里，他们能找到的标有陆离俞名字的照片还不止这个。

小李找到了几张，还有一张绘制的草图，以及几份手抄的文件。他把这些都递给了方秘书。方秘书接过来，一一看过之后，随手放进了自己带来的公文包，然后看了看自己的腕表。

"差不多了。"方秘书说，"我看时间还早，这附近有没有什么通宵店，我们去坐坐，有些事，我得跟你私下聊聊。"

小李点点头。

这个姓方的秘书看样子年纪不大，但是已经有一种隐隐约约的气场。小李想起了方秘书坐在老头身边的样子，一点儿下属应该有的卑屈都没有，倒是有一种相交多年之后才有的随意，于是心想，老头对他都这样了，我还有什么可以说的。

小李只有点头的份儿，但他心里还是不太乐意。到现在这个时候，他已经疲惫到了极致，现在唯一的想法，就是去睡上一会儿，然后，等待一个结局，还有这个结局不可知的过程。他觉得自己已经成了一个棋子。现在唯一的结局，就是作为一个棋局的诱饵，放在什么地方，然后等着被对方棋子吃掉。

吉普车在空无一人的大街上开了大约十五分钟之后，终于在市中心找到了一家还开着的咖啡店。吉普开进市中心的时候，方秘书已经睡着了。

一上车，方秘书就对小李抱歉地说："我得趁这机会睡一会儿，待会儿还得去赶一趟飞机，飞机的终点站是美国纽约。你知道，时差问题，现在要不睡，估计到了那里就更没机会了。待会儿，车停的时候，麻烦你叫我一下。"

他真是说到做到，一上车就闭上了眼睛。小李本来也有趁着上车睡上一会儿的愿望，现在只好一边打着哈欠，一边看着车窗外面。

等到吉普车停在咖啡店门口的时候，小李推了推双眼紧闭的方秘书："方秘书，醒醒，到了。"

方秘书睁开眼睛，小李吓了一跳，因为他看到的是一种充满敌意的眼神，半是警觉，半是轻蔑，好像自己是作为一个威胁者趁他不注意的时候，出现在他的眼前。

小李愣住了。就在他准备解释一句的时候，那种警觉的眼神一下就消失了。方秘书面露歉意地笑了一下，完全换了一个人的样子："不好意思，刚才还没醒透。怎么样，到了吗？那好，我们下车吧。"

"刚才在车上的时候，"等到两人坐下，方秘书开口了，好像要替刚才的表情做个说得过去的解释，"我一直在想一个问题，想得有点走神。也不知道为什么，这个问题就是一直折磨着我，以至于我想到一个结果的时候，差一点就忘了自己身在何处。"

小李喝了一口刚刚端来的咖啡，笑着说："你用它来解释什么呢？你知道，我们之间是有地位差异的。在我们这个单位里，这一点很重要。你不需要什么都跟我解释，尤其是对那些我必须接受的东西。"

方秘书点了点头："以后，如果我们还有见面的机会，我会记住刚才你说的这些。"

他从自己的公文包里拿出一张照片，递到小李的手上："刚才，我一直在想这张照片。这张照片后面，写了一个名字，叫通古斯。这个名字其实指代了科学史上的一个悬案，叫作通古斯爆炸事件。你听说过吗？"

小李摇了摇头。方秘书于是简单地跟他讲了一下。

通古斯爆炸案发生在十月革命之前的西伯利亚。

爆炸发生的时候，当地人先看到一个可怕的火球出现在天空之中，随后，一阵巨响，一个圆柱状的蘑菇云腾空而起，接着，一股强烈的热流席卷了西伯利亚地区，通古斯地区就是其中之一。当地人看到，远处森林里的树木被热风卷起，不知道抛去了哪里。等到结束之后，人们在几十公里之外的塔莎姆比河沿岸的地区发现了这些树木。

"这不是原子弹爆炸的场景吗？"小李听到这里，插了一句，突然又觉得不对，"可是人类有记录的第一次核爆炸是在1945年的日本广岛，而你说的这次通古斯爆炸发生在十月革命之前，那应该是在1917年之前？"

关于十月革命，他只在高中历史书上学过，后来也没接触过，只模模糊糊地知道个大致时间。

"你说得对。"方秘书点点头，"事后很多证据都表明，这次爆炸带有核爆炸的特点。当时，有一个沙俄时期的科学家叫萨穆克罗夫的，一直致力于研究这次爆炸，他前后三次深入爆炸发生的核心地带，拍下了不少当时的现场照片。我们从陆离俞那里搜到的这张，应该就是其中一张。"

"复制品？"小李听得好奇，拿起照片看了看。

方秘书一言不发地看着他，好像在考验他的专业素质一样，验证证物的确切年代是小李这个职业应有的职业技能之一。小李意识到了这点，开始仔细看照片。等他放下照片的时候，他对答案已经了然于心。

"是复制品，不过年代也很早，应该是在上个世纪30年代，复制的地点也很清楚，是在30年代的美国普林斯顿大学。"

"你怎么这么确定？"方秘书面无表情地说，就像一个严厉的考官。

"很简单，30年代的照片有个特点，由胶卷变成纸质照片的时候，一般都要经过一个压模的工序。压模的一个目的是为了保存照片，另一个目的是把与照片相关的一些东西能够压制在照片下面的空白处。你看，就是这个地方。这里有一组数字，还有一串英文。数字是拍摄日期，英文应该是地点。

"有了这种工艺的痕迹，基本可以确认，这张照片不可能是原照，因为这种压模工艺出现的时间是在上个世纪30年代，而拍摄研究通古斯爆炸的时间是在1917年，1917年的原照片上不可能有这种工艺。这种压模工艺只存在于上个世纪30年代。此后，由于照相机的普及、印刷技术的改进，这种工艺逐渐消失了。一般来讲，如果我们眼前出现了这样一种带有压模特点的照片，基本可以确认它是上个世纪30年代的古董。"

方秘书鼓了几下掌，算是表示认可："时间确认了，那么地点呢？你看压模上的英文，好像很模糊了，没有专业的工具很难辨认。你是怎么认出来的？"

"不需要什么专业工具。"小李笑着说，"只需要记忆搜索一下就行了。很早以前本局有一个悬案——机要51案。机要51是上个世纪70年代，本局派往罗布泊原子弹基地的一个工作人员，后来自尽于新疆的一所监狱里。他入狱的原因是因为他负责监视的一个核工程师突然失踪。局里把这个案件叫作机要51案。

"我在调查陆离俞的案子的时候，发现陆离俞的案子和机要51案有些联系。因为陆离俞名义上的父亲，基本可以确认就是那个自尽的机要51。尽管陆离俞出生的时间是在他父亲自尽十几年之后，他母亲生他的时候，年纪也有四十多岁了，但奇怪的就在这里，他母亲是与谁一起生下了陆离俞没人知道，但他母亲却坚持要用机要51的姓，而且一直对陆离俞说，他的父亲就是机要51。"

"说不定他的父亲真的就是机要51？"方秘书不经意地插了一句。

"这怎么可能？"小李打了个哈欠，"机要51是现实人物，不是神鬼仙魔之类，死了还能跟女人生育？"

方秘书哈哈一笑："暂时不管这个了。听你说的意思，你好像查阅过机要51的所有档案，从中看到了类似的照片？"

小李点了点头。"这些照片都是从那个失踪的核工程师遗留下来的文档中找到的。这个核工程师失踪的时候，任核基地的5号首长。关于他的档案就被叫作5号悬案。相关的档案是和机要51的档案放在一起的。所以，我顺便查看了一下，里面有一些这样的照片。"

小李停顿了一下，看着方秘书："那时，我才学会了一件事，通过一些细节去了解一张照片的真实年代。没想到，今天还真的用上了。"

"你没从那些档案中，尤其是5号悬案的档案里，发现其他什么？"方秘书问，但是他的语气却像在诱导：答案就在小李的心里，只是小李还不知道而已。

十

小李说道："通过档案，我大致能了解到5号的背景，早期留学法国，属于留法的勤工俭学人员之一，同去的后来都是我党早期的著名人物。后来回国，第一次国共合作破裂后，他去了苏联，后来去了美国的普林斯顿大学，中华人民共和国成立之后，他回国，成为国家倚重的核物理专家……"

从对方的目光中，小李好像意识到了什么："你想知道的，肯定不是这些。"

方秘书点点头，说道："我给你补充一点关于5号的材料。5号进入苏联的时间是在国共第一次合作破裂的时期，他是作为避难去的苏联，就学于苏联当时的东方大学。但是，据我们能查到的资料，5号的兴趣并不在东方大学学习马列主义，而是对苏联当时高端的物理学产生了兴趣，大部分时间都在追随当时苏联著名的核物理学家伊万诺夫，并且随同伊万诺夫去考察了通古斯大爆炸的遗址。你想这是为什么？"

"你的意思是不是想说，在没有核武器之前，5号就意识到了这次爆炸有可能是核武器爆炸？"

"这样说，可能不太准确。"方秘书说，"他可能意识到了这场爆炸的奇特之处。至于他是怎么得知这场爆炸的，应该是一个谜。但是在当时世界主要国家，英国美国法国都报道过这场爆炸，因为爆炸的余威波及这些国家，估计中国也不例外。我查阅过大量当时的报纸，果然在一份留法学生创办的报纸上，找到了关于这场爆炸的一个报道。5 号当时就在法国，估计就是通过这份报纸，5 号得知了这样一个消息，然后，有了去现场考察的动机。"

方秘书端起咖啡，猛喝了一口，大概他也开始觉得疲劳了："二战之前，5 号来到苏联。通过对现场的考察，以及和伊万诺夫的接触，5 号可能意识到了这场爆炸的奇特之处，不是一场普通意义上的爆炸，而是来自一个当时还不知道的来自高端物理的武器爆炸。二战结束前夕，广岛爆发了震惊世界的原子弹爆炸。它的爆炸场景以及遗留的破坏场景几乎与通古斯爆炸一模一样。这样，几乎就可以确认，在广岛的原子弹爆炸之前，通古斯爆炸很可能是一次人们还不知道的核爆炸。也就在那时，5 号离开苏联，去了美国的普林斯顿大学。"

小李感觉自己在听一个人说梦话，他强迫自己清醒，但觉得自己已经完全丧失最起码的判断力。方秘书注意到了，只是摇了摇头，继续说道："不过，在对现场的场景进行考察之后，他可能会发现一个问题：将通古斯爆炸完全等同于核爆炸会面临一个问题。"

方秘书把咖啡杯放下，杯里只剩一些咖啡渣了："核武器的爆炸是一次性的。它的破坏场景会呈现一个中心到边缘的扩散模式。这一点，可以在广岛核爆炸的场景中发现。但是，在通古斯的爆炸中，却出现了一个奇特的现象，即大部分的破坏场景都处在扩散地带，而在应该被认为是破坏最严重的地区，即炸点爆炸的地区，却完好无损。

"我们可以把一个完整的爆炸场景设想为两个部分，一个是爆炸点的部分，一个是爆炸点爆发之后，爆炸所产生的气浪扩散的部分。你能想象一个爆炸场景，爆炸发生之后，炸点那个部分完好无损，周边却有明显的爆炸气浪扩散冲击痕迹？"

方秘书说到这里的时候，朝四周看了一下。小李也顺着他的目光，看到了对面远处，坐着两个不知什么时候进来的人，正在一边聊天，一边朝这边看上几眼。

"这两人有问题吗？"小李觉得方秘书的眼光有些异样，便担心地问了一句。

"没什么问题。"方秘书笑着说，"这两个人是负责催我快点的，再晚一会儿，我可能就赶不上飞机了。我看他们的原因，是想知道我还有多少时间。看他们的样子，应该还有时间！"

"这么说你不知道自己乘坐的航班？你坐飞机不先预订机票？"小李吃惊地问。

"我不会去关心这个。"方秘书一脸歉意地说，"太费神了。时间到了，他们会来提醒我的。我们还是接着说，我想，这也是 5 号决定去普林斯顿大学的原因。他想了解这种现象是怎样产生的。不知道他最后有没有得出答案。我只能推断，中华人民共和国成立之后，他进入中国第一个核弹实验基地，大概已经有了一种假设，而之所以会在我国的第一颗核弹爆发之前就选择失踪，可能的原因之一，就是他已经有了答案。"

"答案是什么？"小李好奇地问。

"我应该不告诉你的。"方秘书笑着说，"因为知道这一个答案的人，随时都会面临死亡的威胁。那那两个人之所以会随时出现在我身边，就是因为我是这个世界上为数不多的，知道这个答案的人之一。不过，我可以告诉你，原因很简单，因为你已经处在死亡的威胁之中……当然了，你也可以选择拒绝。"

小李想了一会儿，然后说："我觉得临死之前，能听到这些也是一种消遣，我能受到的威胁不会因此加重。"

方秘书神色庄重地看着他，然后说："我先讲一个在核爆炸没有出现之前，人们对这种现象的解释。有人认为这是某个小行星下落坠地，引发了大爆炸。这当然不值一提，因为行星坠落之前会有奇特的运行轨迹，但是行星的坠落只可能集中在一个地方，不可能引发爆炸性的扩散。于是就有了另一种推论：这次爆炸点发生在另一个地方，然后圈层气浪波及了通古斯地区。"

小李的困乏好像一下都消失了，他急切地问："那么，这次爆炸的炸点是在什么地方呢？"

方秘书倾下身体，好像这样做才够机密一样。其实咖啡店里，除了他的两个保镖，再也没有其他人了，但他脸上的表情表明他觉得自己非这样做不可："你既然查过5号的档案，你就应该知道，5号有一个固执而荒谬的观念：平行世界。我们可以顺着这个思路继续假设一下，爆炸的炸点不在我们这个世界，而在另一个与我们平行的世界，通古斯的爆炸，只是一个传递到我们这里的圈层气浪。"

"可是，"小李听得有点头皮发麻，"这个圈层气浪怎么传递到我们这里呢？"

方秘书正想说话，一个保镖离开位置走到他的身边，俯身低声讲了几句。

方秘书点点头，就站了起来："我想，这也是5号失踪的原因所在，他要找到这个传导的力量。至于这个传导的力量，也许就是档案里所说的，一盏灯的原因。一盏神奇的灯，灯焰在另一个世界，灯焰的光晕却到了我们这里……好了，我就跟你聊到这里，再晚就来不及了。"

转身之前，他又想起什么了，补充了一句："账已经付过了。要是想再喝一杯，就告诉他们这个号码，"他递了一张名片给小李，"只要拨打一下，几分钟后就会有人替你付账。"

方秘书这话是多余的，他刚一出门，局长就走了过来，看样子在门口等了很久。他走到小李前面，小李没有起身，只是看着站在面前的局长，心想我都快死的人了，跟你们讲什么礼节。

"走吧，"局长一点不生气，他客客气气地弯下腰，亲切地拍了拍小李的肩膀，说道，"公安部门的同志会告诉你接下来要做的事。"

小李点点头，起身之前，他偷偷看了一下方秘书递给他的名片，那上面有一串数字0923—928773。

他想，这是不是方秘书开的一个玩笑，哪个地方的电话号码会是这样的数字？

第五章

一

陆离俞就觉得有人在用力推摇自己，他睁眼一看，看到的是季后一脸急切的表情。

"你又梦见了？"季后问。

季后的手上举着一把燃烧的树枝，燃烧的树枝照出了他们现在的栖身之所，一个巨大的山洞。上次与黔茶恶战一场之后，他们躲进了一个山洞，此后，他们能找到的栖身之所，几乎就是这样的地方，有时还更惨，连个洞都找不到，只能靠着几棵大树熬过一晚。

陆离俞立刻直起身来，靠着洞墙，两眼借着树枝的火光四周看着，好像在寻找梦境消失的地方。

季后蹲下身子，把火把插到前面的石堆里，然后和陆离俞并肩坐了下来。

"我刚才又叫了？"陆离俞问。

季后点了点头，问道："还是那个梦？一模一样？"

陆离俞点点头："连过程都一样。梦见那个女人倒不奇怪，我来这里的原因，就是找她。其他三个人就莫名其妙了。其中一个男的，我告诉过你，在我来到你们这个叫瀛图的地方之前，就是这个人把我抓了起来。我对他倒没什么反感，没他我还来不了这儿呢。但在进了监狱之后，对我来说，这个人基本上就等于不存在了。怎么会两次梦见他？我梦到我想梦见的女人的时候，为什么总是会捎上这个人？"

"另外两个人呢？也是上次的那两个？"

"一模一样。我这次看清了，他们穿的服装也是你们这边的服装。一路行来，我都没有见过这样的两个人。一个四十多岁的中年人，带着一个还很童萌的小女孩。我印象中，都没有见过，怎么会梦见他们？"

季后用手指划过自己的脖子："还是这个动作？"

陆离俞连答话的兴趣都没有了。他若有所思地看着周围："两个女孩呢，现在都睡着了？"

季后把火把伸了出去，火光一直延伸到了洞的深处，直到洞壁下面的睡着的两个女孩。

"对这事，我有一个猜测。"陆离俞轻轻地说，一脸的秘密感，"我们到雨师妾这么久，有一件事都知道：帝丹朱和我们这位长宫并不是亲生父女，她是帝丹朱从什么地方捡来的。至于是在哪里捡到这个人的，好像没有一个人说得清楚。一路上我都在想这件事。可能是这个原因，我才会有这个梦。我梦到的那两个人，就是帝丹朱捡到长宫时的情形。"

季后打了个哈欠，把火把插在石堆上面："这种事，你最好就是想想而已。实在憋不住，就跟我一个人聊聊。你不会傻到去求长宫本人来给你解疑答惑吧？"

陆离俞有点不高兴了，正想反驳两句，却被季后脸上警觉的神色给止住了。来得如此突然，陆离俞都有点愣了，梦里郁呜珂消失前的表情好像又在眼前出现了。

他推了推季后，小声地说："哎，你别这样行不行？我不想梦里梦外都被人这样吓上一回。"

季后没有说话，依然一脸惊觉。这是鬼方术士才有的警觉，一般情况下，只会发生在术门相遇的时候。他凝神倾听着洞外传来的动静，分明是大宗师的门下才有的动静。只是他现在还不知道这种动静到底来自哪一派别，天符，神巫，地炼，还是他自己所属的鬼方。

季后的左手一挥，舞动的袍口划过石堆上插着的火把，刹那之间，火把熄了。

"什么情况？"陆离俞忙问。季后没有说话，站起身来，抽出自己的青铜削，悄悄地朝洞口走去。陆离俞一阵好奇，也跟着站了起来，借着洞中的微光，跟在了季后的后面。两人一前一后，来到洞口。

洞口的位置很高，站在洞口前的空地上，借着漫天的星光，就有俯瞰之势。他们一路骑来的马就拴在洞口的几棵树上，刚才的动静就是几匹马骚动不安的声音。

季后伸出手来，用袍袖朝着几匹马挥舞了几下。袍口借着挥舞的气流飘了上去，等它落下的时候，那几匹马已经不见了。陆离俞见怪日久，也不觉得吃惊，但还是忍不住赞了一句："这道召隐术，你一路上都在练，现在还真到了运化无痕的境界。以后也在我身上用下，我也算有个保命之术。"

"别想多了。"季后有点不耐烦了，"对你没用，你是人，不是兽。"说完，他闪身一避，避到洞口的一块巨石后面。陆离俞随着季后，也躲到了那里。两人借着巨石的遮蔽，朝下看着。洞口的下面是一个斜形的山坡，一直延伸到一条开阔的道路之上。

那条道路有点发白，发白的光来自夜空。陆离俞抬起头来，看到夜空上，一个发着白光的浑圆球体。这是他来到这个叫瀛图的地方之后，第一次注意到瀛图上空的这个星体。

这个星体看上去就像普照自己来处的那个世界的月亮。

他还没来得及细看，季后扯了扯他的衣袖，朝着路那里努了一下嘴。

二

有两个人正在路上走着。夜光照着他们，可以清楚地分辨出来是一对男女。走到洞口下面的时候，女的好像有点累了，就坐到一块石头上面。男的于是也停下脚步，站在女人的身旁。

两人都背对着洞口，所以陆离俞看不清他们到底是什么模样。就算两人都转过身来，夜色隐约，要看清两人的长相，估计也是一桩难事。

停了一会儿，顺着夜风，传来了男人的声音："你说得没错，我想了一路，帝后姬月身后的那个人，应该就是天符门的人。一路走来，听到的流言都说，这个人带走了帝丹朱，现在不知道去了哪里，我想，应该是去了天符门的修炼之地吧。天符门地处北海暝地，一般不会轻易涉足人世，现在居然藏到了姬月的身后，而且带走了帝丹朱，意图何在？我想也跟太子长琴留下的那件法衣有关。"

"这不就是你让我去盗走面符的目的吗？"现在夜风传来的是女人疲倦的声音。

"开始还不怎么敢确认那个面符是不是来自姬月，所以找了个机会试探了她一下。姬月的心机不浅，那次试探之后，我没有十足的把握。直到后来危其宴中，看到她一心想要折磨你的样子，我就确信了。接下来的事，也就顺理成章了。姬月不是天符门的人，能有天符门的面符之术，肯定是因为一个天符门的人藏在她的身后……"

"所以，你才会出手救我。"女人打断了男人，话里也没有一点感激的意思。

男人点点头。

躲在巨石后面的两个人对看了一眼，姬月这个名字，他们自然是知道的。他们略感惊奇的是，从这个男人的嘴里竟然听到了帝丹朱的去向，只是不知道该不该告诉女汨，也不知道女汨听了之后，又会做出什么出人意料的打算。

这时，一阵山风从山上往下吹，弄响了周边的树枝，声音惊动了男人。男人回过头来。借着夜光，这一次，陆离俞模模糊糊地看到了男人的样子，他心里一动，这个人好像在什么地方见过。不过，现在隔得太远，也没有机会容他走到面前细细辨认。

"其实，那时，你不出手也行。"女人突然决绝地说，"说不定更好，正好借着那个机会，把我欠你的一次还清！"

男人没有说话，抬头朝着四周看了看，然后低下头来，对着女人说："这条路下去，就是通往我河藏境内了。到了那里，带着你走也不方便。我河藏帝一向多疑，周边皆是宵小之徒，他们看到我的身边突然有了一个陌生女子，恐怕会生事端。那时，我自顾尚且不及，更不要说你了，我们还是就此别过。以后有什么事，我会找你的。"

"从这条路下去，要走很远，才会到你河藏境内。你现在就想扔下我？"女人的声音很平静，好像这都是她预料中的。

"你知道前面不远就是哪里？"男人不等女人回答，继续说下去，"三天子陵。我们后面的这座山，就是三天子陵的拱守之地，过了这座山，再往前走，就是三天子陵，那是我河藏三始祖的三座陵墓。我河藏臣民，每经此地，都得洁净身心，整肃上下，随身不敢有任何不洁之物……你明白我的意思吧？"

"三天子陵？"陆离俞悚然一惊。这不是他在那个反复出现的梦中反复听到的地名？

那条小路上，女人艰难地站起身来："你要这样说，倒是叫我辩无可辩。既然这样，身为不洁之物，就当有自知之明，那就就此别过了。"

女人说完，转身打算朝着树林深处走去，步子还没迈开，却被男人叫住了。

"别急。"男人一副精打细算的语调，"那日危其帐中，他穷尽一心，就是想要见到你的变化之能，但是因你执坚始终，所以他才始终未能如愿。你我今夜此别，不知何日才能相见。"说到这里，男人伸出双手，放到了女人的肩上，语调温存，"临别之前，这种变化之能，能不能让我见识一下？离别有此，也算能知你我相惜之情。"

女人犹豫了一会儿。等到夜风再次传来她的声音的时候，陆离俞心里一紧，因为声音里有一种说不出的凄楚。女人说这话的时候，应该是含着眼泪："你一直就不喜欢我的人形？即使我在你身边待了这么久的时间，你还是不喜欢。我，不是作为一头兽，而是作为一个人，站在你的身边。"

"你来到我身边的时候，是兽。"男人笑着说，"你离开我的时候，自然也应该是一头兽。"他放在女人肩头上的双手轻轻一推，"来吧。"他轻声催促道，甚至有什么克制不住的东西从语调里流露出来："在我的面前，来上一次。"

女人不说话了，过了一会儿，开始俯下身去。她身着白色的衣物，夜色之中俯身的动作，好像一朵正在低落的白花，接下来发生的动作，就像白花慢慢萎缩起来一样，她的全身都缩进了那团白色的衣物里面。

巨石后面的两个人，看不清楚女人具体的动作，但也能看到白色衣物之中的一种奇特的挣扎，而这一切挣扎都发生在一个男人的足下，显出一种特别的卑微。男人低头看着，不知道他此刻是什么心情、什么表情，只觉得他直立的身体有着轻微的颤抖，几乎就能与周围的夜色融为一体。

过了一会儿，他脚下那团衣物的挣扎停止了，男人呼出一口长气，好像还闭上了眼睛，然后，他蹲下身去，揭开地面隆起的衣物。

夜色变得清晰起来，巨石后面的两个人看得清清楚楚，白色的衣物揭开之后，一头青狐出现了。

男人蹲了下来，用手去抚摸那只青狐的头。青狐避开了，跳到了几步路外的地方，然后转身一瘸一拐地朝着林中走去。

男人就这样蹲在地上，一直看着。等到青狐的身影消失，男人才站起身来，沿着那条小路走了下去。

"我们那里有个词，"等到男人彻底消失之后，陆离俞对季后说，"正适合这个男的。想知道不？"

季后看着那头青狐消失的地方，摇了摇头。

"你们那里应该还有个词，适合那个女人！"两人的身后突然出现了一个女人的声音。

三

陆离俞和季后赶忙回头，女妁就站在他们身后，不知道已经站了多久。刚才两人看到的一切，估计她也看到了，她脸上的神色严肃得让两人都暗自一惊。

陆离俞自不待言，现在出现在眼前的这名女子却是神色严肃，超出了他一向的印象。他和女妁私下的接触一直就不多，就这些不多的接触而言，总觉得女妁就是个还处在无邪阶段的女子，怎么会有这样历练的神情？

"怎么会这样？"陆离俞想，"刚才一幕好像触动了她，而且，触动很深？"

季后也有点意外，虽然他和女妁相处已久，但是，这样的表情应该还是第一次看到。

"你什么时候出来的？长宫呢？"季后赶忙问。

"已经醒了。她看到你们那边空着，叫我出来看看。"女妁粲然一笑，好像意识到了两人的惊奇，"你们怎么这副样子？我不过就是好奇。那个女的举止这么不知体面，到了你们那边，不是该有一个词来形容形容？"后面的问句是对着陆离俞的。

"那倒是的。"陆离俞赶忙说，"这样的词，我们那边还真不缺。我现在随口就能跟你讲上几个……"

"不用了。"女妁赶忙止住了他，"那个女人已经走了，这里的女人现在就剩下我一个，你要一开口，我都只会觉得你是在骂我。那可不行。"女妁说着，走到季后的身边，好像有点怕冷似的，靠了过去："该看的，你们都看得差不多了。我们进去吧。里面那位，现在正在苦思寻父复国的长远之计呢，我们去把刚才听到的告诉他，顺便帮她出谋划策一下。"

<h1 style="text-align:center">四</h1>

靠里的洞壁下面，可以隐约看到一个影子，那是女泪的身影。季后右手手指一捻，一团火星飘浮在他的指尖，再用手一挥，火星便成了火花。陆离俞像个熟练的跟班，赶快从地上捡起一把树枝，递了过去。季后左手接过树枝，右手再一挥，火花就开到了那把树枝上面。火光照亮了女泪愁闷的脸。

几个人走了过去，坐在女泪的身边，半天都不敢开口。陆离俞坐得最远，无所事事地打量着这个洞。他想起了一件事：他刚到雨师妾的时候，曾被关进一个山洞里面。那时，他在那个山洞里面，发现了一个很怪异的遗痕。看样子，像是水泥墙留下的泥痕。不知道现在的这个洞里，他还能不能发现类似的东西？等到天亮的时候，他应该把这个洞好好地查一下。

还有，他来到这个叫瀛图的地方，开始的地方也是一个山洞。那里有位女子，为我吟唱，不知道以后还有没有相见的机会，不只是在这些怪里怪气的梦里。最近倒是一直梦见这个女子，是不是表明，我也在思念着她？……

他想到梦见这个女子的情形，一阵哆嗦，赶快换了一个想法：我跟洞这类的东西，好像真的有缘啊。

几条通往河藏的大道上，已经布满了玄溟的士兵。在河藏和雨师妾之间，曾经有中立的部落。苍梧之战以后，雨师妾战败，帝丹朱下落不明的消息，估计已经到处传开。这些原来中立的部落现在恐怕也是意图难辨。如果取道这些地方，搞不好被人认出，然后就成为向无支祁邀功的筹码。

与黔荼恶战后的次日，在避身的山洞里面，几个人商量了一下，怎样才能找到一条比较隐蔽的路线。其他几个人都是瞎扯，真正能拿主意的，只有女泪一人。女泪拿出一张帛图，看了一下，然后说道："我知道下面该去哪里。大家跟着我赶快动身。"

这张帛图的来历是这样的：

当初，河藏使者柏高来到雨师妾，帝丹朱亲自接见，慰其辛劳。言谈之中，自然要询问他的一路经历。那时女泪为了长长见识，也特意跑去听了一回。她这人正是好奇的年龄，再加上她自从跟随帝丹朱以来，一直就有随帝四处征伐的宏愿，所以对地理之类的东西一向都是兴趣十足。听说来了个异域使者，肯定不会放过。帝丹朱扛不过她的一番纠缠，所以，慰劳柏高的时候，也把她带在身边。

女泪天资聪颖，识记过人。在一旁听罢柏高的介绍，自己回去之后，赶忙拿了一张皮帛画了起来，没事就揣摩，有疑问的地方就找人乱问。

那时，让她得益最多的人，就是来自昆仑的女使漪渺。

漪渺作为昆仑女使，大多数时间都在四处出访，河藏自然也在出访之列，其间的道路状况自然是一清二楚。女汜自然知道这些，所以漪渺成为她询问最多的人。漪渺的态度也很积极，有问必答，还外加奉送，连女汜没问到的也会一一告知。

"如果不想走大道，也可以，我知道另外一种僻静的走法。"说着，漪渺拿出一支砂笔，在已经成型的帛图上，画了一条弯弯曲曲的线，细心标注清楚了沿途之后，递还给了女汜，一脸慎重地说道，"此图长宫请随身携带，日后说不定就能用上。"

她接过帛图，看了一下，漪渺画出的道路是一条经历各种怪异地名的道路。"这都是些什么地方？"她好奇地问。

"河藏的帝陵之地。"漪渺说。

"帝陵之地？"女汜又好奇地看了一眼。

漪渺说道："长宫应该知道河藏立国始末。河藏本为中山一部，原来不叫河藏，叫脱扈，大概位置是在薄山一带。"漪渺说着，伸出手去，在帛图上指点了一下，"就是这个地方。后来，由于离木之灾，脱扈的首领泰逢，率领残存部族离开了薄山，开始北上。此后，脱扈一部迁徙了数代，直到走到河原之地，才算有了立国之地，开始立国为河藏。"

女汜听到这里，已是入神，漪渺倒觉得意外："长宫难道没听说过这些？"

女汜赶快笑了笑："倒是耳闻一二，不过没这么详尽。我一直很好奇，所谓离木之灾，到底是指什么？漪渺女使可知？"

漪渺摇了摇头："我也不能尽道其详。据说能尽道其详的，只有一本帛册。但这本帛册，据说现在深藏在河藏帝宫之中，除了河藏之帝，没人能够一睹。"

女汜哦了一声，没有说话。漪渺继续说道："立国河原之后，脱扈改名为河藏，同时，追赠历代脱扈部首为帝。这些部首大多死在迁徙途中，随地安葬。河藏立国之后，将这些安葬之地圈为帝陵之地，并设了一条祭道，连通历代诸帝帝陵。我给长宫划出的这条道路，就是这条祭道。"

女汜当时的心情自然是感激，还有佩服，佩服漪渺的细心。苍梧之战开始的时候，这张帛图她一直携带着，当时的想法是，即使苍梧失陷，靠着这张帛图，她就能带着帝父，逃亡去河藏。河藏毕竟是雨师妾盟国，至少能有一安身之处。等到苍梧真的失陷，她下定决心前往河藏的时候，这张随身携带的帛图就成了她能够依托的关键。

五

此后，按照帛图的指示，他们一直走在通往河藏的帝陵之地上。有时候，女泪想起漪渺奉图这件事，突然感到一阵不测。她想：难道漪渺早就预料到了自己迟早都会踏上通往河藏的道路？她所有的耐心，所有的细心，都是因此而来？

想到这里，女泪总是会心里一惊，就算是睡得正熟，也会立马睁开眼睛。

她无法断定：漪渺如此作为，目的何在？漪渺所来，恍惚神秘，更让她的推测游走不定，无所归依。

刚才陆离俞和季后出去的时候，她其实已经醒了，脑子里一直想着的就是这个。她没有起身，因为不想被这两个人发现。她对季后是很有好感的，至于陆离俞，虽然她很感激他一直追随着自己，但是除此之外，也只能说不讨厌而已，能避开的场合还是尽量避开。

等了一会儿以后，那两个人还没有回来，她觉得事情有点不妙，便推醒了睡在身边的女姁，叫她去看看是怎么回事。

女姁出去了，她一个人靠墙坐着，细细地回味着她和漪渺之间的交往，看看能不能从中发现什么。

这时，她才突然想起一件事，漪渺曾经给她画过一张符，据说是召唤昆仑女主候选的那张符。漪渺给了她之后，她也就是随身一放，并未多想。现在想来，难道其中别有玄机？想到这里，女泪伸手向自己的袖口摸去。一些小小的女孩子用的物件，一般都放在这里。她摸了半天，都没有摸到一张像那张画了符的东西。她放弃了寻找，心想：肯定是弄丢了，那会是什么时候的事？

她模模糊糊地想起来了，那次在诸穆之战中，她和玄溟的那个叫女朴的有过一场厮杀。

那时，好像有什么东西从自己身上落了下来。当时情况紧急，没有多想，现在想来，会不会就是那张图符？有没有被人捡到？她的脑子里突然出现了陆离俞的形象，因为当时，陆离俞就在身边。

接下来的推测让她自己也觉得奇怪：难道是被这个人捡起来了？

那可够他受得了。女泪心想：昆仑传说，符被不该拿到这张符的人拿到，结局大部分都是拔舌断手，命遭不测。

她正这样想着的时候，另外三个人已经回到了洞里。季后弄了一把火，她的眼前亮了起来，眼角的余光看到陆离俞走到离自己最远的地方坐了下来，不禁又替这个人暗暗着起急来。

她这时没有说话，不是因为什么其他的想法，只是苦恼于一件事：我要不要开口问问这个人，那张图符是不是被他捡起来了？等到其他几个人在她身边坐了很久之后，她又偏头看了一下坐在远端的陆离俞。陆离俞此时正在思考山洞与他的人生之间奇妙的偶合关系，火光照射之中，已经是到了一脸呆相的地步。

看到这脸呆相，女泪才算有了一个决断：算了，还是别问了。

"你们刚才出去，是不是看到了什么？"女汨突然开口了。

看到女汨开口，其他几个默不作声的人互相看了一眼，露出终于舒了一口气的样子。

女姁赶忙把刚才看到的都告诉给了女汨，还叫季后补充了几句。女汨听到帝父的消息，有点发冷，心想：如果帝父真是到了天符门的手里，那就难办了。河藏帝师元图虽有人帝之尊，但是面对异术之人，恐怕也是无可奈何。那这一趟河藏之行，会不会是白跑一趟？就算费尽心机，能够找到师元图，又有什么用？师元图或许可以帮她复国，但是救不了帝父，她要一个国又有何用？

想到这里，她的眉头也紧皱起来。其他三个人看到这个样子，也都知道女汨在为什么发愁，一时也不知如何是好。只有女姁，觉得周围的气氛太沉闷，便借机和季后聊了起来，算是化解一点大家不安的心情。

"那个男的，"她指的是洞口向下看到的那个男人，"也真是奇怪，怎么能让一个女人变成青狐？"

"青狐？"女汨的眼睛突然一亮，"青狐……对，你刚才好像说到了，我就关心我帝父的下落，没有注意到这个。你再说说，青狐是怎么回事？"

女汨一脸激动的情绪感染了女姁，于是，她赶忙把刚才看到的又讲了一遍。女汨听完之后，好像还不清楚，连着问了好几遍。等到问无可问了，女汨长舒了一口气："这下好了，就算我帝父到了天符门的手里，只要有人愿意出手，我就能救出他。"

"谁？"女姁急忙问。

女汨倒不着急了，转过头来问她："你说的那个男的，就是能让女人变成青狐的那个男的，你知道他是谁吗？"

"是谁？"女姁赶忙问。

"应该是河藏派往我雨师妾的使节，名叫柏高。我这次前往河藏，肯定是要先跟这个人打交道。"

"长宫怎么能判断这个人就是柏高？"季后好奇地问。

"你们刚才提到，这个男人身边有一个女人，等到离开的时候，这个女人便成了一只青狐？"

几个人点了点头，女汨继续说："就凭这只青狐，此人必是柏高无疑。"

六

"为什么？"几个人异口同声，除了陆离俞。

女汨说道："这要从柏高的身世讲起。天下灵兽，都属神巫门统领。神巫共有十人，分管十部灵兽。其中灵狐一部，就由十巫中的一个叫巫履的统领。巫履此人，据说心性淫邪，常常离开巫境，诱骗凡间女子。他诱骗凡间女子的方法，就是他的名字由来，人称巫履之术。所谓巫履之术，就是若遇倾心的女子，就在女子的来往途中，见机设下一个脚印。凡是一不小心，踩到这个脚印的女子，就会顺着这个脚印一直走下去，直到成为他的淫邪之物。"

坐在远端的陆离俞吃吃地暗笑起来了。

女汨一脸恼怒地问道："你笑什么？"

陆离俞露出一脸痴相："我在想，要是一不小心，踩上了那个脚印的是个男人，神人巫履该如何处置？总不会连男的也喜欢吧？"看到女汨一脸恼怒的样子，陆离俞马上收回痴相，一脸歉意地解释："不好意思，这是我们那个世界的习性，一遇到这种事情，就会忍不住往歪处想。长宫别生气，我以后尽量克制。"

"你不用克制，爱怎么想，就怎么想。我只能告诉你，你喜欢想的那些事，一次都没有发生过。"女汨不耐烦地说，"男人根本踩不到这个脚印。不过，类似的事却发生过一次。就是这件事，导致了柏高的出世。

"有一次，巫履看中了一位女子，于是如法炮制，设下了脚印。那个女子踩上脚印之后，顺着淫邪之气，一直走到了巫履的眼前。一般的女子，到了这个时刻，都是半昏迷，完全不知道自己身在何处，为什么会到这里。那位女子却是眉目清醒好像一直等待这个时刻一样，双眼炯炯，清亮如水地看着巫履。那时的巫履，本来应该觉悟到什么，不过那清凉的眼神却让他淫心发作，巫性沉迷，他也顾不了许多……"

说到这里，女汨的脸色微微发红，好像经历这一切的女子就是她自己，她讲的是一桩自己的往事。

几个听众本来都看着女汨，这时都装作看火去了。

女汨硬着头皮，继续说道："等到欲火消尽，他才发现自己犯了一个错误，与他尽欢的不是人间女子，而是一只有幻化之能的青狐。这只青狐大概一直就等着这个时刻，而且为此费尽心机，直到传说中的脚印出现在她的面前。"

其他几个人不约而同地惊叫了一声，好像那只脚印也出现在自己眼前一样。女汨毕竟是女孩心性，这时的语调开始透着得意："于是，整个事件看起来不是巫履诱骗了青狐，而是青狐诱骗了巫履。据说巫履明白之后，第一次露出了羞愧之色。往常事后，都是他设术遣送女子，这一次，没等青狐醒来，他自己就悄悄地走了。青狐因此受孕，产下一子，名字就叫柏高。"

几个人只好不约而同地又惊叫了一声，因为这是女汨讲到这里，满心期待的。女汨听到叫声，心满意足地点了点头。

女姁急忙问道："可是，这跟长宫救父有什么关系？"

"你慢慢听我讲。"女汨语调中的得意已经掩饰不住了，"青狐产下柏高之后，突然发现巫履在自己身边。她有点意外，不知道该说什么。巫履也没有多说什么，只是讲了一句：'这个孩子，我带回神巫门了，以后就在我神巫门修炼了。等他长大成人，修炼完毕之后，我会叫他来找你的。你放心。'说完，巫履就抱着孩子走了，临走之前，还给青狐留下了一道神巫门的祝文。有此祝文上身，不仅能完全褪尽青狐之性，彻底演化成人，而且还有了长生之身，可以前往不死之国。

"柏高在神巫门长大，实际上已经成为十巫的传人，同时，从他父亲巫履的手里，分得了统领天下青狐的本领。所以，你们才会看到，为什么那个女人会在柏高面前变成一只青狐。现在，你们明白了为什么我说帝父有救？"

女汩用一个反问结束了她的故事。

应声的还是女娲，毕竟闺蜜心有灵犀："我明白了，柏高既然跟神巫门有这等渊源，一旦他答应出手，天符门自然不敢不应。我听季后说过，神鬼天地中，神巫门最为强势，一旦十巫出面，其他三门都会心生畏惧，避退三分。我说得对吧，季后？"

季后一脸尴尬地点点头。身为鬼方门的弟子，遇到这种有损师门的话，应该奋力驳斥的，但是这句问话偏偏出自女娲之口，他能做的大概也只能尴尬地点点头了。

女娲一心替女汩高兴，根本没注意到这个。她转头又对女汩说："那我们赶快走吧，早一点赶到河藏，你早一点成为河藏的帝后，那时，你叫柏高做什么，估计他也不敢不从。对了，这些关于柏高的事，你怎么知道的，还知道得这么详细？"

"这是漪渺女使告诉我的。"女汩说道。话一出口，她突然又体会到了一种不安，比以前的更为强烈。她想：难道漪渺又料到了，此去河藏，我不得不与之周旋的一个人，一定是柏高？

漪渺那时告诉她的还有另外一件事，就是柏高私授的使命，向帝丹朱表达河藏大帝欲与长宫女汩成婚之意。苍梧沦亡之后，女汩之所以会想到前往河藏，也是因为这个。

第六章

一

天亮之后，几个人准备出发。

动身之前，女汩拿出那张漪渺交给她的帛图，摊在地上，叫几个人围过来："我们离开这座山以后，基本上就离开了我雨师妾国之域，接下来的道路，就是通向河藏的。路途遥远，恐有不测。我把大致路线跟你们讲一下，一旦失散，大家也知道怎么独自上路。我不希望到达河藏的时候，四个人中会少掉任何一个。"

她停了一下，看着其他三个人。季后和女娴认真地点了点头，陆离俞则是一脸惊异地看着那张帛图，然后抬起头来，对女汩说："这是五藏山经图中的中山经图？"

"什么？"女汩没听明白。

"没什么。"陆离俞赶忙说，"我只是觉得好像在哪里见过。长宫请继续。"

他心里此刻的想法是：岂止是见过，我还自己画过呢。看来我们接下来的起点，应该是一个叫荣余之山的地方。

"我们接下来要去的那个地方，叫荣余之山。"说到这里，女汩停了下来，盯着陆离俞。

陆离俞连忙做出一副聚精会神的样子，盯着那张图。

"我还以为你要说点什么呢，"女汩一脸不屑地转过脸，指着图继续说道，"从荣余之山出发，经过柴桑，接下来就到了河藏的帝陵之地。河藏一部从薄山发端，向北征战，历经数代，最后成为统领一河的洋洋大部。其间历代帝族魂归之后，都分葬在征战途中各个山系之中。

"我们经过的陵地，叫三天子陵，是沿着这条山系分散排列的三座帝陵，分别叫阳帝、真陵、即公。过了这三座河藏的帝族之陵后，就是我们此行第一个要去的地方，就是这里，洞庭之山……"女汩说着，用手指了指帛图上的一个山。

"洞庭之山，傍临一个巨渊，就是帛图上叫江渊的地方，据说是江水回流而成，所以称为江渊。渊内住着一个渊神，有人说神名二八，有人说神名于儿……"

"厉害不，吃人不？"女姁赶紧问，一副揪心的样子。

"吃。"女汨伸手一指女姁，一脸肯定地说，"尤其是你这样的，一口吃掉，连盐都不放。"

女姁撇了撇嘴，女汨冲着季后一乐："你可得看好这位啊，吃了就没了。哈哈，其实我也不知道到底吃不吃，那地方我根本没去过。只是神人所居，小心为妙。"

女汨接着说："我接着讲。经过这道江渊之后，就是另一道江渊。它位于丰山周围，山上住着一位怪神。这位怪神的名字叫作耕，他守候着一道神器，神器的名字叫九钟。据说钟响九次之后，天下皆会普降浓霜，我瀛图之地，自此以后就开始入冬。搞不清楚是钟声引导了季候的变动，还是季候的变动导致了钟声响鸣。"

"现在是春末时节，"季后笑着说，"我们上山去敲几下钟，看看会发生什么。如果浓霜立降，就清楚到底是谁引导谁了？"

"你怎么也这样说起来了，真是！"女汨一脸无奈，回头看了一眼陆离俞，意思是，看，跟你学的。

陆离俞于是眼神鄙视地看着季后，意思很明白：说话也要跟我学，没出息。

女汨转过头来，笑着对季后说："我得告诉你一件事，那钟不是空摆在那里的，周围有怪兽相守，怪兽的名字叫雍和。有这头怪兽的守护，瀛图之地，只有耕神一人能够敲响此钟。其他有此念头的人，大概只能成为雍和的囊中之物了。对吧，姁？"

女姁尴尬地一笑。女汨觉得有点奇怪，往常这种时候，都是两人拿着季后来开涮的时候。女汨觉得自己有点冒失，女姁和季后之间的感情大概已经亲密到了容不下第三个人来嬉闹的地步。她赶快低下头来，指着帛图往下说起来了，尽量驱散这种扰人的情绪。

"这条江渊往上，经过首阳山，再向西走上几天，就到了女几山。女几山前有一条分流的大河，叫作洛水。洛水起于女几，分流众多，最大的支流有两条，一条向东北，一条向东南。向东南的那条不是我们追随的。它流向江水，江水的去处是经过我雨师妾的众多泽地，最后到达东海。顺着它走，不就走回我雨师妾了吗？……"说到这里，女汨突然动了故土之念，有点哽咽。

女姁赶忙接了一句："那我们就走另外一条？"

女汨勉强笑了笑，说道："对，向东北的那条，才是我们要跟着走的那条。它流入的就是河藏之地。河藏在那里有一岩防之城。进了这座城，剩下的道路就直通河藏的都城。河藏的都城叫作离木，这个名字据说是源于河藏始初……"

她把从漪渺那里听来的关于离木之灾的传说讲了一遍。几个人听罢，纷纷称奇。

季后说道："这样说来，河藏立国，也有气度博大之处，能够祸福等一。"

"此话怎讲？"陆离俞拿腔拿调地问道。

季后于是拿出了自己的鬼方道行，玄言起来："河藏原为脱扈。脱扈险些毁于离木之灾，但是河藏立国之后，反将离木之名定为都城之名，如此命名，很显然是将昔日的灭顶之灾，视作今日的立国之佑。这不是祸福等一吗？"季后说这话的目的，其实是冲着女汩的，因为女汩是打算嫁给师元图，现在的心里肯定充满了忐忑，因为不知道师元图到底什么样。他想：自己这样一说，大概能给女汩一个安慰，或许现在的师元图，也是一个气度博大之人。

女汩听罢，自我嘲讽地一笑，然后神色黯淡地说了一句："或许吧，反正我已经想好了，到了离木，我就得施展百般媚态、万种心计，然后靠着这些媚态、心计，将河藏大帝师元图收到自己的枕边，任我施为。各位到时候就冷眼旁观吧。"

几个人没有说话，因为不知该怎么答话。

女汩正想收起帛图，女媰眼尖，突然指着一个图标问道："这个图符指的是什么意思？"几个人顺着她的手指看去，看到一个玄色的方形小图块，就在两座帝陵之间。女汩看了一眼，也是一脸困惑，她不记得漪渺当初给她这张图的时候，是不是讲过这个图标的含义。

二

在山洞里，季后先帮女汩弄好了行装，然后去帮起了女媰。

女媰等季后走近，悄悄地问了一句："那个叫丰山的地方，我们非去不可吗？"

季后心里一愣，不解地看着她，不知为何会有此一问。他正想开口，女媰却立刻摇了摇头，意思是叫他不要再问了，然后她轻声一笑，把包好的东西递给了季后，自己跑去帮女汩了。

三

遣走青狐之后，河藏使者柏高行色匆匆地走在丛山之中。

他本来可以走另外一条回归河藏的道路。那条道路更为便利，随时都有食宿之地，不过，那条路是泽国之路，经过雨师妾的众多属国。雨师妾苍梧战败之后，他想，这些地方肯定已经成为玄溟的风靡之地，一路上，说不定都会遇到气焰骄横的玄溟士兵，会遇上不必要的麻烦。

还好出使之前，师元图另有一事交代给他。为了完成此事，他也得走一条偏僻的道路。

河藏帝师元图给他的另外一个任务，就是一路之上，都要代替师元图祭奉河藏诸帝。

本来这件事是该师元图来做的，但是师元图正和他的亲弟弟须蒙打得不可开交，以至于一年一度的祭奉大礼都没有办法如期进行，只好叫柏高代劳。柏高除了尽量完成例行的祭礼之外，还要实事求是，顺便告慰安眠地下的历代先祖不要怨恨现在在位的子孙，等到师元图收拾了自己的弟弟，他会把自己亲弟弟的血肉做成各色祭品，然后在全套河藏祭仪的乐舞声中，一件一件地奉祀在诸位帝陵之前。

柏高领命，因为去雨师妾的任务紧急，所以这项任务就留在了回归河藏的路上。

遣走青狐之后，他就带着一份祭文、一些最简单的祭品，开始了自己的祭祀之路。每过一座帝陵，他都要奉上祭品，然后把随身的祭文读上一遍。祭文是师元图亲自写的，除了祭祀的套话之外，基本内容就是如果祖宗真的有灵，那就快点从坟墓里面爬出来，早早替他灭了那个叫须蒙的逆贼。

柏高要去祭拜的第一座帝陵即为三天子陵之首的阳帝陵。这条路，他走过很多遍，所以一路都没停顿。快要走近帝陵的时候，他突然听到路边的树丛里有一阵响动。柏高有点诧异，帝陵之地一向肃静，一般没有人敢轻易踏进，这是何人？他好奇地穿过树丛，循声追去，结果看到远处有一个隐隐约约奔跑的身影。相隔太远，他也看不清楚，只见此人袍服飞扬，好像正在全力飞奔……

柏高一直看着这个身影彻底消失，也看不出来这个身影是谁。他不是多事之人，所以虽然有所疑惑，但也觉得不必多想，也许只是一个擅闯帝陵之人。既然人已经跑了，也就不必追查了，他还有更重要的事。想到这里，柏高回身走上了通往阳帝陵的路上。

不久，他就跪在了阳帝陵面前，面对着静穆如同太古的巨山，大声地读着祭文。

所谓帝陵，其实就是放了一具棺材的大山。比较特别的，就是棺材不是藏在大山的山体之中，而是放在山崖之上、巨木做成的几根支架上面。这些支架的一端都深深地嵌入到了山崖绝壁之上，另外一端伸在空中，棺材就搁在上面，就成为驾临半空的悬棺。

柏高的祭文就是跪在这些悬棺前面，读给悬棺里的先祖听的。

柏高一面高声诵读，一面心里发笑：从祭文来看，我元图帝恨他亲弟，真是恨到了入骨的地步。那位做弟弟的，一想起他这位做哥哥的，一腔的恨意恐怕会不相上下。不知道那边是不是也准备了一篇类似的祭文……

念完祭文之后，柏高一丝不苟地履行了全套的祭仪。然后站起身来，打算赶往下一座帝陵。

就在准备踏上那条帝陵前的道路的时候，他突然停住了脚步，紧盯着那条在他脚下伸展开的路，眉头皱了起来。过了很长一段时间，他才松开紧皱的眉头，冷笑了一声："这是谁啊，还真能弄啊，居然能搞这么一出。幸亏我一生谨慎，不然，还真会被他迷惑。"

柏高这时候已经发现了一件事，他现在脚下的这条路，已经不是原来他熟知的那条路了。有人用法术隐藏了原来的那条，然后重新生发了一条。

柏高心里想起了此前那个消失的身影，难道是这个人？

说到这里，他退后几步，面对着眼前这条道路，闭目低头，双手平展至等肩的位置，开始默默地念诵起来。他的声音古怪，音节桀骜，一个外人恐怕是一句也听不明白。念到最后，柏高大喊一声："遁。"眼睛随之如同电闪一样睁开。

"遁"是神巫门的一道咒祝，出自修行精深的巫士之口，就能使眼前的事物消失。

柏高的意图也是这样，他想念出遁祝之后，这条被人用法术弄出来的路就会从眼前消失，只有这样，那条被隐藏的路才有可能出现，那时，他只要念出一个"原"字祝就行了。

但是睁开眼睛的时候，结果却让他失望，那条路还在他的面前伸展。

柏高心里一惊，朝左右看了一下，不用人来提醒自己，他也明白了一件事：道路已经被施注了更高的法力，高到远远超出了自己。想到这里，柏高心里突然着急起来。他盘算已久的一件事，现在看来要受阻于这条道路了。柏高的眉头又紧皱起来。过了一会儿，他突然微微一笑，然后像刚才一样，又来了一个念诵的造型，然后开始以同样的声调念诵起来，这一次念诵的收尾部分，出自他口的是一个"复"字。

他的话音刚落，眼睛还没有睁开，一条和刚才那条道路完全一样的道路出现在他的面前。两条道路像两条平行的线一样，伸展到了远处。

柏高睁开眼睛，看到了这两条路之后，长出了一口气，然后离开了帝陵。

他没有走这两条道路中的任何一条。

四

几天之后，他离开了这一带的最后一座帝陵——即公陵。几天奔波下来，即使精通巫术的柏高，也有一点倦意，因为除了祭仪消耗之外，还得随时提防在第一座帝陵遇到的怪异。让他略感意外的是，那样的怪异只遇到过那一次，以后再也没有遇到过。他开始还不太明白怎么会这样，后来一想，原因可能很简单，那个施法的人，大概没想到会有他这么一位也懂法术的人前来使坏。

他在即公陵前站起身来，朝着四周还有脚下小心地看了看。虽然想明白了发生的事，但柏高还是改不了小心谨慎的习惯。

在他的眼前，离开帝陵的道路有两条。他判断了一下，确认了每一条都是原版，没人做过手脚之后，便放心地走上了去东边的那条道路。

这条路开始平淡无奇，几天之后，逐渐变得荒渺阴惨起来。道路两旁的树林慢慢变得稀疏，原来整肃的道路也越来越畸乱，越来越肆无忌惮，最后慢慢地和大片大片的荒野莽原融为一体，分不清哪里是路、哪里是原。一旦走到了这个地步，劲风好像是从地穴深处突起一样，弥漫了上下天宇。

柏高硬着头皮朝前走着，直到他的四面突然凄厉阴暗起来。他停住了脚步，想要辨别一下方向。

正在这时，从密集的黑暗中，发出两道闪电，一左一右，击向他身体的两侧。柏高躲闪了几下，眼前的闪电不仅没有减弱，反而变得越来越密集。不过，除了刚才那两道闪电之外，大部分的闪电都砸在离柏高数步之外，看上去更像是一种恐吓，而不是一种攻击。发出闪电的人大概是希望吓到柏高，然后即刻离开，不然的话，还有更危险的东西在几步之外等着他。

柏高退开几步，面朝西方跪了下来。跪下的时候，他先取下头上的冠冕，摆放在地面。他的头低了下来，顺势深深地埋到了胸前。埋得如此之深，要是外人看来，好像脖子已经被人折断了一样。与此同时，他的嘴里轻声念叨着什么。语句含糊不清，语调低沉急促凄厉，语速越来越快，语调随之开始高昂起来，好像向上攀升一样，最后所有的一切，都在相互推动，直到柏高的喉咙深处传出一声似乎能够撑起刺破天地的嘶吼。

"跞……"，随着这声嘶吼，柏高深深低下的头颅突然猛地向后一仰，一头蓬发立刻四散飞扬。接着似乎是源于这颗上仰的头颅的力量的牵引，柏高的全身直立起来，然后，慢慢地转向那群密集的闪电。

面对着密集的闪电，柏高慢慢地张开双臂，静静地矗立等待着。

过了不知多久，从那群密集的闪电之中，慢慢地出现了一头庞然大物。闪烈的电光中，它的形体诡畏狰狞，变幻不定。唯一能够清楚地看到的，是它移动的方向，它正笔直地朝着柏高。

等到它移近的时候，柏高才看清了它的形貌。

怪兽的样子像一头庞大的龟，除了体型巨大以外，身上的颜色还很特别。脖子以下，龟壳连着龟身，通体皆白。脖子以上，连同整个头部则都是火焰一般的红色。最奇特的地方在圆扁的龟首之上，应该是龟眼的部位，没有眼睛，没有窟窿，只有耷拉着皱缬的龟皮，和头上其他部分的龟皮毫无痕迹地融为一体。

柏高还在细细地看着这只没有眼睛的大龟，它突然抬起巨大的龟首，就像一只狗抬起鼻子来四处嗅闻一样，脖子伸出龟壳，扁头连着越来越细长的龟脖子，一起伸向柏高。离柏高还有分寸的地方，龟头开始沿着柏高的身体上上下下地浮移起来，好像想要嗅出什么一样。

柏高看到龟首的鼻孔里有两道闪亮的东西。他伸出双手，一手抓住龟脖子上皱缩松弛的龟皮，拉向自己；另一只手则托起龟首，直到上面的两个鼻孔正对着自己，仔细打量起来。

片刻之后，他松开了手，轻声一笑："原来你的眼睛是在这对大鼻孔里。"

这条巨龟对此的反应是一张口，朝着柏高连着吐出几道闪电。

五

这些闪电一点也没停留，顺着柏高的身体，同样落到了柏高的两侧。虽然落地之处就贴着柏高，但是柏高毫发无伤，立地依旧。

巨龟好像觉得有点意外，头虽然还在晃来晃去，但是嘴巴再也没有张开。

柏高拍了拍龟壳，叫了一声巨龟的名字："危，借你的龟身一用，带我去会会你的主人。"说完，他纵身一跃，跳到了龟身上面。那头巨龟这时变得非常顺从，大概是没招了，所以，柏高一跳上去，它就转过身，朝着密集的闪电深处走去。柏高站在龟壳上，像一块铁站在吸盘上一样，纹丝不动地穿过这些闪电。

闪电密集的末端是一株参天的巨木，有一个人站在巨木之下。他的前面不远处，是直插入地的悬崖。悬崖的下面是黝黑深冥的渊水。

巨龟爬到那人几步路之远的地方，停下了脚步，回转着脖子，朝着龟壳上的柏高叫了一声。

"你还会叫呢？我一直以为你这张嘴只会喷发闪电呢！"柏高一脸惊奇地跳下龟壳，回头看着巨龟。

"他的嘴还会吃人呢，你没发现？"柏高听到背后有人说话，便转过身去，对着说话的人点点头。

说话的正是巨木下站着的那个人，他上下打量了一下柏高，然后问道："你是神巫门的人？"

柏高点头，那人笑了一下，说道："既然是神巫门，危的这点幻术估计也没什么用了。神巫门的华封三祝，专门克你这种妖孽，你还是停了吧。"后面那些话是他转身之后，对着那头巨龟说的。他的话音刚落，那头巨龟周围密集的雷电消歇下来，虽然周围还是一片阴暗，暗如黑夜。

"你刚才用的，是叫华封三祝吧？"这话很显然是问柏高，但是问话的人却没有回头。柏高只好冲着问话人的背影点了点头，轻声说道："是，神人洞察。"

幻术消歇的巨龟爬到崖边，纵身往下一跳，柏高的耳中听到了巨大的物体落水的声音。

"危的命运真是奇特。"那个人看着巨龟消失的地方，慢慢地说，"别的灵物都是出水为人，落水为兽，他却正好相反，出水的时候是头巨龟，落水之后，反而成人了。"

"成人，那该是什么模样?"柏高好奇地问。

"我没见过。"那个人还是背对着柏高，摇了摇头，"也没兴趣。难道你有? 你要有，我可以送你下去看看。"这时，他才转过头来看着柏高。柏高没有说话。

那人回过头去，继续说道："这种变化之能虽说奇特，但是为人之喜悦，恐怕一点也体会不到了。我想，已成人形的他，现在能做的，大概只能是呆在水里，看着几头呆鱼游来游去，连个说话的人都没有，有什么趣味。你要下去一趟，正好可以帮他解闷消乏。"说到这里，这人才全然转过身来，对着柏高，脸上已经是一副跃跃欲试的样子。

柏高赶快摇了摇头："神人费心了，我来这里不是为了见识这头怪灵的变化之能，有一件事，想求请神人。"说着，他对着那个人一作大礼："神巫门巫履传人，河藏元图帝使者柏高，礼见渊神二八。不知何处方便，能容柏高细言其详。"

"就那里吧。"那个被称作二八神的人说完，走到悬崖边上刚才巨龟跳下去的地方，席地坐了下来。他看着下面深黑的渊水，然后头也不回地说道："你也随意。"

柏高只好跟了过去，也坐了下来。等了一会儿，看到对方还是爱理不理的样子，柏高只好自己主动开口了："柏高冒昧，来此只为一事，想请二八神人为我查验一物，然后替我截下此物。"

"要替你去抢什么东西?"二八神问。

"一件法衣。"

二八神哈哈一乐："最近异术人士好像开始穿衣打扮了，你可是第二个跟我提起衣服的人。"

柏高赶忙问："第二个? 第一个是谁?"

"地炼门的一个门师。"二八神说到这里，上上下下打量了一下柏高，"你好像还觉得这件事是个秘密一样。我替你省点事。数日之前，有个地炼门的术士从我这里经过，提到衣服的时候，脸上也是你这样的表情。那时，我还觉得事关重大，这副表情也堪一看。现在，你要想说的衣服，如果是同样一件，这样的表情还是免了吧。见过地炼门的术士之后，我现在知道的，说不定比你还多。"

"地炼门的术士? 是叫黔茶吗?"柏高赶忙问。

"好像是叫这个名字，一个枯瘦的老头子。你怎么知道?"

柏高沉吟了片刻，想起了他在帝陵之前看到的异样，他用了自己的祝术都无法消除的那条幻路，难道是此人所为？黔茶之名，柏高早有耳闻，知道此人心性奸诈，修行长久，虽然从来没有会过，也不知道此人异术深浅到底如何，但既然他能进入二八的神域，来路一定会是通过帝陵。如果此人异术修为高过自己，那在帝陵之前做出自己也无法消除的幻路，应该也在情理之中。

他心中有此疑虑，但是开口打算说的却是另外一回事。他不想让二八神知道自己差一点失手，二八神本来就很轻视他。

柏高于是说道："黔茶这个人，我一直就知道。玄溟进攻雨师，最后能够攻下苍梧，都是这个人在捣鬼。他之所以会相助玄溟，应该也是盯上那件法衣了。那么，柏高想问，据神人所知，那件法衣会不会已经到了他的手里？"

"应该没有。"二八神说，"他大概是慌不择路，跑到我这里来了。一进来就后悔了，我可不是什么好客之人，最后把他逼得往水里跳。这老头看样子挺怕水的，一见到水就哆嗦，然后哆哆嗦嗦地向我求饶。我很闷啊，就趁机跟他聊了一会儿，这才知道他想去哪里、想做什么，聊完之后，心里一高兴，就把他给放了。"

听到"慌不择路"的时候，柏高松了一口气，看来，帝陵之前的幻路应该不是黔茶所为，慌不择路，很可能就是被幻路所惑，不然，依黔茶的奸诈，怎么会闯进二八的神域，自讨其辱？而且，能做出这种幻象的人，也与地炼门无关。那到底是谁，要做这样一个幻象？

不管是谁，他的一个目的很明显，就是要让人避开帝陵之路。至于为什么，就不清楚了。

想到这里，柏高赶忙问："刚才神人说黔茶进入神域，是慌不择路？神人知道是什么缘故？"

"看他的样子，好像是被什么人追杀一样。我截住他的时候，他面目仓皇，眼神涣散，衣袍都是滚爬跌打的痕迹。说来好笑，我截住他的时候，他好像看到了救星一样，我还没动手呢，他就抓住我的手不放，然后神色凄苦地向后张望，嘴里连声说着，'不是我，不是我'。看到他这个样子，我差一点连下手的心思都没了。"

柏高心想：这样说来，幻象之事，很可能就是追杀黔茶的那个人所为了？他赶忙问道："那么神人可知，追杀黔茶的会是何人？"

"这个你去问他自己吧。我是什么都没看见。老头子回头张望的时候，我也好奇地看了几眼，后面什么都没有。"二八神打了个哈欠，一脸厌倦，"你不能要求我干太多的事，一次一件就差不多了。我只能告诉你，你想要的东西不在他身上。"

柏高想了一下，微微一笑："二八神好像已经知道了这件法衣是何神物？"

二八神点点头，还是不改倦容："当初太子长琴留下一法，渡我瀛图劫难，此法据说封存在一件法衣之上。太子长琴炼遁之后，法衣的去向就已成谜，众说纷纭。你要我截留的，不就是这件东西吗？"

说到这里，二八神突然一反倦态，严肃起来，还看了看四周，好像很担心四周有偷听的人。

这次轮到柏高哈哈一乐了。他想，看来这个叫二八的神人的确是闷得发慌，只好用这种法子来找乐了。他点了点头："是的，就是这件法衣。"

"那你总得告诉我，法衣现在到了谁的手上？不然我怎么截？"

"这个我也不知道，"柏高说，"我只是在经过一个山洞前的时候，察觉到了法衣的迹象。"

"法衣的迹象？那是什么？你怎么知道？"

"太子长琴临化之时，我神巫十宗师亲侍其侧，亲眼看到他焚尽那件法衣，所以，法衣来去的迹象，已能确知一二。"

"亲眼看到？是躲在暗处，偷偷看到的吧。"二八神一本正经地堵了一句。

柏高马上一脸正色："神人此言，可是对我神巫先列宗师的大不敬。如若被现任宗师知道，会有什么后果，你应该知道。"

"不要紧，没关系。"二八神一脸安慰地对着柏高，好像受罚的会是柏高一样，"你不是有事要求我吗，这点嘴上便宜该会让给我的。再说，有什么必要连这些鸡毛蒜皮都上告？宗师也很忙的，这点小事也要听闻，不见得就会感激你。继续说，你发现了迹象之后呢？你怎么不去截留，非要留给我来做？"

"这个，我也有为难之处。"柏高一脸愁容，大概能借此博取二八神人的同情。他的脸色总是变得很快，到了随心所欲的起步："法衣迹象之中，共有四人，其中一个人不日就是我河藏帝的帝后，柏高不能得罪。"

"为什么？你还会怕河藏的师元图？那倒新鲜。神巫门不是一向位居河藏国师之职，河藏敬之，如同敬神。尤其是到了你这一辈，你要做什么，师元图管得着吗？"二八神兴致勃勃地问。

"个中原因，就恕柏高不能明言了。"柏高说，"我只能说，有些事，巧取好过强夺。我现在求二八神出面，就是巧取。我向四人发难，得罪未来的河藏帝后，那就是强夺。"

"行，"二八神点点头，"我去替你强夺。等他们经过的时候，我会扒光他们的衣服，四个人的身上，保证一块布片都不剩，连你未来的帝后在内。"

"没这个必要吧。"柏高说，"你叫他们留下法衣就行。"说着，柏高拿出一块石头，递给二八神："这叫卦石。当初，太子长琴焚烧法衣之时，就是置衣卦石之上，这些卦石因此而有灵性，一旦法衣出现在它的周围，卦石就会有青烟上升，如同当日燃衣之时。有了这件东西，何必乱扒人的衣服？"

"我闲得啊，得找点乐子。"二八神接过卦石，上下抛了几下，然后朝着下面的渊水做了个打水漂的姿势，快出手的时候，回头看了看柏高，柏高面沉似水，不为所动。二八神兴味索然，伸出去的手连同手中的卦石都收了回来。

过了一会儿，二八神换了副巴结的表情，一脸商量地说："还是都扒了吧？这样快点。"

"你还真是喜欢干这种事。"柏高笑着说，"神巫门一向都传言神人善扒人衣，我还不信。"

"现在信了？"二八神问。

"哈哈，你要乐意，怎样都成，只要不伤我帝后，把我想要的东西留下就行。"柏高说完，打算站起身来，被二八神一把拉住。

二八神说："话还没说完呢。你知道的，我能做的事，都不出此域。这些人要不进这片神域，我是一点办法也没有。"

"这个你不用担心，他们来这里的。我已沿路设下祝文，他们去不了别的地方，只能到你这里。麻烦神人耐心等待几日。"说完这句，柏高才真正站了起来，冲着二八神长揖及地，"天下神人，皆与我神巫门有一定约。依此约定，凡为神人，皆得领受我神巫咒祝，以我咒祝为立神之本。柏高申诉此言，不是以此冒犯，只是祈请至重，不得不以此提醒。"

"我要不验出此物，截留下来，你就会咒我、祝我，是吧？"二八神说着，也站了起来，"行了，你的意思我知道了。你可以走了。"

六

柏高刚才提到的定约，指的是神巫门法术中的神人定约，又名神人术。

天下神人，共分两类，但是论起来源，大都与异术宗师太子长琴有一根本因缘。

一类来源，即是各类天生灵怪。这类灵怪也是阴阳合气之物，只是合气之时，或是未得其时，或是两气乖离，所以不能凝精生形成，成为完人，只能成为似人的灵怪。

按说，这番来历，与太子长琴有相似之处。太子长琴也是太一之气，感琴而生，幻化天地，凝神而成。不过，太子长琴所禀乃是太一纯阳之气，所以，也就免了阴阳合气之中的种种浊恶乖厉，又加修炼之时持心正直，故能成其天地之间至正至刚之尊，不仅不落灵怪一途，反而有了收录各路灵怪的神性。

不过，太子长琴能有此神性，也是经历了一番曲折。太子长琴当日幻化人形之后，成为宗师之前，曾经孤身进入蛮荒原古之地，经历二十纪的修炼。蛮荒原古之地，本是灵怪密集之地，太子长琴以至阳之身，入此阴乖阳离之地，自然难有相容之境。于是，太子长琴修炼之时，几乎时刻面临着诸多来自灵怪的侵袭干扰。开始只是试探，后来则趁势而起，并且越加猛厉，已有将太子长琴逼入绝境之势。

因此缘故，太子长琴不得不暂停修炼，依仗体内至正纯阳，另修秘法。太子长琴的本意仅为驱逐灵怪，以图修行清静，所以开始所炼，只是多在避隐远遁。但是，灵怪险恶，不仅不因此自敛，反而以为太子长琴并无奇异，何须多让，于是太子越隐，诸怪越厉。太子长琴无路可退，修炼之术，不得不渐进刚猛凌厉，直至悟出能令天下灵怪畏惧顺服的咒祝之法。

据说，太子长琴能够悟出此法，也与他幻化有情的那阵琴声有关。

那时，天下灵怪纷至沓来，密集四周，意图合力一击，将太子长琴彻底打回原形，也就是退尽人形，回归成为天地之间的浮灏之气。此时的太子长琴也是心力俱疲，能够想到的了断之法，似乎也只剩下这一回归之路了。正在这个时候，遥闻天际，太子长琴竟然听到了当初使他幻化有情的那阵琴声。虽然隐约如旧，但是以太子长琴此时的炼境，已到无中生有，衍化万般的地步，所以仅凭此隐约琴声，竟能通彻大悟，能令天下灵怪畏服从命的咒祝之术，就由此而生。

据说，此术一出，天下灵怪莫不嚎泣靡散，如同枯叶随风，很快就消散无迹，与此同时，伴随着太子长琴咒祝之声而来的，竟是漫天大雨。后人传言，此雨蹊跷之处在于，它非从天而降，而是从地面上升，然后再自天而下。雨水自地而上之时，正值深秋时节，携带着周边万木万草的枝叶果实，自地上升，然后从天上密密麻麻地降下地面。所以，自此之后，瀛图之地，就有了"天雨粒，鬼夜哭"之说。

此役之后，天下灵怪皆成太子长琴的号令之辈，不仅不敢图生异念，反而望风靡从。

太子长琴为求一彻底了断，又穷数年之力，将此咒祝之术加以精研炼升，劈出神巫一术，专为收录陶炼天下神怪。

依照太子长琴的生前定制，神巫一术分为十门，分别是凡、即、相、咸、真、阳、履、谢、罗、载。每一门的命名，都是取自一篇咒祝中的关键一字。十门负责收录陶炼的灵怪，各以灵怪所生之来命名，也分为十部，分别是山、泽、水、原、荒、木、器、顽、劣、杂。

以山部为例，即为来自山中的各种灵怪，柏高所领之青狐，即为其中之一，它们领受的咒术，即以柏高之父巫履的"履"字为关键。

凡被收录进十部的灵怪，即受神巫门的咒祝约制。灵怪可以在别处放肆，但是到了神巫门前，无不恭然从命，不敢有何违逆。任何违逆行迹，都有可能招致咒祝之苦。

对此已经依顺的十部灵怪，神巫门内为示安慰，一律都以"神人"相称。因此，天下灵怪，大多是以灵怪之身，受领神人之名。这也算从神巫门那里得到了一点好处，所以不到万不得已之时，一般都不会与神巫门为敌。

自此，神人之名，开始通行瀛图，成为灵怪的代名。

直到后来，这一名称的含义才开始发生变化，不再是灵怪的专属。

七

事情还得从神巫门的一场内乱及缘起说起。

太子长琴门下，共遣十人修炼这些咒祝之术，分别修炼其中一门。修成之后，则各赐一封号。封号以十字之中一字赐之，并前加一"巫"字。领此封号之后，则成为一门宗师。因此之故，神巫门一共有十位宗师，又称十巫门。神巫宗师代代延续，但是名称一直沿袭不变。像柏高的父亲巫履，已经是神巫门的第十三代宗师，但是还是和第一任宗师一样，自称"巫履"。

太子长琴升华之时，十巫麇集周边，请领遗命。太子长琴沉思良久，方才说道："炼门奥妙，各位修行弥久，已到穷尽之境，再也无须我来多言，以后只须勤加修炼，自行演化就是。只有一事，各位须谨领始终：我定神巫，乃是以十为制。等我炼升之后，各位须执此始终，不得增减。减一为九，增一越十，皆为背孽之举，谁敢为之，群巫灭之，然后复数为十。我要讲的，就是这个。"

十巫皆道领命。自此之后，果然一成不变，神巫之门始终是分为十门。也有神巫弟子好奇宗师临去之时，为何对此特意关照？增减一门，与神巫延续，有何关键？非得执此不变。得到的回答是，宗师此举，自有其因，只待能解之人，自能解之。若非能解之人，就不要胡乱猜测，免得自惹事端。这个回答是十巫商定的，一遇到这样的问题，十巫就会这样群口一词，而且都是声色俱厉。这样一来，神巫门中，几乎没人再敢疑虑此事。

不过，这样一来，也会出现一个问题。十门之数，毕竟有限，有些门子修行高深，已经能与宗师不相上下，如果心术又不正严，难免会枉生异图，直迫师门，以至于宗师尚未炼升，就想取而代之。面对这样的劣徒，平和的办法就是遣其出师，任其另成一门，以消其乖厉之气。但是太子长琴的十门定制，又让这一消除之法几无可能。

因为这一缘故，自太子长琴炼升之后，很长一段时间里，神巫门都不得安宁。内乱几乎代代都有，最后导致神巫门制定了一种特别的刑罚，专门应对此乱。这一刑罚叫作神人之刑。

神人之类的第二个来源，就是来自神巫门的这种刑罚。

这种刑罚起源于神巫门的第一次内乱。内乱平定之后，十巫宗师聚在一起，商量怎么处分这些叛逆，最后想出"神人之刑"这么一个奇特的办法。

"神人"的意思是说，这些人既然那么想自立一门，那好，神巫就允许他们自立一门，但是这一门不得以巫自名，只能以神命名。不是神巫，而是与神巫收录的十部灵怪等同的神人。

之所以被称为一种刑罚，乃是因为，这一神人之身获得的经过，等同于受刑。

凡是得到神人之称的人，都会被施以一道朱砂咒祝。

这道朱砂咒祝会被写在他全身的体肤之上。数日之后，咒祝会慢慢变淡，乃至消失。消失的原因是因为咒祝已经深入皮肤之下，渗过血肉，借着施祝之力，一一刻印到了全身的骨骼之上。

到此地步，咒祝就成了刻骨之物，几乎无法消除。

要想消掉这道咒祝，大概只有一个办法，剥开全身皮肤，剃净血肉，并将整具骨头都卸掉。如此作为，与死何异。

另外还有一个办法，就是请施祝之人，另施一道消祝，不过这几乎是不可能的，因为这得要十巫全数相聚，齐声诵祝，才有此效。因为当初施祝的时候，也是十巫齐诵，咒祝才能隐身入骨。

领受咒祝之后，就意味着终身都得受此咒祝的制约，也就等于是终身都要受到能够念诵这一咒祝之人的约制，不得有任何违逆。一旦有违逆之举，体内的咒祝就成了最好的惩罚之器。一旦神巫之人将此咒祝念诵出口，附着骨骼之上的朱砂咒祝，就会如同万虫蠢动啮咬一样。那时，来自骨骼的剧痛，绵绵不绝，任你炼神体质，也难忍其万一。

一旦祝诵持续，所受的苦境还不止于此。刻印在骨骼之上的朱砂自身也会慢慢溶解，溶入周身的血液之中。那时凄裂之苦，不仅是来自骨骼，同时来自周身血液，连同血液流转到全身筋肉。其状之惨烈，即使连念诵之人也会色变。

唯一的回报就是，受此咒祝之人，可以获封一处神域，成为这一神域的主宰神人。不过，这一回报其实也是一种约制，因为获封这一神域之后，此人终生都不得离开这一神域。即使离开一步，等待他的，十有八九也是潜藏在体内的咒祝之刑。

神域之分，不一而足，可能是限定在一地一山一水，也可能是一事一身……

如果获封的神域是在一座山内，那么，此人终生不能离开此山一步；如果获封的神域是在一处水中，则此人终生都不能出此水域一步；还有人获封的神域则更冷僻，竟是一事一身，此人终生只好沉于一事，或者溺于一身之中，始终不得解脱。

八

柏高遇到的神人二八，他的神人之身就是来自神人之刑。他能获此刑，源于十几年前的一场内乱。

内乱的一方就是神巫门中心怀异图的各门子弟。四下算计起来，这些人竟然也有数百之众，而且皆是修行多年的精深之辈，一旦聚集起来，真是声势显赫，其性其能都有倾天之势。到了这个时候，自然有人不会轻易放过。

这个人是巫相门门子的首席，是个女子，名叫女盼。她察觉到了十巫门的种种异动之后，就开始着手谋划。最后，半以声色之媚相招，半以修行之力相胁，终于把十巫门下的顽劣之辈汇聚一起，图谋内乱。

巫相门统领的是原部灵怪，也就是平野旷远之地，所收门子也多来自此处，女盼也不例外。

原地旷寥，所以不羁之性，这类门子大多生则有。此女更是如此。自入巫相门起，就有非凡之志，只是擅于心机掩抑，所以师门只觉得这女孩机敏，一点也没想到机敏之下的种种深谋，最后，竟能成为一场几乎颠覆十巫的内乱的主谋。

内乱的筹划是趁着十巫聚集群修之时，一起攻入神巫门的十巫群修之地，将十巫一举灭掉，然后再重定巫门体制。

太子长琴生前定下一制，称为十巫聚炼。十门宗师平日各自修行，但是每年必定要有一段时间，相约一地聚集群修。这个地点在江水之边的一座险山之上。此山因其高峻，终日云雾缭绕，阴冥晦暗。因为是群巫群修之地，所以又被称为"巫山"。

太子长琴未曾炼升之时，这一制度已经开始，只是时间不定，多随太子长琴的心意而定。等到太子长琴炼升，为了表达缅怀之意，神巫门的十门巫师开始约定，群修的时间，就以太子长琴的炼升之日为开始，持续一旬左右。

内乱之起，也就是群修之日开始的时候。群修相聚，十巫宗师都会带上本门的门子。女盼及其顽劣，正好借机相从。等到十巫从各地赶来，刚刚聚集，打算闭门静修，一起跟来的女盼就带着各门劣徒开始起事。

十巫的门师正在巫山之巅研习太子长琴留下来的精妙之术，闻听孽徒起事，多是叫苦不迭，只好暂停修行，先来料理这场内乱。内乱持续数日，云雾之山顿成咒祝法器交锋之所。幸亏巫山乃是太子长琴寄灵之地，太子长琴当日就是从此炼升，形虽消遁，但是神灵贯注，还是弥久不散。靠着太子长琴的神灵相助，十巫的宗师终于平定了内乱。

女盼也被擒住，不出数日，即被赐以"神人之刑"。

等到她领受咒祝之后，女盼被指定的神域即为流离一事。这就意味着，从此她只能在瀛图之地四处游走，成为一流离之身。流离之中，可以暂时休憩片刻，但是不能躺卧，更不能有一安息之地。一旦她在某地躺下，那就会听到弥漫天地的咒祝之声，唤起她体内的咒祝之刑，让她痛不欲生。就连那时的她，还是不能躺下，甚至闭上眼睛，这些能够稍微减免一下从内至外的剧痛的事情，她还是一样都不能做。

等她走到精疲力竭之时，唯一的休憩方式，就是坐着，要想休息得更舒缓一点儿，可以找一根木柱，或者墙根，静静地靠着。在此之时，她的两眼不能闭上，时间也不能太长。一旦体内疲乏稍解，咒祝之力就会发作，逼得她不得不起身行走。

九

女盼领受咒祝的地点，被选在巫山之地。施祝之时，成为一次浩大的同门集会。十巫宗师一一到场，各自携带自己的精锐门子，一方面是壮声势，另一方面，也隐有警示之意，要这些门下的精锐目睹之后，再也不敢另有图谋。

"此次内乱，皆由你四处奔走而成，可见你乃一善走之人。所以，你获封的神域即为流离。"

女盼被擒之后，施领咒祝之前，被招到十巫之前，跪受训斥。训斥她的是十巫之中辈分最高的巫凡。

巫凡有一对小眼，深藏在肥肿的眼皮里面。多年修炼也改不了眼中的贼淫之性，前任宗师在时，他把自己的淫邪之心藏得很牢，以至于前任宗师都未察觉。再加上前任宗师一向冯虚遗世，有时也知修炼之苦，邪念难免，所以即使有所察觉，也只是当成凡人皆有，无须苛责，最多叫来训斥一顿就是了，并不另加处分，也不会打入另册。

前任宗师炼升之后，巫凡几乎就到了无人敢于管制的地步，但是多年的畏惧现在已经成了习性，他对男女之事不敢贸然去做，只是少了管制，淫邪之心总是克制不住，从他的那双小眼里放出贼光来。

女盼虽然低头受训，但是对那对小眼里的贼淫之性却能体察真切，就像是迎面而来对面直视一样，以至于女盼有些后悔地想："早知此人是如此德性，我不如就先诱了此人。那些被我色诱过来的门子，论起巫行，哪里能及这个相貌猥琐的宗师？能得此人相助，何愁我事不成？等到成事之后，再想法除掉他不迟……失策，真是失策，在这些无能之辈上，白白浪费了我的绝尘之色、倾城之身……"

她这样想着的时候，抬头看了巫凡一眼。

巫凡心里一动，咽了咽口水，一个狂放的念头克制不住地冲向他的头脑："当初她来找的人，要是换作我，说不定她想做的事就成了。结果如此，只能白白便宜了那帮三流巫货！"

念头刚一产生，把他自己都吓了一跳。他赶快稳住心神，神色变得更加严厉，一对小眼的狠光刺得女盼又低下头来。女盼低下头的时候，嘴角流露出了不易察觉的微笑。她看着地面，刚才还略带惊惧的眼神，现在开始变得平静起来。

巫凡狠狠地说道："既然如此，你能得到的神域，即为你的行走之能。瀛图之地，你将终生行走，行走之时，为我神巫察视各种异动，以备我神巫不时之需。到我神巫招你之时，你的体内会有片刻异痛刺生。你最好能尽快赶到。此类刺痛开始之时，一天一次，以后就会逐日逐次增加，直到你入我巫山之门之后，才会彻底消除。你觉得如何？"

最后一句话一出口，巫凡自己都觉得莫名其妙："我干吗要问她这个？"

女盼一言不发，因为没有什么可以拒绝的余地，即使以死相代也是徒劳。十巫就是要她的余生生不如死，她要说死，十巫肯定会觉得是便宜了她，怎么也不会让她如愿。

她沉默着，只是眼神更加平静了。

巫凡知道问也是白问，便下令施祝。书写咒祝的朱砂和笔都已经准备好了，下一步，就是要脱净女盼身上的所有衣物，将咒祝用沾满朱砂的笔一笔一画地写在上面。

巫凡拿起笔，刚要下令净衣。女盼抬起头来，慢慢地说道："不行！"她的声音不高，但是脸上的神色却很坚定。

"什么不行？"巫凡愣了，连同手上拿着的朱砂笔一起。

女盼说道："女盼愿意领受咒祝，但是不愿意从你的手上得到。"

此言一出，巫凡恼羞成怒，大声呵斥："这由得了你吗？"

"由不得我，那就由得了你吗？"女盼说着站起身来，直对着巫凡，"我想请问一句，净衣之后，施祝之时，你眼前看到的会是什么？你不怕那一刻的淫心会坏了咒祝的术力？"

"淫心，怎么会，我只是……"巫凡一下子结巴起来。他想肯定是刚才一不小心，自己隐藏至深的念头看来被女盼看出来了，不由得一阵慌乱。这时，他听到身后有人吃吃发笑。他回过头来，发笑的是巫履，其他几巫这时也故作默然，脸上的神情却是一脸嘲弄。他想起昨天商议此事之时执笔一事落到他手上的经过，这时才恍然大悟，这几人拼命把这事塞给我，就是来看我出丑，图个热闹的啊。

一想到这里，巫凡一时竟然失去了宗师的威严，赌起气来，把朱砂笔朝地上一扔："那好，你是巫相的门子，那就叫巫相来吧。巫相你来。"

巫相是个女流，对此场景深恶痛绝，既痛恶自己的门子，也痛恶在场诸位。

她摇了摇头，说道："不敢。"

"有什么不敢？你怕她？"巫凡气冲冲地问。

巫相又摇了摇头，慢慢说道："我怕的不是她，是我自己。"说完，她就把眼睛闭上了。直到这件事情结束，她的眼睛都没有再睁开过。

另外一个宗师站起来，还没开口，巫凡就送了一句冷笑："巫履门弟，你刚才笑得真惬意啊。看来，这事非你莫属了。这样也好，以后你要勾引此女，用不着再放脚印了。今天施祝之时，你顺便另施一祝，不就行了。不过，施祝之后，此女终生不能躺卧。老弟要想快活，只得先把自己变成木桩咯。"

巫履一脸坦荡，一点也不在乎巫凡的嘲弄，笑着说道："门兄，误会了。就算我有此意，此女也未必肯从。我只是提个建议，不如问问此女：施祝之事，由谁来做，才能合她心愿，才不会被她视作淫性之辈？"

巫凡一想，大概也只能如此了，便转向女盼，厉声喝道："你自己说，你愿意找谁，我就叫谁来。"

女盼朝四周看了一眼，前来参与此施祝的，除了巫门的十位宗师，还有协助的数十位门子。这些门子都被视作日后能够取代宗师一职的巫门才俊，所以才有资格参与此事。

女盼看了一圈之后，目光落到十位门子中的最后一位，一个相貌清瘦的少年身上。

事情发展到这个地步，这个少年的脸上已经有了恍惚之色，不知道心里正在想着什么。

女盼一指这个少年："他来。"

"那是我的门子于儿。"十巫中的巫真笑着说，"行啊，于儿，门姐既然看中了你，那就你来。"

那个叫于儿的门人听到召唤之后，依然一脸恍惚地走了过来，不知道该不该说"领命"二字。他才入巫门不久，一向处事恭谨，现在遇到的这事，真是超出了他恭谨的范围。

自入巫门以来，他倒是久闻女盼的艳名，不过只是远远地看过几眼。因为辈分差异，不要说相识，连个正式的见面机会都没有。他怎么也不会想到，他竟然在这样一种情况下，得到了一个能与女盼面对面的机会，而且是这样一种面对面的机会。

"人，我给你叫过来了。"巫真一脸嘲弄地问，"接下来，你还有什么要求？是不是要有一块僻静之地，让我这位徒儿单独和你呆在一起，再由他来完成施祝一事？"

"那倒不必。"女盼笑着说，"这里也行。"说着，她已经靠近了这个叫于儿的年轻人的身边。

她有传声之术，即使不用开口，也能传话给她想要传话的人，何况是距离如此之近之人。于是，这个叫于儿的少年，看不到女盼的嘴唇轻移，却能听到自己的耳边幻梦一般的轻语："待会儿，你能看到的，他们也能，但是，请你记住一点，你看到的我，比他们看到的我，更近，也更真……"

轻柔的话音很快逝如微风，女盼已经到了于儿的面前。她转身面对着于儿，开始慢慢地一件一件地脱掉自己身上的衣物。她的目光一直注视着于儿。

在此注视之下，于儿脸上的恍惚之情，逐渐上升到了神离的境界。他好像忘记了自己置身何处，甚至忘记了去看一看眼前正在发生的一切，脑子里只剩下一双直视着自己的眼睛。

女盼脱到只剩下最后一件的时候，便转过身去，慢慢地俯身卧倒在她脱下的其他衣物之上："剩下的这件，你来吧。你要记住，现在，你看到的，比他们看到的，更多。来吧，开始吧……"

自此之后，这个叫于儿的人，日夜魂梦都离不开女盼。

十

几年以后，他做了一件和女盼同样的事。

也是一个太子长琴炼升之日，群巫聚集群修之时，于儿纠集一批门徒，攻进了巫山之巅。目的只有一个，强迫十巫合诵，解除女盼身内的咒祝。这一次失败得更加轻率，因为他的修炼之境，连女盼也不如，十巫收拾起他来，几乎就是弹指一挥。

于儿还没冲进聚修之所的柱形石门，就被里面的群巫的咒祝之力击倒在地。

于儿的结局同样也是被施以咒祝之术，获封神人。

巫凡特别恼怒这次叛乱。上次施祝的时候，女盼让他颜面扫地。他一直就是恨恨有余。有人竟然为了这样一个女人，放弃自己的巫门前途，犯上作乱，是可忍，孰不可忍？所以，为了惩罚这次叛乱，巫凡决定对于儿施予一道更为严厉的施祝。

于儿的柱骨被施以遁祝，也就是说，只要此祝念诵，于儿的脊柱就会完全消解，其余的骨头失去依托，就会像利剑一样插进周围的肉中。

"没了柱骨，'于'字也就成了'二'字。于儿，不就成了二儿？太绕口……干脆把'儿'字再分开一点，成为一个'八'字。从此以后，于儿就改叫神人二八。"说这话的是他的恩师巫真。听完巫凡的遁祝建议之后，他就讲了这么一句话。

巫真不仅替爱徒改了名字，还决定亲自出手，在自己曾经的爱徒身上施祝。

巫真叹道："当初那个叫女盼的女人之所以会指定你，大概看出了你的天性易受蛊惑，难以自拔。我在这一点上，还真是比不上她。我一直视你如子，只看到你修行精进，心无旁骛，还想着有朝一日，你能承我衣钵，成为我巫真门的下一代宗师。没想到，见了那个女人之后，你的修行竟会以神人收场。"

等到这个以后名为二八的爱徒净衣之后，跪在他的面前，巫真拿起笔，说道："我巫真门的灵部是在渊深之处，你获封的神域就是一处名为江渊的地方。江水回流至巨崖之下，形成一道深渊，名为江渊。里面居住着一个叫危的灵怪。此怪已经为我巫门收录，也是神人之类。它的习性是喜夜，一旦黑夜消失，就会心性大乱。为免祸害四周，我才将他封入那片暗如黑夜的江渊深处。施祝之后，你终生就是他的司夜之神。秉此咒祝之后，你就有了司夜之能。深渊四周十里之域，同你的施祝之身一样，因你此能，也因你此逆，无始无终，皆如黑夜。"

　　这就是柏高前往拜会的神人二八的由来。获封神人，进入那片神域之后，他的施祝之身唯一持久思念的，还是一双曾经注视过自己的眼睛，来自一个叫女盼的女人。

第七章

一

清晨，G局的一套单身宿舍里，小李从一张单人床上睁开眼睛，坐了起来，习惯性地看着房间里的摆设。

自从他进入G局以来，这套单身宿舍就归到了他的名下，一室一厅，一个人住，租金也有，但是几乎可以忽略不计。他曾是某省国家重点大学理工科的高才生，毕业之前，突然被叫到校长办公室。他以为自己犯了什么错误，没想到，里面从来没见过的两个人却跟他谈起了工作问题。他后来才知道，这两个人是G局人事处的干部，负责前往重点大学秘密招聘工作人员。

小李就是他们考察之后确认的招聘对象。

这套房子成了他进入G局的主要原因。那次见面的时候，他被详细告知这份工作的性质，以及他要遵守的各种条文规定，这时的他不可避免地会有一点儿畏缩。对方看出了他的心思，开始谈起了别的话题，例如职业前景、国家安全、先进分子的风险责任……最后也提到了工作待遇、能够享受的福利。

等到对方提到的福利包括一套自己一个人居住的套房时，他立刻下定了决心。行！坚决服从组织分配。他喜欢这样的生活方式，一个人，一个只有自己的居室，至于生活中的其他部分，包括他不得不隐藏的G局工作人员身份，反而不那么重要了。

但是，现在，当小李醒来的时候，他发现自己已经没法再继续以前的心境了。他现在所有的这间居室，已经变成了一个二十四小时都在运行的监控系统。想到这里，他站起身来，走到盥洗室。拉开灯，先查看了一下，没有什么变化，跟他昨晚关上灯的时候相比。他走到盥洗台，开始洗脸刷牙，然后，他抬起头，对着盥洗室的一个角落，做了一个闭眼的动作。

那个角落里有一台隐蔽的三百六十度的摄像机。这个动作是告诉此刻还坐在监控系统后面的值班人员，他接下来要做的事，不宜观看。

等到一切结束之后，他离开了自己的宿舍，准备前往G局。他的这套宿舍是在城郊地带，除了他所在的这套宿舍楼，周围都是低矮的民房，一派城郊本色，就连他自己藏身的这座宿舍楼，也是貌不起眼，与周围简陋的建筑风格浑然一体。他住进这座宿舍楼已经七年，在这七年之中，他从未在宿舍楼里见过一个同事的身影。对这一点，他并不意外，当初到单位报到的时候，他去后勤部门领取宿舍钥匙，负责后勤的人已经暗示过他，G 局工作人员的住处分散在全城各地，同事之间最好不要相互打听对方的住处。

从他住处出发，沿着一条狭窄的居民区的小街，就到了公交车站。路过街头的早点摊位，他买了一份鸡蛋煎饼，准备当作早点，带到 G 局。小贩摊煎饼的时候，他装作无意地朝周围扫视了一遍。十米之外，有一个公交车站，没有多少等车的乘客。大部分乘客都在玩着手机，只有一个乘客一边无聊地打着哈欠，一边看着车来的方向。

小李拎着装着煎饼的塑料袋，朝公交车站走去。到了等车的乘客那里，他小心地选择了一个相对远离哈欠男的位置。那个哈欠男看了他一眼，打了一个更猛的哈欠，然后跟一般赶时间的乘客一样，看了一下腕表，然后一脸焦急地看着车来的方向。

车终于来了，小李上了车，哈欠男也跟在几个人的后面上了车。上车之后，小李瞄了哈欠男一眼。哈欠男找了一个靠窗的位置，一屁股坐下，然后拿出一部手机，神情专注地看了起来。

小李自己选了一个远离哈欠男的位置，坐下，心想：看来，哈欠男的工作就是到上车为止，接下来的任务不知道交给车上的哪一位了。这个人现在肯定就在车上，我下车的时候，他会随着我下车，并且一直跟着我走到 G 局。他没有去看车上的人，以确认到底是哪一位，因为这一点是严令禁止的。

几站之后，小李下了车，走到一幢发黄的大楼面前，然后穿过了一个隐藏在大楼里面的过道，走到了大楼后面的一幢看似低矮的楼层里面。这就是他的工作场所：G 局。大楼的门口挂着一个油漆斑驳的长木牌，上面写着"国家档案统计二局"，简称就叫 G 局。

他走进楼里，走到自己的办公室，推开了门。老张已经在里面，看着他进来。

"我不知是不是该祝贺你，"老张说，"这已经是第六天了，你还活着。"

二

"还有最后一天，就到七天了。" G 局的局长看着挂在墙上的日历，默默计算着数字。坐在他对面的老张和小李对看了一眼，不知道该怎么回答。局长计数完毕，表情古怪地看了小李一眼，搞不清楚是遗憾，还是责怪。小李只能推测这种表情之下的含义：如果没有在七天的期限内死去，对那天会议之后制订的计划而言，肯定是一个极其不利的消息。

局长没有再说话，大概只想着一个问题：该想个什么办法，才能在今天结束之前，让小李死上一回？

几个人沉默着，小李有点扛不住了，只好自己先开口了，口气就像是在谈论另外一个人："我觉得事情之所以会这样，很有可能是对方已经发现了我们的计划。自从离开三天子陵开始，针对我，公安部门制订了严密的监护方案，这一方案几乎二十四小时都在执行。我想，这么严密的监护，我的安全是没什么问题，但是对方也会因此找不到下手的机会。"

小李说话的时候，局长看着小李，脸上还是一副公事公办的样子。等到小李说完，他慢慢说道："我们自己先分析一下，看看目前的计划有没有什么纰漏。这是最后一天，还是谨慎为好。"他看了看对面坐着的两个属下，然后说道："小李，你讲吧，把公安部门为你设定的监控计划详细讲述一遍。"

公安部门的监控计划开始于对密室的死亡事件进行分析。

第一步：设想一下小李有可能遭到的谋杀方式。

在做了种种推测之后，他们认为，如果小李被设定为谋杀对象的话，即将发生在他身上的谋杀事件，很可能也是一次密室事件，地点很有可能是小李所住的房间。由于工作性质，小李的住处相对来讲较为隐蔽，而且是在一个城郊地带的老城区里面。老城区还不是一个完整的社区结构，大部分的建筑都没有完善的监控设施，的确是一个密室杀人的最好场所。

第二步：凶手将会以什么样的方式进入小李的房间？

公安人员在这一点上显然遇到了困境，因为前面两个案子不能提供任何线索。最后，他们只能相信一个假设，最为荒唐的假设：既然数据处理中心死者死亡的现场有一个正在运行的电脑游戏，那就只能假定，这个游戏和死者的死亡是有联系的。密室的凶手或许就是通过这个游戏进入现场。

至于这个假定能不能够成立，他们也只能期待小李给出答案了。

他们拷贝了一份游戏的文件，公安部门的技术专家陪同小李带回家去，装在小李房间里的电脑上面。按照公安部门设定的计划，每天晚上，小李一定要玩一次这个游戏，然后，他就可以去睡觉了，剩下的就交给公安部门了。

"这个游戏一共有七关。"技术专家解释说，"根据我们对数据处理中心死者的电脑使用记录的复查，我们发现，死者每天只完成一关，直到第七关，他……你最好也这样。"小李听到这里，只剩下点头的份了。

有了上述两个假设之后，公安部门为小李设定了一个二十四小时的监控方案。这个方案开始于那天开到深夜的各部门会议之后。

它包括了两个部分。

第一个部分是人员监控部分。公安部门安排了一个便衣跟随着小李。跟随的方案是三班倒，八小时更换一个。只要小李出现在户外，十米周围就会有一个便衣随时跟随，小李回到自己的住处，也会安排一个便衣，在小李住处周围的一个隐蔽的房间里面。这个房间虽然隐蔽，但是视野开阔，基本上能看到小李周围的大致动静。房间里还配备了一台德国进口的高倍望远镜，能够仔细地观察周围出现的任何异动。

这些便衣大多是经过严格训练，能够和周围的一切浑然无别。小李早上出门的时候，公交车站里的那个哈欠男就是其中之一。哈欠男上车之后，另一个便衣已经随车到来，所以小李上下车的时间，就成了便衣选定的一个交班时间。

便衣们都随身携带一个军队定制手机，里面只有一个二十四小时的应急呼救软件，连接着手机上的0号按键，其余的都是伪装，没有任何实际用途。一旦发现紧急情况，只要按下0号按键，半个小时之内就会得到最近的警力支援。

第二个部分是电子监控部分。小李的住处布满了严密的电子监控系统，基本上保证了小李住处没有监控死角，但是也让小李在室内活动的每一个环节都不被遗漏。

"连洗澡、上厕所在内，都会处在监控范围。"负责安装系统的人笑着对小李说。

小李进入三天子陵数据处理中心时，还有从三天子陵回来时，有两个公安人员一直陪同。这个人就是其中的一个，负责向小李解说安全工作。直到这时，他才介绍了一下自己，姓江，叫江林明。小李心想：这大概也是假名。第二个公安人员这时也在，他也介绍了一下自己，他的名字叫赵天宇。赵天宇看上去强壮有力，跟一脸书卷气的江林明形成鲜明对比。小李当时就觉得这是职业特征的体现，这种体型一看就是精于擒拿格斗的体型。江林明解说安全工作的时候，赵天宇只是坐在一旁，一言不发。

江林明接着说："不过，你放心，上述监控的内容，我们不会上传到任何网络，仅限内部观看。依照公安部颁发的罪行监控条例，看的时候，会有清场措施，仅限于个别相关人员。你进入角色就行了，不必有不必要的顾虑。为了工作，就这几天，忍一下。"

"就怕同志们会失望啊，我倒没什么。"小李没奈何地说，心想这几天是不是只好不洗澡了，上厕所的话，就一直忍到局里再说。

"同志们不会失望，同志就难说了。"江林明说着。江林明讲的是一个冷笑话，不过这个笑话冷到周围几个人都不知其妙，只是对看了一眼。江林明赶快转过话头，语气沉重地说："有一件事，你得注意：对你的监护计划已经被列入机密级别，到目前为止，知道这个计划的只有少数几个人。你是其中之一。为了不致泄露，我们对你有一个特殊的要求。"

"什么要求？"小李并不奇怪江林明提出这样一个要求，既然凶杀案是发生在一个列入国家机密的地方，自己又很奇特地被选中为下一个凶案的对象，有这样的要求也不奇怪了。

"你的生活方式、工作方式一律照常。你不能有任何异常的举动，任何异常的举动都会让对方生疑，从我们的角度来看，基本上就等同于泄密。这一点很重要。对方如果想要除掉你，很有可能已经非常熟悉你的生活方式，他们下手的机会就是在这种方式的某个细节之中。你习惯的生活方式中的任何改变，基本上包括任何细节在内，都有可能引起他们的警惕，很可能因此放弃原定计划。这对我们来讲，几乎等同于失败。"

交谈快要结束的时候，一直没有说话的赵天宇才补充了一句："有一件事，李国盛同志应该明白，七天只是一个假设，真实的情况也许相反。凶杀事件也有可能发生在七天中的任何一天……所以，从现在开始，我们随时都要警惕，一刻也不能放松，直到所有的危险全部解除为止。"

<h2 style="text-align:center">三</h2>

"那你是按照他们的计划执行的吗？"等到小李汇报完了之后，局长问了一句。

小李点点头。看到局长脸上隐约的疲乏和焦虑，他心想：局座大概也被弄得身心疲乏了。如果我已经在六天之中的任何一天死去，或许，此刻的局长应该是另一副表情吧。他会站在我的尸体面前，一脸沉痛。

"每天回家之后，都在打游戏？"局长急忙问道，就像家长准备指责不用功的学童。

小李只好又点了点头。从计划开始的当天，他遵照吩咐，已经玩了六个晚上的游戏。每次打通一关的时候，他就住手睡觉。时间一长，他对游戏反而产生了好奇心，心想第七关之后，会有什么发生？尽管案情通报会议上，这已经是参加会议的人都知道的答案，但是，那只是旁观者的答案，一旦成为一个真正的游戏玩家，他期待的好像会有另外一个答案。

可惜，要知道这个答案，只能等今天结束之后，条件是他能活过今天。

"其他的部分呢？你也是按照他们的要求来执行的吗？"局长问。

小李又简单汇报了一下。这次汇报的内容，就是这几天他基本的生活内容。要点就是他基本上没有改变自己的生活习惯，甚至连起床的时间都是他习惯的起床时间。老张也补充了几句，从公安部门的通报来看，小李是严格按照公安部门的指令来进行的，这方面应该没什么问题。

"那该怎么办呢？最后一天了。"局长一脸失望，还有一点说不明白的沉重，这是寄予了很大希望之后的沉重，当他发现期望的事就要成为泡影之后。他看了小李一眼。小李的感觉是：这一眼之后，自己再不死掉，就会彻底失去领导的信任。

别人不来杀我，我有什么办法？我总不能自我毁灭吧。小李有点无奈地想。

三个人又都陷入了沉默。如果最后一天还是平安度过，那就意味着凶手很有可能已经放弃了七天的期限。进一步的推测，这种放弃，要么就是全部放弃，连同整个凶杀计划在内，要么就是暂缓执行，拖后凶杀的时间。

不论是哪种，公安部门原定的七天监护方案基本上就告失败，可能会不得不解除。这也意味着，小李将彻底失去监控系统的保护。这并不意味着危险解除，对方也许等待的就是这个，小李还是处在危险之中。更严重的是，如果小李是在这一期限之后被人杀了，死亡还在其次，最糟糕的是，他的死亡没有任何参考价值，因为没有任何有效的监控系统能帮助公安部门找到凶手，连带破解前后两次凶案背后的可能隐藏的什么。他算是白死了。

局长忧心忡忡地问："能否请公安部门延长一下这次计划的时间？或许我们当时预估的谋杀时间有误，对方作案的时间并不是七天，而是更长的时间。侦破工作是第一位的，我们要负责到底……"说到这里，局长才发觉有点不妥，又补充了一句："当然，也要对小李的生命负责，小李还年轻，还能为国家做很多事……"

小李只好笑了一下，表示感激。老张点了点头，看了小李一眼，然后摇了摇头："我跟他们讨论过了，他们认为不太可能再延长了。七天已经是他们整个监控方案的极限，他们能力有限，成本有限，一个方案能否延续，不可能不考虑这些。"

老张说到这里，补充了一句："不过，他们的意见是一致认定，一定是在七天之内。"

正在这时，小李的手机响了，他拿出手机，看了一下，然后递给了局长："我现在也能确信，一定是七天。"

局长接过手机，看了一眼之后，递给了老张。

手机显示屏上有一条短信息："上帝创造世界，只用了几天？"

"七天。"几个人相互看了一眼。

局长拿起了桌上的电话。

四

十几分钟后，江林明和赵天宇出现在了局长的办公室。

江林明从公文包里拿出一张打印纸，递给了局长："这条短信的信源，我们已经找到了，是一个失窃的手机。机主我们查过了，没有任何问题，只是反应迟钝，等到我们找上门的时候，才发现手机已经失窃了。失窃的时间，据他说，应该是在早上坐公交的时候。这张纸上是他的询问记录。"

"小李的手机，你们没有监控吗？"局长问。

"小李的手机一直在我们监控的范围，但是因为上两次案件都是密室杀人，所以我们的重点都是在密室的环境里。现在看来，对方应该意识到我们已经参与进去了，所以很有可能改变了原定计划，将行凶的地点改在了室外。"

　　"他们会不会就此放手？"局长特别关心这个问题。小李心想：他是多希望我能死在今天啊。

　　江林明摇了摇头："对方发出这条信息，就表明他想做的事，一定会在设定的时间完成。连环案的凶手，都有斗智的企图。常见的套路是，他们会把自己的意图告诉对方，然后证明自己的智力高出一截，即使在你防备森严的情况下，他们也能完成计划。我们现在对凶案的假设做了调整。"

　　江林明又掏出一张纸，递给局长："这是我们调整后的方案。我们认为，对方很有可能会在明天的什么时候，通过某种手段将小李调出室外，也许跟今天一样，是手机短信，然后再实施谋杀。不过，我们已经准备好了。"

　　江林明从公文包里掏出一个手机递到小李手上。

　　小李看着手上这个样式简陋的手机，感觉自己回到了键盘机的时代："这也是给我的？"

　　"是的。"江林明拿起手机，打开，给小李指点了一下，"别看简陋，这里配备了精密的定位系统软件，来自军工绘图部门，精确度不是一般的商业地图软件可以比拟。定位系统连接你的通信软件，每一个电话，每一条短信，甚至每一个社交软件发来的信息，它的信息源都会在最短的时间被准确地定位。你要做的事，就是尽可能地拖住对方，给我们充分的时间。"

　　接着，江林明详细讲解了小李要做的事。

　　对方给你发送了一条信息，你可以回传一条信息，利用你手上的这个手机。你回复的信息是一个双重语言信息，其一是你回复的内容，其二，则是一个监控系统的启动信号。现在我们这个城市里面，几乎每一个角落都会有隐藏的监控系统。这个信号就是启动监控系统的，如果监控系统是三百六十度，还会自动调整，聚焦到信号的接收终端之上。这样，即使他扔掉了手机，通过调阅当时的监控系统，我们也能大致知道他的体貌特征。"

　　"还有更神奇的地方，"江林明说，"从三百六十度的视域来看，每个人的体貌特征都是独一无二的。一旦捕捉到了这个体貌特征之后，相关数据就会传到控制中心，控制中心就会立刻传送到全市所有的监控系统之中。所有的监控系统就会立刻启动预装的识别功能。具有或者接近这一体貌特征的人一旦在附近出现，就会被识别系统捕捉。这样，即使他扔掉了手机，只要他还没有走出市区，嫌犯还是有可能处在不停地被追踪的状态之中，我们还是有机会将他捉拿归案。"

　　说到这里，江林明的双眼已经焕发了技术控的热焰："你要不要体验一下？你朝这个手机发出一条信息试试，片刻之后，你的体貌数据就会出现在那台电脑上。"

小李摇了摇头，他对这些真没兴趣。

江林明一脸失落："那也好。反正今天之后，这台手机你就得二十四小时随身携带，这些功能你会有机会体验到的。有一点你要注意，当你收到不明的短信的时候，回复的内容你可以自己决定，但是，回复完了之后，你一定要加上这么一句：这样的信息，请不要随意乱传。"

"这是……?"小李不明究竟问。

"这就是密码信号，只要它一发出，就能启动我上面所说的监控系统。所以，你的任务是尽可能地拖延时间，至少能让他接收一条你的信息……当然——"

江林明的话还没说完，小李突然想起了一个疑问，马上插了一句："如果对方发出信息之后马上扔掉手机，那该怎么办？这样的话，即使我发出了一条信息，对方的手机也接收到了信息，你能定位并找到信息源，但是却找不到发送信息的人。"

"这个在以前可能是个问题，但是现在已经有了解决的方案。"江林明说，"不过，只是有限的解决方案。首先，现在的信息传输速度，几乎等于电子速度，这个速度最快的时候，是以千分之几秒来计算的。对方扔掉手机的速度，最快也要一秒左右，这和你发送信息的速度，以及监控系统启动的速度，几乎同时。而且，即使他能扔掉手机，在这么有限的时间里，他也很难彻底消失，还留在监控的范围之内。就算混入了人群之中，也不是太大的问题，只是有点麻烦。因为这时，他能混入的人群，还处在监控范围之内，只需要将这一人群一个一个地进行排除……虽然辛苦一点，但是成功的概率还是很大。"

"如果对方是在一个没有监控的地方发出这条信息呢?"小李又问。

"这个也不是问题。"江林明说，"解决问题的办法在你这部手机里。我们在这部手机里设定了一个拒收软件，凡是来自非监控地区的信息，一律拒收。对方发给你一条短信，唯一的目的，就是让你收到。如果他发出这条信息的地点是在非监控地区，这条信息会回到他的手机里面，并给他一条提示：网络故障，发射失败。这样一来，要想把这条信息传到你的手机上，他恐怕只能找到一个有监控的地区。"

"连这都想到了，我这条命应该保得住了。"小李笑着说。

"没有百分之百的把握，事情还是有例外的，百密一疏，总有我们想不到的地方。不然，为什么会把赵天宇也叫上。"江林明一脸阴损地说，"你想想看，如果他发出信息之后，马上扔掉手机，根本不关心对方是否接收到，那就另当别论了。那就是赵天宇的事了。"

赵天宇一起手，拿出的就不是高科技，而是一把手枪。

他把手枪递到小李面前，手势沉着有力。

"我们会二十四小时配备便衣跟随在你的周围。具体的执行方案，待会儿我会详细跟你解释。先把这把枪给你，只是为了以防万一。你射击的技术如何？"

"大概只能防身吧，十几米之外，基本射不准目标。"小李有点不好意思地说。进入 G 局之前，他已经被定岗为文职人员，所以上岗前并没有经过严格的军事训练。

赵天宇拿起手枪看了一下，大概有点犹豫。他拿枪的那种爽利让小李惭愧，对方看上去就是个老手。

"那就防身用吧。我们会尽量减少你不得不使用它的机会。"最后，赵天宇还是把枪递给了小李，

局长最后做出了决定："明天是七天的最后一天，我局将和公安部门统一行动。我一定会全程参加。小李，公安部门的整套方案，你都要认真执行。"

说到这里，局长看了看时间："哦，现在都是晚上七点了……这样吧，为了安全，老张，你现在陪着小李回家。有什么情况，立即汇报。"

局长又想起了一件事，明天的运作级别太高，老张没有办法全程参与，于是又给老张补充了几句："我明天一早，就会赶往公安部门的监控室。局里我就不过来了。你的手机二十四小时开机，一旦有什么情况，你立刻赶到局里，按照我们原来设定的方案进行处理。"

五

第七天是星期天，小李不用上班。关于这一天的其他行为，他也和江林明进行了讨论。一般在这个日子，他的安排都是上街逛逛，然后做点一般市民都会去做的事，总体上来讲，并无特别之处。监控计划就以这个为基础迅速开始了。

省公安厅的一个大厅里，看上去就像影视剧里的火箭发射指挥中心。最引人注目的是大厅的正墙上面，一面巨大的幕墙式的电子显示屏。大厅里面，显示屏下面，是成排的电脑仪器。几十个工作人员坐在电脑仪器前，紧张地注视着电脑的屏幕。

G 局的局长，还有江林明、赵天宇站在大厅的幕墙对面，负责指挥。

他们正盯着电子荧屏上一个人的影像。

这个人就是小李。从影像来看，他现在应该是在一个咖啡馆里，正细细地品尝一杯咖啡。现在是上午十点左右。小李告诉过江林明，往常星期天，他都会起得比较晚。

看到小李细细品味咖啡的样子，局长一脸吃惊："他还有这爱好？"问话的时候，他习惯性地朝着身边。以前回答这类问题的通常都是老张，老张一般

站立的位置，就是局长偏着头去问话的位置。但是今天，局长偏头一看之后，才发现自己忘掉了一件事：按照他的安排，老张没来，现在大概正呆在家里待命。

"他不该有些个人爱好吗？"接话的是江林明，"关于他的个人爱好和日常生活习惯，我们都仔细询问过。他说下班的时候，偶尔会去一趟咖啡馆，喝杯咖啡。一直都这样，今天也不例外。我想这样也好，不要改变自己的生活习惯，再说，咖啡馆是一个相对封闭的环境，监控难度不大。"

"咖啡馆现在是什么状况？有什么可疑的人？"局长问。

"调看一下二号监视器就清楚了。"江林明拿起随身的一个通话器，讲了几句。电子荧屏上的影像立刻有了变化，小李的影像框到了右下角，咖啡馆的全景几乎占满了整个荧屏。

"靠窗的那个就是小李，"江林明指着屏幕说，"坐在周围的都是散客。"

"这些人的情况能摸清吗？"局长问。

"已经摸清了。"江林明说，"咖啡馆的入口处有一个监控摄像头。凡是经过门口的人会立刻被拍到，三百六十度，全方位，相关数据立刻会被输送到我部的数据中心，几分钟后，我们大致就能断定这个人是不是可疑分子。那个数据中心里有全国范围内的罪犯以及嫌犯的记录。如果进来的是一个外国人，数据中心连接着十几个国家的同类数据库，基本上也能做出判断，只是时间要长一点。"

江林明指着大屏幕，又补充了一句："散客里面，有一个人是我们安排负责保护的便衣。"

局长赶忙问哪一个。江林明请他自己确认一下。局长看了半天，摇了摇头。江林明则满意地点了点头："连你都看不出来，别人就更不用想了。我还是先保个密，这人是我们这里的老手，执行过多次任务。目前能知道他真实身份的，不会超过十个。"

局长不说话了，盯着屏幕，心想：这次行动的成本真是惊人！如果今天没有结果，要他们继续下去，应该是不太可能了。

屏幕的画面又转到了小李。小李还坐在那里，一杯咖啡喝了很长的时间。等到咖啡喝完，他又坐了一会儿，然后叫来服务员，看样子是付账。付完账之后，小李就离开了。

"三号监控系统，启动。"江林明赶快拿起通话器，讲了起来。

电子屏幕黑了一下，几秒钟之后，荧屏上出现了小李走在街上的情景。

小李的样子就像是在赶着回家一样，步履匆匆。方位不同的摄像头，传来了不同角度的形象，正面、侧面、背面……

"他这是去哪儿？"局长问。

"回宿舍吧。"江林明说，"行动开始前，他告诉过我，一般这个时候他就会回家，他不习惯天黑之后还在外面。平时天黑之后，他也很少出门。"

"他可真宅啊。"局长感叹了一句，"我平时不太去了解这些，今天算是第一次知道。"

局长转过身来问江林明："看样子，今天的户外监控没什么结果了。下一步呢？"

"我们还会监控下去的。"江林明说，"小李房间里的监控系统一直在运行。现在他还没上去，不过我们可以先看看情况。局长，你说呢？"

局长点点头。几分钟以后，小李的房间就出现在电脑屏幕前。

"一号监控系统，有意外吗？"江林明对着通话器问。得到的回答是："没有。"

局长重重地叹了口气，不知道是在叹些什么。江林明明白人，马上安慰道："放心，这一天时间还长，我们在等待，对方也在等待。在最后的时刻到来之前，我们是决不会松懈的，肯定会有结果的。局长放心。"

说话的时候，他的目光盯着小李的房间。几天的时间下来，他已经非常熟悉房间里的摆设了，这样做完全是出于习惯。

局长还没来得及说话。江林明的脸色突然大变，他对着通话器大喊一声："全体安静，关掉身上所有的私人通信设备。"

突如其来的喊声搞得下面一阵惊诧，接着通话器里传来一个声音："报告指挥，我们都没有携带任何私人通信设备。"

"继续监控。"江林明话音刚落，转过头来正想跟局长解释一下他注意到的意外情况。

他的手刚指着电子屏幕，幕墙式的电子屏幕突然一黑，好像突然断电了一样。

江林明急忙又喊道："怎么回事？"慌乱的人群中有一个人站了起来，看样子是连通话都觉得耽误时间，高举着一只伸出两个手指的手，拼命地晃来晃去。

"二号系统，二号系统启动……"江林明一下就明白了。其他几个人也反应过来了。所谓二号系统，就是指小李用手机回复了带密码的短信之后，应该启动的监控系统。片刻之后，电子屏幕又亮了。

上面出现了一个人。江林明一看这个人，连同赵天宇一起大吃一惊。

"怎么会是他？"一直沉默的赵天宇大叫起来。一旁的局长还没搞清楚是怎么回事，就听到江林明冲着通话器大喊一声："调到小李的房间。"幕墙屏幕上很快出现了小李的房间。

江林明迅速地下了几道命令，房间的一个部分在不停地放大，很快一张桌子连同上面的一台电脑一起出现在幕墙上。除了电脑，桌子上还有其他一些东西。

"看见了吗?"江林明指着电脑说,"电脑的下面有一部手机,手机的屏幕现在还亮着,证明它刚被人拨打过。我刚才叫人关掉私人通信设备,就是想听一下是不是有传输信号的声音。"

"这是小李的手机?"局长赶忙问。

"不清楚。"江林明摇了摇头,命令监控系统调到刚才的画面。那个刚才出现在画面上的人,现在已经不见了。这时,江林明的通话器响了,他看了一下通话器的屏幕,然后摁了一个键,通话器立刻变成了一台电话机。他把电话举到耳边,听了一会儿,然后对局长说:"这个电话是跟踪小李的人打过来的,小李走出咖啡馆之后,负责监控的就是他。他告诉我一件事,小李从他眼前消失了。他正在努力寻找。"

局长听到这里,好像明白了一件事:"刚才屏幕上出现的那个人,就是你们的监控人员。"

江林明点点头,还没来得及说话,赵天宇突然说了一句:"看,电子屏幕。"

电子屏幕又亮了,一个人背对着他们,一只手正在下垂。这只下垂的手上,握着一把枪。过了一会儿,这个人转过身来,脸冲着屏幕后面的监控人员。局长看清楚了,这个人就是刚才出现在电子屏幕上的那个便衣。这个便衣指了指自己的前面。

江林明马上下令画面调整,片刻之后,屏幕上的画面立刻切换到十几步路之外的地方。

画面上,有一个人坐在路边的一张座椅上,看样子已经死了。从电子屏幕上的情况判断,很像是这个便衣射死的。随着镜头的继续切近,几个指挥人员的脸色越来越惊异,尤其是局长。等到死者的脸清楚地出现在屏幕上的时候,局长也控制不住了。"老张。"这两个字立刻脱口而出。

死在长椅上的这个人正是老张。但射死他的人并不是便衣。

当天下午,老张的尸体被送往法医部门。他的死亡时间基本能够确定,就是在昨天晚上,在局长要求老张陪同小李回家的那段时间里。老张的身上有明显的子弹的弹痕。经过弹道检测,得出了一个令人咋舌的结论。

这颗子弹应该来自小李的那把手枪。

几个负责监控的人员回忆了一下具体的情况,其中一个负责昨晚监控工作的人说:昨天晚上,小李由老张一路陪同回家,他只是在不被引起注意的范围监控。他看到小李和老张走到一个公交车站,在一张座椅上坐了一会儿。

小李的住处比较偏僻,公交路线也同样偏僻,在这里上公交的人本来很少,加上时间也晚,在等待公交车来的那个时段,车站周围再也没有见到其他什么人。车来了之后,小李上了车。直到车子离开,老张都没有起身,还一直坐在座椅上,靠着椅背。

因为公交车上已经安排了监视人员，按照原定计划，原来的监视人员这时就改变了行进路线，拐上了另外一条道路。他没有走近老张，去查看一下座椅上的老张。原因也很合理，老张不是他监控的对象。事后证明，这是一个不可原谅的疏忽，因为老张那个时候已经死了。死亡的时间，以及弹道痕迹都表明，很有可能是坐在他身边的小李贴近他开了一枪。

从老张的手上找到了一张字条。从他手捏字条的样子来看，应该是有人在他死后硬塞进去的。字条上写着这么几个字："正确答案，六天。第七天，上帝休息。"字条上的这些字，随后立即被笔迹专家证实，

今天一天处在监控状态下的小李，实际上很有可能已经是个凶手。唯一能让专家不敢做出结论的是：在解剖了老张的尸体之后，里里外外，他们都没有找到那颗射死老张的子弹。

第八章

一

"砰"，一声脆裂，回荡在陆离俞的耳际，好像是耳边迅疾猛厉地来了一下金属重物的撞击。陆离俞立刻惊得睁开眼睛，借着洞中的微光，慌里慌张地四下打量，想要辨清声音的来源。但是能看到的只有一幅空廓暗沉的洞中景象，模模糊糊地能看到女泪等人睡在洞壁一边的身影。

他这时才对刚才听到的声音有了一种判断。枪！他哆哆嗦嗦地想：我刚才听到的，肯定是一声枪响！

让他能做出这个判断的，就是枪响之后，在他身上突然显得沉重的一件东西。那件东西自得手之后，一直就揣在他的身上。每次他被这个铁块才有的重量唤醒的时候，随之而来的就是一个疑问：这把枪为什么会到我的手上？要我去杀什么人的话，枪膛里面为什么会是空的？

想到这里，他悄悄地爬了起来，看看有没有惊动其他几个人，然后就蹑手蹑脚地出去了。等到了洞口，他躲到马的身后，从自己的怀里掏出了那把枪，打算仔细看看。

为了防止别人注意到这把枪，他趁人不注意的时候，用撕成条状的帛布把这把枪裹了起来。

如果一不小心这件东西从自己的怀里掉了出来，别人看到厚厚的一包东西，估计也不会有什么疑问。就算有什么疑问，只要随便编个说法就可以了。

这个想法让他暗自得意，因为在那个叫世界的地方，他做事从来没有这么细心过。

等到重重包裹快要完工的时候，陆离俞突然多了一个心眼。扎结的时候，他扎了一个只有他自己知道的结。这种扎结的方式，还是郁鸣珂教他的，就是一个 OS 结，一个 O 圈里盘着一个蛇样的 S 形。他学了很久才学会的，因为郁鸣珂非要他学会不可。在给那把枪的包裹上这个结的时候，他脑子里想的都是当初学扎结的情景，还有为了追寻郁鸣珂来到这里的一路经历。

等到扎结完之后，他已经到了黯然神伤的地步，差点捧着这个包裹哭起来。

包着这把枪的是一张画了图符的帛布。这张图符的来历，要扯到发生在苍梧的那次诸野大战。那时，帝丹朱大败，他和女汨被女朴追赶。他和女汨被逼到险境的时候，从女汨身上掉下来了一张图符。他悄悄地捡起了那张图符，图符上有两条纠缠成 S 状的蛇。

他一直没有把这张图符还给女汨，因为在他看来，这张图符是唯一的证据，他唯一能说服自己的证据，这个眼前叫女汨的人，其实就是他一直想要找的郁呜珂。

自那之后，这把枪，还有这张帛图就这样揣在他的怀里，再也没有拿出来过，今天还是第一次拿出来仔细查看。

这一看吓了一跳。重重包裹没变，但是，上面的 OS 结没了，变成了一个这个叫瀛图的地方随处都可以看到的记事结。以前，他只是在考古文献中看到过这种结，等到了瀛图之后，他才发现这个地方也流行这种结。他问过几个人，得到的回答几乎不出他所外："这是从远古时候传下来的一个结，用来记事，所以叫记事结。"一路下来，得到的回答就是如此。

现在，那个结赫然出现在他的眼前。很明显，有人动过这个包裹，肯定看到了里面的这把枪。但在重新包上的时候，却怎么也弄不出原来的绳结，只好扎了一个自己能扎的记事结。

陆离俞心想：会是谁？季后，不可能；女媌，不可能；女汨，更不可能。一路上忽略掉的什么人？那会是谁？这人看到了枪，为什么不拿走，还是放回到我的身上？

不知道为什么，陆离俞脑子里突然想起了这几天反复出现在梦里的场景，虽然他看不出这两者之间到底有什么联系。那个梦虽然怪诞，但是没有任何与枪有关的部分……

他哆哆嗦嗦地拆开包裹。包枪的图符帛布完好，他拿起枪，感觉有点不太一样。变重了，这是他的第一个判断。接下来，他有了第二个判断，这个判断让他汗毛直竖。

他有点害怕，但是却被强烈的好奇心驱动，他一定要证实一下。

他小心地拆开弹匣，尽量不弄出声响。弹匣拆开之后，他看了一眼，马上啪的一声合上。同时，他的两眼立刻发直。他迅速地看了一下四周，好像有人正在监视自己一样，然后，他又慢慢地打开弹匣……

这一次，他看得更加清楚，在清晰的柔和的夜光照耀之下，一颗子弹赫然清晰地躺在弹匣里面……

他看了又看，然后，他合上弹匣，抬头看了看天上。天上挂着一颗发白的浑圆的球体，在他所来自的世界，他管这个夜间悬浮于空中的球体叫作月亮，但他不能确定瀛图之地是否也是同样。

他问过季后，季后点点头，说道："我们这里，也叫月亮。"

"那你应该听过一个传说，我也是到了你们这里才听说的。"陆离俞问道，"就是十二月的传说。这种月亮天上本来有十二个，后来只剩下了一个……至于怎么回事，传说里没讲，你知道吗？"

季后摇了摇头。陆离俞就没有再问下去了。

二

"你们看，那是什么，悬挂在巨崖之上的那个黑乎乎的东西？"说这话的是女娲。

女汩一行四人在群山之中已经行走了数日。靠着漪渺那张帛图的指引，他们一路走得还算安心，因为图上的标记都能一一找到对应。这让他们有了信心，只要照着这张图走下去，就能顺利进入河藏国境。

这日，女娲发问之时，他们正好走到一座山前。女娲抬头观望，看到了一样东西，便叫了起来。几个人拉住了马，停了下来，顺着女娲所指的方向看去。

"悬棺。"陆离俞突然叫了起来。对面的悬崖之上，悬撑着一个长方形的东西，正是他身为伪劣考古学者时期经常看到的一样东西——悬棺。伪学者经历积累下来的一些常识告诉他，这些悬棺出现在长江流域，据说是远古巴人的遗物，现在没想到会在瀛图的帝陵之地看到这些东西。

从他所在的位置来看，这些悬棺连同周围的形制，同他伪学者的记忆里的悬棺，都没有什么区别，也一样地让人迷惑：周围没有任何依傍，当初，这么沉重的悬棺是怎么被放到这么高的绝壁之上的？

女汩仰头看了一会儿悬棺，没有说话。她跳下马，说道："我们先歇歇吧。"几个人跟着也下了马，找个地方分别坐了下来。女汩掏出那张帛图，对照着周围，仔细看了起来。

陆离俞还陶醉在自己的发现之中，看到没人搭理，心有不甘，就用手碰了碰季后："那个东西是悬棺。"

季后宽容地一笑："知道，你刚才说过了。"

陆离俞这下得到了鼓励，伪考古学者的身份开始复活了，到了可以显摆的时机："我在那个叫世界的地方，曾经研究过这样的东西。我们那里也有这样的东西，也是在深山的悬崖之上。这个东西一经发现，就引起了学者们的兴趣……"

"学者？学者指的是什么？"季后看样子真是累了，问完这句话之后，就闭上了眼睛。

陆离俞推醒了他，用手指着自己，要季后好好看着："像我这样的，我们那边，就叫学者。"

季后又是一笑："就你这样的！那还真不怎么样。你们那边叫学者的，看样子话还真多。你想说什么就说什么吧，不要怕我睡不着，我会边听边睡的。"说完，他就靠着树，闭上了眼睛。

陆离俞兴致不减，开始滔滔不绝："学者们关心的第一个问题，是这些悬棺都是谁留下来的。考察了一下自古流传在周围的传说，还有方志古籍，总算有了一个结论。据说，这些悬棺是一个叫僰人的远古民族遗留下来的。据历史记载，这个民族从远古一直延续到明朝的时候，就被赶尽杀绝，再也没有任何后代遗存。明朝，是我们那里的一个朝代，开始于……算了，这些跟你讲也讲不清。总之，人都死绝了，要想知道他们为什么要制作这样的悬棺，几乎找不到任何族群证据。学者们只好开始乱猜。"

"我看也是。"闭着眼睛的季后说。

"大家比较一致的想法，是认为这样的安葬方式，是带有太阳崇拜的含义。因为所有发现悬棺的位置，都是朝向太阳升起的位置，而且是阳光首先照射到的位置。悬棺的周围崖壁上，都有红色砂石画出来的岩画。这些岩画，大致看来可以分为两种类型，一种是太阳的图形，一种是在描绘祭祀太阳的一种舞蹈。

"我以前也相信这个，不过，我还是有点疑心，因为棺材里装的死人，和死人有关的一切葬仪，都是不可能与太阳产生联系的。一般的观念，都是认为人死之后，就会进入黑夜里面。关于死亡的种种祭仪，因此都是与黑夜以及黑夜的元素有关的。这个叫僰人的民族，怎么会把死亡的器具以及葬仪，统统都与太阳产生了联系？你知道吗，你们这边是怎么说这事的？"

听到这里，季后好像有了一点兴趣，虽然眼睛还是没有睁开："这个我也不知道。"

陆离俞略有点失望，他还以为自己能从季后这里听到点儿什么，不过伪学者到了这个地步，一般都不会轻易放弃，陆离俞也是如此："那你知不知道，这些悬棺，都是怎么弄上去的？"

"这个我倒知道。"闭着眼睛的季后说，"是夸父族弄上去的。"

"夸父？"陆离俞就像得到了共鸣一样，兴奋起来，一般情况下，他跟季后谈起这种学术问题的时候，基本上都是对牛弹琴，"你也知道？你们这边是不是有这个传说，一个巨人，叫夸父，想要追上太阳，结果还没追上，就活活渴死？"

坐着一旁听了半天的女娲，这时扑哧一笑。她本来是靠着季后坐着的，这时，从季后一侧探出头来，笑嘻嘻地看着陆离俞，开始插话了。

"夸父是有。"女娲说，"不过，不是巨人，而是一种鸟。这种鸟逐日而行，最后不是活活渴死，而是活活地被烤死。倒是有一个部落，以这种鸟为名，我们这里叫夸父族。我们通往河藏的道路上，有可能会经过这个部落。我跟女汨长宫聊天的时候，聊起过。"

"这个部落为什么叫夸父族？"陆离俞好奇地问。

女姁说："他们有腾空之术，跟夸父鸟一样。"然后，她指了指山崖上的那些悬棺："这些悬棺就是夸父族的人修建的。因为只有他们才能捕捉到投射到崖壁上的第一道阳光，然后腾空，把棺材抬升到悬崖之上……"

"腾空之术？"陆离俞突然想起了一个人，"长宫身边的那个叫凿空的……"

陆离俞还没把话说完，一旁看着帛图的女汨突然开口了："凿空就是夸父族的人。山崖上那个东西不叫悬棺，那是河藏的帝陵，河藏诸帝的安身之所。"

她一开口，陆离俞只能讪笑两声，表示佩服。女汨没有理他，拿起帛图，站起身来，朝着周围看了看："从图上来看，应该是我们经过的第一道帝陵，叫阳帝陵。不过，不对啊……"她低头看着图沉思起来。

"怎么不对？"女姁好奇地问。

"漪渺女使给我的这张图上，只标注了一条道路，就在帝陵前。可是，你看，我们的前面，竟然出现了两条道路，到底哪条才是漪渺图上标注的那条？"

几个人顺着女汨所指的方向望去。果然，阳帝陵的前面，有两条路。它们是并行的，看上去没有什么区别，也许要到前方的某个地方才会彻底分开。如果他们走上了其中的一条，这条路会不会把他们带入歧路？究竟该走哪一条？

三

女姁凑过头来，看着那张图。那张图上，标为阳帝的地方，的确只有一条道路。"漪渺女使给你这张图的时候，没有说过会有歧路吗？"她问。女汨摇了摇头。

"这该怎么办呢？该走哪一条呢？漪渺女使是不是忘了标记？"女姁一脸犯难地看着季后，好像期待他来个主意。

季后想了一下，走到两条路上，分别查看了一下。查看完毕，他回过头来，对着众人说："漪渺图上标的那条路没问题。问题在这两条路上。"

几个人忙问，这两条路有什么问题？季后没有立即回答。他走到两条路上，分别从两条路上捡了一块石头，放在众人眼前："这两块石头分别取自两条路，你们仔细查看一下，就会发现问题。"

其他几个人看了起来，一时之间，有点不敢相信自己的眼睛，眼前的两块石头竟然一模一样。须知，世界上不可能有两片一模一样的树叶，何况是两块一模一样的石头，形状、色泽、大小，甚至看上去连分量都是一模一样。

陆离俞两手分别抓起这两块石头，上上下下地衡量了一下："重量这东西说不准，不过，应该是一样。"他把石块递还给了季后，然后心存疑惑地问：

"这两条路上的其他东西呢，难道也都一样？"

季后的回答是叹了口气，然后对众人说："这两条路，有一条路肯定是假的。"

"假的？"陆离俞一时之间还不明白，"什么意思？"

季后只好跟他解释："就是被什么人用法术弄出来的。有一条路是真的，另外一条路是照着这条路，用法术弄出来的。"

陆离俞听得好奇，虽然自从到了这个叫瀛图的地方，这样的事他见得已经不少，但还是控制不住自己的好奇心。他赶忙问："谁有这么大的本事？"

季后还没回答，女姁焦急地催促道："不管了。我们先试着走一条，发现有问题了，再回头另走一条？"

"这样不太好。"季后说，"我们要走上了那条假路，或许会有什么不测的事等着我们。"

"地炼门？黔荼？"陆离俞突然问，他的意思是，弄出一条假路的会不会是地炼门的法术。

季后点了点头："我估计也是如此，只有地炼门才能够这样真真假假，说不定就是黔荼。……但是，他这样做的目的是什么呢，想让我们走错路？他怎么能确定，我们一定会走上他设定的那条假路呢？如果我们选择的正好是那条真的，他不是白费心机？"

"你们都搞错了。"女汩突然站了起来，果断地说。刚才季后和陆离俞在议论的时候，她一直一言不发地看着那两条路。现在，她走到两条道路上，自己仔细查看了一遍，然后，她转过身来，斩钉截铁地说道："这两条路都是假的，没有一条是真的，而且弄出这两条路来的，肯定不是那个叫黔荼的地炼术士。"

其他三人听了，只能面面相觑。女姁终于开口了："长宫，怎么这么肯定？"

"很简单，"女汩说，"如果有人想要我们走错路，最好的办法，肯定不是弄出另外一条。那样的话，他能成事的可能性只有一半，因为我们只有一半的机会，走上那条他设定的假路。最好的办法，也就是最成功的办法，就是先藏起原来的那条路，让原来那条路消失，自己再弄出一条新的路取而代之。这样的话，我们就会自然而然地走上他设定的那条道路，一点也不会疑心。"

陆离俞由衷地点头表示赞赏："长宫所言极是。真的旁边，弄条假的，的确是多此一举，让我们有了疑心，最后看穿他的圈套？所以，真实的情况很可能是我们眼前的两条路都是假的。有人在一条已经是假的路旁，又弄出来一条假的。"

"那真的呢？"女姁看样子听得一脸困惑。

"被人用法术隐藏起来了。"女汩皱着眉头，看着眼前那两条道路，好像这样就能让那条已经隐藏的道路显现。

"干吗要弄出另外一条一样的路?"女婳不解地问。陆离俞也觉得疑惑,这样做的目的是什么?比法力,还是比玩弄我们的智商?他看了一下季后。季后是搞异术的,应该知道点儿原因。结果,看到季后脸上也是一脸困惑。

"我明白了。"最后开口的还是女泪,"在我们之前,有人到过这里,看出了原来的路已经消失,出现在他脚下的是一条假路。这人虽然识破了之前那人的计谋,但是以他的法力,又没有办法去掉那条假的,露出真的,所以,他想了另外一个办法,就是以其之术,还治其身,他弄出了另外一条一模一样的路。"

"真考智商。"陆离俞听得一脸佩服,然后自作聪明地加了一句,"藏起真的,弄出那条假的,肯定是黔茶。后来不知道哪个好心人又弄了一条来,这样一来,实际上就是告诉我们,真的路已经看不见了,我们哪条路都不要走。"

陆离俞一心奉承,女泪却一点也不领情,冷冷地回了一句:"弄出后面那条路的,是谁,我不知道;是不是好心,我也不知道。我只知道,最先弄出那条假路的,决不会是黔茶,而是另有其人。"

"为什么?"女婳看样子听明白了,脸上还是似懂非懂的样子,"长宫怎么知道,不是地炼术士玩的花样呢?"另外两个人也有此一问:不知道女泪怎么这么肯定,不是地炼术士在最初捣鬼?

"地炼幻术是有时限的。我跟地炼门打过几次交道,知道他们的这个弱点。"女泪说这话的时候,一脸自信。的确,她经历的两次大战,地炼门的术士黔茶都参与其中。自从离开苍梧之后,她总会不由自主地回忆其中的细节。有她亲自见到的,也有从司泫和凿空那里听到的,时间一长,她已能悟到一些东西.。

"我估计,地炼的法术应该只能持续数个时辰。黔茶要施法,一定会在我们到来之前,但是,时间不能太长,超过时限,法术就会失灵。我估计,施法的时间,算上我们耽搁的时间,应该在我们到来之前数个时辰,不会隔夜。现在,你们看这两条路上的情形。昨天晚上下过一场雨,这两条路都是雨水浇淋的模样,这就证明,这两条路至少也是昨天晚上之前就设好的,已经大大超出了地炼门的范围。"

季后听到这里,立刻就明白了,他补充了一句:"我们是昨天晚上到这里,如果黔茶昨天晚上也在这里,不可能不跟我们交手,他可是一心想抓住我们,我们几个合力也未必是他的对手,何必费事弄条假路?"

女婳在一旁听得脸色发白。陆离俞看在眼里,他当教师时遇到过一些违规女生,被人一件一件地揭发时的模样,跟女婳现在的样子真是不差毫厘。他想,女孩子果然还是胆小,遇到这种事情,就像经不住吓的小女孩一样,好像这些事是她做的一样。

季后没有注意到女婳的样子,他担心地问女泪:"我们两条路都不能走了，那该怎么办？"

刚才精明的女泪一下就沉默了，这个问题还真问倒了她。

四

女泪也拿不定主意，周围有路的地方，只有这么两条，其他的地方则是一片荒旷，只有稀疏的林木点缀其中。看到女泪这么沉默，其他几个人也开始焦急地打量起四周，看看有没有显露出一点那条隐藏的道路的痕迹。

陆离俞一开始并没有太留意周围的景象，因为来到这个叫瀛图的地方的时候，荒怪的场景他已经见得够多了，渐渐地也就麻木了。到了现在这种情况，他也开始留意起四周了。开始的目的也很简单，就是找到点痕迹，但是慢慢地，这荒旷的景象，让他生出一种奇特的感觉。

我是不是在哪里见过？怎么这么眼熟？

正对着悬棺，映入他眼里的，是一片开阔的原野，原野的周围是光秃秃的山丘，山丘的环抱之中，大概有数里开阔的地方。正对着他们的是这片开阔地的中央地带。那里稀稀落落地长着几棵树木，树木高大得让人吃惊。围绕着这几棵树木，整整齐齐地排列着各种各样的木头。这些木头排列的方向一致，倒下的位置也一致，都在各自根部附近。根部还留在土里，一眼就能看到。除了这些倒下的木头，零零落落地还矗立着一些枝叶尽脱的树木，分散在开阔地带上面。

好像一大片树林刚刚被伐下之后，连最起码的搬运都没有，伐木的人就离开了，然后，不知道什么原因，这种伐倒的景象就一直保留下来，再也没有改变过。

陆离俞对季后说了句："我过去看看。"不等季后回话，他就离开几个人，朝那片倒下的木头走了过去。

走到倒下的木头那里，陆离俞仔细地查看起来。倒下的树木身上尽是烧焦的痕迹，然后，他又察看起那些残留在地上的树根，上面残留的木茬痕迹表明，它们都不是被砍倒的，而是被什么飓风一样的东西硬生生地折断的，而且这种飓风带有极高的热度，因为残留的木根上有烧灼的痕迹。

他站起身来，看了一下那些还能直立生长的树木，上面也能隐约地看到一些焦痕。

陆离俞在木堆里走来走去的时候，远处的另外几个人一直好奇地看着他。

女泪忍不住了，开口问季后："你这个末师，又在搞些什么？"

季后摇了摇头："我也不知道。有时候，末师会举止怪异。根据我以前的经验，怪异的举止结束之后，我们还会听到一些更怪异的结论。不过。说来也算离奇，这些怪论里面总有一些解决之道。"

女汨听罢，一脸不屑："像他这样，就能替我们找到那条隐藏的道路？"

几个人正聊着，陆离俞突然大喊一声，声音传到几个人的耳边，活活地把他们吓了一跳。叫完之后，陆离俞就转身回来了。一路上，他都低着头，嘟哝着什么。走到几个人面前的时候，他才抬起头来，看到几个人脸上的表情，吓了一跳。这几个人的表情都是极度期待。

陆离俞赶忙问："你们在等什么？"

"你的怪论。"女妁笑着说。

"哦，怪论。"陆离俞点点头，说道，"马上就有了，你们等一会儿。"说完，他走到帝陵前，朝着上面的悬棺仔细地看着。

女妁悄悄地对季后说："刚才你的末师嘟哝的那些，还真是够得上怪论。"然后她低着头，学着陆离俞刚才低头嘟哝的样子："通古斯，西伯利亚，大爆炸现场……这都什么呀，一个都听不懂。"季后笑了笑："这是他来的那个地方的东西，我也懒得问，问了也听不明白。"

"听不明白，我也得告诉你。"陆离俞背对着众人，说道，"在我来自的那个地方，我见到过一张照片，你们肯定不懂照片是什么……我这些话主要是说给自己听的。那张照片拍摄的是我们那边的一场灾难的遗迹，发生灾难的地方是一个叫通古斯的地方……"

女汨最烦陆离俞卖弄，听到这里，再也没有耐心了，立刻打断了他："你说的这些，能帮我们找到隐藏的帝陵之路？"

"差不多吧……"陆离俞已经习惯了，一点也不生气。他还是背对着众人，抬头看了会儿帝陵，接着又蹲下来，用手刨了刨地上的浮土，仔细查看起来。过了好一会儿，才直起身来，慢慢地说道："我刚才看了一下那块空地上倒下的木头，发现了一个现象，所有的木头都朝一个方向倒下，好像是东北方向……"

"你的意思是我们要朝东北方向走？"女妁赶忙问。还不等陆离俞回答，她就催着季后："我们就朝东北方向走吧。"

"不是。"陆离俞赶快打断她，"我的意思是，要找出那条道路，我们先要找到方向。"陆离俞转身朝着女汨，问道："长宫，我们下一个要去的地方是哪里？"

"真陵。"

"那也是帝陵？帝陵的形制也和这里相似，也是一具悬棺，悬撑在绝崖之上？"

"是的。"女汨点点头，

"按照我们那边叫世界的地方的习惯，帝陵是每年都要祭扫之地，这里是不是也是这样，而且祭扫的人都是当今的河藏帝？"

116　　这一次，不仅女汨，所有的人都点了点头，但是点过之后，又都是一脸困惑，不知道陆离俞为什么会问这些问题，自己又会被这些问题引向何方。

<h1 style="text-align:center">五</h1>

陆离俞也不客气了，朝女汩一伸手。

"干什么？"女汩问。

"图。"陆离俞不耐烦地催促了一句。女汩有点诧异，因为从来没见过陆离俞这副霸道样子。往常，她肯定会立即作色，但这次不知怎么回事，陆离俞一露出这副表情，她就马上从怀里把那张图拿了出来。还在犹豫着怎么递过去，陆离俞一把就从她的手上夺了过来，然后招呼季后和女姁快点过来。等到两个人凑了过来，陆离俞开始对着周围的地形，指着帛图比画起来。几个人一脸热闹的样子，把女汩完全晾在一边。

女汩气得话都说不出来，想发作又不是时候，再看到那女姁和季后都听得认真，不停点头称是的样子，心想，或许那个人正说着什么紧要之处，不听不行，只好忍住气凑了过去。

陆离俞抬头看了一眼凑过来的女汩，表情依旧，继续说道："河藏祭陵，肯定会选择两山之间最短的路程。因为祭事繁重，随从众多，路程越长，估计消耗也就越大，不可能不考虑到路程问题。再说，河藏帝乃尊贵之身，不可能一路崎岖而来。我这样说，对吧？"

几个人连忙点头，连女汩在内，因为想听下文。

陆离俞接着说："所以，一般来讲，负责祭祀修建的工匠，都会被要求选择最短的路径。这条路一定是直线，因为两点之间，直线最短。这是我们那边的常识，到了你们瀛图，估计也不例外。这样一来，这条路径肯定是这样的。"

陆离俞伸出手指，在帛图上重重地画了一下。让他吃惊的是，这一画之后，帛图上真的出现了一条线，连在两座帝陵之间。

"这是……？"陆离俞举起手指，一脸诧异地看着：我的手指，什么时候有了画图功能？

季后拍了拍他的肩膀："别吃惊，是我弄出来的，跟你的手指没什么关系。你接着说。"

陆离俞只好接着说："现在画出来的这条线，就是通往下一座帝陵的路线，也就是被人隐藏起来的那条路。我只能画个大概。具体这条线开始于我们周围的什么位置，我也不知道。"

季后"哦"了一声，陆离俞赶忙补充说："我话还没说完，但是我知道，这个位置，必定是跟这个悬棺的顶端有点关系。"

陆离俞指了指悬崖上的那个悬棺："它和悬棺的顶端之间，肯定有一段笔直的距离。我们那里的悬棺，里面的尸骨摆放都是头颅抵着悬棺向外的一端，所以，悬棺向外的一端，就是体现帝王之尊的一端。任何与祭仪有关的设置，都必须以这一端为中心，我们找不到的那条路，应该也是如此……你们听明白了没有？"

陆离俞感觉自己好像又回到了大学课堂，面对一群浑然无知，还要故做求知状的学生。

季后是好兄弟，赶快鼓励："我们有点明白了，你继续说……"

陆离俞叹了口气，继续说道："祭路的起点，和这具悬棺向外的顶端之间，肯定有一段直线距离……季后，用你的法术，顺着我的手指划动，给我来条线，朱砂色的，哎，好……看到了吗，就是这条朱砂直线，开始于悬棺的外顶端，直达我们要找的那条路的起点……"

几个人这时终于点了点头，陆离俞于是又来劲了："这段距离的长度是多少我不能确定，但我估计它肯定要符合一个数字。"

六

"什么数字？"问话的竟然是女汩，而且一脸专注。

陆离俞有点意外，还来不及回味，赶快接话，这里面的惊喜该有多短暂啊："应该是河藏最为推崇的，能够体现帝王至高无上的地位的数字。另外，从悬棺这一形制来看，河藏国崇拜的方位一定是东方，因为这是太阳升起的方向。身为鬼方末师的我，可以认定，这条道路的起点应该是在悬棺的正东方向……"

"对。"女汩脱口而出，说完之后，才发觉不妥，赶紧闭上了嘴。

陆离俞心里激动，女汩竟然有赞赏自己的意思，赶快接着说："所以，要找出那条隐藏的道路，也很容易。

"第一，我们要知道河藏最推崇的数字。帝尊之陵，所有的设置，肯定都要以这个数字为标准。比如，在我所来自的那个世界，最为推崇的数字是九，所以帝王的陵墓中，到处都是按九来设置。从悬棺到道路之间的距离，肯定也是跟河藏推崇的数字有关……

"第二，我们要以悬棺为起点，向东走出以这个数字为准的距离。具体要走多长，我不清楚，可能是一倍，也可能是十倍……唯一的办法，就是以这个数字为一节，然后沿着正东方向一节一节地走下去。"

"那得走多久？"季后连忙问，问完之后，还朝另外两个女的看上一眼，意思是：没错吧，我这个末师虽然有点怪异，但是关键时候，还是能出些点子。

陆离俞看样子不怎么领情，偏偏一脸愁苦地摇了摇头，说道："这个我怎么说得清？我只知道，这样走下去，走到某处的时候，可能就会看到一样东西。具体是什么我现在也不清楚，但肯定是代表河藏帝王之尊的东西。找到这件东西之后，只要把这条图上的直线移到它的位置上……"

陆离俞手指在帛图上移了一下，停在某个地方之后，又画了一条直线。靠着季后的法术，一条朱砂色的直线清晰地出现在帛图之上，连接着两座帝陵："这条直线，就是被人隐藏起来的道路，也就是我们下面要走的道路。……现在的问题是，河藏最推崇的数字是几？"

"八。"女泪脱口而出，很快就有点脸红，赶快掩饰了一句，"这是我帝父教我的。他说，河藏的先祖攻到大河之边的时候，从河里得到一张图，叫河图。河图上面的数字是八，所以，河藏自此都以八为尊。"

陆离俞心里一愣：这不是八卦吗？难道河藏出土的那件东西，就是八卦图？河出图的传说，就是来自河藏。

"我看，是你自己去问的吧。"女姁冲着女泪吃吃一笑，得到的回报是女泪轻轻的一掌。这的确是女泪自己去问的，只是问这些的时候，没有想到今天的这种情况。她当时只是爱打听，围着帝丹朱东问西问。

"河藏帝王的尊严体现在什么器具上？"陆离俞赶忙问。

"应该是离木吧。"女泪犹豫着说，然后红着脸补充了一句，"也是帝父当初说的，河藏供奉离木。离木就是一根烧焦的树木。"

季后从没看到过女泪红脸的样子，也觉得一乐，转头问陆离俞："末师高见，我看也只能这样。现在的问题是，怎么确认我们计数的起点？悬棺离地那么高，我们不可能知道它的外顶端离崖壁多远？"

"这个不是我能解决的，我原来以为地上会有一根画出来的线之类的东西。刚才刨开覆土，结果下面什么也没有。"陆离俞说，"不过，有一样东西可以帮我们解决这个问题。这个东西在天上。"

他指着天上的太阳："太阳照到物体，地面上就会有投影，等到太阳逼近悬崖的时候，我们就会看到悬棺投射到地面的投影。我想，这应该就是当初工匠来设定道路起点的方法。拖延的一端肯定是我们要找的起点……开始吧，各位留意一下。"

几个人赶忙点头，开始直直地注视着崖壁下面的空地。这时，正是太阳开始逐步西沉的时候，慢慢地，周围的事物都开始有了投影。

不久就听到女泪兴奋的叫声："找到了，在这里。这道阴影肯定是悬棺的投影。"

陆离俞赶快推了一把季后："你快去，站在那里。我从你那里出发，朝东走，八步一节，一直到找到那个标志为止，就是那根烧掉的木头。"

季后赶快照着做，两个女的也跟着站在那条阴影线上。

陆离俞比画了一下自己的脚步，一时间还不清楚，瀛图之地的一尺应该是多长。

女泪从自己的头上取下一根她用来扎头发的绸绳，递给了他："这是扎头发用的尺绳，刚好一尺长，你把它系在两腿之间，每次走的时候，两只脚分开一绳就行了。"

陆离俞答应一声，接过绳子，蹲下来开始往鞋帮子上扎。他实在没玩过这些线活，满是笨拙的样子。

女汩看着，突然觉得不妥，便又从头上取下另一根尺绳，蹲在陆离俞的身边，夺过陆离俞手上的那根，跟自己的这根连在一起，然后俯下头来，两只手在陆离俞的腿上忙碌起来。她的动作快多了。过了一会儿，陆离俞的两只脚上扎好了一根绳子，长短刚好是一根尺绳的长短。

"好了。"女汩一脸得意地站起来，"可以走了……你这是什么表情？"

陆离俞正一脸呆相地看着她，已经持续了很长的时间了。准确地讲，应该开始于女汩夺过尺绳，蹲下低头忙碌起来的时候，他第一次看到女汩的一头秀发在自己的眼下晃动……等到女汩完工之后，他还不能从刚才那阵迷离的心境中清醒过来，所以只能是一脸呆相。

女汩看着他的呆相，突然觉得一阵恼怒，马上厉声催促道："快点，天要黑了。"

陆离俞立刻答应一声，赶忙起身，从季后所在的位置出发，一步一尺地沿着正东方向走了起来。

其余三个人焦急地看着，陆离俞的身影越来越远，慢慢进入空旷地带的黑夜之中，好像被吞噬了一样。

过了一会儿，传来陆离俞兴奋的叫声："找到了，我看到离木了，道路就在这里。"

几个人赶快赶过去，走出那片中央地带之后，就见在昏暝的夜色中，立在旷野之上，孤零零的一根木头。

"这肯定是道路终端的标志。"陆离俞说，"它的位置一定是隐藏起来的那条道路的正中。你们看，它是不是一根经过火烧的木头？上面到处都是火烧的痕迹。不对，"陆离俞伸手去摸了一下，然后恍然大悟，"这不是真的木头，这是用什么玉石之类的东西雕刻出来的一根被火焚过的木头。"

季后和女姁围着那块木头，也开始用手摸了起来，一边小声议论着。女汩还是很有风度，只是静静地看着，脸上还带着疑虑："你能确定，这就是祭路的起点？"这一句话，很显然是问陆离俞，尽管她的目光没有离开那根木头。

陆离俞赶忙说是，肯定是！他能如此确认的原因是这根石雕的木柱不是一直立在这里的，而是在他走近之后，突然出现在他面前的。如果不是找对了方向，这样的神迹是不可能出现的。

第九章

一

从那根木头出发，几个人沿着那条隐藏的道路开始直线前进。出发的时候，天已经快全黑了。幸好季后是有法力的人。他有一个引路的方法。他拿出一把青铜短戈，从身上的袍服上割下一片，然后冲着陆离俞一躬身，说道："末师有劳。"陆离俞无奈地伸出手去，任季后在上面刺上一下，血滴到那片布上。

"行了。"季后说。陆离俞收回了自己的手。女姁赶快递给他一块布，还细心地替他裹上。

"为什么非我不可？"陆离俞捂住手上的包扎布，心虚地问。

"你身上有灵蛇的血。"季后说，"蛇有辨向之能，就这个原因。我只要将它定在东方就行了。"说着，季后施展起厌火国的火术，将那片衣服点燃，往东方一送。那团火就像一盏灯一样，稳稳地悬浮在空中。

"那团火现在有了你的灵蛇之能。"季后半真半假地说，"你的意念，就决定了它飘浮的方向。从现在开始，你要集中意念，只想着一件事：东边东边……"

"恐怕我做不到。"陆离俞恨恨地说，"我现在集中意念的只有一件事，什么时候，我也能有个机会朝你身上刺上一刀？"

"哎呀，"季后皱着眉头，说道，"这就麻烦了。还好，我有办法补救一下。"他看到身边有一棵小树，就蹲下来，从小树的一边割下一块来，"这边是朝阳的，就是东边的，所以有东向之能。只要附灵之后，就会一心向东了。不过，还得有劳末师。"说到这里，季后又是一鞠躬。

陆离俞转身就想走，但在转身的时候，他看到一旁静静站立的女汩。女汩正看着自己，眼神里说不出什么表情。陆离俞只觉得，如果自己不从的话，现在还模糊的表情就会变得很确定。他有点怕这个。

陆离俞立刻转过身来，女姁赶快凑过来，很细心地把刚才包好的伤口又拆开了。陆离俞一边看着，一边略带心酸地说："你们还真合拍啊。"季后一脸严肃地又朝刚才的伤口割了一下，血滴到树皮上面之后，他又施展厌火之术，放出了另外一团火。

这样前面就有了两团火，一前一后，朝着东方飘移。几个人牵着马，慢慢地跟在后面。

开始走得很慢，连马都不敢骑，因为要尽量不偏离那根木头的指向，只能牵着马，几乎是一步一挪。从那根木头出发，没有多久，天就黑得伸手不见五指了。借着季后弄出来的火光，几个人连夜挪步，几乎一夜都没停过。中间发生了一点意外，就是那两团火在飘浮的过程中，好像有了吸力一样，周围渐渐出现了越来越多的磷火一样的东西。陆离俞开始还觉得奇怪，后来一想：帝陵啊，就是坟地，有些磷火也很正常。

等到天亮之后，他们回头一看，那根作为标记的木柱还在看得见的地方。他们一起哎了一声。

"这样不行，走了一晚，还是没走多远啊。"女汩一身疲乏，丧气地说。

"应该往好处想，"陆离俞小心地跟在女汩身后，赶快安慰她，"我们至少没有走错方向。"

"会不会又遇到了什么法术之类的？"女姁望着不远处的那根玉雕烬木，一脸苦闷地说，"我们辛辛苦苦走个大半天，也经不住他在自己的房子里一鼓弄。"

季后赶忙安慰她，再厉害的法术也不可能让整条道路都消失，只可能藏掉其中的一个部分，只要这样走下去，就会走到法术不及的部分，原来的道路就会出现在他们眼前。

"你真信这个？"女姁问。

"我鬼方所学，就是这些。"季后说，"只是我这人属于不才之材，学而不能，虽然知道是怎么一回事，但却改变不了什么。让你受累，真是惭愧。"

"这么说来，我这样吃苦受累，都是你的过错了，因为你太笨了。"女姁笑着说，"笨人，笨人，笨人……"她连说了三遍，又问道："那地炼门的缩地术呢，是不是他们捣的鬼，让我们白走了一整夜？"

季后摇了摇头："我听门师讲过，关于异术修炼，有三个炼则。其一，术相克；其二，术相成；其三，术无重。所谓术无重，就是指同门的法术不能相重。地炼门的缩地术，不能施予一条已经施予遁术的道路。如果地炼门子真有缩地之意，那还是件好事，因为他必须先把这条道路上的遁术解除。那样一来，我们的脚下，现在就能看到通往下一个帝陵的道路。"

"术无重？"女姁轻声念叨着。

陆离俞凑过来说："这个意思很简单啊，我都明白了。"

女姁叹了一口气，悠悠地说道："我不是不懂这话的意思，我是在想，即使到了异术之境，瀛图之中，也有你难为之事，你能选择的或是相克，或是相成，但是却没有一条可以共容之道。"

陆离俞和季后对看了一眼，不知道这话有何深意。但是，对眼之后，好像又明白了什么。

陆离俞和季后都想起了一个叫氏宿的人，就是女娲的哥哥。一路上，女娲再也没有提起过此人，好像一心只依恋着季后。但是，从刚才的样子来看，女娲似乎还是没有彻底忘掉，现在她的心里，大概苦恼于一点，如何才能让这两个男人在自己的心里找到各自的位置。

她应该是喜欢自己的哥哥，而且应该大致也知道她哥哥是怎么死的……所以，她才从来不提及此人，也从来不向两个人中的任何一人打听此人……

一想到这点，季后和陆离俞都觉得心情沉重，他们想起有一件事，他们还一直隐瞒着女娲：被他们两人联手杀死的氏宿，埋在互人国的一幢房子下面。

女汩没有参与他们的谈话，她一直在想一个问题：谁有这么强大的法术，能让这条道路隐藏这么长的时间？而且还能让他们一夜辛苦，几乎都是徒劳？

她不太了解异术，但是追随帝丹朱身边，耳闻过的倒也不少。就她所闻而言，好像没有人提到过能将一个法术的时间持续这么长的时间。久想之下，她突然想起雨师的一个博学的人跟她讲过的一句话："遭受异术之物能够持续不变，只有一种可能，就是施术之人一直就在异术所施之物那里。"

按照这个说法，如果这条道路一直隐藏不显，只有一个可能，就是那个施术之人，现在还在这条路上，一边走着，一边施术，所以这条路才会一直隐遁下去。

女汩悚然一惊：难道施术之人，就是走在她身边的人中的一个？怎么可能？她想：陆离俞，不可能；季后，也不可能；女娲？一想到女娲，她自己也觉得荒唐，怎么可能会是女娲呢？……答案应该是什么呢？

二

女汩一边低头走着，一边想着。慢慢地，她停住了脚步，眼神直盯着脚下，好像被脚下什么东西吸引住了。几个跟在后面的人见状赶快凑上去。

"怎么回事？"女娲问。女汩没有说话，蹲了下来，用手上的马鞭在地面刨了刨，一个圆状的物体露了出来。女汩用马鞭戳了进去，举到几个人的眼前："你们看，这是什么？"

女娲吓得尖叫了一声，陆离俞和季后也看得面面相觑。女汩用马鞭举起来的东西，是一个光秃秃的人的颅骨。

"那里还有。"陆离俞指着周围说。

果然，就在路边不远的地方，可以看到一片片散落的人的骨头，仔细看一下，这些骨头，各式各样，从颅骨到趾骨，人身上能有的，这里好像都能找到。只是大小不一，可见不是一个人身上的。这些骨头，有些是埋进了地里，只露出一截，有些则完全暴露在地面上……

"后面还有，"陆离俞又是一声叫唤，几个人慌忙回头。现在已经天色大亮，这才发现，在他们走来的这一路上，这样的人骨其实随处可见。只是天太黑了，他们没法注意。

陆离俞看着这些骨头，心想：难怪一路上都像是走在坟堆里的感觉，阴气森森，萤火点点。开始还以为既然是帝陵所在，这样阴森的感觉应该不会少的，现在想来，真正的原因是他们一路上走的都是人骨堆。

"河藏帝有殉葬的习惯吗？"陆离俞问，同时用马鞭敲打着那些骨头。他想起这是考古学的常识，远古帝王所葬之处，依例都有殉葬的男女。只是这些殉葬的男女都是被捆绑之后生埋，或者杀死之后死埋。要想找到这些远古的遗骨，得掘地三尺才行，像这样露天就能看到一地的骨头，还是第一次。

陆离俞心想：难道河藏流行的是天殉，就是把殉葬的男女丢在帝陵的旷野，任其惨死？好像也不对……河藏的先祖都是安放悬棺，悬棺的一半都在崖上的洞穴里面，如果殉葬的话，殉葬的人应该都塞到那个洞穴里，怎么会丢在露天里？

他有这种想法也不奇怪，他在长江流域考察悬棺的时候，就从安放悬棺的洞里，发现了大量的人骨。

女汨没有说话。女妠也觉得好奇，便跟着陆离俞，追问了一句："这些骨头是不是殉葬的人留下来的？"

女汨摇了摇头，只是简单地回答了一句："我没听说过。"

几个人沉默地看着这些骨头，觉得残忍之至。有些骨头上面还有绳索的痕迹。如果是死葬的话，是用不了绳索的。用绳索的目的肯定是防止逃跑。这些人活生生地被绳索捆着，等到葬仪结束之后，就被扔到旷野之地。此后唯一能做的事，就是等死了。

陆离俞想到这里有些不寒而栗，心想，一个奉行这样葬俗的部落，肯定文明不到哪里去。他有点替女汨担心，她要去嫁的，就是这样部落的帝君。他抬头看了女汨一眼。

女汨还盯着这些骨头出神，看不出此刻的她是什么感觉，但是毫无疑问不会因这些景象而对自己的未来充满信心。

女妠叹了一口气，目光离开这些骨头，建议大家还是趁着天亮动身，在这里待的时间有点长了……她的话一出口，就被女汨拒绝了。

"我们等一下。"女汨说。

"等一下？等什么？"女妠问。

"等人。"女汨说。

其他几个人惊异地看着女汨，还是女妠开了口："等人？谁啊？"

女汨转过身来，指着那根玉雕焚木，说道："他们。"

124　　其他几个人跟着转过身来，吓了一跳。在那根玉雕焚木的下面，果然有两个身影。他们看上去就像是从焚木雕柱里脱身出来一样，不紧不慢地朝着他们几个人走来……

三

从陆离俞所在的位置看去，两个人走路的样子好像跟他们自己不太一样。他们是一步一挪，而这两个人则是急步匆匆，一点也不担心自己会走错路的样子。如果他们走的也是帝陵之路，那么对他们而言，脚下的路似乎并没有隐藏起来。

等这两人走近的时候。几个人才看清两个人的样子，一男一女。两人的服装都有些古怪，连陆离俞都觉得，他来瀛图之后，看到什么服装都会觉得古怪，现在的古怪，只能说是古怪中的古怪。至于古怪在何处，他自己也说不出来，只是觉得沉朴肃穆到了极致，不是一般的情况下会有的风格，倒像是刚刚参加过什么葬仪一样，带着祭礼氛围才有的阴惨。

女人行走的样子让陆离俞觉得一惊。他想起古代文献中，描述女子的一句套话：步步生莲，好像就是为这样的女子量身打造。四周荒寒的衬托之下，这女子摇曳的步态看起来就像一朵迎风的莲花一样，不胜之态，全身流溢，即使那身惨厉的服装也约束不了，反倒产生了一种视觉上的刺激……

好像有一股劲风正在冲刷着她的身体，所有的不胜之状，都是来自这里。

陆离俞觉得自己好像在什么地方见过这种步态，但是想不起来。唯一能确认的，就是这个印象绝不是来自这个叫瀛图的地方。

这时，两个人已经一前一后地走到了几个人这里。看到几个人呆立的样子，这两个人也停下了脚步。

"你看那人的眼神，好像被你迷住了。"走在女子身边的那个男人，注意到了陆离俞的表情，笑着提醒了女人一句。他是个相貌极丑的男子，但眉宇之间有一股沉稳之气，看上去又有一点和这个相貌不太相称，因为面目丑陋的男子，神情一般都离不了"猥琐"二字。

听到丑男的提醒，女子的目光移向了陆离俞，很快又把目光投向陆离俞身边的女汩。她对陆离俞痴呆的目光没什么兴趣，倒是女汩一脸警觉的神情吸引了她。

"我倒喜欢这位姑娘的眼神。"那个女子笑着说，"男人看到我的时候，大概不会有别的样子，我已经习惯了。倒是从女子的眼中，我遇到的总会各有相同：有些人羡慕得要死；有些人恨到入骨；有些人就不知道该是羡慕得要死，还是恨到入骨。这位姑娘厉害，哪样都不是。请问姑娘，我以前见过你吗？看你的样子，好像一直在等我一样？"

女汩没有说话。她注意到了这两个人走路的样子，心里始终徘徊着一个疑问：让这条道路隐遁起来的，会不会是这两个人？

女娲觉得这样太不礼貌，就扯了扯女汨的衣袖。看女汨没反应，赶忙替女汨回答说："长……应该没见过你们。我们只是走得有点累了，所以停在这里，休息一下。你们是从哪里来的，要去哪里？"

女子没有说话，又仔细地看了几个人一会儿，然后对身边的男子说："我觉得这几个人应该是迷路了，现在停在这里，看样子是打算向人问路。现在不知道怎么回事，看到我们反而不敢问了。这个中的缘由，是你的丑怪，还是我的美貌？"

"我觉得应该是你的美貌。"那个丑男说，"我虽然丑怪，但一向都很随和。"

陆离俞注意到这两个人的装束好像风格相同，连身上的有些配件也完全一致，最显眼的是两个人的脖子上都挂着一件一模一样的青铜饰器，看样子像是两块半掌大小的椭圆形的铜盘。

他正想着，那个男的身上开始传出一种气味，让他不得不抽动着鼻子。这是浓重的酒味儿，男人好像刚从酒缸里出来一样。

陆离俞心想：服装风格一致，配饰样式一致，按我来的那个地方的说法，这就是情侣装了。这两个人会是什么关系？夫妻，情侣，还是两个偶尔走在一起的路人？如果不是一对偶尔走在一起的路人，这对组合也就太滑稽了。不知道他们之间的甜蜜情谊是怎么进行的？

想来想去，眼神里不觉又多了几分含义，引得那个女子都奇怪起来。

她的目光又投向陆离俞，然后慢慢地说道："你要再敢这样看我一眼，我就把你的眼睛挖掉。"

季后连忙鞠了一躬，说道："我们的确是迷路了，等着人来指点一下，不是有意冒犯。不知两位是否方便指点一下？"

"还是这位小哥亲切。"女子点头说道，"我倒可以给你们指下路。不过，凡事都有来有往，我给你们指了路，你们打算用什么来谢我？"

"你想要什么？"女汨冷冷地说。

"本来想要这位小哥的，"那个女人指了一下季后，"不过，看那位姑娘的眼神，"她又指了一下女娲，"心里应该是不乐意的。还好，凡事都有补救之处。你和那个一直看着我的家伙好像不是一对，拆开来应该没什么关系。这样吧，我给你们指路，作为回报，你就去陪我身边的这位，我就试试那位，"她指了指陆离俞："试过之后，我就能做决定是不是该挖了他的双眼。刚才警告过他，好像一点用也没有。他照刚才看我的样子，已经看得够久了。"

"你还是走你自己的路吧。"女汨还是冷冷地说。

女子哈哈大笑起来，和那个丑男一起走过几个人的身旁。丑怪男经过女汨身边的时候，一脸不舍地摇了摇头，嘴里嘟哝了一句："陪一下又有什么

126

关系。"

这两个人走出几步之后，女子突然回过头来，对几个人说："想要找到通往帝陵的路，最好跟在我们后面。天快黑了，别怪我们没提醒你们，这里可是马腹出没之地。你看见路上的那些人骨了吗？河藏帝每次来祭告祖先的时候，都会随身带着一些死囚。这些死囚，就是用来献给马腹的。你们看到的人骨，就是马腹吃剩下的。"

"还有犀渠。"丑男补充了一句。

"对，"女子点点头，"还有虫雕。"

"你搞错了。"丑男纠正她，"虫雕在西方，不在我们这边。它那边的人还吃不完，怎么会到我们这里？"

"我怎么会搞错，"女子马上反驳道，"虫雕能日行千里，西边的人吃腻了，偶尔来我们这里换换口味，怎么不行？"

两个人边说边走，很快就消失在远处。

陆离俞就像在听问答游戏一样，题目是《山海经》里有哪些吃人的怪兽。这两个人就是负责回答问题的。刚才他们提到的那些吃人的鬼怪，都是书中有所记载的。

"我们不能往前走了。"女汨突然说。

"为什么？"女姁问，她简直就成了女汨的提问机。

"他们会在前面等着我们。"女汨说。大家对看了一眼，很清楚他们指的是谁。

"有什么问题吗？"季后问。

"你是鬼方门人，难道没看出来吗，刚才经过的那两个人都是什么人？"女汨说。

她这样一说，季后好像被点醒了一样。

"殉人？"他说。

女汨点点头："对，殉人，以人为食的殉人。"

四

女汨把殉人的来历讲了一遍，反正现在没法往前走了，只能留在原地想办法。

在瀛图，对殉人的来历有下面一种说法：

河藏自立国以来，就有生殉的葬仪。殉人就是来源于这种葬仪。

生殉的原因又跟河藏帝的悬棺风俗有关。

河藏帝的棺材悬挂在巨崖之上，不像一般的土葬，入土就能尸骨平安。悬棺之外都无防护，里面的帝王之尸同外界只隔着一层棺板。虽然悬处高耸，一

127

般不用担心会被居心叵测之辈毁坏，但即使再坚厚的棺板也有朽烂的一天，一旦自行朽烂，帝尸几乎就等同于暴露无遗。

还有更麻烦的事情，不待棺板腐烂，就有可能发生。那就是悬棺所在之地，皆为食人怪兽麇集之地。这些怪兽大多嗅觉灵敏，而且皆有攀爬之能。如果它们有了企图，悬棺里的河藏帝尸大概只有一个结局了。

河藏初帝临崩之前，一想到自己百年之后，很有可能的结局就是成为怪兽们撕咬的肉块，不由得坐卧不宁。他很想改变自己的初衷，将自己的葬身之所改为入土，但是悬棺而葬又关涉河藏立国之本。

此事究竟如何，说法隐约，难以确定。大部分的说法都是说河藏立国始祖领受河图的时候，与授图之神就有约定，自他而后，河藏诸帝，都得悬棺而葬，违背之时，即是国亡之日。

就在河藏帝因为此事痛苦到连死都不愿的时候，终于等来了一个解难之人。

此人即为神巫门的第一代宗师，太子长琴下面的第一代弟子，十巫中排名第一的巫凡。巫凡告诉河藏初帝，他有办法能让河藏诸帝悬棺永存，诸兽不得侵犯。方法就是入葬之前，净身之后，巫门诸师会集聚施祝于帝尸之上。该祝乃巫门长隐之祝，其中奥秘，不能尽道其详，可以言说的，只有一点：此祝能够隐去河藏帝尸的肉身之性、之气、之味。得此神祝，河藏诸帝之身入棺之后，就能长存如新，长存如木，绝无一点肉身之气外溢出棺，招引诸兽……

河藏帝大喜，但是巫凡又立即明言，欲得神巫咒祝，必须答应两个条件。其一是悬葬之时，必须有男女生殉。生殉的目的是供奉以食人为生的诸多恶兽。因为此等恶兽，都已入神巫门的怪灵一部，居神人之位，与河藏之间，有内外之分。神巫为帝着想，也不能断了自家灵怪的口粮。男女生殉就算是一种补偿。其二，是河藏此后的国师之位，都由神巫门掌管延续。

河藏初帝想了一下，觉得这两条都可以接受。第一条自然不必说了，第二条他还犹豫了一下，但是一想到神巫的异术神妙，若能得此相助，对自己立国长远只有好处没有坏处，于是就答应了。

自此，河藏悬棺就有了生殉的惯例，河藏此后的国师，都由神巫门人执掌。到师元图这一辈，神巫门派来担任国师一职的，就是巫履的私生子柏高。

河藏初帝悬棺之时，随同生殉的有数百人之多。这些生殉有些是死囚，有些则是河藏帝旁边的女妃、女侍，还是特别宠爱的那些。凡为生殉之人，都会先被神巫巫士施以咒祝，施祝之后，神魂尽失，一如活尸。为了防止万一，施祝之后，都会捆绑全身，蒙住双眼，并且在口部套上一块口部大小的青铜口扣。这样，即使是咒祝法术丧失，这些殉人也处在无力挣脱的状态，只能静静地等待着食人怪兽的到来。

河藏初帝悬棺之后，一切都照此而行。等到第二代河藏帝去祭奠的时候，这批生殉的结局，才第一次被人们准确地看到。

河藏初帝的悬棺之下，祭路之旁，四散零落的，都是生殉的白骨。可以想见当时发生过什么样的惨状。二代帝看到这里，心有不忍，下令将这些白骨都搜集起来，凑成人形，然后埋入悬棺之下的土中，以表慰安之意。

凑骨成人的过程，往往也是清点的过程。当初生殉的人数，一般来讲，都和凑成的骨架之数吻合。另外一个能够帮助确认人数的，就是防止生殉撕咬的青铜口玦。如果没有这个口玦，一旦咒祝失灵，生殉就有逃生的可能。他们会凑在一起，相互撕咬对方身上的绳索，等到绳索咬断，他们也就有了脱身的机会。所以生殉施祝之后，都会被戴上大小能够封住嘴巴的青铜口玦。

这个口玦也就成了清点的依据。怪兽食人的时候，一般都不会吃掉口玦。

从河藏二代帝开始，每次都是用这种方法清点拼合河藏生殉的骨架。几代下来，都没有出现过遗漏，直到河藏五代帝的时候，才发生了一件意外。

于是，河藏之地就有了殉人之说。

五

那次清点的时候，发现少了两副骨架，同时，也找不到两人的青铜口玦。

负责清点人数的祭仪使者下令扩大范围，结果还是一无所获。他觉得事情有点蹊跷，但是也没太留意，心想：有时候怪兽食人的时候，就是急不可耐，连同青铜口玦一起吃掉，然后拉到不知什么僻远的地方去了。这样的事，以前也发生过，只是为了免责，大家都在私下流传，从不上报而已……现在大概也是这样。

想到这里，祭仪使者也是懒得多事，立刻下令停止搜寻，只将已经清点好的骨架拼合埋葬起来。埋葬之后，祭仪使者还读了一篇祭文。这是从河藏初帝就开始的一片祭文。不知道为什么，读祭文的时候，他觉得自己的头皮发麻，好像有人在一旁偷听一样，禁不住一阵心怯。于是，草草读完之后，立即下令返回。

返回离木的路途大概要将近一个月的时间，但是直到数月之后，河藏五代帝都没有等到祭仪使者回归的身影，最后等来的消息，是祭仪使者连同他带去的数十个随从，全都死在路上了。一路上发生了什么事，没有一个人能确切知道究竟，因为没有一个人活着回来。

河藏五代帝师灵图心生疑惧，下令一定要将此事勘查清楚，结果能查到的都是路人的传闻。

传闻凑起来是这样的：最早看到这批人的，还能记得祭仪使者带头的完整的人数，还有从容的行进。接下来看到这批人的，脑子里的印象已经有点异常。人好像少了几个，领头的祭仪使者衣冠凌乱，几个跟班更是狼狈，他们两眼发直，沿着官道一路狂奔，一边跑一边不停地朝身后回看。

最后一个提到这批人的，是一个沿路乞讨的叫花子。他的印象是只遇到过一个人。如果不是前来询问的使节提示，他还不知道这人是来自帝都离木的高官。他当时只觉得对方或许跟自己一样，也是个乞丐，只是比自己更惨，行为举止也更怪异。

此人衣衫褴褛，披头散发，面目恓惶，更惨的是，此人不是走在路上，而是沿着路面，不停地爬着。而且也是一副血淋淋的样子，每爬一步，都会留下一摊血迹。这个貌似乞丐的人只剩下了一条腿，另外一条腿已经没了。汇报的乞丐好奇地凑过去，看了一下，发现那条断掉的腿，好像是被什么东西咬掉的一样，咬掉的部位伤口还没有复原，所以一边爬，一边还在淌血。

这副惨相，连他这个真是乞丐的人都觉得太可怜了，于是就蹲下来，打算帮他一把。

他拍了拍那个貌似乞丐的人的背，结果，对方像是受到什么惊吓似的停了下来，转回头来看了他一下。他吓了一跳，因为这个貌似乞丐的人的嘴上套着一个严严实实的青铜口玦。他正要开口询问这是怎么回事，那个貌似乞丐的人忽然惊惶地回过头去，接着用尽全身的力气，拼命地朝前爬去。

好心的乞丐觉得怪异，便也跟着回过头去。结果，他看到了两个人。

其中一个是女人，据乞丐说，他没有见过这样美丽的女人。另外一个是男人，相貌则甚是丑陋，丑陋到了连他这个乞丐都看不上的地步。说到这里，调查的人详细询问了一下，还拿出几张图给乞丐看，最后终于确认，乞丐看到的这两个人，身上穿的都是生殉才能穿的玄色衣袍。

乞丐补充说：其中一个人，就是那个女人，脖子上还挂着一个青铜口玦；男人的脖子上则什么都没有。那块该有的青铜口玦大概已经到了刚才那个爬行的乞丐的嘴里。

接下来发生的事，乞丐是这样说的：丑男一步跨上前，把他狠狠地往后一推。他踉跄几下，差点撞到跟在后面的女人的怀里。女人慌忙往后一退，避到一旁，然后冲着前面那个丑男大骂一句："作死啊，不看看我在哪儿。"接着她回过头来，对着呆若木鸡的乞丐说道："有些你不能看的事，最好就不要看了。你先睡吧，等你醒来的时候，记得去报个信，祭仪的使团已经死在路上了"说着，她伸出手来，从乞丐的额头开始向下抹了一遍，他当时就觉得眼前一黑，随即倒在地上。

不知道过了多久，等乞丐醒来的时候，他发现自己正躺在一堆白骨的旁边。这堆白骨少了半截腿骨，很显然，就是他看到的那个人的。

河藏五代帝得知这一消息，大吃一惊，赶快命人清查，当时被生殉的人有哪些？两个将祭仪使者及其随从全都吃掉的男女到底是谁？

结果发现，从对相貌的描述来看，很有可能，女的是河藏四代帝生前宠爱的女侍。河藏四代帝死的时候，下令一定要她生殉。当时人们猜测，可能是因为她背着河藏四代帝有了私情。另一个男的，很有可能是河藏四代帝宫里的一个制酒师。他被下令生殉的原因，是因为他有一种配酒的秘方，河藏四代帝一直不想让别人知道，即使死了也是如此。

这两件事都能充分证明，河藏四代帝是一个性格非常奔放的帝王，会做什么事情全凭自己高兴。

河藏五代帝不知道发生了什么，会有这样的情况出现，生殉不仅没死，反而能活到将整个祭仪使团全数杀尽。他便将国师巫真请来。

河藏的国师是十巫轮替，现在轮到巫真了。巫真了解情况之后，也觉得意外。河藏五代帝很担心地问了两个问题：以后前去祭仪先祖的时候，会不会遇到这两个生殉？自己死后，会不会被这两个生殉吃掉？

巫真说都不用担心，生殉身上都有我神巫门的咒祝，即使逃脱，最为畏惧的也应该是我神巫门人。我神巫门人只需一个咒声，就能让他们痛不欲生。帝去祭仪的时候，只要一路都有我神巫陪护，估计他们不敢显身。即使帝为悬棺之后，也有咒祝守护。这一点不用担心。只是其他的人就很难说了，只能告知部落民众，以后帝陵之地，无神巫护持一律不得踏入。

自此之后，帝陵之地果然成了禁地，任何人都不敢进入。

关于这两个生还的生殉，也在传说中有了一个特别的名称，叫作"殉人"。

六

听女汨讲完殉人的这段来历，几个人看起来都有点不寒而栗。

"那他们为什么现在会放过我们？"女姁一脸胆怯，还是控制不住好奇心。问完之后，她的一只手紧紧地抓住了季后的胳膊，身体不自觉地靠了过去，好像在躲避这个问题的答案一样。

"殉人吃人，都在晚上。"女姁简短地说，"所以他们才会放过我们，但是肯定会在前面等着。我们要是这样走下去，走到天黑，结果很有可能就会成为他们的捕杀之物。"

此时的季后，心中有一点最为清楚：以他现在的修行，可能不是这两个怪灵的对手。如果就是他一个人，或许还能抵抗一二，但是其他三个人怎么办？末师离俞那点功力，实在不敢依托。女汨虽然能蹦几下，但毕竟是凡间女子，真的动起手来，恐怕只能添累。他最担心的当然是女姁，一个弱不禁风的女子……

陆离俞倒还来不及担心这个问题，自从第一次见到那个女殉人起，他一直想的就是另一个问题：他在什么地方见过这样的行走姿势？

眼前一派荒芜的景象提示了他，他终于想起来这种行走的步态来自那里。

很早以前，他看过一部带点科幻色彩的电影。电影的主题是人类面临末日灾难之后的重建过程，好莱坞常见的套路。他对这类影片没有太大的兴趣，但是郁鸣珂却很喜欢，拉着他去看了好几遍。最后他忍不住了，抱怨了一句："有什么好看？"郁鸣珂的回答是宽容的一笑："以后你会知道。"

现在他知道了，电影里某个场景提示了，那个女殉人的那种奇特的步态来自哪里。

来自一场核爆炸，准确地说，就是来自核爆炸产生的劲风。在那部电影里，这是一个末日灾难的基本情节。一个核武器灾难性地爆发，产生出了毁灭性的核爆劲风。劲风席卷全球，使活人遭殃，但却成就了西方特有的一种灵怪——僵尸。劲风吹拂过后，大量的死尸开始得到异能，成为复活的僵尸。

影片中，有一组详细的镜头就是描绘这一过程：一个刚刚入殓的女子，在核爆劲风的冲击之下，睁开了双眼，走出棺材。当她走出棺材之时，那股吹醒她的核爆劲风还在加剧，她在劲风中行走的奇特的步态，成为这部套路骗钱的电影里，为数不多的令人印象深刻的镜头之一

……今天这个镜头好像又一次出现在他的面前。

陆离俞正想着，突然听到女姁喊了一声："路，长宫，你看，出现了一条路。"几个人都在寻思困境，一直没有注意到周围，听到女姁这么一叫，大家赶快都朝着她指的方向望去。

果然，就在那两个殉人消失的地方，一条道路隐隐约约地出现了。

几个人相互看了一眼，心里开始在想这样一个问题：怎么办，这条路能不能走？

就在大家都犹豫不决的时候，女泪突然下定了决心，迈开步子，朝着那条隐约出现的路走去。几个人吓了一跳，想要拉住她。女泪回过头来，两眼冷得跟冰块一样，把几个想要动手的人冻得呆在原地。

陆离俞又有一种似曾相识的感觉，这种神情他好像也在什么地方见过……

"我们跟上去。"他悄悄地对季后说，"这人中了邪了，拉不住的。"

"怎么这样说？"季后看着前面女泪移动的身影。女泪牵着自己的那匹马，看起来甚是孤苦。

"我以前见过她这副样子。"陆离俞说，"什么原因我也不知道。大概是刚才那两个殉人路过的时候，弄了点什么法术之类，现在发生作用了。我们小心跟着，到时候遇到什么危险，你我舍命就是了。"

说完，陆离俞也不等季后反应，自己就牵着马跟了过去。季后看了一眼女姁，女姁叹了口气，意思很明显，没办法了，一起跟上去吧。

七

不久，他们就一起走上了那条重现出来的道路。

陆离俞回头一看，这条路就一直连着那柱隐在远处的玉雕焚木，好像从来没有消失过一样。

这是一条明显的帝君祭陵之路，因为路面开阔、平直，而且一往无余，一直深入到远处的群山之中。

他们一路走着，有点提心吊胆，担心那两个殉人就藏在不远的地方。但是，走了很长的时间，一直走到天黑得隐住了路面的时候，他们还是没看到那两个殉人的身影。一路上，周围经过的皆是开阔之地，看起来也不像是有什么隐身之处一样。

几个人就这么提心吊胆地走了一段，等到天黑的时候，也不敢歇息，还是继续往前。女汨的念头是，走到没有一点危险的时候为止。

天还没完全黑透，依稀还有点薄雾时分的光芒，慢慢地，浓重的夜色像木盖一样压得越来越低，但是还逗留在远处，不知道什么时候才会移到几个人的周围。

正在这时，从旷野的远处，传来一阵奇特的声音。听起来像是婴儿凄厉的哭声，但是跟一般的婴儿的哭声又不太一样。一般婴儿的哭声里有一种孤苦无助的味道，但是，现在听到的婴儿的哭声却像是在不住地发泄，发泄着内心尚未成形的愤懑一样。

几个人听到这里，惊讶地站住了脚步。浓重的暮色之下，真是辨不清这种声音来自哪里。

还没等这阵哭声消失，好像是呼应这道哭声一样，从旷野的另外一边，又响起了一阵女人的声音，声音听起来既凄厉，又哀苦，和那阵婴儿的啼声起伏应和，听起来就像是一个身为母亲的女人，正在无力地为自己辩解一样。

几个人停下脚步，紧紧地聚在一起，好像被这阵呼应的哭声驱赶一样。

陆离俞一不小心撞到了女汨身上，他不知是出于什么样的心理，不仅没有退让，反而一把抓住了女汨的手。"别怕。"他连声说道："别怕。"

女汨甩开他的手："我哪里怕了？"

女姁突然大叫一声，用手指着不远的地方。

几个人顺着她的手指看去，看到离他们不远的地方，一个女人的身影，在微茫的夜色衬托之中，正朝他们这边慢慢移动。

他们相互扫视了一眼，立刻进入了防备和攻击状态。这时，他们心里都以为，来人应该是刚才那个女殉人。等到那个人走近的时候，他们才发现，来人是另外一个。

如果说前面遇到的那个女殉人是一副贵妇模样的话，面前的这个女人则完全是一副本分的仆妇模样。最显眼的是这人脸上的两样物事，一样是劳苦妇女特有的一对金鱼泡眼，一样是赌气一样努起的瘪唇。这两样东西长在金鱼身上叫可爱，长在这样一个女人的身上，只能叫烦人了。

　　她一路走来，一路倾听的样子，就像是被远处的声音吸引住了一样，根本没有注意到眼前周围的一切。等到看到几个人的时候，她反而吓了一跳。

　　"怎么还有活口剩下？"她说。

　　听到这话，几个人面面相觑。听这口气，好像已经很清楚了，这个仆妇应该也是殉人一类。

　　"这样的事，应该不多，那两个人一般都不会留下活口的。"另外一个声音出现在几个人的身后。

　　几个人惊得回过身去，不知什么时候，他们的身后站着一个婴儿一样大小的人。

　　这个人虽然身形如婴儿，但是面相却很中年，应该是侏儒一类。此侏儒不仅相貌奇特，而且出场的造型也很奇特。几个人回身看到他的时候，他正蹲在一根插在地上的石杖之上。这根石杖看上去也像是殉葬的物品，现在大概被他拿来当作一件玩具，直直地插在地上，然后自己蹲在上面。

　　"这里有四个人。"女人一副仆妇样，举止言谈也是同样的调调，精打细算，举止笨拙……伸出手指来掐算了半天，才算搞清楚，"四个活口，你我平分一下，一人两个。不对，再算一次，还有男女之别，一人一男一女，还是这样分比较公平，别总说我欺负你个子小，你先挑，好不？"说到这里，仆妇抬起头来，一脸胆怯地看着侏儒，就像一个慈母看着一个正要乱发脾气的爱儿一样。

　　"你还是换个算法，我们几个重量还不一样呢，哈哈，"陆离俞打着哈哈说。平日，他一看到这种感情外露的女人就觉得厌恶，再加上人也丑得过分，再美好的感情从她那里出来，都会扭曲得让人反胃："你们这边有没有什么叫秤的东西，能称重量的？"

　　女人一脸感激地看着陆离俞，感觉他是个女性之友一样，懂些女人才会担忧的小麻烦："你这个主意好，我们每次都为这个打架。你不知道，他打起架来很凶的。待会儿吃你之前，我给你看看他在我身上弄出来的那些伤，都在……哎呀，不好说啊……那种地方……"女人脸红起来了。

　　"你自己留着吧，你以为我稀罕啊。"陆离俞狠狠地说。

<h1 style="text-align:center">八</h1>

　　女人正絮絮叨叨地消遣着几个人，那个侏儒打了个哈欠，从蹲着的石杖上

跳了下来。他的个子远远比石杖矮一截，只能伸出双手，还要踮起脚跟，双手才能够住石杖的顶端。现在他就是这样，够住石杖的顶端，然后用力不停地往地里塞。

每按一下，那根石杖就往地里插深一截。奇妙的是，石杖每矮一截，侏儒的身高就往上长高一截，他的手臂也往上延长一截。这样一次次地进行下去，等到石杖完全没入地面，只剩下个杖头露出来的时候，他的形体看起来就像一只高壮长臂的人猿。

女汨几个人看得目瞪口呆，陆离俞刚看到他的时候，侏儒的身段还让他心生侥幸，打个侏儒应该没什么问题，现在只觉得两手冒汗。完了，他想，这都是啥地方的妖人啊……

人猿男直起身来，冲着仆妇喊："算好了没有？不管你怎么算，其他的随你，这个女人一定是我的。"人猿指了一下女汨："我有地气，她有贵气。"

话音还没落，女汨就冲了过去。刚才被女人消遣已经让她满心恼怒，现在又被人指着，跟点菜一样，她哪里受得了这个，何况还根本算不上是个人的东西……她一跃而起，一把青铜长铗直扑人猿男的面门。

人猿男别看个头高猛，腰身却很柔软，顺着铗势，他的上身向后一仰，下身连同两条腿却像扎在了地上一样，一动不动。与此同时，他的一双长臂朝前一伸。女汨如果再不收住铗势的话，就会跃过人猿男平直的上身，这样一来，她的双脚就要被人猿男顺势紧紧抱住了。

人猿男的打算应该是这个：抱住双腿之后，上身立刻弹起，同时手臂一松，已经失去了攻势的女汨控制不住，只会顺势滑下，结果就会整个地落入人猿男合臂的环抱之中。

季后见此状危急，急忙像片树叶斜飘出去，一把青铜削像一道斜风一样，斜直地劈向人猿男树根一样的双腿……最好的结果，一击之下，人猿男的双腿齐断……

陆离俞见状，心想，我也去帮一把，等到季后砍断人猿男的双腿……

"哎呀，你的腿……"仆妇尖叫一声，好像特别害怕一样，一把紧紧抓住了陆离俞。

陆离俞只觉得一股寒气从仆妇的手上传来，寒气入骨。接下来，他只能呆呆地看着眼前发生的一切，别想再动一动了。更为难受的是，仆妇立即移步上前，紧贴着陆离俞。陆离俞的耳边，仆妇裹着臭气出口，马上就来了一嘴絮叨："我这样帮他真不值，等事情完了之后，他还怪我，说我提醒得太晚，又打我……"

刚才还站在陆离俞旁边的女姁，已经退到了几步之外，像被眼前的情景吓着了一样，一脸苍白地站着。

那边的人猿男听到仆妇叫喊，知道事情不妙，要换姿势已经来不及了。片刻之间，他脚尖轻翘，脚跟贴地，向前猛力一划，身体立刻随着划出的轨迹向后一平，躺倒在地。这时，女汨的身体随着直扑的铗势冲去，刚好踏到人猿男平躺的身体上。女汨的感觉就像踏进了烂泥坑里一样，双脚立刻陷了进去。

这下麻烦了，因为后面斜削的季后的青铜削扑空之后，正在顺势过来，双脚陷住的女汨就会活活承受这阵削势的猛然一击……

片刻之后，一切都将发生。季后很想收住自己的步子，但是根本收不了。他感到奇怪，好像有人在背后推着自己一样，他的脑子里立刻想到了那个仆妇一样的女人……一切好像已经失控，青铜削还是急如劲风一样劈向女汨的后背。

女汨也知道事情不好。如果还这样站着，就会被季后削翻。她也是别无他策，哪怕下面是个烂泥一样的男人，也只有此一法了。她双手持铗，向下一扑，心想：只能忍了，扑到这个烂泥一样的男人身上，不然，就得死在季后的削下了。手上这支长铗，正好趁着扑倒的力量插到烂泥男的脸上……

人猿男一脸淫笑，刚才倒下的时候，他的手还张着，好像知道会有这么一出一样，他平躺着盯着扑下来的女汨，等着自己这堆烂泥涂满这枚明珠一样的女人的时刻……

女汨的脸和人猿男已经只剩半臂的距离了……

就在这时，女汨突然感到她的脸和烂泥脸上的距离在拉长一样，准确地说，是她的身体下落到了离烂泥脸还有半臂的距离时，好像就停住了。

怎么回事？她也来不及多想，只知道一个脱身的机会到了，虽然可能只有片刻，但是决不能错过。她双手奋力一插，把长铗深深地插进烂泥男的脸里，然后以这紧插的长铗为支柱，用力一蹬，身体向上一跃，借着蹬跃之力，身体围着这根支柱斜飞出去……

有一件事，她当时并没想到。等她飞离那堆烂泥，双手顺势离开长铗，最后跌落到几步之外的时候，她才想到这个问题：刚才季后逼在我身后的青铜削呢？我斜跃起来的时候，应该是那柄青铜削砍到的时候，我怎么会一点事都没有？

她转头看了一下季后，发现季后已经站在几步之外，也是一脸呆茫，正看着手中的青铜削。

女汨立刻恍然大悟：刚才发生在她身上的一切，大概也发生在季后身上。他斜削过来的青铜削在离女汨片刻的地方，大概也像停住了一样。虽然只有片刻，但是季后也抓住了这个机会，立刻调转了削势，由攻转收。大概当时也没想过怎么回事，等到青铜削收毕，他才开始发愣，想着：怎么回事？

九

"怎么回事？"絮叨的女人也惊呆了，顺势用力，这一下就把陆离俞捏得如同冰针刺身。

陆离俞心想完了，自己原来缠人的法力看来没了，现在轮到被女人缠了……

那个烂泥一样的男人开始起身。女汨的那把长铗还插在他的脸上，他也不管了。他的脸就顺着笔直的长铗，像一个圆环顺着木杆上套一样，最后随着身体一道直立起来。比较瘆人的是他的脸上，长铗刺透的一个铗柄孔还留着，就在脑袋的正中。看来他也不想弥补了，因为刚才发生的一切让他很是恼怒。

"动兵器，快动兵器……"仆妇使劲撺掇着，捏住陆离俞的力道还在继续，陆离俞只有继续倒霉了。他想，难道我一点法力都没有了……

人猿男还真听这套，他走到自己砸进地里的石杖那里，抓住石杖的柄头往上一拔。

陆离俞开始以为这一拔会把整个石杖都拔出来，没想到拔出来的东西比这惊艳多了：一把东洋武士刀。

在日本幕府电影中，那种弯长的造型，他多次见识过。出现在这个场合，他连浑身刺骨的寒冷都忘了，居然跟身边的仆妇套起话来了："这是他的兵器？"

仆妇点点头："我最怕他这个了。每次他一拿出这个，我都只能听他摆弄。他真是能玩啊，玩起我来，真是一天一个花样。都不知道那花样从哪里学来的，我想都想不到。"仆妇脸上一脸受虐的幸福。

陆离俞也没工夫去领略了，继续问道："他从哪里搞来的？"

仆妇一脸嗔怪："随身就有的。我跟他一同起来的时候，他的身边就有这东西。"

人猿男玩起武士刀来，也完全是东洋风味。他双手持柄，倒提着弯刀，朝季后冲过去。刀尖擦刮着地面，发出裂石一样的巨声。季后慌忙提削相迎，几下过后，就显出弱势了。

陆离俞的伪学者经历中，曾经结识过几个比他还伪的学者。他管这种人叫真伪学。真伪学的特点是兴趣广博，擅长东拉西扯，还能扯得头头是道。

其中一个专门研究明朝抗倭史。据他说，明朝抗倭初期一再失利，重要的一点就是各自冷兵器的差异。

中国的兵器是刀剑，特点是单手持柄，看起来好像灵活，其实实战起来，弱势明显，因为一旦进攻起来，防御就会成为问题。能够及时防御的，只有半身，就是持着刀剑这侧的半身，另外半身则暴露在敌方进攻的范围之内。这样一来，势必就会影响到进攻。单手持柄只能侧身进攻，以减少身体暴露在敌方攻击的范围。但即使这样，在进攻时，也会不得不时时顾忌身体的另外一半。

如果敌手只有一个，还能勉强对付，如果敌手有两个，或者两个以上，那就算完了，基本上是攻不成，几下之后，只能拼力死守了。

倭人用的是双手持柄的弯刀，看起来笨拙，但是只要周身一划，基本上就能防护全身。所以，他可以采用正面进攻的方式，一点也不用担心身体会有顾及不到的部分。即使对手不止一个，也不用太担心，刀随人转，人随刀转，基本上就能把指向身体各处的进攻一一阻断。

以侧面打正面，肯定彼此能用上的力量差上了一倍。所以早期抗倭，明军几乎每战必败。

后来的戚家军之所以会取胜，除了其他原因之外，从兵器上来讲，是戚继光发明了一种东西，一样可以抗衡的防御工具，就是圆形藤牌。藤牌虽然没有改变侧面进攻的劣势，但是扩大了防御的部位。刀剑加上藤牌，几乎全身都会受到保护，这样单手持刃的灵活性就体现出来了。

最后，戚家军就是靠这种灵活性战胜倭寇的。

十

季后现在缺少的就是一块藤牌。他的身形较为清瘦，历次对敌都是以轻灵见长，能够得利的原因也就在于，对方所使用的兵器大多不适合防御，他的轻灵就有了发挥。但是在人猿男这种重猛长器的攻击之下，他不仅一点进攻的机会都找不到，反而时时得提防自己被攻击。几下之后，他基本上就只能处于守势。

已经缓过劲来的女泪见此情状，赶快提着自己的冷兵器冲了过去。

人猿男一刃正从季后的身前斜劈下去，空出一个大后背。见此良机，她自然不想错过，一把长铗直刺人猿男的后背。长铗还没及身，人猿男已经察觉到了。这时，他的刃尖已经及地，就顺势一挑，一块地上的碎石就被挑起，狠狠地砸向冲来的女泪。女泪慌忙一退。等她立住脚的时候，人猿男的长刃已经逼来。长刃一封，女泪又是一退。这一退，就退到了和季后平列的位置，随后，两人就一起处在了人猿男的刃锋之下。

对季后来说，这一下麻烦更大了，因为他还得时时担心这个不知轻重的长宫的安全。

打到这个时候，态势已经很明显了。季后和女泪一道，只能勉强抵御人猿男的进攻。几下之后，人猿男已经到了予取予求的地步。看他进攻的样子，倒是不急着收拾女泪，一心想着先把季后给弄倒。

但是，就在人猿男的刃锋已经将季后逼到无可退避的时候，好像他的刃势总会变得有片刻的迟缓。也就是这片刻的迟缓，让季后能从容脱身，然后反手一击，逼得人猿男从头再来。

人猿男连挫几次，越发恼怒，攻势越来越猛。但是不管他攻势如何猛，同样的事还是会一再发生。人猿男终于有点觉悟，趁着一刃封住季后的时候，回头狠狠地看着那个紧紧拽住陆离俞的仆妇。

"他这是想叫我帮他呢，凭什么啊？平时对我又不好。"仆妇的金鱼嘴已经很凸了，这个时候又往前噘了一寸，长得像刚含了一截完整的香蕉。陆离俞的手里要是有把刀子的话，这时一刀劈去，准能把嘴皮连同含着的香蕉切个完全。可惜他已经被仆妇的寒气逼得全身发硬，一点力气都没了，心里只想着一件事，再这样冻下去，不用仆妇动手，他自己就会像块冰一样碎掉。

人猿男的狠光又射了过来，搅得仆妇春心起伏，又抓住陆离俞商量起来："我还是去帮他一把吧，现在的日子也不好过……他也有他的难处，我这人有时候脾气也太怪了，就爱瞎唠叨，就是招人嫌。你这人不错，跟你聊了这么久，你倒没什么不高兴的……我倒是不指望以后他会感激我，以后还想打我的时候，他要是能念着今日，我也就没什么好抱怨的了。你说，对吧？不过，他是指望我做什么呢？去帮他干掉那两个人，好像没这个必要啊。"

说到这里，仆妇痴呆的目光好像突然凝结住了。她的脸上是发现了什么端倪的表情，随即恍然大悟起来："哦，有人在捣鬼，他每次的死招都被人放缓了，他想叫我除掉这个人？这个人是谁呢？"

说到这里，她看了看陆离俞，这是一种重新打量的眼神。

陆离俞忍着全身的刺痛，笑着迎对仆妇的眼神："你觉得我像吗？"

仆妇没理他，她的眼神现在已经截然不同于刚才絮叨时的眼神，变得狠厉起来。这种眼神离开了陆离俞，投向站在另外一边的女娲。

女娲的注意力根本不在陆离俞这边，她一直注视着与人猿男搏杀的那两个人。陆离俞被仆妇紧紧抓住的时候，她看上去没有一点在意的样子。陆离俞觉得这很自然，她担心的人肯定是季后了。只是她脸上的那种沉静让陆离俞觉得有点奇怪。一般这种情况下，像女娲这样娇弱的女子，遇到这种情况，应该是一脸惶急。他想，也许是一路历练，这个看似娇弱的女子才有了这样的承受力。

他想起一个画面，那是在苍梧城的少司祠里，女娲一个人躺在一堆玄溟士兵的尸体里，身边还躺着一个巨人一样的启。从那时的女娲，到现在的女娲，真的是截然不同。

他还来不及多想，因为仆妇紧紧拽着他的手突然松开了，身体已经对准了女娲，准备冲过去。仆妇看来已经认定了是女娲在作怪。陆离俞心想：这怎么行！我一个男人都会被她捏得半死，这双劳动人民的大手到了女娲身上，后果如何，真不堪设想。

他一伸手，抓住了准备离开的仆妇。

"干什么？"仆妇有点吃惊地问。

"你搞错了，问题不是出在她身上。"陆离俞指着前面正在搏杀的那几个人说，"我刚才看了那么久，也算看清了一点，那个人猿男，唉对了，忘了问你了，这个人猿男叫什么名字？还有你，跟你聊了这么久，还不知道你叫什么？"

他这样一问，仆妇看样子又高兴起来了，话痨的表情又到了脸上："我还以为你不想知道呢。我叫马腹，那个男的，"她指了指那个人猿男，"他的名字叫犀渠。"然后她回过身来，看着陆离俞，一脸痛惜的表情："怎么跟你聊这些？我先去把那个女的除掉，待会儿再来跟你继续聊。"

陆离俞连忙又抓住了她："马腹，唉，真不知道，你们这里是怎么称呼美女的，叫妹子吗？"

"美女，妹子？"马腹欣喜地点点头，"这个名字好，你叫我妹子吧。"

陆离俞赶忙说："马腹妹子，你搞错了。那两个人都是地炼门的，地炼门都有气御之术，所以那个叫犀渠的怎么砍都砍不进去，跟那个女孩子没什么关系。"

"你以为我傻啊？"马腹说，"地炼门的气御术，我不是没见过，根本不是犀渠遇到的这种。要是气御术的话，犀渠的刃势不会减缓的，会被硬弹出来。你看现在，犀渠一到紧要的部位，刃势就会变缓停滞。这是什么招数，我还真不知道。不过，肯定是那个女的搞的鬼。你等等，我去废了她，回来再跟你聊。"

"别忙。有件事我还想问你一问。"陆离俞正想继续用话拖住马腹。还没开口，他体内的变化让他突然一惊，因为那种一直折磨着他的寒气好像这时开始减弱了。准确地说，不是减弱，好像是被体内的什么东西吸住了一样。

他猛然想起了一件事，他自己的体内，一直有着两条蛇。

离开苍梧城的时候，他想用缠术缠住一个尸鬼。那条尸鬼不仅没有被缠，反而在他眼前蜕变式地显身，成为一条人身蛇样的怪物。那时，他就以为自己体内的蛇性已经消失殆尽，当时还有点惋惜，虽然不是那么想要的东西，但是跟自己处了这么久，多少还是有点感情。随即又轻松起来，心想，丢了倒好，要是体内一直有这么一个东西，以后还怎么正常地生活？

那时，他以为体内的两条蛇就这样都没了。现在，随着体内那股寒气的运转变化，他才猛然意识到，走的只是其中一条，另外一条一直沉睡着，现在被源源不断地进入体内的寒气唤醒了，正在像磁铁吸住铁粉一样，不住地吸着冲向他体内的种种寒气。

我体内的另外一条蛇复活了，他想，我难道又有异能了？

十一

"你想问什么？"那个马腹对聊天的热爱已经超越了一切。另外一个原因，是她确信犀渠能够彻底打败那两个人，只是时间问题。至于犀渠遇到的那种缓术，她也不怎么相信会是前面另外一个女人所为。她之所以要冲向那个女人，只是因为她跟陆离俞聊天聊得有点闷了，一心想换个花样而已。没想到，她刚一迈步，陆离俞的话又让她停住了脚步。既然可以再聊聊，那就再聊一会儿。没想到陆离俞的话却在这会儿断了，这一下，轮到她发急了。

"你到底有什么要问的，还不赶快问？"

"你说，你从一个地炼门术士那里知道了什么叫作气御之术？那我想问的，就是这个。这个地炼门术士叫什么名字？是不是叫黔茶？"陆离俞说这话纯粹是为了拖延时间，因为他感觉体内又有了变化。那股被吸进某个地方的寒流，现在又突然从那个地方流了出来。这次流出来的寒气好像有点不太一样，它好像是被某种更具毁灭性的气流驱赶着往周身的穴道里灌注一样。

他这时脑子里想起的，竟然是很早以前看过的一个关于广岛原子弹爆炸的纪录片。

那里边提到过收到广岛核爆炸冲击波影响的周边地区，民众普遍都会吸入一种毒气。这种毒气后来导致了周边居民的各种病变。病变的居民后来一一死去，死后的遗体，大多进行了严格的医学解剖，结果发现其中有一种奇特的症状。

里面的内脏就像是被活活地冻僵了一样。解剖实验人员用锤子一砸，居然能把内脏砸成粉状，几乎片刻之后，这些粉状物立刻化成了黑色的污水。实验人员将这些黑色的污水收进一个塑料袋里，密封，准备进行进一步的化学分析。结果，第二天，当他们打开储存这些污水的冰箱的时候，他们发现冰箱里只有冰冷的污水袋，那些黑色的污水已经不见了。

现在他体验到的，似乎就是这种东西。他体内的一切正在变成僵硬，取出体外之后，似乎一砸就会变成粉末，随后成为黑色的污水。他开始绝望。这时，他就像溺水的儿童一样，紧紧抓住身边可以抓住的一切，包括那个他最觉得厌恶的劳动妇女。

他的手紧紧抓住仆妇，开始发疯一样地问道："是不是黔茶？是不是黔茶？"

"哎呀，干吗拉拉扯扯啊？我知道他是谁啊。"马腹开始还以为是陆离俞在搞怪，正好借此来玩弄点女人的风骚，虽然她的风骚和泼妇冲街一样，都是让人退避三舍的境界，但是一有机会，她还是不愿错过。几下拉扯之后，她才发现情形不对，她原来一直向陆离俞灌注进去的那股寒气，好像开始慢慢地回到了自己的体内，而且来势猛过去势，一旦冲入她的体内，立刻开始猛烈地吞噬着体内流经的一切。

"你这玩的是什么？"马腹怒骂一声，猛地一掌劈向陆离俞的脖颈，就像泼妇撒泼，找准了一个生性怯懦的男人一样。陆离俞硬生生地挨了这一巴掌。

马腹这样做的目的，倒不是像享受抽打男人的快感，而是因为她有种预

141

感，陆离俞的厉害之处就在脖颈上下升腾的东西，就是这种东西迫使他不停地问着白痴一样的问题。她这一掌狠厉拍去之后，果然产生了奇特的效果。陆离俞受不了来自脖颈的冲击，嘴巴一张，只见一股奇寒的蛇形真气直冲而出，冲向马腹。马腹猝不及防，被这股真气一冲，竟然到了几步开外。

她觉得脸上奇痒难忍，开始大喊大叫，伸出手来，在脸上抓来抓去。每抓一处，就会有皮肉脱落，粘在抓挠的手指之上。她刺痒得连甩手的空闲都没有了，即使满手的血肉也顾不上了，继续惨叫着，不停地抓到脸上，还有身上。

她的叫声也惊动了正在厮杀的几个人，还有一直站在一边的女姌。几个人吃惊地看着这里，看看到底发生了什么。陆离俞这时已经体虚力尽，只能直挺挺地躺在地上。马腹拼命地狂抓着自己，抓得自己的皮肉如同正在开工的屠宰肉厂。

犀渠见此，再也顾不上收拾面前的两个人，急忙收住弯刃，飞奔过来。

他扔掉弯刃，紧紧抱住马腹，大喊起来："你别抓了，再抓就只剩下骨头了。"马腹到了这时，已经神志昏迷，只想着痛快而已，一点也没有停手的意思。犀渠见状，立刻站起身来，捡起地上的弯刃，左右各猛力一挥，马腹的两只抓挠的手臂就从肩部被齐齐劈掉。

这下，马腹想抓也抓不成了，只能在地上滚来滚去，把自己变成正在搓衣板上揉搓的衣服，借此来减轻自己脸上的奇痒之苦。

马腹一边打着滚，一边就像被搓的衣服一样，翻滚的身体里不停地渗出黑色的污水。

犀渠叹了一口气，就地坐下，脸上的表情很是奇特，狰狞的面容，哀切的神情，加上面部正中穿透的大洞，组合在一起，情状意味，真是不可尽言。

女汨和季后面面相觑，不知道如何是好。

季后想起倒在地上的陆离俞，赶紧跑过去扶起。陆离俞这时有点清醒了，体内现在是一阵极度的空虚。等到季后扶起他的时候，他用尽周身的力气只能说出一句话："我体内的另一条蛇也走了，现在，我就跟一个普通人差不多了。"

季后听不明白，看他的样子，只好叫他不要胡说八道。

"你们走吧。"那个叫犀渠的突然说，"马腹这样了，我也没办法杀你们了。"

"要走可以。"女汨赶快问道，"我们刚才听到了两个叫声，一个像婴儿，一个像哀母，是不是你们两个？"

"怎么会是我们呢？"犀渠哀苦地看着还在滚来滚去惨叫连连的马腹，说道，"那是天婴，还有镇母。你们刚才听到的叫声，是在召唤我们两个，叫我们出来截住你们。我们没有截住你们，天婴和镇母恐怕只能亲自出动了。"

话音刚落，好像是呼应一样，婴儿一样的声音和哀母一样的应答又响起来了。

第十章

一

G局工作人员李国盛失踪的消息，在第一时间，就传到了远在美国的方秘书的手机上。

当时，他正以新华社驻外记者的身份，出席华尔街的一场新闻发布会。这次发布会的主题是介绍一家即将在纳斯达克上市的来自中国大陆的高科技公司。

这家公司一个月后就将在纳斯达克上市，召开这次发布会的目的，公开的说法是为了公开澄清关于这家公司的种种流言，以增强世界各地的投资者的信心。公司首席执行官刘春明亲自出席，并且回答来自世界各地的记者的提问。但是，熟悉华尔街流程的人都知道，这不过是一个流程而已，任何流言都不会影响到这次上市的进程。媒体界、财经界早已得知，关于这家公司的上市前景，华尔街隐藏的巨手已经全盘设定完毕。开盘一个月之内，它的股价将会达到一个峰值，半年之后，到了解禁时段，它的股价将会跌破发行价，但到年底的时候，股价又会回到发行的价位。这只是一年之内的计划，就这一年下来，隐身在华尔街的世界各地巨头将会进账数百亿美元。

这家公司的注册地是在中国大陆，但是公司股份的构成却极其复杂，真相究竟如何，外界对此一直猜测纷纭，至今没有一个定论。公司对外公开的CEO是一个华人，持有中国国籍，叫刘春明，但是已经有流言，此人实际上还拥有美国国籍。但是这一流言并没有得到任何公开的证实，而且，中国政府也从不承认双重国籍，这种流言也就只能小道流传了。

方秘书以记者的身份参加这场发布会，不是为了查明刘春明的国籍问题。他真正的使命大概只有两个人知道，除了他自己，另一个人就是老头。不过，方秘书的记者身份倒是执行得很到位。他的英语流利，专业素质过硬，遇到几个外国记者，也能就中国目前的经济态势侃侃而谈，一到关键问题的时候，也能避实就虚，一大套政策性的说辞，即使最资深的外媒记者也能被糊弄得不知所从。

"YU，你说得越多，我能明白的越少……"坐在方秘书身边的一个五十多岁的德国籍记者说道。比起方秘书来，他的英语可真是生硬蹩脚。他管方秘书叫 YU，是因为方秘书在发布会登记册上使用的名字，就是"余"字开头，和他随身携带的中华人民共和国的护照上面的名字一样。

这是在等待发布会开始的时刻。这场发布会吸引了世界各地财经界、投资界的关注，在纳斯达克数十年的历史中，中国大陆的一家高科技公司上市，还是第一次。外界都将这次事件解读为一个标志。中国大陆经济实力开始摆脱传统产业模式，进入全球化的高科技产业模式。所以，发布会还没开始，会场上已经挤满了来自世界各地的记者。

方秘书也在其中，身边坐着的正是那位来自德国的资深财经记者。他们昨天晚上在饭店的酒吧里认识的，当时聊了一个晚上。所以德国籍记者见到方秘书的第一句话，就是昨晚交谈之后的感想。

"我可以把我说过的再讲一遍，当然，在时间允许的前提之下……"方秘书用流利的英语回答道。

德国籍记者苦笑了一下，没有再说话了，他打开自己的笔记本，开始做着采访前的准备工作。方秘书也是同样。德国籍记者突然停下手上的活计，转过头对着方秘书说："中国大陆经济的崛起已经是一个定论，大概十到二十年的时间里，中国大陆将成为世界第一大经济大国，这是毫无疑问的。但我始终不能确认一点，这一崛起会给中国政府的国际地位带来什么样的影响。世界历史的一般趋势，都是经济带动责任，但这一趋势似乎又……目前，也看不到任何松动……不知道，你对这个问题有什么看法？"

方秘书正想开口，口袋里的手机铃声响了。他掏出手机看了一眼，然后对德国籍记者说了声"sorry"，就拎着一套采访套件急忙出去了。走到会场外面的时候，他打了一个国际长途，简短地说了几句，然后，招手叫住了一辆出租。上了车之后，他用英文吩咐司机："机场。"

德国籍记者留意到了方秘书离开后留下的空位，一直空到发布会快要开场的时候。他觉得有点意外。在一场重大的发布会中，这种情况很是罕见。正在此时，一个人坐到了方秘书空出的座位上。落座之前，他礼貌地对着德国籍记者一笑。这是一个完全陌生的中国男子。他的脖子上戴着一个发布会官方的入场证。他坐下之后，就打开随身的笔记本，神情专注地准备着即将开始的会议。

"YU 呢？"德国籍记者好奇地问。

陌生男子礼节性地回报了一个微笑："对不起，我不认识你说的这个人。"

二

方秘书回国之后，直接转机去了 H 城，在机场，等待他的是 G 局的工作人员，还有公安部门负责犀利监控系统的江林明，以及赵天宇。他们并没有过多地寒暄，方秘书只是简短地询问了几句，然后吩咐，他们一起立即赶往一个地方，就是失踪的李国盛的住处。

在公安部门派来的一辆小轿车上，方秘书开始询问起李国盛是怎么失踪的。江林明做了简要的说明，赵天宇负责补充。他们重点汇报的是李国盛从咖啡馆出来之后的种种细节。

"李国盛离开咖啡馆之后，负责监控的是6号。6号一直尾随在李国盛的身后。根据李国盛事前和我们的讨论记录，他说过，一般这个时候，他就会到5号公交站，乘车回家。一路上都没有出现什么意外。按照我们原先设定的计划，小李到达公交车站后，监控人员会隐藏在不远处一个僻静的地方，直到小李上车才会离开。"

说到这里，江林明看了一眼方秘书。方秘书一直闭着眼睛，好像睡着了一样。江林明想了一下，继续说道："6号一直是按计划执行，他在几百米之外的一个隐藏处，看到小李坐在公交车站上的车椅上，车椅上好像已经有了一个人，事后证明那就是死者老张，但当时6号并不知道，因为头天执行监控的，并不是他……"

"那个叫老张的死者，一直没人发现吗？"方秘书突然睁开眼睛，问了一句，问完又睡了。

回答的是赵天宇："我们查询过，110，还是派出所，都没有接到过在5号公交站发现死者的报案。我们分析，可能的原因是这条线路特别偏僻，而且发车的次数也少，一天发车大概十次，最后一次和最早一次发车的时间大概相差十个小时左右……现在是秋冬季节，尸体发出气味的时间要到两天后。大概就是这个原因，即使有人在车站等车，应该也不会注意到坐在座椅上的是个死人……死者生前是秃顶，所以出门都戴着帽子，死者的头当时是低垂的。大概就是这顶帽子，遮住了死者的面容……"

"李国盛第二天出门，走的不是同一条线路？"方秘书突然睁开眼睛，又问了一句。这次问完之后，他的眼睛就再也没有闭上了。

赵天宇摇了摇头："经过5号公交站的是一条单程线，只有一路车，李国盛回去的时候才会乘坐，平日上班、进城，乘坐的都是另外一条公交路线，那条路线并不经过5号公交站……所以，第二天，我们负责监控李国盛的人员，一直没有机会发现这个情况：头天看到的一个人，第二天还是原封不动地留在了5号公交站……"

"敌人真狡猾。"方秘书突然来了一句20世纪70年代的敌特片常有的台词。江林明和赵天宇对看了一眼，不知道该不该笑一下。正在犹豫的时候，方秘书自己先笑了："我小时候看过大量的国产敌特片，最喜欢的就是这句台词，总想着什么时候能用上一回。只是我现在还不清楚敌人到底是谁，李国盛，好像挺勉强……哦，对了，我们还要开多久？"

"大概还有半个小时吧。"江林明说，"过了前面的收费站，就快了"

"那好，"方秘书说，"我们还可以再聊会儿。接着刚才那个话题，李国盛失踪前是一个什么情况？刚才聊到，6 号跟踪人员跟着李国盛来到了 5 号公交站，然后看着李国盛上了一辆开来的公交车……后来呢？"

江林明于是继续说道："按照规定，在李国盛上车之后，负责车内跟踪的便衣会发一条短信给 6 号，告诉他，目标已经顺利交接，监控顺利进行，6 号这时才可以正式撤了。但是，那天情况却有点异样，车开出很远之后，6 号还是没有接到车内便衣的短信。他觉得有点奇怪，便主动发了一条信息给车内便衣，询问是怎么回事。片刻之后，他得到了回复。就是这条回复，让他知道出了意外……"说到这里，江林明停住了，伸手朝公文包里摸了起来。

"他得到的回复是什么？"方秘书没听到下文，急着催促了一句。

"方秘书还是自己看吧。"江林明递过来一张他刚从公文包里找到的打印纸。纸上有一行打印出来的字："我正在车上，这样的信息，请不要随意乱传。"

"后面那句，是我们和李国盛约定的一个暗语。当他收到不明短信的时候，回复时，就用这个暗语，能启动周围的监控系统，对准发送短信的人。这件事，只有李国盛知道。"江林明说道，"后来查明，这条信息的确是发自李国盛的手机，但是奇怪的是，事后我们查明，李国盛失踪的时候，手机并没有带在身上，而是放在家里电脑的旁边。"

"当时，6 号监控就觉得出了意外？"方秘书问。

江林明点点头："他还没能确认，正在判断情况的时候，又收到了一条短信，只隔了一两秒的时间。这次发来的，是我们安排在车内的便衣，他告诉 6 号，自己乘坐的公交车还在路上，离 5 号公交站还有几分钟的时间……他这时才知道情况不妙……"

"我明白了。"方秘书点点头，"结论是，李国盛是被一辆神秘的公交车带走，然后彻底失去了踪影。"

三

半个小时之后，几个人终于来到了李国盛的住所。李国盛住在四楼，上楼之前，方秘书问了一句："现场没有破坏？"江林明点点头："按照你的要求，一切都是原样。"方秘书点点头，几个人上了楼。李国盛的住处作为现场，已经被严密看护起来。门口正站着两个公安，他们的身后是一条拉起的警戒线。

方秘书弯腰越过警戒线，走进李国盛的房间里。里面的摆设看得出一个生活接近单调的人才有的居室风格，看来李国盛除了工作之外，几乎没有任何业余爱好。房间里的摆设，除了必备的家具电器之外，几乎没有任何多余的东西。方秘书简单扫视了一下，然后问道："那台电脑呢？"

"卧室里。"江林明说完，领着方秘书进了卧室。卧室里，靠窗的桌子上，果然有一台国产的台式电脑，电脑还处于开机状态。电脑的旁边，放着一部手机，就是江林明交给李国盛的那台手机。方秘书拿起那部手机，看了一下，手机还停留在短信已发送的画面。

"那条短信是怎么回事？查清楚了吗？"方秘书问。

"查清楚了，"江林明说，"是电脑里设定好的，利用 WIFI 来操控手机，进行发送。"

方秘书问："这条信息是发送到你们 6 号的手机里面的，而且是在你们 6 号发送了查询信息之后。现在问题来了，李国盛是怎么知道 6 号的手机号码的，还有 6 号那时发送的信息内容的？"

江林明脸上有了尴尬的神色，这时，敢于承担责任的只有赵天宇了："这是我们的疏漏。这次行动的所有人员的手机都装上了同样一个定位软件，大概就是这个定位软件，让 6 号的手机号码被泄露，同时也能监测 6 号手机发送的信息……"

方秘书点点头："理论上，这是有可能的。问题在于，这样一来，只能证明李国盛的身后还有隐藏着的人。我跟李国盛聊过，他并不精通这一方面的知识，没有人传授他不可能进行这类高技术的操作。估计，老张的死、李国盛的失踪，还有那辆神秘的公交车，都同这个隐藏的人有关……"

赵天宇点点头："我们也是这样想的，我们已经拟了一套方案。这是我们的方案……"说着，赵天宇从公文包里掏出一张打印纸，递给了方秘书。方秘书接过打印纸，认真地看了几分钟，然后抬起头来，笑着说道："方案倒是很详尽，可是，少了一样。"

"少了什么？"江林明赶快拿出纸和笔。

"打游戏。"方秘书指着那台电脑说，"按照你们的计划，这个叫《悬灯器盟》的游戏，李国盛已经打到第六关了，还剩最后一关，怎么样？……有没有兴趣打通它？"

江林明和赵天宇的答复是对看了一眼。方秘书见状，自己就坐到了电脑面前："麻烦两位守在我旁边，高度警戒，说不定，第七关一过，房间里就会出现真正的凶手的身影，那可省了多少事……那边两个沙发，你们去那里等着吧。"方秘书说完，就专心致志打起游戏来了。

江林明和赵天宇对看了一下，只好坐到方秘书指定的两张沙发上去了。

从他们所在的位置，他们只能看到方秘书沉迷游戏的神情，开始是一脸专注，后来又皱起了眉头，然后脸上又出现了游戏迷才有的狠劲。不知道游戏里的哪个部分激发了斗志，他的双手在键盘上啪啪地使劲敲打，然后突然又是一阵沉默，好像在思考着一个解决的方式……

这种状态持续了大概一个多小时，方秘书长嘘了一口气，看样子是找到了他想找到的东西。江林明和赵天宇对看了一眼，彼此都有一个不能出口的问题："这个很简单的游戏，他怎么打得这么费劲？"江林明动了动嘴，正想开口，方秘书转过身来，笑着说："刚才才想起来了，你们那个方案里，还少了一样东西……那辆带走李国盛的公交车，到底是何方妖器？最好也能查个明白……不过，该问谁呢？"他想了一会儿，突然站了起来："想起来了，有一个人好像跟我提起过这事，我们现在就去找他……"

"找谁？"江林明赶快问。

方秘书回忆了一下："好像叫周志平，你们应该知道这个人，三天子陵数据处理中心的工作人员，就是陪着你们进入三天子陵的那个人。上次到G局开会的时候，他也在场。会议结束之后，他在过道上，跟我聊起过一件事……你们这里流传很久的一个传说：一辆时不时就会出现的鬼车……"

四

对G局小李的通缉令已经下达到全国各省。通缉令上的文字很简省，只是简单提到了李国盛的年龄、身高、相貌、体型、语音等特征，至于他涉嫌的罪行，则一字不提。通缉令制作好之前，先印制了数份，用于领导审查，其中一张就到了G局局长的手里。

局长坐在自己的办公室里，握着这张通缉令，看了又看，最后叹了口气，抬起头来，对着坐在自己前面的两个人，说道："我到现在还是不肯相信老张会是小李杀的，一点征兆都没有。"

局长虽然是办公室的主人，但现在面对的这两位，级别都比他高得多，所以他让出了原来自己的位置，给了级别最高的那个人，自己低调地坐在用于会客的两张沙发中的最偏的那座，靠里的那张就让给了另外一个人。

这两个人中，一个人就是那次会议中出现的老头。局长对他的称呼是一号首长，至于他姓什么、叫什么，已经超出了他的级别能知道的范围。他只知道一件事，一号是本系统真正隐身的实力人物，其他能够出现在台面上的人物，都是为了让他能够隐身而设置的，本系统内部的重要安排起源于他的指令。他不属于本系统的任何一个级别，而是直接对最高层的几大常委负责。这样的身份意味着，一旦他出现在某个场合，那就只有一个可能……

另一个人就是方秘书。在G局局长看来，他的身份的神秘性并不亚于老头。很多时候，老头并不出面，而是由这个姓方的人代行其职。就从这一点来看，基本可以明确，他在这一系统内的级别虽然不高，但是地位却很特别，有些阴损的人因此暗地里把他叫作东厂总管。局长每次风闻到这种议论，都只好装作没有听见，但也会克制不住一种内心深处隐约的畏惧。

现在，这两个人都出现在他的办公室里，局长体会到的就是双重压力。

他对老张的突然遇害深感意外，哀痛还在其次。这种事也不是他第一次遇到，哀痛感慢慢地有点淡化麻木，现在令他彻夜难眠的，只是这些案件的意外性质。从海洋工程二所两个邪教分子神奇死亡开始，到现在，不仅没有一个清晰的线索，反而越来越纠结，现在居然扯到了绝密的数据处理中心……局长心再大，也扛不住案件发展到这个地步所带来的巨大……

他曾经设想过这些案件破解过程中的各种意外，但是从来没有想到这个：小李会杀死老张。

小李和老张共事了很长的时间，相互的配合一直密切，虽然由于工作性质的原因，两人私下应该没有什么交往，但这并不妨碍两人工作关系的和谐，而且，正因为两人私下没有任何交往，因此也就更不可能是出于什么私怨，导致小李乘着这个机会除掉老张，然后乘机逃脱。

局长现在对这件事的唯一答案就只剩下了一个：撞了邪了。这件案子，还有它牵涉的其他案子，都是一样，邪气森森。小李如果会拿起枪杀人，大概只有一种可能，就是撞了邪了。但他不敢把这个想法说出来，因为不知道坐在这个办公室的另外两位对这个案子有没有个什么定论。

"我们也不相信。李国盛同志会杀死自己的一个同事。"说这话的就是方秘书。老头正在埋头查阅他要求各部门送来的关于这次调查的材料。

方秘书到达 H 城，在 G 局和公安部门的配合之下，调查了一个星期之后，老头才空降而来。局长心想：这大概是应方秘书的邀请，估计姓方的调查已经有了一个结果，所以才会把老头搬来，准备做出结论，然后确定下一步的计划。

老头人还没到，先发了一道命令，先下通缉令，然后，就是第二道命令，各部门把相关的调查材料送到 G 局，他要看看。第二天，一堆相关的材料送到了 G 局。老头带着方秘书走了进来。

五.

"我们只是觉得事情没有那么简单。"方秘书接着刚才的话说，"据我们调查的当初的情况，当时小李和老张坐在一起，一起坐了大概有十分钟的时间。当小李离开，准备上车的时候，负责跟踪的同志看了一下手表。这是工作程序，他要记住他离开跟踪对象的时间。依据这个时间，基本就能确认，老张就是死在他和小李共同坐在长椅上的这段时间。也就是这一点，让我有了一个判断，小李不太可能是真正的凶手。"

"为什么？"局长听不明白了。

149

方秘书说："试想一下，如果小李真有除掉老张的打算，不可能不事先想到这个时间会让他有最大的嫌疑。这种时间的选择是不明智的。所以，我更趋向于这样一种假设：小李是在被迫的情况下，对着老张开枪的。"

局长"哦"了一声，总算有了一点轻松的感觉。他看了看老头，他想确认下，方秘书的这个论断仅是他个人的看法，还是老头也认同。老头没有说话，还在继续翻看材料。

局长把目光移向方秘书。

方秘书继续说道："那么小李是受谁的逼迫？从我们开始监控小李的时候起，几乎没有一个细节能逃过我们的监察系统，他接触过的人、他所接触过的所有通信设备，我们都没有发现任何能够形成指令，指令小李去开枪的东西。在这种情况下，这个问题就显得很费人折磨。如果有人想要指令小李去做这样一种事的话，那么，这人是谁？"

办公桌上传来一阵摸索的声音，老头正用手在桌上翻来翻去，一脸着急的模样。那副样子弄得局长都很紧张，看看老头的样子，大概再找不出他要找的东西，他马上就会发火了。

方秘书看到这个样子，笑了一下，问局长："你不抽烟吧？"

局长摇了摇头，同时一下子就明白了，老头找来找去是在找什么。

老头自从进办公室起，一直就没抽过一支烟。局长开始还以为是情况紧急，老头连烟都忘了抽了。现在看来，真实的原因是老头忘了带打火机了。这可要了老头的命。

局长赶忙站了起来，说道："我去叫人弄一个打火机来？"

老头叹了口气，摇了摇手，说道："算了，偶尔不抽也没什么事。我们还是抓紧时间讨论下案情。"他看了一下手表，然后抬头说道："刚才，你们送来的材料，我已经大致看过了。现在我们来讨论下这个案件的一些关节点。第一个问题，也就是刚才方秘书说的，如果假定小李是被逼迫的，你觉得这个逼迫的人是谁？"

方秘书也看着局长，局长感觉自己像是在应职面试一样。他想，我哪里知道是谁，都是你们两个在这里瞎猜，我还想知道你们这样瞎猜，到底是出于什么目的呢！不过这些话，他只能一个一个字地往心里咽，嘴上什么也不能说，只好做出一副闭目苦思的样子。思考了一会儿之后，他才说道："我倒是也曾想过这样一种可能，但是总觉得有歧义之处。如果有人逼迫小李去干这种事，目的何在？按照一般的司法学原理，在推测犯罪行为的时候，没有目的的行为即不具有衡量的资格。所以，虽然我有这样的一个想法，但是我很快就放弃了，不能把它视作一项合理地进行下一步推测的出发点。"

方秘书笑了一下，大概想象不到，看似粗粝的局长居然说出了这么书卷气的回答。他取下眼镜，掏出一块绸布片，搓了搓。在这一过程中，老头一直盯着他。等他擦完之后，老头才问他："你对这事有什么看法？"

局长有一个奇特的判断：取下眼镜的方秘书样子要强悍得多，眼镜好像成了他最有效的伪装方式之一。戴上眼镜之后的他，就是一脸的中和之气。

"如果从概率学来看，很多犯罪行为都是没有什么明确的目的性的。"方秘书说，"但是，我们这一次面对的情况，我认为，不知道局长会不会同意，小李肯定是受人逼迫，才会去做这样的事。理由在于，小李事后的举动很奇怪。他没有躲避起来，而是继续执行我们预定的监控方案。如果不是有人逼迫，按照一般的犯罪逻辑，在凶案犯下之后，凶手第一件要做的事，就是尽快将自己藏起来。但是，小李却没有，第二天依然公开露面，继续处在我们的监视之下。这种违反一般的犯罪逻辑的行为，肯定隐藏着什么。"

"隐藏着什么？"局长听得一脸雾水，老头却兴趣十足地看着方秘书，好像他要讲的就是他一直想讲的一样。这种眼神让局长越发畏惧，他想，老头是不是被这个姓方的给迷魂了，怎么这么信他？看他的眼光就跟看自己的亲生儿子一样。

方秘书这时已经擦完了眼镜，举起来看了看，然后重新戴上："那么，真正的逼迫者是谁？"

"是谁？"局长有点犯上一样，极不耐烦地问。

六

方秘书倒不慌张，反倒是劝起局长来了："我们倒是有个推测，但是还不清楚李国盛同志为什么会被他们选中。其中的究竟，大概只有找到李国盛的时候才会明白。但是，我们估计应该和我们一直在追查的这一系列案子有关，海洋工程二所先后发生的两件疑案，三天子陵的密室凶杀，还有老张被杀，李国盛失踪……都有可能和这个逼迫者有关……"

方秘书说着，从自己的公文包里掏出一个平板电脑，飞快地刷了几下，然后递到局长面前："这个你应该很熟悉吧？"

局长看了一下，平板电脑荧屏上是一个游戏的开机画面，占了画面一半的就是一个身披重甲的巨乳萝莉："这不就是那个叫什么《悬灯器盟》的游戏吗？我们已经叫人找专家测试过这个游戏了，并没有发现这个游戏有什么特别。"

方秘书点点头，说道："我们开始也不觉得特别，就一般的游戏玩家来说，都会觉得这个游戏过于简单。这种简单反而会让人生疑，尤其是游戏产业发展到现在这个阶段，盈利的基础就在于游戏的复杂性、挑战性。有人竟会去做一个看起来毫无挑战的游戏，就显得非常奇怪。"

方秘书说到这里，从自己的公文包里掏出一份打印材料，递给了局长：

"这是我们调查来的这个游戏的设计公司的材料。它是注册在一个太平洋岛国的。这个岛国，你可能不太熟悉。但是，在国际刑警的档案局里，这个小岛国却很出名。它的主要收入就来自公司注册费用。"

"我还以为是旅游呢……"局长把手中的平板电脑放到茶几上，接过材料，一边翻阅，一边说道。

方秘书笑了一下："那只是个幌子。一般来讲，世界各地的公司都愿意在它那里注册，因为能享受各种各样的免税政策，尤其是新兴公司。但这仅仅只是表面现象，更重要的，引起国际刑警高度关注的一个现象是，由于简便的注册手续和免税政策，它正在成为各种非法产业、犯罪集团的洗钱场所。"

"在哪里？"局长急急地问，好像他有一笔黑钱，正愁没地方去洗一样。看到方秘书一脸惊异，他赶快解释了一句："我是说，在材料的哪个部分？太厚了，我一时找不到……"

方秘书想了一下："我记得是在第 87 页……我继续说，一旦在那里成立了一家公司，并且虚设了一个合法的产业项目，大部分非法的资金就会变成合法的收入。这在犯罪分子的所在国，几乎是难以勘查的，因为一旦在这个岛国注册了公司之后，它就进入这个岛国的主权管辖和保护的范围。从国际法的通则来说，其他任何国家如果要对这家注册公司进行任何查询，都会引发国际上的主权纠纷。不过，最近该岛国迫于压力，也开始加入国际刑警组织，成为国际刑警的合作方之一。但是所谓道高一尺，魔高一丈，随着对公司注册监管力度的加大，一个新兴的产业就在那个地方产生了，就是帮助所有非法资金转移资金的产业。"

方秘书伸出手，把茶几上的平板电脑朝局长那里推了推："设计这个游戏的公司，应该就是其中之一。这个游戏的真正目的，很有可能就是用于非法资金的转移。"

七

他这样一说，局长也有了兴趣，开始看着放在茶几上的那个平板电脑，上面正好是一个注册页面。注册的几栏周围，是一个辣眼的巨乳萝莉，杏目怒睁地看着局长。局长不敢多看，抬起头来问道："按照方秘书所说，这是一个转移非法资金的软件，问题在于，它是怎么转移非法资金的呢？"

方秘书说："秘诀就在这个游戏之上。要把这一点解释清楚，需要完成整个通关游戏，并且详细解释其中的程序原理。但是由于时间关系，我们不太可能做完这些。我们只能把我们以前完成的，以截图的形式告诉你。大概在第 180 页，那里有两张截图，上面是开始时的一张截图，下面是通关结束后的一张截图。你发现什么区别没有？"

局长看了一下，两张截图并没有太大的区别，同样都是巨乳萝莉，唯一的区别就是通关结束那一张比开始时的那张页面上的注册栏目的地方，这时变成了一句祝福语："恭喜您，您已经成为本游戏的第 13007 个通关者。欢迎再次光临。"

局长看了一遍，实在不太明白这样的一句话里有什么特别的含义。他抬起头看着方秘书，摇了摇头："我真是不太明白这句话里有什么奇妙之处。一般的游戏到了结束的时候，应该都会来这么一句吧，看来也不算稀奇。"

方秘书还没开口，老头突然站了起来，叹了口气："算了，我还是去买个打火机吧，实在忍不住了。"说完，他就像阵风一样出去了。局长心里一哆嗦：老头忍不住的，会不会除了烟瘾，还有我？

方秘书兴致勃勃地看着老头离开的身影，然后转过头来，对着局长摇了摇头："在我们看来，这里大有稀奇。我们开始也没有发现这一点，因为我们一直认为游戏关卡的设定是破解整个案件的关键，所以，我们对每一道游戏关卡、每一个细节都进行了严密的分析，结果没有发现其中的细节有何独特之处。就在我们几乎快要放弃的时候，一个人突然发现了一个反常的现象。"

方秘书说着，指着局长翻开的材料上的第二张截图，也就是通关游戏结束时的那张截图："反常的地方，就是在这个截图的数字上。第一次打的时候，上面出现的一句话是：恭喜您，您已经成为本游戏的第 130007 个通关者。欢迎再次光临。这里有个数字 130007，看到了吗？"

局长脑子里还有老头刚才气冲冲地离开的身影，他一脸苦闷地说："看到了，我真的不觉得这个数字有什么特别……"

方秘书伸手拍了拍局长的肩膀："一个数字是看不出异样，要跟其他的数字合在一起，才能看出端倪。你翻一页，那里也有张截图。这是他第二次打通游戏的时候出现的画面，上面也有几乎同样的一句话：恭喜您，您已经成为本游戏的第 129868 个通关者。欢迎再次光临。你发现问题了吗？"

局长恍然大悟："第二次打通的时候，画面的数字应该比第一次更大啊，现在的数字反而更小了？"

方秘书点点头，还是一脸镇静地说："当时，他也发现了这个问题。他开始还以为自己搞错了。于是又玩了几次，直到他最终能够确认，游戏的最后页面，显示出来的通关数字并不是真正的通关人数数字，而是随机性的一个数字。于是问题就来了，局长想想，为什么要这样设计？"

方秘书耐心地看着局长。局长警惕地看着门外，老头还没回来，局长赶快靠近方秘书，好像怕人听见一样，低声催促道："我真不知道，还是你说吧。"

方秘书伸出手指，指着截图上的那句话："关键在这句话上面：欢迎再次光临。汉语真是奇妙，他这一次再去看这句话的时候，终于明白了这句话的真正含义。"

局长听到这里，立刻恍然大悟。他也不笨呢，只是刚才有点纠结于整个案子涉及自己局里的麻烦之处，所以脑子里容不了别的思考，现在被方秘书步步引导，一下就开了窍，局长的位置岂是白混的："哦，我明白了，彻底明白了。欢迎再次光临的意思是指，游戏者重新回到登录页面，刚才通关页面显示出来的数字，现在成了注册密码？"

　　方秘书点点头，在平板上划了划，平板上出现了第四张截图："这是我们用通关后的数字作为注册密码，重新登录后出现的页面。局长看看。"

　　局长这次看到的页面要简洁得多，页面上只有一个空框，空框的一边是一条鱼，另外一边是一盏灯。

　　"这才是游戏的使用者真正想要登录的页面。一旦进入这个页面之后，估计就进入了一个洗钱环节。具体操作环节，公安部门的两位同志正在调查。据他们目前查到的情况，可能跟网络虚拟货币系统有关……"

　　局长听到这里，又是一头雾水，只恨自己平日忘记学习，以至于跟不上最新的技术发展趋势。方秘书见状，笑了一下，说道："这种东西，我也不是太清楚，还得等公安部门的结论……而且，我们到了这一步，基本上也就无能为力了，因为这一次需要的密码到底怎么设定，只有进入游戏开发运营的数据库了。这一点很难，对方的数据库好像处在我们目前还无法寻找的位置……"

　　门外传来老头特有的脚步声。片刻之后，老头出现在了门口，局长赶快起身，方秘书也跟着站了起来。大概刚过足了烟瘾，老头一脸平静地走回自己的座位。"怎么样？"老头一落座就问，"聊完了？"

　　方秘书回答说："还有最后一个部分……"他提醒局长注意现在平板电脑上的登录画面："现在你看到的这个注册画面，有两样很特殊的东西。一个是鱼，一个是灯。我们查过，这个游戏的开发公司，英文注册名叫 fish and light，翻译成中文，意思也是鱼与灯……灯，我记得最早出现在 20 世纪 70 年代的 5 号失踪案，那里面提到了一盏悬灯之类的东西……这个鱼倒是第一次遇到，具体什么意思，还需要更多的线索……但是，有一点很明确，所有我们正在着手的案子，从海洋工程二所开始，都有可能是 70 年代的 5 号失踪案的延续……"

　　话说到这里，几个人都陷入了沉默，连老头在内。过了一会儿，老头终于开口了："这里的材料，我基本上都翻过了，好像还少一份。李国盛是被一辆公交车带走的，关于这辆公交车，为什么没有报告？"

　　"三天子陵保卫局的周志平正在调查此事，"方秘书说，"我估计报告一两天后会到。"

第十一章

一

"季后，"陆离俞坐在马上，拿腔拿调地问道，"你也算异术中人，异术异灵之类应该知道不少，听过天婴和镔母这两个名字吗?"

季后坐在马上，闻听此言，从马上欠身，恭恭敬敬地施了一个礼："禀末师，门子从未耳闻。"

陆离俞点点头："仅此一事，就已足见你学识浅陋，见解庸乏。……好在来日方长，本末师现在赐你一言，望你牢记：以后一定要勤加修炼，多长见闻……"

"你们两个就别闹了，有什么好扯的……"女姁气得冲着这两个人骂了一句。她和女汨一起骑在一匹马上，女汨是骑手，她是乘客。这一路上，女姁都提心吊胆，好像总在担心那个叫天婴的，还有那个叫镔母的，会突然出现在前面。她这副样子，很快就成了另外两个男子打趣解闷的话题，非要弄到女姁发火为止。

女汨对这样的事是很鄙视的，从不参与，她骑在马上，总是低头想着自己该想的事。现在另外三个人在吵闹的时候，她就在想：我也算听过不少瀛图的异闻，但是好像从没听人提过天婴和镔母。这两个名字之下，隐藏的怪异会是何等的阴厉，我也是一点印象也没有。想想前面遇到的两个怪灵，一场拼杀，虽然侥幸逃脱，但其间的险恶，至今仍然心有余悸。

她想起那个叫犀渠的，提到天婴和镔母两个名字的时候，满脸都是敬畏，能让猛厉如同犀渠者都心生敬畏的，那该是何等猛恶的怪灵……

几个人就这样，在河藏的帝陵之地走了好几天。

每到一个地方，女汨都要掏出那张漪渺绘制的帛图，仔细验证一下路线，免得自己走错了路。

当初，漪渺给她画图的时候，一点也没提到路上的这些怪异。女汨开始还觉得奇怪，后来一想：这应该不是漪渺的疏忽，而是漪渺的精明。漪渺如果将这些都一一告知，那么，肯定会动摇女汨的上路决心，那样一来，漪渺绘图的真正意图也许就很难实现，虽然走到此时，她也不知道漪渺的意图到底是什么，是让自己被这些怪兽吃掉？那样一来，对她漪渺而言，又有什么特别的好处？

往往想到这个时候，女汨就会收好帛图，吩咐大家上路，然后提醒大家一路小心，有何异动，一定要相互提醒。

结果，一路下来连一点猛兽怪灵的影子都没见到，能够看到的兽类禽类倒是不少，几个人还通力杀死过几只，然后一顿烧烤，吃得只剩骨头。

陆离俞借此机会，倒是见识了不少上过《山海经》名录的奇禽异兽。这些奇异大多一心要把自己长得要跟达尔文的进化论唱反调。比如，以飞翔为禽生的禽类，偏偏长了两只马蹄；而以奔跑为目标的兽类，却总是长着奇数的长腿，三只，或者是五只，还能跑得协调自如。

陆离俞心想：如果当初达尔文乘船来到的是这么一个地方，见识了此类奇异盛况之后，以后的余生只能去撞墙了。一边撞，一边怒骂："这是个什么鬼地方，我伟大的理论怎么能够找到证据？"

就这样，陆离俞一边胡思乱想来解闷，一边勉力行走着。偶尔，他会想起自己和那个叫马腹的交手的情景，心里有点隐约的担忧：他体内的两条蛇，是不是就此彻底消遁了……

对他体内的这两条蛇，他以前的基本态度是：虽然不怎么雅观，比较违反最基本的生理常识，但是靠着这两条蛇的莫名其妙、时来时不来的法力，遇到什么危险的时候，他偶尔还能帮帮季后……这群人中能打的是季后，能搞事的是女汨，站在一边干着急的是女娲，自己要什么能力都没有，那就惨了……以后要是遇到什么事，比如像马腹，甚至可能是比马腹更猛厉的灵怪，自己难道只能站在一边干着急？

想到这里，他骑马靠近季后，悄悄地对他说："有一件事，我要告诉你。你一个人知道就行了。"

季后漫不经心地点点头："末师请讲。"他现在叫陆离俞末师也就是种习惯。他没忘记自己应该做的事：等把女汨护送到河藏的离木之后，他就将女娲转托给女汨，然后自己再带着陆离俞寻回鬼方门，找到鬼方总宗师。此后的事，就由鬼方宗师来决定了。

从箕尾宫已经丧命的两位门师嘴里，他很早就得知现任的鬼方宗师叫鬼澧子。因为辈分所限，从来没有觐见之机，连怎么觐见都一无所知。所以，对这位宗师的了解，大概只能通过他自幼跟随的两位门师的只言片语了。两位门师一提起现任宗师，都是一脸敬畏，自然不可能说得太多，但是片言只语，似乎也能看出这位宗师除了术力强大之外，还有一些莫测的个性，有时行事也是令人望而却步。

每次想到这里，他也会担忧一个问题：自己身边这位末师也算行事怪异了，要是把他带到那位连门师都会心生惧意的宗师面前，会是什么结局？他还真不敢预测。不过，现在还轮不到去想这个问题。

陆离俞没注意到季后此时的复杂心情，继续说道："我可能不行了，既不能打，也不能自保。接下来肯定险情频发，如果到了连你都无法自保的地步，你就不要管我了，你就一心去救你该救的人……"

季后对这样的交心之谈已经有点麻木了，陆离俞为了显示自己人格伟大，有牺牲精神，找个机会就跟他扯这些。到了最后，季后连回话的兴致都没有了，也就剩下麻木地点点头。

"明白就好了。"陆离俞放心地叹了一口气，然后又想起一件事，他接着说："还有一件事：如果你脱身之后，发现我已经完了——这样的事是有可能的——到时候，你不要难过。你还有两件事必须要做，第一，你先找到我，然后伸手到我的怀里摸一摸……"

"你没病吧？"季后不耐烦地说，"我摸你干吗？我要想摸你，干吗非得等你死了以后？"

"你误会了。"陆离俞说到这里，鬼鬼祟祟地看了一下前面的两个女人，"有一件东西在我身上，我一直就想着趁它完好无损的时候，交到一个我放心的人的手上。在这里，除了你，我再也找不到别的人了。等我完了之后，你一定记得，伸手到我怀里摸一摸，它就在那里等着你……"

说到这里，陆离俞抬起头，朝着季后，一脸深情，看起来就跟眷恋依依一样。

"我们就别恶心了。"季后冷冷地说，"你有什么好东西，你自己留着吧，留多久都行。不用担心，要是有机会，会有人到你怀里摸上一把的，心里不知多高兴呢。"

季后说完，就想催马甩开陆离俞，跟上前面的两个女人。

他的动作还没做完，就被陆离俞从马上伸手拉住了："这件事，你记着就行了。还有一件事，你别急着走啊，听我说完……"

季后只好停住脚步。

陆离俞看到季后的脸色，赶快一口气地说下去："你知道我到这里来的目的是什么。"

季后点点头。

"如果我没了，别的我不在乎，有一件事，我一想起就实在受不了。你知道我一直在找一个人，但是我现在还没找到。如果我没了，我希望你能帮我一个忙，找到她，然后告诉她我一直在找她。这就够了，我想，即使她对我有任何不满意的地方，听到这句话之后，应该也会动了谅解之情。"

两人这时离两个女人已经有一段距离了，按照以往的习惯，季后在这个时候，肯定会快马跟上，他不想离那两个女人太远，他担心距离一远，两个女人遭受危险的可能性越大。但是，今天听完陆离俞的话之后，他拉住了马，只是静静地看着两个越走越远的女人。

这下，轮到陆离俞好奇了，也策马停在他的旁边："你怎么啦？我刚才说的，你都记住了？"

"每次当她远远地走在我的前面的时候，"季后朝前一指，陆离俞知道他指的是谁，也从来没有见过季后的脸上会有这样哀切的神情，"我都有一个我自己都觉得奇怪的念头，为什么不趁着这个机会，转身离开？这样说不定对大家都好……"

陆离俞不知道该怎么排解，只好沉默着，因为他知道这阵哀切从何而来。前面那个叫女姁的女人，她肯定不知道，她唯一的亲人——就是一个叫氐宿的人——就死在他和季后之手。相处这么久，有一件事就让他觉得奇怪，女姁怎么一直再也没有提起过氐宿？有时候他想试探一下，发现女姁回避得比自己还快。他不知道这是为什么，只能猜测，而且都是很绝望的猜测：难道女姁已经知道了？……

两人都沉默起来，朝着前面远处的两个女人看着，好像答案就在那里。

不一会儿，远处的那匹载了两个女人的马突然停住了，坐在马后的女姁回过头来，冲着他们这边使劲招了招手，看样子是发现了什么，正在招呼两人一起上去。

陆离俞用马鞭捅了一下季后："别想那么多了，前面不知发生了什么，我们快过去看看。其他的，以后再说吧。"

二

"那边有个人。"等到两人骑马走近，女姁指着前面路边一个人说道。

不远处果然有一个人，看样子还是个女人。她直直地靠着路边一棵烧残的光秃秃的树干，这样的树干一路上到处都是。女人大概是走累了，周围又找不到可以坐一坐的地方，只好靠着树干歇歇。

"你们猜，这人是不是那个镆母？"陆离俞问。

季后看了半天，然后摇了摇头，说："不像，虽然相距甚远，但是远远看去，此女有一身清远之气，不像是刚才遇到的那两个一身荒野蛮怪。她应该是远足至此，稍做歇息。"

陆离俞说："那倒是得替她担心了，她怎么会跑到这样的地方来了？刚才一路，都没看见半个人影。可见一般的人都知道这里是禁区。此人来到这里，大概是不知道此地有凶险。"

"你太多虑了。"女姁说，"此地是禁区，应该人人都知道。一个远足的女子，一般都会事事小心，一个连她都不知道的凶险之地，怎么可能孤身闯入？她大概是有什么急事，不得不行此一路，但这莽荒之地，会有什么紧急之事，逼得一个女子孤身深入此地？"

"那我们该怎么办呢？"女娲心事重重地说，"是直接走过去呢，还是小心提防，避开此人？"

几个人正唧唧呱呱地商量不定。依木歇脚的女人注意到了这边的动静，扭回头来看了几眼。然后，她离开那根依木，朝着几个人走了过来。几个人相互暗示性地看了一眼，意思就是静观其变。等到女人走进的时候，几个人都被女子脸上憔悴的脸色所震撼。这是一种历经了漫长的，没有止境的折磨之后，才会有的憔悴。即使此刻，走到几个人面前的这位女子，好像也正处在折磨之中一样。

"各位，领安？""领安"一词是河藏的问候语，看来女子应该是河藏人。走在路上的时候，女汨告诉过大家一些关于河藏的事情，其中就包括一些基本的礼节。这些当然都是她从帝丹朱那里听来的。

女子虽然神情憔悴，但是一双眼睛却有着慑人的明光，几个人不由自主地被吸引了。另外一个吸引众人目光的，是悬挂在她耳垂之上的一对耳环，看上去好像刚刚淬火一样，明净莹华，映衬着女人周身的风尘憔悴，显得分外夺目。

女汨看着这对耳环，竟然生出一丝艳羡，心想：这对耳环，即使戴在我的耳边，恐怕也未必能如眼前所见，光彩流溢，恰如其分。

女人没有在意几个人探询的目光，继续问道："各位从哪里来？"

"那里。"女汨用鞭子指了指后面的那条路。

"那是来自真陵的祭路。"女子说，"你们一路上没遇到什么？"

"遇到了一些，"女汨说，"不过，我们既然能走到这里，这些遇到的事也算不了什么。"

女汨这样说，是有算计的。她想，如果眼前这个女子是不善之辈，听到这样的话应该会收敛一点。

女人看来经历的事应该比女汨更多，听到这句话只是微微一笑："哦，那有个问题就想请教一下：你们来的路上，有没有遇到两个人，一个叫天婴，一个叫镆母？"

她的话音刚落，女汨等人都暗自吃惊，吃惊于女人提到天婴和镆母时的语气，就像一个人丢了两件不值钱的东西，遇到人的时候随口一问一样。

女娲的好奇心被激起来了，她赶快插了一嘴："没有，我们遇到的两个人叫马腹和犀渠。马腹是个女的，犀渠是个男的，他开始瘦小如侏儒，后来长得很快。天婴和镆母还没遇见，不过，那个叫犀渠的说过，那个叫什么天婴的，还有那个什么叫镆母的，会在前面等我们。我们一路都在提防着他们呢。"

女人刚刚听到犀渠和马腹两个名字的时候，还有点失望，听到后面几句，好像又激动起来："你确定，天婴和镆母会在前面等你们？"

女娲点了点头："不仅会在前面等我们，而且，据犀渠所说，连他们自己都是这两个人派出来的呢。"

女人看了看女娲的脸相，觉得这人一脸纯真，不像是个会撒谎的人，于是也高兴起来："这么说来，他们两人是非要找到你们不可了。那好，我现在有一事相求，万望应允。我跟着几位走上一段，直到遇到那两个人为止，你们看如何？"

女娲把目光投向女汩，另外两个男的则把目光停留在女人的身上。女人一点也不羞怯，发现这两人在注意之后，只是简单地冲两人微微点了点头，然后随着女娲一道，把目光投向女汩。她已经意识到了，几个人当中，做决定的人只有女汩。

"我能问一个问题吗？"女汩说，"你好像是在找那两个人？你找他们做什么？"

"叫他们带我去一个地方。"那个女人说，"那个地方我去不了，但是他们能。"看到女汩的目光还是充满疑虑，女子赶快补充了一句："我想去的地方有一个我想见的人。他为了我，被困守在那里，我能做的只能是去看看他。但就这点小事，我现在也做不了。"

"他们就能吗？"女汩还是神色疑虑，"你做不了的事，那个叫天婴的，还有叫镇母的，就能做到？"

"活着的他们，自然是不能。"女子一脸坦然地说，"我说的是死了之后的他们。"

几个人听了这话，又禁不住互看了一眼，真不知道这女子的自信是从何而来，也不知道让这样的女子随行到底是好是坏。

季后一直担忧自己能不能护住几个人走完这段路程，应付犀渠就把他累得完全没了自信，现在听到女人这样说，感觉好像半路来了一个帮手。他看着女人的样子，愈发坚定了自己的想法。他对神气清远的女子有一种奇特的信任，大概也是来自于他在鬼方修炼时的一番感悟：异术修炼，似乎都以清远为极。

女人那清远的神态给予季后的，还有另外一种感觉，她只是客气，才会说有事相求，万望应允。实际上，即使几个人不肯答应，她也会跟着他们的。只是情况会有所不同，那时她应该就像跟着几具行尸一样。

季后想到这里，下了马，也不等女汩开口，先向女人作了一个长揖："有劳同行了，若有不测之事，还望出手相助。我这匹马，先让给女师了。""女师"，在瀛图之地，一般是对年龄比自己大的女人的尊称。

女人忧伤地看着那匹马，摇了摇头："我还是走吧。不用担心，我不会比任何一个畜生走得慢，不管它是两条腿的，还是四条腿的。"

季后看了一眼女汩，女汩点点头，大概也觉得可以一试。

三

几个人继续前行，走了一天左右。

陆离俞突然跳下马来，和那个女人走在一起。他这样做的原因，不是想跟这个女人套近乎，而是实在忍不住了。自从认识以来，一有机会，那个女人都会用奇怪的眼光上下打量着他。

"你看什么？"陆离俞被看得不好意思了，开口问道。

女子淡然一笑，突然停下脚步，问道："我偶尔听你们聊天，听到一件事，你不是瀛图之人，而是来自一个叫世界的地方。"

陆离俞点点头。

女子接着又说："你们那个地方，人们见面的时候，一般都有什么礼节？是不是叫握手？"

陆离俞好奇了："你怎么知道？"

"我怎么知道？"女子惨然一笑，"我到过很多地方，奇闻异事，见过不少，经历过不少，也听过不少。可能是在什么地方听到的吧？你要我说具体是在哪里，我还真想不起来。不过，这些并不重要，你只要告诉我，在你们那个叫世界的地方，是不是有一个礼节，叫握手？"

"是的。"陆离俞点点头。

"那我们握握手吧。"女子说着，伸出手来。

陆离俞觉得好笑，也伸出手去。现在这种情况下，他倒不用担心自己会伤害到对方。与马腹和犀渠的一战，他觉得自己好像已经没有所谓的超能力了。这倒是适合一个玩笑的状态。等到女人的手握住他的手的时候，他才发现没这么简单。女人别看娇弱，但握住他的时候，一股内力从女人的手上传来，不断地进入他的体内。接着，他有一种奇特的感觉：这股内力进入了他的体内，就像一只手一样，正沿着他全身的骨骼游走，四处摸弄，他的每一处骨骼，尤其是骨骼相连之处，这只手停留的时间最长。

"你想伤害我吗？"他小心翼翼地问。

他的问法真是古怪之至。女人的答复是轻声一笑，但是那股源源而入的内力却没有停止，继续沿着骨骼的细节摸索不已。

这让陆离俞想起他曾经认识的一个女人。有一次，那个女人好像一不小心碰到了他的手。他当时就提了一个问题："你想认识我吗？"女人的表情也类似，只是轻声一笑。他以为事情到此为止了。接下来发生的事让他大吃一惊：女人一笑之后，紧紧地抓住了他的手。

他笑着反抓住女人的手，问道："为什么这样呢？没有别的，更友好的认识方式吗？"

女人一脸调皮地说："当然有，不过没我喜欢的……"她把手抽出来，随后又反握住了陆离俞的手。

两个人好像玩起了握手反握的游戏，最后陆离俞认输了："好吧，我们就这样认识吧。你叫什么名字？"

"郁鸣珂。你不用介绍自己，我知道你是谁。"

"放心。"女子的话打断了陆离俞的回忆，"我不会伤害你的，我只是想知道一件事。说知道也许不准确，我只是想证明一件事。刚才看到你的时候，我就有所猜测，现在我就想证明一下。"

陆离俞没有说话，只是静静地看着女人，过一会儿才问道："要证实你的猜测，你还要这样做多久？"

女人笑着说："快了，你再忍耐一下。"

等到女子松开了双手，陆离俞觉得自己全身上下的骨头都被这个女子摸了个遍。他倒没什么不好意思的，因为女子一脸坦然，就像一个按摩师做完了自己的工作一样。

"你摸到了什么？能证明你想知道的吗？"陆离俞问。

女子若有所思地看着他，然后说道："你有没有什么奇特的经历？"

陆离俞正好空着，就把自己一路来的经历都说了一遍。

女人听了微微一笑："我说你这锁骨之身是怎么来的呢，原来是这么来的。"

"锁骨之身，"陆离俞把这个词轻声念了一遍，然后说道，"你能具体讲讲吗？我对这些一直就很糊涂，这不是我所学过的理论所能解释的。"

女人又是一笑："我不知道你说的理论是什么。我只能告诉你，那两条蛇灵会进入你的体内，不是没有目的的。你的锁骨之身，就是它们的目的。"

"锁骨之身是什么意思？"

"你全身的关节之处都紧扣如锁，没有任何力量能够将它卸开。"

"这有什么好处吗？"

女子摇了摇头："我不知道，不过，我听说，有一个地方，只有锁骨之身才能通过。我只能说，有人大概希望你能通过那个地方，你才会有这样离奇的经历。你不要问我是哪个地方，我说过，一切都是猜测。好了，我们没什么好聊的了，你还是上马走吧。"

四

骑在马上的季后偶尔会回头看看跟在后面的女人，渐渐地有点担心起这个女人。一半是担心她跟随的意图，女人的目光没有任何感激之意，反倒不时面露狰狞；另一半又担心她的体力，女人的样子好像已经疲惫至极，几乎到了举步维艰的地步，这样的状态，能一直跟上几个骑马的人吗？

他正想着再放缓一下马的步子，身边的女妁却用脚踢了一下自己和女汨骑着的那匹马。那匹马立刻直冲出去。这一下，季后只好急忙跟上，因为隐约感觉到了女妁的怒气。陆离俞见状也不敢停下，立刻策马追了过去。这样一来，刚才还跟着的那个女人一下就被远远地甩在身后。

"你这是做什么？"季后好不容易追上了女妁，赶快问了一句。

还没来得及等女妁开口，就听到旁边有个冷冷的声音："她想试试我。"季后偏头一看，刚才甩在身后的女人，已经出现在自己的马侧，神情还是那么疲惫，步态还是那么艰涩，好像再多走几步，就会瘫软在地一样。但是，就是这样的一个人，好像眨眼之间，就追上了他们……

"我知道你想说什么，"女人冷然一笑，对季后说，"如果能如你所想，对我来说，何尝不是一种解脱？可惜，我只能这样走着……刚才大概和你说得多了，那位女子已经生厌，所以才会有此一出。我倒不怪她，只是有些担心。"

"担心什么？"季后问。

"要是后面几位跟了上来，她该怎么办？连我都甩不掉，那几位不是更得让她操心？"

她的话音刚落，只听得身后远处传来了一阵震动地皮的脚步声。

除了那位跟随的女子，另外几个人都被这阵脚步声镇住了。它听起来密集而有力，好像巨大的石块不停地砸在木板上一样。几个人想要催动身下的马，没想到马却紧紧地立在原地，怎么鞭打斥骂都没反应。

"这还只是其中的一位。"那个女子听了一下，然后笑着对季后说，"你该去那边看看那位女子了，看她的样子，好像已经吓得够呛。"她这话提醒了季后，季后见马不愿意动弹，只好赶快跳下马来，跑到女妁和女汨那边，把一脸惨白的女妁扶了下来。女汨还有陆离俞这时也从马上下来，两人平时都不怎么搭话的，这时被那阵脚步声惊动了，竟然互相看了一眼，下马之后，还不自觉地靠拢了几步。

那阵脚步声越来越逼近，终于有两个异形在远处出现，以狂奔的姿势朝着他们冲来。尚未靠近之时，女汨等人已经被两具怪异的体型惊得两眼发直，手心直冒冷汗，心里都在想这样一个问题：这两具朝着他们冲来的异形，难道就是犀渠所说的天婴和镇母？来势如此狠厉，如果真是冲着自己而来，就凭他们几个，该如何应对？

一脸平和的倒是那个女子。她唯一的变化就是紧了一下身上的衣袍，好像这样一来，就能减轻那阵脚步声的撞击一样。

此时的女人，好像成了他们唯一的依靠，因为女人说过一句话，"死掉的才能"。既然女子敢说出这样的话，那么至少她是有足够的自信去对付这两个异形，即使这两个异形就是天婴和镇母。

几个人不约而同地把目光投向了女人。

女人朝着两个异形的来势，又走了几步，两只手分别攥紧了领口还有胸口的衣襟，无法攥紧的袍服下摆在冲击的阵风中哗哗作响。女子如果不是怕冷，就是甚是爱惜这件已经残败不堪的外衣。

等到那两个异形冲到只有数步之遥的时候，女子高高举起了自己的右手。

陆离俞注意到了这只举起的右手，看上去像是一个手势，有点像他在《佛教手印集》里看到的金刚手印。在佛教的手语体系里，这种手语的含义就是止步的意思。

"神巫手咒。"陆离俞突然听到女姆低低的声音。他把探询的目光投射过去的时候，女姆的嘴巴已经紧闭得如同一块石头。

一个冲奔的异形立刻停下了脚步，就停在女子高举的手咒前面，另外一个异形也是一样。后面几个人才算真正看清了两个异形的面目，不由得心胆俱寒，忍不住互相又看了一眼。

其中一个异形坐在一匹高大的异兽身上。这匹异兽的样子，看起来像是一匹马，但只是相似而已。它比一般的马要高大一倍，马头巨硬如同石雕，马额的正中，有一只长长的如匕首的弯角。这匹角马在止步的时候，被骑在上面的人拉住了口嚼，两只前蹄连带着脱地而起。这时，几个人便清清楚楚地看到了在半空中蹬踏的蹄子，结果又惊得对看了一眼。那不是马蹄，而是猛兽如虎才有的一对利爪。

这还没完呢，等到双爪落地的时候，角马冲着他们一声嘶吼，几个人眼前的一张巨嘴里，上下都是尖利的虎牙，其中最长的两枚，闭嘴之后，还像两把利铁一样，直直地垂露在兽口的左右之外。

"驳？"陆离俞心想。《山海经》里提到的异兽中，对这样一头动物有一个特定的名称，一个马字加一个交字，陆离俞一向认字认半边，读成交字，幸得郁鸣珂纠正，才知道这个字该念驳。

关于这头名为驳的异兽，《山海经》上对它习性的介绍如下："是食虎豹，可以御兵"。

据说，驳每食一头虎豹，它的身上就会长出一道虎豹的纹，或是长条虎纹，或是斑点豹文。所以，民间流传的一本《山海辨异录》有云：欲知此兽的凶猛究竟如何，只要看看它身上的虎豹纹点有多少就够了。可惜，这一民间秘术，现在好像根本用不上了，因为眼前这头驳的全身都披上了一重厚厚的皮甲。

能把这样一头猛兽当作坐骑的会是何人？

陆离俞的目光集中到马上的这个骑手身上。可惜相貌之类，根本不容他窥见丝毫。一件看上去好像是坚硬的兽皮做成的硬甲，罩住了骑手全身，他的面部还有一个盾形面罩，严严实实地遮住了他的那颗巨头。

这种造型，让陆离俞想起了自己一点也不感冒的科幻巨片《星球大战》。眼前这个异形，看起来就像是里面的杰克骑士一样。《星球大战》里，杰克骑士如此装束的原因，完全是出于对自己残破的相貌的愧疚，莫非眼前的这个骑手也是如此？

陆离俞还来不及详查，另一头异形又映入了眼帘。

这头异形看上去也像一匹马，但是也跟一般的马的形状大异其趣。它的双侧长了两对翅膀，尾巴的部分也不是毛茸茸的马尾，而是一条长长的蛇尾，该是马头的部位，现在长的却是一张人样的怪脸。人样而已，还没有完全进化到人的形态。在陆离俞看来，好像更接近智人的形状，有着高耸的额头和圆弧状外凸的嘴巴。

"孰胡。"陆离俞的脑子里像有提词员一样。一头异形出现，立刻有一个名字出现。据《山海经》记载，另外一头异形的名字，应该叫孰胡。但他还搞不清楚坐在驳上的那个本尊是个什么玩意儿。

他回过头，对站在一旁的女泪悄悄地说："不用怕，这两个不是天婴和镇母。"

"那就不是来追我们的了。"女泪淡淡地说。

五

女子慢慢放下了手。那两头异形，连同骑在驳上的皮甲人止步在女子面前，都没有敢于前进的意思。从那个叫孰胡的智人脸上，清清楚楚地能看到一种迟钝感十足的敬畏。

"孰胡，"女子开口了，"你不在自己的崄嵯山上呆着，跑到这里做什么？是受神巫指令，来追查我的行踪的吗？"

孰胡还没开口，那个骑在驳身上的皮甲骑士开口了："敢问女盼，此行欲去哪里？"其余几个人这时才知道，这个憔悴的女人的名字。"女盼……"女姁轻声念叨了几下，引得陆离俞又是一眼飘过。

"穷奇，"这个叫女盼的人傲慢地说，"我去哪里，关你何事？想你当日也有逆天之举，一道神巫指令就能折你如草，此身皮囊之下，可有'羞愧'二字？"陆离俞听到这里，才算知道了，这个杰克骑士造型的怪灵，原来就是《山海经》上所说的"穷奇"。看来不能尽信书啊，《山海经》的记录里，哪有穿成这样的？

那个叫穷奇的怪灵答道："我穷奇一族和神巫历来有盟，不过是受其所托而已，算不上听他驱遣。日后神巫待我，也会如我今日之待神巫，如此而已。你这话对我没用，还是忘掉此去，还归旧途吧？"

"我若不依，两位又能怎样？"叫女盼的女子冷笑一声，攥住衣领和胸口的手始终没有松开，"我替你们省点事吧。这世上，能止住我的只有神巫法咒。可惜，这件东西好像不在你们身上，也非你们所能。真不知道神巫为什么会派你们前来。你们两个，即使合力，也难奈我何。"

一旁的孰胡不肯闲着，这时也开口了："久闻女盼乃是神巫高位，就是从来不知厉害究竟如何。我倒不信能止住巫盼的只有神巫法咒。如果巫盼不愿回归旧途，孰胡倒愿意冒险一试。"神人之类一向敬畏神巫，所以孰胡提到女盼的时候，都不敢直呼其名，只敢称她巫盼。

陆离俞听到这里，悄悄地对季后说："看来，这几个人是免不了要恶战一场了。等他们打起来，我们该帮谁呢？我觉得还是帮帮这个叫女盼的人吧，好歹帮了她，她感我等之相救之恩，说不定就会替我们除掉不知等在何处的天婴和镇母了。"

季后慢慢地回了一句："我们能帮什么呢？你说说看。"

他这一说，陆离俞也觉得是个问题，能帮什么呢？

他正想着，那个叫女盼的人回过头来，对后面几个人说道："看来恶斗难免了，你们先走吧，免得伤及自身。从这条路往前，你们一直走下去，遇到天婴和镇母就说巫盼在找他们，估计他们听了之后只想保命，不敢再来为难你们了。"

几个人互相看了一眼，除了女姁，几个人脸上都有犹豫之色。

女姁连忙接过女盼的话头："既然巫女都这么说了，那我们还是先走一步吧。巫女请自重。"然后回头对女汩说："我们走吧，留在这里也帮不上什么忙。"

陆离俞对女姁的表现觉得有点奇怪，女汩则有点茫然，因为也不知道一向心善的女姁为什么会这样。

镇定的倒是季后。等到女姁过来拉他的时候，他只是简单地说了一句："留下吧，我们不能就这样一走了之。"他这样一说，几个人都觉得这才合理。女姁也只能无奈地叹了口气，陪着留了下来。

这个叫女盼的，心思已经不在几个人的身上了，眼前的两个劲敌才是她要操心的。陆离俞看着她和两头异兽相对的情形，不仅替她担心起来。对方都是身势凶猛，浑身上下皆是利器。女盼身形单弱，又是赤手空拳，不知能够支撑多久？

那个叫穷奇的皮甲之士，已经催动胯下的驳骑，冲杀过来。兽骑前冲之时，额头的尖角直指女盼。

女盼闪身一避，避开驳兽的长角。此时，她的身形灵活，全然没有刚才的憔悴疲累。穷奇好像料到一击不成，左手早就备好了一把长柄青铜巨斧。等到女盼身形飘过，他的巨斧顺势朝着刚好落在一旁的女盼一头砸下。没想到女盼的身形依旧飘忽如风，巨斧尚未及身，已经飘出数步开外。

穷奇双击不成，勒住驳头，转身又朝女盼冲来。就这样一冲一闪，双方来回了数个回合。

几个在后面观看的人这时窃窃私语起来。

陆离俞问季后："这样打下去，就跟回旋舞一样，几时是个尽头？"

季后看了一会儿，毕竟也算历练之人，眼前的态势已经了然于心："女盼显然是在消耗对方的元力，你看这么几趟下来，对方已经没有刚才那么迅猛了。看样子，女盼名为闪避，实际上是要逼着对方下地与她一战。"

陆离俞听了点头称是，但是另外一个问题又觉得非问不可："对方如果下马，女盼好像也占不了便宜，毕竟对方身形威猛，全身皮甲，手持重器，一击及身，就有致命之险。女盼这样赤手空拳，难道靠着躲来躲去，就能致敌死命？"

季后也摇了摇头，只是简单地说了一句："此女一身坦然，应该早有图谋，只是你我还不知道而已。"

女媖在一旁听了半天，开口问了另外一个问题，刚才季后让她扫兴的事，看来她已经忘得干干净净："那个叫孰胡的异兽，怎么不去帮上一把？"

接她话的是女汨："我听说，异兽若是独居之兽，越为猛厉，越不愿意旁兽插手。估计这个叫穷奇的也是如此。"说到这里，女汨又叹了一口气："我现在有点可怜这个女人了，她只是想去见一见自己想见的人，就被人追杀至此。听他们刚才所说，此女好像是神巫门的女门，其中详情如何，季后你知道不？你是鬼方一派的，与神巫同属太子长琴所创，应该知道一二。"

季后摇了摇头，还没开口，陆离俞赶快插了一句："神巫鬼方虽出一门，但是互不往来已经很久了。此女的来历，估计季后和我一样，都不知道。"

女汨白了他一眼，意思是嫌他多事。陆离俞陡然有一种亲切之感，因为这算是有反应了，以前，女汨对他的话都是爱理不理的。

几个人议论纷纷的时候，那边闲着的孰胡朝这边看了一眼，不知几个人谈论的话里有哪些让他警觉。

六

那边恶斗的两位果然如季后所料。穷奇久冲不成，身形已露烦躁之象。虽然他的神情还在面罩之中，但是烦躁之气，似乎隔着厚厚的面罩也能看到。穷奇勒住驳兽，猛重的身形一腾，从驳的身上跳了下来。尚未落地，就抢着巨斧朝女盼冲去，随即，连抢几下。女盼瘦弱的身形立刻罩在斧影之下，好像飓风中仓皇翻腾的叶片一样。

后面的陆离俞看得为女盼捏了一把冷汗，心想：不要说一斧下去，就算是被斧风挂到，这个叫女盼的，情形都会告急。他看了看旁边的女汨，女汨也是一脸紧张，倒是女姬脸色有点异常。不过她的异常不是来自眼前的恶斗，而是来自身边的季后。季后的样子，看上去不仅没有惧念，反倒像是被女子飘飞的身影牵动得心驰神荡，以至于神色迷离。

关于神巫之术，季后一向都很陌生，但是也曾耳闻一二。据说，神巫门别有女巫一门，入此门者多为女子。女子天生体弱，所以一出女巫门下，技击格斗之术多以飘飞见长。女巫门的来历，凡为异术之人都能道其一二，因为此事始末深有曲折。

据说太子长琴当日收受门子的时候，仅限男身，并无收受女徒一念。数年之后，有一女子，名为女琬，来到太子长琴门下，一心执意，要在太子长琴门下，随身为徒。她的态度甚是坚决，太子长琴又非狠厉之人，所以虽然一再拒绝，但也难以彻底了绝。女琬因此始终游身其侧，即使无一名分，也不改其愿，太子长琴对此，看上去也是无可奈何。

终于，有一天，太子长琴将女琬请到身前，为她弹奏了一支琴曲。弹完之后，太子长琴悠悠说道：“你之来意，我已尽知。我之去意，你尚未晓。所以赐你一曲，只为两心同知，但得分隔如初，随后各自渺窈。”

女琬听罢，说道：“琴声除毕，即见此心已入渺窈，但尚不知何为分隔如初？还请再赐一曲。”

太子长琴随又奏了一曲。

女琬听罢，默然许久，然后说道：“彼此分隔，已知其然。只是两心分隔，何为同知，女子驽钝，还得烦请太子再赐一曲。”

太子长琴于是又奏了一曲，奏完之后，慨然叹道：“如果琴到此时，还不能解你心中所惑，那我所能做的，只有一事，就是将你收于门下了。”

女琬闭目良久，然后开口笑道：“如果收我入门，即是断我此生都无所悟。可惜，琴心三叠，其中之意，我已尽知，此身再也不复驽钝。多谢宗师赐琴，小女就此告辞，此后今生，再也不会有相见之时。”女琬说完，就起身离去。

一番经历下来，女琬从太子长琴那里，唯一得到的就是三叠琴曲。靠着这三叠琴曲，女琬自创女巫一门。直到太子长琴炼化之后，女琬才亲赴太子长琴炼化之所，奉送祭仪，算是了了“此生不再相见”之意。也就是在那时，她才得知太子长琴的遗命：巫门十派，留有女巫一门，名为巫相。也就是说，太子长琴炼化之后，也才算了了女琬的心愿，将其收到门下。

女盼飘忽的身影看似躲闪，但在季后看来，好像是一场奇特的舞蹈，来自传说中的三叠琴声中的一折，虽然他还不知道这是其中哪折。

女姬见他入迷，只得苦笑一声，摇了摇头。

这边穷奇猛厉许久，竟然不能伤及女盼分毫，不由得更为恼怒。他停了下来，打了个呼哨。刚才歇在一边的那匹驳兽立刻冲了过来。穷奇的意图很明显，就是用驳兽封住女盼施展的空间，好让她在巨斧的挥击之下，不再能够借着身形灵活，四处飘逸。

女盼见驳兽冲来，笑了一下，止步说道："等的就是这个。要是只能收拾你一个人，哪里显得出我的本事？"

穷奇听罢，举起斧柄敲了敲自己的头盔，表示自己已经很恼怒，很恼怒……看到斧颅相击，陆离俞以为自己会听到钢铁相撞的声音，结果听到的声音，却是空洞木然的当当声。他有点诧异，随后有了一个奇怪的判断：难道这具头盔就是他的头颅……我听到的声音，明明是钝器敲打骨骼的声音啊……

他还在想着。穷奇已经敲颅完毕，抢着巨斧冲了过去。那边的驳兽已经封住了女盼的退路，一只尖角，还有四只利爪，都在跃跃欲试。这样一来，穷奇的巨斧如果抢了过去，女盼应该是避无可避了。尤其是她空手的样子，更显柔弱，巨斧尚未劈到，携带的斧风似乎已经让她摇摇欲坠。

其余几个人目不转睛地看着，场面甚是刺激。刚才的一番缠斗，已经让众人确信这个叫女盼的女子能够脱身，只是不知如何脱身。他们一心期待的，就是这个。

只见女盼身形挺立，双手并举，朝自己的双耳一抹，然后双手下落，迎着斧势同时朝前一送。两道寒光立刻离开她摊开的双手，直冲着力劈下来的斧刃。只听得"当当"两声，两道寒光同时猛厉击中了斧身。猛厉之下，那道千钧之势斜劈下来的巨刃立刻偏离了原来的方向，顺便带得穷奇一个趔趄。

"耳环。"女汨看着女盼空荡荡的耳垂，冲口而出。那两道寒光，就是原来悬在女盼耳边的一对耳环。

七

女盼双手一招，那两只耳环很快就回到了她的手上。

这边穷奇趔趄未定，那边刷着爪子的驳兽见状，赶快顶着一只长角冲了过来，尖锐的长角直指女盼。

陆离俞见状危急，心想：这个该怎么挡？驳兽势沉，重如巨石，又与长角连成一体，一冲过来，如同巨岩坠地。刚才的"当当"两下，能起什么作用？接下来，眼前看到的一切让他知道，这个叫女盼的女人绝非等闲。

女盼迎着驳兽，两手高举耳环，突然双手内收，两只耳环环边一碰，碰在了一起。陆离俞眼前立刻出现了一个魔术表演的场景。两只耳环碰上之后，一只耳环立刻内扣到了另外一只耳环上面。接着，女盼只手持着内扣的双环，朝着猛冲过来的驳兽奋力一抛。刹那之间，双环中的一只已经牢牢地套到了巨角上面……真不知道，刚才还是小巧精致的耳环，怎么会一下就大到能够套住手臂粗细的长角。

169

女盼微微侧步，躲开了巨角的冲势，回手一拉，一只手就拽住了那只空出的耳环。她踩着步子，手拽耳环，猛地又是一拉。这一拉真是恰如其时，恰到好处。因为一边的穷奇这时又攻了上来，手执巨斧正好一头劈来。这一劈本来是想对准女盼，这么一来，硬生生地劈到了驳兽的巨角上面。只听"咔嚓"一声，驳兽的这只巨角立刻就被巨斧从中劈断。

驳兽猛厉惨叫一声，跌出几步之外。

女盼回手一撤，撤回双环，下面的一只还紧紧地套着半截巨角。

穷奇已经完全愣了，连劈入地面的巨斧都忘了回撤，呆呆地僵在那里。直到被驳兽的惨叫声唤醒，才转过面罩一样的头颅，看着惨叫的驳兽。

女盼看到这副样子，微微一笑："我无意杀人，杀灵，杀怪，杀神……所以随身所携，只有手下双环，但也只是防身而已。所用杀具，一向都是借的，大多借自欲杀我者。没想到，今天借来的是这么一件。我一向都不喜欢粗重之物，今天活该背运，到手这么一件污重之器。没办法，只是污重之器非我所喜，用起来应该也不会顺手，要用它来灭你，恐怕得费点功夫了。"

说完，她身形一虚，执环之手往前猛力一递，双环连同套住的尖角，像一支笔直的利箭一样，冲向穷奇。穷奇这时反而沉稳起来，他一只手拔起巨斧，周身一划，挡住了这么一下。

几个在后面观战的人终于松了一口气。从情形来看，现在占了上风的应该是女盼，穷奇只是不停地抵挡着围着他飞来飞去的套着尖角的双环而已。

看了一会儿之后，陆离俞对季后说："我有一事不明。你看那个叫穷奇的，该长头的地方只有一个面罩，头是不是藏在面罩里面？这么一直藏着，是不是太憋气了？"

季后摇了摇头，只简单地回了一句："你说的那个面罩，就是他的头颅。"

这个回答让陆离俞大吃一惊，他一直在猜想揭开面罩之后，会看到何等丑怪的面目，没想到面罩之内，并无他物。

这样一个答案，对他来讲，还算是一个提示。他以前一直不明白这个叫穷奇的是怎么能看到周围的一切的，那个面罩严实密闭，根本没有一丝外透的缝隙。现在好像有了答案。不过，还是一个不彻底的答案。这颗头颅的面部像是打磨得光滑的一块镜面，鼻子、嘴巴、眼睛都没有。要看到什么东西，至少应该有一双眼睛吧？

他好奇地问季后："眼睛在哪里？"

季后指了一下那个像镜面一样的面部，说道："你看那个东西，像面铜镜一样，什么东西都会映到上面，他还需要像我们一样的一双眼睛吗？"

他这么一说，陆离俞才恍然大悟。原来那个面镜一样的东西，就是他的眼睛啊。难怪这个面罩既有一张人面的轮廓，但是又比一张人面更有弯弧。

陆离俞和季后在低语的时候，另外两个女的也有了闲情，开始讨论起眼前这场恶战的细枝末节来。

　　起头的是女汩："用耳环做兵器，真是我没想到的事。不过，那对耳环真是漂亮。我第一次看到这个女子的时候，就觉得这对耳环真是奇特……除此之外，她的周身上下再也没有任何其他的饰品。"

　　女姁点点头："我也觉得好奇，后来想想，这个女子应该不是喜欢打扮的人。能留着这么一对精致的耳环在身上，大概只有一个原因。"

　　女汩会心一笑："我知道是什么原因。她不是一开始就说要去见一个人吗，肯定是她要去见的那个人给她的。你跟着季后这么久，他有没有送过你什么？说说，拿出来看看。"

　　女姁红着脸说："哪有啊。他倒是暗示过，问我喜欢什么东西。我说，我喜欢的是人，不是东西。"

　　女汩点点头："这话我也觉得对，人最好。不过，话说回来，能把这样一对耳环变成自己的不败利器，这个女子的确不是寻常之人。"

　　女姁又点点头。她们两个一起聊天的时候，基本上都是点头一族。有时候，话都不用讲，只须彼此眼神交流，配上一个点头就心满意足了："我在想的是另一件事。你想能把一对耳环变成防身利器，恐怕也是无意之举。漫漫长途中，她唯一能够面对的就是这对耳环。估计她一有空，或是心绪烦乱，就会取下耳环，摩挲不已。也许就是这长久的摩挲，她想到了一个主意：利用这对耳环，做成自己的防身利器。"

　　两个人就这样聊得正欢，那边的恶战已经到了紧张之时。

　　靠着这个像面镜一样的眼睛，穷奇能看到的范围是一百八十度，几乎每一次女盼的攻击都能被他成功地挡住。一时之间，女盼看来也拿他没有办法。

　　陆离俞一旁看着，跃跃欲试，开始撺掇季后："你从后面上去，给他一下，估计他就没招了。他靠那面镜子，看不见后面。"

　　这话被一直呆在一旁的孰胡听见了。

八

　　"这几个人看来是想帮巫女了？"孰胡笑着说，这一笑就露出了阔大如门板的大牙，"我正想着，灵怪向来喜欢单打独斗，待会儿真的和女盼对打，肯定是穷奇自己的事了。我若出手，穷奇肯定不会高兴。那时，我能做的就是一边晾着，闲得两手发痒。哈哈，现在好了，有事可做了，而且还是一人一桩。穷奇，女盼就交给你了。"说完，他腾空一跃，拍着双翅，飞过女盼的头颅，朝着后面的几个人扑去。

　　几个人连忙后退，以为孰胡又会追扑上来，没想到退出的空间刚好能让孰胡扶摇直上。他就趁势飞了上去，飞到离地面数十尺高的地方，然后，展开的双翅猛力向下一扇。四个人只觉得一阵劲风自上而下，直扑脸面，身体就像要被这阵飓风刮到离开地面一样。

还没来得及从这阵劲风中回过味来，几人听到空中有密集的嗖嗖之声。举目望去，数百支利矢从半空之中发出，向下射向自己。陆离俞慌忙举手去接，一点也没想到，这招有多笨！也就在这个时候，陆离俞看清楚了：每支利矢，都是来自孰胡展开的双翅。

孰胡大概想着一下收拾掉这几个人就算了，所以，一来就用了狠招。这一把利矢撒下，范围所及，几乎能让下面几个逃无所逃。估计片刻之后，下面几个人就该扑腾扑腾地倒在地上，统统都像刺猬一样。

季后拔出青铜长铗，抬头仰看着利矢落下，一心谋算着出手时挥劈的姿势。此时危急，另一件更重要的事就无法谋算了：这自己一铗挥削出去，到底能削断几支？他唯一还能做的，只能是挡在几个人的身前，能挡多少就算多少。时间太紧，他也不知道自己能顾得了几个。

陆离俞心里更是焦急。前几日与马腹一战，他已经有一种预感，往日能令他脱身的蛇灵，这时已经荡然无存了。要在往常，说不定一到紧要关头，体内的异术就能显灵，他就可以拉着两个女的，一左一右，迅速跑出利矢的攻击范围……现在应该没这个本事了。

他看了一下两个女人。女汨已经拔出了青铜长铗，也做出了挥削的动作，眼睛直直地盯着那些正在迅疾而下的利矢。他想，有这把长铗，女汨一时半会儿，应该没什么问题。现在看来，处在危险之中的，只有女姁了。

他赶忙朝女姁望去。原以为女姁已经张皇失措，没想到，女姁静静地站着，连一丝躲避的样子都没有。陆离俞心想：这女孩是不是已经吓呆了？他顾不上自己了，赶快跑了过去，伸出手去，想把女姁拉出一支利矢的攻击范围。他很担心，自己这样做，是不是来得及？因为利矢的速度很显然快过他伸手相救的动作。

密集的利矢声已经迫近耳边。陆离俞看到一支冲得最快的利矢已经逼到女姁的头顶，只剩下咫尺之遥。

陆离俞这时离女姁还有一截，他眼睁睁地看着，心里只有一个念头：完了……接下来发生的事，让他不敢相信自己的眼睛

就在离女姁咫尺的距离，那支射向女姁的利矢好像突然停顿了，趁此片刻，女姁轻轻地抬起手来，就像佛手拈花一样，拈下这支，然后往上一弹。这支羽矢立刻沿着来时的方向飞了出去。陆离俞顺着利矢的去势一看，这才发现，飞回去的羽矢不止于此，射向自己的这些，还有没有被女汨和季后挥手劈掉的那些……

利矢射向女汨和季后的时候，他们的全部身心都集中在挥舞兵器，劈断利矢之上，根本不可能注意到一个事实：那些没有射进自己身体里的利矢，其

实，只有为数不多的几支，是被他们劈断的……

陆离俞呆呆地看着女姻。

女姻迎着他的眼神，伸出一根手指，放到自己紧闭的唇上，眼神里有一种恳求的意味。

陆离俞知道这是叫自己不要说出去的意思，但是一时之间，不知道该如何作答。

正在这时，刚才手忙脚乱的季后和女汩也停下来了，一脸吃惊地看着自己脚边。那里，有零落的几支被砍断的羽矢。他们不约而同地看了看手中的兵器，然后，彼此再对看了几下，然后一起抬头看着天空。那些片刻之前还扑向他们的羽矢，现在怎么全都朝着停在半空之中的孰胡去了？

他们脸上的意味是很清楚，实在搞不清楚到底发生了什么。

比他们更糊涂的就是孰胡。那些从他身上射出去的羽矢，现在怎么全都朝着自己而来？他倒不担心这些羽矢会伤着自己，只是搞不清楚，这些自己才能收回的羽矢，现在怎么自己就跑回来了？他来不及多想，因为羽矢已经越来越近了。他赶忙双翅一抖一展，那些羽矢一支一支，嗖嗖地稳稳地回到了双翅之上。

孰胡从半空迅疾落下，像马一样四肢着地，上面的智人脸一脸困惑地盯着前面的几个人。他困惑的目光一一从四人脸上扫过，还来回踱了几下步子，然后摇摇头，说道：“低估你们了，你们之中肯定有能人。据我所知，能让我飞矢之术失灵的，只有一次。那次我遇到了一位异术奇人，他用止时之术，破了我的飞矢之术，我问他是谁，他说，他是……”

他刚刚要说出此人是谁，突然像发了癫一样，嘶喊一声，好像被什么人狠狠击中了一样。他两眼发直，随即两只后腿蹬地，前腿腾空，不停地伸踢，好像在急着抵挡什么一样。这一系列动作做出的时候，从头到尾，他眼前都是空无一物，空无一人。

季后和女汩见状，交换了一下眼色，各自提着兵器冲了过去。孰胡看样子已经手忙脚乱了，一点套路都没有了。这倒给了两人便利。两人一左一右，立刻先后劈了孰胡的左右两翅。孰胡疼得“哎呀”一声，落地发足狂奔。翅膀被砍掉后的两侧伤口鲜血淋漓，跑不了几下，就疼痛昏厥，倒在地上。

女汩和季后想着追上去，趁机尽快了断。女姻赶忙伸手挡住，说道：“别去，危险！”

<h1 style="text-align:center">九</h1>

“有什么危险的？”没有被拦住的陆离俞立刻精神振奋，马上拔出随身的长铗冲了出去。他看到孰胡倒在地上，心想，正好可以趁机最终结束一下，挣

173

个头彩。女娲想拉住已经来不及了，喊也没有用。陆离俞斗志昂扬，充耳不闻。

等他冲到孰胡倒下的地方，他立刻停住了脚步，眼前的奇异让他目瞪口呆。孰胡倒下的姿势是趴在地上，后尾正对着冲来的陆离俞。此刻，那头蛇尾正在剧烈地扭动，好像要从体内挣扎着出来一样……

孰胡那颗智人头这时扭了过来，一脸扭曲狰狞，恶狠狠地盯着陆离俞。

"你便秘啊？"陆离俞的这句话几乎是脱口而出，完全是被孰胡此刻的怪狠模样吓出来的。话一出口，他的脑子里一闪而过的才是这话里的便秘形象，他目睹过的重度便秘患者的形象。与此刻的孰胡相比，那种扭曲的表情几乎不差分毫。

让他们扭曲至此的原因也如出一辙：身体后门。

陆离俞紧盯着孰胡的后门，那条剧烈扭动的蛇尾，心里竟然有种奇怪的冲动：要不要上去帮他拉出来？

就在他的这些无厘头的想象持续闪现的时候，眼前的那条蛇尾正在迅疾滑出孰胡体内，越来越长，一条半截的蛇身已经开始滑出体外，滑腻腻地触到陆离俞的脚。陆离俞惊得往后一撤……这不算完，里面还有什么东西在继续……与此同时，孰胡的身体就像泄气的皮囊一样迅速地萎缩下去……

几乎就在片刻之后，一条顶着皱缩皮囊的巨大蛇身直立着出现在陆离俞面前。巨大的蛇头还缠留在皱缩的皮囊之中。蛇头正在左甩右甩，看样子是想把这团皱缩的皮囊彻底扔掉。几下之后，蛇头甩开了那团皱缩的皮囊，终于出来了……

还是孰胡那颗智人的头，不过多了两颗露出嘴边的长牙，眼睛也带上了蛇眼才有的凶狠之相。

陆离俞已经被眼前发生的一切吓呆了，心想：我真是跟蛇有缘啊，这个叫孰胡的，一看见我，连伪装都不要了，直接露出个蛇身，就为了和我见面……

他正想着，那条长着智人头的蛇呼地冲了过来。陆离俞拔腿就跑，但是哪里跑得过蛇。智人蛇一跃而起，立马就缠住了陆离俞。陆离俞只觉得自己被一根绳子捆住了，死死地勒住，自己只剩下挣扎的份儿。

下面的三个人见此情状，知道大事不好。季后和女汨赶快冲了过去，手持各自的利器朝着蛇身劈去。每一次劈下，都像砍到了硬石之上一样。他们面面相觑，没想到这条智人蛇的蛇身，硬得就像石甲一样。

女娲站在一旁，看来也是一脸焦急，束手无策。

劈击之下，缠住陆离俞的智人蛇没有止住动势。它向上一腾，蛇身就像立柱一样，带着陆离俞生生升到了半空。陆离俞感觉身形一下飘浮，慌乱之中，不知道这事是怎么发生的。他只看到片刻之后，一颗巨大的智人头，就在自己的眼侧。随即智人的蛇形巨口猛张开来，直冲自己而来……陆离俞已经闻到了蛇口浓涎的恶臭气味，胃里涌动着一阵恶味，马上就要脱口而出……

　　他只有两只手还空着。这个时候也是搏命了，根本顾不上去考虑自己的攻击有多大力度，能在多大程度上止住智人蛇头的攻势。他立刻挥起右拳就朝过来的蛇头砸去。这一砸倒是起了一点缓和的作用，因为蛇头挺没智商的，看到什么就咬住什么，忘了陆离俞的头部才是重点。陆离俞挥拳，智人头蛇嘴一张，立刻咬住了击向自己的拳头……

　　智人蛇头口咬住之后，随即摆头一扯，大概是想把陆离俞的手扯咬下来。陆离俞只觉得一股剧烈脱臼的疼痛从自己的肩肘关节处传来。他想，完了，自己的手要被硬生生地撕扯出去了，余生只能做独臂大侠了。蛇头扯咬不停，这样的想法一次次地出现，但是数次之后，他吃惊地发现，自己的手臂还在自己的身上，蛇头的撕扯还在继续，但似乎并没有能把手臂扯离自己的身体……

　　"锁骨之身。"他的脑子里立刻想起一个词，这是那个叫女盼的人说的。

　　锁骨之身啊，陆离俞在疼痛的快感中激动地想，原来就是这个时候用的。这头智人蛇，别想用所谓的撕扯之术，就把我的胳膊卸下来。想到这里，他一下有了力气，趁着智人蛇还咬着自己的一只手不肯松嘴，他空着的另一只手朝着智人蛇头拼命砸去。这一下集中了他的全身力气，砸得智人蛇一脸茫然，大概事情出乎它的意外吧……

　　智人蛇的嘴一松，本来弯曲的脖子朝上一伸，巨型的蛇头立刻升到了陆离俞的上头，接着蛇头张开，朝着陆离俞猛压了下来，像涎液淋漓，臭气如罩的锅盖一样。

　　下面的季后看到这幅情景，知道陆离俞脱身的最好机会到了，因为蛇口一张，就露出了它全身皮甲都不能护住的部位：蛇的咽喉。

　　"末师，接住。"季后大喊一声，顺着喊声，他把自己的青铜削往上猛力一送。听到喊声的陆离俞，心有灵犀，毕竟跟季后熟啊，立刻知道季后想做什么，他们之间一向都有默契。他把手往下一接，正好接住上升的青铜削。他想也不想，也根本来不及想，顺着青铜削上升的态势往上一送。青铜削立刻直插张开的蛇口之中，刚好穿过智人蛇头上一个扁圆的鼻孔……

　　这边的女泪也把自己的长铗扔了上来，不过她的喊法更干脆："喂，接住。"陆离俞顺势如法炮制，结果，智人蛇头被两件兵器牢牢撑住，部位刚好就是两个鼻孔。

　　此时，巨大的蛇腔连同咽喉就出现在陆离俞眼前。他空着的双手朝下拼命地摆着，意思很明显，再给我弄点什么来，我好趁机一插到底，插他个洞穿窟窿。他摆弄了几下之后，下面什么反应也没有，他觉得有点奇怪，他们四人，季后和女泪是有武器的，他也有一把，现在只要把他那把丢上来就行了，为什么不呢？他朝下面一看，才发现原因何在。

　　自己的兵器已经被季后拿在手上，正与那匹断了半截尖角的猛兽搏杀。大概就在片刻之前，那匹叫驳的猛兽，已经避开女盼，冲了过来，季后只好不理自己，先去弄死这条猛兽。

女汩和女姁已经退到一边，脸上只有惶急之色。把长铗扔给陆离俞之后，女汩现在也没了武器。

女盼和穷奇还正打得热闹，更顾不上这里了。

陆离俞心里犯愁：虽然蛇头咬不下来了，但是蛇头正在剧烈摇摆，拼命想要摆脱扎在口腔里的两具利刃。还有，勒在身上的蛇身还没松开，现在越来越紧……自己的结局只有两样，不是被它勒死，就是被它流着蛇血的巨口咬死……正在这时，来自蛇腹深处的腥气腹巨流一样直冲着他，刚才还空白一片的大脑，这时突然被这阵腐臭冲醒，一个最终的解决方案，一下子就出现在脑海……

我干吗要等他们来救我啊，我身上不是有利器吗？看你这些史前动物怎么应付……

他立刻把手伸进怀里，掏出了那把手枪。不过，问题又来了：手枪现在还在他细心包裹的重重帛布里。

他来不及多想，伸出手来，拼命地解开那个精心打好的结。他现在暗骂自己：我干吗把这个结打得这么牢？

"砰"的一声，这是瀛图之地从未出现过的一种声音，一下响起，似乎震裂了整个旷野。接着轰然一声，刚才还紧紧勒住陆离俞的那条巨蛇像座巨塔一样塌倒在地，扑腾了几下之后，慢慢地僵死在地上。

十

陆离俞大汗淋漓地从蛇肉堆里站了起来，一只手还揣在怀里。刚才那阵声音震动了女汩，还有女姁，她们回过头来，看到已经脱身的陆离俞，脸上的表情不知是惊奇还是欣喜。

陆离俞来不及多说话了，从蛇口拔出两把利器，一把递给了女汩，一把自己拿着，然后指了指季后，又指了指女盼，意思很明显：你去帮季后，我去帮那个叫女盼的女人。女汩点点头，接过长铗。两人持着利器，分别冲向各自分配的厮杀对象。

穷奇和女盼激战正酣，女盼的双环套住的尖角一时还不能攻到他的身上。陆离俞打算好了，就从背后刺他一下，那是他的镜眼看不到的地方。他持着季后的青铜削，朝着穷奇的背后冲了过去。穷奇已经察觉到了后面的异动，大喊一声，一斧劈划了个半圆，刃锋所至，把女盼逼到一侧。他再往后急步一撤。

他的步子很大，一撤之后，刚才还想攻他身后的陆离俞，这时连同女盼一起站在他的面前。

女盼收住自己的环器，看着穷奇，慢慢地说道："你很经打啊，这事出乎我的意料。"

穷奇那张长得像面罩一样的头颅往上一扬，一手指着陆离俞："向来单打独斗的神门巫女，现在也要帮手了吗？"

女盼一点也不受他的挑衅，还是一脸从容地说："能够把你灭掉，多一个帮手，有什么关系？我已绝世，世人如何看我，与我何干？只是我有一事不明：如果你是神巫门派来阻我前行的，为什么要这么费事？神巫门只要赐你一道法咒就行了。那样一来，你我都无须费此一战。"

穷奇默然不语，女盼点了点头："没有法咒，看来你不是神巫门派来的。我搞错了，你大概也搞错了。你要灭的人不是我，而是跟我在一起的这几个人，全部，或是其中的一个。只是看到我和他们走在一起，你错以为我会出手阻挠，才会对我出手？"

穷奇说道："神巫既然知道，为何不就此收手，把这几个人留给穷奇？你要去哪里，都是你的意愿，穷奇不会干涉。"

女盼笑道："这要怪你了。自恃武力，不肯好好说话。打到现在，我怎么会就此收手？"

穷奇说道，也不知道那张光滑如镜的脸上，声音是从哪个地方传出来的："我看，没那么简单吧。说不定，我想做的，也是你一直就在做的，不然，你们为什么会走在一起？"

"我说你这人不肯好好说话，你就是不听。"女盼笑着说，"就算我有这意愿，你该暗示才对。你现在说得这么明白，我只有一个办法了，就是杀你灭口了。"说着，女盼手持环角，冲了过去。两人又开始搏杀起来。女盼的困难在于她始终没有办法攻到穷奇的身后，正面攻势再猛，也没有办法冲破巨斧的防御。

陆离俞看在眼里，突然有了一个办法。他趁女盼歇手的那会儿，做了一个动作，两手一拆，然后把手中的青铜削做了个虚扔的动作。

女盼笑了一下，点头称是："说不定你这招正好。"

说完，她把扣在一起的双环往上一举，然后像陆离俞暗示的那样，双手一拆，空环和带着尖角的套环，立刻分别到了两只手上。她拎着它们就冲了过去。

等到快冲到穷奇面前的时候，一旁的陆离俞突然朝着穷奇的头颅扔出了青铜削。穷奇来不及用手中的斧头来抵御，只能偏头让过。陆离俞的力气本来就不大，要让过这下，对穷奇来说并不难。

但是让他吃惊的是，在他偏头的同时，女盼的空环也扔了出去。她扔出的速度比陆离俞的要快，当陆离俞的青铜削到达穷奇的脖子时候，空环已经抢先一步，越过了脖子的同侧，晚到片刻的青铜削正好穿到了环内，接下来，运势不停，就将一起越过穷奇偏开一侧的脖子。

就在这时，女盼突然将自己另一只手上的套住尖角的耳环朝着穷奇的另一侧横抛出去。

接着奇异的一幕发生了：带着尖角的耳环沿着穷奇的面前横向飞行，另外一只，就要越过穷奇脖子的套削的耳环也开始横向飞行起来，它飞行的方向和另一只耳环飞行的方向平行一致。两只耳环在空中平飞，其势猛厉，一只耳环套住的青铜削立刻横切，切进穷奇的脖子。然后，在两只平飞的耳环迅猛带动之下，穷奇的脖子就被青铜削硬生生地切了下来。

十一

穷奇连叫一下的工夫都没有，因为速度实在太快，等到切下的头颅落地的时候，才发出一声空洞的声音，就像一个空空的茶杯落在地上，跌成碎片一样。两个耳环在空中带着各自的利器合在一起。

女盼双手一拍，两只耳环变大了一点，两柄利器从环中落下。再双手一伸，两只耳环立刻飞到了她的手上，还是原状大小。女盼一手掐起一只，看了看，然后双手轻轻举起，往耳边一抹，刚才杀灵的利器现在成了她耳垂之下一对明亮的饰品。

陆离俞点点头，从地上捡起青铜削，打算跑过去帮一下季后。结果被女盼拉住了。

"我看那位姑娘，还有那位小哥，一起对付那头猛兽，就够了。刚才，你跟蛇怪缠斗在一起，我偶尔分神，注意到一个奇怪的事情。你陪我去看看。"

说着，她拉着陆离俞走到倒下的驳兽的蛇身那里，仔细查看起来。她的目的很明显，想找到智人蛇刚才突然轰然倒地的原因。

陆离俞一脸紧张地看着她。

过了一会儿，女盼发现了蛇身上的一个伤口。她把手伸了进去，费劲地摸索起来，随后，她终于摸出了一样东西。陆离俞看得清清楚楚，那是一颗子弹。女盼吃惊地把这颗子弹举到眼前，正想问陆离俞几句。突然的一声惨叫中断了她的疑问。

她和陆离俞一起回过头去，看着惨叫传来的方向，那头断了半截的怪兽已经轰然倒地。季后和女汨正从怪兽身上拔出各自的长铗。

一旁观战的女姁赶快冲了过去，看样子，刚才季后和驳兽对杀的时候，她已经担心了老半天了，现在总算安心了。她一冲过去，连忙抓住季后，同时脸冲着女汨，唧唧呱呱地问长问短。季后没怎么说话，两个闺蜜倒是你啊我啊地热聊起来。

陆离俞心里有点冒火，他愤愤不平地想：我跟那头蛇精斗了那么半天，差点送命，怎么没人来问问我？他看了女盼一眼，意思是我们都一样啊，没人理呢。女盼没注意到这个，她的手中还拿着那颗子弹打量不已。陆离俞看到那颗子弹，赶快收回了自己的目光，心想：待会儿，这个女人要是问我这方面的问题，我一律不回答。

女盼看样子是明白了陆离俞的想法，拿着子弹的手往袍袖里一塞，然后空手出来，对陆离俞说："咱们也别干站着，过去看看。"

"看什么？"陆离俞一脸傲娇，"我才不去凑那个热闹。"

女盼哈哈一笑，拉起了陆离俞的胳膊："不要这么怄气，别人不理咱们，咱们唯一能做的就是厚着脸皮凑过去。"

两个人走到倒下的巨兽那里，围在巨兽旁边的几个人才回过头来，冲着两个人点点头。

陆离俞气得差点叫出声来："别这样行不行？我也刚刚杀了一头巨兽呢。你们脸上有点表情行不行？"话还没出口，巨兽身上有一样东西，引起了他的注意。那是从巨兽伤口流出来的东西。那不是血，而是浓黑如同污水的液体。他蹲下身来，伸手摸了一把，然后举到眼前，仔细看了起来。

女盼也蹲了下来，也被这种黑色的液体吸引了，做了个和陆离俞一样的动作。

接着，女盼站起身来，捡起陆离俞丢下的青铜削，走到倒下的穷奇那里。她蹲了下来，朝穷奇劈开的脖子那里打量起来，然后又去了倒下的猰㺄那里，查看了猰㺄身上被劈开的地方，还有蛇头的部位，刚刚被子弹击中的地方。

几个人站在一旁，好奇地看着她的举动，连陆离俞在内。

女盼站了起来，露出若有所思的表情。过了一会儿，她独自一人点了点头，自言自语了一句："明白了，原来是这么一回事。"其他几个人对看了一眼，一脸茫然。陆离俞正想开口问问，女盼回过头冲着陆离俞招了招手。

陆离俞赶快屁颠屁颠地跑了过去。季后笑了一声："末师还真听话啊。"

陆离俞懒得理他，心想：懂什么啊，你们这帮人！人家是真心待我。

到了女盼那里，女盼笑着拉起了陆离俞的一只手。陆离俞真心觉得安慰。接下来发生的事，就让他瞠目结舌了：女盼另一只沾满了液体的手，用力在陆离俞的身上抹了起来，直到手上的液体全都抹到了陆离俞的身上，才松开陆离俞的那只手，说道："行了，这东西你手上也有，你也擦擦吧。就在我刚才擦过的地方，喏，就那里，那里还有空着的。"

陆离俞现在听到的是背后另外几个人的笑声，他只好装作没听见，一脸沉静地问女盼："你把我叫过来，就是为了让我当一块你擦手的抹布？"

女盼笑着说："当然啦。你以为是要做什么？"

陆离俞长揖及地："那就谢谢你了，这群人当中，就你最看得起我。"

女盼用那只在陆离俞身上擦得干干净净的手，拍了拍陆离俞的肩膀："这话说得对。有些事，还真是只有你一人能干。至于是什么事，现在没法说。时候到了，不是我，也会有人告诉你的。"

179

陆离俞冷笑一声："还是现在告诉我吧。像你们这样待我，我恐怕是等不到你说的那个时候了。"

女盼听了，只是一笑。她离开陆离俞，走到其他几个人那里，说道："怎么样，以后还是一起走吧？前面的天婴和镆母，估计你们也无法对付，有我这样一个帮手，至少会有胜算。"

几个人互相看了看，还是女汨开口了："说是帮手，真是抬举我等了，接下来的，还得仰仗女巫。刚才听闻，才知道长女乃是神巫一门，有失敬意。"

女盼笑着说："只能说曾属神巫，现在已是神巫流放之人。不过，这事与你们无关，各位不必担心与我同行会有何等不测。我还不知道各位的来历，现在要一一请教了。"

女汨于是把几个人的来历都一一介绍了一下。

"哦，原来是雨师妾的长宫，失敬失敬。"听到女汨介绍了自己，女盼落落大方地行了个礼，"雨师妾被玄溟击败一事，我也听闻了。说是听闻也不准确，那日苍梧大战，我其实也在其中，只是各位都看不到而已。我受神巫之命，查看各地，苍梧大战自然不会疏忽。依我当日查看到的，苍梧之战，玄溟所胜，只是胜在有异术相助，就是一时之间难以查明是何等异术。"

"地炼门。"女汨简短地说。

女盼淡然一笑："我想也是。只是此等异术，绝非地炼宗师奥秘之境，应该只是门师所为。你雨师妾竟然败在一地炼简陋门师之手，应该也是命中注定。敢问长宫，此去河藏，意欲何为？可是出于复国之意？"

女汨漠然地说："先嫁人，其他的以后再说。"

女盼一笑，知道不能再问下去，接着问起了其他几个人。

介绍到女娲的时候，女盼认真地看了看女娲，然后点点头，许久才说了一句："大夏之国，刑人之地，我倒是没去过。如果日后有空，还望熏华神君指引一番。"

女娲红着脸说："那个地方我也不是太熟，只是被人送到那里而已。要去，还是你自己另外找人吧。"

女盼没说话，继续请教。介绍到季后的时候，女盼点点头，对季后说："原来你是鬼方的门子。我神巫与鬼方同属太子长琴门下，也算同门了。既有同门之义，以后更要相互照看才是。那个人，就是那个被我当作抹布的人，他是什么来历？"

"你还是自己去问他吧。"女汨笑着说，"他肯定乐意。好了，时候不早了，咱们还是上路吧。"

季后点点头，冲着陆离俞叫了一声："末师，上路了。"

陆离俞被晾了半天，这时已经不好意思再装悲愤了，赶快应了一声，屁颠屁颠地又跟了过来。

第十二章

一

方秘书离开 H 城的时候，已经是第二天下午了。他预订了第二天下午从 H 城出发的机票，所以他在 H 城过了一晚，住宿地点是 G 局安排的一个酒店。

老头先走一步，一个人坐着高铁回北京了。

G 局的局长很奇怪方秘书为什么不随着老头一块回京，老头的样子看起来就像离开他就不行。晚上陪着方秘书一块吃饭，点菜的时候，他旁敲侧击地问了一句。方秘书正在点菜，回答很干脆："老头回京替我办手续去了。他叫我留在这里，等一份报告。"

他们吃饭的地方是 H 城一家有地方风味的饭店。局长觉得这是待客之道，所以选了这家。他订的是个包厢，包厢里的设施都很俗气，但是还要装出豪华，结果一个小小的包厢里到处都是堵眼的摆设。局长座位的后面，几乎贴着局长的头顶，就是一台悬壁式的十四英寸的液晶彩电。

"什么报告？"局长小心翼翼地问，因为不知道这个问题的答案是不是超出了自己的职权范围。如果方秘书不作答，他也觉得很正常。他还想知道老头会替方秘书办什么手续。不过，这个问题，他觉得最好别问。

"哦，今天下午我提过的，就是关于那辆公交车的报告，载走李国盛的那辆……"方秘书显得很随意，他要了几样菜之后，就把菜单递给了局长。

"是周志平负责调查的？"局长接过菜单，问道。

"对，"方秘书点点头，"下午，老头接到了周志平的电话，称调查已经有眉目了，晚上可以汇报，并上交调查报告。老头叫我留在这里，就是等着周志平的这份报告。"

局长拿起菜单，走到门口，拉开门，把菜单递给守在门口的一个 G 局工作人员，然后回身坐下。

"关于这辆带走小李……李国盛的公交车，我们也做过一些调查……"局长叹了口气，说道，"但是，这事也真是蹊跷。李国盛消失的那个公交站，是没有监控系统的。我们对这辆公交车的追查，只能通过公安部门监控人员的回忆。据监控人员说，他的注意力都集中在李国盛身上，关于车的细节，能想起的不多。据他介绍，这是一辆很普通的公交车，要说有什么特别的话，就是样式特别老旧……不过，本市公交系统的用车，开往偏僻路线的车辆，样式一般都很老旧，所以，当时他看到的时候，也不会觉得意外……"

"他没有注意到什么细节部分吗？"方秘书问。

"有一个细节，"局长说，"但是，他也拿不准，就是当这辆车开过他眼前的时候，他注意到了车顶，好像有两根趴着的细长钢杆……他记得这是 20 世纪七八十年代的无轨电车时期才有的装置……我们觉得这可能是个线索，所以专门查询了一下公交系统中，还有没有七八十年代留下来的公交车，得到的结果却让人失望。据公交系统的同志介绍，这种车早在九十年代就彻底停开了，所有车辆都被交给废品站拆卸处理。"

"三天子陵数据处理中心，对外的称呼，不就是垃圾处理中心吗？"方秘书笑着说，"说不定交接过程出现了纰漏，其中的一辆就被发到了那里，然后一直隐藏下来，直到前几天，才被人开了出来，带走了李国盛同志……"

局长笑了一下，心想吃饭的时候，开些这种玩笑倒是能调节气氛："应该没这种可能，无轨电车是电动驱动，需要城市上空架设的导电电线……90 年代，这类电线也全都拆完了。就算有这么一辆，它也没法开到路上……"

方秘书点点头，拿起桌上的一个遥控器，说道："关于这辆车的具体情况，看来只能等周志平的报告了。据老头说，周志平没有跟他讲细节，但是听起来蛮有信心的……我们别聊这个了，看看电视新闻吧。有一条新闻，我倒很关注。"

电视开了，转到新闻频道，正在播报一天的重要国内国际新闻。方秘书神情专注地看了起来，局长只好也移动椅子，回头看了起来。现在正在播报这样一条新闻：今日，一家名为"瀛图"的中国大陆高科技公司在美国纳斯达克上市，开盘十分钟之后，市值即创造了历史。接下来，就是"瀛图"的 CEO 接受中央台记者采访的画面。画面中，特写镜头中的 CEO 正在侃侃而谈。

"你知道这个人吗？"方秘书问。

局长看了一会儿，点点头："认识，这个人叫刘春明，报纸电视都在说，这次公司上市之后，很有可能他会成为中国大陆第一位百亿级的富豪。"

"说来你可能不信，"方秘书说道，"这次来 H 城之前，我一直呆在纽约，目的就是准备约访这个人……"方秘书的话到这里就断了，因为传来敲门的声音。

局长喊了一声"进来"。饭店的服务员端着几样菜进来了。

方秘书拿起筷子，说道："我们快点吃吧，我跟周志平约定见面的时间就是九点左右。"

二

晚上九点钟，周志平带着一份材料到了方秘书下榻的房间。他们简单聊了几句之后，周志平就离开了，留下了一沓厚厚的材料，让方秘书消磨长夜。方秘书拿起这叠厚厚的材料，从第一页开始，阅读起来。材料的主要内容，就是关于那辆带走李国盛的公交车……

"本地一直流传着一个传说，就是关于一辆公交车的传说。"

"这类传说，在社会学的研究中被视作群体心理现象之一，它和某个荒废的旧宅在传说中成为鬼宅一样，成为一种可以从不同角度审视的文化资源……"方秘书看到这里，赶快往后翻了几页。他有一种不好的预感，不会遇到一个职称论文写作控吧？把我当什么了，靠发职称论文谋生的三流学术杂志的三流编审？……

还好，几页之后，总算切入了正题。周志平开始谈他关注这一现象的经过：

"刚刚进入三天子陵的时候，我就听到过一些传说。按照工作守则，三天子陵的工作人员很少私下接触，所以这一传说，并不来自我工作的场所，而是来自工作时间之外的日常生活接触中。尤其是在环保组织发动的集体抗议事件之后，我工作的场所开始成为市民街谈巷议的对象。那段时间，不论我走到哪里，几乎都能听到关于我工作场所的各种流言。

"其中，有一个流言引起了我的兴趣。这一流言来自二战日本侵略者占领本城时期。日据时期，三天子陵成为日本的一个军事基地，日军在此进行了一系列的军事工程……其中之一，就是在三天子陵的一座主峰的山体崖壁上开出一个深入山体的洞道，洞道直入主峰的中心，然后在中心向下挖出一个深达近百米的坑道……"

方秘书看到这里，又翻了几页，因为这一段历史，他已经很熟悉了。他和周志平见过几面，每次见面的时候，这些内容都是周志平必谈的内容，他不想从纸上再读一遍。几页之后，他读到了下面的内容：

"市民流言的内容是关于三天子陵日军集体死亡的原因。

"日军集体死亡事件发生之前，并没有任何慌乱的痕迹。因为根据当时留下来的材料，日军和国民党军队已经达成了关于投降的一系列事宜。日军承诺，在投降之日，会将关于三天子陵军事工程的所有材料准备齐全，全部转交。国民党军队也做出承诺，会以人道的精神对待日军战俘，他们只要交出全部军事设施，以及相关的材料，就会得到妥善对待。

"从这些遗留到今天的材料来看，国民党军队真正感兴趣的不是这些日军，而是日军手中的关于这座军事基地的相关材料。日军为什么要挖掘这样一个工程？大概只有这些材料到手之后，才会得到答案。但是事情的结局，却让他们失望了。日军集体死亡，他们手中的材料也随之失踪，国民党军队除了一堆看不到任何伤痕的日军尸体之外，只有一些还没完工的遗留工程……

"关于日军集体死亡的原因，在官方的结论之外，本地市民有各种各样的说法，大部分都荒诞不经。只有一个说法，看起来虽然荒诞，但是却异常耐人琢磨，因为，这个说法和我听到的流传在公安部门的一个传说好像有些什么关联……

"我负责的是三天子陵的保安工作，和公安部门的同志接触过一段时期，偶尔也会闲聊些杂七杂八的内容。有一次，我问过他们，在他们接手的案子中，有没有遇到过直到现在都难以侦破的案件。他们说，他们自己没有接触过，倒是听闻过一些，其中有一些案子只存在于人们的口头流传中。有时候，出于好奇，他们曾经翻阅过局里一些档案，但是从来都没有找到过关于这些案子的任何记录。

"他们谈的这些被他们视作胡扯的案子中，我特别感兴趣的是一件被称为25 路公交车谋杀案。

"据档案记录，有一天深夜，25 路公交车开到一个站点，发现站点上有三个人正在等车。车子开到站点，停了下来，三个人上了车，两个男的，一个女的。他们上车的样子很奇怪。上车的门很窄，只能容得下一个人，所以三个人是前后依次上了车。两个男人一前一后，中间是一个女人。

"女人着兜头雨衣，戴着一个遮住了半张脸的口罩，就露出了一对眼睛。那时，还是有人售票的时代，售票台就在司机座的后面。三个人鱼贯上了车，领头的一个付了钱。售票员抬起头来递票的时候，被一对眼神吓到了，就是那个戴着口罩的女人的眼神。那眼神里有一种惧怕和求助……

"售票员正在犹豫要不要开口，那个付了钱的男子一把抢过车票，和另外一个男子一起，推挤着女人走到一个空着的座位上。女人坐下，那两个男人一左一右地站在座位旁的通道上。这样做很奇怪，因为当时已经很晚，那辆车上没有什么人了，就这三个乘客，空着的位置很多，但这两个男乘客却一步也不离开坐在位置上的那个女人……

"汽车开过几个站点，终于到达了城乡交接部分的一个站点。两个男人又带着女子起身。跟他们上车的时候一样，也是那样下了车……

"售票员虽然有点害怕，这时也控制不住自己的好奇心，走到车门那里，看看几个人到底要去哪里。他发现这几个人下了车以后，就像刚才上车前一样，站在等车的地方，好像在等另外一辆公交车一样……

"三个人站立的样子，跟他们上车前几乎一样。两个男人一左一右，紧紧夹住那个戴口罩的女子。女的朝售票员投来最后的目光，还是那种充满了求助和惧怕的目光。售票员心里怕得要命，但却连开口叫一声的勇气都没有。等到车走后，他才想到一个问题：这几个人的样子，看起来是在等着最后一班车，但实际上，他现在所在的这一辆车，已经是最后一趟经过这一站点的公交车了。

"回到终点的售票员，把自己看到的向值班领导汇报了。值班领导觉得事情有点蹊跷，便给公安局打了一个电话。公安局听了之后，也觉得奇怪，于是就连忙派人开车去了售票员所说的那一个公交站。

"在那里，他们发现了一具尸体。尸体是个女的，全身装束一如售票员所说，穿着雨衣，戴着口罩。他们进行尸检的时候，才发现一个从外面看不到的特征。女子的左臂上有一个文身，文身的图样是一条鱼绕着一盏灯。除此之外，他们没有发现任何能够找到凶手的线索。

"那两名男子被视作嫌犯。售票员详尽叙述了那两个男子的形状，依据他的讲述，公安部门手绘了画像，然后分发到各处。接到这些手绘画像的人都有几乎一样的感觉，觉得画像上的这两名男子，越看越像日本人，有着一种奇特的日本军人的气质。但对这两个男子的通缉，最后都已无果告终。

"此案最后就成了悬案……

"这个故事引起了我的兴趣。于是，我专门去查看了一下本市的公交系统。

"我发现了一个大家都疏忽的事实，现有的本市的公交系统中，并没有25路公交车。对这一点，我倒不觉得稀奇，因为城市发展过程中，公交线路有些可能会改道，有些线路则由于大规模的拆迁而消失。所以，我估计，这条线路可能就是这样消失了。

"于是我又去翻阅了相关的公交系统沿革的材料，结果惊奇地发现：这条线路其实在很早以前存在过，不过时间早得让人惊奇。

"这条线路其实开辟于日本占领本市时期。严格来讲，这条线路并不是一条市民使用的线路，而是一条军用线路。它开设的目的，是专门为驻扎在三天子陵的日军来回城区而开设的。所以它起点在城区的某个地方，但是终点却是日军设置在三天子陵的军事基地。

"这条线路还有一个秘密的用途。当时驻扎三天子陵的日军经常强迫本城的妇女前往那里卖身，卖身的女子前往三天子陵的路线，很有可能就是这条叫25路的公交线路。当地市民大概经常看到日军强迫本地女子踏上电车的场景。（补充一句，这条线路上的用车，都是无轨电车……）大概也就是这个原因，这条线路具有了悲惨的女性的特色。后来，就成为本城街头巷尾流传的各种传说之一。

"不过，随着时间流逝，这些传说逐渐模糊了源头，而且不顾一个显在的事实，就是这条线路，自日本投降以后，随着日本军营的消失，就基本废除了。但是围绕这条线路，每过一段时间都会出现一个悲惨的传说，可能各有不同，但是大致的情节却没有变化，就是两个男人和一个被挟持的女子的情节。我听到的那个版本其实开始于'文革'结束之后，所以带有大量的'文革'痕迹。

"李国盛失踪的案子和这些传说，有一种看似荒唐，但是却无法忽略的联系。李国盛失踪时的那个站点，是那条消失的线路唯一留下的一个痕迹。中华人民共和国成立后，它消失过一段时间。直到十几年前，随着城市扩建，它被重新征用，划入到新设的一条公交线路，所以，几乎没有人知道，这个站点曾经出现在另外一条历史上存在过的公交路线之上……"

方秘书看到这里，房间的电话响了。他放下材料，接起了电话。电话是老头打来的，告诉他所有的手续都已办妥，交接的时间为明天飞机起飞前三个小时，交接的地点是在机场贵宾室。

放下电话的时候，方秘书的目光停留在那堆还没看完的材料上。他想：这样写下去，能有的结论大概只有一个了：带走李国盛的，就是一路冥车……

三

"你叫李国盛？"

小李听到一个女人的声音，带着洞穴回音的声音。他睁开眼睛，发现自己好像置身于一条狭窄的隧道深处。他的周围有昏暗的灯光，不知道是从哪里偷来的电力。他动了一下，发现自己已经被牢牢地捆绑着，靠着隧道的硌人的粗硬的道壁。

一个女人正站在他的对面。女人的容颜在昏暗的灯光里，看起来显得精致异常，但他想这会不会是昏暗灯光的效果。他不太相信昏暗灯光中的女人，无论是她的相貌，还是她即将说出的话。

女人蹲下身来，解开了小李身上的一个结，自己转身坐到房间里的一张椅子上。小李扭动了一下身体，想要站起来，但是双腿的麻木感让他知道这样做是徒劳，于是就放弃了。

小李这时已经习惯了周围的黑暗，慢慢看出来了，刚才的隧道其实是个错觉，实际的描述应该是，一个像隧道一样的拱顶窄长的房间，感觉像是一条长长的隧道截了一段，然后改造而成……

"你记得自己是怎么到这里来的吗？"女人问道。

随着她的移开，小李发现自己的眼前突然亮了起来。女人好像是一个移动的光源，随着她移开的距离，她随身携带的电力逐步得到加强，然后传输到房间里的通明电器之上。借着这些逐步增强的电器之光，小李逐渐看清了自己所处的地方，的确是一个拱形隧道的一截。他自己正被绑在一个靠墙的什么物件上。

"你是谁？"小李问。

"我也不知道我是谁。活得太长了，人会忘掉许多事。你现在问的就是其中一件。"女人笑着说，"我现在知道的自己只是做着一件事的自己。这件事就是在这里找一个人。现在，这个人已经找到了，就是你……我是谁并不重要，关键是你要知道一件事：你已经被我们选中了，所以你才会来到这里。"

说到这里，坐在椅子上的女人伏下身，直视着小李："你现在，记得你是怎么来到这里的吗？"

小李不太习惯和女人对视，尤其是这样一个锋芒毕露的女人。他转过眼，慢慢说道："你这种审讯方式还真是奇怪。为什么不问一些更机密的问题？你们把我抓到这里来，很显然，肯定明确我的身份，还有我正在做的事，为什么不问问这些？"

"那些都不重要。"女人说，"重要的是你记不记得你是怎么到这里来的。"

小李回过头，看着女人的样子，心想：真是个古怪的女人。难道这是我进入下一步之前，必须要做的事吗？就像我被设计，成为杀死老张的人一样？

他看着女人一脸耐心的样子，开口问道："我必须要讲吗？"

女人点点头，说道："是的。你必须要讲。"

"如果我不讲呢？"小李问。

女人笑而不答，只是静静地看着小李，然后开口问他："你知道自己在这里呆多久了呢？"

女人的目光很有诱导意味，小李竟然会开始认真地去想这个问题。这一想，他突然觉得有点奇怪，他竟然想不起来自己被抓进来了几天，他犹犹豫豫地开口了："三天，还是一个星期？……"

"看来，关于这件事，你是记不太清楚了。"女人若有所思地说，然后点点头，露出比较满意的神情。

小李看着这个样子，觉得好奇，我就记不住个日子，你满意个什么。"你好像挺满意的，能告诉我为什么吗？"小李问。

女人看着小李慢慢地说："这能证明一件事，你已经快忘掉这件事了。"

小李有点吃惊地望着她，不知道该说什么好了。女人看着他，继续耐心地问道："我们就从这个问题开始了，你最好配合一点，记得多少，你就说出多少。别紧张，就当在参加一个心理测试好了。"

不知道为什么，一旦女人的眼神转换为一种诱导的神色，小李突然发现自己对于这样的眼神一下就失去了抵抗能力。他虽然有抗拒的念头，但是却一点也没有抗拒的动力。

"来，我们开始回忆。"女人说，"你是怎么到这里来的？"

四

女人从自己的兜里掏出一个手机，摁了一下，这个坑道里立刻充满了舒缓的音乐。这一下，整个环境，看起来更像是一个心理治疗诊所，小李只差完全躺下来，然后放松身心了。不过，音乐的舒缓力度如此之强，小李觉得自己好像已经忘了自己正被捆着。

"我上了那趟车。"小李语调舒缓地说。

女人点点头，继续问道："然后呢?"

小李继续语调舒缓地说："要我讲下去，可以，但是，我有个要求……你别像个心理医生一样追着问，行不行?"

女人倒是一点也不生气，含笑点了点头，说道："可以啊。你继续说吧，到了需要你停止的时候，我再叫你停。"

"我上了那辆车。一般我都是坐这路车回到我的住所。我坐过很多次，也许太熟悉了，所以一点也没在意它的外表，也没在意过它的内部装修。等到我注意到这一切的时候，我才发现一个问题：我可能上错了车，因为我的印象中，我平日所坐的车应该是一辆燃油汽车。但是，从我所坐的窗口看去，我竟然看到了车顶上一条长长的触角，我好奇地从车窗看了一眼，结果竟然发现这条触角就搭在两条黑色的塑料包裹起来的电线上面。"

"你以前没注意到吗，这样的车曾经在这座城市的主要车行道上出现过?"

"我小时候，好像经常看到这样的车，自己也坐过。但是据我所知，进入80年代以后，这样的车已经逐渐消失了，后来几乎所有的公交车都改用了燃油车，这种有着像天线一样触角的车，已经消失了。没有消失的，只有一辆。这辆车只存在于这个城市的一些传说之中，一个关于两个男人和一个戴口罩的女人的传说……"

说到这里，小李看着女人。女人正低头玩着手机，就跟一般的低头族一样，已经养成了一边与人交谈，一边低头玩手机的习惯。

小李不知道这番话在对方那里会有什么样的反应，便问了一句："你这时是不是该插一句什么?"

女人好像迷恋上了手机一样，手不停机，头也不抬地说："没必要，你继续说吧。"

"我从车窗上回过头来，朝车厢里看了一下，"小李说，"在车厢最角落的地方，果然有传说中的三个人。两个男的，一个女的。男的站着，女的坐着，似乎藏身在两个男的后面。我的目光投射过去，两个男的从两边让开，一个女子如同传说中的那样，戴着口罩显出身来。"

小李看了一眼女人，大概想判断一下眼前的这个女人，和他现在讲到的这个女人是不是同一个人："不过，与传说中不一样的地方是。女人的目光迎着我的目光，用手解开口罩，我看到了一张女人的脸。我想，这就是我第一次遇到你的那个时候。揭开口罩之后的你，露出的不是惊恐和乞求，而是诱惑十足的微笑。"

女人好像对这个细节产生了兴趣，手机也不弄了："你觉得我们是同一个人？我，和你在车上遇到的口罩女？"

小李没理她，他现在叙述的欲望弥漫着全身："接下来，那两个男的走到我的面前，一个人朝我脸上砸了一拳，把我的枪也砸到了地上。当时，一看到他们启动，我就把枪掏出来了。不过，我从来没有开过枪，这时，更没那种开枪所需要的沉着，枪被砸到地上实属正常。我唯一的反应就是去把枪捡起来，不过以我的身手，要想做完这一切肯定不是一件容易的事。另外一个男人抢先一步，捡到了那把枪。他倒是一点也不犹豫，冲上来，把我摁在地上，应该是用枪柄朝我头上狠狠地砸了几下。他的动作倒是利落，几下之后，我眼前全黑了……等我醒来，我就到了这里。"

小李讲到这里就停住了，眼神有点茫然，好像眼睁睁地看到什么消失得只剩下一个尾影的野兽一样。至于那头野兽是什么样子，他已经彻底忘记了。

女人耐心地瞪了一会儿，然后问道："有一件事，你好像忽略了：你上车之前的一天，发生过一些事，你还记得吗？"

小李仔细想了想，然后摇了摇头："我的记忆好像到了这里就断了。我记得的只是，那天，我跟一个同事叫老张的，一起来到我平时乘车的地方，他陪着我等车到来……这后面发生过什么，我不记得了。"

女人没有说话，只是静静地看着小李，好像在判断他说的是不是真的。过了一会儿，女的开始拿起手机，摁了一个键，手机开始出声了。

"你是谁？"这是手机里传出的第一句话，是小李的声音，接下来，他听到的都是自己刚才讲述的事情。他终于明白了："你刚才用手机在录音。"

女人点点头，示意他继续听下去。李听到自己空洞的声音缓缓地行进。但是在某一个阶段之后，女人关闭了手机，然后问道："刚才的录音，你听出了什么问题吗？"

小李想了一会儿，说道："你刚才播放的录音不是这一次的，好像是另外一次的……这么说来，同样的问题，你问过我不止一次了，可我的感觉却像你是在第一次问我一样？"

女人点点头："是的，我问过你很多次，都是同样的问题。这件事，看来你已经忘了。还有很多事，都是很重要的事，你也忘掉了不少。但是还有一些，你并没有忘掉。"

小李明白了：女人为什么会要求他回忆他是怎么来到这里？她的目的似乎只有一个，就是想知道我还能记得多少，已经忘了多少……这么说来，难道我还被困在这里的目的，就是要让我彻底丧失记忆？……

女人站起身来，对着手机喊了一下。然后空洞的坑道里传来一阵阵的脚步声，好像是好几个男人的脚步声，感觉就像盖世太保来到这里一样。小李心想，接下来出现在我面前的，会不会是几个皮套墨镜的发型奇异的硬汉。结果，随着脚步声停止，来到他面前的却是几个憨直粗壮的民工兄弟，跟在一个穿西装的文雅人士后面，

穿西装的文雅人士一脸亲切地看着小李。小李吃惊地看着他。

"自从来到这里之后，他每次看到我都是这种表情。"这个西装男子一脸慎重地说，"这说明，他已经忘了一件事，他在这个房间里和我见面，已经有好几次了……所以，每一次见到我。他都以为我是第一次出现。不过，这样的表情又表明了一件我最担忧的事：他还记得我？对吧？"这话是问女人的。

"刘鼎铭？刘律师，原来你在这里？"一时之间，小李没有听明白西装男子的话，他脱口而出完全是因为惊奇，这个西装男子就是他一直在找的，且失踪已久的刘鼎铭。

"这句话也是每次都会重复的。"刘鼎铭叹了口气，"要让他彻底忘掉来此之前发生过的事，我们做过的事，还要继续啊。"说完，他一挥手，几个民工兄弟很快就把一个头套戴在小李的头上，然后各持几条线飞快地跑向一个放在房间深处的黑色的仪器那里。等到几条线连接在上面，一个民工兄弟站在不远处一个看上去是控制台的仪器前面，等待着那对男女的指令。

刘鼎铭开口了："3 号键，速率 80，时间 15 分钟，设定三次。"然后，他回头看着女人，意思是这样行不行？女人点点头。这一点头就把两人之间的关系表明得清清楚楚。

电流顺着电线冲到小李的身上，他的意识奇怪地没有一点疼痛，只是觉得自己脑海中的空白区域越来越多。他突然想起了一件事，就是刚才他以为自己已经彻底忘掉的一件事。

那件事发生在他和老张坐在一张椅子上的时候。

他准备告别老张，去乘坐即将到来的那辆公交车，手却被老张拉住了："先别动，我告诉你一件事，你听了以后，不要有任何表示，就像大家随便聊天一样。"老张看了看表："我现在只能把这件事告诉你。"

小李吓了一跳，正想开口，却被老张止住了，老张的脸色是他从来没有见过的严肃和庄重："……我已经找到了本案最关键的一个线索，就是那个叫郁鸣珂的女人。我知道，她还在这个世界里面，并没有离开。至于怎么才能找到她……一切都由你来发现，你要记住……"

关于这件事，他现在能记起的只有这些……电流即将冲遍他所有意识，他最后的清醒只能集中到一个念头：如果我的记忆真的丧失了，唯一对不起的人，应该是老张吧，他对我的期望……老张现在怎么样了……他的脑子里突然

又出现了一个画面：老张垂头坐在椅子上面……还有隐隐约约传到耳边的"砰"的一声枪响……

谁开的枪？枪声响起，是在他上车之前，还是在他上车之后？

随着这个画面，他看到了一串写在一张纸上的数字0923—928773……听到了一句话，还是那个女人说的："一定要抹掉这段记忆……这是最后一次！如果还是不行的话，他对我们就没什么用了……"

五

按照老头的要求，第二天，离登机前三个小时，方秘书赶到了机场。昨天晚上，他已经将周志平的材料传真给了老头。赶到机场的时候，方秘书心想：估计老头现在还在读这份材料。

进入机场之后，他没有走一般旅客通道，而是直接走了贵宾通道。贵宾通道的入口处，一个穿着西装的文职人员正等着他。

"来了？"方秘书问。西装点点头，把方秘书引到机场贵宾室。

老头正坐在里面，还是老样子，若有所思地抽着烟。方秘书叫了一声"首长"，老头才回过头来，冲着他点点头，示意他到对面坐下。

老头陈旧的公文包里摸出一本东西，顺着桌面滑到方秘书的面前："按照你的要求，我们为你办了这本护照：香港护照。香港护照是一百四十多个国家免签的，所以，从理论上讲，有了这本护照，全球范围里，你爱去哪里，就能去哪里。"

方秘书拿起护照，看了一下："你给我取了这个名字？港味这么重？"护照上有一张方秘书的西装正冠照，下面的名字叫司马雨农。

老头难得地一笑，说道："香港是个很奇特的地方，被殖民一百多年了，取起名字来不是一股遗老气，就是30年代上海滩才有的洋仔气。你不喜欢，我可以改改，改成洋仔类的，叫司约翰？"

方秘书笑了笑，没有说话，把护照放进自己的公文包里。他的公文包可是高级货，比老头的不知好上多少倍。

"不这样不行，你暂时用着吧。"老头看着那个公文包，面色沉静如水，"有一件事，我想跟你再讨论一下，现在，"他看了一下手表，手表也是很老旧的国产货，"离飞机起飞还有三个小时，你抓紧时间，跟我讲讲你怎么认定，你要找的那个人就是一个和我们这个案件至关重要的人。"

"你不跟我谈谈周志平的那份材料？"方秘书问，"我昨晚传给你的。"

"我们待会儿再聊这个，"老头说，"我更关心你这次外出的任务，你对这件事的把握有多大？"

方秘书从自己的公文包里摸出一张照片，递到老头面前，说道："这张照片，就是我们看到的那个游戏隐藏的页面。最明显的是两样东西，一个是鱼，一个是一盏灯。鱼和灯代表什么，可能是我们解开这个案子的关键。"

然后他又从公文包里拿出另外一份打印好的材料，递到老头面前："这是驻外工作人员递交的一份报告。我要去找的这个人，就是他在报告中提到的。据他了解，这个人被发现的时候，不会说话，看样子是个哑巴，但是，与人们共处几天之后，这个人才算开口了，最早说出来的是两个字。"

"哪两个字？"老头接过材料之后，把材料放在一边，看样子，他更喜欢听人汇报。

"一个是鱼，一个是灯。"方秘书说，"在周志平的那份报告里，也提到过一桩流传在 H 城的悬案，悬案中的死者是一个女人，女人身上有一道文身，文身的图样是一条文在灯盏上的鱼……"

老头不说话了，看了几页材料，然后问道："这个人是中国人？"

方秘书摇了摇头："不知道是哪里人。据材料上说，发现这个人的时候，这个人的装束非常奇怪，不像地球上的任何一个地区的服装，没法判断这个人到底是哪里人。"

"发现这个人的是什么人？"

"是一个华人团体。我觉得准确地说，应该不是发现，而是等到。材料上说得很清楚，这个华人团体是以瑜伽修炼旅游组团的名义到达那个地区的，随后一直呆到这个人出现为止。具体时间是在一天早上，他们集体来到海边，进行瑜伽早课，然后就看到一个被海潮冲击到岸边的人，这个人就是我们提到的那个人。随后，他们就带走了这个人。按照一般的通例，他们应该交付给当地的警局。但是他们没有。从这个过程来看，他们组图旅游的名义可能是个伪装，真正的目的就是等待这个人。"

"那现在的情况呢？这个人被这个瑜伽旅游团带走了？"

"没有，离开的是这个瑜伽旅游团。据这份材料上讲，旅游团离开的时候，团里并没有这个人的身影。我分析原因，可能是因为这个旅游团并没有资格进入大陆地区，所以他们在发现这个人之后，就把这个人藏在当地，等着另外一个人的到来。我估计，来者应该是能把这个人带入到我大陆地区的一个人。"

"哦，"老头不说话了。停了一会儿，他才开口说道："现在已经基本清楚你要去做的事情是什么。只是我想提醒你，你此去将会面临的危险。根据国际刑警的年度报告，这几年全球各地都出现了一个值得注意的新动向，就是华人黑帮的兴起。黑帮的来源非常复杂，既有各地已经扎根的华人，也有改革开放前后偷渡以及走出国门的华人……开始只是七零八落，慢慢地就有燎原之势。尤其是在华人密集的有些国家，华人黑帮的势力已经隐约有凌驾于当地传统黑帮之上的趋势。"

老头一支烟已经抽完了，又拿出另外一支，点燃，吐了一口烟圈："说起来也很奇怪，各地的传统黑帮对华人黑帮都有一种天生的敬畏感，这种敬畏感真是滑稽，大多来自于李小龙痛殴洋人的功夫电影……哦，扯远了。"他叹了口气，接着说："国际刑警报告中提到了，华人黑帮已经有国际化联合化的趋势，也与国内的各种犯罪团伙有着千丝万缕的联系……"

方秘书听到这里笑了一下。老头不解其意地看着他。方秘书赶紧解释："领导说起这些，让我想起了一件事。我在纽约当记者的时候，一个德国籍记者问过我一个问题，好像是关于我国的兴起和我国应承担的全球责任。我当时还不知道怎么回答，幸亏来了一个电话，我就趁机溜了，溜回了祖国。现在听了领导的话，我想，我应该知道怎么回答德国记者了。"

"这种事，你还是知道就好。"老头不放心地看了方秘书一眼，"我国政府对此已经有统一的口径，你应该不会忘记……"

方秘书点点头，然后看了看自己的手表："领导的指示非常重要，只是时间……请领导放心，我对此行的艰巨性有着清醒的认识，一定会平安地带着目标回到祖国。"

老头笑了一下，大概也觉得自己的话太多了："好吧，我就再说一句，整个事件背后肯定有华人黑帮的参与，而且可能已经是一个国际化的隐藏很深的华人黑帮……关于这个黑帮的具体情况，我们还在调查，现在能告诉你的，只有一句：多加小心。"

老头说到这里，眼神停留在方秘书身上，里面的关切超过了任何上下属之间能有的程度。方秘书没注意到这个，不知道是不是有意，老头说话的时候，他一直看着贵宾室窗外的机场跑道……

老头叹了口气，说道："你倒是挺怕误了这班……不急，还有一件事：周志平的报告，我还没来得及看。你简单跟我谈一下……重点是你对这件事的看法……"

方秘书滔滔不绝地讲了几十分钟，好像忘了他刚才提醒老头的事情：起飞时间。老头比他有耐心多了，认真听着，一直没有打断他。

等到方秘书讲完之后，老头沉思了一会儿，然后问道："这么说，你也确信李国盛的失踪是和一辆传说中的什么鬼车有关系？"

"暂时就这样设定吧。"方秘书说，"因为这是我们目前能够掌握的唯一线索，虽然还不知道动机。"

"那个叫张立任的，能确定是李国盛杀死的吗？"老头问。方秘书摇了摇头。

"那么，李国盛现在会被带到什么地方？"老头看了一眼材料，问道。

"我想，"方秘书说，"可能还留在本市的某个地方。应该是被什么人囚禁起来了。G局局长和公安部门都在全力搜索……即使搜索失败，我想，事情也

193

许还算不上到了绝境。"

"为什么这样说？"老头问。

"我跟李国盛单独见过一次面。"方秘书说，"离开的时候，我给他留过一个电话号码，0923—928773。他可能不知道，这不是一个电话号码，而是一个只有他知道的数字，也是一个他会一直记住的数字……"

第十三章

一

灭了穷奇和辣胡之后，几个人的心里并未觉得安然。见识过这两个怪兽的猛厉之后，接下来的天婴和镇母会是什么样子，除了那个叫女盼的，其他几个人一想起这个，都会忍不住心里一悸。女盼脸上也是一脸焦虑，不过，她焦虑的原因，与几个人正相反。她想的是，还要走多久，这两个灵怪才会出现。

接下来的道路还算顺畅，天婴和镇母好像已经忘了这几个人。女汩等人不敢放松，走走停停，一路谨慎。一路下来，女汩等人和女盼之间已经没有什么特别的隔阂，但彼此之间也只是不即不离。女盼也没有主动接近的意思。每次女汩等人找个地方歇脚的时候，女盼总是会消失不见。等到天明上路的时候，总会看到女盼静静地站在他们出发的地方，真不知道一夜之间她是在什么地方消磨时间。

一天晚上，女汩等人找了一个山崖之下的空地开始过夜。一天劳累，几个人都睡得很熟。陆离俞睡到半夜，突然被一只手推醒，他睁开眼睛，推醒他的是女盼。女盼冲他做了个手势，意思是不要出声，跟着她走。陆离俞想也没想，就起身跟着去了。

女盼带着他，一路默不作声，走上上山的道路。过了没多久，他们就爬到了山顶。女盼停住脚步，开始朝着他们白天的来路眺望。陆离俞也朝她眺望的方向望去，看到的是一片浓重的黑暗。

"还跟着呢。"女盼笑着说，也不知道她说的是谁。她继续眺望着远处，头也不回地对陆离俞说："你要是累了，可以坐下歇着。我把你叫过来，只是有些话想问你。你坐着说，就行了。"

陆离俞也真是累了，他坐了下来，抬头看了看星光辽阔的夜空。

女盼的话从头顶传来，感觉就像来自夜空一样，深远而幽渺："那日一战，你杀了辣胡，用的可是这个？"女盼说着，从袖口里掏出那颗子弹，举到自己的眼前，就着夜光仔细查看起来。

陆离俞仰头看着那颗被女盼举在手里的子弹，伸手向女盼讨要。女盼没理他，陆离俞只好收回手："我如果把事实的真相告诉你，不会破坏我在你心目中的已有形象吧?"

"应该不会。"女盼说,"我也不知道'形象'这个词是什么意思。"

"那好,我告诉你。"陆离俞拍拍屁股站了起来,"这个东西,叫子弹,是我来自的那个世界的杀人利器。它一般是来自一种叫枪的东西。枪,我有;子弹,我也有。但是,杀死那个驳兽的这颗子弹,不是来自我这里的枪。"

陆离俞这时走到了女盼身边,伸出手指,指着女盼手里的子弹:"听到'砰'的一声的时候,我也是一脸困惑,因为当时,枪还捆在我掏出的一个包裹里。我需要将枪从包裹里拿出来,对准孰胡的咽喉,然后扣动扳机,才会有这么'砰'的一声。"

"扳机?"女盼用眼神表示不解。

"扳机,"陆离俞耐心地说,"就是手枪上面的一个机关,扣动之后,子弹才会射出……当时的情况是,我连扳机都来不及扣……现在,那颗我打算射死孰胡的子弹,还在我的枪里。"

女盼伸出手来:"那个叫枪的东西,你能拿出来给我看看吗?"

陆离俞想了一下,不知道为什么,他对这位女子有一种特别的信任感。虽然不能完全消除疑虑,但他一点也不担心:枪到了对方的手上,会有什么不好的后果。他从怀里掏出裹着那把枪的包裹递给女盼。

女盼看着厚厚的包裹,一脸惊诧地问:"就这个?你们那边管它叫枪的东西,就是这个?"

"东西在包裹里面。我来替你拆开吧。"陆离俞赶忙说。

"不用。"女盼说完,用另外一只手在包裹上划了几下,包裹就像被把刀慢慢割开了一样,露出了里面的冰冷黝黑的兵器。女盼拎起那把枪。

陆离俞开始以为她应该不熟悉这种器械的使用,没想到,枪到了她的手上以后,她把玩起来的动作,就像警匪片里一个熟练的女杀手一样,不仅把握姿势正确,而且顺手一抽,就卸下了弹匣。那颗没有射出的子弹,就放在里面。

一套动作下来,陆离俞看得目瞪口呆,连该说些什么都不知道。

女盼取出弹匣里的那颗子弹,随手把枪抛还给了陆离俞,自己对着夜光,仔细查看起两颗子弹来,最后得出结论:"的确不一样。"她把陆离俞那把枪里的子弹还给了他:"这么说来,打死灵怪孰胡的子弹,是来自另一把枪里的子弹。你大概已经有了这个判断了?"

陆离俞点点头:"很早以前,我就有了一个疑惑,但是,直到那个叫孰胡的灵怪被人杀死,我才知道,我最不能相信的事,才是唯一的答案,唯一正确的答案。"

"什么答案?"

陆离俞把子弹放回弹匣,枪举到眼前,双手把住枪柄,像警匪片里最后决战时刻的枪手,微侧着头,对着夜空中的远方,嘴里发出一声"啪",然后枪嘴像被弹起一样，向上一翘。他收回枪："这里有一个和我一样来自一个叫世界的地方的人。今天，杀死孰胡的人就是这个人。只是我不知道这人是男是女。"他转过身来，对着女盼说："刚才看你玩枪的样子，一点也不陌生。你的枪械知识，是从哪里来的？有一个人教过你？这个人是男是女？"

女盼摇了摇头："我也不知道。我能知道这个，也是凑巧。此事说来话长，有机会，我会告诉你的。我叫你来，还有一件事想要请教于你。你那日查看过那些怪兽的开痕，有没有觉得什么奇怪的地方？"

二

"这个，应该你来告诉我。"陆离俞说，"我看你查看得比我还仔细。我查看一番之后，只觉得奇怪：这些开口里流出来的，为什么不是血，而是像污水一样的东西？"

女盼点了点头："我开始也没在意。天下兽怪，大多收录在我神巫门下，因为被施诅于身，大多受我神巫驱遣。所以，我一直以为穷奇和孰胡之类都是受神巫驱遣，前来阻我前行的。但是，等它们死后，看到它们开口流出的污液，我才明白，它们都是另被驱遣。"

"这话怎么说？"陆离俞问。

"我神巫施诅，多以朱砂。朱砂之色，本为赤红，施祝之血，只会更加血红，不可能成为污黑之物。唯一能改变这一切的，只有一种可能：有人重新施祝，施祝之物，不仅污黑，而且能克尽朱砂之性。所以，才会流出我们看到的污黑之液。"

陆离俞"哦"了一声。自从来到这个叫瀛图的地方，遇到这类稀奇古怪的异术理论，他能做的只有一样，就是"哦"的一声。

女盼继续说道："据我所知，不仅神巫门内，就算整个瀛图之内，都没有一物，能够克尽朱砂之性。除非……"女盼转头看着陆离俞。

陆离俞的脑子里立刻想起了一件事。他在被一个叫马腹的女怪纠缠的时候，马腹的体内有种奇特的寒气，不停地注入了他的体内，那时，在他几近空白的脑子里，居然闪现出了一个奇特的景象：一个广岛核爆炸的纪录片里看到的解剖场景，流满白色桌布手术台的，就是从体内流出来的污黑液体。

想到这里，他脸色惨白，接着女盼的话说："除非这种能克朱砂之物，不是来自瀛图，而是来自我所来自的那个世界？"他突然想起了一件事，赶忙对女盼说："你能帮下忙吗？"他取下自己随身佩戴的一把短铗，递给女盼，"麻烦你在我的手臂上划一下，然后看看从划口流出来的是些什么。"

女盼一点也不犹豫地划了一下，有一种冰凉的东西从陆离俞的手臂流了出来。女盼看了一会儿，然后静静地说："还好，你的血是鲜红的。"

"哦，差点吓死我了。"陆离俞一点也不吝惜地看着从自己手腕上滴下来的鲜血，内心获得了极大的安慰，"我还以为又被人弄了一回。有一件事我真不明白，我不过是到这里来找一个人而已，怎么就会被人变着法子搞来搞去？"

"只有一个答案了。"女盼说，"你到这里来的目的，不是为了来找一个人！"

"那是为了什么？"陆离俞打着哈哈说，"好像有个女的，也跟我这样说过。说得云山雾罩。我问她，不是找一个人，那把我弄到这里是干啥呀？她连个回答都不给，就走了。你应该不会吧，你好像知道得挺多，你上次还说我是锁骨之身呢！"

女盼摇了摇头："关于这个问题，大概也只有一个答案，但是不在我的手上。"她拈起那颗子弹，递到陆离俞的眼前："只有射出这颗子弹的人，才会知道答案。"

陆离俞正想再问几句，但是，女盼朝他做了一个噤声的手势，然后指点着陆离俞朝远处去看："听，他们在一直跟着呢。"

"谁？"陆离俞踮起脚跟，尽力朝着女盼所指的方向，结果却什么也看不到，什么也没听到，除了浓重的夜色下面郁郁森森的森林和群山的黑影。

"天婴和镆母。"女盼淡淡地说。

陆离俞打了个冷战。"他们一直没有现身？"

女盼没有说话，凝神朝远处看了一会儿。突然纵身一跃，像树叶一样，从山顶之上直飘出去。片刻之后，她就飘落到了山下，然后急速地遁入树林之中，大概是顺声去追天婴和镆母了。陆离俞呆呆地看着，等到女盼消失了很久，他才回过神来，然后能做的只有一件事，就是先叹口气，然后回去睡觉。

三

第二天，女汨几个人出发的时候。女盼已经站在路口了。陆离俞趁机走到她的身边，想要问问昨晚的情况。女盼给了一个不要多问的眼色。几个人就一起上路了。他们走的还是那条帝陵之路。

"长宫，"女妁问，"我们这样走下去，还要走多久？"

女汨掏出帛图，看了一下，然后说道："按我们现在这个走法，大概还要再走两天，就可以到达下一座帝陵了，即真陵。真陵之后，就是阳帝陵，然后，我们要去的一个地方就叫江渊……"

"就是那个叫作神人于儿所在的江渊？"女妁问。女汨点点头。女妁不说话了，一脸忧虑。女汨知道她在忧虑什么。她自己也很担心，那个叫于儿的神人估计也不是什么好惹的货色。可是，除了这条路之外，她也不知道还有其他的走法……她正想着，季后突然叫了一声："停下。"

几个人不知道发生了什么事，急忙停下。季后指着前面不远处，说道："你们看，那是什么？"几个人顺着他指的方向看去，前面路旁伏着三具巨大的尸体。季后叫两个女的等一会儿，然后招呼了一下陆离俞，两个人策马过去，到了尸首那里。

两个人下马查看。三具尸首都面目狰狞丑怪，半人半兽，虽然已是尸身，但是浑身上下凶险之气尚是凛冽犹存，两个人看着一阵胆寒。

季后蹲下，摸了一下其中一个尸身上的开口，然后一手污黑地站了起来，伸到陆离俞面前："和我们前日除掉的穷奇一样……不知道是不是跟穷奇一样，也是天婴和镇母派来的，一直在路上等着我们，结果就被……"他朝远处的女盼看了一眼："就不知道，这事是什么时候发生的，昨晚？"

陆离俞心里想起了昨晚女盼离开的时候，飘如树叶的身影，真是难以想象，这样一个柔弱的身影，就能除掉这样三头狰狞凶狠的怪灵……听到季后的问话之后，陆离俞只简单地说了一句："我知道的只有一件事，以后，我们想要躲过天婴和镇母之难，非这个叫女盼的女人不可。"

两人一起回过头去，女盼站在远处，一身都是耐性地等着几个人动身。

接下来一天的路程都无事，天黑的时候，几个人找了一个僻静的山崖，准备歇息。女盼还是跟往常一样，这时候消失了……半夜的时候，陆离俞一个人悄悄地从歇息的地方爬了起来，爬到了他们歇息的那座山顶。漫天的星光之下，果然看到了女盼直立如柱的身影。她正朝着一个地方眺望。

陆离俞走了过去，感觉自己没有惊动女盼，就开口问了一句："你又发现了什么？"

"应该发现不了什么。"女盼悠悠地说道，"那个地方离我太远了……从我这里，我什么也看不到……"

"连你也看不到，那会是什么样的怪灵？"陆离俞担心地问。

"怪灵？"女盼转过脸来，"你以为我是在看怪灵……也对，这人是有点怪，怪到出乎我的意料……"

陆离俞想了一下，说道："我感觉我说的怪灵，和你说的，不是一回事。"

女盼不说话了。陆离俞在她身边，坐了下来。等了一会儿，陆离俞说："今天路上，路边看到的那几头怪灵，应该是你杀的了……它们是谁，天婴和镇母派来的？"他等了一会儿，没有得到回答，他想，这应该是默认了，于是，继续问道："你说，这个天婴和镇母一直跟着我们，但为什么到现在，还没能发现他们的踪影？"

女盼这时开口了："大概是我的缘故，所以，他们只是远远地跟在后面，一直不敢现身。每天晚上，你们睡着的时候，我都在四处搜寻他们的踪影。他们是我神巫收录的怪灵，以我的神巫修行，应该能找到他们的踪影。但是事情就是如此奇特，我能察觉到他们就在周围，但就是找不到他们的踪影。”

“哦，”陆离俞停了一会儿，又开口，“你能告诉我一件事吗？你好像很熟悉枪械之类，在这个叫瀛图的地方，你是怎么会知道只有我来自的那个世界才知道的这件武器的？”

“很简单。”女盼从袍袖里掏出那颗子弹，举到眼前，“因为我的体内，也有一颗你们叫作子弹的东西，一个我还不知道的人，用你们叫枪的东西，射中过我。”

四

“这么说来，你还没见过此人了？”停了一会儿，陆离俞问道。他尽力克制住自己的激动，这或许是他到瀛图之后，唯一能够找到郁鸣珂的线索……一个和他一样，来自世界的人，正潜伏在瀛图的某地……如果能找到他，也许能解开一个一直困惑自己的问题：我被送到这里，如果不是为了一个叫郁鸣珂的女人，那是为了什么？

女盼摇了摇头：“如果见过此人，我应该逃不出来。我在神巫门修行弥久，一般的器击都难近我身，更不用说一击之后能让我神志全失，任其所为。那日，我因一事正在与人搏杀，不防背后来了这么一声，‘砰’，我立刻就被击中，随即神志全失。我至今都不知何因。能够击中我，倒也不算稀奇，关键是能让我神志全失。即使我神巫宗师的至高异术，好像也做不到这一点。”

“那颗射中你的子弹？现在应该还在你的体内了？”陆离俞问。

女盼点点头。

陆离俞又追问了一句：“是在哪个位置？”

女盼指了指自己的头：“这里。现在还在这里。就在子弹进入我头部的时候，我还来得及转一下身，就看到了一个和你包裹里一样的东西，一个男子正手执着它……”

“那个男子，什么样？”陆离俞急忙问。

女盼摇了摇头：“他正低着头，我一眼之下，等不到他抬头，只看到他正在卸下弹匣，往里面装上一颗子弹，随即，我的头脑里突然就是一片空白，大概是那颗射入我头脑里的子弹的缘故吧。”

陆离俞叹了口气，说道：“他那颗子弹应该是射中了你的中枢神经，你才会出现暂时的神志丧失。”

“中枢神经？”女盼一头雾水地看着陆离俞，“你的话比我巫师的经文还要难懂。中枢神经指的是什么，七经六脉中的一种？”

陆离俞只好苦笑着摇了摇头，不过，他想，事情到了这一步也好，刚才的气氛太沉重了，这个文化差异就当是自己开的一个玩笑：“这只是其中的一种，我还有更难懂的东西，不过，这不重要。你继续讲吧，后来呢？"

"可能就在我神志全失的时候，他开始把我放到一张床上，我不知道他想做什么。可惜，他不知道我有一个奇症，一向是我的命门所在。那时，这个奇症反倒成就了我的脱身之术。"

"奇症？"陆离俞脑子里想起了女盼不停行走的身影，他从来没有看到这个身影坐下或者躺下，即使是在她的脸上疲惫到了无所遮掩的时候。

此时，女盼的脸上尽是凄冷之色，好像她一生的孤苦，都集中在这一瞬间一样。

"对，奇症。"她说，"这么一路下来，你应该也看出来了，我是不能躺卧之人，因为一桩旧事，我被神巫门施了一道咒祝，此后终生只能行走，不能躺卧。一旦躺卧，寄生体内的咒诅就会开始发作，使我痛彻入骨。但是，那日之奇，也在这里。"

说到这里，女盼一声苦笑："我被你说的那颗子弹击中，神志全失，所以反而有了躺卧之能。即使被人放倒，也无丝毫痛彻之感，反倒能够任其片刻所为……不过，这只是片刻……"

女盼抿了抿嘴，大概她要借这个动作，咽下一些难言之事。她皱了皱眉，继续说道："因为躺卧之后，我体内寄身的咒祝其实已经发作，只是我神志全失，不知道而已，但是只需片刻之后，咒祝就会激发痛感，那是任何外力都抵抗不住的。我就在咒祝的痛感中惊醒，马上站了起来……"

"你看到了那个男人？在你身上……"后面几个字，陆离俞无法说出口，他一脸同情地看着女盼。

女盼虚弱地一笑："这次还是没有……我只见到一个男子的背影，我想他大概是以为我会一直昏迷下去，正在转身为下一步准备些什么。我就趁机跑了出来。我有奔跑之能，算是逃过了一劫。"

说到这里，女盼停了下来。

陆离俞听到这里，心里已经确信，这个瀛图之地不止一个和他一样，来自那个叫世界的人。他并不觉得这是一个同行者，从女盼刚才的讲述来看，这个人跟自己完全不是一路。他能想象女盼的讲述中没有办法还原的一些场景，其中一个，就是那个男子低着头重装子弹的场景，这是一种具有极度凶狠感的精准的场景。

他的枪还有子弹都来自哪里？难道和自己一样，都是来自一些奇迹般的时刻？他在一个漆黑的山洞里，伸出手去，那里就会有一把枪正躺在那里，等着他伸手的时刻？

他看着女盼。在夜光的映衬之下，女盼脸上的凄楚似乎已经到了难以自制的地步，她的眼神投向浩瀚的夜空，似想从那里找到安慰……

陆离俞叹了一口气："可惜你没看到那个男子的长相。以后，不知怎么才能找到此人了？也不知道，怎么才能防范此人？"

女盼摇了摇头，说道："我想，以后我也不会有机会再遇到此人了。我即将前往的地方，已经注定了那将是我的末日所在。那是神巫禁止我进入的地方。"

陆离俞问道："既然是神巫禁止你进入的地方，你为什么还要去呢？"

女盼从浩瀚的星空中回过眼神，投向她刚才一直遥望的地方："在那颗子弹射中我之前，我总以为四处漂泊，将是我唯一的使命，但在此之后，我所思所念，就只剩下了一件：我一定要去见一个我想见的人……除此之外，瀛图之地再也没有令我留恋的东西了。即使那是我的末日，又能如何？我之末日，或许因此而成为我唯一的归依之所。"

现在的陆离俞只能沉默，他不知道该怎样回答，才符合此时双方各自的心境。

一阵飞禽的叫声惊动了他。他抬头一看，看到一只奇形怪状的鸟，正借着夜光慢慢地飞行。

"瀛图之地，有一种奇特的鸟，"女盼说，"它们终生的目的，就是为了找到另外一半，与对方合为一体。你听说过吗？"

陆离俞点点头："我听说过，是一种叫比翼的鸟。它们每一只都只有一只鸟脚，还有一只鸟翼，"他充满怜悯地看着女盼，因为他已经读懂了对方话语里的含义："我还听说过一件事，一旦合为一体，这只鸟的飞行只有一个结局，就是落地死去。"

"这样不是很好吗？"女盼说，"对一只注定的鸟来说，还有什么更好的结局呢？"

两人都默默不语地盯着那只夜鸟的飞行身影。接下来发生的一件事，让他们的脸色肃穆起来。那只夜鸟还没飞出多远，突然哀叫一声，跌落在无尽的夜色里面。

"不过，如果结局是这样，那就另当别论了。"女盼看着鸟落下的地方，冷笑一声。她已经知道这只夜鸟亡命的原因了："天婴和镇母离我们越来越近了，这只夜鸟的下场就是他们发给我们的警告……"

女盼又听了一会儿周围的动静，然后对陆离俞说："差点忘了告诉你一件事。你刚才一上来，就问我，今天路边的三头怪灵是不是我杀的？我现在回答你：不是。我发现它们的时候，它们已经是三具死尸了。至于杀死它们的人会是谁，我已经有答案了……"

陆离俞惊得连话都说不出来，尽管天婴和镇母这两个名字一直想从嘴里冲出来。女盼轻蔑地看了他一眼，然后说道："今晚我是歇不成了，估计他们也等不及了，所以才会杀死几个不得力的怪灵。你还是先下去吧。你那几位同行还不知这些呢。"

说完，就跟昨天晚上一样，她身形一飘，如同树叶一样，离开了山顶。

五

陆离俞赶快下了山，叫醒几个熟睡的人。几个人睁开眼睛，看到陆离俞脸上一脸紧张，一副要出事的样子，也感到一阵恐慌。陆离俞赶快简单说了一下情况。

"天婴和镆母？杀死那三头怪灵的是天婴和镆母？现在，他们就在附近？"季后听罢，立刻追问道。

陆离俞点点头，然后说道："现在，女盼已经追了过去，不知道结局如何。我们还是别睡了，睁眼到天亮吧。但愿女盼能活着回来，那就证明天婴和镆母已经被她除掉了。"季后听到这里，站起身来，就想出去。他觉得自己毕竟是男子，怎么能光靠一个女流来解决问题。但是，刚一移步，就被女姁拉住了。

"你去也没用，你知道他们在哪里？再说，那个叫女盼的，本领我们都见过。她能除掉的，用不着我们帮忙，她都没法除掉的，我们去了，又能帮上什么忙？"她这样一说，季后只能自叹学艺不精了。陆离俞也来相劝。女汨没有说话，只是一脸焦虑地看着远处。

自此几个人一夜没睡，留心着周围的动静。好不容易等到天亮，大家开始看着来路。往常出发的时候，女盼就会出现在路口，大家想今天说不定也会这样，只要女盼一出现，那时，就知道事情到底如何了。结果，他们等到天色大亮的时候，往常女盼出现的地方，还是没有看到女盼的身影。

"这是怎么回事？"陆离俞说，"她是灭了天婴和镆母，还是被天婴和镆母灭了呢？"

对此疑问，几个人只是相互看了一眼。女汨沉默了一会儿，然后开口说道："我们不能再等下去了，还是走吧，说不定在前面的什么地方，就会看到这个女人……"她跟女盼之间虽然还不算已经相熟，但是这一路下来，毕竟也有难舍之处。她现在说的，也就是她期望的，虽然不知道这个女人的来历究竟如何，但是如果发现她还活着，她也会高兴的。

几个人心想，大概该只能如此了。陆离俞自从与女盼在山顶两夜长谈之后，对她自然更是亲切，但现在，它能唤起的只是对自己所作所为的无能之感。就在他自叹无能之际，骑马走在他身边的季后用手推了推他。陆离俞抬起头来，不明究竟地看着季后。季后用手指了指前面。

陆离俞顺着手指看去，前面站着一个人，看样子就是女盼。他既意外，又惊喜，立刻跳下马来，朝前奔去。片刻之后，他就跑到了女盼面前，差一点就想伸出手去抱住女盼，还好，伸到一半就停住了。女盼微笑地看着他的举动，说道："你怎么这样？我每天都是这样出现在你们前行的路上，你好像从没这么热情过。"

陆离俞不知道该说什么好，只能连着说道："我还以为再也见不到你了……"

女盼淡然地说："这话不能说不对，该发生的事还是会发生，只是不是现在。"

陆离俞兴奋之下也忘了去细究，他转回身来，起劲地冲着后面几个人招手，连声高喊："她在这里，她在这里……"几个人这时也骑马赶了过来，看到女盼，也是一阵欣喜。

女汨冲着女盼点头示意，然后问道："一起走吧？"

女盼又是一笑："这算邀请吧？这种邀请，也是几天以来的首次。"

女汨略带窘迫地解释了一句："我以为你不在意这些……"

女盼笑着止住了她："你们先走吧，我会跟上的。"

陆离俞从马上跳下来，还是很热情地说："我陪你走一段吧。你们先走吧。"他对其他几个人说道："我待会儿会追上你们的。"几个人见状，点点头，笑着策马走了。

六

陆离俞牵着马走在女盼旁边，开始问起了昨晚的情况。女盼摇了摇头，简单地说了句："没碰到。"

陆离俞"哦"了一声，停了一会儿之后，他接着昨晚的话题，开始发问了。

"昨晚还没聊完呢，"陆离俞说，"我有一些事还是不太明白。你是去做一件事的时候，遇到了这样一个击中你的男子，对吧？那么，问题来了，"陆离俞说到这里，心里觉得好笑，我怎么还是这种劣质教师的语气，"我觉得那个男子之所以会出现，肯定不是什么偶遇，肯定是跟你去做的那件事有关。当时你正在做什么事？男子击倒你的目的，大概就是为了阻止你去做此事。"

女盼说："这事本来不应该告诉你，因为你并非我神巫中人。不过现在，说说也无妨，因为我已经自定也算神巫之外……"

女盼说到这里，停了一下，用手理了一下纷乱的发鬟。陆离俞现在能清晰地看到女盼耳下的双环。

女盼理罢发鬟，继续说道："天下异兽，十有五六，都是收录在我神巫门下。此事由来久远，一向稳妥。但是，不知什么时候起，异兽之中，开始有了荼毒之辈。这就让神巫宗师大惑不解。于是，就命我查访起因。我奉命之后，即深入异兽密集之地，详询究竟。待我深入其中之后，往日畏我神巫之兽，竟然皆有桀骜之态。我神巫对此情状，一律以青咒灭之。所以，那日，我也打算如法炮制。没想到，青咒一出，不仅未能驯压诸兽，反而让它们变本加厉，开始群起而攻，对我猛扑过来。若论此等攻击，原也不是我之所惧。我所惧者，乃在其后之人。这样作为，只能有一个解释，有人破了我神巫的法咒，重新施了一术。至于是什么异术，我不知道，总之，这样一道异术下来，原为我神巫门录的，现在尽入到了他的手下。"

"那他这样做的目的是什么呢？"陆离俞问。

"这个要问你了。"女盼说。

"问我？"陆离俞一脸惊异。

"或许那个破我神巫法咒的人，就是和你一样，来自一个叫世界的处所。他之所为，和你之所为，难道没有共通之处？所以，我想知道，你到这里来的目的是什么？"

"我是来找一个女人，一个叫郁鸣珂的女人。难道他也是？"陆离俞笑着说，"这个叫瀛图的地方是不是到处都隐藏着来自我们那个叫世界的地方的女人，然后跟着就是一拨，像我这样来寻找她们的男人？"

女盼静静地思忖着，然后她摇了摇头，突然问道："那个女子，就是你在这里要找的女子，让你到这里来寻找她的人，你确信就是她自己吗？"

"如果不是她，为什么会有这样的一系列的设计呢？"陆离俞又开始讲起了一些旧事。他和那个叫郁鸣珂的女人之间交往的过程中，她一直就在暗示：她会去另一个世界，而且还特意告诉他一个奇特的符号，就是这个奇特的符号，让他打开了通往此地的一扇门。

女盼听得很认真，等到他说完，她才问道："这么说来，只有一事能够确认，你的来路，是她所定。按照常理，除此之外，在你的来路之后，她应该还会给你留下一些指引。顺着这些指引，才有找到她的可能。到现在为止，你在这个叫瀛图的地方呆了这么长的时间，有没有看到一点能让你找到她的指引？"

他这样一说，陆离俞也愣了。自从进入这个叫瀛图的地方以后，他只是像等待一个奇迹一样，等待着郁鸣珂的出现。女盼这么一说，他好像突然意识到了这一点：对啊，如果郁鸣珂指引他进入这个世界的目的是为了找到她，那么，为什么不能同样指引一下能够找到她的道路和方式？

看到他沉默的样子，女盼好像有点于心不忍，也许她的脑子里想起了一个人的形象，一个容易被女性诱惑的形象。一开始，她只是把他看作一个心无定性之人，一旦诱惑之后，就可以扔到一边，就像她一再做过的一样。直到当她听到此后发生的事情之后，她的心情却发生了连她也意料不到的变化。

虽然此事也在她的算计之中，但是一旦发生了，她依然有种难言的心绪，一种她从未体验过的心绪。她开始可怜起那个被她诱惑的男子了，可怜他终归无为之后，独处神域的苦境。

许久之后，尤其是在深受一击之后，她终于下定决心，宁愿以无所归依的痛彻为代价，也要进入那片神域，去了他此生欲尽的一个心愿，就是将自己无所遮掩地奉献在他的面前。

眼前的陆离俞就让她想起了那个男子，眼前的这个男人也有着一双容易沉溺的眼睛，这样的眼神背后，肯定是一个容易沉迷于诱惑的心。她对那个男子的情意转化为对眼前这个男子的怜意。

她想，她应该让他明白一件事：他可能还没从一个诱惑中摆脱出来。

"怎么样？"她问陆离俞，"你有没有想起任何一个能够帮你找到那个女人的指引？"

陆离俞不甘心地摇了摇头，心里想的却是：事实就是如此残酷，没有，连一点最微小的提示都没有。

女盼继续问道："你说说那个叫郁鸣珂的女子，为什么会想到离开你们的那个世界，来到这个叫瀛图的地方？"

"这个问题，我想过，大概有两个可能。"陆离俞说，"第一个可能是，她本来就是从这个叫瀛图的地方来的，所以会想着回到这里。第二个可能，她来自这个叫瀛图的地方，但是，在我们那个叫世界的地方，她好像一直处在被人追杀的境地，所以，她只能重新逃避到这个叫瀛图的地方。在她给我的各种暗示中，她似乎总在暗示第二个可能，我是不是该更相信这个？"

"你还是不愿意放弃自己的一个想法。"女盼笑着说，眼前又出现了那个青涩男子的形象。也许即使是身处神域的日子，他也不愿相信她对他的情意只有诱惑而已。因为这样一来，他毕生的付出还有什么意义呢？他不会想不到，有时候，一种最不愿意接受的可能，才是唯一的可能。

"你不过是她派到这里来的一个棋子，她要你去做的事，具体是什么我也不知道。但肯定不是来找她而已。"说完，她看了看陆离俞的表情。陆离俞侧过脸去，看着道路旁边，女盼看不到他脸上的表情。

"你没事吧？"她等了很久，没有等到那边回答的声音，"你不用太多去想这些，"她故作轻松地一笑，"我也就是说说而已，我不能决定你想些什么。你可以一如其旧，从你进入瀛图的时候，一直到你和我的这次交谈开始之前。"

"这不是想法，这是我相信的一件事。"陆离俞突然转过头来，说道，"在没有找到她之前，一切猜测又有什么意义。唯一正确的答案，只能来自她本人。究竟是怎么回事，找到她的时候，问她一下不就行了？"

女盼只好回头一笑，心想：还有一个猜测，我就不说了吧，你怎么能确信，她已经来到了这个叫瀛图的地方，而不是还留在你们那个叫世界的地方？

第十四章

一

走了一天之后，他们停下脚步，看看周围的地势，看样子像是已经走出了一片山地，他们脚下的这条帝陵之路，现在已经深入到了一片相对开阔的平坦之地。几个人放眼望去，平坦之地的边缘，矗立着一片阴峻的山陵之地。就在靠近山野之地处，隐隐约约地看到了散落的成片的看上去像是房屋一样的东西。

女汨和女姁骑在马上，跑到最前面。到了平地边缘，两人都长舒了一口气，一路上都是逼窄险恶，现在一路平坦，眼界总算一开。女汨掏出帛图，看了看，然后指着远处的那片山陵，说道："那片山陵，就是下一个帝陵所在……通往河藏之路，到现在，我们已经走了三分其一……"然后，她问她身后的女姁："你记不记得，我们刚出发的时候，你看到帛图上的一个玄色图符，你问是什么意思？……现在，我能告诉你答案，"她指着那片低矮的房屋一样的东西，说道，"那里，就是玄色图符指示的地方。"

"哦，"女姁点点头，"那我就不明白了，那里看样子应该是住人的地方……帝陵之地，外人莫入，怎么会出现这样成片的住着人的地方？……"

女汨想了一下，摇了摇头："这个我也不清楚。当初漪渺给我这张图的时候，我就没问过。不过，要知道答案也很简单。我们现在走过去，遇到人就问一下，一切不就清楚了……你招呼一下那两个男的还有女盼，叫他们跟上……"

女姁答应一声，扭头朝后面喊了几下，然后回头对女汨说："季后他们已经答应了，女盼不知道怎样……"

女汨笑了一下："那我们就慢慢骑过去吧，一边看看沿路的风景，一边等着这几个人。"说完，她一拉马缰，马便缓缓地沿着那条路走了起来。走了不久，季后和陆离俞也跟了上来，只是不见女盼的身影。女汨随口问了一句，季后指了指前面那片房屋一样的东西，说道："说不定她已经在那里等着我们了。"

走了没多久，一些破旧的茅屋就出现在几个人眼前。陆离俞纵目望去，又

207

是似曾相识之感。在河姆渡遗址复原图上，他看到过这些原柱状的尖顶茅草屋，唯一不同的是，在复原图上，这些房屋都是孤零零的单体建筑，但是现在看到的，好像都配上了圆形的低矮的围墙。从社会学的理论来说，这种围墙的出现，意味着本地的原始居民已经彻底摆脱了群居状态，开始出现明确的家庭划分。围墙就是一个家庭独立成形的标志。他现在心情急切，想见到几个那里的居民，看看以前只能通过化石还原的人类的真人版，然后问问考古史上延续至今的几个疑难。

走近这些茅屋的时候，有几个人影出现在围墙下面，但是一见到几个骑马的身影，这些人又像影子一样，迅速地缩回到了围墙里面。陆离俞大怒，唯一一个能够改变中国考古史的机会就这样没了？这些远古人类，有没有点学术奉献，让我看几眼，问几句，你会死啊？他跳下马，冲到围墙的门前，怀着一股学术正义的怒火，狠狠地砸起门来。门被砸得摇摇欲坠，但就是不开。

女汩等人骑在马上，静静地看着陆离俞。过了一会儿，女汩开口了："这扇门什么时候得罪他了？他干吗砸得这么狠？"女姁掩嘴一笑。季后跳下马，走到砸门砸到豪情满怀的陆离俞那里。陆离俞已经从地上捡起了一块石头，正准备一臂抢着砸到门上。

季后拉住了他的胳膊，笑着说道："末师，冷静。有些事，不需要砸门就行。我们四处走走，说不定还能遇到几个，到时候你问什么都行。"

陆离俞点点头，手上的石块还舍不得扔，拿在手上。其他几个人这时也下了马，开始在房屋中间转悠。这片房屋聚集之地真是沉寂得吓人，连空旷之地都无法比拟。转了半天，连一点动静都听不到。就在几个人快要放弃的时候，还是女姁眼尖，看到前面拐弯的地方有一个飘飞的衣襟。她拉了拉陆离俞，示意了一下，陆离俞点点头，悄悄地走了过去。等他靠近的时候，那个衣襟还在原地。他一点也不迟疑，立刻伸出一只手抓住了衣襟，另外一只手上的石头，就猛地砸了过去……

后面几个人看得目瞪口呆，赶快冲了过去。陆离俞正蹲在一个被砸倒的人的旁边，神情专注地在查看。几个人叹了口气，也只好站在一旁，心想：等这个人醒了，只能道声得罪了。

陆离俞撩起倒在地上的这个人的裤脚，对其他人说："这个部位真是奇怪。"几个人这才注意到，这个倒下的人，双腿都是玄色，身体其他露出的地方却是黄色的。玄色的深度，像是经历过某种剧烈的火燎之后才会留下的痕迹。但是，为什么只有双腿才有，其他部位却都正常？

陆离俞把这个问题自言自语了一遍，根本不指望得到答案。

季后蹲了下来，查看了一下，然后说道："哦，我知道了，原来是这么一回事。"

陆离俞赶紧抬头问道："怎么回事？"

季后说:"瀛图之地有一群人,叫作玄股之民,据说是十日齐出之后瀛图之地的唯一遗民。你现在看到的,就是其中一个,整个瀛图之地,也许只有他们见识过十日这种异象。"他一边说着,一边朝两个女的挤了挤眼睛。两个女的知道季后是在逗陆离俞,都板着脸,静候着陆离俞的反应。

陆离俞果然兴奋异常,连声叹息:"哎呀,那就知道十日齐出到底是怎么回事了。我刚才不该砸那么狠,不知道这人还醒不醒得过来。"他用力推了推地上的人。几下之后,那人终于睁开了眼睛,看到围着的几个人,腾地就蹦了起来,拔腿就跑,一下就没了身影。

陆离俞一点防备都没有,等到那人消失了,才想着去追。结果,被季后拉住了。季后说:"你抓住他也没用。这些人因为很早以前见识过这种异象,作为惩罚,他们都失去了说话的能力,只会呕哑嘲折,你问也问不出什么。"

陆离俞听罢,只好叹了口气。等他抬起头,看到季后的表情,突然有点醒悟:"你在骗我?"

季后严肃地摇了摇头,两个女人同样板着脸,心里想的却是,待会儿找个地方,再把这件事从头到尾笑个遍。

女泪看看天色,说:"今天就歇这里吧。明天再去另外一座帝陵。"然后,她指了指前面不远处的一幢房屋,说道:"我们去敲敲那扇门,看看运气会不会好一点。"她指着的那幢房屋,是这个村落最大的一幢,位置也在整个村落的中央。

二

女泪走到门口,用力敲了敲门。里面传出一个女孩的声音。听到这个声音,几个人都松了一口气,因为这个声音听起来没有一丝污浊,众人的脑海里都浮现出一个清纯无邪的少女身影。

门开了,立在门内的少女果然是天真无邪的模样,看到几个陌生人站在门口,她的样子是有点吃惊了。"怎么会来这么多?"她自言自语地说。

女泪像个大姐姐一样,走到女孩的面前:"你是在等什么人吗?看你的样子,看到我们的时候,你好像很期待,又好像很意外一样。"女孩不说话了,看着几个人,一副不知道该怎么办的样子。

女泪又问了她一句。她才说:"是在等人,不过,不是等这么多,我要等的只是一个人。"

"你等的是男是女啊?"陆离俞哈哈一乐,"我们这里有男有女,你看上哪个,就当是你在等的人吧。"

女孩又摇了摇头:"我等他的目的,是要让他回答一个问题。如果他能回答我的问题,他可以让我做他任何想让我做的事。"

她这样一说，几个人都好奇地打量起她来了。

"任何事？"女妁终于开口了，"随便什么事都行吗？"她本来想说得更直白一点，但是话到嘴边，又实在觉得不好出口，便换了一个问法。

那个女孩点点头："对，任何事，就是上床也行。"此言一出，几个人都被震得说不出话来了。女孩说完之后，一脸坦然地用询问的目光看着众人："你们中间，其中一个会不会是这个人？"她把目光投向季后，大概觉得如果真有这么一个，最好是季后。

季后觉得滑稽，忍不住开口问道："敢问姑娘，你要这个人回答的是什么问题？"他话一出口，就被女妁捣了一拳。季后忙说："我不是这个意思，只是跟这个姑娘开个玩笑，你别多心。"

女孩看到这个样子，知道他们两个的关系，也就开颜一笑："算了，我虽然驽钝，也看出来了，你们不是我要等的人。你们敲门的目的大概是想找个歇脚的地方。赶快进来吧，我这里还能勉强住人。你们到这里来，是有什么事吗？"

"我们也在等人。"陆离俞笑着说，"我们也是要对方回答一个问题。条件是如果能够回答这个问题，我们就会在她身上做她任何想做的事。"女孩知道陆离俞是在取笑自己，没有说话，只是红了一下脸。陆离俞心想：这女孩，心地真是单纯。不知不觉对她多了更多的好感。

几个人进了屋子，是一个巨大的圆形屋子，中间是一个巨大的火坑。几个人在外面奔波了这么长的时间，终于有了一个有屋顶的地方，心里有说不出的宽慰。这女孩待人也很热情，跟一般这个年龄的女孩子没有什么区别，一旦熟悉起来，就无话不谈，什么好东西都愿意拿出来分享。她对几个人的态度就是这样。

等到几个人安顿好了，大家聚在火堆周围，开始聊天了。

他们先介绍了一下自己，然后问那个女孩叫什么名字。

那个女孩说自己叫女瑟。

大家就算认识了，然后开始闲谈，聊天的话题自然是从女孩所说的那个问题开始。

"你到底要问对方什么问题？"女泪问，"竟然什么条件都会答应。"

女瑟答道："我要问的问题很简单：你要怎样，才会见到一个已经死去的人？"

女泪听到这里，好奇地问："干吗问这个问题？你有特别想见的人？这个人已经死了？"

女瑟摇了摇头："不是我要问，是有人托我来问。我也不知道她为什么要问这样的问题。"

210　　"是谁？"女泪赶快问道。

女璁的话一开口，就让她汗毛直竖："是我玄溟帝下的头号女刺——女朴大人。"

"女朴？"女汨立刻站了起来，其他几个人也随之站立。

女孩目瞪口呆地看着他们，不知道怎么回事，脸上闪现出一脸惧色。

三

"女朴在哪里？"女汨厉声问，唰地拔出腰下的长铗，一下就放到了那个叫女璁的女孩的脖子上。女璁吓得立刻坐到地上。女姁赶快站起身来，拉住了女汨的手，一时着急，忘了平日说话的小心，开口就叫道："长宫，别冲动，她也只是听命于女朴，本身什么也不知道。"

"长宫？"女璁已经睁大的眼睛，听到这话以后，又睁大了一倍。

季后和陆离俞也觉得不好意思。他们赶快扶起那个女璁，安慰道："没事，你不用害怕，待会儿长宫问什么，你就回答什么好了。"

女璁点点头，一脸惊恐地看着女汨。女汨现在也冷静下来了。刚才真是一时冲动，一提到女朴，她隐忍已久的家国仇恨，还有女朴一心想把她抢去送给玄溟那个烂帝的张狂，一下都爆发出来了。等到那阵劲头一过，看到女璁吓得惨白的脸，她也觉得挺过意不去的。这女孩刚才对自己多热情啊，她完全是一个什么事都不懂的人，完全是受制于女朴的一个柔弱的女孩。

她叹了口气，把长铗收回匣中，然后开口问道："你现在知道我是谁了？"

女璁点点头，那种惊恐的表情还停留在她的脸上。她紧紧地盯着女汨，没有女汨的命令，她连转动眼神都不敢。

"那好，你说说，我是谁？"女汨问。她想知道对方到底对自己知道多少，再想想该怎么对付眼前的这个人。

女孩赶快说："你是雨师妾的长宫。我玄溟帝进攻雨师妾，就是为了迎娶长宫。"说完这话之后，她终于有了一点勇气，把目光投向其他三个人。其他三个人冲她点点头，意思是回答得不错，继续，有话就实说。女璁看到这种表情，好像终于定了一下心，看着女汨的样子也没那么胆怯了。

女汨点点头，继续问道："那好，我再问你，雨师妾和玄溟一战，最终的战况如何，你可知道？"

女璁赶快摇了摇头："我不知道。我奉女朴姐姐的命令，来到此地。那时，我玄溟帝还没和贵部开战。此后，我就一直呆在这间屋子里面，再也没有出去过，以后的事一概不知。女朴姐姐当初命令我的时候，说到了时候，她自会上门来找我。但我待到现在，一直没有等到能给我答案的人，女朴姐姐也没有上门找过我。所以，此后的事我真的一概不知。"

好像为了证实这一点，女璁从自己头上拔出一件首饰，递给几个人看： 211

"这就是女朴大人给我的。她说只要我能替她找到那个答案，这个首饰就是她的礼物。"

女汨接过那件头饰看了一下，另外几个人凑过来看了看。女汨看过之后，把头饰递给女姁，女姁把头饰递给季后。季后一看之下，就觉得这件头饰很是怪异。陆离俞也凑过来看了看，突然失声叫了起来："季后，这东西跟你丢掉的那根什么魔杖怎么那么像？虽然小了几号，但是形制、纹路几乎丝毫不差。"他这样一说，女姁也好奇了，劈手抢过去，然后细细看了起来。

陆离俞说的这件事，发生在他和季后逃离箕尾宫的时候。季后随身抽走了箕尾宫供奉的一根权杖，随后的路程中，他们又失去了这根权杖。他们一直不知道这根权杖是怎么丢失的，自然也不知道和这根权杖一样的一件饰物为什么会出现在女璇的头上。

"大概是有人仿照原来的权杖，做出来的首饰吧……"季后说。女姁没有理他，仍是细细地打量。此后，这件东西就一直落在她的手上，再也没有还给女璇。

"一直没有你们玄溟的人或是我雨师妾的人经过吗？"女汨没有注意到这个，继续问女璇。

"有，"女璇说，"不过，我只问我该问的，结果，他们都不是能回答我这个问题的人。除了这个问题之外，其他的我也不想多问。"

女汨听到这里，实在忍不住了，笑了一下。其他几个人见状也笑了起来。女汨走过去，拉住女璇的手："好妹妹，别怕，刚才跟你开玩笑呢。你还真是老实，为什么这么听话？那个叫女朴的，既然不在这里，你为什么不一走了之？瀛图这么大，难道她能到处去找你，就为了你不替她找个答案？"

"我不敢，"女璇老老实实地说，"我怕她，我们都怕她，有时候，听我同住的那些姐妹说，连我们的帝都怕她。"

"这倒稀奇。"女汨重新坐下，也招呼这个叫女璇的坐到自己身边。其他几个人看到事情已经过去了，也松了一口气，纷纷按照原来的位置坐下。女汨接着说："有一件事，我一直想不明白。玄溟那个烂帝，好像也很怕那个叫女朴的人。他不是整日想着一统瀛图吗？怎么会害怕女朴这样一个女人？这里边一定有什么缘故。你说说，我们也好用来熬夜。"

女汨与玄溟帝瓜葛甚深，但她却从来没有与玄溟帝正面接触过，只是有一次远远地隔着战场见过此人。当时隔得很远，不是有人指点，她还真不知道谁是玄溟的那个烂帝。所以，她还真是对这个人有些好奇。

女璇令人失望地摇了摇头："我真不知道。我们都不敢说这事，凡是说起这事的人，据说最后都被女朴姐姐活埋了，活埋之前，都先用土塞住了口。"

"被土塞住了口？"陆离俞打了个哈欠，顺势就躺到地上，他实在太累了，实在没兴趣再听这些破事，随随便便讲了一句，"只能说明女朴心里最怕的就是这件事。或许，她叫你——你是叫女瑢吧，我以后就叫你女瑢了——她要你问的那件事，说不定就和这件事有关。不过我们只能瞎猜，一点头绪都没有。"

"头绪倒是有一点。"女汜突然接了一下。本来躺下的陆离俞赶快坐了起来，一脸洗耳恭听的样子。女汜主动接他的话，这样的机会真是不多，他的睡意一下就没了，还打了一下坐在那里困意满脸的季后。

女汜回头看了看他，皱了一下眉，接着说道："我记得一件事。那是女朴到我帝父的营里来下战书。我当时正好坐在帝父的旁边。那也是我第一次见到这个人。当时，女朴的态度很是傲慢，我帝父下面的几个属国首领都制不住她。正在嚣张的时候，姬月帝后突然开口了，她就提了一个名字，叫女旻。不知道怎么回事，一听到这个名字，女朴的嚣张气势一下就没了。后来，她想抓我去玄溟军营的时候，我也想起了这个名字，就冲着她说了起来。她的表情本来轻松，一下就扭曲起来。我当时只是随口说说，也不知道是怎么回事。现在想来，女旻这个人是整个事件的关键。"

女姁听到这里，好像明白了什么："难道女瑢要问的问题，提到的那个死去的人，就是女旻？能让无支祁对女朴心生畏惧的，也是这个叫女旻的人？"她赶快转身问女瑢："你在玄溟那里呆了那么久，没听说过有个叫女旻的人吗？她和女朴还有无支祁之间，到底有什么瓜葛？"

几个人随着女姁的问话，都把目光投向女瑢。女瑢认真地想了想，然后摇着头说："我想不起来谁跟我提过这样一个名字。"

"可是，有一件事，我就不清楚了。"女姁开口说道，"这个叫女旻的人如果就是女朴害怕的人，按照女朴要女瑢询问的问题来看，这应该是个死人。要见一个死人，找一个会招魂的巫师就可以了，异术门徒大多擅长此术。为什么要你用这种方法，来找一个见到死者的方法呢？"

女瑢想了一会儿，说道："我也觉得奇怪，以女朴的地位，寻一起魂之术，又有何难，何必非要让我去找答案？后来一想，难道瀛图之地，不论什么样的起魂之术都无法找到此人，所以才把我派到这里？是不是这个缘故？"

几个人叹息一声，心想，这恐怕又成悬案了，唯一知道答案的人大概只有那个狠厉的女朴了。陆离俞听到这里，心里倒是隐约一动，不过，他觉得还是不说为妙。

正在几人沉默之时，女瑢突然想起了什么，开口说道："刚才忘了，倒是有一次，来过一对男女人。他们提起过苍梧之战的事情，不过，因为不是我想问的问题，所以我也没管。他们呆了一个晚上就走了。"

女汜听到这里，突然像被什么预感击中了一样，脸色突变，那是半是期待半是害怕的脸色。几个人也注意到了女汜脸色的变化，好像也有类似的预感一样，都紧张起来了。

女汜终于开口了，从她的声音听得出来，她在极力控制自己的声音，但仍然带着一丝颤音："妹妹，刚才吓着你了，是我不对，真对不住你。你现在好好想想，你刚才说的那对男女，都长什么样？"

女瑷好像也注意到了女泪脸上的变化，开始认真起来。过了一会儿，她才说："那个男的，好像已经四十多岁了，女的好像比男的小一辈。他们进来的时候，女的一直扶着男的。男的身体好像很虚弱，一进门就要找个地方坐下。"

"长相呢？那个男的长相呢？"女泪急忙追问。

这个问题可难住了女瑷，她好像不太擅长抓住人物长相的特色，只会说些大而套之的口水话，诸如样子挺好看的，气质很高贵，走在人群中一定很出挑。

她说得诚恳万分，女泪却越听越急，但又怕再次惊着女瑷，这小女孩看起来很容易受到惊吓，只好耐着性子在一旁听着，等到女瑷零零碎碎地讲了一大堆之后，还是追着问："其他的呢？"

"其他的，"女瑷又想了一下，然后激动地说，"想起来了，有一件事很特别。我们三个是在这个屋子里分头睡下的。睡到半夜的时候，那个男的突然起身，走到门外，随手把门合上。我因为好奇，也想跟着去看看，就悄悄地跟在后面。那个男的走到门外一个僻静的地方，突然盘腿坐下，我躲在一旁偷偷观看。只见这个男的闭目许久之后，突然一张口，一颗灵珠就从他的嘴里飘浮出来，紧接着，他的周身立刻水雾弥漫，好像置身在水中一样……"

女瑷说到这里，突然感到自己的手被什么人紧紧抓住了，她吓得抬头一看，抓住她的手的，正是女泪。

女泪叫道："那是灵珠，我帝父体内的灵珠……"

她的样子把女瑷惊住了："灵珠？帝父？"

女泪注意到了自己的失态，赶快把手松开，勉强地对着女瑷一笑："你继续说，后来呢？"

女瑷看了看其他人，其他人都冲着她给以鼓励，于是，她开口继续说道："水雾里的那个男子，好像在和水雾里的另外一个人交谈一样，谈来谈去都是一个问题。什么问题呢？哦，我想起来了，"她转头对着女泪说："谈来谈去都在问，我女儿现在安好？苍梧城破，她是否全身已退？现在又去了哪里？"

女泪听到这里，眼泪都差一点要流下来，但是还能勉强控制住自己，只是哽咽着问："后来呢？"

女瑷看到女泪这个样子，突然有了勇气，竟然把手放在刚才这个装模作样要杀她的女人的肩上，语调充满安慰地说道："我正想继续看下去，突然后背被人拍了一下，我回头一看，原来是和这个男子同来的那个女人。她做了个嘘声的动作，然后拉住我的手，回到了这里。在这里，女人也没怎么说我，只是说：等到那个男人回来，千万不要跟他说起此事。我答应了，本来就不该我管的事。过了一会儿，那个男的回来了。我们那时在装睡。那个男的估计也不知道我曾经跟在他后面。天亮之后他们就走了，样子跟来的时候一样。"

说到这里，女瑢停下来了，等着女汩来问她。没想到，女汩却不问了，只是一脸怪异地看着门口。

女瑢略有点吃惊，转过头来看着女姁。女姁赶忙问了一句："那他们是朝着哪条路走的，你记得吗。"

女瑢点点头，指了指门外："就是门外朝西的那条路。那条路很长，他们是三天前离开的，估计现在还在路上。"

女汩听到这里，突然站起来了："那个女人必是女与。"然后，女汩开始激动地在屋子里走来走去，一副费神苦思的样子。几个人都紧张地看着她，因为女汩脸上的表情已经有点疯态了。她现在的样子，就像是把这种疯态推向爆发一样。几个人相互看了一眼，然后不约而同地看着门口，门正开着。

果然，女汩突然停了下来，拔腿就往门口冲去。

女姁反应奇快，一把就抱住了女汩，嘴里大喊起来："快来啊，你们两个，把长宫拦住。"

还没等那两个人上来，女汩狠狠地伸出一脚，一脚就把女姁踢开了。她现在已经疯了一样，不管谁上来都要拼命。季后有点缩手缩脚，不敢上前，只是抢先一步，拦在门口。女汩冷眼一看，好像根本不认识一样，一拳就砸了过去。季后硬生生地挨了这一拳，一点不敢放手。女汩见此招不灵，拔出长铗，就要朝季后的身上狠手劈去。

陆离俞见状，真是顾不了许多了，赶快扑上去，将女汩拦腰抱住，猛力往后一拖。抱住的时候，还心有余悸地想：等她清醒过来，最好能把这事忘掉。他这一抱一拖，女汩的长铗就劈空了。

女汩回头一见陆离俞抱住自己，更为恼怒，回手挥剑就朝陆离俞劈去。季后赶了过来，双手紧紧抓住女汩那只挥剑的手。女姁这时也冲了上来，赶快抱住了她另一只空着的手。

这下女汩被三个人缠住了，一点办法也没有，只好大叫，叫得很是惨烈："那个女的是女与。她逼走我帝父的原因，就是她知道我帝父身内有灵珠。我帝父日后回归悬泽，也是要靠这颗灵珠……帝父在她手上凶多吉少。你们快放了我，他们才走出去三天，我帝父身体虚弱，肯定走不了多远，现在出去，肯定能追上……"

女姁赶忙大声地说道："我知道，我知道，可是天婴和镇母一直跟着我们，先得把他们除掉，我们才能去追你帝父……现在出去，遇上天婴和镇母，你怎么办？还得等着那个叫女盼的人……"

"是得靠我。"门口传来女盼冷冷的声音，不知道她什么时候出现的。她大概已经看了好半天了，里面发生了什么，已经一清二楚。她走到拼死挣扎的女汩身边，伸出一只手，摁住女汩的下巴，让女汩的眼睛对着自己，然后轻声念了一句话，声调甚是古怪："你之来意，我已尽了；我之去意，你尚未晓，莫若初心，回归窈缈，静寂止，赐……"随着"赐"字语声一出，刚才还在猛烈挣扎的女汩一下子就像失去了所有的力气一样，立刻闭上眼睛瘫软下来……几个人连忙把她安置起来。

女盼在一旁看着。等到几个人将女汩安顿好了，她才叹了一口气，把几个人叫到身边，对他们说："刚才我去这个地方走了一圈，我可以肯定地告诉你们，天婴和镇母就藏匿在这个村子里的一个地方。"说到这里，她看着睡在床上的女汩："具体哪里我也不知道，不过，这个女人要是像刚才那样跑出去，最后的结局，可能就只有一个了。"

"天婴和镇母，"站在一旁的女璪一脸惊慌地看着几个人，"那是什么？"

陆离俞一到这个时候，最爱做好人占便宜了。他走过去，亲切地抱住女璪瑟瑟发抖的肩膀说："我们也不知道是什么，不过，你别怕，有我们几个在，他们只有死路一条。至于那位大姐，"他指了指女盼，"就是帮我们来灭他们的。"

四

季后正在帮女姁安顿女汩。女姁一脸忧心地看着沉睡的女汩，不自觉地握起了季后的手。季后正想趁机体会这片刻来之不易的温存，另一只手却被女盼拉住了。

他回头看着女盼。女盼冲他点点头，说道："这几个人中，就你还有点用，你跟我走一趟，有些事你要帮我办一下。"

季后看了看女姁。女姁松开手，对他点了点头，轻声说道："你去吧，我在这里等你。"

"可是……"季后有点担心：自己和女盼一走，天婴和镇母找上门来，该怎么办？靠陆离俞这个冒牌末师，肯定是不行的了。

女盼对他说："不用担心，我有办法，至少今夜之内，天婴和镇母不能踏入此屋一步。"

季后这才放开女姁的手，跟着女盼走了出去。陆离俞还在门口，抱着女璪的肩膀不肯松手，不过，该做的事还是没有忘记。季后经过他身前的时候，他还给了他一个强烈的鼓励的眼神。季后懒得理他，跟着女盼走到门口。

围墙的门口有一堆木材，女盼随手取下两根，然后从围墙的门口出发，走了九步，然后止步，将两根木棍叠成一个十字，放在地上。女姁说："这是神巫们的辟邪之术。我也不知道是什么意思，只知道，这样一摆弄，这间屋子就算有了庇护，任何邪灵之物都不敢踏入。"

季后看着女盼摆弄出的十字，笑着说："末师对这个图符好像特别感兴

216

趣，老是跟我讨论这个十字是什么意思。我才疏学浅，只能让他失望。看来能解此符者，大概只有神巫门了。今夜事毕之后，还请巫女能够赐教末师一二。"

女盼站起身来，在这个十字木架上来回跨了九次，然后身立在十字，伸直双臂，低头默念起来。声音含混古怪。季后连一个字都听不清楚，只觉得声调慑人，让他汗毛直竖。

他低头朝着女盼脚下看去，看到那个十字木架已经微微地陷了进去。本来是铺在地面上的，现在已经与地面齐平了。

女盼继续念着，只见地面的浮土开始慢慢地浅浅地聚到她的脚下，渐渐地将她的双脚覆住。

女盼轻声叫了一声："止！"然后双脚离开了。她刚才踏立的地方，现在就有了一双清晰的脚印。脚印下面，就是埋着的十字架。

女盼弯下身，用袍袖掸了下鞋上的覆土，一边掸，一边抱怨了一句："这个异术，就是收尾不干净，每次都弄得一脚土。不过也没办法，不这样镇不住这里的邪气。"她站起身来，对季后说："走吧，有了这个，你应该放心了。接下来，我带你去看一样东西。然后，你鬼方的异术，和我神巫的异术，今晚就会迎来首次的合手之战，对手就是天婴和镇母。"

季后点点头。这一路下来，他已经对这个神色憔悴的女子充满了信任。他跟在女盼后面，离开了那间屋子，开始走进周围那些玄股人的住处。

这时夜已很深了，玄股人大概过的是日出而作，日入而息的生活，所以现在应该已经早就闭门歇息了。整个村落里里一点灯光都没有，甚至连一点声音都没有。

"你有没有觉得什么奇怪的地方？"女盼问。

季后摇了摇头。他觉得，这就是瀛图之地再普通不过的一种落民。再说，白天见到过一些玄股之人，也大多沉默如哑，畏缩胆怯，到了晚上，静寂无声也很正常。

女盼笑了笑，说道："像这样静穆到极致的氛围，可能只有一个原因：他们知道自己的结局，而且，这种结局每天都会在晚上的这种时刻出现，他们无力反抗，所以，一到这种时刻，他们唯一能做的事，就是关上门，等着这个结局的到来。"

女盼这样一说，季后突然想起了一件事：那个被陆离俞击倒的玄股人，他在从地上腾起的时候，看了他们一眼。那种眼神非常呆滞，虽然只有一瞬，但也看得他们都有点发毛，当时只觉得到了一个静寂胆怯的村落。现在看来，他们看到的是一种失去了任何希望的眼神。

想到这里，季后一阵胆寒，赶忙问道："那么你所说的结局，指的是不是天婴和镇母？"

女盼点点头。

季后赶紧问了一句："那这些人为什么不尝试着逃走？打不过天婴和镆母，难道就连一点求生的欲望都没有了吗？"

女盼摇了摇头："你应该看到了那些眼神，都不是正常的眼神。那是被施咒术之后的眼神。这些人大概都被天婴和镆母施了咒术，只能每天等着死亡了。"

她这样一说，季后那个住在大屋子里的叫女瑒的女孩子来，他赶快问了一个问题："那个叫女瑒的女孩呢，是不是也中了咒术？"

女盼摇了摇头："我看不出来她有中过咒术的模样。原因可能有两个：第一个，她来的时候，这座村落已经是被施过咒术的村庄，天婴和镆母大概还没发现她的存在。第二个，可能把她派到这里来的那个女人，就是叫女朴的，与天婴和镆母之间有些什么联系，所以才会放心叫她到这里来，因为知道天婴和镆母不会杀她。不过，这女孩呆在这里，结局可能很惨，天婴和镆母迟早会发现她。"

说到这里，女盼一声冷笑："说来荒唐，事情可能是这样发生的：她到这里来的目的，是要等待一个给她答案的人。很有可能这个人就是那两个叫天婴和镆母的人，只是她自己现在还不知道而已。最后，她等到了答案，然后自己也成了天婴和镆母的牺牲品。"

季后开始为这个叫女瑒的女孩担心了。他想：明天天一亮，无论如何都要把这个叫女瑒的女孩带走，留在这里，对她来说实在是太危险了。

他们就这样边走边说。村落里房门紧闭，没有一丝声音从里面传出来。

季后不知道还要这样走多久，他跟着女盼，走在墓地一样的氛围当中，只觉得内心的压抑感越来越强烈。女盼倒是一脸平静，好像来过很多次。季后心想：这或许是因为她每晚失踪之后，目的地都是这个村落，因为这是她唯一能找到天婴和镆母的地方。

五

最后，他们终于来到村落靠西边的一个屋子里。女盼说："到了，就这里。你们鬼方好像有取火之术，你弄点出来。"季后答应一声，从地上捡起一块木头，弄出一把火来。女盼接过火把，推开门，把火把朝门里一照，说："你朝里面看看，你看到了什么？"

他看到的是两具死尸，一男一女，分别躺在屋子的两个地方。

那个男的半侧着躺在地上，双臂上升，做抱住什么东西的样子。另一具女尸躺在门槛后面，一只手还紧紧抓住门槛。季后看到这幅场景，脑子里立刻浮起了当时的凶杀情景：镆母和天婴冲进屋内，两个玄股人虽然知道结局已到，但是还是克制不住突发的求生欲望。男的把这一机会让给了女的，所以紧紧抱住了天婴和镇母其中一人的腿，为的是给另外一个人逃生的机会，结果自己就被杀了。那个女的，刚跑到门口也被杀了，就倒在门槛后面，临死之前，还有一点最后的求生愿望，最后一丝残存的精力都用在抓住门槛这件事上。

季后想象着这幅惨景，默然不语。他心里想起的是另一个疑问：天婴和镇母为什么要杀死这两个人，目的何在？这两具死尸都身形完好，看来不是为了食人。瀛图之内，倒有食人的怪灵，他早有耳闻，也知道这样的食人怪兽通常留下的都是残破的尸体。像这样身形完整的尸体，很显然不是食人之兽所为。

"你是不是奇怪，天婴和镇母杀人的目的是什么？"女盼问了一句，然后说道，"这个和玄股之民的来历有关。据说，玄股之民的先祖，本是用于陪葬的俑器，乃黑陶土做成，晒干之后，通体都为玄色。十日并出之时，有奇厉之气来自远处，吹到陶俑里面，陶俑因得此气，化成肉身，但是陶土之性未能尽去，残留在双股之上，所以，称为玄股之民。我想，正是由于这个原因，玄股之民，才会成为天婴和镇母的残害对象。"

女盼说着，在那具女尸的身边蹲了下去，一只手在女尸头顶摸来摸去，好像在哀悼一样，但她脸上的神情却完全不是这么回事……女姁摸了一会儿之后，停住手，接着刚才的话，说道："我以前没有告诉你天婴和镇母的来历。这两人我都没有见过，但是传闻却听过不少。据说天婴和镇母也是来自殉人之类，不是陶俑，而是用于殉葬的活人。那阵奇厉之气催活了一批陶俑，同时也催生了一批殉人，其中就包括天婴和镇母。他们的体内带有这阵奇厉之气，所以，他们要想长存下去，只有一个办法，就是从同类身上吸取维持他们的奇厉之气。玄股之民就这样成了他们的牺牲品。"

"那为什么天婴和镇母会追杀我们呢？"季后大惑不解地说，"我们都是血肉之躯，即使杀了我们，也没有天婴和镇母所需的奇厉之气啊！"

"我也不知道为什么他们要追杀你们。"女姁说，"我只能猜测，他们杀了你们之后，可以用你们去交换一样东西，就是他们生存下去所必需的一样东西。那个让他们如此行事的人，显然知道怎样给予他们所需的。你看看这个就明白了……"

她招呼季后过来蹲下，然后指着那具女尸头顶之上的穴顶之处，说道："你看，这里有一个开出的口子，这是玄股之民的气聚之处。天婴和镇母两人，应该就是从这个口子吸走玄股之民体内的奇厉之气的。"

季后站起身来，惨然不语。女盼也站起身来，看着两具死尸，然后说道："我们看到的，其实只是惨事中的一桩。接连几夜，我已经将整个村子都查访了一遍，像这样的场景绝不是少数。我虽然没数过，但是我可以肯定地说，这个村落里，大概有一半的玄股之民都是像这样的惨状……"

季后听到这里，突然眉头皱了起来。他现在有了一个奇特的判断，但是还不敢肯定，他还需要更多的证据来证实。于是，他转身问女盼："你看到的场景都是这样的吗?"

女盼惨然地点点头。

"能带我到下一个场景看看吗?"季后突然说。

女盼说:"看了也是这样,不过,看看也好。"于是她带着季后走了出来,沿着静寂的村落通道,四处游走,然后,推开紧闭的墙门,又查看了几处。季后看得很仔细,眉头却越皱越紧。等到最后一处看完之后,他站起身来,对女盼说:"有一件事,我们都搞错了,连你在内,一起错了。"

"什么事?"女盼有点不高兴了。她还是挺心高气傲的。虽然她和季后不是同门,但从辈分上来说,她应该高出季后好几辈。要在往常,她肯定会大打出手,但是她跟季后相处到现在,还是有了不少好感。在她的一生中,季后是他见过的心地单纯,但是又极其聪敏的一个男子。她不想太打击对方。

季后神情凝重,说道:"天婴和镆母,这件事错了。"

"错在哪里?你快说啊。"女盼不耐烦地问了几遍,得到的回答还是同样一句:

"天婴和镆母,这件事错了。"

等到季后第三次说出这句话的时候,女盼终于明白了季后的意思:"你的意思是,天婴和镆母不是两个人,是一个人?"

季后点点头:"对,一个人。你看这样的凶杀场景,每个都有相似的地方。一个人做出抱住腿的姿势的动作,另一个人倒在门槛附近。很显然,一个人抱住了一个人的腿,被这个人杀死了。然后这个人又走向门槛处,杀死了另一个人。为什么每一处凶杀的场景里都只有一个人行凶的痕迹?如果是两个人,凶杀的痕迹肯定也会是两个人的,但是现在我们看到的每一处,都是一个人的痕迹。这不可能是巧合。"

女盼听到这里,也恍然大悟:"对,一个人。可是,"她转念一想,又觉得有点不对,"如果一个人,不管是男是女,只需要吸食一个人的奇厉之气就够了。如果它是男的,女的对她没用……难道……自为牝牡?"

她说到这里,脸色变得惨白,因为接下来的结论让她难以置信。

季后突然拔腿就朝门口跑去。他突然知道这个叫天婴和镆母的人是谁了,现在正在哪里。一想到这,他就心急如焚,一刻也不敢停留。

他刚刚跑到门口,突然听到了一个女人的笑声:"我早说过天婴和镆母一直在等着你们,你们还真是不离不弃地就要往他门前送……"

伴着这阵笑声,一个女人出现在前面,然后看到的,就是她的身边是一个丑怪如同暗影一样的男人。

季后认出来了,这两个人就是他们最早看到的两个殉人。他们拦在通往出来的那个木屋的路上。

这时,女盼也走到了季后的后面,看到站在前面的两个人,只简单地说了一句："看来这场恶斗是不可避免了。我们速度快点，争取快点除掉这两个妖孽。"

"不必了。"那个女人笑着说，"你们还有更重要的事，没有必要跟我们费事。我们来到这里，只是想看个结局……其他的，你们还是先放过我们吧……"

六

当女盼在女瑟的屋前设下一个符图的时候，陆离俞抱着女瑟的肩膀，注意地看着。那个十字的符号吸引了他的注意，他的手不知不觉地离开了女瑟的肩膀，专注于女盼仪式般的举动。所以，他没有注意到就发生在自己身边的一件事：女瑟的眼神慢慢地变得冷酷起来。

等到季后和女盼离开之后，陆离俞突然有了强烈的好奇心，想去看个究竟。他举步打算朝着那个埋着十字符号的地方走去。步子刚一迈开，就被女瑟抓住了袖子。

"不要去。"女瑟简单地说。

陆离俞被这语调给镇住了，因为这种语调和刚才那个在他拥抱之下瑟瑟发抖的形象相差太远。他停住脚步，问道："为什么？"

女瑟看着那个被埋的符图所在的位置，慢慢地说道："你如果走过去，肯定要干一件事，就是刨开上面的覆土，看看下面。"

陆离俞点点头："的确，我想看看那个十字。"

"最好不要这样。"女瑟说，"覆土只有在一种情况下才会散开。你如贸然刨开，正好适得其反，本为辟邪之术，反倒成了招邪之路。"女瑟的声音还是柔若无骨，但是却有一种刺透的力量。陆离俞开始怀疑，说这话的人是不是刚刚吃了什么药，现在正是药效发作的时间。

"辟邪，你是指天婴和镇母吗？"陆离俞问。

女瑟没有说话，只是静静地看着门外。

陆离俞觉得有点乏味，但是，不知怎么回事，女瑟一说之后，他也失去了看看门口那个符图的兴趣。他觉得无聊，就转过头去看看屋子里的两个女人在忙些什么。女姁已经安顿好了昏然入睡的女汨，自己端坐在一旁，一心都在女汨身上，门边这对男女在做些什么，看来她已经无心顾及了。

陆离俞回过头来，心想，就靠这个符，就能避得了至今尚未露面的天婴和镇母。他指着那个地方，笑着对女瑟说出了自己的疑问。

"能，"女瑟淡淡地回答了一句，"不仅避得了进，而且避得了出。如果天婴和镇母在这个屋子里，就会被死死地困在这个屋子里面。"

不需要数日之后，只需要今晚稍后的某个时刻，陆离俞就会后悔，当时这么明白的一句话，我为什么就只是听听而已，不去想个明白？那时的陆离俞听了这话以后，只是当作一个玩笑一样接了一句："那就惨了，我们不是都成了这对怪灵的口粮了？"

女璐摇了摇头："天婴和镇母都是以气为食，对你们不感兴趣。"

"哦，"陆离俞夸张地说，"我那颗一直悬着的心终于放了下来。其实说实话，我一向都不明白那些食人怪灵的口味，人肉真是一点都不好吃，还不如猪啊，牛啊啥的……"

"如果天婴和镇母找上你，不一定是要吃掉你，肯定有更重要的用途。"女璐说。

"什么用途？"陆离俞好奇地问。

女璐用手指了指那个埋符的地方："破了那道符。只要将你……我们中的一个人的血，洒在那道符上，那道符灵就会消失殆尽，不过就是两根木头架子而已。"

她这样一说，陆离俞隐隐觉得一股寒意，他朝屋子里看了看，好像能找到天婴和镇母的痕迹一样。但是屋子里除了他们几个人之外，空无一物。

"我们这里只有四个人，"陆离俞说，"天婴和镇母的是会随便选中一个，还是会有标准地选上一个呢？"陆离俞靠近女璐，低声地问。他有点担心屋里的两个女人听到这话之后，会有不必要的担心。女汨正昏睡着，应该没什么事。

"应该是有个标准吧。"女璐笑了笑，"不然，他……他们早就动起手来了，何必一等再等？"

陆离俞心想，应该是这样啊，就不知道这对怪灵选择的标准是什么，他把这个问题抛向女璐。

女璐摇了摇头："我怎么会知道？我又不是他们两个。"

"你怎么知道得这么多？"陆离俞满心佩服地说，"跟我刚才看到你的时候，完全不一样。"

"我应该知道这么多。"女璐说，"我在这个叫玄股的村落里住了这么久，有些事情慢慢就知道了。"她指了指屋外的那些隐藏在夜色中的玄股人的低矮的筑屋："在这些筑屋里，每天晚上，一到子夜时分，会有一对男女死在天婴和镇母手上。天亮的时候，路过的玄股人就会看到他们的尸体，不过，他们的做法就是关紧房门，任其尸身在屋子里面腐烂。我不知道他们那时会想些什么，大概只能庆幸能多活一天。"

女璐说到这里，回过头来，看了看陆离俞，那眼神的意思是："不知道你有没有这种幸运？"

陆离俞倒没注意到这个，他担心的是已经出了门的季后，还有那个女盼。他想：不如现在迈步出门去，追上这两个人，把女璐刚才说的告诉他们，但是又担心留在屋子里的几个女人。虽然有那个所谓的符图，但是以他现代科学的眼光，他真不敢相信这些。

"你刚才说，"陆离俞问，"天婴和镇母如果上门的话，他们的目的就是要去用中间的一个人的血，去废掉屋子前面的一个符图？这个人应该是一个什么样的人？"他转头看着女璨，"我不是问你，我是问我自己，你不用回答。我看看自己能不能得到答案。"说到这里，他转身打算离开女璨。他现在对女璨的印象已经完全改变了，突然觉得呆在女璨的旁边并不是一件愉快的事。

他的步子刚刚迈开，就被女璨揪住了："你干吗走？你不想和我呆在一起，看看前面的那个符图会发生什么变化吗？"

陆离俞有点诧异，止住了脚步。女璨松开手，看着夜色，慢慢地说："你不是有所疑问吗，不如就在这里，慢慢地想吧。我倒可以给你点线索。不是关于你的问题答案的提示，而是关于你如何去思考一个问题的提示。因为我也常常心有疑问，每次当我因此困惑难解的时候，我就会靠在门口。那时候，我就会发现，我之所以找不到答案，只有一个原因：我思考问题的方式不对。"

陆离俞被她的话吸引了，所以没有注意到在房间的另外一头，已经有了变化。本来坐在女汩旁边的女娴，这时已经站了起来，双手背在身后。这双手之所以会背在身后，只有一个原因，就是它们中的一只紧握着女汩的那支长铗。她悄无声息地站着，悄无声息地移动着，但是她和门口那两个人之间的距离，似乎从来没有因此而缩短一寸。这时的女娴好像已经明白了一个道理，她现在所在的这座屋子，其实是一座被施了魔法的屋子。这座屋子一直在轻轻地旋转，她每跨前的一步，因此都会从前后变为左右……但她不敢大声叫出声来，因为她更担心一个即将发生的事实……

女璨背着女娴，好像并没有注意到女娴的动作，还是静静地说着，好像遇到了知己一样："你怎么不问问我有什么样的困惑？"

陆离俞这时已经察觉到了房间里的异动。他悄悄地回过头去，看到了正在艰难移动的女娴。女娴做了一个警告的眼神，然后努起嘴，朝着女璨这里。陆离俞虽然不知道这到底是什么意思，但是也忍不住一阵惊骇。他正想离开，手却又被女璨一把抓住了，刚才还温热的手，现在突然变得阴冷起来了。

"你有什么困惑呢？"陆离俞装作若无其事地问。

"我最大的困惑就是，"女璨叹了一口气，"我不能献身于我所爱的人之前，我只能像个女侍一样，随着其他的女人守在他的周围。能被他注意到，就是我最大的心愿。他好像终于注意到我了……"说到这里，女璨轻声一笑，好像回忆起了她说的那个人注意自己的眼神一样，"我也知道，他已经动了欲火，但是，他却不知道，我能做的只能是这些。如果他发现了真相所在，我想我肯定会把他杀死在自己的眼前……他并不知道这些。他只觉得我担心怯弱，不敢接近他的原因，只是因为惧怕他身边的那个女人……可笑啊，那个女人其实是我的救星，我总是在期待着她的出现……但是那个人像哄一个女孩子一样，总是说道，不要怕她，不要怕她……可惜，他始终未能如愿。即使最近的一次，他用尽了强力，还是未能如愿，因为那个女的出现了，于是我就到了这里……"

"你说的那个人，大概是玄溟帝无支祁吧？"陆离俞一边说着，一边斜眼看着后面的女姁。她一脸焦急地看着自己。陆离俞觉得奇怪，因为他清楚地看到女姁刚才就在移动，现在怎么好像还在原地踏步一样。难道是身边的这个女人施了什么法术？他回过眼神，接着说："无支祁不是很淫吗？你要献身，他怎么会不要？你长得也不难看啊。你是不是对自己没信心，对男人也没信心？没关系，你献身给我试试。现在就可以，然后你就知道，只要你把衣服一脱，一切都很简单……"

女瑶微微一笑："一切都不简单。你听说过吗？在近水之地，有一个叫蔓居之山的地方，那里生活着一种奇特的灵兽，它的名字叫类。之所以叫这个名字，是因为它自为牝牡，身兼两类。"

女瑶说到这里，看了陆离俞一眼，然后接着说道："据说，此种灵兽因此异能，就有互通阴阳两界的特性。所以，河藏帝王入葬之时，都会以此种灵兽陪葬。甚至陵墓前面，都会刻上此种灵兽的图腾。你来时走的是帝陵之路……有没有注意到这个？……"

陆离俞不敢说话，他被女瑶投来的目光震慑住了，感到自己正在接近一个怪异的极致。

女瑶继续说道："后来，不知怎么，有人告诉河藏的帝：自为牝牡的，除了灵兽之外，还有一种人，也是自为牝牡的。与其以兽为殉，不如以此等之人为生殉之物。于是，河藏诸帝每次入葬之时，都会四处搜寻此等之人，以为生殉……"

说到这里，女瑶突然不说话了，开始沉默起来。

陆离俞撺掇着她："继续啊……"他现在已经知道了这个故事隐藏的就是身旁这个人的身世，他现在已经不知道该把这个人叫作男人，还是叫作女人，甚至不知道是不是该把这个人叫作人。

女瑶微微一笑："可以啊，我继续说下去，反正还有片刻，不过，我先得解决一些事情，免得讲的过程中出现意外，我讲不畅快，你听得也闷……"

她的话音未落，陆离俞就听到身后有一阵利器划破寂静的风声。他回过头一看，只见刚才被女姁捏在手中的长铗，已经离开了女姁的手，正笔直地朝着女瑶的后背迅疾地冲刺而来。

陆离俞突然动了怜悯之心，刚才女瑶讲的事情，虽然尚未完尽，但是他已经明白了还没有讲出的一切。本来的畏惧之心，现在转化为奇特的怜悯。他突然用力，想趁那柄利铗还未及身之际，就将女瑶扯开。但是一扯之后，发现根本扯不动，倒是看到女璎一脸诧异的眼神："你这是想救我吗？"

陆离俞冲她点点头。正在这时，只听得"砰"的一声，刚才正指向女璎后背的那柄长铗，突然变得擦着女璎的肩膀，一直冲刺到了对面的墙上。铗尖入墙之时，铗尾还在猛烈颤动，由此可见女姆扔铗之时用力之猛。陆离俞有点愣了，不知道怎么回事，这一结果很显然不是他的原因，他刚才根本就没拉动过一分。扔出长铗的女姆也有点愣了，站在原地，一动不动。她大概也弄不明白，自己瞄准了的目标，用尽了力气的冲击，怎么就会落空。

女璎放开刚才一直握住陆离俞的手，转过身来，对着女姆，看了好一会儿，然后才说："你是个聪明的女人，在这里呆了这么久，难道没有注意到什么？如果你注意到了什么，就不会想着事情会这么简单，就靠扔出一把长铗，就能把我置于死地。"这时，她看着女姆的目光充满了循循善诱的意味。

女姆注视着这道目光，然后点点头，说道："我明白了，你这个屋子是在转动的。"

"转动？"陆离俞大吃一惊，"我怎么一点都感觉不到？"

"因为，我只是让这屋子转动，但是没有让你和它一起跟着转动。"女璎笑着说，"我喜爱简朴到了极致的装饰风格，现在各位看出好处了吧。你一点也看不出这间屋子转动着，因为你看到的东西，好像一直没有什么变化。墙永远是原来的那堵墙……但是，这只是一种眼中的欺骗，就像你看不到我的变化，你还以为我跟片刻之前完全一样……"

说到这里，女璎走向那柄插进墙内的长铗，好像没费什么力气一样，就从墙上拔出了那柄长铗。

她走过去，手持长铗，对着陆离俞。陆离俞吓了一跳，做了个姿势，心里却一点把握也没有。他赤手空拳，怎么能够应付得了这个手持长铗，还会一身异术，连性别也能通吃的异人？看到他这装模作样的样子，女璎微微一笑，走到陆离俞身边的时候，她倒转过长铗，将长铗反递到了陆离俞的手上。

陆离俞手握长铗，吃惊地看着女璎。有一瞬间，他竟然有了一个荒唐到极致的想法：这是不是一种报答？刚才拉了这个人一下，虽然没有拉动，但是那份善意是很明显的。现在她的这个举动，是不是为了回报我的善意？可是这份回报也太奇怪了。她可以选择不攻击我，为什么要把长铗放到我的手上呢？难道是让我去刺她？她回报我的方式就是让我去刺她！这是多么古怪的报答方式，不过，考虑到她怪异的存在，有这种古怪的报答方式，应该也不算意外……

他正胡思乱想着，女璎用手按了按他握住长铗的手，轻声说道："刚才你拉了我一把，看样子你大概是想救我了。我真是很感激你的这个念头，所以不愿意让你失望。本来该我来做的事，现在就交给你自己去做了。"

这种声音这时候听起来有点异样，它是一种介于男女之间的一种声音。陆离俞想起女瑟说的等待的时刻，现在才知道，这个等待的时刻，应该就是这个时刻，她身体的两种类型变换的时刻……

女瑟说完，移步离开了陆离俞，朝着女泪躺着的那张床走去。女姆跨出一步，想要拦住她，但是发现根本近不了她的身。女瑟看着她徒劳的动作，笑了一下，说道："你好像忘了我刚才讲过的一件事，这个屋子是在移动的。只要我能让它移动，你恐怕很难靠近我一步。除非你现在能做到一件事，就是能让这座屋子停止转动，否则的话，你永远都无法阻止我走到床边。"

陆离俞见状，知道不好。女泪现在躺在床上，应该没有什么防御能力，如果让女瑟走到床边，真不知道她会对女泪做些什么。尤其是现在女瑟说话时的声音，越来越像一个男子的声音……

他提起手上的长铗，朝着女瑟冲去，结果发现自己也是徒劳。

女瑟没有回头，就察觉到了异动。她笑着说："也是徒劳。就像你自己正在想象的我会做的一件事一样。其实，即使我有做你想的那一件事的想法，也是离不开两个字：徒劳。"

说到这里，她坐到女泪的床头，赞叹了一声："真是位美丽的姑娘。"

陆离俞和女姆对看了一眼，眼中皆是无奈。陆离俞终于开口问道："你要我做些什么？"

女瑟说道："很简单，你现在手持长铗，走到那个符图那里。你可以选自己身上最不痛的一个部位，然后割开一个口子，把血滴在符图上面。你是来自两界之人，你的血就是最好的破符之术。我在这里开始数数。数到二十八的时候，如果符图还没破除，这位躺在床上的姑娘，就是代价。"

说到这里，女瑟不好意思地补充了一句："今天是我生还第二十八年的日子，所以，二十八是我唯一能想起的数字……"

七

陆离俞话也不说，提着长铗就冲到门外。他的耳边听到的是女瑟数数的声音："一，二……"

数到五的时候，他已经冲到了符图那里。数到七的时候，他已经割开了自己的手腕。血滴到了符图的覆土上面。等到耳边传来十的声音的时候，他已经绝望了，因为那个符图看起来一点变化也没有。他想，大概是自己身上的血流得不够多的原因，于是又在手腕上割了一刀。血像喷泉洒落，符图还是没有反应。

陆离俞有点发冷地看着血从自己手腕上面滴到地上，又砍了自己几刀，每一刀都随着女瑟慢慢数数的声音："二十，二十一……"

这时，他才明白一个道理，他和女瑟都失误了。他现在身上的血，已经不是那个刚刚横越两个世界的人的血了，蛇来蛇去，他现在也不知道，自己体内流动的是个什么玩意儿，只知道女瑷所期望的两界之血，应该已荡然无存……他停住自残的动作，回过头来，绝望地看着坐在床头的女瑷。

"二十八"，等到女瑷数到这个数字的时候，他眼前一黑，昏倒地上。

女瑷数完最后一个数字，毫不犹豫地举起长铗，就朝床上的女汩刺去。站在一旁的女婐，见状突然飞身一跃。这一跃刚起，连女瑷也愣了，因为这一跃意味着，旋转的屋子对这个女子没有任何限制了。女瑷举起长铗的手刚一愣神，女婐就已经跃到身前，切手就是一掌，掌力达至女瑷持铗的手腕。女瑷只觉掌力奇特，不敢大意，格手一挡，然后跳了开去，一脸吃惊地看着女婐。片刻之前，她还不把对方放在眼里，现在一掌交接，才发现自己肯定是看错了。普通的女子，哪有这样的掌力？

"你到底是谁？"女瑷问。

女婐懒得说话了，空掌斜劈过来。这一掌的位置正好是女瑷必须回身才能防护的位置，女瑷懒得转身，只将衣袖向后一展，衣袖卷起的气流刚好消解了女婐的掌风，反而汇集一起，成为刚猛的一击。女婐没有收掌，变劈为挡。这一挡才知道来势的厉害，女婐好像无力抵挡，硬生生地跌落在地上。

"这么不经打啊？"女瑷转过身来面对着女婐，一脸诧异，"刚才看你的样子，我还以为弄倒你得费好一番工夫呢。"说着，她走到女婐面前，也不想废话了，挥铗就朝女婐劈去。

现在的女婐又是一副柔弱女子的样子，一脸惊恐地看着女瑷。

女瑷一铗还在半途，就被这种神色搞愣了。跟刚才的一掌击来的那个人一比，反差太大。但是，事已至此，多想也无益，她的心里只有一个念头：管他什么鬼，劈了她再说。

长铗还未及身，只见一道寒光直冲铗身，猛一相碰，只听得"当"的一声，女瑷只感到力道奇猛，不仅将长铗弹开，而且自己还被硬生生地震住。

她稳住脚步，看清楚了那道寒光究竟为何物，原来是一只耳环。

她还未来得及细看，那只耳环已经飞速离开铗身，朝着门边飞去。她顺着耳环，眼光追去，看到两个人站在门口，一个是女盼，一个是季后。

季后入门就看到陆离俞倒在地上，还来不及扶起问问，就看到门内的女婐瘫在地上。女婐那副惊恐的样子，让他似曾相识。他曾在一个地方见过这种神情，那是在苍梧的少司祠门口，他从一堆死人中扶起女婐的时候，女婐就是用这种神情看着他。

季后半是怜惜，半是气愤，想也不想，持着长铗就冲进门内，朝女瑷奔去。脚步一迈，就被女盼拉住了："你照看一下倒下的两位吧。这个阴阳人凶险得很，你不是对手，还是交给我吧。"

女瑷手持长铗静静地站着。阴阳人这个称呼看来对她一点影响都没有，她

227

想搞清楚的大概只有一件事，所以，她一开口就问道："那两个生殉，没把你们灭了。"

"如果灭了，我们会在这里吗？"女盼笑着说，将手中的两只耳环一扣一拉，两只耳环就连在一起，随即挥手一送，双环就直朝女璎的要害飞去。

女璎挥铗一劈，但是劈了个空，因为就在她长铗劈去之时，双环突然分开，好像是被长铗劈开的一样。这只是旁人的看法，女璎心里清楚，不是她劈开的，而是两只耳环自己分开的。她也清楚耳环分开之后的目的是什么，分别朝着自己的两个要害部位劈来。

她划铗一挥，铗风所及，一前一后，立刻封住了耳环的两路攻势。女盼见此，双手一展，耳环回到她的手中，只是从指握之物变成了手执之物。

"要想除掉你，好像还少一样东西。"女盼说。

"我知道。"女璎点点头，"就是我手中的长铗。"

女盼点点头："看来得跟你借一下了。"

女璎笑着说："行啊，你来取吧。"

女盼点点头，双手一挥，两只耳环再次冲向女璎的长铗。女璎面对这种冲势，只有一个解决的办法，既要封住耳环的来势，同时，又不能被耳环套住长铗。一旦被套住，这把长铗就不再是自己的了。

想到这点，女璎小心地提防着耳环的飞来之势。耳环一前一后，分攻两路。她已经谋划妥当，随即划出一铗。这一铗下去，就能将两只耳环再次击落。

她如此小心，忘了查看站在门边的女盼的动静。女盼突然将左手一挥，就在长铗即将划落两只耳环之际，其中一只耳环突然做了一个转向的动作。这一转向，避开了长铗的划势，直朝女璎的面门而去。女璎心里一惊：如果让耳环飞向自己面部，接下来，很有可能就是脑袋被耳环套住。那时只要女盼一挥手，自己的脑袋就会成为飞离之物。

她想改变长铗的划势已经来不及了，急中生智，一只手猛力伸了出去，想要将耳环击落在地。等到她的手掌一碰到耳环，她才悚然一惊：糟了，自己上当了！

她的手掌刚一碰触耳环，耳环好像变得更大，顺势穿过她的全掌，接着牢牢地套在手腕之上。女盼见状，一点也不犹豫，一只手猛力朝着自己的身后一挥。女璎只觉得被套住的地方有一阵撕裂的剧痛。她惨叫一声，接着就看见自己没有持铗的那只手被耳环套着，接着硬生生地离开自己的身体，朝着女盼飞去。

女盼顺势接住，然后笑吟吟地对女璎说："我说借你一物，又没说非长铗不可。弄断你一只胳膊，你还怎么去防我的双环？"说完，她把套着耳环的断臂朝着女璎一扔，然后双手一拍，顺势摊开。

断臂把女璬砸倒在地，两只耳环又回到了女盼的手上。

女盼双手执环，碰了一下，然后说："再飞一次，飞到我手上的，就是你的头了。"

女璬抬起头来，一声冷笑："你们刚才去了玄股的屋子里了？有一件事，不知道你们有没有注意到？那些玄股人，有些已死了很久，尸体为什么会没有腐烂？那些活着的玄股之民，为什么不会言说？如果你们注意到了这一点，你们就会发现，真正可怕的事情不是我这里，而是来自玄股之民。"

她剩下的那只手，慢慢地举起，指向门外："现在，你听听外面，听到了什么？有没有听到空洞的脚步声？那些没有腐烂的，还有那些不会言说的，他们正朝这里走来……"

第十五章

一

　　那些玄股人的脚步声越来越密集，就像千柄重锤，同时擂响千面皮鼓一样，猛厉的声量，似乎震得整座屋子都哗哗作响……季后扶起女姁，女姁一脸惊恐，紧紧地贴着季后。季后到了此时，也是心神惶急。

　　倒是女盼冷静，她辨认了一下声音，说道："暂时还不用怕，有那个图符镇住，这些玄股妖孽应该还冲不进来……"然后，她指着躺在图符旁边的陆离俞说："那个人倒是要搬进来。我看他现在浑身都是血，得包扎一下了。"

　　季后听到这里，赶快冲过去，把陆离俞拖回到了屋子里。

　　玄股人已经到了紧闭的墙门之外，好像是他们带来的一阵剧烈的夜风，在密集强力的脚步声的助力之下，夜风猛厉一冲，紧闭的墙门咣当一声，就被冲开。玄股之民死寂的身影一下就塞满了整个门框。

　　那道埋在地面的符图，立刻放出刺眼的光芒，拔地而起，直插夜空，光芒所及，一下就把冲在最前面的几个玄股之民罩住了。据女盼所说，玄股之民乃是陶殉之器，得奇厉之气，幻化为人。陶土之性，本为静默，即使幻化成人，也无言说之能，所以，现在出现在屋子里的几个人眼前的这些玄股灵怪，就跟早期黑白默片中的怪物一样，只会张牙舞爪地做出种种阴厉的嘶吼之状，但是一点声音也听不到。

　　屋子里几个人看着这幅场景，只感觉到一阵怪异的恐怖。

　　正在这个时候，他们发现周围的那堵墙开始有了动静，接着墙头上开始出现玄股之民的身影。他们好像学会了一件事，那道符图只能挡住进门的方向，只要避开符图的法力所在的那条直线，从其他地方就可以攻进来了。

　　一大堆玄股之民已经爬过了墙头，冲着屋子奔来，另外一群数量更多的玄股民，像污浊的水流一样，沿着环形的围墙漫开，没过多久已经把整个屋子都包围起来了。现在的情形就像蚂蚁窝一样，墙壁之上，墙壁之外，凡是有空的地方，都是玄股怪灵蠢动的身影……

　　这些玄股灵怪还是有智商的。他们开始的想法大概是想一起发力，把屋子的墙推倒，但是几下之后，发现这道围墙比他们想象的还要坚固，要想推倒，就像蚂蚁撼树一样……于是，片刻之后，他们开始使用他们一直没有使用的技能，就是啃土。他们本来就是陶土转化，现在啃起土来，一点也不觉得心塞。每啃下一口，就往周围一吐。这么一来，整个围墙马上摇摇欲坠起来……

爬过墙头的玄股之民，就跟漫过墙头的水流一样，很快弥漫了整个房屋周围，塞满了屋墙和外墙之间。其中一部分避开符图的强光，冲到房屋的门前，另外一部分开始爬上屋子的外墙，爬到了屋顶上面，剩下的那批，毫不犹豫地啃起土来……

女盼和季后堵在门口，来一个就灭一个。玄股之民的要害部位就在两条玄黑黝深的腿上，就算一铗砍掉了头，靠着两条腿，还能活蹦乱跳地跑个不停。季后看着没头的玄股之民走来走去，开始还有点手足无措，怎么头掉了还能这样。就在他手足无措的时候，女盼砍下了玄股之民的一条大腿，往门外使劲一扔。掉了腿的玄股之民开始作狂吼状，转身独脚跳着，去追那条大腿了。女盼朝季后点点头，意思是看明白了没，跟我学，专剁大腿。季后点点头，如法炮制。两个人连剁带扔，再加上门口狭窄坚固，一时之间竟然也能防住。

一阵厮杀之后，摇摇欲坠的墙垣，开始暗示他们抵挡不了多长时间，有些地方到了一推就倒的地步。

季后有点着急起来，如果墙一倒，玄股之民就能四面冲进来，他和女盼就两个人，怎么应付？陆离俞还有女泪都在昏迷状态，只剩下一个女姤。在季后的眼里，女姤只是一个娇弱的女子，哪堪玄股之民一击。

女盼好像也发觉了这点，她倒是不急，因为已经有了一个主意。她劈倒一个玄股之民之后，转身对着呆站在那里的女姤大喊了一声："转！"

女姤听到这声吼叫之后，点了点头，跑到靠墙躺着的女瑟那里。女瑟正闭目躺着，那断了胳膊的肩部现在已是淤血成结。女姤手上没有武器，她的手上拿着的只是一支首饰，就是刚从女瑟那里取过来的尖头权杖一样的首饰。她拿着这首饰，用手一挥。等到挥手停止的时候，手上的这支尖头饰器，已经大得像一柄短刺。她手执这根短刺，朝着女瑟已经结痂的地方狠狠一刺。剧痛之下，已经昏迷的女瑟立刻睁开了眼睛，只是没有叫出声来，反而一脸沉静地看着女姤。

"你知道这根权杖的来历？"女瑟看着大了一倍的短刺样的权杖，说道，"当初女朴给我这件东西的时候，我就想问她她知不知道给我的是什么东西。看来她不知道，所以我也没问。看来，你是知道的。"

女姤没有理她，又朝结痂的地方刺了一下，这次用力更狠，同时问道："刚才这个屋子是转着的，等你昏迷之后，屋子停了下来，现在帮个忙，重新让它转起来。不然，还有更大的痛楚在等着你……"

女瑟无力地承受着女姤的一下重刺，她好像疲乏麻木到了连做个痛感的表情都觉得费力的程度，只是虚弱地摇了摇头："要让这屋子转起来，我得双手

231

施法。现在断了一只手，应该没什么办法了。你我不久都会成为玄股之民腹中之物了。我倒好奇，"她看了女娵一眼，这一眼似乎用尽了她全身的最后一丝气力，"你到底是谁，怎么知道这根权杖的来历？要知道，这可是鬼方……"

她还没说完，女娵又是狠狠地一刺。这一刺就不是胳膊上结痂的部位，而是女璗的脖子。等她抽出那根短刺的时候，女璗已经彻底断气了，刚才还能靠墙坐着，现在"扑通"一声倒在地上。

<h1 style="text-align:center">二</h1>

女盼被这声惊动了，抽空回头一看。女娵把拿着那根权杖的手往后一背，摇了摇头，意思是没成功。

这时，玄股之民的啃土大功已经到了最后关头，再来一下，估计墙上密密麻麻地出现的就是玄股之民的大嘴巴了。女盼见状，冲着季后大喊一声："你一个人再挡一会儿，一定不能让一个玄股之民进来。"说完，把手中的长铗朝着季后一扔。季后伸手接住，点点头，一个人站在门口，奋力拼杀。他现在是双手持铗，旋舞起来，几乎把个狭窄的门口弄得水泼不进。

女盼急步走到屋子中央，伸出双手一抹，两个耳环就落到了手上。她把其中一只往上一抛，耳环在上抛的过程中不断变大，等到落地的时候，已经大得如同整个房屋，贴着墙根将整个房屋牢牢撑住，刚才还摇摇欲坠的圆墙，好像得到了来自撑住墙根的圆环的生猛之力，立即坚稳如初。

女娵一旁看着，只有目瞪口呆的份儿了。

女盼接着又把另外一只耳环往上一抛。等到耳环离手上升的时候，女盼束身如柱，双手上举，顺势一合，成为一个直上举起的合掌。耳环落下的时候，已经逐渐变大，顺着合掌的掌尖迅速滑落，一直滑到女盼的腰间停住。这时看上去，就像女盼的腰上突然多了一条金光闪闪的腰带一样。

这时，女盼脚尖一点，直立的身体连同向上直举的合掌开始迅疾地旋转起来，旋转之中，腰间的那道环佩的光芒立刻弥漫了整个屋子。

这是一个连体的关系，她的旋转带动了她腰上的环佩，腰上的环佩带动了撑住屋子的那道环，随后被带动的就是整座屋子了。屋子开始旋转，门口挡杀的季后措手不及，立刻摔倒在地。随后，他看到埋在门前那道符图的光，开始兜着圈子在房屋周围闪耀，好像兜成了一环光圈一样。

事情还不止于此，季后慢慢感到一个变化，各种回旋之中，脚下的屋基开始慢慢脱出地面。片刻之后，等他完全明白这是怎么回事的时候，整个屋子连同地基已经旋转着悬离地面，升腾到了空中。

刚才还攀爬在房屋外墙上的玄股之民，这个时候就跟下锅的饺子一样，噼里啪啦地往下掉。

等到屋子完全升到空中的时候，女盼停住了旋转的脚步。她一止步，一切旋转也立即停止。

季后这时才能站起身来。他还不能控制脚步，刚才那阵转，转得他头晕。他一步三晃地走到门口，门槛上还有最后一个玄股之民，双手死死地抓住门槛，脸上现在尽是惊恐。

季后觉得很吃惊，心想，这种怪灵也会有就死之惧。他正想着，女盼走了过来，一脚就把那个玄股之民踹了下去。季后回身朝着女姁那里跑去。刚才屋子一转，女姁就摔倒在地，现在还起不来。季后扶起女姁，女姁的鬓发间有个亮晃晃的东西刺了一下他的眼睛。他仔细一看，那支像权杖的头饰已经到了女姁的头上。他虽然觉得怪异，因为这支首饰是初见女璙的时候女璙从发间拔出来的。他不知道女姁到底有多喜欢这件东西，但也没有多想。

陆离俞这时已经失去了知觉，旋转一开始，他就滑到了床边。季后赶紧跑过去，看了看他的情况，然后又查看了一下躺在床上的女汨，女汨还是安稳地闭着眼睛。

这时，女盼走到已经倒地的女璙那里，看了一下，然后说道："死了。"她站起身来，走到女姁那里，问道："你杀死的?"

女姁点点头，没有说话。

女盼也点点头，说道："我说过，我想做的事，活着的天婴镇母不能，死掉的才能。现在靠着这个死掉的异类，"她指了一下倒地的女璙，"我才能进入神巫禁止我进入的地方，见到我最后想见的人。"

三

陆离俞醒来的时候，还没发现自己已经到了空中，他只是对自己一眼看到的东西感到惊讶。透过门口，他一眼能看到纯净的天空，就出现在和自己一眼视线持平的地方。他对此感到惊讶，然后朝四周看了看，这才发现自己正躺在女汨刚才躺着的那张床边。但不须抬头，一眼能看到的天空是怎么回事?

他翻身坐了起来，一脸困惑地看着像是悬挂在门槛外面的天空。

女汨这时已经醒了过来，正和女姁并肩靠在门口，一起朝着门外望着，来自门外的风不时把她们的衣裙吹得哗哗作响。女姁回头看了一眼陆离俞，看到的是一脸初醒之后的痴相，她看得想笑，正遇上陆离俞神情严肃地看了她一眼。

女姁赶快转过头去，悄悄地对女汨说："你以后应该对这位末师好一点。"

女汨觉得奇怪，问为什么。

女姁便把刚才陆离俞割腕的事说了一遍，然后补充一句："我看他应该是真的喜欢你。当时做这事的时候，他是一点犹豫也没有。我没数过他往自己身上划过多少刀，但是我想，如果不是真的喜欢你，一个男人是不会这样的。"

女泪只好无奈地笑了一下，说道："如果我当时醒着，他想救我，应该不会救得这么惨吧……再说吧，我毕竟是要去河藏嫁人的，对其他男人，不会有别的念头。还有帝父，我现在还不知道他去了哪里。那个叫女瓃的，如果还活着，倒是可以问问，没想到天婴镇母就是她……"

季后这时陪着女盼，围着一个放在房间中央的圆环。这个圆环很显然就是女盼的一只耳环，另外一只耳环被她用来撑住整个房屋。女盼不停地调整着耳环，每调一下，房屋的飞行方向就会变动一下。从她调转耳环圆环的样子，可以清楚地看到，她对自己要飞向哪里很是清楚。

季后坐在一边，就像一个想多学一点的学徒，一脸的虔敬。

陆离俞还没力气起身，就冲着季后虚弱地叫了一声："季后！"

季后抬头见他醒了，便起身走了过来。

陆离俞问季后："我们这是怎么回事，怎么从我这个位置，能看到那样的天空？"他指了指门口。

季后便把刚才发生的事说了一遍。

陆离俞恍然大悟，便问："这么说来，那个叫女瓃的已经死了。她在哪里，我怎么没看到？"

季后指了一下女盼正在调整的那个圆环，说道："就在那个圆环下面。方才和盼巫一起，把她埋进了圆环下面的屋基，也算让她能死得其所了。你现在知道她是什么人了？"

陆离俞点点头，问道："原来一路追着我们的天婴和镇母就是她……我们现在去哪里？"

季后指了指女盼："先去她想去的地方。"

陆离俞叫季后扶他起来，扶他到女盼那里，他想看个新鲜。女盼一直低头看着那个圆环，没有搭理围坐来的两个人。陆离俞看了一会儿，开口问道："你要去见的那个人是不是在南边？"

"南边，为什么说南边？"女盼头也不抬地问。

陆离俞说："你这个圆环，在我来的那个地方好像也有。我们那边管这种东西叫罗盘，专门指南的。"说到这里，陆离俞又有了卖弄的机会："罗盘能够指向南方，是因为上面装了一根磁针。磁性偏南，所以，罗盘也就一直能够指向南方。"

女盼没有理他，还是继续看着自己的圆环。

陆离俞觉得无聊，就不甘无聊地冲着季后扯起来了："那个叫女瓃的人。刚才听你一说，我想起来了，在我们那边也有，我们那边管这种人叫双性人，就是一身兼有男女两性的人。也用不着这样打打杀杀，他想做男做女，只要动个手术就行了。哦，估计你们这边连手术是什么都不知道……我读《山海经》，也注意到《山海经》里也有这样奇怪的记录。《山海经》里记录的异兽当中，有好几个都特别标明自具雌雄，也就是雌雄同体。我记得其中一种的名字叫作类……"

说到这里，他沉默了一下，朝着女盼正在摆弄的圆环看了一眼。因为"类"这个名称，还是埋在圆环下面的那位说出来的。他开始替这个叫女璐的人难过起来了，叹了一口气之后，缓缓地说道："另外，我们那里有个学者，专门研究《山海经》的，也指出远古神话当中，许多神话中的人物也具有雌雄同体的特征，其中一个叫……"

"我们这边不管这种人叫双性人，"女盼打断了他，抬起头说道，"我们这边叫异蒂镜生。雌雄异蒂，同生一株，然后就有了这种人。以前，有人告诉我，必须要找到天婴镱母，才能去我想要去的地方。我当时也不明白为什么这样。现在想来，大概就是因为他的这种奇异。你刚才说的那个叫罗盘的东西，是因为磁石指南之性，我能去我想要去的地方，大概也就是同体之人有出入神域之性。只是得先把他们弄死……你这是什么表情？我说的，你都不信，想跟我辩啊？"她笑着对陆离俞说。

陆离俞现在是一脸伪学者的学术激情："我会驳倒你的这种观点，你等一下，我找点证据。《淮南子》，又叫《淮南鸿烈录》，关于雌雄同体的现象，也有过一段记载……你等等，我先想下，原文很古奥的，一时半会儿还真想不起来。"

"你慢慢想吧。"女盼说，"就是不知道还有没有时间……"说到这里，她站起身来看着门外，心神突然不定起来。

陆离俞觉得有点奇怪，他从来没有见到过女盼会有一种失去自信的神态。他刚想对季后说点什么，一看季后的脸上也是一脸肃穆。他看了看门口的两个女子。这两位一起合力，不屑地看了他一眼，然后一起回过头去，忧心忡忡地凝视着门外的天空。

陆离俞就算再迟钝，这时也明白了女盼这种神情是从何而来。他们所乘坐的这座房屋大概已经快要靠近女盼想去的神域了。那里面有一个人，就是这个人，让女盼失去了一向自执的神情，女盼甚至充满疑虑地看了众人一眼，好像在问：我这样做，值得吗？

每一个被她扫视的人都避开了她的目光。她收回了目光，走到圆环那里，跪坐下来，然后伸出双手，按住圆环的两边，用力一拨……

四

屋子里突然暗了下来，陆离俞看了一下门口，刚才还明亮如镜的天空，突然像成了一块漆黑厚重的幕布，紧接着一道闪电劈开了幕布，从门口直刺进来，像闪着寒光的白刃突然炸裂，整个屋子立刻充斥着爆裂的声音、白刃寒光的碎片……

两个站在门口的女人赶快避到屋子中央。女姆指着门外，惊慌地说道："门外，下面……"

她还想说点什么，但是一看女盼庄重的神色，就止住了。女盼慢慢地站起身来，说道："不要怕，门外就是我要来的地方。现在，我要让屋子降落下去……不管发生什么，都与你们无关……你们不会等待太久，这座屋子就会载着你们离开。"

片刻之后，屋子开始缓缓下落，好像是在密集的雷电之中下落一样，因为不停地有闪电从门口经过，或者直射进来，屋子周围随时都有密集的雷声。除了女盼，其他几个人这时又靠在一起，一脸担心地看着女盼，不知道她要见的会是什么人，怎么会在这样的凶险之地？

屋子缓缓地落下。每落一点，众人的心就替女盼揪紧一点，女盼的神色也就更加恍惚一点。等到屋子彻底落地的时候，雷电停住了，只有密集的夜色。

女盼缓缓地点了点头，笑了一下，自言自语了一句："你这时才知道来的人是我……什么事都像这样，总是明白得太晚……"

说完，女盼的双手一展，撑住屋子的耳环，还有放在屋子中央的耳环，都收到了摊开的手上缩小，成了首饰耳环大小。她细细地查看了几眼，好像担心会有什么损坏一样，然后，她的双手往自己的耳朵上缓缓地一抹，耳环就到了原来的位置。

几个人都不敢去看此刻的女盼，他们不约而同，一起静静地看着门口，好像在等待有人进来一样。但是没有人进来。

女盼想了一下，突然举步朝着门外走去。几个人连忙跟在后面，他们对接下来发生的事充满了好奇。

门外，一个男人正背对着屋子站着，离他站立的地方不远，就是一道深插到了渊底的悬崖。沉闷的渊水的气息扑面而来，几个人一下就明白了，这里应该就是女汨的帛图上所说的江渊之地。这个站立在江渊悬壁之上的男子，难道就是女汨所说的二八神人？女盼一直要见的男人？

男人听到几个人出门的声音，才转过身来。他的目光落到了举步走来的女盼身上，尤其是那对耳环。

"你戴着？"等到女盼停步，男人开口问道。

女盼笑了一下，说道："是啊，一直戴着。"

"当时送给你的时候，你没要。"男人说道，目光一直没有离开那对耳环，"我也不知道该怎么办，顺手就放在了我离开的地方……刚才见到你之前，我还在想，你不会没有注意到这个吧。要是那样，就太可惜了……"男人的眼神变得惆怅起来。他可惜的事情应该有很多，每一件都比这件重要，但是却只有这一件算是如愿了。

女盼又笑了一下："在你离开之后，我回头看了你一眼，当时只想着，故人来访，总得有相别之礼。这一眼就算我的礼节吧。结果，看到了这个……我好像就在那时改变了主意。也许是突然觉得这两件东西还不错吧。再说，我一个女人家，在外行走，是需要有点首饰……既然有这么一对，为什么不用上？它们也不难看……你看，现在就这样，一直戴着。"

男人看着女盼，然后慢慢地说道："后来的事，你都知道了？"

"知道。"女盼点点头说，"所以，我决定了，一定要来看你一次。"

后面几个人相互看了一眼，不知道到底发生过什么。与女盼相处这么多日，一直没有听她提过。几个人只是隐隐约约有种确信，她一路执着，要来这里，肯定是男人为她做过一件事，让她深深感动的一件事。也许女盼知道，男人为了做成这件事，几乎也赌上了自己的生死。

男人苦笑了一声："那次见面之后，我下定决心一定要救你。我花了几年的时间……可是，你看，结果我到了这里，被判定永远不能离开此地。……我救不了你，你不该来这里。这样做的后果，你应该知道。"

女盼走了过去，望着男人回避的眼神："我只知道我是来看你一眼的。其他的，我知道了又能怎样？"

男人看着女盼，那种目光让后面的几个人都心软。两个女孩子差点拥抱在一起，跟看一出情感大戏一样。陆离俞心想：原来我也会感动啊，不是被银幕上的剧情，而是被我眼前发生的活生生的事实。此时的季后回过头去，看着女姁，好像眼前看到的一切，或许也会在不远的地方等待他们……

"这一眼，你已经看过了……"男人突然脸色决绝起来，厉声说道，"现在，你赶快走吧，趁着十巫还没发现！"

他神色俱厉，换来的结果，是被女盼握住了一只手。女盼说道："我忘了告诉你，这是最后一眼。如果我现在离开，那就不是最后一眼了。"

男人没有说话，开始是任其握住自己的手，片刻之后，他握住了女姁的手，笑着说："那样一来，这也是我看你的最后一眼。"

话音刚落，女盼的脸上神色惨变。男人伸出手去，把女盼揽到身前，紧紧地抱住她。女盼顺势躺靠在男人的臂间，看着男子，此后的眼神一直就没离开过。男子顺手擦了擦女盼脸上因为剧痛而渗出的汗珠。他神色平静，好像即将发生的一切，只需耐心就可以轻轻化解。

其他几个人见状，不知道发生了什么，女盼的神色突然惨烈起来。他们现在也不知道该怎么办，只能一脸惊慌地看着男人。

男人抬头对几个人说："她体内的符祝发作了，这是她进入此地得到的惩罚，片刻之后，她会剧痛而死。"说到这里，男人又伸出手去，神色依旧平静，擦了擦女盼脸上的冷汗。女盼的眼睛始终没有离开过他的脸庞。

男人接着说，语调同样冷静，好像在说着一件与自己无关的事情："我帮不了她，她已被判定终生行走，不能坐卧。我减轻她的痛苦的方法，只能是这样，陪她站着……"男人抬起头，对着几个人说道："忘了介绍一下，我是此地的神人二八。数日之前，有个叫柏高的人从这里经过，要我截住你们中的一个……"

他刚说到这里，女盼的手就抓住了他胸口的衣襟，忍着剧痛摇了摇头。神人二八低下头，冲着她一笑，然后抬起头对几个人说道："看来是不行了，她不允许。她已经痛到连话都不能说了……你们几个还是乘坐那座屋子，离开此地吧。我会送你们一程的。至于我怀里的女人，"他又伸出手去，擦了一下女娴脸上的汗水，女娴这时已经双眼紧闭，"她既然想看我最后一眼，我会一直让她看到最后……"

五

接着，神人二八仰头朝着沉黑如漆的夜空高喊了一声，然后一道闪电从他身后直插天穹。伴着这道闪电，一个庞然大物出现在男人的身后，好像是乘着闪电上来的一样。

陆离俞一看庞然大物的形状，吓了一跳，这东西不就是尼斯湖水怪吗？怎么到这里来了？

"你们快点离开吧。这里是神域，不是你们该来的地方……再留下去，我也救不了你们。"他看了一下怀里的女娴，然后说道，"这也是她的意思。"

几个人还在犹豫，已经快要昏厥过去的女盼突然伸出一只手来，做了个离开的姿势。

女娴扯了扯女泪的衣袖。女泪没有说话，转头离开了。其他几个人到了这时，能做的只有离开了。世上有无数的悲伤，但是没有一种悲伤，愿意发生在与之无关的眼前。他们好像明白了这个道理。

离开之前，神人二八从怀里掏出一样东西，头也没回，向后一抛。这件东西随后落到了女娴手上。女娴看了一眼，立刻收了起来。

"多谢神人所赐。"女娴轻声说道，也不知道二八神有没有听见。他还是头也不回，挥了挥手，目光始终没有离开臂间的女盼。陆离俞没有看清到底是什么东西，隐隐约约只觉得是一块石头。他想：为什么神人会给女娴这样一件东西？

季后先上了屋，然后伸手把三个人一一拉了进来。

男人依然没有回头，只是伸出一只手，遥指着飞屋念念有词，然后往上一托。飞屋开始离地而起，悬在空中。男人遥指着飞屋，对那头尼斯湖水怪一样的怪兽说："你去，带着他们离开此地。"怪兽点点头，爬到飞屋那里，钻到下面。它一钻到屋子下面，屋子立刻平稳得就像长在它身上一样。陆离俞虽然心怀悲伤，但还是克制不住一阵好奇：真不知道，这头背形如拱的巨兽是怎么做到这一点的？

女汩等人相约一样，聚在门口，看了最后一眼。

一直站着的二八神人于儿，这时已经抱着女盼坐了下来。已经被判定为终生不能坐卧的女盼，现在已经是躺卧在于儿的怀里。几个人对看了一眼，知道这个样子只意味着一件事：女盼已经快要被剧痛折磨致死了。于儿把头埋下去，深深地埋在此时躺卧的女盼身上。

怪兽迈开步子，几步之后，已经远远离开了江渊之地。几个人再也看不到神人二八的身影，就在这时，一声男人的撕心裂肺的长喊，从神人消失的地方传来。很显然，这是无法挽回的结局到来之后才有的嘶喊。两个女人的眼泪再也控制不住了，流了下来。季后一脸悲伤地抱住了女姆。陆离俞却只能愣愣地看着女汩。女汩注意到了陆离俞的目光，立刻背转身去。陆离俞不知道背转身的女汩会做些什么，他现在能做的只是看着门外随着上升的屋子渐渐靠近的浓密的夜色。

没过多久，怪兽驮着他们走到了神域的边缘。怪兽停了下来，嘶吼了一声。几个人知道该下来了。他们相互扶持着离开飞屋，从怪兽身上下来。

靠着他们脚尖的一侧，就是夜色密集的神域，而在他们立身的地方以及身后，则是明丽的晴天。

随着怪兽转身离开，那片神域的阴黑也跟着远去，消失在怪兽消失的远处。

几个人久久地望着那片逐渐远去的神域，没有说话。过了不知多久，女汩开口了："我们走吧。在走之前，我立下一句誓言，有请各位牢记：如果我有机会，或者诸位如有机会，能够执掌神巫之门，或者能够收录神巫之门，有一件事，各位连我在内，一定要做到，凡戕害女盼之人，必得以其自身，身受戕害女盼之毒、之祝、之符。"

说完，她转身离开了，再也没有回头。

第十六章

一

方秘书乘坐飞机先去了纽约，这是一个月之内，他第二次飞往纽约。但跟上次不一样的地方在于，这一次，纽约只是他的一个中转站，他到达纽约之后，就会立刻搭乘一架开往南太平洋的一个岛国的航班。

在纽约的空客机场等候班机的时候，为了打发时间，他抬头看着候机大厅里的大块荧屏广告。上次离开纽约的时候，他也是靠这个打发时间。他发现，和上次看到的不太一样，纷呈眼前的广告画面中，有了一家名为瀛图的中国高科技公司的广告。

最近一个星期，他一直从手机网络上查看这家公司的消息，流传得最广的一个消息是，这家公司顺利在美国纳斯达克上市，创下IPO的新高。随着这个消息，传遍网络的还有一张瀛图总裁的照片。照片下面有些阴损的评语，认为总裁的这张脸可以看作人类正在退化的最直接证据。

方秘书看着荧屏上的广告，不由自主地想起了这条评语，默默地笑了起来。半个小时之后，他从纽约出发，目的地为南太平洋的那个岛国。

飞机到达那座小小岛国的时候，已经是烈日曝晒的下午。

方秘书一出机场，就被一群当地的赤足光膀的少年团团围住，用半生不熟的中文叫道："中国人，有钱，欢乐……慈悲……情怀……"他的眼前立刻就是密密麻麻张开的小手，每个人的一只手张着跟他要钱，另一只手上都捏着一本当地出版的旅游手册。他抽出其中一本，然后从口袋里掏出一把刚刚在机场兑换的当地银币，朝着远处一撒。那群围着他的少年立刻朝着银币落地的方向跑去。只留下一个手上的旅游册子被他抽走的小孩。他从口袋里掏出一枚最大的银币递给了小孩。小孩接过银币，又递给了他一张折叠的海报。

他把那本旅游册子放进口袋，然后一手拎着公文包，一手捏着海报，扫了一眼。这是本地酒吧的海报，整个画面都是一个脱衣舞娘的妖娆的形象，表明了这个酒吧的经营主题。他注意到了一点，这张海报大概是针对中国大陆游客专门设计的，所以上面除了英文之外，还有中文。

方秘书把海报捏在手上，朝着密集在机场周边的出租车走去。他走到一辆出租车的旁边，敲了敲窗。司机把车窗摇下，方秘书用英文问了一句："你知道这个地方吗？"就把海报递了过去。出租车司机看了一眼，用同样半生不熟的中文嬉笑着说道："中国人……哈……请上车。"

简陋的出租车，穿过尘土飞扬的街道，街道两旁是成排的高不过五层的水泥楼层。

方秘书坐在闷塞破旧的出租车里，透过车窗，一路颠簸地看着这些低矮的楼层。他想起不久以前看到过的一份国际刑警的报告。依据这份报告，他现在看到的每一幢楼里，大概都有数百个注册的公司，这些公司来自世界各地。最近的一个趋势是越来越多的注册公司都是来自华语地区。

方秘书正想着，出租车已经停在了那个脱衣酒吧的门口。方秘书付了钱，下了车，走到酒吧紧闭的门前。这扇门连同周围的墙壁是一幅整体的涂鸦画作，画的是一个巨大的美人鱼的造像，线条粗犷，色彩浓烈，跟本地强劲的阳光和谐地融为一体。

方秘书站在门口，实际上就是站在美人鱼的一对巨乳前面。他正想敲门，却被一阵奇特的味道所吸引。这味道来自酒吧旁边的一个小巷。方秘书顺着味道走去，结果在巷口的尽头，看到一个摆着烧烤摊的中年华人。

他走了过去，中年男人坐在烧烤摊旁边的小方凳上，正在闭目养神。他的一只手上绑着厚厚的绷带，另一只手上也满是油泡。方秘书站在他面前，一言不发地盯着他看着。

"正宗北京摊饼，十美元一份，加五美元，添个煎蛋。"中年男人睁开眼睛，看到眼前站着的是个中国人，就招呼了一声。他的声音充满困倦，但却是地道标准的普通话，让人感觉空间错位，好像现在置身于北京的一个胡同里面。

还没等到方秘书回话，北京味的中年人就站起身来，拿起摊饼的铲子，刮了刮摊饼用的钢板上残留的面渣，热情地问道："哥们，来几份？"方秘书笑着摇了摇头，转身走了。那个中年男人脸上也没有失望的表情，大概这样的事经历多了。他放下手中的工具，坐回小方凳上，继续闭目养神。

方秘书一边走一边想：这人的样子和几年前真是差别太大了。几年前，某地方的党报上几乎每天都会出现这个人的形象，旁边配的标题一般都是：市委副书记某某在某地召开工作会议，某某在某次会议上做出重要指示……几年之后，当反贪局的工作人员连夜冲进他家门时候，发现已人去楼空……几年之后，他的动向被查到，隐藏在加拿大某个隐蔽的小城。中国和加拿大之间没有引渡条例，只能通过外交途径。繁琐的外交程序还没走完，他已经从加拿大失踪了……

几年以后，反贪局才又一次查到了他的下落，这一次是在这个太平洋小国。据说，他已经整容，混迹在当地混杂的移民群体之中。根据确切的情报，这个贪污了数亿资产的贪官现在过得异常惨淡……他所有的资产都被冻结，能够转到国外的也被他的一个情妇席卷一空……反贪局正在着手进行相关的引渡工作。但就在引渡工作启动之时，接到了一道命令，一切暂停。命令下发的时候，只是简略地说是上级部门，至于哪个部门没有提及。

方秘书知道这些，原因很简单，这个命令来源于他的一个建议，然后通过老头上达，得到了最高层的认可之后，才下发到反贪局。

二

方秘书回到酒吧紧闭的门前，轻轻地推了推，发现门没锁，就稍微一用力，推开了门。美人鱼的巨乳左右一分，看上去是把方秘书纳入怀中一样。

方秘书进去之后，眼前一黑。他闭眼站立了好一会儿，才重新睁开了眼睛。跟外面的烈日暴晒相比，酒吧里迷暗的灯光完全是另一个世界。酒吧里空荡荡的，大概是因为还没到正式营业的时间。整个酒吧间里，只有两个正在吧台里忙碌的伙计。看到方秘书进来，他们一点表示都没有，大概把方秘书当成了一个独自游荡的散客。

方秘书选了一个靠近吧台的位置坐下，从公文包里拿出那本旅游小册子，随意地翻看起来。

刚才在吧台里忙碌的一个服务生走了过来。这个服务生也是中国人，看样子也就二十多岁。他递给方秘书一张酒水单，轻声地用标准的普通话问方秘书：要点什么？方秘书感觉自己现在像是身处上海浦东的某个场所一样，一点异国的情调都没有了。

他随便要了一杯饮料，一边喝，一边继续翻看着那本小册子。

这本小册子大概也是专为中国游客准备的，每一页的英文后面，都有中文的译文。小册子的主要内容是介绍本地的旅游资源。重点提到了两个景点。一个景点是矗立在岛国东岸的一排巨大的石像。没有人知道这些石像来自哪里，现在考古学家几乎都会就这些石像发表一个假说，但是没有任何一个假设被视作定论。本地人对这些石像的来历有一个悠久的传说，归纳起来就是一句话：它们是自己走过来的。另一个景点，是距此数十海里之外的一片海域，据说这片海域有异兽出没，经常有船只莫名其妙地失踪。文字中有很大一部分都在煞有介事地介绍这些失踪的船只，最后，又非常贴心地提醒来自世界各地的游客，如果有兴趣游览这一海域的，可以提前联系本地一家历史悠久，价格公道的专职海上观光的旅游公司……

那个中文服务生已经退回了吧台。吧台里还有另外一个人，看样子是个西洋调酒师。西洋调酒师身材高大，相貌凶狠，脸上五官全部扭曲，看上去没做调酒师之前，他应该是个经常被拳击手一类恶揍的狠角儿。跟这种狠角儿站在一起，说中文的服务生就单薄得像一根柴火棍一样。

吧台的旁边是一道向上的楼梯，通往上面的一层。从那里隐隐约约地传来奢靡的音乐。

方秘书合上旅游册子，喝完了饮料，起身走到吧台前面，掏出一张美元大钞，准备付账。中文服务生朝调酒师那里努了努嘴，意思是钱的事归调酒师管。方秘书就把这张大钞递给了调酒师。

调酒师接过钞票，看了一眼，用手甩了一下，然后又看了一眼，递还给了方秘书，"sorry，假钞……"他用不熟练的中文说道。方秘书接过那张钞票一看，果然是张假钞。他无奈地摇了摇头，只好又掏出一张大钞，递了过去。

拳击调酒师刚一接过大钞，还没来得及再甩一下，捏钞票的手就被方秘书双手扣住，往吧台上用力一顿，然后死死摁住。拳击调酒师一脸蒙逼，还没来得及挣扎，旁边的中文服务生突然跳了过来，手上不知什么时候攥紧的一把餐刀，冲着那只捏钞的手，狠狠地直插下去。拳击调酒师那只攥着钞票的手立刻被直直地插在吧台上面。拳击调酒师连喊痛都没来得及，中文服务生另一只手攥着刚才擦拭酒杯的抹布就捂了过去。调酒师的口鼻立刻就被死死地捂住了。

他挣扎了一会儿，往下一倒，刚好坐在中文服务生用脚踢过来的一张高脚椅上。

那张一直攥着的美元大钞掉了下来。方秘书弯腰捡了起来，重新装进钱包里。

"他第一次换钞的时候，你为什么不出手？"中文服务生拔出餐刀，用餐巾擦拭着血迹，开口问道。

"手够不着。"方秘书说，"再说，现在申请到的经费，也允许我看场表演。刚才那场空手换钞，精彩！我真是看不出破绽。"

中文服务生露齿一笑，顺便摆弄了一下拳击调酒师的造型。调酒师的头被按在吧台上，那只受了伤的手就藏在他满头的浓发之下，看上去就像在打盹一样。

"楼上还有更精彩的表演，正在进行。不过，"他指了指方秘书的外套，"你这身行头可不行，门口有两个保镖，都有枪。"

方秘书点点头，脱下了西服外套。中文服务生递过来一套已经准备好的酒吧侍应服，方秘书很快就换上了。就在这个时候，吧台上的电话响了，中文服务生拿起电话，又是标准的服务生的腔调："好的，1969 年的波尔多葡萄酒……马上就叫人送上来……"

方秘书把脱下的西服外套递给了中文服务生，接过中文服务生递过来的一个托盘。"我有多长的时间？"他问。

中文服务生递过来一个酒瓶，还有两个酒杯，放到托盘上面，看了一下手表："大概半个小时左右，如果有意外的话，我可以对付十分钟左右，再长就没办法了。"

"好，"方秘书点点头，"事情结束之后。我们一起走。"

"我们，两个人吗？"中文服务生举起两根手指头，问道。

"不，"方秘书伸出手去，帮中文服务生掰起第三根手指头，"三个人。"

三

上了楼梯是一个长长的过道，过道直达一扇紧闭的门，门口站着两个表情如木偶一样的身材高大的保镖，跟港台黑帮片里的造型一样，笔直的西装，就差一副墨镜了。

方秘书端着托盘走了过去。走到门口的时候，两个保镖中的一个伸出手来拦住了他。

"客房服务。"方秘书说。

对方示意他等一下，他掏出手机要跟里面确认一下。在他掏手机的工夫，方秘书一直静静地站着，顺便看了一下另外那个保镖。过了一会儿，保镖点点头，推开门，把方秘书放了进去。

里面的人都扭过头来。房间中央，圆形舞台上有一个舞女。方秘书进来之前，她正背靠着钢管，双手背在身后，低头看着镶满珠钻的脚尖。她身上已经脱得差不多了，就差最关键的几件了。大概到了这个时候，舞女突然赌起气来，不跳了，不脱了，然后像个清纯少女，靠着钢管，开始壁咚思春了。

围着偌大的圆形舞台的，只有一男一女两个人。听到方秘书进来的声音，两个人都扭过头来，一脸恼怒的表情。

富有情调的灯光中，方秘书看清了这两个人的脸。那个男人，就是前几天上市的瀛图公司的总裁，叫刘春明。女人也曾随他一起出现在当天上市的场景之中。方秘书也查阅过关于她的一些材料，这个女人据说是刘春明的业务经理，从他创业之时起，就一直跟随着他，不离不弃，一直熬到了纳斯达克上市的一天。看她现在的样子，她未来的日子估计也离不开一个"熬"字。

"哎，你要的酒水都端过来了，现在怎么样，可以脱了吧？"刘春明回过头去，冲着钢管舞女生气地喊。旁边那个女的也忙着帮腔："哎哟，你快点脱吧，刘总还有事呢。特意跑过来看你一场，你就这种态度，回头我告诉你们客服。"

那个钢管舞女看到来酒水了，立刻噘着嘴，从舞台上跳下来，走到方秘书前面，拿起一杯倒好的酒，一脸不高兴地说："你怎么现在才来？再晚一点，就要被他们看光光了。哦，你不会就是这样想的吧？我脱光了，你一进来就能看个全身……"

方秘书笑着把托盘递给她："你多想了。那样做，不是叫我犯错误吗？好了，你去门口看着吧，我担心门口那两个保镖，说不定什么时候会来干扰一下。另外，你通知下面，音乐继续……"

这样一番对话的结果就是，坐在舞台边的两个人都听傻了。

音乐声重新响起之后，方秘书走了过去，坐到那个男的旁边。那个男的，按照现在纳斯达克股市上的股价，他的身价已经达数百亿了，这时的他，大概愿意把身家全部都掏出来，只要能换取他安全离开。

"你别紧张。"方秘书拍了拍他的肩膀，"我们在这里和你见面，就是为了你的安全。现在谈话的内容，只有我们知道。只要你能回答我的问题……"

他话还没说完，那个女的赶紧站起来，说道："我坦白，报告政府，这里不是我想来的，是他逼我来的。他说以后可以多学点花样，就那几套，他已经腻味了。我没办法，我在他手下……"

女人正准备诉苦，见过大世面的刘春明立刻站起来，狠狠地抽了她一耳光："你着什么急，听这位同志把话讲完。"

门口传来那个舞女的轻声一笑，霸道总裁恶狠狠地盯了她一眼，然后闷声不响地坐下。

方秘书接着说："这位女同志说的，我们只是听听，基本与我们想要知道的事情无关。我只问你一个问题，你只要认真回答。回答确实之后，出了这个门，你还是代表我国新兴产业发展方向的合法商人，我们对你合法获取财富的方式不会多加干涉。"

"你最好不要干涉。"总裁恶狠狠地说，"我不过是前面励志代言的一个丑怪，比较适合市场上流行的各种胃口。真正的狠角色都在我的身后。我身后是谁，随便说出一个，都能吓你一跳。"

方秘书笑着说："这个你不用担心，还不如替你自己想想。如果你背后的组织知道了你和我这样的人见过面，你会有什么下场？"

总裁不说话了，突然又站起身来，对着那个坐在自己身边的女人，又是一记耳光，然后一脸平静地坐下，问道："你想知道什么，赶快问吧。半个小时之内，我如果不能安全离开这里，你们要出去也难。"

"我们想知道这个女人现在被你们藏在哪里？"方秘书说着，拿出一张照片，递给了总裁，"我们已经查明，你们公司这次在纳斯达克上市，除了履行商业规划之外，还有一个目的，是想借着这次机会，将这个女人带回大陆。我现在问你的问题就是，这个女人现在在哪里？"

"你想把她劫走吗？"总裁把照片递回来，问道。

"暂时没有这个想法。"方秘书说，"我们可能会要求总裁提供一个机会，让她和我们一起聊上一会儿。然后，你们回国通过机场的时候，她会被机场的安保人员拦下，那时，才算是真正的截留。不过，作为交换，我可以告诉你们：这次截留是秘密的，我们不会向新闻界透露任何细节。"

总裁想了一下，看了看表，然后说道："你把手机拿过来，我把地址写进你的手机，你可以去这个地方找她。她现在是游客的身份，住在这里的一家旅店里。不过，我得提醒你，最好不要被第三者发现你们见过面。我很担心她的安全，所以才会趁着这次上市，把她接回大陆。如果政府愿意接手，那就更好了，我自己毕竟能力有限。"

他接过方秘书的手机，输入了一个地址，然后把手机还给方秘书。

方秘书接过手机看了一眼，然后说道："还有一件事，我们今天还是谈个明白：这个人是谁告诉你的，是谁叫你过来接的？你来接这个人，奉的是谁的命令？"

总裁摇了摇头，脸上的表情很坚决，这怎么能说，说了我还有活路吗："我刚才说过，这件事从头到尾都是我个人的想法。我想把这个女人带回祖国，合适的时候，再转交给我国政府……"

方秘书伸手按住他的肩膀，耐心地说："你是商人，你刚才所说的，我就当作一个成就巨大的商人的信口胡扯。再说，现在也没有时间让我来一一批驳。我只提醒你一句，如果你现在不说，回国之后，你可以想象你的遭遇会是什么，因为你被我们盯上了。你说了之后，会有两个人陪着你飞回大陆，从此之后，你也算是被我们盯上了，但那是对你进行保护性监控。两者，你可能都不喜欢，但是，两权相衡取其轻。老总是明白人，应该懂这个。我给你五分钟的时间……"

他这样一说，总裁犹豫了，方秘书一直看着表，嘴上还数着数："现在是最后三十秒，最后十五秒，最后十秒，十，九，八，七……"

数到五的时候，总裁终于忍不住了，开口说道："好，我说，那个人是……"

"砰"的一声，就在最终答案即将出口之际，一粒子弹射向了总裁的头部。这一意外连方秘书都没料到，他吃惊地顺着枪声响起的地方望去。刚才挨了几下的那个女财务总管两手正握着一把冒烟的手枪。

"我十八岁就跟着他。那时没人看得上他，我就跟着他，后来一直没有离开过。他穷得连饭都吃不上，工资都开不出来的时候，我没有离开他……他后来有钱了，娶了个女大学生，我也没离开他……可是刚才，当着这么多人的面，他却狠狠地抽了我几下耳光……一次还不够，还来第二次……"女财务总管说到此处，把枪放下，哽咽到了难以成声。

方秘书还没离开自己坐的椅子，总裁的尸体就靠着他。他把尸体往旁边推了推。现在后悔都来不及了，刚才为什么不搜一下女人的身？他转头看了一眼舞女。舞女耸了耸肩，指了指门外，意思是我的注意力都在门外……方秘书现在庆幸的是，房间里的音乐声大概干扰了枪声，门外两个保镖应该没有听见。

女人抽泣了几下之后，对方秘书说："你现在大概很想抓我，不过我告诉你，我现在的国籍不是中国，我现在所属的国家和中国政府之间也没有引渡条例。这是我从他那里得到的唯一的好处。你要想把我带回中国，只有一个办法，就是在我转身之后，冲着我的后背开上一枪。"

说完之后，她就转身走到门口。拉开门之前，她转过身来，对方秘书说："不过，我对生我养我的祖国还是有感情的。我会带走门口的保镖……其他的，你们自重吧。"

方秘书目瞪口呆，一时还不敢相信，追了这么久的事情就这样结束了。

女人拉开门，拉开门之前，还狠狠地推了一下门边的舞女，并附送了一句"贱货"。舞女毫不示弱，立刻回了一句："有你贱啊?"女人高傲地昂起头来，一副不屑搭理的样子。门开之后，女人招呼了一下门口的保镖，随后带着保镖消失了。

方秘书才醒悟过来一样，对舞女说道："真没想到……我们还是抓紧时间，赶往下一个地点吧。"

"我也去吗?"舞女问。

方秘书点点头，站起身来，冲着舞女说道："你收拾一下，五分钟之后，我们三个一起离开。"

"那个人呢?"舞女指了指总裁。

方秘书掏出手机："没办法了，只好交给驻在这里的外事机构了。"他按了手机上的几个号码，然后把手机放到耳边，说道："喂，是中华人民共和国驻某国外事机构吗？请找一下 4 号商务秘书……"在他打电话的时候，舞女走到舞台的另外一侧，那里几乎黑得伸手不见五指。方秘书一边打着手机，一边追随着舞女的身影。等他看到舞女在黑暗中蹲下的身影的时候，他转过身去，继续对着手机说道："对，是我……有一件事，麻烦你处理一下……地址是……最好能处理成意外死亡……下面还有个调酒师，你也捎带帮忙解决下……好的，我会向老头汇报的……"

等他打完电话，换好装的舞女拍了拍他的肩膀。他回头，换好装的舞女已经出现在他面前了。现在是一副典型的大陆游客打扮，一身的俗气华丽。她大概看出了方秘书此刻心里在想什么，自己也不免一笑："没办法，来这里的大陆游客都是这种样子，我不能太特别。"

四

大概十几分钟之后，方秘书、舞女、中文服务生三个人离开了酒吧，赶往霸道总裁刘春明所说的地点。中文服务生也换上了极具大陆特色的游客装。这个时候三个人看上去，已和街上常见的中国游客没有什么区别。

这时一个人从巷口探出头来，看着三个人离开。这个人就是方秘书进门之前会过的那个摊饼贩子。等到几个人消失之后，摊饼贩子掏出手机，拨打了一个号码："是的，他们已经离开了，现在要去的地方，应该是你们要找的那个女子现在藏身的地方……对……没错……喂，你先别挂，我还有一个问题……我什么时候才能离开这个地方？……喂，喂……"他没得到回复，那边大概已经挂上了电话。摊饼贩子放下手机，一脸茫然地走回自己的摊子。

中文服务生伸手拦了一辆出租车，上车之后，他坐在司机旁边，流利地用本地英语指点路径。方秘书和舞女坐在后座，迅速地用中文交谈。最先开口的是舞女，大概想在到达目的地之前搞清楚一些事情。

"有一件事，我搞不明白。"舞女说道，"刘春明得到那个女子之后，为什么不在本地转交给他后面的人，非要自己藏着，还想带回国内？"

"这事得问刘春明才能知道真正的原因。"方秘书说，"可惜他已经死了。我只能猜测：他和后面的人之间应该有什么交易，代价就是这个女子，可能交易还没达成，刘春明就将这个女子藏了起来，等到回国再说。"

"后面的人为什么对刘春明这么客气？"舞女问道。

"纳斯达克上市之后，刘春明已经是世界知名人物，我想，对方之所以会这么客气，可能也是因为这个原因。他们的想法大概是尽可能地低调处理这事……没想到，女人的恩怨结束了这一切……"

舞女撇了撇嘴，不想再说了。这时，出租车已经到了他们要去的地方，停了下来。

那是一个看起来毫不显眼的本地廉价旅店。"怎么会是这种地方？"几个人下了车之后，舞女一脸诧异地问。方秘书接了一句："这个女子的隐身之所，每过三个小时，就会换一个地方。我们运气不好，赶上了这么一座……不多说了，赶快进去吧……"

几个人急忙冲了进去。一张狭窄的服务台，旁边是一个摇摇欲坠的楼梯。服务台里面坐了一个本地的胖脸大叔，正在打瞌睡。几个人懒得理他，抬步就上了楼梯。

二楼的一个房间号是207。他们走到门前，敲了敲门，里面传出一阵慌乱的声音，接着听到一个不那么地道的英文，明显出自中国人："who，刚才敲门的是 who？"听得三个人都想发笑。中文服务生吼了一句："I'm 人民警察，快点 open the door。"里面的人听到"警察"二字，惊得声音高了一倍："警察，警察怎么会到这里了？"

方秘书看了看时间，冲着中文服务生使了个眼色，中文服务生踢了下门。

门开了，里面有两个神色慌乱的中国男子，都穿着笔挺的西装，样子就像被刚才"警察"两个字吓得不轻。看到三个人进来，竟然呆木得一句话都不敢说。

方秘书也懒得跟他们说套话了，直截了当地问他们："人呢？"其中一个西服男子指了指盥洗室。

方秘书冲着舞女一点头。舞娘就朝盥洗室跑了过去，推开门，走了进去。过了一会儿，她扶着一个神色惊慌的女子走了出来。

　　那两个西服男子这时才算清醒过来，明白这三个人到这里来的目的了。

　　其中一个看样子比较干练的，马上做出一副极度憋屈的样子，快步上来拦阻："你们这样不行的，你们这样会让我们很难做的，我们也是要执行任务的。大家都差不多，做事给对方留个退路，行不行？这样吧，我们做事都讲程序，你们给个证明，证明你们是警察，我到时候也好交差……"

　　中文服务生听他啰里啰唆地说了一大堆，不觉一阵心烦，那副舍我其谁的悲愤样更让他冒火。他掏出手枪，朝着干练男子头上狠砸了一下，还没砸到，干练男子就趴到地上了。中文服务生力没用上，只好转过身来，拿着手枪，指着另外一个呆立到现在还不见缓和的男子，说道："你们什么人啊？有没有点人味儿？你不经任何法律手续，就在自己的房间里藏了一个大姑娘，还跟我们扯法律程序。要按法律条文，你这够得上拐卖妇女，还跟我讲程序！我现在替你省了程序，你该谢我才对，还跟我讲什么程序。再废话，一枪壳子砸昏了你。"

　　方秘书趁机看了一下被舞女扶着的那个女子。她的脸上现在已经没了惊慌，而是一副好奇的专注神情，注视着什么。方秘书顺着她专注的眼神一看，发现她的注意力集中到了正在对话的两个男子的嘴上。一时之间，方秘书也不太明白是怎么回事，但是这个细节却让他印象深刻。

　　他冲着舞女点了点头，舞女便带那个女子立刻出了门。方秘书和中文服务生跟着退了出来。出门之前，中文服务生用枪指了指房间里的两个西服男子，警告了一句。出门之后，还将房门反手锁上。

　　走下楼梯的时候，那个矮胖的本地大叔现在醒了，正堵在楼道口，说了一堆怒气冲冲的本地土语，除了中文服务生，其他两个人一句也听不懂。胖大叔说到最后，好像终于明白了对方是中国人，立即用一句大陆国骂收了尾："去你妈的！"

　　中文服务生正想冲过去，被方秘书拦住了。方秘书从口袋里拿出那张酒吧里换来的伪钞，递给了那个矮胖大叔。矮胖大叔一见，喜笑颜开，挥挥手，就让他们走了。

　　四个人上了一辆出租车之后，中文服务生从前座回头问了一句："我们下面去哪儿？"

　　"港口。"方秘书说，"有一艘小型商务船在那里等着我们。"

　　"现在可不是游海观光的季节啊，上了船之后，我们去哪里呢？"舞女说。

　　方秘书笑了一下，从随身的公文包里掏出那本旅游小册子，翻到介绍马里亚纳海湾的那一页，递给了舞女："就是这个地方。这里是公海，七个小时之后，会有我国的一艘商务运输船经过那里……我们这次任务的最后一步，就是乘上这条运输船，然后回到上海。"

"祖国的怀抱哦！"舞女叹息了一声，然后接过小册子，认真地翻阅起来。

那个被他们带上车的女子就在方秘书的一侧，一直安静地坐着。从被带离旅店的时候开始，女子就一直很安静，只是一到几个人说话的时候，她的注意力就会集中到说话人的嘴唇上面。方秘书很早就注意到了，现在终于能空下来问一问了。

"你能懂我们的话？"方秘书问。女子点了点头，目光没有离开方秘书的嘴唇。

方秘书又问："你是怎么学会的？"

女子的回答是指了指自己的嘴，然后用不太熟练的中文说："看你们的口型。"

方秘书点点头，然后问道："既然这样，那我接下来说的什么，你应该明白了，你也知道该怎么回答？"

女人点点头。

"那好，你能告诉我你叫什么名字吗？"

女人努力了几次之后，才终于完整地说出了自己的名字："女……女旻？我的名字叫女旻……"

这个古奥的名字让同车的三个人都很吃惊，但是也来不及多问了。坐在前排的中文服务生一直通过后视镜观察着车后的情况。这时，他回过头来，告诉车后的几位：后面有辆车，一直跟着我们。

第十七章

一

离开江渊之地后，几个人的心情都很郁闷，一路上都默默无语。直到女妁提醒了一句，大家才抬起头来，看看自己身在哪里。

"长宫，我们这样走，对吗？"女妁问道。

女泪掏出那张帛图，看了一眼，点点头："没错，顺着这条路往前走，不会错的。我们出了江渊，就算是出了帝陵之地。一路凶险，江渊之地按理应该也是一番曲折，幸亏遇到女盼，不然……"她说不下去了，众人也只能沉默以对。

"那我们下面该去哪里？"停了一会儿，季后开了口。

"按照帛图所示，下面我们要去的地方叫作密都……"女泪收起帛图，朝前看了看，"看到那条路了吗？那就是通往密都的道路，我们快上路吧。"她一策马，带着身后众人朝着前面那条路跑去。

几天之后，他们在通往密都的路上已经走了很远。

路的不远处，有两个人出现在路旁。几个人相互看了一眼，一路下来，经历了这么多事，他们现在看到什么人都要警惕一下。他们放缓脚步，打算就这样一言不发地走过两个人的身旁。没想到，刚一走近那两个人，其中一个人就热情地招呼起来。

"几位，打算去哪里？"打招呼的是一个二十多岁的年轻人。

他正坐在路边的一块石头上，看样子也是一路跋涉，现在正在路边歇息。比起一路上看到的那些怪人，此人的相貌简直称得上绝品，面貌俊俏，眉角流逸，长在一位女子的脸上也算增色，长在一张男子的脸上就有些过分了，因为看上去总会给人轻佻机巧的感觉。

这样的男子，大概从小就周旋于裙钗环佩之间，最擅长的应该就是和女子打情骂俏。现在看到女泪和女妁两个经过，就算再累，也要想法套把近乎。

另外一个人站在他的旁边，身材瘦劲，面色沉郁，立在那里，仿佛是冷铁铸成。他的年龄看上去要比青年男子大上一倍，不知道是这个年轻人的什么人。一个人坐着，一个人站着，彼此之间应该有着尊卑之分，但是看那个沉郁男子的表情，虽然站得像个侍从，但是神情内外，全无一点卑屈之气。

听到青年男子招呼自己，女汨停住脚步，看了对方几眼，然后，露齿一笑。看样子，她倒是挺喜欢这个青年男子的态度，并不觉得这种轻佻的样子需要提防。再说，她现在的年龄，喜欢的就是这种年轻活泼劲儿。"该去哪里，就去哪里。"女汨笑着说，"我倒想问问你，你从哪里来，到哪里去？"

女汨这样亲切地对待一个陌生的年轻男子，大概从来没有过。跟在他后面的几个人对看一眼，不知道女汨这样做意欲何为。

青年男子用手指了指另外一条横穿过来的路，那条路伸到远处，就隐而不见了："我从那条路上来，已经走了好几天了，现在累了，坐在这里歇息一下，接下来要去另外一地方。几位看来是从帝陵方向来的，怎么现在还活着？"

女汨没有说话，朝着青年男子指着的那条路看了看，然后对身后的几个人说："我们就在这里歇息一下吧。"说着，也不等其他几个人反应，自己就跳下马来。其他几个人见状，也就下了马。

青年男子赶忙站起身来，走过来接过女汨的缰绳，递给站在身边的那个面色沉郁的男子："你去替这位女郎遛遛马。"然后殷勤地扶着女汨的手臂，把她引向自己的那个石头座位。女汨一点也没拒绝，还含笑示意，表示感谢。

其他几个人看到这都呆了。尤其是陆离俞，他碰了一下季后，悄悄地说："你看你看，这态度，我要不小心碰她一下，她就跟我要死要活。现在这个男的，她连是谁都不知道，就这么热乎！这是什么人？"

季后哈哈一乐："我怎么知道？你有疑问，你去问她吧。要是不高兴，你去把那个男的揍跑啊。放心，在这件事上，我肯定会帮你。"

陆离俞冷笑一声："最可气的就是你这种人。我说什么，你就添油加醋地挖苦一通。我有什么不高兴的？她爱跟你套近乎，我吃什么闲醋？啊，你说啊，我吃什么闲醋？"旁边的女娴赶快忍住笑，拉住季后牵着马往一边去了。陆离俞见此，也只好牵着马跟着去了。

二

青年男子把女汨扶到石头上坐下，然后指了一下陆离俞的身影，笑着问："这个男的是什么人？我刚才扶着你的时候，他那样子好像要杀了我一样。我倒有点害怕：我现在这样站在你这里，他会不会从背后捅我一刀？"

"那你就小心好了。"女汨笑着说，"我跟他也不太熟。他为什么这样，我也不知道。一路上，都是他自己非要跟着，我当然不好赶人了。不过，这个人是挺爱生气的，但最多也就只能气气他自己，你倒不必担心。我只是想找个地方歇歇，跟熟悉这地方的人聊聊。"

"哦，这样啊。"青年男子朝后面招了招手，那个面色沉郁的男子从背囊里掏出一个陶瓶。青年男子接过来，递给女汩："那我们就聊聊吧。来，先喝点水。"

女汩接过来喝了一口，然后说："这东西真好喝。要是多的话，给我那几位同伴也来点，包括爱生气的那位。"

男子笑着点了点头，又朝后面挥了挥手。面色沉郁的男子就抱着另一个陶瓶往季后几个人那里去了。

"我是不是该先问一下你的名字？"女汩说，"不然的话，接下来都不知道该怎么聊了。"

"我叫虞戈，"男子说，"你呢？"

"虞戈，"女汩点点头，"我叫女砂。"

"女砂？"这个叫虞戈的男子笑了一下，"不错的名字。"

"你，知道去河藏的都城离木的道路吗？"女汩问。

虞戈点了点头，指着女汩来的那条路："朝着这条路走下去，经过一个叫密都的地方，那里的人都知道，你去找个人带带路就行了。"

"密都？"女汩念叨了一下，"据说这个地方是河藏祭神的场所，所祭之神叫作熏池。对吗？"

"是的。"男子点点头，"熏池之神是河藏先祖的佑神之一，所以河藏专门设祠供奉。你是河藏人吗，知道得这么清楚？"

女汩摇了摇头："我不是，我是雨师妾人，只是有件私事，得到河藏找个熟人。你是河藏人吗？"

"算是吧。"男子好奇地打量着女汩，"雨师妾不是在和玄溟作战吗？听说苍梧一战，雨师妾溃败，连苍梧都被玄溟攻破了。你是逃难的？"

女汩点点头："算是吧，国……家破人亡，只好到河藏去找投靠了。来的路上，我也听说了一件事，河藏大帝师元图和他弟弟须蒙开战，已经有一段时间了。他们在哪里打仗？怎么一路上都没看到双方军旅的身影，连点厮杀声都没听到？"

"你们来的这条路，是河藏诸帝帝陵所在。"虞戈眼神悠远地说，"师元图和须蒙再怎么叛逆，也不会拼杀到帝陵之地。此等冒渎先灵之事，师元图是没胆，须蒙应该是觉得没必要。所以，双方开战之前，已有约定，交战的地方，都在帝陵之外。"

"哦，"女汩问道，"那么，旅人可知最近战况如何？"瀛图之地，对不相识的人，都以"旅人"一词称呼。

"以前不清楚，现在得到的消息，好像是须蒙败了，听说就躲进了帝陵。"虞戈说，"师元图已下令，到处搜捕此人。"说到这里，虞戈看着女汩，问道："哦，对了，你们看样子是从帝陵一路走来，有没有遇到一个叫须蒙的人？"

女汩笑着说："没有。你问这个干吗？你想抓住他，前去师元图那里领功?"

"你说对了。"虞戈低头凑近女汨的耳边，好像分享秘密一样，"你记住，要是路上遇到此人，一定记得告诉我。我先答应你，师元图的赏金，我们一人一半，你看如何?"

女汨笑着点点头，然后说道："这么说来，你在帝陵之外逗留，就是打算进入帝陵寻找须蒙了？你不用说话了，看你点头就知道了，肯定是这样。我就祝你成功吧。要是我有运气，前路之上，遇到一个叫须蒙的人，我会指点他的，有人正在找他，叫他躲到你这里来。"

说完，女汨站了起来，好像想起什么一样，问了一句："我听人说过，须蒙乃是大夏之主。大夏一国，你去过没有？有个叫熏华神君的事情，你听说过么?"

虞戈仔细想了一下，然后摇了摇头："大夏一地，我却是去呆过一段时间。你说的熏华神君的事情，我倒是没听说过。不过，大夏之地，多是刑徒之后，为人大多诡秘奸诈，很多事情都在暗处。须蒙身为统领，自居光明。光明所照之外，肯定是一无所见，一无所遗……怎么，关于这个熏华神君，你是不是听说过什么?"

女汨用手中的马鞭抽了抽旁边的草，摇了摇头："只是听说而已，详情我也不知道。不过我想，须蒙身为一部之长，应该知道这些，最好派个人查一下。"

说到这里，女汨抬起头，看了看天色，然后冲着虞戈一施礼，说道："我看天色不早了，我们还得赶路。多谢赐教，就此别过了。希望你能找到须蒙，领到那笔赏金。"

虞戈笑着点点头，然后朝后面一招手。那个面色沉郁的男子步履沉稳地把女汨的马牵了过来。女汨道了声谢，接过马缰绳，然后冲着其他几个人一吆喝。其他几个人也赶紧牵着马走了过来。

女汨上了马，和虞戈再次道别，就领着几个人走了。虞戈立在原地，目送着几个人离开。

三

女汨几个人走出不远，女媮才开始问女汨："这个男人是谁，长宫认识吗？跟他聊了这么久?"

女汨点点头，说道："认识。不过，他可能记不得我了。我很小的时候，帝父曾经举办过一次宴会，宴请河海泽荒四地的君长。河藏帝来赴宴的时候，随身带着一个性格活泼的男孩。据说他是河藏帝最宠爱的孩子。我对这个孩子的印象很深，他虽然是个男孩，却有近似女婴的秀丽，据说遗自他的母亲，河藏帝最为宠爱的女人。现在，他已经长大成人，但是那副秀丽的模样却没有改变。我一见到他就认出来了。不过，他好像对我没什么印象。他说自己叫虞戈。虞者，遇也，戈者，干戈之象也，可见此人现在一心所思，都在'干戈'二字，连脱口而出的化名都有凶险之气。"

女姆听到这里，才恍然大悟："这个男人原来就是须蒙啊，跟河藏帝抢夺帝位和女人的那个？真看不出来，我还以为能做出这等叛逆之事的，必定是奸诈淫邪，没想到一身柔顺，完全像个文静的抄书人。"

女汨吃惊地看着她："你怎么会不知道？你不是在大夏国呆过吗？须蒙可是河藏委派过去的大夏统领啊！难道你从没见过？"

女姆脸一红："我怎么知道？我怎么去那里的都不知道，而且一去那里，就给关在一个神庙里，能见到的人，只有几个侍女。什么事情都是听几个侍女说的。后来离开的时候，也是偷偷摸摸的，趁夜出发，那个叫启的巨人，用一身长袍罩住了我的全身……虽然眼睛露着，但能见到的，也就是大夏国的几个路人。"

女汨哈哈一笑，说道："我想也是。不过这事也真好玩。须蒙可能不知道，跟他一聊聊半天的女人，就是他的敌手哥哥师元图即将迎娶的女人。"

女汨等人的身影消失很久之后，这个自称叫虞戈，实际上叫须蒙的男子还站在原地，等着天暗下来，周围一切都模糊在即将到来的夜色之中的时候，他才收回目光。

那个面色沉郁的男子这时开口了："统领没有认出那个女子是谁吗？"

须蒙这时的神色，已和刚才欢谈的男子判若两人，他谋略深沉地看了看面色沉郁的男子。男子受不了这种眼神，低下头。须蒙转过头，慢慢地说："我估计我们两个都知道对方是谁。很小的时候，我们见过几面。当时，我就想，此女成人之后该是何等倾城倾国。现在看来，她倒是出落得如我所愿。可惜，这样一个女子，从她要去的地方看，肯定是要归我的大哥师元图了。"

"你知道吗？"须蒙继续对中年男子说道，"我和这位女子见面的那次，我父亲带着我，还有我的兄长一起去的，参加帝丹朱的一个宴会。我河藏与雨师妾有盟约，所以每隔几年，彼此都要相互拜访，领略盛情。也就是在那时，我的兄长和我就第一次见到了这个女孩，知道她的名字叫女汨。我兄长大概就在那时立下了宏愿，长大之后一定要迎娶此人。不过，我想，他立下此愿的真正原因，应该是因为一次遭遇。那一次，因为什么破事儿，他被这个小女孩狠狠地责骂，骂到面色发白……那个女孩骂起人来还真是厉害。我大哥想不娶她都不行……至于我，那个小女孩对我倒很亲切，从来都是好言好语。所以，像我哥这样的宏愿，我一直就没有。"

中年男子漠不关心地听完了这段帝王童年趣事，然后问道："刚才你们谈话的时候，统领为什么不趁机劫住这个女人？师元图既然这么想要这个女人，以后说不定正好能用她来要挟师元图。统领是不是担心她身边的那几个人？我觉得多虑了，刚才估量了一下，这几个人好像术力平平，不是你的对手。"

须蒙摇了摇头："没这个必要。她嫁给师元图，比留在我这里有用。师元图能有的帮手，就是柏高一人而已，什么事都离不了柏高。柏高是神巫门人，一身异术。此次曼渠之败，也就是败在柏高的异术之上。想要取胜，唯一之道，必先除掉柏高。这事以前几乎不可能，我身边似乎没有能制住柏高的异术之人。现在反而好办多了，原因就在这个叫女汩的女子身上。

"师元图身边多了这样一个女人，自然会一心所系，肯定会事事听从。以柏高独断之性，长此下去，肯定不能相容。这个叫女汩的女子，看来也是一副刚肠，她刚才告诉我，她的名字叫女砂。砂者，杀也，足见此人肯定也是事事不让。这样一来，两人之间，无须外人挑拨，必会自成其乱。到时候，师元图肯定左右无着，肯定整天忙着怎么去应付这两个人，根本没有心思外顾。"

面色沉郁的男子点点头，说道："我军曼渠惨败，只能退回大夏，现在最担心的就是师元图会携兵来攻。幸好去了这么一位女子……"

须蒙也点点头，接着男子的话说："那时，见到这位女子，师元图可能再也没有心思来进攻我部了。对我们来说，好歹算是有了喘息之机。只是想要最终攻破离木，这样还不够，还得仰仗一人。炎廷，你觉得此人应该是谁？"

须蒙叫了一下中年男子的名字。中年男子的名字原来叫炎廷。

炎廷想了一下，指着女汩消失的方向，说道："还是她。你刚才说过，她的名字叫女汩？"

须蒙哈哈一笑，说道："对，女汩。等她到了师元图那边，要是既能隔离柏高，又能听命于我，不就成了我日后攻进离木的依仗吗？"说到这里，须蒙露出一副明知故问的神情，朝着炎廷："只是我不知道，你为什么这么肯定她一定会听命于我？靠我的声色？我倒不是对自己的魅力缺乏信心，只是刚才跟她聊了那么久，看不出一点她会委身于我的样子。"

炎廷沉郁的神色就像牢牢贴在了他的脸上一样，连他说话的腔调也像是不会改变："统领不必以声色相求，我们会有一件控制她的利器。"

他话音一落，须蒙就高兴得拍了拍他的肩膀，连声夸他说得对。即使是这样，炎廷沉郁的面色还是没有丝毫变化。这人从身形到神情，就跟阴铁铸成的一样。

须蒙高兴了一会儿，看了看天色，然后说："我们可以动身了，赶往我先父的陵墓。那件能够让女汩听命于我的利器，应该快到那里了。"

炎廷点点头。两人转身朝着女汩相反的方向走去，走上了通往帝陵的道路。尽管天色灰暗，但是须蒙走起来一点也不犹豫。他从小就跟随先父多次祭扫先灵，对这一带非常熟悉，知道哪条路最为隐僻，也最为迅疾。不像女汩，只能按照帛图所示，一步一挪，所以女汩要走好几天的路程，须蒙大概只需半夜就行了。

走到半夜的时候，他们停在了一个高挂悬棺的巨崖之下。须蒙抬头看着悬棺，然后屈膝跪下，低头俯身在地，嘴里好像念念有词一样。炎廷站立一旁，这时也低下头来，屏息静气，像根木桩一样。

不知道过了多久，须蒙抬起头来，自言自语了一句："不知悬棺之中我父的亡灵目睹我兄弟之争，会做何感想。他老人家生前可是从来没有想到过事情会变成这样啊。你从小就陪着我，"他转头对着炎廷，"应该知道，我那位当哥哥的，那时对我有多忍让，有什么好东西，我一伸手他就递了过来，还一脸关切地摸着我的脸说，好孩子……"

须蒙说到这里，摸了一下自己的脸："这块皮都快被他摸烂了。可是等到先帝一死，他就迫不及待地把我赶跑了。"

"你知道吗？"他站起身来，笑着对炎廷说，"如果有一天，我的哥哥落入我的手里，我会怎么惩罚他吗？我会把他捆在一根桩子上，然后，叫我手下的猛士排列成行，一个一个轮着，去朝他那张天命之脸摸上一把，直到摸烂为止……"

他的话还没说完，就听到附近的暗处有人在发笑。须蒙听了一会儿，对炎廷说："利器到了。"

四

随着笑声，一个女人从悬棺周围的暗处走了出来。一直走到须蒙面前，才算止住了笑声，鞠了一躬，说道："天符门第十代门子女与，觐见大夏统领须蒙阁下。"

须蒙命女与抬起头来，借着隐约的夜色看了半天，然后问道："听说，你嫁给了雨师妾一个属国的部首，名字好像叫作司沵？"

女与点点头。

须蒙又问道："听说，苍梧破城之日，司沵好像被无支祁抓走了？但是，现在看你的样子，好像一点也不担心这个。应该是装的吧？我知道，此刻的你，内心一定充满了惶恐与孤寂。"说到这里，须蒙拉起了女人的手，一脸关切地握了握，拍了拍。

女与笑着抽出自己的手，说道："司沵被抓，是会让人担心，不过担心的人不是我，自有其人。统领好像很操心这事，以后若是有空，我会详细禀报。女与此次前来，只是奉天符宗师之命，前来履行我天符与大夏的盟约，送须蒙统领一件攻城利器。其他的事情，还望统领海涵，恕女与不能从命。"

须蒙心有不甘地点点头，说道："好啊，那件利器呢，在哪里？"

女与做了个随她来的姿势，随后带着须蒙和炎廷走进帝陵周围的林木密集之处，然后用手指了指几步之外的一棵巨树之下。

帝丹朱正坐在那里，目光空洞地看着夜色弥漫的天空。

女与一指帝丹朱的身影，说道："我天符应许统领的攻城利器，就在那里。"

须蒙看了看帝丹朱，神色怆然起来，大概想起了他小时候见到的帝丹朱。和那时的样子一比，现在的帝丹朱真是败如枯木。他转过头来，对女与说："师元图能打败我，靠的是柏高的神巫之术。我虽有帝丹朱在手，大概也只能稍缓师元图的攻势。柏高的神巫之术还是难以破解。天符门也是太子长琴的异术所传，不知道这方面有没有什么利器？"

"有。"女与笑着说："就是我。我奉天符宗师之命，以天符异术相助，愿统领能够早日攻下离木。"

须蒙看了看女与，轻声一笑，又露出了那副浪荡子的本色："我觉得你能干的事，不仅限于助我攻下离木。眼下就有一件事，大概只有你能助我，麻烦你陪我走一趟。炎廷，"他转身对着那个中年男子说道，"你把护卫召集起来，护送帝丹朱回我大夏，交给我母亲照看。我母亲一向就很喜欢他老人家，肯定会悉心照料。"

炎廷领命，只见他双手往空中一举，念了一句什么口诀。诀声刚落，只见黑夜的林木之中，一只巨大的鸟突然直冲夜空，凄厉地嘶叫起来。四周的陵地立刻传来了密集的穿越林地的声音，片刻之后，十几个护甲之士就恭立在须蒙的面前，一个个神色狠厉，看上去都是骁勇之辈。

炎廷走到他们面前，开始大声下令。两个护甲之士立刻走到帝丹朱的面前，扶起了帝丹朱。从帝丹朱起身的样子来看，他好像已经虚弱到了举步维艰的地步，能走几步，只能靠这两个护甲之士。两个护甲之士扶着帝丹朱朝林木深处走去。炎廷招呼了一声，其他的护甲之士立刻列队跟上。炎廷回头，对须蒙一躬身，然后随着护甲之士消失了。

须蒙这时才转过身来，对女与说："我平时真不耐烦带着这些人，所以叫他们自己随便找个地方，离我远点就行了。不过，又要随叫随到，还真是为难这些忠勇之士。"

女与笑了一下，然后问道："不知须蒙统领留下女与，是要女与帮你做成什么？"

须蒙凝视着一个地方，慢慢地说道："从这里往前，有一个地方，叫密都，你知道吗？"

女与点点头。

须蒙继续说道："密都之前，有一条大河支流，叫作洛水。我在那里遇到过一件事。那件事发生的时候，我还只有十七八岁，随我先父奉祭河神。有一天夜里，我一个人游荡在河边，看到远处来了一个女子，年龄比我还小一两岁。她眼神凄冷，头发散乱，手持一盏青灯，慢慢地靠近河边，这时的神情，变得哀伤而又坚定。我不知道她在想些什么，怎么丝毫没有发现我正一路跟着。到了洛水边，她吹熄了青灯，纵身就往河中一跳……我救起了她，然后跟她讲了一句话：不管发生过什么，不管那个男人对你做过什么，请你明白一件事，做过这些事的那个人会死，迟早会死。你要做的就是等待。等他死掉之后，会有一个人走到你的身边，就像今晚一样，然后永远守在你的身边。这个人就是我……你好像一点都不感动，这可是很感人的一个故事。"

女与笑着说："是很感人，不过有些地方我听不明白，还望须蒙统领指教。第一，你是偶然救起这个女子，还是知道这个女子会赴水就死，特意在洛水边守了一夜？第二，很显然，女子就死的原因，是因为一个男人。这个男人是谁？他对这个女子做过什么？第三，我想，你对女子所说的话，后来肯定都得到了证实。那个男人几年后应该死了。你为什么预言得这么准确？那个男子到底是怎么死的？"

"你的问题就是答案，"须蒙淡淡地说，"没必要明知故问。"

女与笑着说："未必。很多事，我还是只知道问题，不知道答案。"

须蒙一脸惆怅："那就记住，知道的，你就知道了，不知道的，你就停留在一个疑问之中。"

女与想了一下，摇了摇头："女与愚陋，不知统领所言究竟为何。我只知道，在你与那个女子相约洛水之后，没过几年，的确有个男人死掉了。这个男人就是你的父亲，河藏先帝。你所说的那个必死的男人，会不会就是河藏先帝？他到底对那个女子做过什么？几年之后，他是怎么死掉的？"

须蒙笑了一下："我需要告诉你吗？这些事情，一般来讲，只有河藏先帝诸灵才有兴趣显身聆听。而且，应该是在我身着玄色哀服，跪叩祈请，奉献诸般祭仪之后。"

女与叹了口气，说道："那好，女与最后还有一个问题：洛水边，与你相约的那个女子是谁？我有一个猜测，统领不必开口，只要默认就行。"

女与目光如刺，直盯着须蒙："我想，那个女子就是河藏女祭。几日之后，她会出现在密都之城。统领要我做的，就是帮你从密都夺走女祭，完成你在河边许下的诺言，作为一个人，与她厮守一生？"

第十八章

一

离开须蒙之后，几个人顺着那条路又走了一两天。

陆离俞终于从季后那里得知了前几天遇到的那个男子是谁了。季后自然是从女姆那里听来的。女姆能把这事告诉季后，大概也是经过女汨默许的。

陆离俞听到之后，自然是大吃一惊。"长得不错啊。"他对季后说，"一点悖逆之气也没有，看上去就像个柔顺的女子。这样的人也会兴兵作乱，肯定是被逼到无奈。"

此时，眼前终于有了一点人间烟火的气象，沿途都能看到散落的落民的住处。这些落民可真不是一路遇见的妖孽，都是地道的良民，一脸憨朴，携家带口在地里劳作。几个在路边玩耍的小孩也是一副人间顽皮之相，一看到几个骑马经过的陌生人，立刻跑过来围到马前，兴奋地大喊大叫。

女汨拉住马，问他们离密都还有多远，小朋友们齐刷刷地伸出沾满泥巴的小手，有的指东，有的指西，有的朝后，有的向前……女汨还没问个明白，指东指西的小朋友们自己就争执起来，争到激烈之处，差点就扭打在一起……一个正在劳作的落民，赶快放下手中的活计，跑了过来，吆喝了一声。小朋友们闻听此喝，立刻作鸟兽散。几个人的眼前耳边才算有了清净。

女汨赶快问了一下那个落民。那个落民指了指远方隐约如线的一道山影，说道："就在那里。骑马去的话，大概还有两天的路程。"然后看了看两位共骑在一匹马上的女子，露出一脸惋惜的样子："你们这个时候去太早了，仪式要到半旬之后才会开始。两位到了那里，还要等上一段时间……"说到这里，又是一声叹息。这次叹息的意思很明显，完全是冲着骑在马上的两个人。

坐在马上的两个女子被这声叹息弄得莫名其妙。女汨正想细问，正在田里劳作的一个粗女怒骂了一声，落民赶快应了一句，转身就朝田里走去，不时回头看看骑在马上的两位女子，然后又是一声叹息。

"什么眼神，叹什么气，"陆离俞骂道，"乡巴佬，没见过美女啊？"

女汨也觉得这眼神太刺眼，可惜也没法问个究竟。她想还是赶路要紧，招呼了一声，几个人立刻朝着刚才落民指出的那条道路奔去。再往前走，人间诸景已有密集之相。快到晚上的时候，他们的眼前已经出现了一个像是聚落的样子。几个人高兴了一下。女汩指着聚落说道："我们就在这里歇个两天吧，这一路也太累人了。再说了，今天遇到的那位大叔也说过，现在去密都也太早了。我们也不用那么急。"

在瀛图的语系中，"聚落"一词的含义就等同于城镇。也就是这样一些词语，让陆离俞渐渐有了一个判断，他现在所处的瀛图，不是他想象的远古世界，因为在远古的世界中，是没有完整的城市的。但是，他很难把远古和他所处的这一切区别开来，因为这种人神混杂的状态，只存在于人类文明的最早阶段。唯一的解释，看来只能有一个了："平行世界"。他不是穿越到了人类文明的早期阶段，而是穿越到了一个正在与我们平行的，我们不知尚在何处的世界。

阿基米德发现了浮力理论；伽利略从比萨斜塔，看到两枚重量不一的铁球同时落地；牛顿坐在苹果树下，被一颗苹果砸中头颅。他们当时能体会到的喜悦，都不及此刻突然开窍的陆离俞……陆离俞真想揪住一个人，大喊一声："我发现了！"他兴奋地看着身边的人，一身的学术激情立刻焰消烛灭。

这几个人正看着眼前一座看来空了很久的宅子，一脸挑剔，默不作声，丝毫没有注意到此刻站在他们身边的，是一位有着多么伟大发现的考古学者……过了一会儿，女汩开口了："就住这里吧，看来也找不出其他像样的地方了。我们就是歇个一天，后天还要继续赶路。"

二

第二天，女汩说，今天还歇在这里，大家到处转转，顺便打听下密都的消息，路上遇到的那个大叔的眼神太怪异了。陆离俞连声叫好，正要随着女汩等人一起出门，被女汩止住了。

女汩说："我们出门就分散吧，这段时间，大家整天都呆在一起，也怪腻的。待会儿出了门，我跟女姒一块儿，你们两个男的一块儿，爱去哪儿就去哪儿。路上最好别碰面，天晚记得请早回。"说完，两个女孩子就手拉着手，嘻嘻哈哈出门了。

季后回头对陆离俞说："走吧，末师，我们也一起出去逛逛。"陆离俞上上下下看了季后一眼，说道："我觉得长宫说得对，我们两个整天都呆在一起，现在看你，也觉得怪腻的。我们也分开吧。路上最好别见面，天晚记得请早回。"季后听了，哈哈一笑，转身就走了。

陆离俞走了和季后相反的方向，一个人到处转，看到什么都觉得好奇。走了一会儿之后，有点累了，看到路边有个歇脚的地方，就过去了。那里正坐着两个人，身上穿着两种不一样的残破的甲服。陆离俞开始没搞明白坐在一起的是哪两个人。坐到旁边听了一会儿之后，才恍然大悟：这是两个对头啊，一个是师元图的士兵，一个是须蒙的士兵。两人大概都属于溃兵之类，战场上都不想拼命，到了战场之外，简直好得跟亲兄弟一样，你一句我一句，聊得不亦乐乎，聊的都是一路经历的战事。

陆离俞在一旁细听的时候，两人正聊到师元图和须蒙之间开战之前约定禁入帝陵一事。

其中一个，听着像是师元图那边的，笑着说道："这事想来也是滑稽。据说，这两个人诸事不和，只有在这件事上大家都有默契，而且还会相互提醒。有一次，你们那个叫须蒙的，把我帝师元图逼近了帝陵之地。我帝师元图看到势头不好，急忙率军躲进了帝陵。须蒙赶快派了个使者，告诉师元图：那是帝陵之地，按照我们的约定，你是不能进去的。快点出来，出来跟我打。师元图答复使者说：你堵在外面，我怎么退得出来？要我退出来可以，你先退三十里再说。须蒙没办法了，只好自己先退三十里。结果等了半天，也没看到师元图的军队。派人一勘察才知道，师元图已经率军从帝陵祭道逃回离木去了。须蒙气得直跺脚，大骂师元图小人无赖。其实要骂也要骂他自己，自己要当君子，别人干吗不做小人？"

另一个听上去像是须蒙的士兵的听到这里，笑得前仰后合，说道："后来，你们那个师元图回到离木，等了一段时间，终于等来了他最重要的谋臣，就是他的国师，名叫柏高。这下我须蒙帝就惨了。前几天，就是在曼渠山下，那一战打得真是惨烈。结果，我军大败，兵甲溃散，连须蒙帝也不知下落。你们那个师元图肯定以为这次一定能活抓须蒙，结果，搜遍战场也找不到我须蒙帝的身影。傻子啊，你会躲进帝陵，难道我须蒙帝不会吗？"

陆离俞听到这里才算明白，那日为何能在帝陵之地附近见到须蒙。他还想多听一点，结果，这两位亦敌亦友的家伙聊起来就没个边了，开始扯到一路征战上过的娘们哪个地方才够惬意。要不是一个突然扯到"密都"，陆离俞实在听不下去了。

"要说世间的女子，能让男人一夜千年的，应该只有从密都出来的女子了。"须蒙的士兵说。

"那是，你须蒙帝和我元图帝大打出手，不就是为了一个密都女子吗？"

师元图的士兵点点头："可惜，你我兄弟命薄，连去密都神宫的机会都没有……"

陆离俞听到这里，赶快站起身来，躬身问道："两位，关于密都一事，能否详尽告知？"

聊得正欢的两个老军棍，一看陆离俞打断，就心生不快，再看看陆离俞一脸渴望的表情，就几近厌恶了。须蒙的士兵呵斥了一句："想知道密都怎么回事，你自己去看看就什么都清楚了。问什么问？快走，别妨碍大爷聊天。"

陆离俞遭此训斥，虽有一腔怒火，也只好快快起身，主要是这一路都是打杀，实在没心情再费劲了。他又转了一会儿，觉得无聊，快到天黑的时候，就一个人回到了住处。过了一会儿，季后也回来了，大概走得急了，好像还在墙门口摔了一下，然后手撑着地站了起来。

陆离俞懒洋洋地看着，也没起身。季后刚走进来，还没来得及闲聊，两个女孩子也嘻嘻哈哈地进来了，进门还一阵欢腾，不知道听到了什么。

女泪笑着说："总算搞清那位大叔看我们为啥是那种眼神了，大概把我们也当作前去参加密都仪式的女孩了。"

女姁也笑着说："岂止是那位大叔，今天一路上问起这事，好像都是这种眼神。"

季后这时已经站在屋门口了。看到季后，两个女孩赶忙住了嘴，等到一进屋子，两个女孩又忍不住了，又是一阵大笑，搞得陆离俞和季后两人一脸的莫名其妙。

三

当天晚上，陆离俞睡到半夜的时候，被季后悄悄地叫醒。陆离俞睁开眼睛，看到季后站在自己床边，做了个悄悄地跟我出去的动作。陆离俞不知道季后要跟他说些什么，但是看季后的神色，好像又有什么事非跟他说不可。

他翻身起床，跟着季后来到屋外。他刚才还没睡醒，走到屋外才算清醒过来，一看季后的扮相，吓了一跳。季后全身的装束就像马上要跟人搏杀一样，一把青铜长铗佩在腰间。

"你这是做什么？"他赶快问。

季后没有说话，自己选了屋子对面的一个比较隐蔽的位置，正对着半开的屋门。他捡了一块石头坐下，然后招呼陆离俞也坐下来。陆离俞坐下之后，继续问他要做什么。季后还是没有说话，只是盯着屋子。他这样一摆造型，陆离俞只好也发呆地看着屋门了。

不知道过了多久，季后突然开口了："你聊点什么吧！"

陆离俞叹了口气："原来你也觉得闷啊。我怎么聊啊？刚才问你，你什么都不说。我们从这个问题开始吧。你半夜把我叫出来，想做什么？就是为了对着那个门摆造型？"

季后慢慢地说："除了这个，聊其他的，什么都行。"

陆离俞有点吃惊季后现在说话的语调，听起来好像是要尽力排遣什么难言的心绪一样。怎么回事？他想，跟女姁吵架了？不像啊，没有啊。他们两个好像今天没有单独在一起过啊。他没有多问，因为他现在发现季后的神色中有一丝竭力掩抑的悲伤……怎么回事？他想。

"你聊点什么吧?"季后又催促了一句,"你今天出去,听到了什么?"

陆离俞只好把他今天从两个溃兵那里听来的师元图和须蒙打仗,先后躲到帝陵里面的事说了一遍,然后笑着说:"这样说来,两个人打仗,就跟捉迷藏一样,先是你藏我捉,后是我藏你捉。真不知道为了什么,兄弟之间非要打上一仗。"

季后看了看空荡荡的屋门前,说道:"据我今天听到的传闻,真正的起因,好像是因为一个女祭。"

陆离俞见季后开了尊口,赶快催他讲下去。他实在受不了季后不说话的时候,一副悲摧执着的样子。

"当初,河藏先帝去世的时候,"季后说道,"还没来得及定下帝位应传给谁。师元图就对须蒙说,你我相争之事,不过就是两件:一件是帝位,一件是女祭。现在我们可以各选一样,以后各安其选,以免徒劳相争。你若得了帝位,女祭就得归我。你若得了女祭,帝位就该让我。

"须蒙没有多想,立刻就说:那就女祭吧。我无意帝位,只求能与女祭相守至死。须蒙此人看来心地单纯,并没有想到师元图表面上与他约定,暗地里又玩了一个花样。

"他伪造了一份先帝的遗训。这事据说是柏高所为,柏高精通神巫之术,能够以假乱真,伪造一份先帝的笔迹不算难事。再说先帝当初临死之时,身边只有师元图和柏高两人,其余的人都被柏高赶走了。所以,师元图说这份遗训是自己临终受命,没人敢有异议。

"柏高就带着这封伪造的遗训去找女祭,说先帝遗命,为免后室干政,要将他最宠爱的妃子,也就是须蒙的母亲生殉。这一点如果真正执行,在当时没有异议。河藏先帝代代相传,好像都有这种惯例。先帝遗命之时,为免遗患,都会命人除掉先妃中有子的几个。大部分都是采取生殉的方式,就是在悬棺之下开一密闭的石室,然后将先妃中有子的活活地封存在里面。"

陆离俞听到这里一阵后怕。他想起他们经过的帝陵只能看到悬棺,没想到悬棺插入的巨崖之中,还有这么一个隐藏的生殉的洞穴。

"当时要是知道,真该去看看。"陆离俞说。

季后摇了摇头:"有什么好看的,封存之后会是什么下场,可以想见,所以一般妃子进去之前都会暗自携带毒药,与其活活等死,还不如自求了断。"

陆离俞点点头,说道:"也只能这样了。你接着说,后来呢?"

"柏高拿出伪造的遗训,"季后继续说道,"对女祭说,为免后室干政,先帝遗命师元图,命他生殉须蒙的母亲。女祭一听此言,神色慌张起来。她知道须蒙在这个世界上,最爱的女人只有两个,一个就是她,一个就是他的母亲。"

"她也没多想,立刻对柏高说:她愿意以自己为代价进行交换,只要师元图能够收回先帝遗命,保全须蒙母亲的性命,她愿意留在师元图的身边。柏高随后去向师元图复命。

"须蒙对此还是一无所知。他从师元图手里得到大夏之地，先命人将自己的母亲护送过去，自己就前往女祭所在的神祠，准备带走女祭。结果去了之后，得到的消息是，女祭正在祭神，暂时不能起身，请须蒙先行。须蒙信以为真，自己先去了大夏。过了一段时间之后，他又派人去迎娶女祭。得到的答复就是女祭已经归了师元图。

"须蒙的脑子一下就蒙了。过了很久才反应过来，这是师元图在捣鬼。但是已经晚了，这时的师元图已经身居河藏帝位。须蒙只好起兵发乱了。"

陆离俞听到这里，感觉在看宫斗戏一样，不仅波澜起伏，而且还一波三折，听到最后还能意犹未尽，不仅大为叹服。他点点头，说道："这么说来，须蒙倒像一位情义君子，那个叫师元图的，也真是够渣的。"

说到这里，他想起女汨，心里一阵痛惜，便开口说道："想来女汨长宫以后要嫁的人就是这样一位，也真是替她捏了一把汗。刚才听你一说，师元图的身边已经有了女祭，长宫要是嫁给了她，不知何以自处。她难道不知道师元图是这样一个人吗？"

季后摇了摇头，说道："我听女姤讲，女汨长宫很早就认识师元图了，那时就不喜欢他。师元图想娶她为后的事，最先知道的是姬月帝后，漪渺是从别处得知的，才转告了女汨。当时她就很反感。但是，现在国破家亡，要想复国，只能暂时委屈自己。好在长宫是一副刚性之人，必有应对之策。我们到时候看看情况，暂时先留在离木，等到长宫心愿达成再做打算。"

说到这里，他看了看陆离俞："你到时候有什么打算？是留在离木，还是随我离开？"

陆离俞突然觉得一阵难过，有点暗伤身世的感觉。他想，事情要到了这一步，他还真不知道该怎么办才好，因为他到哪里都是一个外人。郁鸣珂，那个将他引入此地的女子，现在到底是不是那个叫女汨的女子？即使是，他又怎么能和一个已经彻底失忆的女子重温旧情？如果女汨真的成了师元图的帝后，那么，对他来说，几乎就等于最后一丝期待也宣告破灭。

"我也不知道。"陆离俞心事重重地说，"我可能会等待一个女子。"

"郁鸣珂？"季后问。

陆离俞苦笑了一声："不是，是另外一个女子。来到瀛图的时候，我第一个遇见的女子，在你们那个叫箕尾的山洞里。她那时讲过一句话，我至今也不明其意：什么不要忘记我来这里的目的。我除了找郁鸣珂，还有什么其他的目的？"

说到这里，陆离俞又是一声苦笑："不久以前，我也梦到过她，她还是讲了同样的话，还问我有没有悟到？我悟到个鸟啊。不过，我有一种奇怪的感觉，这个女子一直在追随着我……"

说到这里，陆离俞朝左右看了看，好像在看周围有没有藏着什么人，一想到这个他就浑身发毛。然后，他接着说："我想，以后会有一个机会，我会见到她，或者是梦到她。那时，从她那里，我应该得到什么启示，告诉我该去哪里……唉，你干什么？你抓我的手干什么？"

季后此刻已经抓住陆离俞的手，紧紧地盯着他："你刚才说，一直有一种被人追随的感觉……你怎么会有这种感觉？"

陆离俞想了一下："有好几次吧。有几次是我亲眼所见，有几次是听你们说起。每次我与怪灵交手的时候，就好像总会发生一样的事情。从黔茶开始，一遇到怪灵祭出杀招，几乎灭掉我们的时候，好像有什么东西出现，再狠的杀招都会变缓……我想起这事，只是觉得奇怪，我不懂你们的异术，按照我们那边的逻辑，只能说有人一直在暗中帮着我们……"

季后松开手，从怀里掏出一样东西，递到陆离俞眼前："你若真是我鬼方末师，应该见过这个！"

陆离俞接过一看，是一个木牌一样的东西，上面有一个奇形怪状的文字。他对瀛图的文字还不是太熟，看了一会儿，还是不明究竟，就把木牌还给了季后："你知道，我一直就不是你鬼方的末师。"

季后接过木牌点点头："这块木牌上写的是一个字。我鬼方门子，入门之后，都会将自己的名字写在一块这样的木牌上面……从此以后，这块木牌终身相随。"

"木牌上的字，是你的名字？"陆离俞问。

季后摇了摇头，看着对面的屋门："你刚才说一直有人跟着我们……我一直也有这种感觉……直到看到这块木牌，我才相信的确是有人一直在跟着我们……"他指了指屋门前的空地："现在，或许这个人就在门口，正犹豫着怎样走进里面，见一见他最想见的人……"

陆离俞看着空荡荡的门前，只有几片夜风中回旋不定的枯叶，心里一阵发紧，声音也控制不住，颤抖起来："这个人在那里吗？我看不见，他是谁……"

季后把木牌举到眼前，两眼盯着，慢慢地说道："木牌上的这个字，是一个'宿'字。你现在明白这个一直跟着我们的人是谁了吧……氐宿……就是我们联手杀死的女姆的哥哥。当初，我们埋下他的时候，这块木牌就在他的身上……但是今天我回来的时候，我发现这块木牌就放在门边……"

四

季后和陆离俞两人在门口空守了一夜，还是没有察觉到任何异动。等到天色快亮的时候，两人都心情沉重地站起身来。

季后叹了一口气，说道："这件事，还是就你我知道好了。……我自思术力浅薄，即使氏宿跟在身边，也应该是鬼魂之身……我还没有辨鬼之力，好在，女媧是他妹妹，至于我……"

他没有再说下去，陆离俞知道这没说出的话是什么：氏宿即使身为厉鬼，可能只会要他跟季后的命，不会危及女媧。只要女媧安好，他季后死了也没关系。陆离俞想到这里，苦笑一声：大概季后现在根本不会关心我会不会也死在氏宿这个厉鬼手里……

女媧和女汩这时已经起床，正等着他们。看到他们不是从自己的房间里出来，都吃了一惊。"你们干吗去了？"女媧问道。季后赶忙敷衍了几句。幸亏，这两个女子对这两个人去了哪里都没什么兴趣，一心忙着的都是快点出发。她们一心期望早点到达密都的样子，让陆离俞又觉得好奇这个叫密都的地方到底有什么吸引她们的。不过，他没问，知道问了也白问。

没过多久，他们就骑马离开了聚落。沿着那条路走了大概半天之后，他们终于看到了隐隐的一座城郭。

"那就是密都。"女汩说。陆离俞心想，这应该是多繁华的一个地方。

等到离城越来越近的时候，几个人相互看了一眼，觉得自己遇到的这座城真是异样。

一般的城郭之外，多少都会有些人迹，而且离城越近，人迹应该越为繁密。但是，他们遇到的情况却恰恰相反。离城数里，已有荒旷之相，离城越近，荒旷的景象更甚，感觉就像慢慢走近一处坟地一样，越是靠近，死亡的气息越是沉重。

走到洞开的城门的时候，他们停下了马，一起盯着空无一人的门，一阵大风从门口刮出，成了他们此刻唯一能够看到的异动。和往常遇到这样的时刻一样，最先做出反应的还是女汩。她寻思了一会儿之后，首先策马朝着门口走去。几个人赶忙跟在后面。

走过外城门后，是另一道内城墙；走过内城门之后，整个城市展现在眼前。他们下了马，沿着城市街道慢慢地行走，四处观看，寻找着可以一问的人影。

陆离俞看过的考古报告中，有一些关于远古大陆地区的城市遗址的报告，并依据这些遗址做过一些简单的复原。根据这些复原图，大致能知道，当时的城市起源与一般人想象的相反，城市虽然被视作人类活动的场所，但是究其起源，却与人类一般的活动无关，而是起源于一种特殊的活动，即祭祀，尤其是人对神的祭祀。

所有已经发现的遗址，论其布局，都是以某个祭祀遗址为核心的。祭祀的神庙社坛才是立城之本。围绕着神庙社坛的，是一些作坊和商铺以及娱乐住宿之类的场所。这些东西的最早用途，估计也是与祭祀有关。祭祀让散布各地的人能聚集起来。一旦聚集起来，除了参与祭祀活动之外，剩下的时间，就要靠各种各样的场所来打发了。这样一来，作坊和商铺以及娱乐住宿场所就大量地出现在神庙社坛周围。

所谓娱乐场所，最主要的往往是淫乐的场所。这也是与祭祀活动相配的，没有这些活动，一个漫长的祭祀活动就会显得枯燥。

淫乐的场所，不一定是卖淫的场所，也有可能是男女钟情之后的私会场所。远古社会中，男女私会是常见的情景，祭祀活动也就成了最好的机会。这种行为在当时被看作是很正常的，因为在远古，祭祀的对象往往就有供奉繁殖的含义。所以参与祭祀的人，往往也将这样的意图视作正当，就连卖淫的妇女，也往往被视作神性的体现，因为她们所做的事，就是繁殖的一部分。

在此之外，才是一般的居民住宅。这些居民的住宅就来自上述的各种类型。

陆离俞正在用伪考古的眼光考察着周围看到的一切，眼前的一切在他看了，就像刚刚出土的遗址。他细心地辨认着，哪些是居民住宅，哪些是商铺，哪些是神庙。

他们走了很久，在这些屋宇街道之间，没有察觉到有人活动的痕迹。陆离俞一点也不觉得奇怪，哪片被挖掘出来的远古遗址里面，会坐着一个大活人？

另外几个人自然不会有这样的伪学者修养，一边走着，一边克制不住疑虑。

这种疑虑越来越重，最后连陆离俞也觉察到了。

和这种荒旷之感很不相称的一件事是：空气里有一种素净、整洁的味道，还有隐隐约约的花香气息。这种花香气息不是天然的隐约，而是浓重氤氲之后的那种隐约，仿佛来自某个香料大量集中的地方。

女汩毕竟是帝族长宫，听说过的各种各样的异闻应该不少了。她在花香之中沉醉了一会儿之后，突然笑道："这个鬼地方，还真像那么回事！"女姁也是一乐，不像女汩这样奔放。

她停住马，转身对跟在后面的两个男人说："你们两个有福了。我们先找个地方住下来，最好是地势高的地方。说不定等到某个晚上，你们会看到你们这一辈子都看不到的瀛图奇景。不过，你们可要把自己藏好，到时被人发现，你们可要倒大霉了。不对，也说不上倒大霉，要是你们体力好，倒是可以尽情受用。"

两个女人之中，大概只有她敢把季后连着陆离俞一起，乱开这种玩笑。女汩一般会开些玩笑，但在女姁之外，也只是对着季后，一般不会对着陆离俞。

季后听了这番玩笑之后，好像明白了什么，也隐约地笑了起来："行啊，你们也留下来吧，看你们的样子，对这些事比我们的兴趣还大。"

女汩本来板着脸，听到这里也忍不住和女姁一起哈哈大笑起来。笑了好一阵子，才说："我们是没这个兴趣了，问到去离木的路，我们就会离开。你们倒可以留在这里，等着慢慢欣赏。"

现在糊涂的只剩下了陆离俞。他连忙抓住季后问："开的什么玩笑？这个叫密都的，到底是什么地方？"

季后打着哈哈说："当务之急，还是找个地方住下吧。那是开的玩笑，我们要当真就惨了。"话完之后，他的嘴就闭得跟上了锁一样，任凭陆离俞怎么问都不开口了。

五

他们在空旷的城里转了半天，才看到一个佝偻的老妇行走在小巷里的身影，几个人赶忙上前去打听。

老妇回头看到他们，居然一脸惊慌，还没等他们靠近，就急步走了起来。别看老妇体态佝偻，但是走起路来好像脚板生风，大概是太害怕了，现在拼了老命也要跑到一个安全的地方。几个人好不容易追上了她的脚步，就见老妇往墙上一推，一扇门开了，老妇窜了进去，门随后就关上了。

他们好不容易遇到一个能问事的，哪能轻易放过。几个人赶忙冲了过去，朝着那扇门猛敲起来。敲了好久，门才打开，一个身形同样佝偻的老妇走了出来，一脸惊恐地望着几个人。

季后赶忙走过去，施了一礼，说道："老母，你别害怕，我们只是路过，想问问这里有没有什么歇脚的地方。"

季后的样子一向和善，老妇见了，才喃喃地说了一句："还以为又遇到了须蒙的兵呢。"

陆离俞毫不客气地说："就算遇到须蒙的兵又怎样？你们这个样子，他们能把你们怎样？"

老妇怒了，狠狠地盯了陆离俞一眼："你这样子，比须蒙的兵还讨厌，快点滚开！下次上门，记得要改改你的这副德性，像我这把年纪，都会觉得你恶心。"

女泪赶忙上前鞠了一躬，说道："他这人就是喜欢这样，老母不要介意。"

女姁也上前说和，老妇这才让他们入内。

几个人走了进去，吓了一跳，屋檐下面，齐齐整整地坐了一排老妇，连刚才开门的老妇一起，一共有七个人。

在几个人到来之前，六个老妇正在做着同一件事，刚才进来的老妇大概也是一样，因为有一个位置刚好空着，应该是这个老妇的。老妇们的面前都有一辆转动的陶轮，她们手上都有一根从陶轮上捻出来的线。她们放下手中的活儿，看着几个进来的人。大概女泪几个进来之前，她们一直忙的就是这事。

269

“这是做什么？”女泪问。

“在仪式开始之前，我们要做好祭衣，交给参与仪式的密都女。密都女参加仪式的时候，身上穿的就是我们的祭衣。”那个引他们进来的老妇说。

陆离俞心想："密都女？什么玩意儿？就你们几个老太太？除了你们几个老太太，我们转了大半个城，连个人影都没见到……"

“那不是得织很多件？可这纺轮上的丝线怎么这么少？”女姆好像一点也不奇怪"密都女"这个称呼。这个名字从她嘴里出来，就像已经说过几百遍一样。她好奇地看着那些纺轮，因为每个陶轮上面都只有孤零零的几根线。她拈起一根，笑着说：“无论如何，我都想象不出就凭这么几根线，能够让参加仪式的密都女都能穿上你们织的祭衣。”

老妇中的一个笑道："你看到的，当然只能织出一件，还有你看不见的呢，"她朝身后紧闭的房门努了努嘴，"都在后面堆着呢。可惜，那些我们织好的，只能由密都女亲自取出。"

女泪一直盯着那几个陶轮，脸上流露出女孩子对衣装之类的物品特有的兴趣。她对女姆说：“光看看这些丝线，就知道织出来的衣服是何等素洁，要是你我能有一件，应该也不错。”

女姆点点头。两个人唧唧呱呱地开始切磋起来，各自的衣饰方面的知识储备都还不少，遇到这种机会，倒是一点也不吝惜，越聊越起劲。眼前就几根丝线，两人的话题已经无中生有，开始讨论起这样的衣服要是穿在身上，得配上什么样的玉器才最适合。

那几个老妇大概也是困守空城日久，见到两个神情活泼的女子这样不亦乐乎，也觉得高兴。开始的时候，她们只是放下手中的活计，自得其乐地看着两个女子聊天，然后，就一脸慈祥地拉起两个女子，猛拉家常。见两人一提到祭衣那样的一脸羡慕，老妇们也豪爽起来，马上提出顺便帮她们各做上一件。

两个女子自然是喜出望外。老妇便在两人身上比画起来，大概是量下身高肥瘦之类，免得到时候做出来的衣服不怎么合身。

季后和陆离俞此时只能干站在一旁，听她们讲得不亦乐乎，自己却一点兴致也提不起来。

等到这群老妇准备在两个女子身上比画的时候，女姆一个眼神，季后就拉着陆离俞退到了门外。

此后，两个人就枯守在紧闭的门外，听着里面跟回巢的鸟窝一样，一耳朵的唧唧呱呱。

陆离俞对季后说："就女人的乐趣来说，我来的地方，和你们这个地方应该没什么区别。我们那边的女人，一看到衣服之类的，就跟打了鸡血一样……"

他们在门外等了半天之后，门才重新打开。女泪和女姆从里面走了出来。

几个老妇恋恋不舍地跟在后面。很显然，靠着这件祭衣，彼此之间已经有了深厚的友情。

告别几个老妇之后，两个女子边笑边说地朝他们走来。

"你们都聊了什么？"季后迎上前去问。

女姁眼神诡秘地看了季后一眼，说道："待会儿告诉你。"

陆离俞笑着说："那么，现在能不能告诉我，这几个老人是谁？"

"这个倒可以。"女姁说，"她们是守护神庙的人。刚才我们聊了一会儿，她们告诉我们说，这里过几天就要举行一场仪式。"说到这里，女姁冲着两个男人做了个比刚才更诡秘的眼神，语调夸张地重复道："听清了哦，仪式。"

"对，仪式。"陆离俞点点头。他想起前几日遇到的溃兵，好像也提到了仪式。到底什么仪式，一提起来，都这么神神秘秘？

女姁继续说："老妇说，别看现在这里空得很，从明天开始，河藏各地的人都会赶到这里，参加这次仪式。那时，我们就可以问到去离木的路了。大概后天就可以离开。"

陆离俞说道："我们还要留下来，像你上次说的那样，我现在一心就想看看这场仪式呢。"

女姁点点头："对。差点忘了，那就再跟你多讲一点。本来这场仪式一个月前就要进行的。只是由于须蒙作乱，帝元图暂时没空，只好祈神暂停退后。一番祭祀之后，神的旨意是默许了。现在须蒙战败，退往大夏，这场拖延已久的仪式就赶快补办了。我们快去找个地方吧。听那几个老妇说，再晚就没住处了。"

六

老妇指点他们最好能在神庙附近找个住处，因为那里的房屋最稳固。神庙在城市中心，他们走到的时候，眼前又是一道围墙。他们转入旁边的一条小巷，终于找到了一个隐蔽的房子。

他们推开房门，查看了一下，比一路走来遇到的住宿条件好上百倍，于是开始分配起来，自然是女汨和女姁一间、季后和陆离俞一间。

一番忙碌、休整之后，几个人也就准备歇息了。女汨和女姁躺下之前，女姁突然想起了一个问题："我们要是后天就走，那就拿不到老妇织的衣服了……"

女汨想了一下："那就多住几天吧，等衣服织好再说。师元图应该没那么急着要见我，多待个一两天也没关系……你把灯熄了吧。"

季后看到女汨的房间里黑了，就拉着陆离俞走到外面，跟上次一样，找了个对着房门的隐蔽位置。陆离俞心想：他这样做，大概是想着不要惊动里面的两位女子。如果氏宿前来，肯定是要他们两个的命，那就把自己的命放在门外，等着氐宿来取吧……

陆离俞现在不是担心自己的生死，而是替季后感到心情沉重。他想季后之所以会把自己带出来，其实也是有考虑的，大概看出了自己的一种异能——只要他陆离俞能抓住一个鬼魂，就会把鬼魂变成一个人蛇形状的东西，那时他们再次合力，或许会让氐宿再死一次。但这样的事，大概只能在不惊动女姄的情况下进行……

两个人都静静地坐着，没有说话。陆离俞不知道该跟季后聊些什么，只好自己胡思乱想打发时间。

"密都"就在这个时候点醒了陆离俞，他"哦"了一声，脑子里很快想起了《山海经》里的一段记录，就是关于这个叫"密都"的。

这段文字见于《中山经》："又东十里，实惟帝之密都。是多驾鸟。南望惮渚，禹父之所化，是多仆垒、蒲卢。神武罗司之，其状人面而豹文，小要而白齿，而穿耳以锯，其鸣如鸣玉。是山也，宜女子。畛水出焉，而北流注于河。其中有鸟焉，名曰幼，其状如凫，青身而朱目赤尾，食之宜子。有草焉，其状如菱，而方茎黄花赤实，其本如藁本，名曰荀草，服之美人色。"

陆离俞记得自己每次读到这段文字的时候，都会把它想象成一座女性之山。里面的细节大多是符合女性最大的两个期望，一是生育，一是貌美。如果《山海经》是一部巫术之书的话，那么这里所记载的就是女性一直孜孜以求的两种巫术，关于生育，关于驻颜。所以，文中所提到的神武罗，应该是指女性的守护之神，他守护着女性的青春，以及女性容易流逝的美貌。

想到这里，他打破了沉默，对季后背出了这一段话，并谈起了自己对这一段话的理解。

季后对陆离俞这方面的卖弄一向都爱理不理，但是现在的反应却有点意外。

陆离俞心想，会不会是跟一个名字有关系？一株草的名字，和一个女人的名字，荀草，女姄。

他最后做了总结："这么说来，我们现在看到的这座密都，就是河藏的女人为了祈求生育和美貌，前来祭祀一个叫武罗神的场合……"

季后慢慢地说道："基本上不错吧。不过，我要纠正你一下：密都女子不是一般的女子，她们是打算前往鹭民国的女子。知道鹭民国吗？"

陆离俞摇了摇头。

季后继续说道："我也是听人所说，这个人就是我们现在希望见到的人：氐宿。他在箕尾山修行的时候，我就觉得他这人有些异样，因为他经历的事情，好像不限于修行一事。有时候，为了解闷，他会跟我讲起一些修行之外的事情。我虽然觉得这些事都于修行不利，但是还是控制不住好奇，还是会听下去。鹭民国这些事就是那时听来的。"

"那我有件事就搞不明白了，"陆离俞说，"你把这件事说得跟秘密一样，但是，你看那两个女子，好像什么都知道一样。"

　　季后微微一笑："这个倒不意外，她们要是一无所知才是意外。此事乃女性隐秘之事，所以一般只在女性之间流传，估计她们到了适龄之时，就会从不知名者那里得到这些消息，然后四下流传。氐宿能知道这些，也不意外，他应该去过鹭民国，因为鹭民国就是专为他这类人而设。到了那个地方，这样的事，他能听到的应该不少。"

　　他这样一说，陆离俞愈发觉得好奇，连忙催着季后快点说。

　　季后叹了口气："先说一句：我说这些，只是为了纠正你的错误观念，这一点你要明确。"

　　等到陆离俞点头之后，他才继续说道："据氐宿说，鹭民国的女子，都是决定终身侍奉神庙的女子。"

　　"神圣的人啊。"陆离俞赞叹了一句。

　　季后扭过头来，一脸不屑地看着他："是很神圣。不过，做这行的女子，大多出身贫苦，衣食无着，所以才会想到去侍奉神庙。当然，也有一部分女子是出于自愿。至于为什么自愿，我也说不清楚。这些女子都会集中到鹭民这个地方，形成一个国家。我们就管它叫鹭民国。一旦我瀛图之中，四大部，连同四大部之外的诸多小部，如有各种祭祀活动，都会向鹭民国求得懂得祭神的女子，以助仪成。"

　　陆离俞听到这里，有点糊涂了。这么神圣职业的女子，季后说出来的时候，应该是充满虔敬才对，怎么现在他说的话，无论如何听，都有语带不敬的含义？想到这里，他催促季后继续讲下去。

　　季后于是接着说道："神庙女子，也就是鹭民女子，除了侍奉神之外，还要侍奉神的役从，每到祭祀之时，近神之人，也是她们侍奉的对象。"

　　就这么简单的一句话，陆离俞一下就明白了，原来这就是季后所说的鹭民女子啊，她们实际上就是瀛图里的卖淫女啊。西哲罗素曾经考察过妓女这一职业的起源，得出的结论是，这一职业实际上起源于神庙的供奉仪式。他自己在研究中国早期历史时，也证明了这一点，先秦的典籍中，提到这一职业的时候，大多都和神庙祭仪有关。

　　想到这里，陆离俞对这些女子更觉得好奇，连忙问道："那么，她们到这里来的目的是什么？"

　　季后反问他："你想想看，如果一旦决定从事这样的职业的时候，你一般担忧的会是什么？"

　　"两件事，"经季后提示之后，陆离俞好像明白了，"一件是生育之苦，另外一件是容貌流失。"

　　"对。"季后说，"所以在前往鹭民之前，她们会来到这里。这里会有她们需要的东西。一件是能断绝生育之苦的奇鸟，叫作罗罗。将这种鸟熬成浓汤，饮服之后，基本上就不用担忧这个问题了。"

"可是，《山海经》上的记载，这种罗罗鸟是食之宜子。宜子的含义，用我们那边的话来说，就是容易受孕，就是顺产、多产。"

"这，我就不知道了。我们这里，只提到了不宜子。"

"可能传抄的时候，少抄了一个'不'字。除了这种鸟，还有没有其他的东西？"

"另外一件就是一种草：苟草。据说熬制浓汤之时，只要加入这种苟草，就有了驻颜之术。"

"她们来到这里，就是为了弄碗汤喝喝？"陆离俞笑着说。

"怎么会那么简单，还有一位神人等着她们呢。"季后说，"就是武罗神。你要知道一件事，这些女人都是侍奉神的女子，所以她们的初夜都应该是属于神的。其他敬奉神的男子，只能得到初夜之后的女子。人间之乐，不能在神之前，这是我瀛图的敬神之律。此事也不得例外。"

"那可够武罗神忙的了。"陆离俞打着哈哈说，"一次要应付这么多的女子。"

季后懒得理他了。陆离俞叫了他几声，他都没搭理，目光紧盯着门口。陆离俞只好自己遐想了。

七

《山海经》关于武罗神的记录，有一句很奇怪的话：小要而豹文。很难想象，对一位男性的神的描写，会用上"小要"这样的词。"小要"这个词，应该属于窈窕之女的，怎么会用在男性的神之上？

每次读到《山海经》这一段的时候，陆离俞都会为这个词而纠结。在他的印象中，远古崇拜的神大多以刚猛见长，"小要"这个词怎么也跟刚猛联系不上？

此外，"豹文"这个词也曾让他思绪飞扬，因为想到了另外一个跟豹子有关的先秦名篇。

屈原的《山鬼》里，形容山鬼的容貌时，用了一句"乘赤豹兮从文狸"。赤豹、文狸，就文辞意境来说，这两种猛兽和一个幽怨的女子结合在一起，真是让人有幽闭迷离之感。那时，他就好奇这两者是怎么结合在一起的。

这种结合，似乎产生了一种效果，赤豹，文狸，这种猛兽，似乎成了属于女性的一种暝兽……

想到这里，他突然明白了一件事。他兴奋起来，这可是《山海经》学术研究史上的重大发现啊，写出论文来，可以获封划时代的点赞。他嗖地从石头上站了起来，连声不住地叫着季后的名字："我知道了，我知道了，I have found it，I have found it……"

季后被叫得不耐烦了："你found知道了什么？"

"武罗神不是个男神，是个女神。小要豹文，小要是一种女性的体态，豹文，豹是一种属于女性的神兽，这个见证于楚辞里的《山鬼》。有豹文的神，很明显就是一个女神……"

季后点点头："对咯。你们那个世界里，叫学者的，还是懂得一些的。武罗神是一个女神……叫女神也不对，她的真实身份是女祭，负责替神来了结这些女子的初夜，因为她的初夜就是奉送给了神。所以，她从神那里获得了特许，此后来自各地的密都女子的初夜，都由她来解决。"

"怎么解决？"陆离俞兴奋一过，又迷惑了，"她也是女的啊，难道又弄碗什么汤给她们喝喝？"

"这我就不知道了。氐宿一直想知道，可惜没机会了。我们要是运气好，或许能有机会混入到这些女子里面，去领略一番。但是，这些女子不知什么时候才会到，也不知道到了之后，她们会不会给我们这个机会。"

季后说到这里又丢下一枚重磅炸弹："现在这位武罗神，就是让河藏兄弟反目的那位河藏女祭。长宫要嫁的师元图，就是为了这个女祭，决定和自家的兄弟须蒙开打。"

"你怎么知道得这么清楚？"陆离俞问。

"来的路上，我和长宫闲谈，她告诉我的。"季后说。

"她还真相信你啊，"陆离俞酸溜溜地说，"你们什么时候谈的？这样的事，她从来都不会对我说。"

"会对你说的。"季后语气恳切地说，"说件让你高兴的事，偶尔长宫还会向我打听你，问我你来瀛图之前，在那个叫世界的地方是作何营生？我说，你是做学者的。"

"然后呢？"陆离俞急急地问。

"长宫'哦'了一声，然后说了一句：这是什么勾当？"

"唉，勾当。"陆离俞只好叹了口气，"做了学者的人，真是哪里都不受待见。还有一件事，我还是不太清楚，还得麻烦你替我解决一下。鸳民国是一个独立的国家吗？如果是，它应该跟雨师姜一样，也该有个帝啊啥的，难道会有个女帝？"

"你们那个叫世界的地方，最大的应该是叫国了？对吧，看你点头就知道了，肯定是。我们瀛图就不一样。我们这里最大的叫部，就是我以前跟你提过的四部。每个部下面，还有一些附属之地，叫作国。雨师姜部下面，有各种各样的国，各尽一职，或者各尽一能。例如女娲所来的夏人国，就是收录刑人，鸳民国就是专门收录密都女，此外，还有很多，我知道的就有一个叫作奇弘国，据说专司各种奇技淫巧。"

"说到这里，我倒想起一件事来了。"陆离俞说，"女姁既然是被熏华神君指定出来寻找大夏国的下一任君主，这件事如果成了，不是会损害到河藏的利益吗？因为那时，大夏就有可能会脱离河藏自立出来？"

"我跟女姁也聊起过这件事。据她说，她是秘密受命，除了刑徒之国的少数几个人，大部分都不知道这件事。还有一个，"说到这里，季后本来不高的声音又压低了一半，"这也是她愿意一直跟着女汨的另一个原因。大夏现在的执掌者是须蒙，帝元图最想除掉的人也是须蒙，代价再大也在所不惜，你看他已经举国开战了，现在不能取胜，就是低估了大夏国的实力。现在，如果有人能在须蒙的大后方，就是大夏国捅他一下，甚至趁势起兵，那时的须蒙必败无疑。"

"女人的心计啊，"陆离俞点头说，"看不出来，女姁还有这么精深的打算。长宫知道不？这会不会破坏她们之间的关系？"陆离俞担心地问。

"这个，你就不用担心了。"季后说，"这个主意还是长宫给她出的。长宫亲口对女姁说，感谢她一路相随，一旦她成为河藏帝后，一定会动用河藏的举国之力，找到大夏的继任国君。"

"那时候的你，该怎么办？"陆离俞现在替季后担心了。

季后朝着门口努了努嘴，既像是暗示陆离俞沉默，又像是暗示他的结局，或许就在他们现在等待的那个人那里……

他们等了一夜，什么事情也没发生。

八

像那几个老妇说的那样，接下来的几天之内，来的人越来越多。开始是一群祭礼人员，都是女的，不过年龄很大。季后偷偷地告诉陆离俞，这些女的，大部分都是已经老退的密都女。

随着他们一同到来的，还有一群河藏的士兵。他们负责搜寻全城，解决即将到来的仪式的安全问题。

搜到女汨几个人的时候，都有点惊讶，因为这个时候，就有人这么早来赶场子，他们觉得不可思议。这时候，那几个老妇就来帮了大忙，说这都是自己的亲戚，前来帮忙的，顺便留下来看一下仪式。

几个士兵听了才松手。一个人上上下下把女汨和女姁两人打量了一遍，然后不怀好意地说："我看这两个人，要是去做密都女的话，准能迷倒整个瀛图之地。"

往常女汨遇到这种事情非要发火不可，但是现在，她的反应是躲在几个老妇的后面，就像胆怯的女子一样。那几个士兵见此哈哈一乐，转身就走了。

士兵一走，几个人就恭维女汨，说她演技惊人。女汨笑着说："这一路下来，我也学会了，能少一事就少一事，我们还是先看个热闹吧。至于这几个士兵，我已经记了下来，以后要有机会，一定会一个一个收拾。"

过了几天，等他们再上街的时候，河藏之地的各色怪异之人基本上挤满了叫密都的这个地方。陆离俞真是大开眼界，往常《山海经》里只能通过文字想象的人种，居然有了活生生的样本。他亲眼看见一个人把自己的一对耳朵当作外套，裹着身体走过街道。陆离俞冲了过去，兴奋地拉住了他，喊道："让我看你一下，你是不是大耳国的？"那人的反应是扭着一对大耳就走。他也见到了所谓贯胸国的人，就是胸口有个大洞，一根竹竿传了过去，然后一前一后，两个人扛着竹竿。走在路上的人，还有三足之人、三头之人等等不一而足。

他们问了一下老妇才知道，这些人到这里来，大概是以此为中途。他们真正的目的是前往离木，庆贺师元图打败了须蒙。这样一说，这些奇形怪状的人也失去了奇异的特色，因为再怎么奇异，也只能是师元图的属民。俯首称臣者的奇异，有何令人佩服的地方？

陆离俞看了几天之后，很快就见多不怪了，现在一心就等着哪天女汨开口，带着他们离开。那夜与季后长谈之后，他对这场名为"初夜"的仪式产生了强烈的兴趣。他不知道一个名为武罗神的女人，能用什么方法让这么多的女子一夜之间失去初夜。他总是不断地提醒自己，一定要让这种学术上的兴趣压倒其他的低劣的阴暗的兴趣。

女汨和女婳还等着老妇之处件她们想要的衣服。当初老妇告诉她们，时间大概是七天，也就是要到仪式开始的前一天。所以，两个人也只能在城里四处乱逛，打发等待的时间。

九

一天，几个人正在四处闲逛，看着越来越热闹的城社。

两个女孩走在最前面，季后跟在稍后，几步路之外，才是陆离俞。他看着前面三个人亲亲热热的样子，觉得自己活得真是无聊，随时随地都处在被疏离的状态之中。

自从上次为女汨割腕之后，他从对方的一些话里知道了女汨也知道这一件事。有时候，他感觉女汨好像对自己客气了一点，甚至亲切了一点，但在这些只有片刻的好像之后，他们之间的距离好像反而退得更远了。

陆离俞心想：如果这样下去，即使到了那个叫离木的地方，他也只好选择跟着季后离开，给季后和女婳两个人做个免费的电灯泡。

他就这样一路跟在后面胡思乱想，渐渐地，有一种异样的感觉，来自他的身后。他回头朝后面看了看，开始还不敢确认，但是几次回头之后，他终于可以确认：有人一直在不远不近地跟着他们。每次当他回头的时候，这个人赶紧闪身躲开，躲在赶着来看热闹的人群当中。等到他转过头之后，那种异样的感觉又出现了，这个人现在又开始了，跟在自己这帮人的身后……

陆离俞赶紧加快了脚步，赶上季后，悄悄地把自己的发现告诉了他。

季后想了一下，问道："你确定吗？"

陆离俞说："我们可以证实一下：前面有个路口，我们拐一下，等到几步路之后，我们再回头看看那个人是不是还跟在后面，就知道了。"

季后点点头，赶快跑去告诉前面两个女孩。那两个女孩听了也很吃惊。

女泪想了一下，说道："要是这样的话，只能证明有人跟着我们，但不知道为什么跟着我们。这样吧，我们分成两路，季后和女姁，我还有……你，"她看了陆离俞一眼，然后继续说道，"各走一路，然后赶往我们的住处。等到了住处我们再把各自遇到的事交流一下，那时，我们不仅知道有没有人跟着我们，也能知道他的目标是我们中的哪一个。只是大家要小心，一旦确认之后，赶紧回到我们的住处。"

几个人一想，这的确是个好主意，便赶快照办。

陆离俞有点昏头昏脑，因为没想到女泪会主动提出要自己跟着她。他心神恍惚地随着女泪，走到了另外一条路上。他和女泪之间，还保持着一段不远不近的距离。

接下来的一路开始的时候，他一直做着一件事，不停地回头看看那个人有没有跟在身后。

这样做了几次之后，女泪突然说道："你要再这样做上一次，就算有人跟着，也会赶快放弃。"她停下脚步，对陆离俞说："你走上来，就像我们很熟的样子，跟我走在一起。"

陆离俞赶快走了上去，女泪随意地挽住了他的胳膊。

陆离俞浑身一哆嗦，女泪轻轻地笑了一下，说道："你最好尽快习惯一下，接下来的一路，我们可能都会这样。"

"一路？"陆离俞尽量克制自己扑通扑通的心跳，"请问长宫，这一路有多长，是到离木为止吗？还是到了离木还会继续？"

往常这样开玩笑的时候，女泪都会皱着眉头表示反感，但是现在女泪的反应只是轻声一笑："没那么长，很短，大概就是从这里到我们住着的地方为止。我这样做，没有其他目的。如果有人的确跟着我们，看到我们这个样子，会以为我们根本没有注意到这件事。"

陆离俞点点头，正想奉承女泪几句。

女泪接着又说："当然，也有一点感激的意思……我是听女姁说的，那天你为了救我，曾经割开了自己的手腕……"后面几个字的声音很低，她现在的头也一样的低。

陆离俞已经有个毛病，只要女汨一说话，一定会聚精会神，一个字，甚至连一声叹息都不会错过，所以他不仅听到了后面几个字，也听到了隐藏在这几个字里面的隐约的语调。

"所以，你用这样的方式来感激我？"陆离俞反手把女汨拉近了一点，几乎就贴近自己。

女汨有点猝不及防，不过也没拒绝，只是稍微往旁边移了移，然后笑着说道："你到我们这里，好像是来找一个叫郁鸣珂的女人。我不是她，我能做的，合符礼仪的感激方法，大概该只有这个了吧。我能做的也许还有另外一件事：到了离木之后，也许能叫师元图下一道命令，帮你在瀛图之地，找到这个叫郁鸣珂的女人。"

陆离俞说："如果事情其实是这样的，我确信我已经找到了这个女人，只是她还不知道，事情会不会更简单一点？"

女汨摇了摇头："她应该知道的事，她不会忽略。所以，你不能这样去想，一个女人之所以拒绝你，只是因为她还不知道。"

"那我想问长宫一个问题，"陆离俞说，"如果你来到这个叫瀛图的地方，是因为有一个人留下了一个东西。如果我在这个叫瀛图的地方，再次遇到了这件东西，我能不能说我要找的这个人就是拥有这件东西的人？"

"什么东西？"女汨听到这里，有点好奇。

陆离俞从怀里掏出一张帛布，就是他一直随身携带，从女汨身上掉落的那张，上面有两条蛇缠结成 S 状的图符。这是他能找到的唯一的证据，确信郁鸣珂已经到了这个叫瀛图的地方，因为在他和郁鸣珂交往的时候，郁鸣珂亲手绘过一张这样的图。

当这张图从女汨身上落下，被他捡起的时候，郁鸣珂和女汨会不会就是同一个人，他开始傻傻地分不清了……一直延续到现在。

他把图符帛布递给了女汨，内心一阵紧张，这好像是失忆主题的言情片里常见的套路：男女主人公最终靠着一个小物件，得以重新回到记忆的世界，找回他们曾有的情感。

女汨接过一看，笑了一下："原来在你这里，我还以为丢到什么地方找不到了。"

"这不是你的吗？"陆离俞问。

"算不上吧，这是昆仑虚的女使漪渺送给我的。你知道这个东西的来历吗？"女汨简短地把这个图符代表的含义讲了一下，大致来说，这是昆仑虚的女主候选的标记，能得到这个图符的，就会入住昆仑虚，成为女主候选。最后，她笑着说："你觉得这就是个证据，证明我就是你要找的那个女人。要是这也算证据的话，那你还不如去一趟昆仑虚下，每年，这样的女人都会成批出现，手上都握有你特别在意的证据，你不会看着眼花吧？"

女汨说到这里，换了一脸正色："我还要提醒你一句，凡是不该得到这件图符的人，都要经受拔舌断手之刑。你还是还给我吧。以后记得不要拿在自己的手上了。"

这一番话像是把陆离俞推进了一个深渊，他只好硬着头皮挣扎出来，换了一个话题："长宫没有想过一种可能，这件东西到了你的手上，你是不是已经被认定是昆仑虚的女主候选？"

女汨摇了摇头："不太可能。按照漪渺女使的说法，能得到这件图符的人，都会自动地前往昆仑虚落，我到现在还没这个想法，估计以后也不会有。再说，漪渺女使说过，这件图符是天授，不是人授。我既然是从漪渺女使那里得到的，就是人授了。"

陆离俞突然想到了一个问题，连忙问道："你是怎么来到这个叫雨师妾的地方的？据说，你是随着帝丹朱一起出现的，帝丹朱是在哪里找到的你？"

"这个我真不知道。"女汨说，"我帝父从来不跟我讲这件事。我问你也问不出来。不知道是什么原因。但是我听他隐隐约约地提到过一个地名，我记得那个地名是在河源地区。他难道是在那里见到了我？那就奇怪了，我帝父一生都没去过河源，那是昆仑虚部所在。我的来处莫非就是那里？这张图符是有候选的含义？算了，不说这个了，你回头看看，那个你说的人还在不在跟着我们？"

陆离俞听到这里，突然从女汨的脸上发现了一点疑惑。他想：女汨嘴上不说，但心里会不会也这样想过，从她得到这张图符之时起，她已经被选为昆仑虚的女主之一，既然她隐隐约约知道自己其实是来自昆仑虚的？

他抬起头来，突然停下脚步，两眼直盯着前方，半天没说话。

女汨好奇地看着他："怎么回事？你现在回头看看，有没有人跟着我们？"

陆离俞伸出一只手指，指着前面："不用回头了，刚才跟着我们的人，现在就在前面。"

十

女汨抬头一看前面，前面果然有一个人，发现两人注意到了他，转身就走。

女汨一拉陆离俞的手，说道："跟上去。"陆离俞心想，好嘛，片刻之前还在操心被人跟踪，片刻之后就变成跟踪者了。

那个人没有回头，但是已经意识到了后面两个人正在跟着自己一样。

陆离俞跟在后面，渐渐有种感觉，这人不仅不担心自己被人跟踪，好像还在有意识地引导我们两个，我们走得快，他也走得快，我们走得慢，他也走得慢，我们停下来，他也会停下来……

他觉得太怪了，悄悄地告诉女汨。女汨眼神变得更坚定了，一副一定要知道这人到底要做什么的样子。

追了片刻之后，那人闪身进了一道门，然后再也没有出现。

两人走了过去，惊奇地发现就是遇到几个老妇织布的那扇门。

女汨站在门口，试着推了一下门，门虽然合着，但是没有锁上。她站在门口，想了一下，然后果断地说了一句："我们进去。"

门推开之后，里面空荡荡的，除了七个并排在屋檐下面的纺轮，一个人也没有。他们四处搜了一下，既没有找到那个他们一路跟着的人，也没有发现那七个老妇的身影。两个人对看了一下，觉得事情有点怪异。七个老妇呢，难道都死了？

整个屋子看起来空旷寂静，毫无一点肃杀之厉，不像有过什么生杀之事。两人正在诧异之际，突然听到有什么异动的声响，来自一个紧闭的屋子里。他们顺着这阵响声走到一间屋子的前面，推了推屋门。屋门同样没有锁上。

门里，那阵响声越来越清晰。女汨犹豫了一会儿，然后拔出随身的长铗，果断地把门推开。屋子里没人，他们听到的声响来自一件已经织好的袍服。

女汨看到袍服，不由得一阵欣喜，急步走了过去，揭下之后，迫不及待地往身上一套。

穿上新衣的女汨心情大好，竟然罕见地眼神含媚地看着陆离俞："觉得怎么样？"

陆离俞一脸酷劲地冷眼看着："你确定这件是你的？""

"当然是我的，本来说做两个人的，后来女妩突然说不要了，老妇就说，那就只做你的吧。看，就是这件，已经做好了。"

十一

季后和女妩两个人走上了另外一条路。两人难得有机会单独走在一起，他们倒希望真的有人跟着自己，这样一来，他们就可以继续这样并肩走下去。

季后回头看了一眼，结果很失望地回过头来，对女妩说道："那个人看来不是跟着我们的，走了这么久，都没看见人。"

女妩笑着说："这人大概要跟的是女汨长宫，要么就是你那个末师。我们两个，他大概看不上。"

季后听到这里，有点心急，赶忙说："那我们赶快去找到那两人。"

女妩拉住了他，说道："不急，估计这个人也就是跟跟而已，要是想做什么，估计也要等到以后。我们现在去，说不定反而会惊动了对方，那样一来，我们也不会知道对方的意图是什么。"

季后一听，觉得也有道理，现在是白天，到处都是人，估计对方就算有什么意图，也不敢公然动手，想到这里，他笑着对女娲说："那我们就多走走吧。"

女娲点点头，两人虽然情意暗许，但到了这样独处的时刻，反而不知道该怎么交谈了。

氐宿的事一直纠结在季后的心里，他很担心，任何一场看似与此无关的谈话，最终都会回到这个问题上。他到现在都不知道该怎么把这件事告诉女娲。

女娲倒是一直没有谈起过氐宿，好像已经忘掉了自己有这么一个曾经相守长久的亲人一样。至于她自身承担的使命，她更是闭口不提，好像这件足以影响她和季后的关系的事情，最好的结局，就是让它自然发生。

两人走了一会儿之后，女娲突然开口问道："你在鬼方学的东西，到底都有什么？说来听听。"

季后于是开口说道："我在鬼方学到的，只是一些皮毛。更高的绝学要到招摇方，等到宗师确认之后，才能更进一步。这些东西，被称为鬼方秘法，我们门子之类，连名目都不清楚，更不要说其中的详情。目前就我所知，大概就是器合辟厉……我只修到了器门。其他几门，本来还想再学的，可惜门师被……人杀了，我到现在还没找到鬼方的修行所在，要想学会其他三门，真不知道要到什么时候了。"

季后刚才差一点就把氐宿的名字说了出来，还差一点带出了氐宿是灭了箕尾满门的凶手。让他略感奇怪的是，一涉及这方面的事情，女娲好像比自己还想回避。季后有时候心里竟会有这样一个想法：难道对氐宿的所作所为，女娲其实已经一清二楚了。但这怎么可能？始终知道这件事的，大概只有他和陆离俞了。女娲怎么可能知道？

这时，他想起了一件事情，就是女娲第一次找到他们的情景，她放了一束熏华草在自己当时的住处，然后，熏华草的气息引来了氐宿……

他正想着，女娲又开口了："器合辟厉几门你虽然没有学完，但是在箕尾山研修之时，你那几位门师没有跟你讲过大概吗？"

季后说道："大概倒是讲过。可是……"他的脸上流露出些难色，因为这是鬼方之学，不能为外人尽道。女娲再怎么跟他亲近，也毕竟是个外人。

女娲好像发现了这一点，有点不高兴了，神情冷落地说："看来，叫你为难了，那就算了吧。"

季后跟女娲相处这么久，还是第一次看到女娲脸上有这种脸色，心下着慌，赶忙劝解道："不是我不说，这是师门明训……"

女娲一甩脸，看来是动了脾气："什么师门明训，这里就你我两个人，我们不讲谁会知道？你是不是怕我听了之后，会偷偷地去炼你鬼方的绝学？哼，你看我这样子，像吗？不就是听个好玩，解解闷嘛。"说完，女娲气冲冲地朝前迈了几步，把季后甩在后面。

季后见此，心神慌乱起来，赶快急步走上前去，拉住女娲的手，连声说："不是这个意思。"

女娲还是第一次被季后拉住手，有点脸红，连忙低声说："我也不是真生气，你别拉着我的手，有话好好讲。"

季后这时才知道自己失态，赶快松了手，笑着说："其实也不是什么出奇的密门绝学，凡入我鬼方门下，七年之内，大概都能一一知晓，虽然未必能一一上手。我所知的也就一些皮毛。你要真想听，那我就跟你讲讲。"

"好啊。"女娲回手一把扯住季后的胳膊，眼神清真地看着季后，"那你就快点讲吧。"

季后看到这种眼神，知道不说不行了，他受不了这种眼神转为失落的样子。心说，他经过十多年的修炼，从挑水劈柴扫地开始，才逐步学到一点皮毛。一个娇弱的女子，就算听闻了自己的鬼方之学，又能拿来怎样？

季后叹了一口气，再三告诫女娲，今日所讲之事，只能限于你我二人，若是被鬼方之人知道门外女子竟也通晓本门所学，那时的后果就不堪设想。他说得很慎重，女娲自然也是一脸懂事地点点头。

季后看到这个样子，突然觉得自己慎重得可笑。他心情一放松，便开口讲了起来。

"我鬼方所学，为太宗师灵怪之学中的鬼部一学。太宗师将天下灵怪分为四部，分别为鬼、妖、神、厄。所谓鬼，乃是指人死之后，元神出体，化为无形之气，漂流瀛图，如水流地，随遇赋形，未得所遇，尽其始终，都为一厉桀之气。这话你明白吗？"

女娲笑着摇了摇头："我自小无学，根本听不明白。"

季后于是耐心地解释道："我瀛图之人，能够行走于世，全靠两样。其一乃是肉身，其二则为元气。人死之后，肉身朽烂，元气飘离。游离的元气，如同水流泻地，遇到一个圆形的坑，就成了一个圆坑，遇到方形的坑，就是方坑，这个明白？"

女娲点点头。

季后接着说："离身元气，多有桀骜，如果遇器，则赋形为器，此之为鬼之一种，称之为祟。如果发作，则为作祟。"

女娲听到这里，插了一句："是不是可以说，如果遇到一件衣服，便具有了衣服的形状，这件衣服就成为祟器，可以有危害之举、诱惑之行？"

季后点点头："在这一点上，你倒是有颖悟。日后来我鬼方好了。"

"我才没兴趣呢。你接着说。"

季后于是接着说："若遇木、草、花之类，则随其形而为魅，木魅、花魅、草魅之类。如果发作，则称为作魅。比如，你喜欢的熏华草，很有可能就会成

283

为花魅的一种。"

"别这样说，"女姁一脸夸张地说，"你要这样说了，这花我以后再也不敢碰了。"

季后赶忙安慰道："遇上了才是，没有遇上，就是一般的花草之类，不用担心。"

女姁点点头："还有呢？"

季后说："若遇兽，则名为诡。若遇人，则为怪。大致来讲，按我太宗师的说法，瀛图之地，凡因离身元气而成之鬼，分为祟、魅、诡、怪四种，我鬼方的四门绝学，就是用来对付这些祟魅诡怪之类。"

"那你说说看。"女姁一脸听得入迷的样子。

"我先说说器。我等制鬼之术，必先要辨出所附之气，才能知道眼前之物是一器物，还是一已经附气之祟。但是我等初学之人，肉眼凡胎，如何能够辨别？所以，就必须仰仗一种能够辨识的器物。此种辨识之器，或乃宗师炼制，或为天地本生。我曾得到一件，可惜被离俞末师给毁掉了。"

"哦，那是什么东西？"女姁听得兴味十足，还以为这件东西就在季后手上随身携带呢，赶紧要他拿出来看看。

季后一摆手："那东西是一张帛画，这么大的东西，怎么会在我身上？画上面是一匹旄马。一旦这匹旄马幻成肉身，它的双眼就有了辨别之性，即能辨出祟诡之所在……当初，我和离俞末师离开箕尾的时候，来到互人，靠的就是这个东西幻成的一匹旄马，才跟上一队尸鬼，避开了战事。可惜，后来离俞末师一刀下去，把幻术破坏了，也把能幻化的器给毁掉了。"

"那张图还在吧？"女姁问。

季后点了点头，说道："还在，就在我的行囊里。我准备找到招摇方的时候奉还宗师，再将缘由解释一下。请他定夺。"

女姁继续问："这么说来，所谓器门，就是利用术器，辨别诸鬼之所在？"

季后摇了摇头："大概就是这样吧。辨识之外，就是御运厉阴之术，就是凭借一术，能将所辨识的祟诡之物，随心制御，这就叫合。合的意思就是合我心愿的意思。"

"那是什么方法？"女姁问。他们这时已经走到一块相对僻静的地方，两个人这时也越走越近，女姁身上熏香一样幽微的气息，不停地撩拨着季后的心绪，他偷偷打量了一眼女姁，发现对方一脸无邪的神情，好像仅仅只是被季后的话所吸引，丝毫没有想到自己正在破坏这个走在她身边的人仅有的自制。

季后费了很大的劲儿才抑制住了自己想要一抱的冲动。

女姁等了半天，没听到季后的声音，有点好奇，转头抬眼看了他一眼。

季后掩饰性地一笑，赶快说道："我大宗师门下，合术各有不同。我学到的只有一种，靠的是我门师传授的定火术，还有一把若木削。定火术，我还有，可那把若木削，你知道的，我被玄溟抓住的时候，那把若木削就不见了。所以现在的我，既无器识之能，也无合鬼之术。"

"非得若木削不可吗？"女妘看着季后一副悲叹的样子，觉得好笑，便笑了一下。

季后叹了口气："或许还有别的方法，只是我不知道而已。"

"那倒是可惜。"女妘笑着说，"那把若木削，我那时看过，跟一般的木棍也差不多，就是削尖了头而已，估计你的这件宝贝，现在已经被玄溟士兵当成捅火棍了。好了，不说这个了。还有辟呢？"

"辟是击鬼之术。你知道，鬼乃无形之气，附物才成形，所以即使你能将所附之物击毁，也难奈何那种无形之气。我鬼方的辟术，就是将这无形之气彻底击毁的一门异术。可惜，我还没有学到这一步。门师也只讲了个大概。据他所说，所谓辟术，要先是使无形之物能具有形之体，随后并其形体毁之。"

女妘想了半天，然后说道："可是，这跟你前面讲的器术，好像没什么区别啊。你前面讲器术的时候，说过无形之气，能够附器成形。既然已经成形了，就已经是有形之体了，为什么还要再用一门辟术？只要凭借一器，将其识别出来，然后就可以毁掉了，为什么还要用一种辟术，使无形之物能具有形之物，才能并其形体毁之？"

她这样一说，季后叹了口气，说道："我也疑惑，后来也曾问过门师。不过，我鬼方修行，不到其境，不得其诀，所以门师一直不肯详言。我当时想，至于具体如何，只好等待日后，没想到，还没等到那一天，门师竟然死于非命。"

季后每次提到门师都是一副痛心疾首的样子，女妘只好默然不语。

过了一会儿，大概估量着季后的心情已经回复平静，女妘才缓缓开口说道："我想，你鬼方异术，必然是条理分明，不可能自相矛盾。既然在器术之外，又另起辟术，肯定有它的道理。天下之事，大多都离不开一个'理'字。以理揆之，大多能一一辨明，只是你我并不知晓而已……你干吗这样看着我？"

她抬起头来，一脸惊愕地看着季后。此刻的季后，一脸的虔诚与专注。

季后收回自己虔诚专注的目光，不改一脸严肃地说："没什么。你这样说话，我只能这样看着你，感觉你像在跟我传道一样。"

女妘轻轻地敲了他一下："干吗？我就不能偶尔有点见识？除非你觉得像我这样的人，不仅天生愚钝，而且一生都该愚钝？"

"那倒不是。"季后笑着说，"不过，你讲得对，我是该想想这其中的道理。我想想看，看看想不想得出来。"说完，他的脸上真的露出了沉思的表情，这下，虔诚专注的神情轮到了女妘的脸上。

季后本来就是颖悟之人，只是过于尊崇师训，凡是门师不愿多言的，他也不会多想，现在，经女娲这么一提示，他才动了深昧其理的念头。还没走到百步，他转头看着女娲，脸色平静地说："我好像明白了。"

"那你说说?"

"我记起一件事。我们刚刚离开苍梧城的时候，黔荼用了几个无形的尸鬼将我和末师离俞缠住。我当时不仅不能脱身，反而被厉鬼击倒在地，所以一直不知道末师离俞那边发生了什么。后来，末师告诉我，他当时经历的事真是怪异莫名：开始，他的眼前什么也没有，但是他却清楚地觉得自己抓住了什么，接下来，就在他眼前，一个蛇样的怪物，开始慢慢出现。从蛇眼开始，直到最后，成为一个蛇样的人兽。此后，他就不明白发生了什么，因为他已经昏了过去，等他醒来的时候，他只看到这具蛇样的人兽已经成为死尸，躺在自己的身边。

"后来，他跟我讲起这件事的时候，我也没多想。因为末师离俞一向如此，大部分时间都与常人无异，但是，偶尔之间，也会突然来阵异能，但是来也无兆，去也无踪，所以我也没有多想。但是，今天一想，末师当初可能不知道，他当时所用的，正是我鬼方的辟术。"

"为什么这么说?"女娲此刻的目光就像点醒了一人之后，及时给予的鼓励。

季后于是滔滔不绝地说了起来："末师离俞曾经讲过，自入瀛图以来，他的体内一直就潜藏着两条蛇灵。灵者，气也，也就是说，末师体内一直有两条蛇灵之气。那日，尸鬼缠身的时候，他体内的蛇灵之气，开始源源不断地充入尸鬼之气，两气交融，结果无形的尸鬼开始慢慢变成有形的蛇人怪兽，出现在他的眼前。无形之物，能成有形之体，大概指的就是这个。只是我不知道，最后将这蛇人怪兽一并毁之的又是谁? 肯定不是离俞末师，据他说，那头蛇人怪兽朝他扑来的时候，他已经昏倒在地了……"

说到这里，季后心里已经有了一个答案，只是他不敢说出口：氐宿，难道是从那时起，氐宿的确跟着自己一行……他赶快摒弃这个念头，继续说道："这只是无形之物，能使之成有形之体，一并毁之的道理何在? 尸鬼本来就是无形之体，体毁则气逸，如何能够连气一起，一并毁之? 难道辟术之门，还有其他未解之处?"季后脸色又凝结起来，他想：氐宿。氐宿肯定学会了辟术……

女娲也不说话了，大概也觉得此事也有难解之处。季后赶快笑着对女娲说："这一路下来，像你这等颖悟，不入我鬼方之门，可惜了。我想不明白的，经你一点，往往豁然而解。"

女娲说道："好啊，你要是有重回鬼方之日，不妨禀告你那个宗师，收我一个女门子。我就由你带着，替你端茶倒水劈柴……"说到这里，女娲捂住了嘴，因为有个词差点就脱口而出，那就是"叠被"。她微微红脸，看了看季后。还好，季后好像没留意这个。"别扯这个了。"女娲赶快用话引开了，"难解之事，总是有可解之道，我不过蒙对了而已。哦对了，器合辟厉，你已经讲了三个了，那还有厉术呢，你说说厉术是怎么回事？"

一提到厉术，季后的神色突然有点惨然，比他刚才提到死于非命的两个门师还惨然。他看了女娲一眼，然后说道："此术乃我鬼方至高之术，非到此境，不得妄言。其他的，门师还能多多少少告诉我一些，唯有这门厉术，门师始终都是一直避而不谈，只是说，等你练到那个阶段，一切都会水到渠成，无须他现在多言。我能知道的，都是同门私下议论。据他们的议论，大多说此术怪异莫名，既是成为宗师的必经之道，也非常人能为的忌门秘术。我有个门兄，就是练习厉术，最后走火入魔，成为疯癫……我们都管他叫疯方，偶尔疯言疯语里也能透露一点端倪，看那意思，好像是说……"

他说到这里，突然拉起女娲的手，朝着旁边一闪。女娲正听得起劲，一头雾水地被拉到一边，嘴里急忙问道："怎么回事？怎么回事？"

季后从僻静处探出头去，然后低声对女娲说："来了个熟人，幸亏我躲得快，不然被他们发现我们就在这里，那就麻烦了。"

女娲正想问问是哪个熟人，季后用手指做了个闭嘴的姿势，然后用手指了指外面。

女娲睁大了眼睛，仔细看着，果然看到了两个人。一个是他们的老熟人，地炼门的老头子黔荼，另外一个他们不认识，是一个女人。这两个人现在都跟在一个玄色长袍的人的后面，急步匆匆地走着。

黔荼是一个很厉害的对手，但是此刻的黔荼，跟在这个玄色长袍后面，却是一脸恭敬，甚至有点惧怕。能让黔荼惧怕的这个人，到底是什么人？

季后暗拉了一下女娲，意思是，别逛了，赶快去告诉女泪。他现在的判断是，黔荼和女刺来到这里，目的大概只有一个，就是替无支祁抓回女泪。那个玄色长袍大概就是来帮忙的。

女娲摇了摇头，说道："我们悄悄地跟着，看看他们会去哪里。"

季后觉得这主意不错，点点头。他们悄悄地跟在远处。走到紧闭的神庙面前的时候，这几个人消失不见了。

两人赶忙顺着一条僻静的道路，走回自己的住所。

等他们回到住处的时候，女泪和陆离俞已经回来了。女泪的样子看起来还算高兴，正在静静地和陆离俞聊着，虽然样子还很克制，但心情还算放松。

一看到女娲季后两人匆匆忙忙地走了进来，女泪还笑着问："你们怎么回事，干吗这么慌张，有人一直跟在后面，跟到了这里？"

女娲急忙说："要是那样倒好了。"她赶快把黔荼还有两个不知名的人出现的事说了一遍。女泪听着也紧张起来了。

"他们去了哪里？"陆离俞急忙问。

季后回答说："神庙。不知道他们来这里的意图是什么？那个叫黔荼的，很邪的，每次都能追到我们的踪迹，这一次估计也不会例外。我们还是赶紧离开这里吧。"

女汨想了一下，问道："那个女的呢？还有那个玄色长袍呢，长什么样，看清楚了吗？"

季后想了一下，说道："那个玄色长袍没怎么看清，他全身上下都罩在长袍里，只露出一双眼睛，而且也是匆匆而过，不知道是什么人。那个女的，我倒能够说个大概……"他把那个女的样子描述了一下，说完之后，女姁又补充了几句。

女汨听完之后，又问了一句："你确定他们消失在神庙里面，就是举行仪式的那个神庙？"

季后和女姁点点头。

"他们怎么进去的？从门里？神庙的门不是一直紧锁着吗？"女汨问。

季后想了一下，说道："黔荼是地炼术士，能解土遁形，要进入神庙里面，大概不需要非得走门不可吧。那个玄色长袍虽然不知何人，但是一眼之下，就能看出此人异术弥深，远胜黔荼。黔荼都能的事，对他来说，又有何难？"

"明白了。"女汨说道，她转头看着陆离俞，"你呢，听明白了吗？那个女人是谁？"

陆离俞点点头："他们还没说完，我就明白了。"

"这对你倒是个好机会，你不是一直想看这场仪式吗？"女汨说，"本来我打算仪式开始之前就离开的，现在，我决定留下来了。仪式开始的时候，我会想尽办法，进入仪式之中，一直留到仪式结束。"女汨说完就回到自己的房间去了。

"怎么回事？"女姁不解地看着陆离俞，"这个女人到底是谁？"

陆离俞的目光一直停留在女汨消失的地方："女与。你们刚才见到的那个女人，叫女与。我见过她，苍梧城破的时候，带走帝丹朱的那个女人。现在你们明白了我们为什么要留在这里？……麻烦之处在于，仪式开始的时候，神庙之门才会打开，我们到底从哪里进去才算稳当呢？我们又不是地炼术士，能够借土遁形，穿墙而入……"

第十九章

一

方秘书靠着商务船的船舷，看着远处矗立在海岸线上的几尊巨大的柱形石像。它们看上去好像是专门赶来为他们送行一样，而且还恋恋不舍，站到孤帆远影的时候都不肯离去。

"你注意到了没，这些石像的巨大的眼睛？"他转身对站在身边的舞女说，"中国的三星堆出土过一些青铜铸像，你把它们的眼睛，和海岛上这些石像的眼睛进行对比，会发现一种奇怪的巧合。它们的眼睛都是几何形的……这不是偶然的，中国古籍《淮南子》中，也记录过我们远古时期有一种神人，它们的眼睛，古籍里的描述是'纵目'，很显然也是一种几何形状的眼睛……"

"你以前到底是学什么的？"舞女笑着说，"我就听人说过，你好像游历过很多大学……看样子也是，我们到了港口，才甩开了跟踪，还不知道前路会遇到什么，你就跟我扯起了这些……不卖弄你会死？"

"你别听这些。"方秘书说，"我也是无聊，看了几本旅游册子，上面都是这些东西。好了，我们一起去看看那个叫女旻的女人。"

女旻正坐在船舱里，中文服务生坐在她对面，读着旅游册子上的中文。他读的时候，女旻的眼睛一直盯着他的嘴唇。中文服务生看来很不习惯，总是会抬头看上两眼。等到方秘书两人走进来的时候，他赶快放下小册子，站起身来，离开座位："差不多了。我读得很认真，她看我也看得很仔细。应该差不多了。"

方秘书坐到中文服务生刚才的位置上，看着女旻，问道："我们现在能交谈吗？"女旻点点头。

方秘书说："那好，就从第一个问题开始，你从哪里来？"

女旻开始了："我是朱卷之国国君的长女。"

这个名字刚一出口，中文服务生和舞女就对了一下眼，啥地名，从来没听说过，地图上有吗？

女旻好像注意到了两个人惊异的眼神，便住了口，好像连语言能力都忘了，一副费力思索，想要找回这种能力的表情。

方秘书于是鼓励她："我知道，这个地名在我国古籍《山海经》海外北经里有记录，看来是位于北海之地。你接着说。"他回头看了另外两个人一眼。

"我朱卷之国自三代祖上起，便归属了北海的玄溟部落。"女旻说到这里，舞女又是一阵惊呼，"北海，玄溟，那里好像只有冰岛啊，这是哪跟哪儿啊。"

女旻只好又不说了。

方秘书叹了口气，回过头来警告舞女："你说得也没错。具体怎么回事，我待会儿再告诉你。现在麻烦你做个安静的听众。接下来，能开口的只有我和这个女人。你要是再废话，我就取消你旁听的资格。"舞女吐了吐舌头，表示再也不敢插嘴。

女旻这时说话才算顺利起来："我国归属玄溟，只是因为从前战败自保，不得不如此而已。玄溟为了牢牢地控制我国，当初归属之时，就强迫三代先祖立下一帛盟约。依照该盟约，每届玄溟新帝立位之时，我国须供奉国君的女儿一名。我能死而复生，漂流至此，也是因为这一盟约的缘故。"

虽然舞女已经被方秘书警告过一次，但是听到这里，一句话还是忍不住脱口而出："你都死过一回了？"说完之后，她赶紧捂住嘴，方秘书一言不发地看着她。她扑哧一笑，然后略带娇态地说："我错了，知道错了还不行吗？"方秘书回过头去，温和的眼神看着这个叫女旻的女人，说道："你继续吧。"

女旻还是用探询的眼光看着方秘书，好像用眼神在问他一个问题：我说的，你都信吗？得到方秘书肯定的眼神答复之后，她才继续说下去。接下来，在女旻讲述她来历的时候，三个人都没有插话，因为女旻现在的语言能力，好像还很弱，不能经受任何中断。

"玄溟新帝叫无支祁，登位之后，依照惯例，派使节来到我国，向我国索取国君的女儿。国人虽然不服，但是迫于玄溟的威势，大概也只有依从一路。只是在选谁的事情上，出现了麻烦。"

"当时朱卷之国的国君，也就是我的父亲，他有两个女儿，是一对并蒂同生的姐妹。按照你们这边的话来说，就是一对双胞胎。只是出生的时候，我被接生在前，所以谬居长位，那一个在我之后接生的，就成了我的妹妹。我的名字叫女旻，她的名字叫女朴。"

提到女朴这个名字的时候，女旻的脸上出现了一种复杂的情绪，好像一个人随时都想避开的东西，却不得不一而再再而三地提及一样，那是种奇怪的折磨。

"我们姐妹从小感情就很好，大概是一块生下来的缘故。又加上生下来之后，我母亲就因体弱而死，所以，我父亲对我们从小就关爱有加，从来不加区别。我能有的，她也能有。我好像更懂事一点，所以我父亲经常训导我说：凡事都要让着做妹妹的，事事都要替她着想。我也把这当成了自己应尽的一种责任。果然是事事都对她相让。我们就这样在一起，从小长到大，她好像养成了这样的习惯，事事都得依赖于我。好像离开了我，她就什么事都不敢去做。我对她的关照与日俱增，到后来，凡是好的，她嘻嘻一笑，伸手就抢走了，也不问我高不高兴。

"玄溟到朱卷之国索要贡女的时候，倒没有什么特别的要求，只是要我们中的一个就行了。但在我父看来，这可是天大的难事。我们都是他的明珠，他不知道该给谁。他当时也曾想过从民间搜寻一个女子，冒充我朱卷国君的女儿，然后用来对付玄溟帝的索求。只是，在当时那种情况下，这几乎是不可能的，因为玄溟部落有一个常驻我国的使节。这个使节负责监察朱卷之国的一切大小动静。朱卷之国国君有几个女儿，女儿长得什么模样，他都一清二楚。何况，负责收领贡女的就是这个人。"

"我父亲的愁闷，自然让我们两个女儿也不好受。我们躲在自己的房间里，整天的话题也离不开这个。认定贡女的日期越来越近，最后我父亲想了一个他认为唯一的解决办法。

"有一天，他把我们叫到他面前说道，你们谁愿意去？我们都摇了摇头。无支祁的名声总是离不开"淫邪"二字，据说他平日随身的都是一群妙龄女子组成的女刺。我们一想到这个，就怕得要死。我父亲看到我们这副表情，点了点头，说道，我也知道，你们肯定害怕前往玄溟的事情。不过，到了这个地步，要回避也没有可能。玄溟帝无支祁凶残异常，一旦被拒绝，我朱卷之国就有灭顶之灾。为了我朱卷能苟存于此乱世之中，你们中的一个，不得不牺牲一下自己，前往玄溟。

"至于选谁，他也不能决定，只好请示一下天意。说完，他拿起两只贝壳，其中一只代表我，另外一只代表我的妹妹，分别写上我们的名字，然后放进一个暗箱里。等他摸出是谁，谁就去。

"他摸出来的是我妹妹的那块。我妹妹当时脸就吓白了，一想到要和传说中那个凶残淫邪的无支祁呆在一起，她的两眼立刻无神起来。我见她这样，不知哪里来的勇气，对我父亲说道：我去，让朴儿留下。我这样一说，我妹妹上来抱住我说：不行，离开姐姐，我哪儿也不去。

"我父见此，一时无奈，最后竟然有了一个莫名其妙的想法，干脆，把我们两个一起送给玄溟无支祁，这样免得一个人对另一个人始终都会牵挂，而且姐妹一起入宫，也能有个照应。他当时做出这样一个决定，也实在是无奈之举。

"于是，我们姐妹两个都被送到了玄溟无支祁那里。

"据我后来听到的消息，无支祁听到姐妹两个一起到来，吃惊异常，因为人人都将无支祁的内宫视作畏途，往常能来一个都是哭哭啼啼，现在一来就是两个，而且争先恐后，自然会大觉惊异。

"我们到的第二天，他就叫人把我们带到他面前。那是我第一次见到无支祁。别人都说他淫邪，我倒觉得他挺闷闷不乐的。他看着我们两个，话也不说，只是把我们两个从头看到脚，看了一遍，又是一遍。我妹妹开始很害怕，紧紧贴着我，跟我们在家里一样。被一个陌生的男人这样看来看去，还不知道要到什么时候才会结束。大概就是这么回事，我妹突然冲着无支祁吼了一句：看够了没有？打算要谁？快点说！

"我当时吓了一跳，紧张地看着无支祁。没想到无支祁好像也被我妹这样一吼给镇住了。他没有再看了，只是简单地交代了几句，转身就走了。

"我妹吼完这句，怕得要死，回身就抱住了我，浑身发抖。回到我们住的地方，她一个晚上都紧紧抱住我。我那时就想：无支祁想要摧残我妹，先把我杀死吧。但这一天剩下的时间，平静无事，后来几天也是如此。大概一个月之后，我们就被带到了一个地方。我们开始还以为这是无支祁的侍妾所呆的地方，进去几天之后，才发现这是无支祁的女刺训练所。我们一时也不明白无支祁转的是啥念头，居然想把我们培养成女刺。他身边的女刺还不够多吗？

"我们在那里呆了大概一年左右的时间，每天都要进行各种各样的劈刺训练。我不喜欢这些，我妹却很热衷，慢慢地，我发现我们之间的关系发生了变化。以前一直是我在照顾她，但是进了这个女刺地之后，照顾的人慢慢变成了我妹，被照顾的人成了我。每次有人想来找我麻烦的时候，我妹都会站出来替我出头。那时，我都会想，有一个妹妹在身边该有多好。那时，真没有想到，会有这样的事情发生。

二

"一年之后，无支祁又把我们两个叫到他面前。这一次是在一个女刺平时用来比试的场合。他叫人给了我们一人一支长铗，我们开始还以为他只是想看看我们的攻击能力。等到长铗到手之后，他说出来的话让我们吓了一跳，他竟然要我们亲生姐妹来一场你死我活的决斗。

"他的原话我到现在还记得：'我只能爱你们中的一个，但是我不知道该爱哪一个，现在，你们自己来替我决定吧。最后一个站在这个地方的人，就是我今生唯一会爱的女人。'

"我听得面色惨白，回头看着我的妹妹。她看上去比我冷静多了，她只是问无支祁：'不能两个都要吗？'无支祁摇了摇头，说道：'我能爱的只有一个，如果不能，我宁愿没有。'说着，他一招手，我们的周围立刻出现了一圈武士，每个人都手持长弓，对准了我们。无支祁说：他数三下，如果我们还是这样站着，弓箭手就会把我们射成窟窿。

"数到二的时候，我把眼睛闭上了，我不能和我的妹妹厮杀，让周围的长弓射死我吧。我以为我妹妹肯定也跟我一样。数到三的时候，我感到有什么东西已经刺进了我的身体，我开始还以为是一支箭。等我睁开眼睛，我看到了，那是一支长铗。我顺着长铗的铗身看去，看到了长铗后面的那张脸，那是我妹的脸。

"她将自己的长铗刺进了我的身体。我还来不及看清她的表情，她就抽出长铗，好像避开我的眼神一样，回手又刺了我一下。这一次刺中了我的要害，随后，我什么也不知道了。"

女旻说到这里，一时之间再也说不下去了。

三

"那你怎么复活的呢？"停了好一会儿，方秘书问。

"其实，我并没有真正死去。我当时也不知道是怎么回事，后来才明白，不过，那是要到我醒来之后。"女旻说，"我醒来之后，发现自己正在一艘船的船舱里面。我是坐船来到玄溟部落的，对船并不陌生。但是这艘船却给我一种很奇异的印象。我也说不清奇异在哪里，因为看上去，它和一般的船没有什么区别，可能更大一点，可能也更古旧一点，除此之外，我也搞不清楚那阵奇异的感觉来自哪里。

"我坐起来，看到我躺的地方前面有一盏灯。有一个老人席地坐着，就着灯光，正看着一卷厚厚的卷轴。

"看到我坐起来，那个老人放下手中的卷轴，看着我，慢慢地说道：'无支祁杀过那么多的女人，你是唯一一个还能生还的，这已经不寻常了。更不寻常的是，你居然还能在我的船边出现。'

"我摇了摇头，表示我听不懂他说的什么。

"老人笑了一下，然后说道：'你肯定不知道你是怎么到这里来的。我想，无支祁杀死你之后，就把你扔到了北海里面。北海里有一道暗流，专门运送死尸前往冥界。掌管这道冥流的是无支祁手下的两个术士，一个叫禺强，一个叫禺京，他们是对父子，所修异术专门应对海中神怪。无支祁平日远征，就将此两人留驻玄溟，代为管理国事。

"'我想，你死之后，无支祁也是如此操办，命令这两个术士将你的尸体送入冥流。但不知是什么奇异的因缘，你竟然离开了那道冥流，漂流到了另外一个地方，居然出现在我的船旁。我的船漂流北海已有数百年的时间，这种事还是第一次遇到。

"'你的身体撞击我的船舷的时候。我开始还以为是一条人鱼的尸体，但是顺着动静一看，一条人鱼怎么会有一身袍服？我也是很久没见过人了，所以这时才反应过来，那不是人鱼，而是一个人。'

"老人正说着，一个女人走了进来，跪坐在老人身边。这一对坐在一起，

293

真是奇异。因为老人已经须发斑白，那个女人却明艳如花，但看他们坐在一起的样子，就全如一对相依长久的伴侣，如果老人的话是真的，这一相伴，应该也有数百年之久。

"那个女人也在看我，好像陷于了和老人一样的思考。

"老人说：'你跟我们讲讲吧，在你被无支祁扔下冥流之前，发生过什么？你的身上有两道伤口，好像都很致命。'

"于是，我就讲起来了，两个人静静地听着。等我讲完之后，两个人没有说话。

"过了一会儿，那个女人对老人说：'我知道这是怎么回事了。'然后，她转头问我：'你刚才说过，你和你妹妹是并蒂同生？'

"我点点头。然后她接着问我：'那么，你有没有发现你和她之间，有没有什么异样？我说的是你的身体和她的身体之间。'

"我摇了摇头。

"那个女人笑了一下，说道：'我看你妹妹是知道的。刚才我查看了你的伤口，其中一道伤口是直刺你的右胸，我想就是这一刺要了你的命。'

"她这样一说，我好像想起了什么，就是我妹妹刺我之前的最后表情，她好像是瞄准了一样。我又想起了一件事，就是我们在成为女刺之时，我训练的时候，都是陪着我妹妹一起。我发现她在刺人的时候，偶尔会出现一个严重的错误，就是会刺反一个地方，一般人的致命处都在左胸，但她偶尔会把长铗刺向右胸，而且刺得特别狠准。

"想到这里，我一阵心悸，难道那时，她已经有一种预感，迟早有一天，我们两个有对杀的时刻，她正在为这一天做好准备？

"'你知道为什么你的致命处会是与常人相反吗？'女人慢慢地说，'答案就在并蒂双生。你和你的妹妹并非并蒂双生，而是并蒂镜生，你们就像镜子内外的两朵花，看上去一模一样，实际上一正一反。你是反的，所以你早生了，你妹妹是正，所以后生。你是虚，她是实，如果一面青铜镜子破裂，能够存在的只有实，而非虚，所以你必会死在她的手上。此乃命。'

"说到这里，她看着那个老人。那个老人重重地叹了口气。老年人的目光深重，使得他看什么都像是身处最后的时刻，现在他看着女人的样子就是这样。我隐约感到，在这个老人和这个女人，一定发生过什么。

"女人惨然一笑，然后继续对我说：'因为你是并蒂虚生，所以你不仅进不了冥流，反而会被冥流冲进一道虚流，就这样，你就到了我们的船旁。'

"我不是太懂他们的意思。女人也没有多做解释。我想接下来我该怎么办呢？留在这艘船上，和这对看上去怨意重重的白发红颜呆在一起，那还得看他们乐意不乐意了。我这时最想见到的人说来令我也不可思议，竟然是亲手刺死我的妹妹。我大概想问她一个这样的问题，为什么，你要刺出这样一铗？

"'我当初也想问他这样一个问题。'女人好像看出了我心中的意念，悠悠地说，'结果，你看，我们现在好像还没有找到答案，因为答案好像超出了我们能够到达的范围。不过，我们不能做的事，这个女孩好像能够替我们做到。'说着，她从老人刚才看的那张帛布上撕下一片，画了几下，然后递到我的手上。对我说：'拿着这张帛图，我会让你去一个地方。那里自会有人跟你解释，解释一切。'"

"那张帛图呢？"方秘书赶紧问。

女旻从身上掏出那张帛图，递给了他。

四

方秘书接过一看，帛图上有一盏灯，还有一条鱼，下面是奇特的文字。

舞女，还有那个中文服务生都凑过来，看了起来，结果都是不明觉厉。他们开始问方秘书。

方秘书没有理他们，只是把问题转给了女旻。

"刚才听你所说，你好像来自另外一个世界。你们那个世界，你们是怎么称呼的？"

"瀛图。"这个叫女旻的人说。

"瀛图，刘春明……"舞女和中文服务生对看了一眼。

"那么，在你们这个叫瀛图的地方，"方秘书赶紧问，"这两个符号有什么意义吗。鱼，还有灯，在你们的传说中都有什么特别的意义吗？"

"有。"女旻说，"在我们的传说中，有一个传说是这样的，据说天空曾有十日并出，瀛图之地，尽皆干涸……"

女旻的话还没说完，舞女就接过话了，她这人还真是爱插嘴，一点也不像个做秘密工作的。不过，这一点细想起来，或许正是她的掩护手段，谁会相信这样一个冒冒失失的女子竟是身负国家使命的特别工作人员。

舞女插嘴说："我们这里也有这个传说，十个太阳出在天上，然后一个叫后羿的神箭手，射下了九个太阳……只剩下一个太阳。"

她的话还没说完，中文服务生插嘴说："我对这个神话真是有点怀疑。十日并出，据说发生在尧的时期，但是同时，尧的时期，也是传说中的洪水泛滥时期。洪水和十个太阳同时出现，不是挺矛盾的吗？如果十日尽出，那么大地应该干涸才对，哪里来的洪水？"

"水都干啦，"舞女鼓着眼睛，两只手比比画画说，"化成水汽，到了天上，成了云层。后来，后羿射下九个太阳，只有一个太阳了。气温下降，云就凝结成水。你想想看，一个地球的水凝结成的云变成水，那得多吓人，肯定是连年暴雨，遍地洪水。"舞女说到这里，挥手做了一个洪水漫地的动作，然后一脸得意地看着另外两个人。

另外两个人只能目瞪口呆地对看了一眼，中文服务生拍了拍手："千古疑难，被你一扫而尽。"

方秘书只好又叹了口气，说道："我们还是听听别人怎么说吧。"

女旻微笑了一下，刚才的气氛虽然有点瞎搞，但是也让她觉得轻松了不少："我们那边是有一个善射的人，他的后代叫长臂族，但是从没听说过他能射下九个太阳。我们那边的传说是这样的：

"由于河水干涸，颗粒无收，禽兽尽灭，连河里、泽里、海里的鱼都死尽了。这时，发生了一件事，有人刨开一座古墓，据说是先祖颛顼的古墓。古墓的墙壁倒塌，里面竟然出来了一条鱼。这条鱼一半已经枯了，另一半还是鲜活的……当时人太饿了，打算吃掉这条鱼。

"就在干烧的时候，天空忽然暗了下来，然后彤云密布，一盏悬灯出现在天穹，接着，大雨开始连日降下，随后就是洪水遍地……于是有人说，这条大鱼其实是颛顼的化身，他在死而复活的过程中，先要变成一条鱼，然后等到鱼枯尽之后，他就会死而复活，现在瀛图愚民破坏了他的这个过程，所以天降大雨，表示惩罚。"

"那后来，洪水是怎么除掉的呢？是不是一个叫禹的人，疏导洪水，流入海洋？"舞女接着问。

中文服务员赶紧插了一嘴："我对这个神话也有疑问，你想想看，到处都是洪水，往哪儿疏导，再怎么疏导，不是把水往水里导么？你在一个游泳池子里面疏导一下试试？"

女旻点点头："我们那边也没有这样的说法。我们那边的说法是，一个手上持着蛇的巨神，用了一件法器，叫作息壤，这种东西落地就能成为大陆、高山……"

"这个神是不是叫鲧？"

女旻摇了摇头，说道："不，他是鲧的儿子，叫作禹。禹用息壤四处布土，才有了瀛图之地。鲧是颛顼的化身，就是被瀛图之民活活烤死的那条鱼……那条鱼葬身的坟墓，就是息壤。禹就是用这坟墓上的土，制造了瀛图之地。"

她这样一说，众人都默然了。中文服务生叹息一声："不得不说，禹是一位伟大的神，他的父亲被瀛图之民活烤了，他还想着怎么去拯救这帮暴民。"

女旻又摇了摇头："我们的说法不是这样的。鲧在活烤之时，传命给禹，说只要他的坟墓得以保存，他的精魂就不会消亡，他还会再次重生。到那时，他会再来一次十日之灾以及洪水遍地，只有悬灯才能解救这些喜欢吃烧烤的垃圾人士。所以，禹才会以息壤重塑瀛图之地，因为这样就等于把整个瀛图之地，都变成了他父亲的坟墓。这样做的目的，就是等待他父亲的再次复活，前来惩罚瀛图之地。”

“那你到我们这里来的目的是什么呢？”方秘书问。

女旻伸出手来，不知什么时候，她的手里多了一件东西。

方秘书吃惊地看到，那是一张照片，问道：“你怎么会有这种东西？”

女旻没有说话，只是把照片递给了他。方秘书接过，看了一眼，递给了其他两个人，把吃惊的机会交给他们，因为这是一张清晰的核弹爆炸的照片。方秘书不会吃惊，他在陆离俞房间里见过一张一模一样的。那张照片，应该已经到了公安部门的档案库。

等到其他两人的吃惊声此起彼伏了之后，他问女旻：“照片上的这个东西，是你来这里的目的？”

女旻点点头。

“在你们叫瀛图的地方，把这个东西叫作什么？”方秘书问。

“离木，河藏国的离木。”女旻回答说。

第二十章

一

密都仪式开始的时间是在深夜，陆离俞和季后一起走到门口，按照白天的约定，女汨和女姁两人已经站在门外，一脸急切。看到两人出来，女汨点点头，然后带头出去了。其他三个人赶快跟在后面。

"你们决定了，从哪里进去？"陆离俞小心地问女姁，"这几天，我一遇到长宫，就想问她有没有想好进神庙的方法。可是她现在看到我，根本就是一甩脸。到后来，我连见她的勇气都没有了。"

"你忘啦。"女姁小声地说，担心女汨听见，"长宫是少司祠主，对这些地方最为熟悉了，她要带我们去的地方，肯定是最隐秘了。不仅隐秘，从那个位置，我们应该能够发现进入神庙的办法。"

陆离俞半信半疑地点了点头。几个人跟在女汨身后，在空旷的街道上转来转去。宁静的夜色中，他们闻到了一股越来越近的香气。看来，那群未来的密都之女正在靠近，从香气的浓郁程度来看，来者绝不在少数。女汨的脚步也加快了。不久，终于将众人领到一座高出视线的建筑那里。

"就这里，"女汨说，"我们上去吧。待会儿大家记住一件事，只能静静地看着，不要说话。"

大家答应一声，开始跟着女汨爬楼。他们都是熟手，很快就爬到了高处。推开窗口一看，果然是个好位置，不仅可以俯瞰城市的一切，而且正下方就是那座神祠的所在地。

二

过了一会儿，他们听到一阵群鸟鸣叫的声音。几个人从驻足的窗口向下俯瞰，看到一群巨大的飞鸟排成人字形状，远远地朝着神庙的方向飞来。即使从很远的地方看去，这群飞鸟也是通体洁白，在夜色的衬托之下，给人一种奇怪的素洁之感。

"这是什么鸟？"陆离俞问。

"驾鸟，"女汩说，"用来接载这些密都女子，来往鹭民国的。"

女汩的热切让陆离俞觉得奇怪。他提出问题的时候，没指望应答的会是女汩。他连忙点头："对，这样的女子，是该有只鸟来带着她们飞来飞去。"

话一出口，迎来的就是女汩的一脸鄙视。女汩说："不是这个道理。真正的原因是，鹭民国是深海的孤岛之国，风浪不利舟楫，要想顺利地到达那里，用鸟比用船快得多，也顺畅得多。这些女子，初夜仪式之后，就乘着这些飞鸟一起离开。"

"那我们是要乘着这些驾鸟进去吗?"陆离俞问，他想用这个荒唐的问题，缓解一下女汩急切的心情。

女汩摇了摇头："我们现在站在这里，只须注意一件事就行了，看看神庙的设置。这些在外面是看不到的。只有站在这个地方，才能一窥究竟。"说着，女汩一指下面漆黑如盖的神庙。

陆离俞听罢，开始替这个女孩捏了一把汗。女汩声音冷静得异常，再加上说话时那种空洞的眼神，依陆离俞现代心理学的知识，这往往是心理接近崩盘的征兆。她大概想救她帝父已经到了快癫狂的地步。这种事不是没有发生过，上次在玄股之地，一听到女与与她帝父出现的事情，女汩的反应是差点连季后都要刹。

"可现在那里什么也看不到啊!"陆离俞说着，悄悄地靠近了一点女汩。女汩好像一点也没注意到。要在往常，女汩对这些事最为敏感。这在陆离俞看来，明显是癫狂的另一重证据。

女汩的声音还是很冷静，还有几分亲切的意味。要在往日，肯定让陆离俞心神荡漾，但是现在，他只觉得可悲。女汩说："密都女前来的时候，都会手持青灯，所以待会儿，这里肯定是青灯照临，明如白昼，我们留意看着就是了。"

"然后呢?"陆离俞问。

"我已经打听过了，这场仪式要举行三夜。今天是第一夜。"女汩说着，朝陆离俞这边移了移，好像他们的身体贴得还不够近。陆离俞几乎能嗅到女汩身上的气息。他朝季后和女姌那里看了一眼，心想：我是不是该叫一下那两位? 提醒他们，长宫现在肯定是不对劲。但他不敢，一是怕吓着女汩，另外，他朝季后和女姌那里看的时候，女汩几乎同时跟着他做了同样的动作……

女汩又随着他，几乎一起同时回过眼，然后与他对望起来。

陆离俞有点结巴地说："季后和女姌靠得真近……"

女汩的眼神没有离开陆离俞："这有什么稀奇，他们一直就靠得很近。你听我说完。今晚，我们主要看一下仪式进行的经过，还有神庙里面的布局。明晚，我就会混到密都女的队列当中，进入神庙，然后开始寻找我帝父的下落。女与应该把他藏在里面的什么地方。这事肯定能成功，你看，我现在身上穿的，就是密都女的袍服……"

陆离俞现在的想法就是庆幸：还好，她还没疯到现在就要冲下去。等到今晚事情结束，回去的时候，无论如何，都要把她关在一个屋子里，等到她的疯劲儿过去……

他的耳边已经传来了驾鸟飞行时啼叫的声音。

三

夜色微茫之中，这些飞鸟看起来很像天鹅，但是跟天鹅又不太一样。仔细分辨之后，陆离俞才发现彼此间的差异。他见过的天鹅都是双翼，而这种驾鸟都是四翼。四翼齐飞的样子，就像四条羽桨一起一落地划着风。陆离俞被这曼妙飞翔的姿势吸引了，看得目不转睛。直到这些飞鸟一齐收住了羽桨，朝着神庙后面空旷的夜色落下。

陆离俞还没来得及收住目光，又被另外一样东西吸引住了，就是俯瞰之下，正在走向神庙的那群女子。

她们身着白衣，排成长长的两行，数量大概有百人左右。看着她们缓步行进，已经有让人美不胜收之感，从头披罩而下，直达脚踝的白衣，又增添了几分神秘之感。好像这样的装束还不能让她们的美丽达到极致，每个密都女行走的时候，手上都持着一盏亮着灯焰的青铜灯盏。

她们一手执着青铜灯盏，另一只手护在灯焰之上，几乎是无声无息地朝着神庙移动。

这一场景，让陆离俞想起了他很早看过的一部关于印度神女的电影，仅仅是这种奇妙的步态，就让人相信，两种风俗之间，似乎肯定有一种必然的联系。

密都女走到神庙紧闭的门口，开始分散到两边，然后肃立不动，中间空出一条通道，很显然是让给最重要的一位的。

陆离俞心想，这迟迟未现身的，大概就是《山海经》上所说的，那位小要、白齿、豹文的武罗女祭了吧。

等待的过程是漫长的。

这时，那些一只手持青灯的女子，突然齐声吟唱起来，声调低沉迷离，好像旷野之地独行无边的一位女子，愁思无限，难以克制，难以宣泄，只能纠结彷徨，呻吟上告，祈求天地之灵，给予慰藉。

陆离俞一个字也听不明白，只觉得声调迷人，令人心神恍惚。

这时，他听到一个同样迷离的声音，来自女汨。他转头看着女汨。女汨的声音并不是对着任何一人，她沉迷的表情，表明这只是说给她自己听的："这是迎神之曲。"此刻的女汨，肃穆静候，配上素白的密都女的袍服，好像她的身心已经完全置入其中。陆离俞看到这个样子，不禁暗自悲伤：难道她已经被歌声感召，今夜，或者是明夜，就要将自己的初夜奉献出去？

歌声弥漫天地之时，夜光照及的天际，隐隐地出现了一个飞翔的黑影。看它飞翔的形态，陆离俞还以为是一只极大的飞鸟。等到那个飞翔的黑影慢慢靠近他的视域，他才吃惊地发现，那不是一只鸟，而是一辆飘飞在夜空中的车驾。这种车驾，他只是在古人流传下来的神仙画卷中看过。在那些神仙画卷中，这类车驾都有龙鸟飞马之类的灵兽驱驰，而他现在看到的这个车驾，却是无所依傍，只是一个华丽精致的驾乘，却像叶子一样飘飞在夜空中。

"华夜乘，奇鸿国的华夜乘，乃是专为武罗女祭所制。"女汨轻声念出了这些字，和她刚才一样，只是她已经沉迷的情思的流露。在她这种沉迷的情思中，除了她自己，再无他人。

陆离俞忧伤地看着，一阵夜风吹动了女汨身上的那件素衣，此刻的女汨给人的感觉既有诡异的一面，又充满了莫名的诱惑，让他神思恍惚，仿佛传自女汨身上的诱惑，只是为着他一人而来。

他再也控制不住，伸出手去。好像有所默契一样，在他伸出手的时候，女汨也转过头来，情意盈盈地看着他，一只手也伸了出来……

接下来，陆离俞的身体就被人紧紧抱住了。他不知道是谁，一阵强烈的激情使他浑身充满了力气，他猛力挣扎，力图摆脱身后那个人的拥抱。一旦摆脱之后，他唯一要做的事，就是冲向女汨，不管后果是什么，也要紧紧地抱住她……直到耳边的歌声结束，但这阵歌声似乎永远没有结束的时候……在他挣扎的时候，女汨一直静静地站着，目光里的盈盈情意就像月光下的水流一样，源源不断地弥漫着她的全身，好像说：来吧，乘着这歌声的翅膀，带我去朦胧的远方……

陆离俞拼尽全身的力气，总算摆脱了身后的拥抱。无论如何，他也不能辜负女汨此刻的情意，此刻的等待……他奋力往前一冲。就在离女汨伸出的手只有咫尺之遥的时候，他突然感到脑后挨了很重的一击。他的眼前一黑，双脚一软，很快就昏了过去。

昏过去之前，他还模模糊糊地感到自己伸出的手已经触到了女汨伸出的指尖……

四

等到他神志稍微清醒一点，他听到另外几个人慌乱的议论声。

先是女姌的："你这位末师是怎么回事，刚才一下就突然冲向长宫？要不是你死命抱住他，那就……"

然后是女汨气恼之极的声音："这人今天是不是吃了什么药，我一说出华夜乘的名字，他就……季后，你听着，现在我命令你，就像刚才一样，再朝他头上给我狠狠地砸一下，砸得越重越好，能砸多重就砸多重……"

然后就是季后充满无奈的声音："我也不知道是怎么回事。末师平日是有些放荡，但也只是嘴上说说，放荡之举倒是一件也没有。今晚真是奇怪，还当着我和女姆的面，竟然……哦，我明白了，"季后恍然大悟，"是这迎神曲，对，肯定是，刚才神曲一起，他的眼色就有点不对……"

"迎神曲还没起，他的眼神就不对……"女汩愤怒地驳斥着，"亏得我那么耐心地跟他讲来讲去，结果他……我到底做了什么？居然会让他会错意……"

陆离俞听到这里，才明白刚才发生的一切到底是怎么回事。

他羞愧得连眼也不敢睁了，他真害怕睁眼之后，看到女汩的那张脸，估计那张脸上的表情已经出离愤怒，至于出离到了哪种程度，他连想也不敢想。

这时，他听到季后忍住笑的劝慰声："长宫，请谅解末师，末师毕竟非我瀛图之人，也是第一次听到祭神神乐，难免心神失持……"然后是女姆帮着劝解的声音。

女汩大概被劝解急了，扔下一句狠话："你们爱怎么办随便，反正今夜之后，我再也不想看到此人。"

接着传来一个人下楼的声音。

陆离俞心想：女汩大概是气跑了。然后，他听到女姆和季后低声商讨的声音，接着又传来一个人下楼的声音，大概是女姆追了下去。现在大概只剩下季后了。

他这时才睁开眼睛，迎接他的是季后一张坏笑的脸，这张脸正对着他。

陆离俞慢腾腾地站起来，摸了摸脑后，然后对季后说："刚才砸我的是你？"

季后笑而不言。

陆离俞点点头，走到窗口，靠着窗口，然后头也不回地对季后说："你也下去吧，那两个女孩子得有人照顾。我一个人呆在这里就好了。"

"那……"季后还有些犹豫。

陆离俞苦笑一声："不用担心我。我又没什么初夜之类的东西。我也不知道今晚是怎么回事，明日，或是后日，我会跟你细说。现在，你就让我站在这里吧……下面的人太杂了，你再晚一会儿，会发生什么真不知道。"

季后想了一下，说道："也好。你在这儿等着，等到事情过了长宫气消了，我再来找你。"

陆离俞的回答是头也不回地朝后挥了挥手。

五

　　陆离俞站在窗口，朝下面看着，脑子里一片空白，也不知道自己该想什么，不管想什么……不管他想到多远，所有的想法最后都会转向，变成自责的一把利刃，最后，脑子里纠结着的只有一个困惑：我有这么冲动吗？怎么会做出这种事？

下面的仪式大概已经到了高潮。一盏盏青灯飘浮在神庙上空，大概这些密都女进入之后，不知道用了什么法力，手中所持的那些青灯都飘浮到了半空，看起来像是正在缓缓下沉的星空。

陆离俞的目光被这些青灯吸引，他想，这些青灯留在半空，是几个意思？

在青灯的照耀之下，隐约能看见神庙广殿之旁紧闭的房门。陆离俞心想，紧闭的房门之内，大概就是这些正在等待初夜仪式的女子了。

他正想着，身后突然传来一阵上楼的脚步声。开始他以为是季后回来找他，但是一听脚步声的纷乱和丛杂，好像不止一个人。他想，难道是三个人都回来了？那可惨了，现在的女泪，估计怒气还没消，我还真不知道怎么去面对，先躲起来吧。

他看了一下，侧边暗处有个空着的神龛，原来大概是竖什么神像的，现在不知怎么空了，刚好可以进去避一下。

他闪身避入神龛。神龛的位置刚好，既可以将他遮蔽，也可以看到来人是谁。

一个人影在楼道口出现了。躲在神龛里的陆离俞看得清清楚楚，但是根本不认识，接着另外又出现了两个人，陆离俞还是从没见过。这三个人看来也是比较木然的人，一点也没意识到神龛里已经藏了一个人。他们走到陆离俞刚才靠着的那个窗口，朝下看着，一边看，一边随意地议论起来。陆离俞躲在一边，听得清清楚楚。

"青灯又熄了一盏。"其中一个人说道，声调世俗卑伧。陆离俞听到这声调，脑子里估计此人说的时候，应该是说上一句就会咽口口水。不知这盏青灯有什么意味，能让此人如此作态。

"世间至此，又少了一个清白女子了。你刚来，"另外一个人接着说道，看来是对第三个人说的，"每一盏青灯，都代表了一个处子之身。青灯一灭，就意味着初夜已毕。等到所有的青灯都灭了，今夜的祈神仪式也就结束了。初夜已毕的密都女子就会乘着驾鸟离开，前往鹭民国了。"

陆离俞听到这里，伸出头来，看了看三个人的长相。跟他从抓嫖新闻图片里看到的龟公没什么区别，一个个的模样都是丑怪莫名。他想别听了，出去打个招呼就下楼。但又觉得多事，反正现在下去也不知道该去哪里，季后几个人去了哪里也不知道，还是留在这里，等着季后上来找自己。

这三个人看来也不是良善之辈，要是待会儿发现了自己，那就麻烦了。他朝神龛里看了一下，看看有没有什么可以防身的东西。结果看到了半截石棍。大概当初龛里有一尊神像，神像是手持石棍的。现在神像毁了，只留下一根石棍。他悄悄地捡起这根石棍，紧紧地握住。要是被这几个发现了来寻事，就用这根石棍来对付了。

那几个人还在继续聊着，大概目光都注视着那些青灯，开始相互报起数来："又灭了一盏，动作真快啊。""还剩十七盏……"之类。

数着数着，那个新来的好奇地问："这些与密都女子欢夜的都是河神的化身？"

其中一个人扑哧一笑，说道："怎么可能？不过是我河藏帝的贵戚王族之类，假装成河神而已。有时候，我河藏帝也会亲自上阵玩玩。现任的女祭，就是我河藏先帝化身军人，得其初夜，然后设为女祭，以后，偶尔还会乘夜拜访一下。没想到，他老人家炼升之后，两个儿子就为这个女祭兵戈相见，现在还没有停息之状。"

另一个人说道："我听人说，河藏先帝之死，完全是因为须蒙统领……"

话还没说完，就被另一个人厉声喝止。

陆离俞听得稀里糊涂，只能自己瞎猜，这几个人讲的大概是说些什么。须蒙那次倒是见过，他没什么好感，所以也不明白须蒙为什么会为了一个女祭就与自己的哥哥开战。另外，几个人的议论似乎暗示了一个事实：河藏先帝之死，是和须蒙有关。难道是须蒙杀了他的父亲，就为了一个女祭？陆离俞听到这里，有点不寒而栗。

那几个人真是很怕冷清，一直就没安静过，嘴巴唧唧呱呱始终扯个不停。陆离俞听得有点不耐烦了，想要跳出去了。突然听得其中一个人吃惊的声音："哎呀，怪了，最后剩的两盏灯怎么到现在还没熄掉？"

他这一说，另外两个人大概也很吃惊，凑在一起看了起来。

过了一会儿，有人笑了起来："有一盏我不知道是怎么回事，另外一盏到现在还亮着，我可知道为什么。"

另两个人忙催着他讲。他故意卖了个关子，然后才大大咧咧地说："那个女子嘛，可是为柏高大人准备的。柏高大人大概还没到。他要从离木赶来，估计路上耽搁了，所以到现在还没到。"

柏高？陆离俞听到这个名字，一下就想起了他曾看到的一幕：一个女子在柏高的脚边，变成了一只青狐。当时，他就对这个人充满了厌恶，现在听到这里，不由得暗自替那个即将失去初夜的女子哀叹：那个毁掉她的初夜的男人，竟会是这样的一个人。

接下来听到的让他差一点崩溃。

另外一个人赶忙问："柏高大人？他看上了谁？那个等在屋子里的女子是谁？"

还是刚才那个人，慢慢地说道："说出来你们也不信，那个女子可是我瀛图之地倾国之人，据说玄溟攻打雨师妾就是为了得到此人。你们明白了吧，这人就是雨师妾的长宫，据说叫女汨……"

他话音未落，一条黑影突然从神龛边蹿了出来，手里抢着一根不知从哪里弄来的石棍，朝着他一头砸来。这个说话的人猝不及防，一下就被击倒在地。另外两个人见状已经呆住了，还来不及开口，那个人已经抢着石棍冲了过来，两个人一下就醒了，拔腿就朝楼下跑去。

那个抢棍子的人正是陆离俞。听到雨师妾这个名字的时候，他就一愣。幸亏身边有根石棍，他把石棍握紧。等到女汨的名字一出口，他再也等不住了，立刻冲了出来，一根就砸倒了那个说话的人。回身一看，另外那两个人已经跑了。

陆离俞没心思再追了，赶快跑到窗口，朝下面一看，果然正如这几个市井之徒刚才说的那样，偌大的黑夜里，现在只剩下两盏清冷的孤灯了，其中一盏就是女汨了？女汨怎么会进到里面去的？两盏之中，哪一盏才是女汨？

陆离俞正在焦虑，听到了有人哎哟叫痛的声音。他回头一看，就是刚才那个被他砸到的市井之徒，现在大概醒了，还没来得及跑路。

陆离俞赶快冲了过去，用石棍逼住他，厉声问道："你刚才说的，是不是真的？"

"说什么？我刚才说什么了？"那人一脸惧怕地说。

"我问你女汨长宫的事。你怎么知道她会在一间屋子里等柏高？她不是被你河藏帝内定为帝后吗？"

"那只是个幌子。"那人急急忙忙地说，"真正想要女汨的是柏高。河藏帝没了柏高，连地位也保不住，怎么会舍不得一个女子？"

"女汨怎么会进那个屋子的，她又不是密都女？"陆离俞急忙问。

"我听说，是我鸷民国的七圣母在暗中相助，才将女汨诱入神庙。"

"七圣母？"陆离俞的脑子里一下子想起了七个织衣的老妇，还有一件特意为女汨织成的一件密都女衣。难道是那件女衣？

他现在想起了刚才那阵发生在自己身上的冲动，按季后的说法，是因为神曲的缘故。现在看来季后错了。他会有那样的冲动，真正的原因是那件女衣。

他不敢多想，现在只有一个念头：赶快下楼去找到女汨。下楼之前，他抢起一棍，把那个市井之徒又砸倒在地，差一点连脑浆都砸出来了。市井之徒很配合，闷声一响，就倒了下来。

陆离俞带着石棍冲下楼梯，脑子里都是疑问：女汨下楼的时候，季后和女妁不是跟着吗？这两个人难道会听任女汨走进神庙？还有走进神庙的女子都有一盏青灯，女汨要进神庙，能从哪里搞到一盏青灯？谁给她的？

等他被这些疑虑纠结得快要窒息的时候，他已经冲到了神庙之前。

神庙之前，密集的人群已经散去。陆离俞孤零零地对着那扇紧闭的神庙门。他一点也不犹豫，冲到神庙门前，抢起棍子就砸。没想到一砸砸了个空，棍子还没砸上去，门就无声地开了。用力过猛的陆离俞连棍带人一头栽进了神庙里面。

他赶忙爬起身，急急忙忙地上下打量起来。神庙广庭上空，的确飘浮着最后两盏青灯，远处隐隐约约还能听到驾鸟离去的鸣叫声音。广庭两侧，原来两排紧闭的门，现在大多一一大开，只有两扇还紧闭着。

一阵夜风吹过，陆离俞这才发现自己面对一个难题：这两扇门，哪一个里面会是女泪？他想了一下，觉得事情并不难办。只有两扇门，一扇扇敲开就是了，敲不开就砸开，手上不是有根石棍吗？运气好的话，砸一次就能见到女泪。运气差，也就是多砸一次。

想到这里，他赶快去了离自己最近的那扇门。一到门口，手中的石棍也准备好了，正准备抡起，门又无声地开了，黑暗的房间里传来一声幽怨惆怅的少女的声音："你总算来了……"

"长宫？是你吗？"陆离俞急忙开口问道。

还没来得及再问一句，一个女人的身影就在黑暗里走了过来。

他还没来得及开口，手就被女人抓住了，耳边是女子幽幽的声音："进来，随着我，进来……"

陆离俞神思恍惚起来，全身只有追随的力气，任由女人将他带到了黑暗温馨的房间里面。

随着他的身影没入黑暗之中，门在他的身后轻轻地紧紧地合上。

广庭之上，还是那两盏飘浮的青灯，它们的灯焰在夜风中颤动。不知道过了多久，其中一盏像被夜风劲吹一样，突然熄掉了。只剩下唯一的一盏还在轻轻地摇曳……

那盏灯的摇曳看来也持续不了多久，因为神庙的门又无声地开启，一个人走了进来。

此人正是柏高。他看了看那盏灯，判断了一下那盏灯指向的门的位置，然后就朝着另外一扇紧闭的门走去……

六

女泪差点被陆离俞扑了上来，内心一阵激愤，转头就冲下了楼梯。

一路上都在愤愤不平，她身为长宫，还没落魄到这个地步吧，随便什么男人都敢朝着自己扑来。要不是季后警觉，说不定真让这个叫离俞的末师得了逞……后来她又恨起自己来了，心想：陆离俞之所以如此胆大，还是因为自己太主动了，上次为了查看有没有人跟踪，主动地挽起了这个人的手。估计他那时脑子就开始乱想了，胆子也真大，竟然当着季后和女姆的面就敢胡来。

想到这里，又埋怨起季后来了：刚才叫他再砸陆离俞一下，为什么不动手？……

想到这里，女泪站住了脚，打算转身冲着跟在后面的季后叫一声："季后，刚才你为什么不动手？"

她一直以为季后和女姁就跟在身后。刚才冲下楼的时候，她听到了跟在身后的两个人的脚步声。

等转身之后，她却愣得说不出话来。她的后面，只是一条空无一人的石路。她以为跟在身后的两个人，连个影子都看不到……

女泪诧异地看着前面，前面的石路没入黑夜之中。

这是怎么回事？她想，难道这两个人根本就没跟在自己的身后？还是跟了一半之后，就放下她不管，自顾自地走了？不可能啊！这两个人都不是这样的人。

她看了看四周，想看看自己到底到了什么地方，结果吃惊地发现，这个地方，她好像从来没有来过。自从进入这个空城以来，他们几个人几乎逛遍了整个空城。空城本来就不大，几天下来，几乎没有一个她不熟悉的角落。这个陌生的地方是怎么转出来的？

女泪现在有点心慌了。自从离开苍梧以后，像这样孤身一人处在一个地方的，她还真是第一次遇到，平常至少也有女姁。她努力安慰自己：不要害怕，先在这里等等……说不定刚才是自己走得太快，女姁和季后都没跟上，现在正在加快脚步朝自己这里赶。

她抱着这样的念头等了一会儿，很快就失望了，她前后打量了好几次，都看不到一点有人追上来的样子。

女姁心想：那就算了吧，还是想办法找找回到自己住处的路吧。女姁和季后如果找不到自己，这时应该也会想到，唯一的办法就是回到自己的住处。

女姁想到这里，抬头看了看夜空，她记得自己的住处是在北方，可以靠着星辰辨别一下。这样辨别了一会儿之后，她终于下定了决心，朝着一个方向迈开了步子。

开始的一段路还算好走。夜光朦胧，可以看清下脚的地方。走了一段之后，她发现自己的眼前越来越黑，最后简直到了伸手不见五指的地步。

这个时候，女泪只好停住脚步，跟个瞎子一样，伸出手去四处摸索，大概想摸出一条路来。这么动了几下之后，她才丧气地放下手，心想：没用，得有盏灯才行。

好像是个神奇的念头，她这样一想，眼前不远的地方，一片黑暗之中，果然有一个灯焰出现。灯焰慢慢移近。应该是有人手持一盏灯，正在朝自己这里走来。

女泪握紧了身上的短铗，屏住呼吸盯着那盏灯焰的移动，心想：如果持灯的人是个凶险之人，那就二话不说，一刃刺去。

等到那盏灯焰移到几步开外的地方，她终于看清了持灯的人，紧张的心情一下就松弛下来了。

"老母，是你啊？"女泪笑着打了个招呼。

持灯的人一直在低头看路，听到招呼，才抬起头来，果然是织布的老妇。

老妇看到女泪也是一脸惊喜："少艾，原来是你，你怎么也在这里？其他人呢？"老妇说着，还拿起灯朝女泪的周围照了照。

"我们走散了，"女泪大方地说，"现在正一个人打算回去，就是不知道自己到了哪里，接下来该怎么走。"

老妇一听，马上一副热心帮忙的样子，四下指了指："那里，朝那儿走，就能到你们住的地方。"

女泪道了谢，有句话犹豫着不知道该不该说出口：没灯照着，四处估计又会是一片漆黑。

老妇指路完毕，顺手就把那盏灯递到女泪手里："这盏灯，你拿着照路吧？"

女泪感动得不知该说什么好了。

老妇倒是一点都不放在心上，说道："别担心我，我在这里住了这么多年，闭着眼都能走到家。这盏青灯，明天你记得还我就行了。不还也没关系，就跟你身上这件衣服一样。"

女泪这才想起，自己身上这件衣服也是未经许可就拿走的，不禁一阵脸红。正想说些什么，老妇摆了摆手就走了，几步路之后，就消失在黑暗里。

女泪手持这盏青灯，准备开步走的时候，才发现自己犯了一个错误：让老妇消失得太早了。刚才应该留住她，让她带着自己走回自己的住处。现在的她，虽然手里有盏青灯，但是青灯的光焰实在太弱，只能勉强照出她脚下的地面，几步之外，还是黑漆漆的。

她没有办法，只能因陋就简，手持青灯，慢慢地沿着照出来的地面向前小心地移动。每移动几步，她就举起青灯，四处照耀一下，看看能不能照出一些熟悉的痕迹，好让她能找到回住处的方向。

这样不知道过了多久，她才奇怪她的周围怎么会这么黑。自从进了这座神祠之城以后，她和季后、女婳当然还有陆离俞，也曾经在夜里出游过几次，从来没有体验过这样密不透风的黑暗。

她清楚地记得，离开刚才那个地方的时候，以神庙密集的灯光为中心，四周也有寥落的灯火，即使走出神庙周围很远，也不会有黑暗到如同陈铁的地步。这是怎么回事？她想不明白。

好在她并不是一个胆怯的女子，即使遇到这种让她费解的事，她也不会慌张，只是会更加小心。

这样走了一段时间之后，一个熟悉的痕迹终于出现在青灯微弱的灯焰之中。那是立在他们住处门口的一块兽石，即是用整块石头雕成的一头怪兽。这头怪兽的名字，据陆离俞说，叫作帝江。

关于帝江，《山海经》上有记载："其状如黄囊，赤如丹火，六足四翼，浑敦无面目，是识歌舞。"歌舞总是神庙之中的必备项目。大概就是由于是识歌舞这个特性，在这座神祠之城里才会有它的雕像，其中一块就在他们住所的门口，那上面有一处断裂的痕迹。

当这块断裂的痕迹出现在青灯的弱焰之中，女泪松了一口气，因为这表明，她终于走回了自己的住处。

她推开门，门里同样很黑。

平常点火之类的事情都是季后来做。季后有厌火国传授的生火之术，空中取火乃是家常便饭。现在季后不在，真是苦了长宫女泪了。她什么时候做过这些事情？她满屋子搜寻了一遍，都没找到什么可以生火的东西，就是手中的这盏青灯，还勉强能够照亮。

她丧气地想：算了，就用这盏青灯伴着自己，等着季后他们回来吧。

她把那盏青灯放在桌上，靠着桌子坐下，打算像个温婉的女子一样，盯着这盏青灯，想一些亡国少女该想的心事。就在她盯着青灯的灯焰的时候，不知从哪个屋角突然卷起一阵夜风，微弱的灯焰扑腾了几下，她还来不及伸手去护住，灯焰就灭了。整个屋子又彻底黑了下来。

女泪有点慌了，伸手去摸索青灯的位置。好像只要摸到青灯，青灯就会自动地燃起。慌里慌张地摸了个遍，连那盏青灯的边都没摸到。青灯好像毫无痕迹地完全融入到了黑暗里面一样。

女泪收回手，气得想骂人：今晚真是邪了，遇上的都是些什么事。陆离俞那副猴急的模样提醒了她，她摸了摸身上随身的那把短铗，心想，今晚就睁眼坐着吧，一直坐到季后他们回来。

这时，寂静的黑暗中出现了一种奇怪的声音，此起彼伏，不知来自哪里。女泪未经人事，自然听不懂这声音里的意味，但是好像又明白一点。就是这明白的一点，把她激得烦乱不安。她想：真是邪得可以，这种声音，以前从来就没有听到过，今晚是怎么回事？

事情正在慢慢地发生变化。在此起彼伏的怪音当中，女泪竟由心境烦乱，变成口干舌燥，她觉得浑身都在出汗，汗水正在顺着脸颊流下来。随着汗水的流淌，她浑身颤抖起来，好像刚刚染上重症一样。她哆哆嗦嗦地在身上摸索着，想要找到什么东西擦擦脸上。摸来摸去，总算摸出了一件东西。她想起来了：这件东西，就是陆离俞还给她的那张帛图，也就是漪渺女使送给她的那张帛图……

正在这时，紧闭的门突然开了，一个人影出现在黑暗之中。随着这个人的出现，刚才还密不透风的黑暗，慢慢地清晰起来。那个人影慢慢地朝着她走来，好像还在习惯房间里的黑暗一样。

女汩站起身来。她不仅不害怕这个到来的人，反而充满了期待，朝着移来的人影伸出手去。她听到自己的声音，那是连她自己都感到陌生的，充满了难言的诱惑和屈从的声音："你来了……"

攥着帛图的手慢慢松开，那张帛图慢慢地飘落……飘到了来人的脚边。

来人前进的脚步停住了。这么黑的地方，他竟能看到一张微弱的帛图，真是不可思议。他弯下腰，捡起了那张帛图，好像穿透黑暗一样，细心地查看起来了。

这时的女汩，眼神迷离，仿佛已经困乏到了极致一样，慢慢地瘫倒在地。倒地之前，她的一只手还是伸着，带着源自身体内部的乞求，乞求着来人能将它轻轻地握住……

她唯一清醒的意识，只剩下一个疑问：来者是谁？会不会是季后？……她一点也不觉得这个念头是对女娲的冒犯，因为在她所认识的男子中，季后似乎是唯一能在这样的时刻给予完全信任的一个……

七

季后和女娲跟在怒气冲冲的女汩身后。

两个人对看了一眼，女汩怒气十足的背影让两人有种默契。这样的时刻，最好还是不近不远地跟着，等到前面那个怒气十足的背影有了平静的态势，两人再加快脚步，走上前去。带着这样的想法，两人就不紧不慢地跟着。

过了一段时间之后，女汩的身影竟然离他们越来越远。他们怕丢掉，开始加快脚步。可不管他们怎么加快脚步，女汩的身影却始终越来越远。直到这时，两人才意识到事情有点不对劲。

"怎么回事？"发问的是季后。他费力地朝前张望，女汩这时的身影已经彻底消失了："长宫今天怎么会走得这么快？"

女娲没有回答。她停下脚步，目光盯着脚下的地面。片刻之后，她抬起头来，往日天真无邪的神情没有了，只有带着洞彻的明净："引地术。"

"什么？"季后一脸迷惑地看着女娲，既迷惑于"引地术"这个名词，同时也迷惑于女娲的神情，他从来没有见过。

女娲的回答是一把抓住季后的手："不好，有人正在作法，要害长宫。"

"作法？这是怎么回事？"季后慌乱起来。

女娲倒是益发冷静。她站在原地，朝四周看了看，季后也随着她朝四周看着。他真看不出什么异样，女娲的目光却越来越坚定，坚定到让季后都有点畏惧。女娲突然用手指着西方的某个地方，说道："作法的人，就在那里。我们快去，再晚一会儿，长宫定有不测。"说完，也不等季后反应，女娲拔腿就朝西方的那条路奔去。季后来不及问了，赶快跟了上去。

行不了多久，他们来到一座孤零零的房子前面。这座房子看起来好像整石雕成，上下平直如尺，周遭密不透风。

女娲走到跟前，停住脚步。

季后一想到长宫女汨有可能遇难，心里发急，脚步就停不住。他心想：图谋要害长宫的人应该就在这房子里面，快点找到门闯进去。结果，绕了一圈，这栋像巨石一样的房子竟然连个缝都没有。他跑了一圈，最后一脸焦急地回到了出发的地方。

女娲没有像往常一样，跟着他瞎跑，还是站在原地。等到他一脸茫然焦急地回到自己这里的时候，她才笑着问他："找到进去的门了？"

季后摇了摇头，急得连羞愧都来不及，连声问："怎么办？怎么办？"他也是慌不择人了，求援的目光竟然投向了女娲。他吃惊地看到，刚才还两手空空的女娲，现在手里多了一样东西：一块石头。

女娲把石头递给他，说道："拿着，放到地上。"

季后来不及多想了，接过石头放在地上。

女娲随后示意他退开几步，让出一个空间。

季后现在只剩下听招呼的份儿。他脑子里只想着怎么赶快解救女汨，一点也没有去想此刻的女娲和曾经的女娲是多么的不同。

女娲伸手从自己的发髻上拔出一根发钗一样的东西，随手一挥，那个东西立刻大如一根合手的权杖。

季后看着这东西，觉得怎么那么眼熟。眼前发生的一切让他来不及多想。

只见女娲只手持杖，杖尖直指那块石头，然后以身体为轴，就地旋转起来。衣袂随之飘舞如雪，看得季后目眩神迷。

女娲旋舞之下，地上那块石头开始变大，而且开始变形。女娲旋舞加快，这块石头很快变得和身边的这座房子一模一样，只是体量还小了一点。女娲迅疾地收住脚步，身体却没收住，"哎哟"一声，一个趔趄，差点跌倒。季后赶快上去扶住了她。女娲顺势靠在季后身上，伸手拍了拍自己的头。

"转得太快了，头都有点晕了，差点收不住脚。"女娲叹息了一声。

"这是……？"季后这才来得及从刚才的惊诧里挣脱出来，问了一句。

"器术啊，"女娲笑着说，"你不是跟我讲过的吗？幻器为具……"她离开季后，重新站直了身体，然后对着季后挥了挥权杖："事情还没完呢。你再让开点，面对着那里，"她的权杖指着旁边的那块巨石一样的房屋，"待会儿，你的面前会开一道一个大小容纳身体的口子。口子一开，你立刻冲进去。我估计施法的人现在已经到了最关键的环节，再不进去就晚了。"

季后点点头，转过身去，朝前走了几步，面对着那座石头一样的房子。他脑子里现在想的是女娲手上的那根权杖，怎么这么眼熟？这时他想到了：这根

311

权杖就是当初他第一次遇到离俞末师的时候，离俞末师拿在手上挠痒的权杖。据离俞末师讲，这是他刚刚来到瀛图的时候，身体捆绑在上面的一根石杖……后来，在前往雨师的途中，这根权杖突然在一个夜晚消失了……后来见到它的时候，它是一根发钗，来自一个叫女盼的人。这个女人后来死了，死的时候，女姁就在她的身边……

他的脑子里飞快转着，纷乱思绪，片刻麇集……

还没等他想出个头绪，只听到身后的女姁厉叱一声："开！"

随着叱声，季后的面前，刚才还密不透风的石壁，现在开了一个大大的口子。季后来不及多想，顺着口子就冲了进去。刚一进到里面，只觉得里面透彻通明，别有洞天。还来不及搞清里面到底有些什么，就觉得一件利器朝着自己的要害直刺而来。

季后身法一向灵动，一路下来，又是多次历练，现在异术之门，虽然还未见长，但是技击之门已到万人之上，这点突袭还是不在话下。

他闪身一避，看着一把闪着寒铁冷光的铗器顺着自己的眼睫刺过。他伸出一只手指，在铗背上一弹，长铗随之震动起来。持铗的人"哎哟"一声，被长铗的震势震得连连后退，连收脚的力气都没有，"扑通"一声，跌坐在几步之外。

"几天不见，黔荼，现在的你已经不是这个鬼方门子的对手了。"洞府里传出这样一个声音。

季后站稳身子，放眼一看，这才看清里面的景象。屋子正中，坐着一个玄袍罩顶的人。他盘腿坐着，眼神直盯着摆放在他眼前的一个沙盘样的东西。

季后一眼看去，竟然看清了沙盘的形状。沙盘的形状，就是这座密都的形状。

虽然季后还不清楚这个玄袍罩顶的术士是怎么摆弄这个沙盘的，但是很显然，女姁所说的要想谋害女汩的人应该是他。他又看了一眼被自己一弹就击倒在地的那个人，吃惊地发现，这个人竟然是黔荼！

黔荼的样子好像老了更多。黔荼以前的脸虽然劲瘦，但是有股肃杀之气，所以看上去桀骜阴厉。现在的黔荼，阴厉全无，只剩下苍老憔悴。他被弹在地上，就像一团揉皱之后扔到一边的纸团一样。

季后一脸惊奇地看着。黔荼抬起头来，迎着他的目光，一脸的悲凉。

"你大概在想：现在的黔荼，为什么一击就倒吗？"那个坐在沙盘面前的人站起身来，转身看着季后。他的全身都遮在玄色袍服里面，只露出一对冷光逼人的眼睛。季后迎着这对眼睛，只觉得全身寒气逼人，好像只要再被对方看上一眼，他就会自持不住，瘫倒在地。他想起来了：这个人，就是他和女姁见到的黔荼三人中，最为神秘的玄色长袍。

"因为你卸掉了他的气御之术。"季后身后传来一个声音。是女姁的声音。

随着声音，她走到季后的身前，遮住了季后。她的手里拿着那根权杖。但是她的身高不及季后，所以季后还是逃不开对方的眼神。

那个玄袍人仔细看了看女妁，点点头，说道："的确，我卸掉了他的气御之术。现在的黔茶，只有防身之术。还要看他的运气，希望遇到的不是我异术之人。像这位门人，现在要是高兴，只要轻移几步，就能取他性命。"他指了指黔茶，然后对季后说："你可以试一试。"

季后好像完全听命那双眼神一样，他的话音刚落，就要举步。

女妁伸手就把他抓住，然后摁了一下，这才松开。女妁笑着说："地炼门的事情，用不着外人插手。地炼宗师想要除掉门子，为何不自己动手？"

地炼宗师？季后心想：难道这个玄色长袍是地炼宗师？

"我不会屈尊去做这种事情。"黑袍里的声音说，"本来想着给黔茶的门下一个机会，亲手杀掉自己的门师。后来才想起，这个人根本就没收过门子。大概他自己就做过这事，亲手杀死自己的门师，所以再也不敢收授门子。这就无可奈何了，只能留着他的这条残命，看看谁有兴趣。"

女妁摇了摇头："我没有，我身后的这个人也没有。"

玄袍人点点头："那好，机会只给一次。你们不要，我就只能转给黔茶了。黔茶，你过来。"

黔茶从地上艰难地站起身来，低头走到玄袍人面前，低头跪下。玄袍人伸出一只手来，从地上抓起一把土，从黔茶的头顶撒下。一把土撒完，玄袍人拍了拍手说道："气御之术暂时还不能传你，只能用我地炼门的土炼之术。此术上身之后，你就会有淤泥之性。对方击你，如入泥渊，你所触者，都会柔怯如泥，然后任你所为。去吧！"

黔茶转过身来，朝着女妁季后就想扑来。女妁伸出权杖，一指，说道："慢来。女妁有一事请教，请教完了，再来领教这团烂泥。"

玄袍人点了点头，说道："可以，你说吧。"

"堂堂地炼宗师，一番出手，就为替人谋取一女子的贞节。如此作为，是不是太损地炼宗师的名号？"

玄袍人眼神里看不出任何触动，只是语调平静地问："你说的这个女子，应该是雨师妾长宫女泪？我也有一事请教，我能用什么法术，毁她贞节？"

女妁用权杖一指那个沙盘："那是地炼门的引术盘。我和季后一直跟在长宫后面，越跟越远，最后竟然失去了身影。原因很简单，引术盘能将所引之路变长，直到所引之人消失。"

玄袍人点点头："是这个道理。"然后，他转头对着季后："你是不是很吃惊，你身边的这个女子怎么会知道得这么多？"

季后还没来得及开口，女妁就抢过去了："他会知道的，只是不是现在。"她回头看了一眼季后。季后开始只是吃惊，现在才真正被这个眼神所震惊，那是意欲逐渐拉开双方距离的眼神。女娲正在逐渐成为一个完全陌生的女子。这是怎么回事？他一下就蒙了。

女娲回过头去继续说："你不仅就这样让女汩长宫从我们眼前消失，还将女汩脚下的路引入到了密都神庙。她进了其中一间，还以为那是自己的房。接下来的事情就很清楚了，密都初夜的仪式，会让她产生幻觉，一个随便上门的男子都会让她失去贞操……这人会不会是你？"

"这个说法也不错。"玄袍人笑着说。虽然看不到他的笑脸，但是语调里明显透着笑意："可是，我要一个女子的贞操何用？再说，女汩长宫的贞操，岂是我一个法术就能夺走？那么多天，你跟着女汩长宫，有一件事你好像并不知道。"

玄袍人说到这里，叹了口气："女汩已经是昆仑虚女主内定的传位之人。她从昆仑女使手中得到过一张符图。有了这张符图，世间任何男子都不能近她一步。我做地炼引术，其实另有目的……目的何在，你到现在还不知道？"

那个玄袍人这时已经走到女娲身边，将一身玄袍慢慢揭开，露出了一张中年男子的脸。这张脸上有着深刻的长久修炼的痕迹，此刻正笑吟吟地看着女娲，还拉起了女娲的一只手，柔声说道：我真正的目的只有一个，你离开我太久了，不用地炼引术，你不会主动找上我的。"

中年男子一露出真容，女娲立刻就是一脸呆相，樱唇微张，杏眼发直。等到中年男子抓住她的手的时候，她还是如此这般，呆呆地站着。中年男子见状，伸出手去，轻轻捏了捏女娲的脸庞。

旁边的季后看到这里，怒火顿起。他还以为这是个地炼术士现在趁机轻薄女娲。是可忍乎？他抓起身上的长铗，就打算冲过去。还没移动一步，就觉得有股厉气缠住了自己。他举步不得，只能原地挣扎。

中年男子转头看着挣扎的季后，笑道："这人真是放肆……"他松开女娲的手，转身就想朝季后走去。

女娲这时清醒过来了，一把抓住了他，说道："慢！我会跟你回去。你……放过此人？"说到这里，她脸上的神色已经是一脸哀求。

中年男子摇了摇头："恐怕不行！这人好像是招摇方的门子。他门师一向低能，现在好像什么都没教会他，我放他何用？"说着，又要走过去。

女娲拼死又拉住了他，急忙说道："你不能杀他！"

"为什么？"中年男子有点好奇了。

女娲急忙说："大宗师太子长琴的法衣何在，你不是一直想知道吗？"然后一指季后："答案就在他身上。"她这样一说，中年男子停下了脚步，上上下下打量起正在挣扎的季后。

季后只觉得那股厉气已经快让自己窒息了，他就要连挣扎的力气都没有了。

中年男子点点头："如果真似你说的，那还真不能除掉他。这样吧，"他转身对女娲说，"你现在跟我回去，这个人也一起带走。不过，他这样可不行……得想个办法，能安安静静地带走他的方法。"说到这里，他看着女娲，笑道："你去做这件事吧。你陪了他这么久，我想知道你们的感情到底有多深。"

"也没多深。"女娲现在的神色已经恢复了平静。

她手持权杖，走到季后身前。那股纠结在季后身上的厉气一下就消失了。

季后喘了口气，愣愣地看着站在眼前的女娲，这是一个完全陌生的女娲。

"季后，"女娲说，"现在我要用这根权杖砸你一下，砸得很重。你会昏倒，也会醒来。等你醒来，你会再次看到我，那时候，你一定要记得一件事：我已经不在你身边了。"

季后还来不及回味这句话的含义，女娲就举起权杖，狠狠地砸了下去。季后立刻倒在地上。

中年男子走了过去，查看了一下，点点头，说道："这样就行了。我们走吧。至于那个人，"他指了一下蜷缩在屋角的黔荼，"一个时辰之后，他就会化为一摊烂泥。说不定有人还会拾起这摊烂泥，拿去修补屋漏什么的……"说完，他就拉着女娲走了出去。

女娲临出门之前，看了一眼躺在地上的季后。

季后静静地躺着，还有一丝知觉，因为女娲并没有砸得太狠，但是这一砸，足以让他绝望到极点。

这时，刚刚纠缠他的厉气又再次出现，像一个人一样，把他轻轻地抱了起来。

意识残存的季后听到了一个熟悉的声音："季后，你还记得我吗？我是氐宿……被你亲手杀死的氐宿……你把我埋在互人之国的一所房子下面……是我的妹妹，用熏华气息将我招引出来……此后，我就一直跟着她，后来还有你们……现在，你起来，一个你一直想去的地方，我要带你去……"

第二十一章

一

女汩睁开眼睛的时候，神思还有点恍惚。她动了下身子，发现自己正躺在一张床上。她的脑子现在只有昨晚刚刚走进这座房间里的印象，还以为这就是自己住的屋子。她四下看了几眼之后，感觉有点不对，再仔细辨认了一下之后，她腾地坐起身来。这是一件完全陌生的房间。

怎么回事？我怎么会到这里？以前遇到这样的问题，她第一个想起的人就是女媧，现在也不例外。她叫了一声："女媧。"有人应了一声，女汩立刻从床上跳了下来，因为那不是女媧的声音，是一个男子的声音。她模模糊糊记得这个声音，但想不起来到底是谁。她只知道这声音既不是季后，也不是陆离俞。

"谁？谁在哪儿？"她走了几步，警戒地看着声音传出来的方向，手里握着身上的长铗。

这时，她才发现自己身上的衣袍虽然有点凌乱，但是没有脱下的痕迹。难道自己昨晚就是和衣躺了一晚？昨晚到底发生了什么？她现在能记得的，就是离开陆离俞之后，她走了一段，发现自己陷入一片黑暗之中……最后，进了自己的屋子。这中间到底发生了什么？为什么她会出现在一间陌生的房子里？……

那个应声的人出现了，是个男人。他走到女汩面前，作了一个长揖，然后问了一句："长宫，还记得我吗？我们在你帝父的宴席上见过一面。"

女汩看了几眼，终于想起来了："你是柏高？曾经作为河藏的使者出使我雨师姜？"

柏高点点头，脸上是女汩熟悉的莫测高深的表情。如果对方不开口求教的话，他就会这样一直沉默到瀛图毁灭。

看到这副表情，女汩反而安心不少。她跟柏高见过几面，并无来往。现在柏高的样子，就是和她几面之后的印象完全一致。

"这是哪里？"女汩问，"我怎么会在这里？"

"这是密都神庙里的一间屋子。至于长宫为什么会在这里，柏高也觉得好奇。"

"密都神庙的一间屋子？"女汨突然紧张起来。她知道这些屋子都是做什么用的。居然在这样的屋子里呆了一夜，那会发生什么？她的记忆似乎对此一无所知。她不敢相信自己会惨到遇上这些事。说不定真的会遇到这样的事。

她想到这里，脸色惨白，声音颤抖地问："这是一间什么样的屋子？"

柏高的声音还是很平静，一字一字，就像一次次地将女汨击倒在地一样："这是密都女河神初夜的屋子。"他的话音刚落，女汨就跌坐到了身边的一张椅子上，感觉自己再也站不起来了。她看着柏高，两眼失神，难道这样的事真的发生了，她竟然没有一点记忆。

"你怎么会在这里？"女汨突然站起来，冲向柏高。她想，要是柏高露出一点不敬的表情，她就立刻杀了他。

她还没冲到柏高面前，柏高又是长揖及地，说道："柏高受命，仪式结束之后，负责整肃神庙，以敬河神远行之迹。"

女汨掏出长铗，逼到柏高的脖子上："这么说，你是来清理现场的了，你看到了什么？"

虽然长铗逼持，但是柏高一点也不惊慌，他伸出手来，指了指："是问这间屋子？"

女汨现在连点头都觉得羞愧，只是继续逼问："快说，你看到了什么？"

柏高看着逼到脖子上的长铗，慢慢地说道："长宫当时躺在床上，我不敢靠近，只是觉得奇怪：长宫怎么会在这里？长宫当时衣着齐全，静躺在床，看上去神态安详，并无困扰。长宫如果不信，还可以去问另外一个人。"

"问谁？"女汨半信半疑，但是语气已经放缓了不少。

柏高伸出手，轻轻往外推了推长铗："有请长宫轻移宝铗，容柏高有一揖身之地。提到这个名字的时候，这是必需的礼节。"

女汨听到这里，已经明白了柏高所说的这个人可能是谁。她脸色微微发红，收起了长铗，点点头："你说吧。"

柏高作了个长揖："我河藏大帝师元图。大帝仰慕长宫，弥久不减。今日偶遇，惊喜莫名，特命柏高留守。大帝在神庙正殿恭候，祈请长宫缓移尊步，前往相见。"

"那好，你带路吧。"女汨红着脸说。

她真没想到，自己会在这样的情况下见到师元图。她对师元图真没什么特别的好感。唯一的印象就来自很小的时候，师元图随着河藏先帝来到雨师妾参加一次盟国欢宴。为了一件什么小玩意儿，她冲着师元图发了一顿脾气。那时的师元图给他的感觉，是一个闷声不语，甘受冷落的印象。这么多年不见，现在不知道会变成什么样。

她很确定的一件事是：如果不是为了复国救父，她是做梦也想不到自己会急着嫁给师元图这样的人的。自从那次偶遇须蒙以后，她甚至有了这样一个想法：为什么帝位上的人不是须蒙？至少长相喜人……

"长宫，"柏高见女汨迟迟不动步的样子，便开口了，"是不是需要准备一下？如果那样，请准许柏高暂时退下。"

"不是。"女汨赶忙说，脸红得厉害。她想，准备什么呀，还能怎么准备，"你带路吧。我现在这样，恐怕对不住你们大帝的恭候了。不过，我亡国之身，也只能这样了。还望柏高使者……"她说不下去了，心想：这是我该说的话？我什么时候说过这样的话？

柏高好像什么也没听见，只是躬身做了个有请的姿势，便低头躬身带着女汨走出屋子，走向正殿。

通往正殿的路上，女汨心里还想着一个问题：其他三个人，现在在哪里？是不是该请柏高派人找一下？后来一想：还是见过师元图再说吧。见面之时，再请师元图去把那三个人找来。她现在倒没那么讨厌陆离俞了，反倒有点担心这个人了。这人现在在哪里？

这种担心其实更像是担心自己。现在，三个人都不在身边，她真不敢想象自己一个人，怎么面对一个完全陌生的师元图。

二

正殿前的广庭上，现在布满了河藏的帝家护卫。柏高领着女汨走近的时候，所有的护卫都低下头来，大概是师元图吩咐过的。女汨心里自然一阵高兴。

这时，她听到队列的末尾有一阵动静。她回头一看，看到几个士兵正在把一个男人往地上摁，摁得很狠，头都快塞进土里了。她看不清那个被摁的人是谁。她能看到的是一个女人，跪在地上，身后是两个士兵。女子抬头看着自己，那种意味很特别，她也搞不清楚是什么含义，因为她根本不认识这个女子……

不久，他们走到了正殿前。

还未靠近，就听到里面有个女人的尖叫声。一个衣衫不整的女子惊慌失措地从正殿里跑了出来，后面跟着一个嘻嘻哈哈的青年男子。

女汨一脸愕然地站住脚步。柏高还是不动声色，做了一个避让的手势。

那个衣衫不整的女子跑出正殿，顺着台阶往下，发足狂奔。嘻嘻哈哈的青年男子追到了殿外，看到女子跑下台阶，便停下脚步，手朝外一伸。一个侍立在一侧的护卫，赶快递上一张木弓。青年男子接过木弓，手又一伸，一支箭又递了过来。青年男子于是开弓搭箭，瞄准正在发足狂奔的女子，手一松，箭离弓身，在离女子还有数步的地方落了下来。青年男子气得摔掉了木弓。

他正想说些什么，柏高赶忙凑了过去，一躬身，正准备开口。

"不用了！"女汨被刚才一幕气得发抖，一步就抢了过去，站在青年男子面前。她看柏高那么恭敬的样子，心想：这个青年男子必定是师元图无疑。见到师元图之前，她千想万想，脑子里始终离不开一个闷声冷眼的小男孩的形象，没想到长大成人后的师元图是这个样子……

青年男子吓了一跳，连连退后了几步："你是……？"

女汨还没开口，青年男子突然醒悟过来，脸色立刻热情起来："雨师妾长宫女汨，以前见过的，记得吗？"

"记得。"女汨冷冷地说，"很多事都记得，就是不知道帝有这种爱好，拿着女子的孤弱性命开心。"

"帝？孤弱女子？"青年男子一脸诧异，然后又醒悟了，哈哈一笑，"长宫把我当成帝尊了……"说到这里，他转身冲着正殿随便作了一个揖，然后指着那个奔跑的女子："孤弱女子的性命，你说的是她吗？放心，她跑累了就会回来。到时候，说不定还会拿起弓来射我呢。长宫一路辛苦，真不该让你看到这个。"

女汨听到这里，已经是一脸糊涂，心想：我到了一个什么样的鬼地方了，这里还有个正常人没有？她回头看着柏高。

柏高见怪不惊，指着青年男子说："这是随侍我河藏大帝身侧的天蒙。河藏帝有命，外人求见，必须经天蒙引见。恐怕长宫也得……"

他还没说完，天蒙就一脸热忱地打断了他："好了，别说了。"然后朝着女汨一躬身："长宫，我们先进去，帝尊在正殿里已经恭候多时。"

天蒙刚一转身，那个发足狂奔的女子这时突然停下脚步，转过身来，冲着天蒙气恼地大喊："喂，才玩了一半，你怎么不追了？"

青年男子没有回头，只是朝身后挥了挥手，然后对女汨说："这个女的，我待会儿会给你引见的，现在你只需要知道她叫什么就行了。她叫女璞，是我元图帝奶娘的女儿。"

他一边说着，一边引着女汨走进正殿。

女汨到了现在，已经没有其他的选择了，只好走一步看一步了。身边都是这样的人，她不知道接下来见到的师元图又会是什么模样。她跟着进了正殿。

正殿空阔阴森，一时看不见人在哪里。天蒙没有停步，还是带着女汨朝前走，转到正殿神座的后面。神座的后面，紧贴着神座的后墙，是一个向上的楼梯，楼梯直达神座的顶部，那里有一间石屋。石屋的大小足以压住整个神座。

天蒙停住脚步，仰头看着那个神座顶上的石屋，笑着对女汨说："这个石屋是我河藏帝即位之后下令修建的。他的意思是自出生以来，他一直遵从父命，总是跪在神像前面。现在，河藏至高之人是他，所有的一切都得在他下面，连神位在内。所以他命人修建了那个……"天蒙指着石屋说："这样一来，我河藏帝现在就能把神座踩在脚下了。不到仪式结束，他是不会离开那个地方的。我们要见他，也得上去。"

说完，他微微一躬身，然后带头踏上接近垂直的楼梯。女汩跟在后面，上了楼梯，心情就跟这个陡峭如尺的楼梯一样，随时都有跌落到底的可能。天蒙爬到楼梯顶上，然后回身，伸出手来，把女汩拉了上去。

天蒙将女汩引到门口。站在门口，她看清了里面。

一个清瘦的男子，长袍及地，背对着门，站在一个外开的窗前。天蒙请女汩在门口稍等，然后轻手轻脚地走到那个身影后面。在几步路之外，开始低声禀告起来。他的这副样子，让女汩暗暗吃惊，尤其是和刚才狂荡的样子相比，好像不论什么人，到了这个男子周边，就会如同进入禁区一样，收敛身心，不敢妄为。她现在好奇了：这个青年男子，很显然就是师元图，他到底是个什么样的人？

师元图转过身来，朝着女汩缓步走了过来。

女汩突然紧张起来，她想起那个幼年的男孩的形象，以此来放松心情。

师元图这时已经到了她眼前。他的模样和少年时期相比，好像没有太大的改变，如果有所改变的话，也就是说话神情显得更内敛了。

"女汩长宫，"师元图缓缓开口，"我一直在等你，只是没想过我们会在这里见面。"

女汩被他的从容给弄蒙住了，一时之间竟忘了如何回话。此时的师元图和彼时的师元图，是否是一人？

师元图接着说："我一直以为，会在这里和我见面的是另外一人。"他轻声一笑，简直有领袖群伦的优雅，他回头看着天蒙："那人怎么样，现在来了吗？"

天蒙点点头，还没来得及详道其情，屋外传来有人急急登上楼梯的声音。片刻之后，一个女子在屋门口出现了。女汩一看，正是刚才那个与天蒙嬉闹的女子。她记得天蒙说过，这个女子叫女璞。但她此刻全身上下都无一丝亵慢，跟初见之时完全判若两人。

女汩此刻真是惊愕了：因为根本没有想到师元图的帝王气度是如此充沛完足，几乎到了能令人荡逸肃杀的地步。

"须蒙来了？"师元图问。

女璞大概来得太急了，现在只能喘气，剩下的力气只能点点头。

师元图点点头，说道："我还以为他会早来，没想到等到了这个时候。不知道这次能不能捉住他。女璞，你先引长宫去个安静的地方。"

女璞点点头，冲女汩一招手。女汩一点被冒犯的感觉都没有了，顺从地跟了过去。要在往常，她会冒火的：你谁呀？敢这样冲我随便招手。我长宫唉，你谁呀？她唯一能做出的表示，就是回头看了一眼师元图，眼神的含义是：你

320

能不能给我解释一下，你怎么会是今天的样子？

师元图好像明白了女汩这一眼的含义，笑着点点头："长宫先在那里呆上一会儿，等我擒住须蒙之后，再来与你叙谈。"

女璞领着女汩下了楼梯，转到殿后，从后门的一条小道走到一个僻静的院子。

院子里有一间精巧的屋子。女璞推开屋门，里面背身坐着一个女子。

女璞做了个往里请的手势，然后就出去了。

女汩在屋子里站了一会儿之后，那个女子才慢慢地转过身来。女子身材高挑，娴雅清奇，让女汩一见，即有出离尘世之感。

女子朝女汩微微躬身，然后含笑问道："尊驾可是雨师妾长宫？"

女汩点点头。

那个女子接着问："知道我是谁吗？"

女汩心想，还能有谁？她点点头，说道："知道，你是河藏的女祭。"说完，她勉强地一笑，心想：但愿对方不会看出自己现在正在竭力克制的纷乱的思绪。

这时，女汩想起了几个一直陪在她身旁的人。如果有他们在，她应该不会纷乱到这个程度。

这几个人之中，自然包括陆离俞。她现在一点也不恨陆离俞了。

三

陆离俞闭着眼睛，躺在一张床上，一点也没有意识到自己正狼狈不堪地躺在床上。他闭着眼睛，微微一笑，也不知自己为何发笑。他觉得自己正在一个梦的末尾，而在这个梦中，他正经历着他在两个世界里都未曾经历过的一切。所以，一切都可能只是梦，只是他清醒之后就只能回味的梦。他现在就算睁开眼睛，看到的一切也是一个梦。他现在能做的，就是等着他的意识醒来。

"你怎么还在这里？"他的耳边传来一个陌生女子的声音，听起来就像一个极度失望的女子，正在催着他快点走一样。他睁开眼睛，看到一个陌生的女子坐在对面，一脸失望地看着他。

陆离俞坐起来，马上又躺下了，因为他身上连块布都没有。这可真是尴尬，幸亏还有一床被子。

女子一脸鄙夷地看着他。

"你是谁？"陆离俞问。

"这不重要。"女子说，"你做完了你做的事，就应该离开。你不离开，驾鸟就不会出现在门前，我也没法乘着驾鸟，前往嘤民。"

她这样一说，陆离俞才明白过来，昨晚经历的一切，应该不是梦，是真实发生过的一件事。他看着女子，心想：昨晚的那件事，难道是和这个女子？他不知道该怎么证实这件事。他从未经历过这样的困境，向一个陌生的女子问道：昨晚，是不是我们一起做了那件事？但是，女子失望的神色让他觉得，不问一下，实在是不太好。

"我们，昨晚是不是……?"他还在寻找一个合适的词，对方却痛痛快快地接上了，脸上竟无一点羞怯的样子："是的，昨晚，你就是那个陪我履行初夜的男人，不过，"女子笑道，这一笑很动人，陆离俞甚至觉得她很美，"你内心好像把我当成了另一个人，因为你叫了几声一个人的名字……"

"是不是叫郁鸣珂?"陆离俞问。

"不是，"女子摇了摇头，"好像是一个叫女泪的……"

陆离俞腾地从床上跳起来了，忘了自己身上什么也没穿，女泪？他昨晚经历的事到底是有多沉迷？竟会让他叫出女泪的名字。

女子倒是一脸坦荡地看着，然后摇了摇头："我问过很多人，这样的事好像很少发生。"

"什么事？我和一个女人……嘴上说出的是另一个人的名字?"陆离俞问道。他这时已经找到了自己的衣服，都像是被扔在床下。什么时候扔的怎么扔掉的，他一点也记不得了。

"这倒不是。"女子说，"我倒听人说过哟。有人会这样，一边做着，叫的却是另一个女人的名字。我说的是另外一件，事完之后，你还留在这里……"女子说到这里，脸上又是失望。

陆离俞这时已经穿好了衣服。他坐到床上，对着女子，出于一种奇怪的意念：他想记住这个女子的长相，也许今天一别，就是永别……

"你为什么这么期望着我离开呢?"陆离俞问。

"你不知道吗?"女子吃惊地说，"初夜完了之后，男子就会主动离开。离开之后，驾鸟才会进来，然后才会带着我前往骘民……"

"哦，那让你失望了。"陆离俞站起来，"不知道现在离开算不算晚?"说着，他举步就朝门边走去，门是紧闭的。他走到门边，试图拉开门。结果却吃惊地发现，门上竟然没有一个能帮他拉开门的东西，把手、锁栓之类，光秃秃的，就是两块合在一起的木板。

"门只能从外面打开。"女子说，"这样的事很少发生。一般的情况下，初夜一完，门就会从外面自动打开，然后男人会出去，驾鸟会离开……我听人说，只有一种情况，门才不会自动打开……"

"什么情况?"陆离俞又推了推门，纹丝不动。

"有人冒充……"女子说。

陆离俞笑了笑，心想：这应该是真的，我也不知道昨晚是怎么回事。他放弃了开门的努力，转身对着女子，问道："看来我是离不开了……接下来会发生什么？你听人说过吗？"

女子点点头，一副完全听命的样子。

"你说说看。"陆离俞催促道。

女人看着他，隔了很久才说："该发生的，就会发生……"

四

正在这时，外面突然传来密集的脚步声。女子听到声音，立刻站了起来，走到门口听了听，突然转身对陆离俞说："你快藏起来，床底下……快……"

"为什么？"陆离俞看到女人惶急，自己也紧张起来。

"这是来整肃神庙的士兵，发现冒充的人，就会抓走，然后就……你快躲起来……"她看陆离俞呆在原地，自己就急忙跑过来，把陆离俞往床底下推。

陆离俞虽然不知道自己被抓之后会遇到什么，但是看到女子的神色，也害怕起来。先躲着吧。

"可是，"他一边往床底下钻，一边问，"你为什么救我？"

"我想，要是你被抓了，有个女人肯定会着急……当你叫着这个女人的名字的时候，我竟然会想，要是这个名字是我的名字，该有多好……这就是我救你的理由……"说完，她把陆离俞探出床根的头猛力往里一塞。

"你叫什么名字？"陆离俞赶快问。

"女旎。记住，我叫女旎。"

陆离俞还来不及回话，门就开了。他缩在床底，听到一阵纷乱的脚步声。

一群河藏士兵大概冲了进来，围住了女旎。一个声音开始质问，看样子是个老手，一开口就直奔主题："那个男人呢？"

没有听到女旎的声音。

"搜。"那个质疑的声音立刻下了命令。有几个士兵大概动了起来，陆离俞听到了纷乱的脚步声。

一个听起来没什么经历的士兵大概闲着，问起了老手："像这样的女人，会怎么处理？"

老手扑哧一笑："这就是咱们弟兄们的福分了。待会儿，抓住那个男的，一起带走。女的以后就是我河藏军营的军用物资了。"

陆离俞听到这里，觉得自己不能再躲起来了。他从床底下爬了出来，几个人正笑嘻嘻地等着他，看样子早就知道床底下有人。陆离俞二话不说，仗着跟季后学的功夫，跟几个士兵对打起来，开始感觉还挺不错，但是几下之后，就住手了。

那个叫女旎的人，现在正被一个老兵反抱在怀里。老兵的一把短刃加在女旎的脖子上，脖子上有一道浅浅的血迹……

323

几个士兵扑上来，把陆离俞摁倒在地。

"这人会怎么样？"有人问老手。

老手低声讲了一句，几个士兵哈哈笑了起来："这人从那里出来之后，应该不再是个男人了，大哥，你是这个意思吧？"

老手的回答是哈哈狂笑。片刻之后，陆离俞还有女旎，就被一前一后地推出门外。

门外已经是一大批士兵。陆离俞和女旎被推到末尾，跪在地上，因为有人要从队列中经过。陆离俞的身后有两个河藏士兵，一人把住他的一只胳膊。他只能艰难地抬起头来，看清了从眼前走过的人：女汨！她前面走着的是柏高。

陆离俞这才想起自己来到神庙的真正目的，不就是要将女汨从柏高手中解救出来？现在柏高竟然和女汨呆在一起，难道昨晚……？

他想大声叫出来。还没出口，身边两个警觉的士兵立刻左右发力，把他的头用力一按，生生地按在地上，嘴都啃到泥了。河藏的军规很严，尤其是柏高在的时候，两个士兵真怕陆离俞一闹，倒霉的是自己，所以下手特别狠。陆离俞嘴啃泥之前，好像看到女汨回了一下头。

他拼命挣扎着，想抬起头证实一下，得到的结果，是又狠又闷的一击。

这一下，他立刻昏了过去，连自己身在何处都不知道了。

五

小李再次睁开眼睛的时候，不知道又过了多久。

他听到的还是一个女人的声音："你是叫李国盛吗？"

小李顺着声音望去，看到一个陌生女人坐在对面。他不记得自己在什么时候见过这个女人，但是女人却给他一种很面熟的感觉。女人问的这个问题，他也觉得很耳熟，好像很早以前，有人就这样问过。他不记得自己当时是怎么回答的。另一件事，他也觉得奇怪：为什么会跟自己提起李国盛这个名字？而且，女人脸上的神色似乎在暗示自己，这个名字就是自己的名字？这个名字是自己的名字吗？

他正想摇下头，耳边听到了细微的陌生的声音。他辨别了一下，发现这声音竟然来自自己身上。

他从女人那里收回目光，回到自己的身上，结果他已经陷于昏厥的意识一下清醒起来。他被硬生生地捆绑在一张躺椅上面，浑身上下都是颜色各异的电线。他想动一下头，结果发现自己的头也被固定起来，脖子上的一个圈环把他的头严实地固定在一个头套里面。

那阵死死的声音越来越密集，越来越清晰……

"你听到的声音，是你身上捆绑的电流的声音。普通的人是听不到这样的声音的，因为超出了普通人的声频范围。这很奇怪，你却能听到。"女人看着小李，耐心地说，好像在给一个愚笨的学生讲解最简单的道理一样，"人们称之为无声的状态，其实都是误解。声音是无所不在的，我们人类之所以只能听到一部分，是因为人类进化的过程中，逐渐演化出来的听觉结构。这种结构保证了人类只需要听见与他有关的各种声音，对与生存无关的声音，人类的听觉结构就会排除在外。所以，就出现了人类所说的无声状态……"

"人体生理学家在解剖了大量的人类身体之后，得出了这样一个结论，"女人继续说，"人类现今的身体里面有着大量的进化残留。这些残留表明人类早期具有一些能力。只是随着人类生存环境的变化，这些能力逐渐失去了生存的意义，所以逐渐在进化当中被排除掉了。但是，能力和执行这种能力的器官是两回事，不一定永远同步。能力被排除掉了，但是执行这种能力的器官却保留下来，在漫长的进化过程中隐藏起来，隐藏在人体内部，成为生理学家所说的进化的遗存。

"但是也有生理学家，将这种进化的遗存称为进化的诡计。按照他们的说法，人类的进化不是一个只有一个结果的过程，而是在很多选项中出现的一个选择过程。环境选择了一种，但是也保留了其他的选项。当环境发生变化的时候，我们现存的生存能力失去应对的时候，其他的选项开始进入到进化的过程当中，后来居上，成为人类生存的主要能力。进化的遗存，可以这样理解其潜在的重要意义。

"但是，生理学家也指出了一个事实：在现在这种情况下，要想让这些进化的遗存发挥作用是不可能的，虽然有很多特异功能大师出现，表明人们对进化遗存持有长久的、天生的信念，但事实上，大部分都是骗子混混的江湖伎俩。

"阻碍这一遗存发挥作用的原因有很多。其中最重要的原因，就是记忆。人类遗传性的记忆，以及人类生活中各种各样的经历留下的记忆，都在起到一个限制性的作用。即人类在面对各种情况的时候，他所做出的决定都是来自记忆中的限定，而不是记忆之外的进化的遗存。

"这样一来，可以得出一个推论：要想把这种进化的遗存转化为人类的现实能力，唯一的前提，就是要将一个人已有的记忆彻底消除。"

女人说到这里，静静地喝了一口水，给人的感觉是下一步她就要开口喊一声：下课。

小李一个字也没听到，他耳朵里现在能够听到的，只是缠绕在身上的密密麻麻，周而复始的隐藏在塑料外壳里面的电流声。他竭力睁大眼睛，看着女人，好像这样就能弥补他在听觉上的失常。

女人挥了挥手，那阵电流声停止了，他终于能清楚地听到女人的声音了。

女人又问了他一个问题："你记得自己是怎么来到这里的吗？"

小李的回答是动了动嘴，然后眼睛突然紧紧地闭上了。

女人走过去，拿起一个带着窥视装置的眼罩，戴在一只眼睛上面，另一只手上拿着一个眼科医生常用的强光手电筒。

她把手电筒直对着小李的眼睛，然后翻开小李的眼皮，强光照到小李呆滞的眼神上。

女人收回手电筒，直起身体。

刘鼎铭从暗处出现，慢慢地开口了："我们的训练好像已经初步达到了目的，他好像能听到一般人听不到的声音。这是不是表明，他的记忆基本上已经彻底消除，进化的遗存正在发挥作用？"

女人点点头，说道："应该是这样。刚才对脑神经的扫描也表明，记忆区域基本上已经空白。"

刘鼎铭看来是个多疑的人，还是有点不放心："想想他的身份，可能是受过特殊训练的。他会不会知道怎么造假，蒙骗我们？"

女人回头看了看刘鼎铭，调皮地一笑，说道："那就带他去进行一次终极测试吧。任何造假的人，都不可能通过那次测试。不过，为了保险，我们还是用三号系统再清洗他的记忆几次？"

刘鼎铭点点头，看着还没醒来的小李，问道："你怎么确信这个人就是我们要找的人？"

"原因很简单。"女人说，"他是唯一一个在那辆有轨电车上看到了白衣女人的人。虽然他觉得是幻觉，但是这只是他现有的记忆能力的骗局。一旦他失去所有的记忆能力之后，他就能帮助我们找到那个白衣女人，我们一直都在寻找的白衣女人。"

六

一间带着单向玻璃的禁闭室，那个女人还有刘鼎铭站在玻璃窗前。玻璃窗落地，透过玻璃窗，可以看到禁闭室里所有的动静，但是禁闭室里的人却看不到他们。

禁闭室里现在站在七个人。每一个人看起来都像是经过了记忆消除的程序，但是实际情况是否如此，就要等着最后一场测试的结果了。

小李就在里面，排在最后一位。他的目光是混杂了茫然和凶狠，更接近于野蛮的本能。他自己对此已经一无所知，他所有的本能只是用来做一件事，就是保护自己，不惜一切地保护自己，至于他自己潜藏着怎样的能量，他现在一无所知。而这次测试就是要测出他是否拥有这样的能量，同时也能知道他以前的记忆是否已经彻底清除。

第一位已经到了测试位置，这一位也是声称自己看到过公交车上的白衣女子的一位。他是某个电台的午夜鬼话的主持人。有一天深夜，他绘声绘色地描绘了自己午夜的经历，结果，第二天，人们就发现，他从自己的豪宅里失踪了。

其他几位或是职业不同，境况不同，但是或多或少地，他们的经历都与白衣女子有关。

第一位已经站好了。一个民工兄弟一样的人举着枪，出现在他对面。当枪口对准他的时候，玻璃窗外的两个人对看了一眼，摇了摇头。他们看到这人的两腿正在发抖。

"这表明，"女人说，"他的记忆还没有彻底消除，他知道枪是什么，也知道一把枪举在眼前对他来讲意味着什么。"她的话还没说完，里面的民工兄弟已经开枪了。那人躲闪不及，扑通倒下。

随后几位也是如此。

终于轮到最后一位了：小李。小李在走到测试位置的时候，朝玻璃窗那里看了一眼。

正是这一眼，让女人一阵欣喜："他知道玻璃窗后有人。"她小声地对刘鼎铭说："这是本能。"

刘鼎铭摇了摇头："或许这还是记忆。他是 G 局的工作人员，这样的东西肯定见过。或许刚才那一眼只是想起了什么。"

女子点点头："有可能。至于结果是什么，就只能看最后一次测试了。"

小李站在测试位置上，面对着举起的枪，脸色依旧茫然，好像第一次看到这件东西一样，不知道这件东西的用途是什么。但他没有一点思考的意思，只是茫然地等待着。

对方举起了枪，跟刚才重复了几次的动作一样，瞄准，咔嗒，一枪射了出来，直冲着小李的额头……

玻璃窗外的两个人紧张地看着，因为这是最后的希望……

"深藏的意念，在排除了记忆的干扰之后，可以看到时间流动的另一种方式……"女人轻声念叨起来，以此来平息自己等待的心情……接下来，看到的一切，让她长出了一口气。

子弹离小李还有咫尺的时候，小李突然伸出手去，抓住了子弹。滚烫的子弹对他而言，好像没有什么碍手的地方。他牢牢地捻在手里，仔细地查看起来。

玻璃窗外的女人舒了一口气，说道："现在，我们对这个人的训练，即将进入第二个层面。这一次训练的目标，就是让他去找到一个我们一直想要找到的人。"

刘鼎铭点点头："对，一个叫郁鸣珂的女人。"